한국 근대문학 재생산 제도의 구조

상허학회

깊은샘

『상허학보』가 어느덧 지령 20호를 맞이했다. 1992년 겨울, 상허 이태준 문학을 연구하는 몇몇 연구자들이 자발적으로 모여 〈상허문학회〉를 결성한지 15여 년, 그 첫 결실로 『이태준 문학연구』를 발간한지 14여년만의 일이다. 어느 누구도 상허학회가 이렇게 성장하리라 예상하지 못했고, 비정기적으로 발간되던 연구서가 '학보'의 이름으로 전환하여 이렇게 학계의 한 기둥으로 성장하리라 예상하지 못했다. 이 모든 성과는 실로 회원 여러분을 비롯한 동료연구자들의 질정과 지원이 없었으면 불가능했다. 『상허학보』 지령 20호의 작은 역사는 젊은 연구자를 중심으로 하는 새로운 토론의 장을 만들려고 했던 소박한 노력의 결실이라 생각한다. 마땅히 회원과 동학 여러분께 감사와 영광을 돌리고자 한다.

그러나 자긍에 빠지기에는 우리가 한 일이 너무 적고 가야할 길이 너무 멀다. 시대의 울림으로 우리의 고막을 두들겼던 '(인)문학의 위기'는 여전히 진행형이며, 당사자인 우리 스스로도 아직 타개의 비책을 얻어들지 못했다. 상허학회가 걸어왔던 지난 15년의 여정은 또한 한국문학이, 한국 근대문학연구가 방황했던 시기와 일치한다. 모색의 여정은 무엇보다 『상허학보』의 지면 위에 오롯하다. 20권의 책을 늘어놓고 보면, 작가와 작품을 중심으로 삼던 연구경향이 일변하여 근대문학의 기원과 구조를 질문하는 데로 나아갔고, 이어 문학을 둘러싼 역사사회적 제반환경을 탐색하는 것으로 이어졌음을 발견할 수 있다.

그리고 우리는 여전히 탐색중이다. 탐색의 경로는 이번 호의 지면 위에도 뚜렷하게 드러나 있다. 문학을 가슴에 안고서, 이 시대가 요구하는 질문에 응답하는 새로운 형식이란 무엇일까? 오늘의 현실에서 한국 근대문학연구가 도달해야 할 지점은 어디인가? 그 목표점을 향한 우리의 방향조정은 정당한 것인가? 독자 여러분들이 이번 호에서 자주 부딪치게 될 질문이란 대체로 이러한 것이다. 질문의 방향과 내용은 개별 글마다 다르며 그 수위 역시 하나같다고 말할 수 없다. 그러나 그 것이 현재 학계에서 거론되는 이러저러한 문제들에 대한 진지한 응답이라는 점에서 일독의 가치가 있다. 투고자들의 노고에 경의를 표하면서 독자들의 생산적인 비판을 기대한다.

특집은 〈한국 근대문학 재생산 제도의 구조〉로 마련했다. 이 역시 근대문학계가 보여준 지적 탐색의 여정과 밀접한 연관이 있는 주제영역이다. '재생산 제도'를 문제 삼는 것은 문학을 자명한 것으로 여겼던 관행에 대한 반성임과 동시에 근대문학을 존재 가능케 했던 관념적·물질적 제도에 대한 구명을 통해 근대문학의 본질에 좀 더 다가가려는 의지의 소산이다. 근대문학은 작가에 의한 텍스트의 창조 → 승인(권위의 형성, 정전화) → 수용(향유) → 재생산의 과정을 밟는다고 볼 수 있다. 이번 특집은 특히 창조와 승인, 수용의 문제를 중심으로 문제를 제기해보았다. 김동인의 글쓰기 의식과 과정을 추적하여 동인지라는 형식 자체도 번역의 산물임을 논증한 것이나, 『개벽』의 현상문예라는 '제도'가 '신경향파'라는 특정한 이념유형의 탄생과 맺고 있는 관계를 설명하려는 시도, 그리고 '시선집'의 발간이 한국 근대시의 역사에서 특정한 경향의 시가 주류로 확립되는 과정과 역학을 밝혀냈고, 이러한 경향이 당시의 (학생) 독자들에게 어떠한 영향을 미쳤는지를 논구하고 있다.

아울러 특집이란 형식을 빌리지는 않았지만, 유사한 문제의식의 선상에서 해방 이후 우익문단의 형성 혹은 반공주의의 문학적 정립을 다루고 있는 네 편의 논문도 주목을 요한다. 『백민』이나 『문학예술』과 같은 매체를 중심으로 우익문단의 형성과정과 그 내적 경향성을 분석한 「『백민』과 민족문학―해방 후 우익문단의 형성」과 「전후 문학장의 재편과 잡지 『문학예술』」이나, 이를 심상지리적 차원 혹은 내적 구조의 문제로 확대한 「냉전기 아시아 상상과 반공 정체성의 위상학」, 「반공호국문학의 구조」가 그것이다. '반공주의'는 상허학회 소속 연구자들에 의해 활발히 연구되고 있는 주제다. 이번에 집중 소개되는 논문들도 그러한 연구의 연장선상에 있다. 앞으로도 활발한 연구가 기대된다.

다른 논문들도 현재의 연구경향의 다변성을 여러 방식으로 예증하는 논문들이다. 이 글들은 새로운 연구대상을 찾거나 새로운 해석틀을 모색하는 과정에 있다. '떠다니는 중심'으로 존재하는 새로운 시도들이 먼 훗날 또 하나의 기원으로 자리 잡을 날을 기대해본다.

2007년 6월
상허학회 편집위원회

상허학보

⊹ 목 차 ⊹

I.

특　집

두 개의 번역과 소설이라는 글쓰기*

박 현 수**

1. 논의의 초점

金東仁은 1929년 발표한 「朝鮮近代小說考」에서 자신의 소설에 관해 언급하면서 흥미로운 얘기를 한다.

> 不完全口語體에서 徹底的口語體로―同時에 가장귀하고우리가가장자랑하고 시푼것은敍事文體에대한 一大改革이다. ……중략…… 讀者는여긔서 徹底히 『그』라는代名詞로 변한것을보는동시에 또한在來의現在詞를쓰든곳이 完全히過去詞로변한것을發見할수잇다.[1]

---

* 이 논문은 2004년도 한국학술진흥재단 지원으로 연구됨(KRF-2004-074-AS0065).

** 성공회대학교 강사.

1) 『朝鮮日報』, 1929. 8. 11. 이하의 인용문은 원문의 표기법과 띄어쓰기를 따르기로 한다.

『創造』1, 2호에 연재된 「약한者의 슬픔」에서 자신이 처음으로 과거시제와 3인칭대명사를 사용했으며, 그것이 서사문체에 대한 일대 개혁이었다는 것이다. 이광수의 「少年의悲哀」(1917. 6)나 「尹光浩」(1918. 4)에 이르기까지 소설에는 '한다', '이라', '인다' 등의 현재사가 사용됐으나, 자신이 쓴 「약한者의 슬픔」에서는 완전히 과거사로 변했다고 했다. 또 당시에는 He와 She에 해당하는 조선말조차 없었으나, 자신은 He와 She 모두를 '그'라고 하여 '보편적'으로 사용했음도 강조했다.[2]

이러한 김동인의 언급은 사실에 가깝다. 먼저 과거시제를 살펴보면 물론 이전 소설에서도 과거시제는 사용되었다. 이광수는 『無情』(1917. 1. 1~6. 14)이나 「尹光浩」에서 박영채의 내력을 이야기하는 부분이나 윤광호의 선배인 준원이 과거를 떠올리는 부분 등에서 과거시제를 정확하게 구사한다. 또 양건식의 「슬흔矛盾」(1918. 2)에서도 과거시제는 사용되었다. 문제는 소설의 중심 시제가 현재라는 점이다. 현재시제를 중심으로 소설이 전개되다가 회상의 부분에서만 과거시제가 등장한다. 이와는 달리 「약한者의 슬픔」은 과거시제가 소설을 지배하고 있다. 또 3인칭대명사 그가 보편적으로 사용된 소설 역시 「약한者의 슬픔」이다. 3인칭대명사 역시 김동인의 말대로 'He', 'She'나 'カレ', 'カノ女' 등 영어나 일본어를 '그'로 번역한 정도는 아니었다. 이광수의 「金鏡」(1915. 3)이나 「少年의悲哀」 등에서도 '그'는 사용되었다. 하지만 '그'가 소설의 중심에 놓인 것 역시 「약한者의 슬픔」이 처음이었다.

김동인의 언급은 '진지하고도 혁신적인 신문장운동'으로 '근대문장의 양식을 확립하는 데로 발전되었다'고 해 몇몇 문학사가들에게 별 이견 없이 인정되었다.[3] 김동인이 근대소설의 개척자나 확립자로 평가되는 것 역시 여기에 기대고 있는 바 크다. 한편 소설에서 과거시제가

---

2) 1948년에 발표된 「文壇三十年의자최(二)」(『新天地』, 제3권 제4호, 1948. 4, 148-149쪽)에서도 자신이 과거시제와 3인칭대명사를 처음으로 사용했음을 반복해서 강조한다.

3) 白鐵, 『朝鮮新文學思潮史(近代編)』, 首善社, 1948, 143-148쪽; 趙演現, 『韓國現代文學史』, 현대문학사, 1957, 315-319쪽 참조.

사용되어야 할 이유가 없으며 3인칭대명사는 이미 이광수가 사용했다는 등 반대편의 폄하 역시 존재했다.[4] 이후의 논의는 김동인 소설이 보인 형식주의나 유미주의로의 경도에 대한 평가에 집중되어, 이 문제에 대한 접근은 답보 상태에 머무르고 있다. 그런데 앞선 논의들은 정당한 논의와는 일정한 거리를 지니는 것으로 파악된다.

과거시제와 3인칭대명사라는 존재가 일정한 시기에 등장해 소설이라는 양식에 통일성과 질서를 부여하는 기제로 자리 잡았다고 할 때, 논의의 초점은 먼저 과거시제와 3인칭대명사라는 기제가 등장하고 의미화되는 지점에 놓여야 할 것이다. 「약한者의 슬픔」은 1919년 2월 발간된 『창조』에 그 첫 회가 실린다. 주지하다시피 『창조』는 김동인 자신이 주도적으로 발간한 매체로, 『廢墟』, 『白潮』 등 동인지 문학의 서막을 여는 존재이기도 했다. 이는 동인지라는 새롭게 등장한 매체의 형식을 통해 과거시제와 3인칭대명사를 소설의 중심에 위치시키는 작업이 이루어졌음을 의미한다. 여기에서 과거시제와 3인칭대명사의 등장과 의미화 과정을 구명하기 위해서는 동인지라는 매체가 근대문학의 (재)생산 제도 속에서 어떻게 자리 잡게 되는지에 대한 논구가 필요함을 알 수 있다. 또 김동인이 과거시제와 3인칭대명사를 소설의 중심에 위치시키는 일은 소설이라는 글쓰기 방식, 곧 소설적 에크리튀르를 구축하는 과정과 맞물린다. 따라서 그것의 의미와 역할에 대한 질문 역시 방기할 수 없을 것이다. 이 글의 초점은 여기에 놓인다. 과거시제와 3인칭대명사가 등장하는 지점에 대한 천착을 통해, 그것이 어떻게 가능했으며, 또 어떠한 경계의 설정을 통해 다른 담론들과 차별화되어 나갔는지를 구명하고자 하는 것이다.

---

4) 김우종, 『한국현대소설사』, 성문각, 1982, 115-128쪽 참조.

2. 독서 경험과 번역이라는 매개

「약한者의 슬픔」의 전반부가 실린 『창조』 제1호가 발표된 것은 1919
년 2월 1일이었다. 김동인이 주요한과 함께 동인지 발간에 대해 이야
기한 때가 "大正七年(西紀一九一八年)크리쓰마쓰 저녁이었"[5]음을 고
려할 때, 「약한者의 슬픔」은 1918년 12월 말에서 1919년 1월 사이에
쓰였다고 할 수 있다. 『창조』 제1호에 실린 다른 글들의 말미에 부기된
날짜를 살펴보면, 주요한의 「불노리」가 1919년 1월 3일, 白岳의 「神秘
의幕」이 1918년 12월 18일, 長春의 「惠善의死」가 1919년 1월 9일로
되어 있다.[6]

당시는 김동인이 일본 東京의 "川幡畵學校에 籍을 두고, 藤島氏의
門下에서 美學에 관한 상식을 구하러 다니"[7]고 있던 때였다. 김동인이
문학에 관심을 가지게 된 것은 1915, 6년 明治中學에 다녔던 무렵으로

---

5) 김동인, 「朝鮮文學의黎明 「創造」回顧―創刊에서廢刊까지」, 『朝光』 제4권 제6호, 1938.
   6, 42쪽.
6) 여기서 백악은 金煥이고, 장춘은 田榮澤이다. 그런데 極熊 崔承萬의 「黃昏」은 "今番
   學友會忘年會時에 實演하여던것"이라고 했다. 곧 1918년 12월 〈학우회〉의 송년회에
   서 공연했던 것을 다시 옮긴 것이라는 언급이다. 한편 김윤식은 하나의 잡지를 만들
   기까지는 일정한 준비기간이 필요하다는 것, 원래 『창조』 창간호를 1919년 1월 발간
   하려고 했다는 김동인의 언급, 또 明治學院 졸업 직전부터 『창조』 창간을 계획했다는
   주요한의 언급 등을 근거로 해, 『창조』가 실제로는 발간 4, 5개월 전부터 계획되었을
   것이라고 한다. 하지만 『창조』 제1호에 실린 글들에 부기된 날짜를 고려할 때, 『창조』
   발간을 결정한 것은 김동인의 언급대로 1918년 12월 25일 전후일 가능성이 크다. 실제
   1918년 12월 25일이라는 날짜는 김동인의 다른 글에서도 몇 번씩 반복되고 있다. 同
   人, 「남은말」, 『創造』 제1호, 1919. 2, 81쪽; 김윤식, 『김동인연구』, 민음사, 1987, 104-
   105쪽 참조.
7) 다른 글에서 김동인은 주요한과 동인지 발간에 대해 이야기를 나누었을 때, 자신은
   "川幡畵學校라는 私立學校의 初年級이였"고, 주요한은 "第一高等學校 1學年"이었음
   을 회고하고 있다.
   여기에 관해서는 金東仁, 「文壇十五年裏面史―余를主人公삼고」, 『朝鮮日報』, 1934.
   4. 1; 「朝鮮文學의 黎明 「創造」 回顧―創刊에서 廢刊까지」, 『朝光』 4권 6호, 1938. 6,
   42쪽.

보인다. 김동인은 1914년 "장내의 목표를 의학이나 법률에 두"고 "열 다섯 살의 어린몸으로 청운에 뜻을 두고 만리밖 외국에 공부하러" 갔다. 동경에서 만난 주요한이 장차 문학을 전공하겠다고 하자 "문학이란 장차 무엇이되며 무엇을하는 학문인지 어떻게 생긴 학문인지 그윤 곽이며 개념조차 짐작할수도 없"었다는 언급에서 그때까지 문학에 대한 지식이 없었음을 알 수 있다.[8] 처음 일본에 가 "동경학원 一학년에 입학을" 했는데 "이듬해에 동경학원은 웨인지 폐쇄되며 재학생들은 명 치학원과 청산학원에 각각 분배 전학시키는 바람에", 김동인은 1915년 "명치학원二년생이 되었다."[9] "明治中學에 다니며부터 文藝書籍을 많이읽었고 따라서 그中에도 小說을 좋아하야 西洋作家와其他作家들의 冊을 많이 읽"[10]게 된다.

당시 김동인이 읽은 '서양 작가와 기타 작가들의 책'은 어떤 것들이 었을까? 김동인은 "신전(神田)의 고책자를 뒤적이다가 톨스토이의 『은둔』이라는 단편집을 발견"했다고 한다. 그전 형인 金東元이 "모사건에 걸려서 윤치호씨 등과 영어의 몸이 되었을 때 〈톨스토이 부활〉이라는 책자를 차입하여 달라는 편지 때문에 그 책을 구하러 다니노라고 톨스 토이라는 이름을 기억하"고 있었다. 김동인은 "그 뒤부터는 톨스토이 작이라면 책가의 고하를 무론하고 책 제호의 호오를 무론하고 사들"이게 된다.[11] 1912년 신민회 105인 사건으로 검거된 김동원에게 책을 차 입해 주느라 톨스토이를 알았으며, 문학에 관심을 가지게 되면서 톨스 토이의 소설을 열심히 구해 읽었다는 것이다. 이후 톨스토이의 작품을 계기로 도스토예프스키, 체홉, 투루게니예프, 고리키 등 러시아 소설을

---

8) 김동인, 「文壇三十年의자최(2)」, 『新天地』 제3권 제4호, 1948. 4·5, 144쪽.

9) 이러한 사실은 "東仁이 明治學院 中等部로 轉學한 1915년 7월에 刊行된 『白金學報』 第36號는 轉入生 난에 東仁의 이름을 게재하고 있다"는 데서도 확인된다.
   김동인, 앞의 글, 145쪽; 金春美, 『金東仁硏究』, 高麗大學校民族文化硏究所 出版部, 1985, 149쪽.

10) 김동인, 「나의文壇生活二十年回顧記」, 『新人文學』, 1934. 11, 53쪽.

11) 김윤식, 『김동인연구』, 민음사, 1987, 26쪽.

접하게 되었고[12], 또 괴테의 「젊은 베르테르의 슬픔」, 던튼의 「에일윈」 등도 읽어 나갔다.[13] 이렇듯 독서를 해 나가며 "日記를쓰고, 小說을쓰고, 그리고 썼다찢었다하며 文學靑年이 하는버릇을 나亦免할수가 없"[14]게 되었다고 한다.

김동인이 주요한과 동인지 발간에 대해 이야기한 것은 이 무렵이었다. 당시까지 김동인은 소설 등을 읽으며 습작을 하고 있었을 뿐, 등단을 목적으로 소설을 창작하거나 또 그것을 위해 소설에 대한 공부를 한 경험은 없었던 것으로 보인다. 이는 동인지 발간을 결정했을 때까지, "明治學院時代에 클래쓰會에서 發行하는 回覽雜誌에 小說한편과 수필한편을 써 본 뿐, 아직것 余의 글이 活字化하여 본적이 업섯다"[15]는 언급을 통해서도 알 수 있다. 따라서 『창조』 창간호에 실을 「약한者의 슬픔」을 쓰는 데 주된 기반이 되었던 것은 당시 접했던 소설들이었음을 알 수 있다.

---

12) 주요한, 『주요한문집』 1, 여기서는 김윤식, 앞의 책, 54쪽 재인용.

13) 김동인의 독서 경험은 영화를 보는 것으로부터 출발하고 있어 흥미롭다. 당시 김동인은 "공일날은 빠지지않고 아사쿠사에 영화를 보러 갔"는데, 당시 영화 판도는 "아메리카의 영화가 차차 불란서며 이타리영화를 압두하여 세력을 잡기시작하는 초기이며 탐정활극이 영화계의 주조였으며, 몇十권짜리 연속대장편이 등장하려는 무렵"이었다. 그리고 "영화의 탐정극에 공명과 고혹을 느낀" 김동인은 "차차 탐정소설을 읽기 시작하였다"고 한다. 金春美는 김동인의 文學과의 接點이 기복이 심한 플롯(plot) 중심의 탐정소설에서 음울하고 무게있는 러시아 문학으로, 거기에서 一轉하여 낭만적이고 신비적인 「에일윈」으로 이어지고 있음은 흥미로운 현상이라고 한다.
　여기에 관해서는 김동인, 「文壇三十年의자최(2)」, 『新天地』 제3권 제4호, 1948. 4·5, 145-146쪽; 김윤식, 앞의 책, 52-54쪽; 金春美, 앞의 책 22-24쪽 참조.

14) 주요한은 명치중학 3학년 때 김동인이 "일본 말로 된 『세계문학전집』이란 것을 헌책방에서 사왔기 때문에 저녁마다 돌려가며 탐독했"으며 "동인은 소설을 써 본다고 원고지를 많이 허비하기 시작했다"고 했다. 또 김동인이 "하숙집 이층방에서 커피 시럽을 뜨거운 물에 타먹으면서 방에 엎드려 소설을 쓰던 모습" 등이 기억에 남는다고 했다.
　김동인, 「나의 文壇生活二十年回顧記」, 『新人文學』, 1934. 11, 53쪽; 주요한, 「創造時代」, 『新天地』, 1954. 2. 여기에서는 강진호, 『한국문학이면사』, 깊은샘, 1999, 45-47쪽.

15) 김동인, 「文壇十五年裏面史-余를主人公삼고」, 『朝鮮日報』, 1934. 4. 1.

그런데 김동인의 독서 대상들은 공통점을 지니고 있었다. 앞서 살펴본 바와 같이 톨스토이, 도스토예프스키, 트루게네프 등의 러시아 작가와 괴테, 던튼 등 서구 작가의 소설이었다. 김동인이 러시아와 서구 소설에 심취한 데는 일본문학에 대한 부정적인 견해가 작용하고 있었다. 김동인은 "일본문학 따위는 미리부터 깔보고들었으며"[16], 심지어 "명치유신 이후에 신문학 발발 흥기기에 있어서 『오자끼(尾崎)』『도구토미(德富)』『야나가와(柳川)』등의 흥미치중(置重)작가들이 지도권을 잡기 때문에 일본문학은 대정(大正) 초엽까지도 『답보로』 상태에 있다하여 조선 신문학 발아(發芽)의 초기에 가장 피할 것 이『대중적 흥미치중』"[17]으로 파악했다고 한다. 실제 이러한 일본문학의 흐름에 대한 김동인의 견해는 타당하다고 보기는 힘들다. 당시 일본문학은 김동인의 언급과는 달리 『시라카바(白樺)』를 중심으로 한 시라카바파와 『すばる』,『新思潮』,『明星』 등을 중심으로 한 탐미파가 전성을 이루던 시기였다. 그리고 그 근본을 이루는 특질은 '문단'이라는 온실적 장치와 '사소설'이라는 서사양식을 통해 자기 해방의 달성과 표현을 시도하는 데 있었다.[18] 하지만 일본문학의 상황에 대한 정확성이 결여된 언급 역시 김동인이 일본문학에 대해 관심이 없었음을 반증하는 것으로 볼 수 있다.[19]

또 김동인은 「약한者의 슬픔」에서 자신이 처음으로 과거시제를 사용했음을 강조하면서 "日本서는 아직도『した』와『する』가徹底히 區劃되지안헛"[20]다고 했다. 이 역시 당시 일본문학의 상황과는 부합되지 않는다. 일본에서는 1886년 후타바테이 시메이(二葉亭四迷)가『浮雲』

16) 김동인, 「文壇三十年의자최(2)」,『新天地』 제3권 제4호, 1948. 4·5, 147쪽.
17) 김동인, 앞의 글, 150쪽.
18) 中村光夫, 유은경 역,『일본의 근대소설』, 영한, 1995, 154-160쪽 참조.
19) 김동인은 아사쿠사에서 영화를 볼 때도 "제국관, 전기관등의 양화 전문관만 다녔지, 일본영화는 보지 않았다"고 해 일본영화에 대한 거부감을 드러내기도 했다.
    김동인, 「文壇三十年의자최(2)」,『新天地』 제3권 제4호, 1948. 4·5, 145쪽
20) 김동인, 「朝鮮近代小說考」,『朝鮮日報』, 1929. 8. 13.

을 쓰면서부터 과거시제가 사용되었고, 1906년 시마자키 도손(島崎藤村)의『破戒』를 통해 일단의 확립을 이루게 된다.21) 오히려 이와 관련해서는 마사오 미요시가 일본소설, 곧 '쇼세츠(しょせつ)'는 과거시제가 불가능하다고 한 언급에 주목할 필요가 있다. '쇼세츠'는 추론적인 발단과 전개 그리고 결말을 거부하며 병렬적, 산술적이기에 소설과 같이 질서와 억압을 드러내기보다는 공간의 해체와 분산을 표현하게 되며, 그 결과 서술된 역사라기보다는 연대기에 가깝게 된다는 것이다.22) 4장에서 상술하겠지만 당시 일본소설에 인과율에 의한 스토리의 선택, 계량, 배치 등을 가능하게 하는 과거시제에 대해 반발하는 흐름이 존재했다는 것이다. 이는 가라타니 고진(柄谷行人) 역시 나츠메 소세키(夏目漱石)를 예로 들어 상술한 바 있다.23)

하지만 김동인의 주된 독서 대상은 일본문학이 아니라 러시아, 서구 등의 그것이었다. 물론 그 소설들 역시 '앙리 발뷰스의『총살당하고 산 사람들』이란 단편집을 小牧近江의 日譯으로 읽었다'는 데서 알 수 있듯이 일본어로 번역된 소설이었을 것이다. 이들 소설들은 비록 일본어로 번역되어 있었지만 마사오 미요시 등이 언급한 '쇼세츠'의 움직임과는 일정한 거리를 지니고 있었다. 정리해서 말하면 김동인은 일본어라는 매개를 통해 러시아나 서구의 소설을 읽어 나갔다는 것이다. 이렇듯 읽었던 책의 성격을 분명히 하는 이유는 김동인이 「약한者의 슬픔」을 쓰기 위해 도움을 받았던 것이 독서 대상의 내용보다는 방식이었다는 데 기인한다. 곧 김동인은 이들 소설을 통해 소설이라는 글쓰기 방식, 곧 소설의 에크리튀르를 자기화했던 것이다.

김동인은 동인지를 발간하기로 하고 창간호에 싣기 위해 소설을 쓰려 원고지를 대하니 앞이 딱 막혔다고 했다. 혼자 머릿속으로 구상하

21) 柄谷行人 外, 송태욱 역,『근대일본의 비평』, 소명출판, 2002, 94-101쪽 참조.

22) 마사오 미요시, 「고유한 특성에 대항하기: 일본소설과 '포스트 모던' 서양」,『포스트 모더니즘과 일본』, 시각과언어, 1997, 182-184쪽 참조.

23) 柄谷行人 外, 송태욱 역,『근대일본의 비평』, 소명출판, 2002, 102-103쪽.

던 소설들은 모두 일본말로 상상하던 것이었는데 조선말로 글을 쓰려고 하니 막막했던 것이다. 그런데 김동인은 이러한 난관 역시 일본어라는 매개를 통해 해결하고자 했다.

> 이 때에 있어서『일본』과『일본글』『일본말』의 존재는 꽤 큰 편리를 주었다. 그 어법(語法)이며 문장변화며 문법변화가 조선어와 공통되는 데가 많은 일본어는 따라서 선진의 역활을 하게가 되었다. ……중략…… 소설을 쓰는데 가장 먼저 봉착하여―따라서 가장 먼저 고심하는 것이 '용어' 였다. 구상은 일본말로 하니 문제 안되지만, 쓰기를 조선글로 쓰자니, 소설에 가장 많이 씨우는『ナツカシク』『―ヲ感ジタ』『―ニ違ヒナカッタ』『―ヲ覺エタ』같은 말을『정답게』『을 느꼈다』『틀림(혹은다름) 없었다』『느끼(혹깨달)었다』등으로―한귀의 말에, 거기 맞는 조선말을 얻기 위하여서 많은 시간을 소비하고 하였다. ……중략…… 지금은『말』들이 회화체에까지 쓰이어 완전히 조선어로 되었지만 처음 써볼때는 너무도 직역식 같어서 매우 주저하였던 것이다.[24]

일본어로 구상을 한 것을 조선어로 쓰는 데 어려움을 겪었는데, 그 어려움의 해결에도 일본어가 도움이 되었다는 것이다. 그리고 그 구체적인 예로 용어를 들고 소설에서 가장 많이 쓰던 'ナツカシク', 'ヲ感ジタ', 'ニ違ヒナカッタ', 'ヲ覺エタ' 등을 '정답게', '을 느꼈다', '틀림(혹은 다름) 없었다', '느끼(혹 깨달)았다' 등으로 바꾸었음을 언급하고 있다. 흥미로운 것은 예로 들고 있는 용어들 대부분이 과거시제로 되어 있으며 등장인물의 내면을 표현하는 것이라는 점이다. 3인칭대명사 '그' 역시 그리 다르지 않은 과정을 통해「약한者의 슬픔」에 자리 잡게 되었을 것으로 보인다. 요컨대 과거시제 '―았/었다'와 3인칭대명사 '그' 는 일본어를 조선어로 바꾸는 과정, 곧 '번역'이라는 매개를 통해「약한者의 슬픔」의 중심에 위치하게 되었다는 것이다. 그런데 김동인이 한 번역은 단지 일본어를 조선어로 바꾸는 데 한정되는 것이 아니었다.

---

24) 김동인, 「文壇三十年의자최(2)」, 『新天地』 제3권 제4호, 1948. 4·5, 149쪽.

그것은 번역의 대상이 된 언어가 담고 있는 사고 체계를 새롭게 창안하는 일이었다.

3.『창조』, 동인지, 그리고 또 하나의 번역

앞서 확인한 것처럼 김동인이 주요한과 함께 동인지 발간을 결심한 것은 1918년 12월 25일이었다. 그리고 그 결과물로『창조』라는 동인지가 발간된 것은 1919년 2월 1일이었다. 일반적으로『창조』는『폐허』,『백조』,『영대』등으로 이어지는 동인지 문학 시대의 막을 연 존재로 파악된다. 동인지 문학이 문학을 정치, 과학, 도덕 등 다른 영역들과 분리시키고 그 분리 자체를 문학의 존재 이유로 삼았다고 할 때,『창조』는 그 첫머리에 놓인다는 것이다. 실제 이는 "區區한 朝鮮社會風俗改良에두지안코『人生』이라하는 문데와 사라가는苦痛을 그려보려"한 "『創造』가朝鮮文藝雜誌의 嚆矢인同時에 具體的 藝術運動의始初"[25]라는 김동인 자신의 언급에 연원을 두고 있기도 하다.

그런데 김동인이 동인지『창조』를 발간하게 된 데는 보다 내밀한 이유를 지니고 있어 주목을 필요로 한다. 1918년 12월 25일 밤 "文藝잡지를 하나해 보"자는 주요한의 말에 김동인은 "雜誌社란?돈이 어듸 그리만히 잇나?"라고 해 부정적인 뜻을 내비친다. "무슨 雜誌社를 하나 경영한다면적어도 十萬圓의基本金은 예산하"고 있었기 때문이었다. 그런데 주요한은 돈이 "무얼 만하야 쓸데도 업지"라며[26], 다음과 같이 이야기한다.

　　二百圓이면 創刊號를 내일수가잇다. 만약 요행히 創刊號의 성적이 조흐면 創刊號를 판 돈으로 第二號를 내일수가잇다. 不幸히 만히 팔리지 안

---

25) 김동인,「朝鮮近代小說考」,『朝鮮日報』, 1929. 8. 4~6.
26) 김동인,「文壇十五年裏面史－余를主人公삼고」,『朝鮮日報』, 1934. 4. 1.

트라도, 第二號부터는 한 百圓씩만가젓스면 유지하여 나아 갈수가 잇다.[27]

주요한은 "明治學院中學部에籍을 두엇슬때에 그學校의 校報인『白金學報』를담당하여 編輯하기때문에" "거기대한 경력은 가진사람이엇다."[28] 그런 주요한이 잡지를 하나 간행하는 데 처음 이백 원이 들고, 다음 호부터는 백 원 정도만 든다고 하자, 김동인은 흔쾌히 찬성하고 자신이 그 돈을 감당하겠다고 한다.

그런데 김동인이 주요한의 제언에 적극적으로 찬동한 데는 또 다른 이유가 작용하고 있었다.

> 一九一八年가을에 當時의 唯一의 朝鮮안의言論機關이든 每日申報에 小說한편을 投稿를 하엿다가 無慘히 沒書를當하고 東京留學生의 機關雜誌이든 「學之光」에도 무슨 글을 寄稿를하엿다가 沒書를當한一두개의 쓴 경험을 가젓는지라 속으로 분하고 울울하기가 짝이 업든 때엇다. ……중략…… 余의 自尊心은 여간 傷하지 안헛든 것이엇다. 그런 때에, 요한의 입에서 「우리의 손으로 雜誌를 하자. 그것도 몃萬圓의 金錢이 필요한 것이 아니라 一二百圓이면 넉넉하다」하는 말이 나오매 余의 귀가 솔깃하지 안흘 수가 업섯다."[29]

1918년 가을 무렵『每日申報』와『學之光』에 투고를 했으나 둘 다 몰서를 당했다는 내용이다.『靑春』이 1918년 9월에 발간된 제15호를 마지막으로 종간되었음을 고려할 때, 당시『매일신보』와『학지광』은 문학에 뜻을 품은 김동인이 투고할 수 있는 매체의 전부였다고 할 수 있다. 따라서『매일신보』와『학지광』에 투고한 글이 몰서를 당했다는 것은 자신의 문학적 진로의 좌절과 같은 의미를 지닌 것이었다.

물론 위의 언급을 사실로만 받아들이기에는 무리가 있다.『매일신

---

27) 김동인, 앞의 글, 1934. 4. 1.
28) 김동인, 앞의 글, 1934. 4. 1.
29) 김동인, 앞의 글, 1934. 4. 3.

22

보』는 1910년 12월 〈新詩懸賞募集〉을 시작으로 하여 1919년 7월 〈每
新文壇〉에 이르기까지 13회의 각종 현상문예 제도를 실시했다. 〈懸賞
募集〉, 〈新年文藝募集〉 등을 통해 詩, 文, 時調, 언문줄글, 언문풍월,
웃음거리, 歌(唱歌), 언문편지, 短篇小說 등의 글을 모집했으며, 글을
뽑고 나서는 고선평을 곁들이기도 했다.[30] 하지만 문제는 김동인이 투
고했다고 한 1918년 가을 무렵 『매일신보』가 시행한 현상문예는 1918
년 9월 24일 공고한 〈懸賞漢詩募集〉뿐이었다는 것이다. 독자투고 역
시 1916년 2월 16일부터 1919년 6월 15일까지는 잠정적으로 폐지되어
모두 36일간 게재되는 데 그쳤으며 그것을 메운 사람 역시 이상협 등
기존의 문인들이었다. 『학지광』의 경우 제17호가 1918년 8월 15일에
발간된다. 그리고 제18호가 신년특별호로 발간되는데 판권간기가 없어
발행 날짜를 확인하기가 힘들다. 하지만 1919년 2월 1일에 발간된 『창
조』 제1호 「신간소개」에 있는 "新年一月에 發行한 學之光特別號를 寄
來하니"라는 문구를 볼 때 1919년 1월에 발행되었음을 알 수 있다. 그
렇다면 1918년 가을에 김동인이 투고했던 『학지광』은 제18호라고 할
수 있다. 문제는 『학지광』 제18호에 「小說에對한朝鮮사람의思想을」이
라는 김동인의 글이 게재되어 있다는 것이다.

이렇게 볼 때 김동인의 언급이 사실에 정확히 부합된다고 보기는
힘들다. 하지만 『매일신보』, 『학지광』 등에 글을 투고한 후 선정되거나
몰서되는 과정에서 겪은 어려움이 기억에 각인되어 있었던 것만은 분
명하다. 이와 같은 각인은 김동인에게 매체가 지니는 의미와 고선자,
편집자 등 매체 주체의 위상을 감지하게 만들었을 것이다. 곧 매체는
자신의 문학 작품을 활자화하고 또 그것을 통해 자신의 진로를 개척할
수 있는 물리적 기반이었던 것이다. 또 고선자, 편집자 등 매체 주체의

---

30) 김영철, 「신문학 초기의 현상 및 신춘문예제의 정착과정」, 『국어국문학』 98, 국어국
문학회, 1987, 221-234쪽; 전은경, 「1910년대 『매일신보』 소설 독자층의 형성과정 연
구-〈독자투고란〉을 중심으로」, 『현대소설연구』 29, 현대소설학회, 2006, 110-113쪽
참조.

선택에 따라 투고자는 "꿈갓치생각하얏"던 "天堂에나 올은듯"[31] 하게
도 되고, "창피하고 쓴 經驗을"[32] 겪기도 했다. "投書해놋코는마음이
픽조이엿"고, 당선 결과를 알기 위해 잡지를 펼쳐볼 때는 "學校에서成
績發表를기다리든때나 족곰도달르지안은마음"[33]이었다는 토로 역시
이와 연결된다.

　그런데 기억 속에 어려움이 각인되는 과정에서 『매일신보』와 『학지
광』은 일정한 차이를 지니고 있다. 『매일신보』는 '당시의 유일의 조선
안의 언론기관'이라는 표현이나, 인용문 뒤에 이어지는 '投稿가山積하
는지라, 웬만한無名人의 글은 보지도 안코 쓰러기통에 집어넣었다'는
언급 등에서 상징적으로 드러나듯, 당시 조선에서 문학이나 그것과 관
련된 글들을 활자화할 수 있는 기회가 극히 제한적이었음을 시사하고
있다. 또 거기에는 문학을 "할일업슨者의消日꺼리라고" "얼굴을찌푸리
고계신 道學先生"[34]으로 가득한 조선의 문학적 토양에 대한 불만 역시
자리하고 있다. 『학지광』에 투고를 하고 몰서를 당했다는 기억은 『매
일신보』의 그것과는 조금 다르다. 『학지광』은 1914년 4월 2일 창간된
〈在日本 東京朝鮮留學生學友會-이하 학우회로 칭함〉의 기관지였다.
1918년 당시 『학지광』을 비롯한 〈학우회〉의 중심 세력은 崔八鏞, 이광
수, 金度演, 徐椿 등이었으며, 이들은 당시 대개 26,7세의 나이로 다음
해 2·8독립선언을 주도한 인물들이기도 했다. 김동인과 주요한은 〈학
우회〉 내에서 이들보다 한 세대 아래에 위치하고 있었다. 김동인은 『학
지광』에 투고를 하고 몰서를 당하는 과정을 통해 『학지광』 및 〈학우
회〉의 중심 세력의 위상에 대해 감지했을 것으로 파악된다. 〈학우회〉
가 동경 나아가 일본 전체에 있는 유학생의 대표적인 모임이었다는 것
을 고려할 때, 그 기관지인 『학지광』에 투고한 글이 몰서를 당했다는

31) 春城, 「철업는깃붐」, 『朝鮮文壇』 제6호, 1925. 3, 69쪽.
32) 늘봄, 「神通스러운일이업소」, 앞의 책, 73쪽.
33) 方定煥, 「사라지지안는記憶-處女作發表當時의感想-」, 앞의 책, 66쪽.
34) 同人, 「남은말」, 『創造』 제1호, 1919. 2, 81쪽.

것은 〈학우회〉 나아가 일본 유학생 집단 내에서 자신의 존재를 인정받기 힘듦을 의미하는 것이다.

이런 상황 속에서 매체를 창간하는 것은 자신이 문학 활동을 할 수 있는 기반을 획득하는 것인 동시에 스스로 고선자, 편집자 등 매체의 주체가 되는 길이었다. 또 그것은 〈학우회〉로 대표되는 유학생 집단 속에서 스스로의 자리를 확보하는 계기일 수도 있었다. 김동인에게 1, 2백원이면 만들 수 있는 동인지는 이와 같은 여러 가지 가능성을 동시에 열리게 하는 존재였다. 그런데 여기서 새롭게 발간하려고 한 매체가 '동인지' 형식이었다는 것은 또 다른 주목을 필요로 한다. 앞서 살펴본 것처럼 동인지라는 형식은 주요한이 제언에 따른 것이었다. 실제 이와 같은 주요한의 제언은 동인지가 중심을 이루고 있었던 당시 일본의 문학적 상황과 관련된 것으로 보인다.

일본에서는 1910년을 전후로 해 문학의 중심이 현상 제도 등에 기반한 신문에서 동인지로 옮겨간다. 이는 활자문화가 급속하게 사회에 침투해 일정한 자금과 의도만 있으면 자신들의 글을 활자화해 잡지로 만들 수 있는 동인지의 시대가 열린 것과 맞물리는 현상이었다. 이를 통해 무명의 필자가 등장하는 일반적인 언설의 장이 마련되고 또 동인지를 둘러싼 문학 독자의 공동체도 일정한 형태를 이루게 된다.[35] 일본의 동인지는 硯友社의 『我樂多文庫』(1885)를 시초로 『文學界』(1893), 『新潮』(1904), 『新思潮』(1907), 『スバル』(1909), 『白樺』(1910), 『三田文學』(1910), 『靑鞜』(1911), 『改造』(1919) 등으로 이어져 1925년 그 전성시대를 맞이하게 된다.[36] 이렇게 볼 때 1918년은 일본문학에서 동인지가 중심을 이루어 가던 시기였다. 이미 조선에 있을 때 "『아이들보이』에 동요를 한 편 투고해서 게재되었고, 『청춘』에는 단편소설을 투고해서 당선이 되고 상금 5원을 탔"[37]으며, 또 일본에 가서도 明治中學의

---

35) 紅野謙介, 「投機/思索の對象としての文學―懸賞・小說・相場」, 『文化の市場:交通する』, 東京大學出版部, 2001, 137-139面.
36) 『日本近代文學大事典』 第四卷, 講談社, 1977, 298面.

교지인『白金學報』의 편집위원을 지냈던 주요한이 일본의 문학적 상황을 모를 리 없었을 것이다. 이렇게 볼 때 김동인과 주요한의 논의 끝에 발간하게 된 매체가 동인지라는 형식을 띠었다는 것 역시 일종의 번역이었다고 할 수 있다.

흥미로운 것은 번역의 자장이 그 형식뿐만 아니라 의도와 역할에까지 미치고 있다는 점이다. 신문이나 상업 잡지 등에서 벗어나 3천 내지 5천 정도의 극히 한정된 발행부수의 매체를 통해 '순문학'을 지향한 움직임을 동인지 문학으로 본다면, 일본에서 동인지의 출발은 오히려 겐유샤를 벗어나는 것과 맞물린다. 오자키 고요(尾岐紅葉), 고다 로한(幸田露伴) 등의 겐유샤 동인들은 그 출발만이『我樂多文庫』였을 뿐, 주된 활동 무대는『讀買新聞』등 신문이었기 때문이다.[38] 온전한 의미에서 동인지는 신문 독자를 의식하지 않고 동인지를 통한 문학만으로 생활을 도모했던 시마자키 도손, 다야마 가타이(田山花袋), 도쿠다 슈세이(德田秋聲) 등 자연주의 문학으로부터 비롯되었다. 그런데 동인지 문학의 성립과 맞물려 문단은 사회로부터 도피한 곳이라는 사고가 형성되고 확산되어 나갔다. 일본의 작가를 "빈약한 자원과 악질적 사회제도 속에서 서로 경쟁하면서 사는 현실을 탈출하여, 현세의 권력과 반드시 연결되어 있는 문화적 사회를 버"[39]린 '도망노예'라고 한 이토 세이(伊藤整)의 언급은 이를 가리킨 것이다. 하지만 동인지를 기반으로 한 문학이 배태된 것은 무명작가나 신진작가가 신문이나 상업 잡지에 작품을 싣는 것이 거의 불가능했던 일본의 문학적 상황과도 관련이 있

---

37) 주요한, 「創造時代」,『新天地』, 1954. 2. 여기에서는 강진호의『한국문학이면사』(깊은샘, 1999) 46쪽에서 재인용.

38) 고요와 로한은 그 작가 생활의 초창기부터 신문소설가가 되었고 신문사의 월급을 받는 사원이었다.
   伊藤整, 고재석 역, 「근대 일본 작가의 생활」,『近代 日本人의 발상형식』, 소화, 1996, 81-83쪽 참조.

39) 伊藤整, 「逃亡奴隷と假面紳士」,『新文學』, 1948. 8. 여기서는 유은경 역,『일본 사소설의 이해』, 소화, 1997, 17쪽.

다. 이는 동인지 문학의 담당자들이 "관리, 대회사의 봉급생활자, 군인, 교사 등"이 될 수 있는 "관립 대학이나 군 관계 학교의 출신자라는 첫 번째 자격을 갖지 못한 사람, 또는 그 사회에 반감을 품은 사람, 또는 낙오자적인 성격을 갖고 있는 지식계급의 청년들"[40]이었다는 것과도 관련이 될 것이다. 따라서 일본에서 동인지를 기반으로 한 문학을 불합리한 현실로부터 도피한 '도망노예'의 것이라고 한다면, 그 도망은 도망 나온 현실에 자리 잡기 위한 아이러니한 것이었다고 할 수 있다.

김동인과 주요한의 논의 끝에 발간된 『창조』의 성격과 역할에서 번역의 자장을 확인하는 것은 어렵지 않다. 이미 그 일단을 김동인이 동인지를 발간하려는 결심을 하게 되는 계기들을 통해 확인한 바 있다. 『창조』가 발간된 후 창간의 의도가 나머지 동인들에게도 현실화되어 나간 것은 『창조』 제3호에 게재된 「문예소식」을 통해 알 수 있다. "創造同人極熊崔承萬君은" 東京 基督青年會의 機關雜誌 「現代」의 "文藝部主任이되엿"으며, "創造同人秋湖田榮澤君은" "平壤青年俱樂部에서 機關雜誌 「青年」을 發行할計劃이라는데" "該雜誌主幹으로 文藝部를 擔任" 하는 한편 창간 계획 중이던 『朝鮮日報』의 文藝部主任으로 예정되어 있었다.[41] 김동인을 차치하더라도, 동인 대부분이 다른 매체의 문예부 주임이나 주간을 맡게 된 것이다.

또 하나 간과해서는 안 될 문제는 김동인이 동인지를 발간할 결심을 할 즈음의 문학적 상황이다. 이는 김동인이 『매일신보』와 『학지광』에 투고한 글이 몰서당한 상태에서 어떻게 새로운 문예 잡지를 창간하는 것이 가능했는가 하는 문제와도 연결된다. 그것은 『매일신보』의 현상문예나 독자투고, 또 『학지광』의 지면 등이 문학의 재생산 제도로 기능하지 못했음을 의미한다. 비록 1918년 9월 종간되기는 했지만 최초의 본격적인 현상 제도로서 새로운 문학 주체를 등단시키는 기제로

---

40) 伊藤整, 고재석 역, 「근대 일본 작가의 생활」, 앞의 책, 83쪽.
41) 「文藝消息」, 『創造』 제3호, 1919. 12, 26, 44쪽.

파악되어 온『청춘』은 이러한 상황과 관련해 시사하는 바가 크다.

『청춘』의 현상문예는 〈每號懸賞文藝〉와 〈特別大懸賞〉 둘로 나뉘어 시행되었다. 〈매호현상문예〉는 제10호에서 종간호인 제15호까지 계속되었고, 〈특별대현상〉은 제7호에서 제9호까지 광고를 하고 제11호에 당선작을 발표했다. 〈매호현상문예〉는 시조, 한시, 잡가, 신체시가, 보통문, 단편소설 등 6개 분야에서 글을 모집했으며, 〈특별대현상〉은 '故鄕의事情을錄送하는文', '自己의近況을報知하는文', 단편소설 등 3개 분야에서 글을 모집했다. 최남선의 언급처럼 "바야흐로 勃興하려하는 新文壇에 意味잇는 一波瀾을 寄與"[42]하고자 시행된『청춘』의 현상문예는 분야별로 나누어 글을 모집했고, 상금도 차등을 두었으며, 종간 때까지 지속적으로 시행되었다. 하지만『청춘』의 현상문예를 새로운 문학 주체를 등단시키는 제도로 보기는 힘든데, 그것은 아이러니하게도『청춘』현상문예의 단골투고자이자 당선자였던 방정환을 통해 알 수 있다. 방정환은『청춘』이 현상문예를 처음 시행한 제10호부터 종간호인 제15호까지 거의 매회 투고를 하고 많게는 3편에서 적게는 1편까지 당선이 되었다. 그런데 이렇듯 방정환이 매호 투고를 하고 당선이 되었다는 것은『청춘』의 현상문예가 당선자를 작가로 등단시키는 제도가 아니었음을 뜻한다. 어떻게 보면 이는 당연한 일이기도 하다.『청춘』을 비롯한『매일신보』,『학지광』등의 매체가 당선자를 작가로 등단시키는 등단 제도로 역할하기 위해서는 그 물적 토태, 곧 문학 장(literature champ)이 전제되어야 했기 때문이다.

이렇게 볼 때 흔히 동인지 문학의 한계로 운위되는 불과 2, 3년만 그 생명을 다하고 말았다는 평가 역시 재고의 여지가 있다. 김동인이 주요한과의 논의 끝에 동인지를 만들고자 결심한 데는『매일신보』,『학지광』,『청춘』등 기존의 매체들이 문학을 재생산하는 제도가 되지 못했다는 점, 나아가 제대로 된 문학 장이 존재하지 않았다는 점 등이 작

---

42) 「每號懸賞文藝」,『靑春』 제9호, 1917. 7, 126쪽.

용하고 있었다. 그런데 동인지 문학이 단명하게 된 가장 큰 이유는 한정된 독자에 기인한 경제적인 면 때문이었으며, 그것 역시 문학 장이 존재하지 않았다는 것과 연결된다. 요컨대 단명할 수밖에 없었던 열악한 조건이 이들이 동인지 발간을 통해 문단을 만들 수 있었던 기반이기도 했다는 것이다. 하지만 『창조』, 『폐허』, 『백조』 등이 단명했음에도 불구하고 주요 담당자들은 동인지의 간행을 통해 의도했던 문학 장에의 편입을 용이하게 성취했다. 이렇게 볼 때 동인지 문학은 "초연함의 가치를 인정하고, '경제'(상업적인 것)를, 그리고 (단기적으로) '경제적인' 이익을 거짓 부정하는 위에 세워진 것으로, 자율적인 역사로부터 나온 특수한 요구들과 생산을 특권시"해[43] 나갔다고 할 수 있다. 또 매체의 주체가 되는 과정을 통해 문학 장에의 편입이 이루어짐에 따라 기존 문학 경향에의 부정을 스스로의 정체성을 획득하는 방식으로 삼았지만 실제 그 부정 역시 승인권의 독점을 위한 상징적인 것이라는 점 역시 간과해서는 안 될 것이다.

4. 소설의 에크리튀르 혹은 소설이라는 글쓰기

김동인은 「약한者의 슬픔」에서 과거시제와 3인칭대명사를 사용한 이유를 다음과 같이 밝히고 있다.

> 이러한만흔『한다』『이라』『ㅡ인다』등의 現在法敍事體는近代人의 날카로운心理와情緖는表現할수업는바를쌔다럿다. 現在法을使用하면 主體와客體의區別의 明瞭치못함을쌔다럿다 ……중략…… 前者(現在詞ㅡ인용자)에서는『엘리자벳』이라하는主體와 四圍라는客體의 混同無秩序를볼수잇스나 後者(過去詞ㅡ인용자)에서는完全한合致的區分을볼수잇다.[44]

---

43) Pierre Bourdieu 저, 하태환 역, 『예술의 규칙』, 東文選, 1999, 192쪽.
44) 『朝鮮日報』, 1929. 8. 11.

　　모든 사물의 형용에 있어서 이를 독자의 머리에 실감적으로 부어넣기 위해서는 『현재사』보다 『과거사』가 더유효하고 힘있다. ……중략…… 소설을 쓰는데, 소설에 나오는 인물을 대번 김아무개면 김아무개, 최아무개면 최아무개라고 이름을 쓰는것이 구찮기도 하고 성가시기도 하여서 무슨 적당한 어휘가 있으면 그 어휘로 쓰고싶지만 불행 우리말에는 He며She에 맞을만한 적당한 어휘가 없다. He와She를몰몰아(성적(性的)구별을 없애고) 『그』라는 어휘로 대응한 것―45)

　　인용문에서 김동인은 과거시제를 사용한 이유를 세 가지 정도 언급하고 있다. 첫째, 근대인의 날카로운 심리와 정서의 표현이 가능하다는 것, 둘째, 주체와 객체의 구별이 명료하다는 것, 셋째, 모든 사물의 실감적인 형용이 가능하다는 것 등이 그것이다. 근대인의 심리와 정서를 표현한다는 것에 대해서는 뒤에서 살펴보도록 하고, 여기서는 먼저 두 번째, 세 번째 이유에 주목해 보자. 두 번째와 세 번째 이유는, 주체가 객체와의 구분이 명료할 때 모든 사물 곧 객체의 실감적인 형용이 가능하다는 데서, 같은 부분을 지적한 언급이라고 할 수 있다. 그런데 이는 '과거시제'의 역할이라기보다는 3인칭대명사 '그'의 역할이다.

　　3인칭대명사 '그'가 소설의 중심에 놓이려면 3인칭이 소설의 중심인물이어야 한다. 하지만 그것만으로는 부족하다. 소설의 중심에 놓이기 위해서는 '그'는 중심인물일 뿐 아니라 초점화자이기도 해야 한다.46) 중심인물이 초점화자의 역할을 맡게 되자 서술 대상과의 구별이 뚜렷하게 되고 실감적인 형용 역시 가능하게 되는 것이다. 그런데 3인칭대명사 '그'의 행위와 서술을 통해 소설이 전개되어 나가자, 화자는 소설 속에서 사라진다. 초점화자와 다른 화자는 존재하지만, 초점화자의 생

---

45) 김동인, 「文壇三十年의자최(1)」, 『新天地』 제3권 제3호, 1948. 3, 131쪽.
46) 초점화자는, 소설에서 누가 보느냐와 누가 말하느냐 곧 인식의 주체와 서술의 주체는 반드시 일치하지는 않는다는 전제 아래, 인식의 주체를 가리키는 용어로 제기된 것이다.
　　Rimmon-Kenan S., 『소설의 시학』, 문학과지성사, 1985, 109-112쪽.

각이나 느낌을 옮기는 역할만을 담당하게 되어 화자의 존재는 희미해지게 된다. 간과해서는 안 될 것은 화자는 소거되었음에도 불구하고 더욱 은밀하고 철저하게 소설을 지배한다는 점이다. 곧 화자는 스토리 외부에 위치해 소설의 중심에 위치한 등장인물이자 초점화자를 통해 은밀하게 스토리를 지배한다.

두 번째 인용문에 있는 '소설에 나오는 인물을 매번 이름을 쓰는 것이 귀찮고 성가셔서 3인칭대명사 '그'를 사용했다'는 언급은 이와 관련된다. 왜 하필 '그'라는 대명사를 사용했는가를 차치한다면 반복해서 나오는 고유명사를 대신하기 위해 대명사를 사용했다는 것은 자연스럽다. 하지만 고유명사 대신 3인칭대명사를 사용한 데는 비인칭이라는 '그'의 고유한 속성이 작용하고 있다. 발화행위에서 3인칭대명사 '그'는 1인칭대명사 '나'나 그 상대인 2인칭대명사 '너'와는 달리 발화행위의 주체로서의 주관성이 배제된 객관적 대용에 해당된다. 3인칭대명사 '그'는 '나'와 '너' 사이의 의사소통에 관여하지 않는다는 추상성과 거리감에 대한 객관적인 표현이다. 소설에서 역시 '그'는 복잡한 인격을 구하지 않고 관심 있는 특징만을 구현하게 해주며, 도덕적 밀도와 스스로의 움직임을 절약하도록 해준다. '그'라는 대명사는 스토리 외부에 위치한 화자의 은밀하고 철저한 지배에 대응하는 그림자의 역할을 하는 데 가장 적절한 매개라는 것이다.[47]

흥미로운 점은 3인칭대명사의 등장에 따라 화자가 위치하게 된 지점이 과거시제에 의한 그것과 겹쳐진다는 것이다. 소설에서 과거시제는 일상 경험에 관한 의미에서 시간이라고 부르는 것과 자율적인 관계에 있다. 소설에서 과거시제가 소설의 중심에 놓이는 것은 서술이 스토리 이후에 이루어지는 사후서술(ulter narration)을 행할 때이다. 사후서술을 통해 화자는 스토리 사건들을 자유롭게 선택하고, 계량하고, 배

---

47) Benveniste E., 황경자 역, 『일반언어학의 제문제』 1, 민음사, 1992, 361-369쪽; Kristeva J., 유복렬 역, 『반항의 의미와 무의미』, 푸른숲, 1998, 439-442쪽.

치하게 되며 소설의 사건들은 원인에서 결과로 서로 이어지며 결과가
다시 다른 결과의 원인으로 작용하는 일이 마지막까지 이어진다. 이를
가능하게 하는 서술 지점은, 시간적으로 스토리 이후에 또 공간적으로
스토리 바깥에, 위치한다. 그리고 그 위치는 앞서 3인칭대명사의 등장
과 맞물려 화자가 위치하게 된 지점과 겹쳐진다. 따라서 주체와 객체
의 명료한 구별을 통해 사물의 실감적인 형용을 하게 된 것을 과거시
제의 역할로 파악한 김동인의 언급 역시 크게 잘못된 것은 아니다.

　과거시제와 3인칭대명사와 관련해 또 하나 주목해야 할 김동인의
언급은 소설을 쓸 때 용어에 대한 고민을 많이 했으며, 'ナツカシク',
'ヲ感ジタ', 'ニ違ヒナカッタ', 'ヲ覺エタ' 등을 '정답게', '을 느꼈다',
'틀림 없었다', '느끼었다' 등으로 바꾸는 데 많은 시간을 소비했다는
것이다. 이는 앞서 「약한者의 슬픔」이 소설이라는 글쓰기 방식의 번
역을 통해 이루어졌음을 검토하면서 확인한 바 있다. 흥미로운 것은
"『느꼈다』 『깨달았다』 등의 형용사를 본시 갖는 의의와 전연다른 방면
에 활용하여 재래의 우리 말이 표현할수 없는 특수한 기분을 표현하는
데 사용하였"는데, "처음 그 어휘를 쓸적에는 도무지 틀에 맞지 않아
서 스스로도 불안과 불만을 느끼면서"[48] 썼다는 것이다. 왜 김동인은
앞선 인용문의 용어들을 조선어로 바꾸는 데 많은 시간을 소비하고 또
"막상 써놓고 보면 그럴듯 하기도 하고 안된것 같기도 해서 다시 읽어
보고 따져 보고 다른 말로 바꾸어 보고 무척 애를 썼"[49]을까?

　이러한 김동인의 토로는 번역을 하는 데 조선어에 적당한 어휘가
없었다는 데 기인한다. 더 정확히는 그것들이 소설이라는 글쓰기 속에
새롭게 등장한 용어였기 때문이다. 앞서 김동인이 번역에 어려움을 느
꼈던 용어의 예들 대부분, 곧 'ナツカシク', '感ジタ', '覺エタ' 등이 내
면을 표현하는 말이었음을 확인한 바 있다. 소설에서 자신의 존재를

---

48) 김동인, 「文壇三十年의자취(1)」, 『新天地』 제3권 제3호, 1948. 3, 131쪽.
49) 김동인, 「文壇三十年의자취(2)」, 『新天地』 제3권 제4호, 1948. 4・5, 149쪽.

분명히 하는 화자가 존재하는 한 등장인물의 내면을 직접적으로 표현하는 것은 불가능하다. 주석적 서술에 나타난 인물의 내면은 등장인물에 의해 표현된 것이라기보다는 화자가 알고 있는 것이라고 할 수 있다. 내면이 표현되기 위해서는 화자가 스토리에서 사라지고 등장인물에게 행위와 서술의 역할이 맡겨져야 한다. 다시 말해 등장인물의 내면이 소설 속에 직접 제시되는 것 역시 화자가 소거되고 등장인물이 초점화자의 역할을 맡게 되는 서술방식의 변화에 의해 가능하다는 것이다. 여기에서 등장인물의 내면이 드러나는 것 역시 과거시제와 3인칭대명사가 소설의 중심에 놓이는 것과 맞물리는 현상임을 알 수 있다. 앞선 김동인의 용어에 관한 고민은 이와 연결된다. 서술 방식의 변화에 따라 내면이 처음으로 소설의 표면에 등장함에 따라 느끼고, 깨닫는 등 허구적 주체의 내면을 드러내는 용어를 만들어내야 했던 것이었다. 김동인이 언급한 과거시제를 사용한 첫 번째 이유, 곧 '현재시제로는 근대인의 날카로운 심리와 정서를 표현하지 못해 과거시제를 사용했다'는 것의 온전한 의미는 여기에서 확인할 수 있다.

그런데 과거시제와 3인칭대명사는 소설 양식의 근간을 이루는 기제이다. 과거시제와 3인칭대명사를 소설의 기초이자 관습으로 보고, 이들이 없으면 소설로서 힘을 잃거나 스스로의 양식적 질서를 파괴할 의도가 있는 것이라는 바르트의 언급은 이를 뒷받침한다. 앞서 3인칭대명사가 소설의 중심에 놓이기 위해서는 화자가 소거되어야 함을 살펴본 바 있다. 하지만 화자는 사라졌음에도 불구하고 중심인물을 통해 더욱 은밀하고 철저하게 스토리를 지배했다. 곧 화자는 중심인물을 지배하는 특권적인 위치에 서서, 자신과 스토리 사이의 거리를 창출하면서 동시에 스토리 내부의 중심인물을 영유하는 것을 통해 그 거리를 제거한다. 여기에서 3인칭대명사가 소설의 중심에 위치하는 것이 다른 사고나 시선을 하나의 그것으로 변용시키는 기제를 마련하는 것과 동일한 궤에 놓이는 것임을 알 수 있다. 과거시제는 스토리 사건들을 선택하고, 계량하고, 배치하는 과정에서 등장했다. 사건들은 인과의 사슬

을 통해 연결되어 중복이 없는 긴밀한 위계를 이루며, 이를 통해 사건
들은 불합리하지도 신비롭지도 않으며 분명하고 친숙하게 된다. 또 일
련의 지속적인 사건들은 하나의 의미 있는 전체를 구축하게 되고, 이
는 삶의 다른 행동이나 과정과 연결되고 나아가 세계의 흐름에 다가가
게 되는 것이다. 하지만 이는 유기적인 세계상을 양적인 구성물로 변
환시키는 조작이라 할 수 있으며, 그 결과 삶은 더욱 얇아지고 투명해
져 그 자체의 밀도, 양, 전개는 사라지고 만다.[50]

5. 맺음말

김동인은 자신의 언급처럼 「약한者의 슬픔」에서 과거시제와 3인칭
대명사를 소설의 중심에 위치시켰다. 그런데 그것은 두 개의 번역을
통해서 이루어졌다. 하나는 당시 독서의 대상들을 통해 소설이라는 글
쓰기 방식을 번역한 것이었다. 또 하나는 번역은 동인지라는 매체의
형식에서 이루어졌다. 후자를 통해 김동인은 스스로 문학 활동을 할
수 있는 기반을 획득하는 동시에 〈학우회〉로 대표되는 유학생 집단 속
에서 스스로의 자리를 확보하는 계기를 마련하기도 했다. 또 그것은
전자, 곧 김동인이 과거시제와 3인칭대명사로 대표되는 소설적 글쓰기
방식을 정초하는 물적 토대를 만드는 것이었다는 데서 주목을 필요로
한다.

그런데 4장에서 검토한 것처럼 과거시제와 3인칭대명사는 인과율과
원근법의 다른 이름이며, 그것들을 근간으로 하는 소설은 인과율과 원
근법이라는 근대적 논리가 문학적으로 변용된 것이었다. 따라서 김동
인이 「약한者의 슬픔」에서 과거시제와 3인칭대명사를 중심에 위치시

---

50) Barthes R., Lavers A. · Smith C. trans., WRITING DEGREE ZERO, HILL AND WANG,
1967, pp. 29-40.

킨 것은 소설의 양식적 질서를 정초한 것일 뿐만 아니라 소설이라는 글쓰기 방식을 통해 근대적 논리를 구축한 것이기도 했다. 또 그것은 독자들이 독서라는 행위를 통해 인과율과 원근법이라는 근대적 논리를 스스로 내면화할 수 있는 기제를 만든 것이기도 했다.

이와 관련해 가라타니 고진의 다음과 같은 언급은 시사하는 바가 크다.

> 내이션은 예전 종교, 신분, 혈연·지연이라고 하는 공동성이 아니며, 오히려 그것들이 실질적으로 붕괴된 후 상상적으로 형성된 것이다. 그리고 그것은 다른 무엇보다도 「문학」에 의해 이루어진 것이다. 국가장치가 부여하는 이데올로기는 사람들의 소위 영혼마저 흔드는 것 같은 동일성을 가져오는 것이 불가능하기 때문이다.51)

내이션이라는 상상의 공동체가 만들어지기 위해서는 '영혼마저 흔드는 동일성'이 필요한 데, 그것을 가능하게 한 것이 문학이라는 언급이다. 앤더슨 역시 상상의 공동체를 조형하는 일을 문학과 연결시켜 파악하고 있다. 하나의 사회가 동질적이고 공허한 시간을 통해 달력의 시간에 맞추어 움직인다고 확신하는 것은 역사를 따라 꾸준히 움직이는 견실한 공동체를 생각하는 것과 정확히 비유된다는 것이다. 그리고 소설의 시간 구조는 원인과 결과라는 긴밀한 선조 속에서 무관한 사건을 동시성의 좌표 위에서 재현하는 것을 통해 그 역할을 한다고 했다.52)

이러한 언급을 통해서도 김동인이 「약한者의 슬픔」에서 과거시제와 3인칭대명사를 소설의 중심에 위치시킨 것의 의미에 접근할 수 있다. 물론 이광수에 이르기까지 "구두점과 행갈이뿐만 아니라 띄어쓰기와 단락나누기, 지문과 대사의 분리 및 여백의 활용, 일상어의 대폭적인

---

51) 柄谷行人, 「韓國と日本の文學」, 『戰前の思考』, 講談社, 2001, 228面.

52) Benedict Anderson, 윤형숙 역, 『상상의 공동체: 민족주의의 기원과 전파에 대한 성찰』, 나남, 2002, 59-76쪽; Barthes R., 앞의 책, pp. 30-31 참조.

유입을 감당하기 위한 국문체의 사용 등”을 통해 소설에서 “전혀 다른 미적 효과와 의미상의 효과를 생산”53)해 왔다. 하지만 김동인의 작업은 인과율과 원근법으로 대표되는 근대적 논리를 내면화 하는 방식을 창안했다는 점에서 이전 시기의 그것과는 일정한 결절을 이룬다.

그리고 그것은 번역이라는 매개를 통해 이루어졌다. 물론 김동인이 과거시제와 3인칭대명사로 대표되는 소설의 에크리튀르를 번역하면서 그것들이 지닌 의미나 역할을 인지하고 있었던 것은 아니다. 한편 이후에도 번역은 하나의 제도로 자리 잡아 식민지 조선에서 여러 가지 문학적 관습을 주조하고 재생산하는 역할을 하게 된다. 그리고 그 과정에서 번역의 의미와 역할은 “체계적으로 무시되고 쟁점이 될 수 없는 것으로 간주되고, 그 반면 추상적 언어의 등가성으로써 ‘순수하게’ 취급되는 이상화되고 명백히 탈정치적인 번역 개념이 그 자리를 대신해서 차지”54)해 나갔다. 실제 김동인이 근대소설의 개척자나 확립자로 평가되는 것 역시 이러한 과정과 맞물려 있다고 할 수 있다. 하지만 번역이라는 제도가 지니는 의미와 역할은 그 과정의 바깥에 위치할 때만 정당하게 인지될 수 있을 것이다.

주제어 : 과거시제, 3인칭대명사, 독서 경험, 번역, 동인지, 『創造』, 인과율, 원 근법, 내면화

---

53) 정선태, 「번역과 근대 소설 문체의 발견」, 『근대어·근대매체·근대문학』(한기형 외), 성균관대학교 대동문화연구원, 2006, 239쪽.
54) D. Robinson, 정혜욱 역, 『번역과 제국』, 東文選, 2002, 109쪽.

◆ 참고문헌

1. 기본 자료

『創造』, 『靑春』, 『朝鮮日報』, 『每日申報』, 『朝鮮文壇』, 『朝光』, 『新天地』 등

2. 단행본

1) 국내서

강인숙, 『자연주의문학론』 1, 고려원, 1987.

김윤식, 『김동인연구』, 민음사, 1987.

김춘미, 『김동인연구』, 고려대학교민족문화연구소 출판부, 1985.

백 철, 『조선신문학사조사(근대편)』, 수선사, 1948.

조연현, 『한국현대문학사』, 현대문학사, 1957.

2) 국외서

Barthes R., Lavers A. · Smith C. trans., WRITING DEGREE ZERO, HILL AND
     WANG, 1967.

K. Hamburger, 장영태 역, 『문학의 논리 – 문학장르에 대한 언어이론적 접근』, 홍
     익대 출판부, 2001.

Pierre Bourdieu, 하태환 역, 『예술의 규칙』, 東文選, 1999.

Rimmon-Kenan, S., 최상규 역, 『소설의 시학』, 문학과지성사, 1985.

柄谷行人, 『戰前の思考』, 講談社, 2001.

柄谷行人 外, 송태욱 역, 『근대일본의 비평』, 소명출판, 2002.

伊藤整, 고재석 역, 『近代 日本人의 발상형식』, 소화, 1996.

中村光夫, 유은경 역, 『일본의 근대소설』, 영한, 1995.

紅野謙介, 「投機/思索の對象としての文學 – 懸賞 · 小說 · 相場」, 『文化の市場: 交
     通する』, 東京大學出版部, 2001,

마사오 미요시 외, 『포스트모더니즘과 일본』, 시각과언어, 1997.

3. 연구 논문

김영철, 「신문학 초기의 현상 및 신춘문예제의 정착과정」, 『국어국문학』 98, 국어
     국문학회, 1987.

전은경, 「1910년대 『매일신보』 소설 독자층의 형성과정 연구 – 〈독자투고란〉을 중

심으로」, 『현대소설연구』 29, 현대소설학회, 2006.

정선태, 「번역과 근대 소설 문체의 발견」, 『근대어・근대매체・근대문학』(한기형 외), 성균관대학교 대동문화연구원, 2006.

차혜영, 「1920년대 초반 동인지 문단 형성 과정―한국 근대 부르주아 지식인의 분화와 자기정체성 형성과 관련하여―」, 『상허학보』 7집, 상허학회, 2001. 8.

38

♦ 국문초록

　　김동인은 「약한者의 슬픔」에서 과거시제와 3인칭대명사를 소설의 중심에 위치시켰다. 「약한者의 슬픔」은 1918년 말에서 1919년 초에 이르는 무렵에 집필된 것으로 보인다. 당시는 김동인이 동경의 明治學院을 중퇴하고 川幡畵學校에 적을 두고 있을 때였다. 그때까지 김동인은 명치학원 시절 학교에서 발행하는 회람잡지에 소설 한 편과 수필 한 편을 써 본 경험밖에 없었다. 김동인이 「약한者의 슬픔」을 쓰는 데 전범이 되었던 것은 당시 독서 경험을 통해 접한 근대소설이었다. 그리고 그 과정은 일본어를 조선어로 바꾸는 번역을 매개로 했다. 김동인은 주요한의 말을 듣고 동인지를 발간할 결심을 하는데, 거기에는 기존 매체에 투고를 했다가 몰서를 당한 경험이 작용하고 있다. 김동인은 그 경험을 통해 조선에 열악한 문학적 상황에 대해 절감했으며, 매체의 주체가 지닌 위상을 파악했다. 또 유학생 사회에서 인정받는 일의 어려움 역시 알게 되었다. 스스로 매체를 발간하는 일은 이와 같은 어려움을 동시에 해결하는 길이었다. 주요한이 동인지라는 매체의 형식을 제안한 것은 동인지가 문학의 중심에 위치했던 일본의 상황과 관련된 것으로 보인다. 이렇게 볼 때 발간한 매체의 형식 역시 일종의 번역을 통해 선택된 것이라고 할 수 있다. 실제 번역의 자장이 그 형식뿐만 아니라 의도와 역할에까지 미치게 된다. 번역을 통해 매체의 발간이 가능했던 것은 『매일신보』, 『학지광』, 『청춘』 등 이전에 존재했던 매체가 문학을 재생산하는 제도로서 온전한 기능을 하지 못했기 때문이다. 「약한者의 슬픔」에서 소설의 중심에 위치한 과거시제와 3인칭대명사는 인과율과 원근법이라는 근대적 논리를 문학적으로 변용시킨 것이었다. 또 이는 독서라는 행위를 통해 인과율과 원근법이라는 근대적 논리를 스스로 내면화할 수 있는 기제를 만든 것이기도 했다.

◆ SUMMARY

Two Translation & A Writing called the novel

Park, Hyun-Soo

The past tense and the third personal pronoun became central position of Kim Dong-In' ⟨The Sorrow of the Weak⟩. ⟨The Sorrow of the Weak⟩ was written at the end of 1918' or the beginning of 1919'. Kim Dong-In has little experience of writing novel except for announcing a novel at the circulating magazine by then. Kim Dong-In wrote ⟨The Sorrow of the Weak⟩ refering to the novel that read at then. And the process was engaged with translating Japanese into Korean. Kim Dong-In determined to publish the a literary coterie magazine by Ju Yo-Han's advice. To tell the truth, Kim Dong-In had a experience of dropping off at a contribution contest at then. Kim Dong-In knew the poor surroundings of the literary world and the authority of the media. Publishing the literary coterie magazine was the way to solve the several problems like these. The past tense and the third personal pronoun that became central position at ⟨The Sorrow of the Weak⟩ were the literary acculturation of the modern logic. And they were the system of internalization that appeared at the process of the reading.

Keyword : past tense, the third personal pronoun, reading-experience, translation, literary coterie magazine, internalization etc.

─이 논문은 2006년 3월 30일에 접수되어, 소정의 심사를 거쳐 2007년 5월 31일에 최종적으로 게재가 확정되었음.

『개벽』의 '현상문예'와 '신경향파문학'*

최 수 일**

1. 머리말

이 글은 잡지 『개벽』에서 실시한 '현상문예'의 현황과 변모 양상을 분석하여 그 제도사적·문학사적 의미를 조명 했다. 즉 『개벽』의 현상문예를 『청춘』에서 발원하여 『조선문단』에서 결실을 맺는1) 현상문예

---

* 이 논문은 2004년도 한국학술진흥재단 지원으로 연구됨(KRF-2004-074-AS0065).
** 성균관대학교 강사.

1) 이는 현상문예와 관련된 학계의 보편적 입론으로 필자 역시 기본적으로 이에 동의한다.
  『청춘』에서 『조선문단』으로 이어지는 현상문예의 진전과정에 대해서는 다음의 연구들을 참조했다.
  김춘희, 「한국 근대문단의 형성과 등단제도 연구」, 동국대 석사논문, 2000.
  이경돈, 「『조선문단』에 대한 재인식」, 『1920년대 문학의 재인식』, 상허학보 7집, 깊은샘, 2001.

의 제도적 진전과정 속에서 조망하는 한편, 이를 다시 『개벽』 문학의
전개과정, 특히 근대문학사의 쟁점인 '신경향파문학'의 탄생과 연관지
어 설명했다. 이를 위해 4차례에 걸쳐 실시된 『개벽』 현상문예의 현황
을 재구성하여 『개벽』 이전과 이후의 제도적 진전 내지 변모 양상에
주목했으며, 『개벽』 현상문예의 전(全)과정을 『개벽』의 문학적 '탐색'
내지 '모색'이라는 의미망 위에 녹여내고자 했다. 아울러 문예전문지가
아닌 『개벽』이 1920년대 현상문예의 '서막'[2]을 열었다는 점에서 현상
문예와 '종합지'의 관계를 본원적으로 검토했다.

이 글의 새로움은 '현상문예'를 제도의 메커니즘 차원에서 조망하
되, 문학제도의 진전이라는 의미망을 넘어서 '매체' 혹은 매체가 추구
한 문학적 탐색 과정과 현상문예 제도를 연결시켜 이해하고자 한 데
있다. 이를 통해 『개벽』의 현상문예는 등단제도의 형성 과정이라는 '제
도사의 측면'과 새로운 문학의 모색과 탄생이라는 '문학사의 측면'이
상호 연동하는 '장(場)'으로서 새롭게 평가될 수 있다. 한편, 이 글은
기존 연구의 보완이기도 하다. 『개벽』의 현상문예가 독자적인 연구대
상으로 주목된 바가 적었고,[3] 또 현상문예에 대한 기존 논의가 그 '맹

임원식, 『신춘문예의 문단사적 연구』, 국학자료원, 2003.

김미정, 「근대초기 현상공모 일고찰」, 『반교어문연구』 18집, 2005.

이봉범, 「1920년대 부르주아문학의 제도적 정착과 『조선문단』」, 『민족문학사연구』
29호, 2005.

박헌호, 「동인지에서 신춘문예로-등단제도의 권력적 변환」, 『대동문화연구』 53집,
2006.

2) 여기서 '서막'이라는 표현은 '최초'의 의미가 아니다. 그런 의미라면 『학생계』(1920.
10)의 현상문예가 『개벽』(1921. 7)에 앞선다. 다만 매체의 위상과 문학적 파장 등을 종
합적으로 고려할 때 『학생계』가 『개벽』에 비할 바가 되지 못하고, 또 시기적 처짐도
크지 않다는 점에서 '서막'이라는 표현이 큰 무리가 없으리라 판단했다. 『학생계』의
현상문예의 현황과 성격에 대해서는 본 특집호에 실린 박지영의 「잡지 『학생계』 연구」
를 참조하기 바란다.

3) 『개벽』의 현상문예에 대한 서술이 포함된 논의로는 김춘희와 박헌호의 연구를 꼽을
수 있다. 김춘희는 『개벽』을 『조선문단』과 함께 "1920년대 현상문예제를 본격적인 등
단제도의 정착으로 이끌었던 잡지로" 평가하고, 주요 등단작가와 투고 관련 사항(규

아'와 '결실'로 평가되는 『청춘』과 『조선문단』에 집중되었다는 점에
서4) 이 글은 기존 연구의 '틈'을 메우는 작업이라고 할 수 있다.

실증한 후에 분석해야 하는 글의 성격상 현상문예의 '현황'과 '특
징'을 재구성하는 데서 논의를 출발시켰다. 이는 현상문예의 제도적 진
전과정을 '사실의 차원'에서 검증하는 것이자, 이와 관련된 문학사적
변동의 단초들을 발견하는 과정이라고 하겠다.

정, 선자), 타 잡지와의 변별점(희곡 모집) 등을 한두 쪽에 걸쳐 개괄했다(앞의 글, 54-
55쪽 참조). 한편 등단제도의 권력적 변환(현상문예에서 신춘문예로의)에 주목한 박헌
호는 『개벽』의 현상문예 전반을 함축적으로 요약·평가하면서 『개벽』의 현상문예가
양적·질적으로 『조선문단』의 현상문예에 미치지 못한 원인을 분석했다(앞의 글, 17-
25쪽 참조). 제도사의 흐름에 집중한 논의의 성격상 『개벽』 현상문예의 전모가 담기기
가 어려웠다고 할 수 있다. 그런데 이처럼 『개벽』의 현상문예가 『청춘』이나 『조선문
단』의 그것과 달리 독자적인 연구대상이 되지 못하고, 제도사를 개괄하는 논의에서나
언급되는 이유는 간단하다. 현상적으로 확인되는 빈약한 모습, 즉 "현상응모의 횟수나
당선자의 수에서 『조선문단』에 미치지 못"하기 때문일 것이다. 하지만 박헌호가 의문
을 제기했듯이 『개벽』의 문학적 열정과 그 문학적 면모를 염두에 둔다면 이런 초라함
은 오히려 문제적 사안으로 부각될 필요가 있다. 특히 『개벽』이 신경향파문학 탄생의
주요 계기이자 시원지였다는 것, 『개벽』의 현상문예가 신경향파문학의 탄생을 알리는
'선언의 장'이자 재생산의 구체적 계기이기도 했다는 사실은 문제의식을 더욱 날카롭
게 벼릴 수 있는 계기를 제공한다. 이 점을 감안할 때 박헌호가 제기한 의문을 해결하
는 방식은 먼저 『개벽』의 문학적 면모와 진전과정을 살피고, 그 자장 안에서 '현상문
예'라는 특정 사안을 조망하는 것이라야 한다. 즉 『개벽』의 문학과 현상문예를 별개의
사안으로 분리해서 보아서는 안 된다는 것이다(이 점에서 필자의 문제의식은 '현상문
예' 자체가 아니라, 『개벽』의 문학이라는 차원에서 제기되어 현상문예에 이른 것이라
고 할 수 있다). 문제는 이러한 전제를 충실히 따르기 어렵다는 데 있다. 『개벽』의 문
학이 독자적인 의미망 위에서 연구된 바가 적었고, 따라서 이는 『개벽』의 현상문예에
접근하려는 연구자 개인의 몫으로 남기 때문이다. 『개벽』의 현상문예를 언급한 기존
의 연구가 사실을 나열하는 데 그치거나, 아니면 매체의 성격(혹은 그에 따른 역할론)
으로 구체적 사실들을 소급해 설명하는 것은 이 때문이다.
4) 『청춘』의 현상문예에 주목한 사례로는 김미정의 연구를 『조선문단』에 주목한 논의로
는 이경돈과 이봉범의 논의를 예로 들 수 있겠다. 이처럼 특정매체가 제도사의 관점
에서 집중적으로 조망되기 시작한 것은 아주 최근의 일인데, 이런 연구의 역사가 일
천하다는 점 또한 『개벽』이나 『개벽』의 현상문예가 독자적인 연구 대상으로 떠오르는
못한 원인이 되었다.

2. 『개벽』 현상문예의 현황과 특징

『개벽』의 현상문예는 4차례 실시된다. 1주년 기념 「현상문대모집」
과 4주년 기념 「소설・희곡 현상모집」, 1925년 2월의 「신춘독자문예대
모집」과 5주년 기념 「현상소설대모집」이 그것이다.

『개벽』 발간 1주년을 기념하고 "반도의 은일한 논객과 문사를 소
개" 한다는 취지로 기획된 「현상문대모집」은 11호에 공지되어[5] 13호
(1921. 7)에 그 결과가 발표되었다. 시가 30편, 소설은 그 이상이 투고
되었다.[6] 선자(選者)로는 문예부장이었던 현철(소설)과 현상윤(논문)・
장응진(소품문)・김석송(시)이 참여했고, 심사를 통해 모두 11편의 글
을 당선시켰다.[7] 논문과 소품문에서 각각 3등 1편과 선외가작 1편이
나왔고, 시에서는 2등과 3등이 각 1편 그리고 선외가작이 2편 나왔으
며, 단편소설에서는 2등에서 선외가작까지 각각 1편씩 뽑았다. 그 결과
를 표로 제시하면 아래와 같다.

〈표 1〉 1주년 기념 현상문예 당선자 및 작품[8]

부 문	작 가	작 품	선 자	등급 및 게재	비 고
소 설	KS생	달	현희운 (현철)	이등 / 13호	보성전문학교
	허영호	모순		삼외 / 13호	재동경
	향월	H교사의 3일간		선외 / 13호	함흥

5) 「현상문대모집」, 『개벽』 11호, 1921. 5, 86쪽.

6) 현철 외, 「고선여감」, 『개벽』 13호, 1921. 7, 문예면 58, 62쪽 참조.

7) 필자는 일찍이 『개벽』 유통망의 현황과 담당층을 분석하여 유통의 주된 담당층이 '청
년・학생층'이었고, 이들이 주된 독자층이기도 했다고 주장한 바 있는데(최수일, 「『개
벽』 유통망의 현황과 담당층」, 『대동문화연구』 49집, 성균관대 동아시아학술원, 2005),
현상문예 당선자의 면면은 이 주장과 어느 정도 통하는 바가 있다. 〈표 1〉의 비고란
과 실제 작품의 성향을 분석하면 현상문예 당선자의 상당수가 학생(유학생)들이었음
을 알 수 있으며, 현상문예 응모자의 상당수가 이들 계층이었음을 미루어 짐작할 수
있기 때문이다.

8) 『개벽』 13호에 발표된 「현상문발표」(문예면)의 내용을 정리한 것이다.

신 시	조정호	넓은 뜰에 섯는 자	김석송	이등 / 13호	곡산군
	한사배	고독		삼등 / 13호	
	한현상	옛날의 느낌		선외 / 13호	
	박판종	저녁		선외 / 13호	영암
소품문	노문희	석양	장응진	삼등 / 13호	정주
	낭엽	고범형에게		선외 / 13호	중국 소주
논 문	김영희	청년제군에게 시간의 귀함을 고함	현상윤	삼등 / 13호	연희전문학교
	정기원	희망론		선외 / 13호	

『개벽』 최초의 현상문예인 「현상문대모집」은 몇 가지 주목할 만한 특징을 갖고 있다. 첫째는 『개벽』의 매체적 성격, 즉 '정론지' 내지 '언론잡지'라는 기본 성격을 상징적으로 드러낸다는 것이다. 소설과 신시로 대표되는 정통 문예물과 '사회문제'에 관한 논설(논문)이 '현상문모집'의 형식 속에 공모됐다는 것이 그 단적인 표지다.9) 더구나 논문은 모집대상을 소개하는 맨 앞자리를 차지하고 있었고, 상금에서도 원고분량이 더 많은 소설과 어깨를 견주었다. 500행짜리 소설 한편의 상금이 10원이었는데, 이보다 적은 300행짜리 논문의 당선 상금이 8원이었으니 논설의 상대적 비중을 짐작할 수 있다. 그런 의미에서 「현상문대모집」은 엄밀히 말해 완벽하고 순연한 형식의 '현상문예'는 아니었다.

懸賞文大募集

---

9) 이는 한편으로 『개벽』 내에서의 '문학'과 '정론'의 밀접한 상관성을 암시하는 것이기도 했다. 1920년대 최대의 대중정론지라는 『개벽』의 성격과 그 편집원리가 이를 견인했기 때문이다. 실제로 『개벽』의 문학은 '잡문'(보고문 등)과 함께 '정론'의 현실성을 보완하는 방식으로 '배치'되었고, 경우에 따라서는 '계몽성' 자체가 특정 문학양식의 생성원리로 발전하기도 했다. 예를 들어 『개벽』에 산재한 '기록서사물'은 '논설'이 그 양식적 출발점이었다. 『개벽』 내에서의 '문학'과 '정론(이념)'의 밀접한 상관관계에 대해서는 한기형, 「『개벽』의 종교적 이상주의와 근대문학의 사상화」, 『상허학보』 17집(2006)을 참조하고, 『개벽』의 편집원리와 문학의 '배치' 그리고 기록서사의 양식적 기원에 대해서는 최수일, 「1920년대 문학과 『개벽』의 위상」, 성균관대 박사논문, 2001, 2장과 4장을 참조할 것.

(중략)

問題

論　文 一行 二十三字 三百行以內(政治에 關치 아니한 社會問題)

小品文 一行 二十三字 五十行以內(隨意. 題)

新　詩 短篇 二章以內(隨意. 題)

小　說 一行 二十三字 五百行以內(隨意. 題)

賞金

論　文 一等 八圓 二等 五圓 三等 開闢 六個月分

小品文 一等 五圓 二等 三圓 三等 開闢 三個月分

小　說 一等 十圓 二等 六圓 三等 開闢 六個月分

新　詩 一等 五圓 二等 三圓 三等 開闢 三個月分

　　但 各問題에 對하야 一等 一人 二等 二人 三等 三人 以內로 選定함
　　其他 佳作品은 定員이 無限이고 그에게는 記載된 開闢 當月號를 進
　　呈함(중략)[10]

둘째는 그럼에도 제도사적 진전을 보인다는 것이다. 즉『개벽』의 현
상문예는 이전 시대의 제도적 미숙성을 돌파하는 계기였다. 먼저 응모
자격과 관련하여『청춘』은 "반드시 본지의 독자인 후에 허"한다는 의
미에서 잡지에 실린 "청춘독자증"을 현상응모시 첨부토록 했는데,[11]
『개벽』에서는 이런 제한규정이 완전히 사라졌다. 현상문예가 '판매수
완'이라는 꼬리표를 떼는 순간이다. 분량과 등급에 따른 상금규정에도
변화가 있었다.『청춘』에서 '1행 23자 100행 이내'였던 단편소설의 분
량이『개벽』에서는 '500행 이내'로 늘어났으며, 단편소설과 '보통문'에
만 적용되던 등급구분을 전체부문으로 확대하고, 상금도 최고 3원이던
것이 10원으로 커졌다.[12]

무엇보다 부문별로 전문 선자를 배정하고, 당선작의 등급을 세분화

---

10)「현상문대모집」,『개벽』11호, 1921. 5. 1, 86쪽 참조.

11)「매호 현상문예쟁선응모」,『청춘』7호, 1917. 5, 판권간기 앞면.

12) 물론『청춘』7호에 공지되어 11호에 결과가 발표된「특별대현상」의 경우, 상금은 최
　　고 10원이었고 육당과 춘원 두 사람이 부문을 나누어 심사했다. 한진일,「근대 단편소
　　설의 형성과정 연구」, 성균관대 박사논문, 62쪽 각주 144번 참조.

한 것은 '현상문예'의 제도적 정착과정에서 주목을 요하는 것이다. 이는 현상문예가 전문적이고 엄격한 심사 과정을 통해 이루어진다는 인식을 독서대중에게 심어주었고, 결과적으로 현상문예의 제도적 '권위'를 창출하는 데 기여했기 때문이다. 물론 이 과정이 순탄치만은 않았다. 『개벽』이 결과를 내지 못한 등급에 배정되었던 '상금'을 당선자들에게 나누어 지급하기로 결정한 일은 문학제도의 형성과 정착이 쉽지 않았음을 역설적으로 드러내는 사건이다.

編輯部啓事

(중략) 當任諸氏의 熟考精選한 바에 依하면 論文에 一二等, 小品文에 一二等, 新詩에 一等, 小說에 一等이 업는 것은 참 意外요, 자못 遺憾이 만습니다.(중략) 我社는 결코 經濟에 汲汲하는 것이 아니오, 우리 民族의 文化를 爲하야 讀者를 本位로 하는 故로 論文에 所定한 一二等 賞金은 三等과 選外當選者에게로, 小品文의 一二等 賞金은 三等과 選外當選者에게, 新詩의 一等 賞金은 二等 三等 選外 二人 合 四氏에게, 小說의 一等 賞金은 二等 三等 選外 三氏에게로 所定 本 賞金 外에 平均하여 進呈하기로 하엿습니다. 이것이 本部에서 受賞諸位와 한가지로 깃버하는 바이올시다. 開闢編輯部[13]

이는 표면상 고선의 전문성과 엄밀성을 사후적으로 보완하는 조치로 보이지만, 한편으로는 그렇게라도 해야 할 정도로 제도의 기반이 허약했고 또 그 제도적 '권위'가 쉽게 의심되는 상황이었음을 방증하는 것이기도 했다. 주목할 점은 이것이 당대 문학계의 보편적 상황이기는 했지만, 『개벽』이 처한 특수한 상황 혹은 『개벽』이기에 발생한 문제적 상황일 수 있다는 것이다. 그리고 보면 결과를 내지 못한 등급에 배정되었던 상금을 당선자들에게 나누어주는 사례가 흔치 않았고, 현상문예를 시작하자마자 3년간의 '휴지기'를 둔 예는 『개벽』 이외에 본 적이 없다. 여기에는 『개벽』의 매체적 성격과 문학적 지향이 중첩

---

13)「편집부계사」, 『개벽』 13호, 1921. 7. 1, 문예쪽 62쪽 참조.

되어 '한계'로 작용했다는 것이 필자의 판단이다. 이에 대해서는 뒤에서 상론하겠다.

『개벽』의 지면에서 '현상문예' 공고가 재등장한 것은 3년이 흐른 뒤였다. 창간 4주년을 기념하는 취지로 기획된 이 「소설·희곡 현상모집」은 45호(1924. 3)에 공지되어, 49호(1924. 7)에 결과가 발표되었는데, 문예의 인기를 반영하듯 소설에서만 41편이 응모되었다.14) 선자로는 염상섭(소설)과 '雲汀' 김정진(희곡)이 참여하여, 소설 5편과 희곡 3편을 당선시켰다. 당선자 중에는 훗날 카프의 대표작가가 되는 이기영과 『개벽』에서 희곡작가로 성장하여 카프에 참여하는 김영팔이 있었고, 이미 『동아일보』의 현상문예에 당선된 바 있는 신필희15)와 『조선문단』을 통해 소설가로 등단하게 되는 '白洲' 김태수16) 등이 눈길을 끈다.

---

14) 염상섭, 「선후에」, 『개벽』 49호, 1924. 7, 179쪽 참조.

15) 한 작가가 여러 매체에 당선되거나 혹은 한 매체에 여러 번 당선되는 현상은 식민지 시대에 흔한 일이었다. 예를 들어 방정환은 『청춘』과 『유심』 등에 여러 차례 투고하여 『청춘』에서만 9편의 작품이 당선되기도 했다(박현수, 「한국 근대문학의 재생산 과정과 그 의미―방정환을 중심으로」, 『대동문화연구』 53집, 2006, 참조). 근대문학 초기 현상문예의 제도적 정착과정의 과도적 산물로 이해할 수 있을 것이다. 문제는 1920년대 중반까지도 이런 현상이 지속되었다는 데 있다. 신필희의 사례가 그 증거다. 그는 이미 『동아일보』의 "지령 1천호 기념 1천원 현상 모집"(1923. 5)에서 소설 「사진」으로 2등 당선된 경험이 이미 있었고(김석봉, 「식민지 시기 『동아일보』 문인 재생산 구조에 관한 연구」, 『민족문학사연구』 32호, 2006, 167쪽), 같은 해 단편소설 「산촌에서」(『동아일보』, 1923. 9. 2)로 "독자문단"에 뽑힌 바 있으며, 『개벽』에서도 '선외가작'이지만 2차례나 당선된다. 1925년의 '신춘문예'에 이르러서야 '신인발굴'이라는 본연의 궤도를 발견하게 되는 『동아일보』는 그렇다고 해도(김석봉, 위의 글, 167-173쪽) 『개벽』의 경우는 이해가 쉽지 않다. 선외가작으로 당선된 김영팔을 기성작가로 대접했고, 독자문예에 당선된 김창술을 시인으로 대접한 경우와 편폭이 크기 때문이다. 현재로서는 이것이 매체간 정보소통의 어려움에서 비롯되었는지, 아니면 작품의 질이나 성향 혹은 작가의 이념적 성향의 문제에서 비롯된 결과인지를 판단하기 어렵다. 비슷한 사례들을 풍부히 모아 비교·분석하는 작업이 이루어져야 하겠다. 논의의 전개상 이는 추후의 과제로 남긴다.

16) 백주 김태수는 『조선문단』 2호(1924. 11)에 소설 「과부」로 입선하여 「영생애」(7호) 등 3~4차례 작품을 발표한다.
   이봉범, 「1920년대 부르주아문학의 제도적 정착과 『조선문단』」, 『민족문학사연구』 29

〈표 2〉 4주년 기념 현상문예의 당선자와 작품

부 문	작 가	작 품	선 자	등급 및 게재	비 고
소 설	최석주	파멸	염상섭	이등 / 49호	
	이기영	옵바의 비밀편지		삼등 / 49호	
	신필희	입학시험		선외 / 50호	등위 논란
	최 빙	사진구경		선외 / 50호	등위 논란
	윤귀영	흰달빛		선외 / 52호	
희 곡	匿名생	버림바든 자	김정진	삼등 / 49호	
	김태수	희생자		선외 / 50호	
	김영팔	미처가는 처녀		선외 / 52호	

앞선 「현상문대모집」에 견주어 4주년 기념 현상문예의 가장 두드러진 변화는 큰 비중을 차지하던 '논설'이 모집부문에서 제외되고, 희곡이 소설과 나란히 현상문예의 주요대상이 되었다는 것이다. 『개벽』이여타의 글쓰기와 구별되는 문예의 전문성을 인식하고 이를 적극 추구했고, 희곡(연극)의 '문학적 선동력'을 통찰하고 있었음을 짐작할 수 있다. 『개벽』이 창간 초기부터 '학예부장' 현철을 중심으로 「문림」이라는독자문예란을 마련하는 등 문학에 지속적인 관심을 기울였고, 19호에이르러 문예면을 일반기사와 구별해 편재할 정도로 문학에 열정적이었던 바, 그 연장선상에서 이해할 수 있을 것이다.

한편으로는 '현실에 착목하라'는 슬로건 아래 문학과 현실의 긴밀한영향관계를 주장했던 『개벽』이 1923년 중반부터 시작된 매체의 방향전환(사회주의로의 경도)[17]을 계기로 문학의 현실 재현성과 '희곡'의'민중 교화력'에 재차 주목했음을 짐작할 수 있다. 『개벽』이 초대 문예부장으로 극예술 전공자인 현철을 기용한 점, 희곡을 소설과 나란히

호, 2005. 12, 194쪽 참조.

17) 1923년 중후반(37~38호)을 기점으로 이루어진 『개벽』의 담론적 변화, 즉 '사회주의로의 경도'를 말한다. 이 과정에 대해서는 최수일, 「1920년대 문학과 『개벽』의 위상」, 성균관대 박사논문, 2001, 3장 참조.

현상문예의 중심에 올리게 된 사실은 '희곡'의 문학적 속성과 관련하여 일관되게 통하는 바가 있다.

또 다른 변화는 분량과 상금이다. 원고지 '50매 이내'였던 소설분량이 '70매 내외'로 크게 늘었고, 10원이었던 1등 상금이 '100원'으로 무려 10배나 커졌다. 1등은 실제 당선자가 없었다는 사실을 고려해서 그 기준을 2등으로 잡아도 최소 5배가 증가한 셈이다.

> **懸賞募集**
> 小說 戲曲을 懸賞募集합니다. 小說은 一行 二十三字 十行의 七十枚內外로, 脚本은 一幕物에 限햇스며, 期限은 四月 十五日까지이오, 賞金은 一等 百圓, 二等 五十圓, 三等 二十圓이외다. 編輯局[18]

필자가 아는 한 이 시기에 일등 상금 100원을 걸고 문학작품을 현상하는 신문·잡지는 거의 없었고,[19] 동일한 조건에서 희곡을 현상한 경우는 더더욱 찾기 힘들다는 점을 감안할 때, 당시 인구에 크게 회자할 만한 사건이었을 것이다. 흥미로운 점은 비슷한 시기의 문예전문지들, 특히 『조선문단』의 현상문예의 경우 '등단(신진작가)'이라는 '상징자본' 이외에 직접적인 상품이나 상금을 내세우지 않았다는 사실이다.

4주년 현상문예가 주목되는 이유는 그 외에도 몇 가지가 있다. 매체

---

18) 「현상모집」, 『개벽』 45호, 1924. 3. 1, 111쪽(문예 표지면) 참조.

19) 비슷한 시기 『동아일보』가 실시한 「지령 1천호 기념 상금 1천원 현상 모집」(1923. 5. 4)과 「2000원 대현상」(1924. 12. 17)은 상금의 액수 면에서 『개벽』을 크게 압도한 듯 보이지만 실상을 들여다보면 전혀 그렇지 못했다. 전자의 경우 문예물에 한정한 행사가 아니었고, 문예부문에서도 각 분야의 1등 상금은 단편소설과 일막 각본이 15원, 신시와 감상문 및 논문 등이 10원에 그쳤으며, 전체 포상 상금 중 실제 지급된 일등 상금의 총액은 106원에 그쳤다. 말 그대로 『동아일보』의 "상표가치"를 높이려는 얄팍한 이벤트였다고 할 수 있다. 이는 후자도 마찬가지였으니, 논문과 소설 두 부문에 각각 1,000원의 상금을 배정했지만 응모 후 반년이 지나 행사 자체를 취소해버린다. "신인 발굴이라는 목적의식 없이 이벤트적인 성격을 가지고 진행되었다고 밖에달리 평가할 여지가 없다." 이에 대해서는 김석봉, 「식민지 시기 『동아일보』 문인 재생산 구조에 관한 연구」, 『민족문학사연구』 32호, 2006, 163-167쪽을 참조할 것.

의 방향전환 이후에 처음으로 실시한 현상문예였다는 것, 『조선문단』
의 창간과 그에 따른 '문예지' 현상문예의 탄생을 예고하는 시점이었
다는 사실 등이 모두 중요한 사안이다. 이들은 『개벽』 현상문예, 나아
가 『개벽』 문학의 사적 흐름과 의미 맥락을 되짚는 계기이자 단초이다.

1925년 2월에 실시된 「신춘독자문예대모집」(56)은 54호의 예고[20]와
55호의 공고[21]를 거쳐 56호에 결과가 발표되었다. 소설, 희곡, 시, 소품
등 네 부문이 모집되었고 상금은 제시되지 않았으며 분량은 '23자 250행
이내'로 일괄 부여되었다. 선자는 1924년경부터 『개벽』의 편집에 참여하
여 1925년 1월에 정식 문예부장이 된 '懷月' 박영희였고,[22] 모두 4편[23]
의 시를 당선시켰다. 회월의 '선후감'[24]에 따르면 한정된 지면과 작품의
질이 떨어지는 관계로 다른 부문에서는 당선작을 내지 못했다고 한다.

〈표 3〉 「신춘독자문예대모집」의 당선자와 작품[25]

부 문	작 가	작 품	선 자	등급 및 게재	비 고
시	김창술	**대도행**	박영희	등급 없음 56호	다른 부문 당선자 내지 못함
	想 無	**조선혼아**, 사의 이별, 외로운 혼			
	정래동	**눈오는 아츰**, 겨울달			
	김영수	**녯 환경으로부터**, 새해로 옴기는 때의 소리			

---

20) 54호(1924. 12)의 「여언」 말미에 있는 "신년호부터는 독자와 공히 숙제로 잇든 독자
문예를 실시하랸다"는 박달성의 언급을 가리킨다.
21) 「신춘독자문예대모집」, 『개벽』 55호, 1925. 1, 98쪽 참조.
22) 박영희가 방정환의 소개로 개벽사에 입사한 것은 1924년 4월이고(손해익, 『박영희의
문학 연구』, 시문학사, 1994, 58쪽), 『개벽』의 편집에 관여한 것은 1924년경이며(박영
희, 「신흥문학의 대두와 개벽시대 회고」, 『조광』 32호, 1938. 6, 54쪽), 정식으로 문예
부장이 된 것은 1925년 1월의 일이다(「여언」, 『개벽』 55호, 1925. 1, 판권간기면).
23) 당선작은 4작품이지만 결과 발표시 게재된 작품의 총 수는 표 3〉에서 보듯이 8편이
었다. 보통 한 사람이 여러 편을 공모하는 시부문의 특성상 당선자의 나머지 작품들
도 게재한 것으로 보인다.
24) 박영희, 「독자문예를 발표하면서」, 『개벽』 56호, 1925. 2, 87쪽 참조.
25) 강조된 4편이 당선작이고, 나머지는 당선자의 다른 작품들로 당선작과 함께 게재되

「신춘독자문예대모집」의 가장 큰 특징은 '독자투고'와 본격적인 '현상문예'의 중간 형태라는 것이다. 박영희의 지적처럼 '독자문예'라는 이름부터가 "문예를 전문으로"하는 차원에는 미치지 못함을 드러내는 것이지만,26) 그렇다고 『개벽』이 창간호부터 실시해온 단순한 '독자투고'27)의 차원에 머무는 것은 아니었기 때문이다. 예를 들어 "신시대의 「신춘독자문예대모집」의 가장 큰 특징은 '독자투고'와 본격적인 '현상문예'의 중간 형태라는 것이다. 박영희의 지적처럼 '독자문예'라는 이름부터가 "문예를 전문으로"하는 차원에는 미치지 못함을 드러내는 것이지만,28) 그렇다고 『개벽』이 창간호부터 실시해온 단순한 '독자투고'29)의 차원에 머무는 것은 아니었기 때문이다. 예를 들어 "신시대의 신진작가를 환영하기 위하야"30)라는 취지를 분명히 했고, 당선자의 한 사람인 김창술이 이후『개벽』에서 기성시인으로 인정받으며 경향성 짙은 작품을 게재했다는 것은 '독자문예'가 본격적인 '현상문예'에 접근했다는 표식으로 읽힌다.31)

문제는 이런 '과도적 형식'이 왜 몇 차례의 현상문예가 실시된 이후에 등장하느냐 하는 것이다. 얼핏 '시계추를 뒤로 돌리는 듯한' 이 현상 앞에서 우리가 주목할 것은 「신춘독자문예대모집」이 시행된 '시점'이다. 박영희가 문예부장으로 등극한 후 벌인 첫 사업이 '독자문예모집'이며, 당당히 '고선자'로 등장하게 된 것도 이때가 처음이다. 아울러 '서민적・민중적 문학시대'의 도래를 천명하며 『개벽』이 그 문학적 지

었다.

26) 박영희, 위의 글, 87쪽 참조.

27) 『개벽』은 창간호부터 '독자투고'를 모집했고, 5~12호까지 8회에 걸쳐 「독자교정란」 안에 「문림」이라는 독자문예란을 운영했다.

28) 박영희, 위의 글, 87쪽 참조.

29) 『개벽』은 창간호부터 '독자투고'를 모집했고, 5~12호까지 8회에 걸쳐 「독자교정란」 안에 「문림」이라는 독자문예란을 운영했다.

30) 「신춘독자문예대모집」, 『개벽』 55호, 1925.1, 98쪽.

31) 반대로 명칭이나 분량 등의 세부규정은 '독자투고'에 가깝다. 분량의 경우 일반적 독자투고가 50행, 현상문예의 경우는 500~700행이었는데, 독자문예는 250행이었다.

향을 선명히 드러낸 것도 이 시점이다.

　　文藝라는 것이 人生의 感情을 혹은 情緒를 純化시키는 데에 큰 勸力
을 가젓다는 것보다도 **文藝는 人生生活에 確乎한 根據를 두어 가지고,
思想向上과 生活啓發에도 多大한 影響을 주는 時代는 왓다.** 그런 故
로 文學은 智者들의 苦惱을 慰勞하려는 一部 혹 一團의 全用的 手段이
아니라 **全民衆的 또는 全人類의 普遍的 文藝가 되어야겟다.** 그러나 우
리에게는 現今 文藝라 하는 것은 知識階級 一部의 것인 外에는 一般으로
는 文藝를 사랑할 줄 몰으고, 理解할 줄도 몰낫다. 이에 비롯해서 우리 開
闢은 할 수잇는 대로 紙面을 犧牲하면서도, 一般으로 讀者 諸氏의 文學
的 趣味를 增進케하며 따러서 讀者 諸氏의 創作的 才能을 熟練케함으로
써 **朝鮮이 찾는 新進作家를 歡迎하기 爲해서** 二月號부터 紙面을 公開
하겟으니 機會를 일치말고 原稿를 보내주시오.(중략)[32]

　문학사적으로 1925년이 '신경향파문학'이 본격화되고 또 카프가 결
성된 해였다는 점을 감안할 때, 앞서 언급한 제반 사항들이 '신경향파
문학'의 탄생과 밀접한 연관이 있음을 알 수 있다. 물론 이 점은 「신춘
독자문예대모집」 직후에 있었던 5주년 기념 현상문예에 이르면 좀더
또렷해진다.

　5주년 기념 「현상단편소설모집」은 58·59호(1925. 4~5)에 연속 공
지되고 61호(1925.7)에 그 결과가 발표되었다. 분량과 상금 규정은 4주
년 기념 현상의 경우와 같았고, 문예부장 박영희가 주관하여 40여편의
응모작 중 4편의 소설을 당선시켰다. 당선자 중에는 신경향파문학의
대표작가로 성장하는 송영(송동양)이 있었고, 4주년 기념 현상문예에서
「입학시험」으로 이미 당선되었던 신필희가 있었다.

---

32) 「신춘독자문예대모집」, 『개벽』 55호, 1925. 1, 98쪽(강조는 인용자).

〈표 4〉 5주년 기념 「현상단편소설모집」의 당선자와 작품

부 문	작 가	작 품	선 자	등급 및 게재	비 고
소 설	박길수	쌍 파먹는 사람들	박영희	이등 / 61호	
	송동양	느러가는 무리		삼등 / 61호	* 송영
	최 문	두 젊은 사람		선외 / 62호	
	신필희	살해		선외 / -	게재 안 됨

　「현상단편소설모집」은 '신경향파문학'이 반도 문단의 한 분파로서 궤도에 안착했음을 알리는 신호탄으로 볼 수 있다.[33] 그만큼 현상문예의 면면들이 강하게 '신경향파문학'을 환기하는 것이다. 실제로 신경향파문학의 거두인 박영희와 송영이 나란히 선자와 당선자로 이름을 올렸고, 당선된 작품들은 '빈곤・계급・사상'문제의 형상화에 초점을 두고 있다. 특히 강한 어조로 작성된 취지문은 "문예는 시대정신의 산물이며, 그 시대에 처한 인간고의 부르지짐"이라 하여 '사상운동'으로서의 문학을 천명하고 있으니,[34] 그 자체가 '신경향파문학'의 이념지향이자 현상문예의 선별기준이기도 했다.[35]

　한편, 「현상단편소설모집」은 문학의 '정치성 혹은 이념성'을 선명히

---

33) 이런 점에서 보면 2~3달 전에 있었던 「신춘독자문예대모집」은 5주년 기념 현상문예를 위해 급조된 하나의 '예행연습'이었을 가능성이 높다. 이는 새로운 문예부장의 등극과 『개벽』의 문학적 지향에 걸맞은 '선자'의 탄생, 즉 박영희의 등장에 맞대어진 사업이었고, 또 지속적이지도 못했다. 실제로 매월(매호) 실시하기로 한 이 '독자문예'가 단 일회 실시에 그쳤다.

34) 이런 자신감의 이면에는 사회 전반을 풍미했던 사회주의의 열풍과 카프의 결성으로 대표되는 조직적 성장이 중요하게 작용했지만, 무엇보다도 1925년을 전후로 이루어진 신경향파문학의 양적・질적 성장이 크게 작용했다. 이는 『개벽』의 지면을 통해서도 쉽게 확인되는데, 1925년을 전후해 신경향파문학의 대표적 작품과 저술들이 집중적으로 양산되고 있음을 볼 수 있다.

35) '신문학의 건설'이나 '신진작가의 발굴' 등이 당대 보편적인 현상문예의 취지였지만, 『개벽』의 경우는 이를 넘어서 작품의 경향과 이념성까지도 선명히 하고 있다는 점에서 차별화된다.

드러낸 사례로 볼 수 있다. 즉 제도적 장치 뒤로 숨곤 하는 '문학의 정치성'을 드러내어, 제도적 진전이 곧 정치성의 '고도화'이기도 하다는 점을 선명히 했다는 것이다. 실제로 앞서 언급한 「현상단편소설모집」의 면면들은 현상문예의 취지와 선자와 작품 성향을 '이념성'에 의거해 조율한 결과이며, 따라서 1925년의 현상문예는 '이념적 명료함'과 그것의 '제도내적 완결'의 추구로 요약될 수 있다.

흥미로운 것은 『개벽』의 현상문예가 「현상단편소설모집」을 마지막으로 지면에서 사라진다는 것이다. 관례대로라면 6주년 기념호인 71호에 '현상문예'가 실려야 하지만 그러지 못했고,[36] 『개벽』은 그 한달 뒤에 강제폐간된다. 왜 '현상문예'를 통해 표출된 『개벽』의 자신감은 선언에 그치게 된 것일까? 이는 1926년을 전후한 '프로문학' 진영의 시선 전환, 즉 문예전문지 창간에 직접적인 원인이 있을 것이다. 즉 『문예운동』 등의 창간을 통해 '프로문학' 재생산의 무게중심이 전문지를 향했고, 『개벽』은 '등단제도'의 중심에서 한발 물러서야 했던 것이다. 현상문예(등단제도)와 '종합지'의 관계가 날카롭게 재정립되는 순간이 온 것이다.

전체적으로 볼 때 『개벽』의 현상문예는 『청춘』의 실험적 한계를 극복하여 좀더 완결되고 원숙한 제도의 기틀을 마련했다고 할 수 있다. 이처럼 『개벽』의 현상문예가 『청춘』과 『조선문단』의 매개물로 기능할 수 있었던 원인은 먼저 그 특수한 문학사적 위치 때문이었다. 『청춘』과의 매체·문학적 친연성[37]은 『개벽』으로 하여금 『청춘』의 문학과 현상문예를 주목하게 했고, 『개벽』의 경험은 곧바로 『조선문단』에 의해 '벤치마킹'되었던 것이다.[38] 하지만 그것이 전부는 아니다. 『개벽』

---

36) 6주년 기념호의 문학기획은 '현상문예'가 아니라 '해외문학특집(번역)'이었다. 영국, 러시아, 독일, 일본 등의 대표적 혁명문학 작품들과 문학론을 번역해서 실었다.

37) 『청춘』과 『개벽』의 친연성은 양자가 공히 문학의 사회적 기능(역할)을 강조했고, 대중적이고 계몽적인 편집체계를 구축했으며, 모두 기성의 문학과 구별되는 새로운 문학을 시도했다는 점에서 확인된다. 더구나 『개벽』이 32호(1923. 2)까지 『청춘』의 발행소였던 '신문관'에서 인쇄되었다는 사실은 양자의 밀접한 연관을 암시한다.

의 문학(현상문예)을 기획하고 추동한 편집진의 열성과 노력을 감안해야 한다. 『개벽』의 현상문예의 전개과정에 우여곡절이 많았던 만큼 편집진의 고뇌와 분투의 시간이 늘었을 것이기 때문이다.

한편으로 『개벽』의 현상문예는 『개벽』이라는 매체의 성장과정의 산물이며, 『개벽』의 문학적 성장과정을 드러내는 단면으로 볼 수 있다. 앞서 보았듯이 『개벽』의 현상문예의 제도적 진전과정이 『개벽』의 문학적 탐색과정, 특히 '신경향파문학'의 탄생 과정과 떼려야 뗄 수 없는 관계에 있었다는 표식들을 발견할 수 있었다. 남은 과제는 이 표식들을 엮어 신경향파문학의 탄생에 대한 새로운 관점과 시각을 제시하는 것이다.

3. 『개벽』 문학의 지향과 '신경향파문학'의 탄생

한 매체가 추구한 문학의 '흐름'과 '기저(基底)'를 탐색하는 작업은 무척 흥미롭지만 쉽지 않은 일이다. 매체에 게재된 문학 관련 글들에 대한 계통적 통계를 뽑고 문학을 둘러싼 인적 소통관계를 재구성하는 일은 기본이고, 매체의 성격과 그 문학의 '재생산 회로'[39] 전반을 장악해야만 '속살'을 엿볼 수 있기 때문이다. 『개벽』은 자타가 공인하는 '문단적 공기'[40]였기 때문에 그 문학적 궤적에 특정한 경향이나 '흐름'

---

38) 이는 '현상문예실시'나 '외국문학소개' 등 문학의 특정 영역에서만 일어난 사안이 아니었다. '개방성과 대중성'으로 요약되는 『조선문단』의 매체적 특성이나 대중적 기획사업, 그리고 유통체계에 이르기까지 『조선문단』은 총체적으로 『개벽』의 경험에 기댄바가 컸다. 이에 대해서는 최수일, 「1920년대 문학과 『개벽』의 위상」(성균관대 박사논문, 2001, 207-212쪽)과 이경돈, 「『조선문단』에 대한 재인식」(『1920년대 문학의 재인식』, 상허학보 7집, 깊은샘, 2001, 73-82쪽), 이봉범, 「1920년대 부르주아문학의 제도적 정착과 『조선문단』」(『민족문학사연구』 29집, 2005, 179-187쪽)을 비교·참조.

39) '등단―승인―향유―등단(독자 → 작가)'으로 연속되는 근대문학의 재생산 메커니즘을 가리킨다.

40) 김동인은 「문단회고」(『김동인 전집』 6, 삼중당, 1976, 283쪽)에서 "조선의 전문인이

을 얹어 이해하는 것이 더욱 어렵다.[41] 당대에 활동했던 거의 대다수
의 작가들이 이름을 올렸고, 그런 만큼 인적 소통관계 또한 다양하고
복잡했기 때문이다. 이런 때에는 기본 자료 작업을 전제로 매체의 성
격이나 그 문학의 '재생산 회로'를 접근 코드로 활용하는 것이 효과적
이다. 예를 들어 '정론성'이라는『개벽』의 핵심 표지를 통해 문학 관련
통계나 인적 소통관계에 나타나는 표면적 '무작위성'을 갈무리하는 것
이다. '현상문예'를 통한 접근은 좀더 실증적이고 직접적이다.

　'현상문예'란 그 자체가 '문학기획'이고, 따라서 기획안의 방향 표지
들을 쫓아가면 통계나 인적 소통관계가 가진 표면적 '모호함'을 극복
할 수 있기 때문이다. 더구나 '등단제도'로서의 '현상문예'는 어떤 식
으로든『개벽』의 문학적 재생산 방향을 표지할 수밖에 없었다. 앞장에
서 보았던 현상문예의 현황과 변모양상은 이런 판단이 잘못되지 않았
다는 것을 말해준다. 무엇보다도 5주년 기념 「현상단편소설모집」의 면
면들, 즉 선자와 당선자 그리고 당선작품의 경향은 이 시기『개벽』문
학의 '지향점' 내지 재생산의 '방향'을 명확히 드러내는 것이라고 할
수 있다. 특히 '신경향파문학'을 강하게 환기하는 그 '취지문'은『개
벽』문학의 '현실지향성' 내지 '정론지향성'을 선명하게 드러내준다.
요컨대 '신경향파문학'은『개벽』의 문학적 지향의 '최대치'였다고 할
수 있다.

　그런데 '신경향파문학의 탄생'이라는 근대문학사의 쟁점과 관련하
여 우리가 꼭 염두에 두어야 할 사항은 '신경향파문학'이『개벽』의 문
학적 지향의 최대치라는 사실 자체가 아니라, 이것이『개벽』의 문학적
모색 내지 지향의 연장선 위에 존재한다는 것이다. 즉 1924~25년의
신경향파문학과 이전 시기의『개벽』문학이 밀접한 연관성 내지 일관
성을 가지고 있었다는 것이다. 이러한 연관성 내지 일관성을 부정할

　『개벽』을 무대로 놀았"고 그런 의미에서 "『개벽』이 조선 문예계에 끼친 공로를 결코
　몰각할 수 없다"고 말한 바 있다.
41) 특히 '신경향파문학'의 발생 이전, 즉『개벽』전반기에는 이런 어려움이 두드러진다.

때, 논의는 과거의 틀로 회귀할 가능성이 높아진다. 즉 '신경향파문학의 탄생'을 사조론적 의미망 위에 재구하거나[42], 동인지문학의 전통 속으로 '환원'시키는[43] 것이다.[44] 이는 『개벽』이 '신경향파문학'의 시원지가 되기까지의 치열한 내적 고투의 과정을 무화시키는 것이고, "근대문학사의 흐름을 매체와의 관계 속에서 새롭게 포착"[45]할 수 있는 계기를 부정하는 일이며, 결국 신경향파문학의 탄생을 객관적으로 재구성할 수 있는 중요한 단서들을 방기하는 일이다.[46] 따라서 필자는

---

42) '신경향파문학'을 낭만주의와 자연주의의 '혼탁한 교류'로 설명한 임화의 논지가 대표적 사례이다. 임규찬·한진일 편, 『임화신문학사』, 한길사, 1993, 351-369쪽 참조.

43) '경향문학'의 출발을 동인지문학 특히 『백조』의 해체와 연관지어 파악하는 김윤식·정호웅의 논지가 대표적 사례이다. 김윤식·정호웅, 『한국소설사』, 예하, 1993, 107-114쪽 참조.

44) 지극히 문예지 중심적이고 획일적인 기존의 논의 구도는 종합지(『공제』·『신생활』·『개벽』 등)의 문학이 끼어들 입지를 제한한다. 그런데 이들 매체들, 특히 『개벽』은 그 시원지로서 신경향파문학의 육체성 내지 물질성을 구현한 주요 '매체'로 평가받는다. 따라서 신경향파문학의 탄생과 관련된 매체의 문제는 문예지와 종합지를 아우르는 '균형잡힌 시각 내지 구도' 위에서 재구성될 필요가 있다고 본다. 그리고 이것이 필자가 『개벽』의 문학을 주목하는 이유이기도 하다.

45) 한기형, 「『개벽』의 종교적 이상주의와 근대문학의 사상화」, 『상허학보』 17집, 깊은샘, 2006, 52쪽 각주 23번 참조.

46) 필자가 보기에 신경향파문학의 탄생을 재구성하기 위해서는 1920년대 초중반의 사회주의 열풍과 '파스큘라'와 '염군사'로 대표되는 문예운동의 조직적 측면 외에 좀더 직접적인 계기들을 언급할 필요가 있다. 첫째는 사회 역사적 현실과 문학이 만나는 접점으로서의 '매체'(『백조』와 『개벽』 등)이고, 둘째는 신경향파문학의 탄생과 직접적인 연관이 있는 인물(김기진, 박영희)이며, 셋째는 매체(『백조』)와 매체(『개벽』)를 넘나들며 이루어진 인물들(방정환, 김기진, 박영희)의 소통이다. 즉 신경향파문학의 탄생을 해명하기 위해서는 『백조』와 『개벽』이 균형감 있게 다루어져야 함은 물론이고, 『백조』의 핵심 멤버였던 박영희가 친분을 바탕으로 김기진과 방정환을 동인으로 끌어오고(「육호잡기」, 『백조』 3호, 1923. 9, 월탄의 언급 참조), 반대로 『개벽』의 핵심 멤버였던 방정환이 김기진을 통해 박영희를 『개벽』과 관계시키는 소통관계에 주목해야 한다는 것이다. 특히 1924년부터 『개벽』의 편집에 관여했고, 1925년 문예부장으로 취임한 박영희가 신경향파문학의 거두로 성장한다는 사실을 염두에 두면, 방정환과 김기진, 그리고 박영희의 소통은 단순한 교우관계로 보기 어려운 대목이 있다. 무엇보다도 이들 관계의 중심에 소파 방정환이 있었다는 점에서 『개벽』측이 의식적으로 김기진과

『개벽』 문학의 연속성을 부정하거나 '신경향파문학'을 『개벽』과 분리
하여 이해하려는 관점에 반대한다. 그렇다면 『개벽』 문학의 내적 연속
성을 드러낼 만한 증거가 있는가? 결론부터 말하면 '그렇다'.

우선 신경향파문학 탄생의 저변이라 할 수 있는 『개벽』의 사상적
변모 과정[47]이 말해주는 바가 적지 않다. 1923년 중후반(37호)을 경계
로 사회주의적 풍조가 확산되는 것은 사실이지만, 최근의 연구 결과가
보여주듯이 이는 『개벽』에 본원적으로 내재했던 '지향'의 자연스런 발
화이지 없던 것이 갑작스럽게 생겨난 것이 아니다.[48] 일찍이 필자는
『개벽』의 '사회주의 전면화'를 『개벽』의 내적인 사상투쟁의 산물, 즉
'개조론' 내의 사상 분파의 하나였던 사회주의가 치열한 사상투쟁의
과정을 거쳐 '우이'를 잡는 과정으로 설명한 바 있는데,[49] 이 역시
전·후기 『개벽』의 사상적 연결성을 방증하는 것이라고 할 수 있다.

4차례에 걸친 『개벽』의 현상문예는 『개벽』의 문학이 일관된 '흐름'
내지 '기저'를 가지고 있었음을 좀더 직접적으로 드러낸다. 이런 점에
서 '신경향파문학선언'으로 볼 수 있는 「현상단편소설모집」의 '취지문'
은 중요하다. 신경향파문학의 내적 논리가 선연히 드러나기 때문이다.

박영희를 포섭하려 했다는 추론도 가능해진다. 물론 『백조』측이 『개벽』을 염두에 두
고 방정환을 동인으로 삼았다는 가설도 가능할 것이다. 이에 대해서는 좀더 세밀한
접근이 필요하다고 생각한다. 이 세 사람의 소통에 대해서는 김기진과 박영희의 '회
고'를 참조할 것.(홍정선 편, 『김팔봉문학전집』 2, 회고와 기록, 문학과지성사, 1988; 이
동희, 노상래 편, 『박영희전집』 2, 영남대 출판부, 1997)

47) 더 넓게는 1923년을 경계로 전 사회에 불어닥친 '사회주의의 대두'와 '문화운동'의
몰락이 더 큰 사회·역사적 저변이었음은 물론이다.

48) 한기형은 『개벽』이 초기부터 천도교 인민주의의 시각에 입각하여 자연스럽게 사회주
의적 가치에 접근해나갔다는 관점에서 『개벽』 초기의 사회주의적 면면을 날카롭게 실
증한 바 있다. 미세한 결의 차이는 있지만 '사회주의의 전면화'를 발전론적 도정에서
바라보려는 관점은 필자와 정확히 일치하고 있다. 한기형, 「『개벽』의 종교적 이상주의
와 근대문학의 사상화」, 『상허학보』 17집, 깊은샘, 2006, 49-60쪽 참조.

49) 최수일, 「1920년대 문학과 『개벽』의 위상」, 성균관대 박사논문, 2001, 3장 참조.

현상소설대모집(본지 창간 오주년 기념으로)

(중략) 이와 가티 現今까지에 朝鮮文藝의 多數는 그들의 外的 生活苦와 아울러 그 苦悶이 漂하는 엇더한 한 偉大한 眞理 사이에서 부듸쳐 나오는 光明을 發揮시키기에는 너무나 思索이 不足하엿다. 아니다 너무도 **文藝를 樂享的으로 獨立시키려 하엿으며 文藝를 技巧化하려고 하엿든 例도 事實이다.** 얼는 말하면 이제 懸賞文藝募集을 하는 本社의 目的은 沈滯와 倦怠의 港口에서 헤매는 **우리 思想에 새로운 光明을 빗치게 하며 時代的眞理를 차지려** 함이다. 卽 말하면 諸氏의 文藝에서 새로운 時代를 發見하려 함이요, 새로운 眞理를 構成하려 함이며, 새로운 躍動을 엿보랴는 것이다. 그럼으로 그 時代에 잇는 사람은 그 時代에 苦悶을 遺憾업시 發表하려고 努力하려는 데에 그들의 生에 對한 使命이 잇다. **文藝는 時代精神의 産物이며 그 時代에 處한 人間苦의 부르지짐이다.**(중략)[50]

인용문의 강조한 부분을 '복기(復棋)'하면 '신경향파문학'은 현실과 동떨어진 '향략적이고 기교적인' 기성 문학을 비판하고, 문제적 현실의 한가운데서 이를 형상화하고 개척하는 '새로운 문학'이라고 정리할 수 있다. 즉 '신경향파문학'은 현실지향성(정합성)과 '反예술지상주의'를 내적 논리의 근간으로 삼고 있다고 할 수 있다. 주목할 점은 동전의 양면 같은 이 두 가지 지향이 『개벽』의 현상문예의 전(全) 과정에 관류하고 있고, 나아가 『개벽』의 문학 전반을 통어한다는 사실이다.

돌이켜보면 『개벽』의 현상문예는 출발부터가 그러했다. 『개벽』의 1주년 기념 현상문예의 선자 배정은 『개벽』의 편집진이 이 두 가지 원칙에 매우 충실했음을 보여준다. 4명의 선자, 즉 『개벽』의 문예부장 현철과 『청춘』 시대를 환기하는 현상윤과 장응진 그리고 「무산자의 절규」를 쓰고 훗날 '파스큘라'의 성원이 되는 김석송[51]은 모두 동인지문학과 어느 정도 거리가 있는 존재들이었고, 동시에 문학의 사회적 기능 혹은 문학과 현실의 긴밀한 관계를 '환기'하는 존재들이었던 것이

---

50) 「현상소설대모집」, 『개벽』 58호, 1925. 4. 1, 60쪽(강조는 인용자).

51) 김석송의 생애와 활동 그리고 작품 경향에 대해서는 주근옥, 『석송 김형원 연구』, 월인, 2001, 참조.

다. 물론 이런 선자 배치가 『개벽』 편집진의 의도된 '기획'이었다는 것을 단박에 입증할 수는 없다. 다만 이것이 『개벽』이 출발부터 동인지 작가들에게 널리 지면을 개방했던 사실과 '배치'되는 면이 있음은 분명해 보인다. 더구나 '현상문예'의 성패를 가늠할 수 있는 작가적 '지명도'에 있어서 이 세 사람은 『개벽』에 이름을 올리고 있었던 여타 동인지 작가들에 미치지 못했다. 『개벽』 전반기(1~30호)에 총 18회 글을 게재한 김석송은 32회 글을 게재한 김억의 문명(文名)을 따르기 어렵고, 소설 전공자도 아닌 현철(55회)보다는 염상섭(13회)과 김동인(1회)이 소설쪽에서는 대중적 명성이 높았다. '대중성의 문제'를 깊이 고민했던[52] 『개벽』의 편집진이 선자의 대중적 '지명도'를 무시했다는 것은 그 속에 다른 의도를 담고 있었음을 말한다. 요컨대 『개벽』은 '새로운 문학'을 꿈꿨던 것이다.

4주년 기념 현상문예는 『개벽』이 '새로운 문학'을 기획했다는 또 다른 증거이다. 4주년 기념 현상문예에서 『개벽』의 편집진은 선자로 염상섭과 「복어알」의 작가 김정진을 내세우는데, 이는 1주년 기념 현상문예의 참담한 실패[53]를 곱씹은 결과였다. 즉 3년간의 '와신상담'을 통해 마련한 현실적인 조치이자 '고육책'이었다고 할 수 있다. 그러나 『개벽』의 본질이 바뀐 것은 아니었다. 출발부터 '현실에 착목하라'는 모토를 가지고 있었던[54] 『개벽』은 정치·시사가 허가된 28호(1922. 9) 이후에는 좀더 직접적으로 민족 현실을 형상화하는 '새로운 문학'의 기획

---

52) 대중성·계몽성·현실성은 『개벽』의 편집원리였고, 대중성은 『개벽』의 매체적 성공의 결정적 디딤돌 역할을 했다. 이에 대해서는 최수일, 「1920년대 문학과 『개벽』의 위상」, 성균관대 박사논문, 2001, 2장을 참조할 것.

53) 응모된 작품들의 수준이 기대 이하였고, 또 이렇다 할 작가를 발굴하지도 못했기 때문이다. 작품의 수준이 낮았다는 것은 선자들의 공통된 의견이기도 하지만 필자의 판단 또한 그렇다. 현상윤 외, 「고선여감」, 『개벽』 13호, 1921. 7. 1, 문예면 57-62쪽 참조.

54) 방정환과 박달성의 소설과 기록서사, 그리고 현진건의 소설은 『개벽』의 전반기 문학이 '현실에 뿌리를 두라'는 매체의 슬로건에 충실했음을 방증하는 것이라고 볼 수 있다. 이에 대해서는 최수일, 「1920년대 문학과 『개벽』의 위상」, 성균관대 박사논문, 2001, 4장의 2-3절 참조.

을 구체화하고 있었던 것이다. 연애 일변도의 독자투고를 비판하고 '현실문제'에 눈을 돌리라고 독자들에게 고언(苦言)하는 아래의 글은 그 방증이다.

(중략) 投稿 中에는 文藝에 關한 것이 第一 만흐며 文藝의 投稿 中에도 **戀愛中心의 것이 第一 만흔 바 우리는 그런 部類에 屬한 글을 歡迎치 아니하며 더좀 實地 잇는 方面에 着眼함이 잇기**를 바라는 바이다.[55]

문제는 선자들의 고선 방향과 『개벽』 편집진의 이런 '속뜻'이 일치하지 않았다는 것이다. 동인지문학의 대표작가인 염상섭은 '작가적 수완'과 '심리묘사'에 방점을 두어 작품을 선별했고, 김정진 또한 기교와 조직에 초점을 두었다. 더구나 김정진은 '성애의 혁명'을 '사상운동의 최신한 자'로 적극 평가했고, 정치적 성향이 짙은 작품은 검열을 핑계로 고선에서 아예 제외해버렸다. 이는 결국 당선작의 등위가 뒤바뀌는 결과를 낳았다. 염상섭이 응모된 '41편 중에서 제일 우수'하여 '1등의 가치가 있는' 작품으로 극찬하며 2등으로 뽑았던 「입학시험」과 '3등으로 뽑기에는 오히려 아까울 만한 훌륭한 작품'이라고 평했던 「사진구경」이 모두 '선외가작'으로 처리된 것이다. '순조선문'을 쓰라는 응모규정을 지키지 않았다는 것이 그 이유였다.

그런데 大體의 成績으로 말하면 一等이 업섯슴이 유감이나, 二等으로 崔錫周 君의 「破滅」과 申必熙 君의 「入學試驗」을 뽑으랴하얏고, 三等으로는 최빙 君의 「사진구경」과 李箕永 君의 「옵바의 비밀편지」를 뽑으랴 하얏다. 事實 申必熙 君의 「入學試驗」으로 말하면 四十一 篇 中에서 第一 優秀할 뿐만 아니라 數三處의 不滿한 点이라든지 大體로서 엇더한 缺点(이것은 追後로 原作을 發表할 쌔에 쓰라고 한다)만 除하면 實로 一等의 價値가 잇는 作이엇고 쏘 최빙 군의 「사진구경」으로 말할지라도 「入學試驗」이나 「破滅」보다는 어쩔까하지만 오히려 三等으로 아까

55) 「척필지여」, 『개벽』 34호, 1923. 4. 1, 판권간기면 참조.

울 만한 훌륭한 作이엇다.

　　그러나 섭섭한 일은 開闢社에서 發表한 規定에 違反되엇다는 것, 다시 말하면 「純朝鮮文」이라는 規定을 無視하고 「朝漢文」을 使用하얏다는 것이 問題가 되어서 「選外佳作」으로 밀게 된 것은 選者로서는 아쌉기 쫙이 업는 일이다. 그리하야 大體의 豫選을 마치고 開闢社의 責任者에게 議論하야 보앗스나 到底히 規定을 無視할 수 업슬 뿐만 아니라 다른 作者에게 不平이 잇슬까하야 못하겠다는 意見도 一理가 업지 안키로 **同社의 要求대로 그리한 것이다.** 그러나 그 中에도 申 君이 「入學試驗」을 쓰면서 規定을 無視하야 겨우 落選을 勉하얏다는 것이 一種의 「아이로니」를 늣기게 하얏다.[56]

　　하지만 '순조선문' 규정은 표면적인 이유였을 가능성이 높다.[57] 현재로서는 그런 응모규정이 공시되었는지도 의문이고,[58] 한자를 섞어 쓰는 일이 상례화되어 있었던 『개벽』에서 그런 규정을 갑자기 내세웠다는 점도 의심을 불러일으킨다. 실제 『개벽』에 실린 작품들에는 논설이나 잡문 등에 비해 한자가 상대적으로 덜 쓰이는 것이 보통이지만, 그렇지 않은 사례도 많다.[59] 더구나 필자가 본 바로는 「입학시험」에

---

56) 염상섭, 「선후에」, 『개벽』 49호, 1924. 7. 1, 179-180쪽 참조(강조는 인용자).

57) 『개벽』은 '순조선문' 규정을 들어 '고선결과'를 뒤집음으로써 두 가지 결과를 얻었다. 첫째는 '현상문예'와 관련된 편집진의 '속뜻'을 분명히 펼쳤고, 둘째는 '순조선문' 규정을 통해 당대 보편적 문학 규범을 실현한다는 '합리성'도 획득할 수 있었다. 1924~25년이 '순조선문'이라는 문학 규범이 보편화되는 시점이었다는 점을 감안할 때, 『개벽』의 편집진은 문단의 보편적 합리성에 의거해 자신들의 의도를 관철할 수 있었던 것이다. '문학어의 형성과정'에 대해 세세한 조언을 해준 동아시아학술원의 이혜령 선생에게 감사의 인사를 드린다.

58) 필자는 4주년 기념 현상문예와 관련하여 '순조선문' 규정을 『개벽』에서는 발견하지 못했다. 여타 잡지와 신문에는 그런 공고가 실렸을 가능성이 없지 않으나 아직까지는 발견하지 못했다. 흥미로운 것은 '순조선문' 규정이 문제가 되자 5주년 기념 현상문예 공고(58호, 문예면 60쪽)에는 '순조선문'이란 글자가 선명히 새겨진다는 것이다.

59) 비슷한 시기에 실린 희곡 「왕소군」(양백화 역, 55호), 박영희의 수필 「불이야! 불이야!」(55호), 희곡 「인조노동자」(박영희 역, 56호) 등의 한자 사용 빈도는 「입학시험」의 그것과 큰 차이가 없다.

한자가 많은 것은 사실이지만 '난독'을 초래할 정도의 '고어투'는 아니었다. 여러모로 미루어 보아, 이는 고선의 입각점과 결과에 대한 편집진의 불만에서 야기된 사건일 가능성이 높다. 즉 고선 방향과 현상문예를 통한 『개벽』의 문학 기획이 충돌한 것이다. 『개벽』 편집진의 '속뜻'이 '새로운 문학'에 걸맞은 '고선'에 있었음은 물론이다.

『개벽』이 주류문단에 각성을 촉구하고 현실에 착목하는 새로운 문학을 꿈꾸었고, 그 결과 신경향파문학의 '산실'이 되었다는 것을 방증하는 사례는 그 외에도 더 있다. 무엇보다도 『개벽』의 문학적 바탕이 신경향파문학과 통하는 바가 많다. 필자는 일찍이 『개벽』에 산재해 있는 '기록서사양식'에 주목했는데, 정론(논설)의 '현실감(현실성)'을 보완하기 위해 모색된 이 문학 양식은 어떤 측면에서는 『개벽』이 추구한 새로운 문학의 '원초적 양식'이라고 할 수 있다. 신경향파문학의 대표작인 최서해의 「탈출기」가 바로 이 양식에서 비롯되었고,[60] 『개벽』에서 현진건이 개척한 새로운 리얼리티의 경지가 '체험의 사실적 기록'인 '기록서사'와 맥을 대고 있기 때문이다.[61] 아울러 전반기 『개벽』 문학과 사회주의와의 '친연성'을 인적 소통과 작품 경향을 통해 실증한 최근의 연구[62]는 『개벽』 문학의 연속성과 새로움을 방증하는 것이라고 할 수 있다.

따라서 '신경향파문학'을 『개벽』의 문학적 모색 과정으로부터 분리해서 설명하려는 시도는 신경향파문학의 발생론적 계기들 중의 하나를 부정하는 것이자, 그 대지이자 모태가 제공하는 유전적 키워드를 방치하는 것이 될 수 있다.[63]

---

60) 최서해의 「탈출기」의 원본이 '기록서사물'이었다는 것에 대해서는 이경돈, 「1920년대 기록서사와 근대소설」, 『상허학보』 8집, 2002, 참조.

61) 기록서사와 최서해의 「탈출기」 그리고 현진건의 「빈처」 사이의 밀접한 상호관계에 대해서는 최수일, 「1920년대 문학과 『개벽』의 위상」, 성균관대 박사논문, 2001, 4장의 2-3절을 참조할 것.

62) 한기형, 「『개벽』의 종교적 이상주의와 근대문학의 사상화」, 『상허학보』 17집, 2006.

63) 신경향파문학의 탄생을 『백조』의 분열과정이나 '박영희' 혹은 '김기진' 개인의 문학

4. 종합지와 '문학' 그리고 '현상문예'

『개벽』 현상문예의 전개과정을 돌아볼 때, 단박에 드는 인상은 '너무 초라하다'는 것이고, 그래서 '의구심'이 생긴다. 7년 동안 통권 72호가 발행되고, 당대 최고의 발행부수와 독자수를 자랑했던 『개벽』의 매체적 위상과 명성을 감안할 때 그렇고, 『개벽』이 문학에 쏟은 지속적인 열정과 그 결과로서의 문학적 면모[64]를 염두에 두면 더더욱 그러하다. 더구나 『개벽』 현상문예의 초라한 성적표는 『개벽』이 '종합지이면서 동시에 문학지였다'[65]는 평가나 "『개벽』이 조선문예계에 바친 그 공로를 결코 몰각할 수 없다"[66]는 문학사적 평가를 무색하게 한다. 이

기획으로 바라보는 관점은 『개벽』이 신경향파문학의 '시원지' 내지 '모태'였다는 기본 사실을 인정하지 않는다. '박영희'와 '김기진'이 『개벽』에서 그 문학적 꽃을 피웠다는 사실을 부정할 수는 없고, 따라서 이를 인정하더라도 말 그대로의 의미는 아니다. 즉 신경향파문학의 씨앗이 들어 옮겨져 싹 튼 곳이 『개벽』일 뿐, 신경향파문학에는 『개벽』의 문학적 유전자가 전혀 섞이지 않았다고 보는 것이다. 다시 말해 신경향파문학은 일종의 '시험관 아기'인 셈이다. 필자가 대지이자 모태(『개벽』)가 제공하는 유전적 키워드라는 '평론적' 표현을 쓴 것은 『개벽』이라는 매체를 단순한 그릇으로 바라보려는 위의 관점과 필자의 시각을 구별하기 위함이다.

64) 『개벽』에는 1호부터 72호까지 전체적으로 가장 많은 788개(전체기사 대비 37.9%)의 문학기사가 실렸고, 작품으로는 시가 552편(183회), 소설이 115편(160회), 희곡이 17편(49회), 수필이 153편(165회), 문학론 및 비평이 138편(162회) 실렸다. 작가 면에서도 고한승 김기진 김동인 김석송 김소월 김억 김유방 김정진 나도향 노자영 박영희 방정환 백기만 변영로 양건식 양명 양주동 염상섭 오상순 유완희 이광수 이기영 이상화 이익상 임장화 조명희 주요섭 주요한 최남선 최승일 한용운 현상윤 현진건 현철 황석우 홍명희 등 근대문학사의 주요 이름들이 대거 목록에 올라 있다. 최수일, 「1920년대 문학과 『개벽』의 위상」, 성균관대 박사논문, 2001, 71-75쪽 참조.

65) 김근수, 「개벽지에 대하여」, 『개벽』 영인본 1, 개벽사, 1969, 8쪽.

66) "상섭과 빙허―이 두 소설작가가 〈개벽〉을 무대로 하여 출세하였다는 점만으로 〈개벽〉이 조선 문예사상에 공헌한 바는 크다. 그러나 그뿐이 아니었다. 그때엔 온갖 잡지가 모두 폐간되고 〈개벽〉 혼자가 든든한 기초 위에서 발행을 계속하던 때인지라 한때는 조선의 전문인이 〈개벽〉을 무대로 놓았다. 소월도 〈개벽〉을 요람으로 삼고 출세한 시인이었다. 폐허파의 석송, 백조파의 도향 모두 〈개벽〉을 무대로 이름을 높였다. 지금 프로 문단의 선두로 꼽는 팔봉 씨며 박영희 씨도 〈개벽〉에서 그 문단적 첫걸음을

런 괴리를 어떻게 이해할 것인가?

필자가 보기에는 두 가지 전제를 염두에 둘 필요가 있다. 하나는『개벽』이 문예지가 아니라 종합지였다는 사실이고, 다른 하나는『개벽』의 현상문예가 '새로운 문학 경향의 창조 및 재생산'과 밀접한 연관을 보인다는 사실이다. 그 중에서도 종합지의 문제는『개벽』에서 이루어진 현상문예의 과정과 결과를 이해하는 데 꼭 필요한 사안이다. 새삼스레 종합지의 문제를 제기하는 것은 종합지와 문예지의 역할 초점이 달랐다는 주장67)을 되풀이하려는 의도가 아니다. 이는 종합지에서 '문학'을 한다는 것, 나아가 '현상문예'를 한다는 것의 본원적인 어려움과 한계를 조명키 위한 키워드일 뿐이다.

우선 1920년대 초·중반『개벽』이 문학을 게재함으로써 근대문학의 재생산 과정에 진입하는 과정을 재구성해보자. 먼저 이름 있는 문예부장을 섭외하고, 글을 써 줄 문인들에게 청탁을 넣었을 것이지만 작품을 수집하는 일은 어려움의 연속이었을 것이다.

> (중략) 또 어려운 것은 原稿蒐集이다. 요새는 文士들에게 나 或은 著作業者들에게('이'의 오식—인용자) 葉書나 封緘으로 題와 紙數를 써서 보내면 그만이다. (중략) 그러나 그때는 ――히 尋訪을 해서 原稿를 얻었다. 全然히 편지가 없는 것이 아니나 이것은 特히 親友인 境遇에 하는 일

내어 놓았다.(중략)하여튼 문예품의 발표기관이라고는 〈개벽〉 하나밖에는 없는 시절인지라 유명 무명간에 글을 발표하려면 〈개벽〉의 힘을 빌렸다. 따라서 〈개벽〉 그 첫 걸음으로 삼아서 문단에 출세한 문인들이 꽤 많다. 이러한 의미로 〈개벽〉이 조선 문예계에 바친 그 공로를 결코 몰각할 수 없다." 김동인, 「문단회고」, 『매일신보』, 1931. 8. 23~9. 2·1931. 11. 11~22, 『김동인 전집』 6, 삼중당, 1976, 283쪽 재인용.

67) 이 문제에 대해서는 이미 박헌호가『개벽』의 역할이 "당대적 문제에 대응하면서 여론을 주도하고 논의를 확산하는 역할" 즉 "종합하는 역할"에 집중되어 '문학판의 확대 재생산'에 적극적이기 어려웠다는 날카로운 지적을 한 바 있는데(박헌호, 「동인지에서 신춘문예로」, 『대동문화연구』 53집, 2006. 3), 필자는 이를 조금 다른 각도에서 보고 있다. 즉 종합지와 문학이 맞닥뜨릴 때 발생하는 본원적인 한계에 대해 언급하려 한다.

이다. 몇 번 가고도 그 다음 給仕만 보내도 그 無禮함을 말하게 된다. **한 번 만나서 써주는 것이 아니고 적어도 每人 앞에 三, 四次 가서 졸라야한다.** 그때 만일 지금처럼 原稿請求를 편지로만 하고 시침이를 뚝 떼고 있으면 雜誌는 그만 斷念해야 될 것이었다. (중략) 그때 **나는 尋訪을 하면서 原稿부탁하기에 대단이 괴로웠다.**[68]

작가나 작품이 절대적으로 부족했고, 글이 있더라도 문예지가 아닌 잡지에 선뜻 글을 보내주는 경우는 더욱 드물었을 것이다. 기왕이면 문예지에 글을 보내려 했을 것이기 때문이다. 따라서 편집자는 학연과 지연을 총 동원해서 청탁을 넣고 집 앞에서 기다려 원고를 챙겼을 것이고, 원고료는 다른 잡지에 비해 상대적으로 높게 책정하고,[69] 선불 혹은 말이 나기 전에 챙겨주는 예의도 갖추어야 했을 것이다. 종합지라는 본원적인 약점을 다른 방식으로 보완하는 것이다.

아마 **雜誌로서 原稿料를 支拂하기 시작한 것은 開闢誌가 嚆矢**일 것이다. 新聞社에서 原稿料를 支拂하였으나 雜誌社에서는 開闢 以外의 稿料를 支拂하는 데는 적었다. (중략) 이런 때 開闢社에서는 原稿料를 貨幣로 支拂하기 시작한 것이다. (중략) 社에서는 돈을 封套에 넣어서 보내는 것이다. 돈을 그냥 알몸등이로 보낸다든지 혹은 더구나 꾸겨서 함부로 그냥 보내는 일같은 것은 없었다. 如何間 **最後까지 예의를 직히려든 것이**다. (중략) 原稿부탁을 하려하면 그 사람의 生活이 말 아닌 사람이 많았고 또 **稿料先拂를**('을'의 오식 – 인용자) 請求하니 需應치 않을 수 없는 일이

---

68) 박영희, 「신흥문학의 대두와 개벽시대회고」, 『조광』 32호, 1938. 6, 59-60쪽 참조(강조는 인용자).

69) 화폐로 지급하는 원고료의 효시에 대해서는 월탄(『동아일보』)과 회월(『개벽』)의 주장이 엇갈리지만, 『개벽』이 후한 원고료를 지급했다는 데에는 이견이 없었다. 박종화의 회고에 따르면 대다수의 신문사와 출판사가 시 한편에 3원, 단편소설 한편에 5원 정도를 원고료로 지불했던 반면, 『개벽』은 시 한편에 10원, 산문은 1장에 1원을 주었다고 한다(윤병로, 『박종화의 삶과 문학』, 성균관대 출판부, 1992, 59-62쪽 참조). 한편 『개벽』의 문예부장이었던 박영희는 『개벽』이 시 한편에 5원, 산문은 한 페이지(40자 원고지 2매)에 2원에서 2원 50전을 지불했다고 회고했다(박영희, 위의 글, 61-62쪽 참조).

다. (중략) 어느 때는 **전당을 잡혜('혀'의 오식)서 原稿先拂를 갖다준 일
도 없지 않었다.**[70]

요컨대 『개벽』은 문학적 전문성이 부족한 존재로 인식됐고,[71] 이런
결핍을 어떤 식으로라도 보완해야만 '문학하는 것'이 가능했다. '종합
지 『청춘』의 경험이 있지 않은가?' 할 수도 있지만 시대가 달랐고, 문
학의 대세는 '전문화'였다. 이미 근대적 학제에 바탕을 둔 전문적 문학
수업이 동경유학생층을 중심으로 이루어지고 있었고, 문화운동의 자장
속에서 문학적 소양을 닦는 작가지망생들이 폭발적으로 증가했다. 문
학계에서는 문학의 근대적 체계화 작업이 한창이었다.[72] 전문적 지식
과 소양을 갖춘 새로운 '문인의 상'이 제출되고, 계통적 학업의 부재를
자성하는[73] 담론들이 출현한다는 사실 자체가 『청춘』의 시대를 넘어
서고 있음을 방증한다고 할 수 있다. 게다가 『창조』·『폐허』·『백조』
로 대표되는 문예 전문지의 동시대적 체험은 강렬하고 강력한 것이었
다. 『개벽』이 '문학'쪽에 명함을 꺼내기 쉽지 않은 상황이었다고 할 수
있다.

따라서 '결핍된 존재'로서의 『개벽』이 보인 문학적 성취는 놀라운

---

70) 박영희, 위의 글, 60-62쪽.
71) 이는 당대 작가들의 보편적 인식이 아니었나 싶다. 여러 회고록이나 문학 관련 언급
들에서 손쉽게 이런 인식의 편린들을 발견할 수 있기 때문이다. 문예전문지가 아닌
매체, 즉 종합지나 여성지의 문학을 대수롭지 않게 여긴다든가, 혹은 거기에 글을 게
재했다는 사실을 변명하듯 자조한다든가 하는 것은 그 대표적인 양상으로 보인다.
72) 1920년대 춘원의 '문학론'들이 그 대표격이라고 할 수 있다. 「문사와 수양」(1921. 1)·
「예술과 인생」·「문학에 뜻을 두는 이에게」(1922. 3)·「문학강화」(1924. 10) 등으로 이
어지는 일련의 저작들은 춘원의 체계화 작업이 작가·작가론에서 비롯되어 문학사와
문학개론으로 번져나갔음을 보여준다.
73) 춘원은 근대적 문인의 자격과 수양문제에 대해 논하면서 당대 문인들의 '학업 부재'
에 대해 자성을 촉구한 바 있다. "現今 우리 文士 中에서 李東園, 玄小星 兩君을 除
호 外에 내가 아는 限에서는 系統的으로 學業을 畢호 이가 업스며 甚至에 杜翁과 갓
히 大學科程을 中途까지 밟아본 이조차 드믑니다."(「문사와 수양」, 『창조』 8호, 1921.
1, 15쪽)

것이고, 문학사의 특수한 사례라고 할 수 있다. 매월 평균 6천~7천부가 팔려 수만의 독자를 자랑하는 매체의 대중적 성공이 '종합지'라는 한계를 돌파한 경우이기 때문이다. 흥미로운 것은 『개벽』의 문학적 성과가 매체의 '대중적 흥행'에 긴박되어 있다는 것이다. 『개벽』의 문학지면이 주로 '기성작가'들의 기고에 의해 채워지고, 그에 따라 문학의 대중화(대중적 유통과 향유)란 차원에 그 성과가 집중되어 있는 것이다. 기성작가들에게 『개벽』이 매력적일 수 있었던 데에는 앞서 말한 『개벽』의 대중적 흥행이 결정적인 원인이었고, 비슷한 시기 문예지들이 '조기명멸'하는 상황에서 안정적으로 작품을 게재할 곳이 많지 않았던 상황, 즉 '문단적 공기'로서의 『개벽』의 역할이 두드러지는 상황도 작용했다.74) 아울러 대중으로부터 유리된 동인지문학의 아픈 경험75)은 문학의 대중성에 대한 각성을 불러왔을 것이다. 기성작가들에게 『개벽』의 매체적 성격은 결정적인 '하자'는 아니었던 셈이다.

하지만 '현상문예'는 기성작가들의 '일반기고'와는 차원이 달랐다. '새로운 작가를 발굴하고 이를 통해 문학판을 재생산한다'는 현상문예의 제도적 성격상 이에 응모하는 문학지망생들은 매체의 '문학적 권위'에 매우 민감했고, 이런 예민함은 그 열정의 크기에 비례했다. 즉 문학적 재능과 자질이 뛰어날수록 '어디를 통해' 등단할 것인가란 문제가 쟁점이 되었다. 따라서 종합지는 '현상문예'에 있어서는 문예전문지보다 훨씬 불리한 조건에 놓여 있었다. 이는 1924~26년을 기준으로 공존했던 『개벽』과 『조선문단』의 비교를 통해 확연히 알 수 있다.

우선 형식이나 규정이 아주 대조적이다. 당대 최고의 독자수를 자랑

---

74) 물론 '원고료의 문제'를 빼놓을 수 없다. 당대 대다수의 문인들이 생계에 곤란을 느끼고 있었고, 『개벽』의 높은 원고료는 훌륭한 '유인책'이 될 수 있었다.

75) 김동인은 "일반대중은 우리의 노력의 結晶인 신문학을 아주 무시하여 버렸다. 새 문학이 없는 새 문학을 건설해 보겠다고 나선 우리들에게 일반 사회의 이 냉대는 과연 적막하고 가슴 아팠다"고 회고한 바 있다(「문단 30년의 자취」, 『김동인평론전집』, 삼영사, 1984, 447쪽; 「문단 30년의 자취」가 원제이고, 『김동인전집』 6(삼중당, 1976, 29쪽)의 「문단삼십년사」는 전집편자가 改題한 것이다.).

하는『개벽』이 '창간 4주년 기념'이라는 거창한 타이틀을 걸고, 당대 최고의 상금 100원을 내세워 '현상문예'를 실시하는데, 이제 막 창간된 『조선문단』은 상금 한 푼 내걸지 않고, 매월 있는 '독자투고' 형식으로 '가볍게' 현상문예를 실시한다. 과정이나 결과도 보기에 따라 충격적이다. 수년을 준비해서 시험적으로 실시한『개벽』의 현상문예(4주년기념)가 부문별로 수십 편의 응모 성적을 거둔 반면,『조선문단』은 "한달에 5백~6백여 편"76), "큰 궤작으로 하나 가득"77) 투고 원고가 넘친다. 아울러『조선문단』이 소설부문에서만 20여 명의 작가들을 발굴하여78), 최서해·채만식·한설야·박화성·계용묵·이태준 등 이후 한국소설사를 장식하는 작가들을 탄생시킨 반면,『개벽』의 "현상문예를 통해 등단한 주요 작가는 이기영과 송영뿐이다."79) 춘원과 동인지 출신 작가들의 연합으로 탄생한 순문예지의 '권위'가 당대 최고의 독자수와 상금을 압도하는 순간이다.

요컨대 현상문예에 있어 '문학적 권위'는 능력있는 작가 지망생들이 매체를 선택하는 기준이었고, '권위'를 보강할 만한 이렇다 할 대안을 제시하지 못하는 이상『개벽』의 종합지적 성격은 치명적인 약점이었다고 할 수 있다. 문학의 '전문성' 혹은 '권위'를 총체적 경험 속에서 객관화하기 어려웠던 시대였고, 그런 만큼 순문예지라는 형식은 문학적 권위를 판단하는 무게 중심이었던 것이다.80)

---

76) 이봉범, 「1920년대 부르주아문학의 제도적 정착과『조선문단』」, 『민족문학사연구』 29호, 2005, 195쪽.

77) 「투고하신 제위께 특고」, 『조선문단』 2호, 1924. 11. 1, 50쪽.

78) 이봉범, 위의 글, 206쪽의 「부록-현상추천제 당선자목록」 참조.

79) 박헌호, 「동인지에서 신춘문예로」, 『대동문화연구』 53집, 2006. 3, 21쪽. 물론 자유기고나 여타의 방법으로 등단한 작가로는 김기진, 김동명, 양주동, 이은상, 현진건 등이 더 있었다. 이선영, 『한국문학의 사회학』, 태학사, 1993, 124쪽 참조.

80) 오늘날 신문의 '신춘문예'가 가장 영향력 있고, 바람직한 등단제도로 인식된다는 것은(박헌호, 위의 글, 7-8쪽 참조) 작가로서 인정받는 문제, 혹은 작가적 권위를 부여받는 데 있어 '문예전문지냐의 여부'가 매체선택의 결정적인 기준이 아니라는 것을 잘 보여준다. 이미 문학적 권위나 위상 자체가 복합적 구성물로 '현상'했고, '매체의 성격

이런 점에서 『개벽』에서 4차례의 '현상문예'가 실시됐다는 사실은
'『개벽』이 현상문예에 상대적으로 소홀했다'[81]는 일반적 평가를 부분
적으로 상쇄한다. 더구나 『개벽』의 '현상문예'는 신경향파문학으로 상
징되는 새로운 문학 경향의 탄생 및 재생산의 주요 계기였다는 점에서
새롭게 조명될 가치가 있다. 주목할 점은 이 '새로운 문학의 추구'가
『개벽』의 현상문예를 더욱 어렵게 했다는 사실이다.

현실적으로 『개벽』의 문학적 '권위'를 보강하는 최선의 방법은 지명
도 있는 문학계 인사, 즉 춘원이나 김동인과 어깨를 겨룰 만한 인물을
문예부장이나 '선자'로서 내세우는 것이었다. 하지만 '새로운 문학의
건설'이라는 원칙을 지키면서 이를 실현하는 것은 불가능했다. 앞서 보
았듯이 원칙적이고 공격적인 인물 배치를 통해 기성문학의 벽을 깨려
는 시도는 참담한 결과를 안겨주었고(1주년 기념현상), 고육적인 타협
으로는 바라는 '좌표'에 도달할 수 없었다(4주년 기념현상). 『개벽』에
서 기획된 '새로운 문학'의 저변은 너무 엷었고, 새로운 '인물'의 탄생
에는 적지 않은 시간이 필요했던 것이다.

하지만 불리한 조건 속에서도 『개벽』 편집진의 문학적 모색은 지속
되었던 듯하다. 1924~25년에 이루어진 '박영희의 등장' 과정은 『개벽』
의 편집진이 독자적인 문예부장과 권위있는 '선자'를 염원했고, 이를
무척 세심하게 '준비'했다는 것을 잘 보여준다. 예를 들어 1925년의 벽
두에 실시된 「신춘독자문예대모집」(1925. 1)은 새로운 문예부장 박영희
를 위해서 기획된 행사였고, 곧 있을 5주년 기념 현상문예(1925. 7)를
대비한 예행연습이었다.[82] 현철의 사임 이후로 문예부장 없이 보낸 2
년의 시간(1922. 8~1924. 12)[83]도 비슷한 문맥에서 이해할 수 있다. 이

문제'는 이를 구성하는 한 인자로 그 위상이 바뀌었다고 할 수 있다.

81) 이봉범, 「민족문학사연구」 29호, 소명, 2005, 196쪽 참조.

82) 앞장(2장)에서 보았듯이 이 독자문예는 일회성 행사에 그치는데, 그 시행 시점이 박
   영희의 취임 및 5주년 기념 현상문예와 맞대어져 있다는 점에서, 새로운 문예부장을
   문단에 공개하는 『개벽』 편집진의 조심스러운 '호흡'이 느껴진다.

또한 '새로운 문학 건설'이란 슬로건에 걸맞은 문예부장을 얻기 위한 탐색과 숙고의 기간이라고 할 수 있다.84)

결과론적인 추론이지만 만약『개벽』의 편집진이 '새로운 문학'을 기획하지 않았다면, 즉 기성문학에 대한 대안적 입장을 취하지 않았다면 그들이 경험한 고뇌와 분투의 과정은 많은 부분 생략될 수 있었을 것이다.『개벽』의 대중적 명성을 바탕으로 적극적인 '섭외'가 가능했을 것이고, 이를 통해 체계적인 문학 재생산 시스템을 갖추었을 가능성이 높기 때문이다. 하지만 반대로『개벽』이 '신경향파문학' 탄생의 주요 계기이자 '시원지'가 되지 못했을 가능성이 높다. 이런 점에서 신경향파문학의 탄생과 재생산은 매체로서의『개벽』, 그 주체로서의 편집진의 문학적 열정과 기획력에 기댄 바가 적지 않다고 할 수 있다.

5. 맺음말

『개벽』의 문학적 성과는 크게 두 가지다. 하나는 가시적인 것으로 『개벽』이 근대문학의 '대중화(유통과 향유)'에 큰 역할을 했고, 이를 통해 문단의 '호흡기' 구실을 했다는 것이다. 다른 하나는 '새로운 문학의 건설'과 '재생산'의 주요 계기로 작동했다는 것이다. 즉『개벽』이 '신경향파문학'의 탄생에 비중있는 역할을 했고, 그 재생산의 초기 시스템을 가시화했다는 것이다. 이 글이 주목한 것은 후자다. 전자와 관련해서는 기존 연구가 어느 정도『개벽』의 성과를 인정하고 있지만, '신경향파문학'의 탄생과 재생산에 대해서는『개벽』의 몫을 인정하는 예가 드물기 때문이다. 필자는 이를 위해『개벽』에서 이루어진 현상문

---

83) 현철의 사임부터(1922. 7. 31) 박영희의 정식 문예부장 취임(1925. 1) 사이의 공백기를 가리킨다.

84) 박영희로서는 일종의 수습기간이었고,『개벽』으로서는 관찰과 숙고의 기간이었을 것이다.

예의 전 과정을 추적했고, 이것이『개벽』에서 보여지는 문학적 모색과
정과 맥이 닿아 있음을 입증코자 했다. 그리고 그 과정에서『개벽』의
새로운 문학적 면면들을 발견할 수 있었다.

　문학 자체의 저변이 넓지 못한 상황에서 '새로운 문학'을 모색하는
『개벽』의 역동적인 모습은 여느 문예지의 성과를 압도하는 무엇이 있
었다. 특히 신경향파문학의 탄생이라는 문학사의 결절에 일개 종합지
였던『개벽』의 문학과 '현상문예'가 관여했다는 사실에는 새삼 놀라는
바가 있었다. 하지만 이는 '신경향파문학' 탄생의 한 계기를 지적하는
것일 뿐 그 이상이 아니다. 신경향파문학 탄생의 전모를 드러내기 위
해서는 앞서 각주에서 언급했듯이 그 탄생과 연관된 주요 매체들의 면
모나 핵심적인 인물들의 소통관계, 또 그와 관련된 문예운동 및 조직
적 측면들이 종합적으로 재구돼야 한다. 필자의 생각에는 지금까지 독
자적인 조명을 받지 못했던『백조』와『개벽』을 둘러싼 박영희·김기
진·박영희의 소통관계에 대해 방점을 둘 필요가 있다. 이는 추후의
과제로 남긴다.

주제어 :『개벽』, 현상문예, 신경향파문학, 매체, 제도사, 문학사

◆ 참고문헌

1. 자료

『개벽』·『청춘』·『조선문단』 영인본.

『김동인 전집』, 삼중당, 1976.

이동희·노상래 편, 『박영희전집』 2, 영남대 출판부, 1997.

임규찬·한진일 편, 『임화신문학사』, 한길사, 1993.

홍정선 편, 『김팔봉문학전집』 2, 회고와 기록, 문학과지성사, 1988.

2. 단행본

김윤식·정호웅, 『한국소설사』, 예하, 1993.

윤병로, 『박종화의 삶과 문학』, 성균관대 출판부, 1992.

이선영, 『한국문학의 사회학』, 태학사, 1993.

임원식, 『신춘문예의 문단사적 연구』, 국학자료원, 2003.

3. 논문

김동인, 「문단회고」, 『김동인 전집』 6, 삼중당, 1976, 272-279쪽.

김근수, 「개벽지에 대하여」, 『개벽』 영인본 1, 개벽사, 1969, 1-8쪽.

김미정, 「근대초기 현상공모 일고찰」, 『반교어문연구』 18집, 반교어문학회, 2005, 151-182쪽.

김석봉, 「식민지 시기 『동아일보』 문인 재생산 구조에 관한 연구」, 『민족문학사연구』 32호, 2006, 153-180쪽.

김춘희, 「한국 근대문단의 형성과 등단제도 연구」, 동국대 석사논문, 2000.

박영희, 「신흥문학의 대두와 개벽시대 회고」, 『조광』 32호, 1938. 6, 52-62쪽.

박지영, 「잡지 『학생계』 연구」, 『상허학보』 20집, 상허학회, 2007. 6.

박헌호, 「동인지에서 신춘문예로—등단제도의 권력적 변환」, 『대동문화연구』 53집, 성균관대 대동문화연구원, 2006, 5-40쪽.

박현수, 「한국 근대문학의 재생산 과정과 그 의미—방정환을 중심으로」, 『대동문화연구』 53집, 성균관대 대동문화연구원, 2006, 41-76쪽.

이경돈, 「『조선문단』에 대한 재인식」, 『상허학보』 7집, 상허학회, 2001, 61-102쪽.

이봉범, 「1920년대 부르주아문학의 제도적 정착과 『조선문단』」, 『민족문학사연구』 29호, 민족문학사학회, 2005, 168-209쪽.

최수일, 「『개벽』 유통망의 현황과 담당층」, 『대동문화연구』 49집, 성균관대 대동
　　문화연구원, 2005, 347-418쪽.
──, 「1920년대 문학과 『개벽』의 위상」, 성균관대 박사논문, 2001.
한기형, 「『개벽』의 종교적 이상주의와 근대문학의 사상화」, 『상허학보』 17집, 상
　　허학회, 2006, 39-78쪽.
한진일, 「근대 단편소설의 형성과정 연구」, 성균관대 박사논문, 2002.

◆ 국문초록

　이 글은『개벽』의 현상문예의 진전 과정을 분석하여 제도사와 문학사의 의미를 밝히고자 했다. 왜냐하면,『개벽』의 '현상문예'는 그 제도적 출발점인『청춘』에서부터『조선문단』에 이르는 현상문예의 제도적 진전 과정 속에 놓여 있으며,『개벽』의 문학적 발전과정이나 신경향파문학의 탄생과정과 깊은 관련이 있다고 판단되기 때문이다.『개벽』은 종합잡지였지만 현상문예를 실시함으로써 문단의 규범과 제도적 관성에 조응하고 나아가 새로운 문학의 경향을 창출하고자 했다. 요컨대,『개벽』의 현상문예는 신경향파문학의 탄생을 매개했으며 나아가 신경향파문학을 당대 문단에 가시적인 존재로 만드는 역할을 했다.

◆ SUMMARY

Litrerary contest for prize and
the New Tendency Group's Literatrue of *Gaebyuk*

Choi, Su-Il

This paper tried to analyze the progress course and its changes of literary contest for prize practiced in *Gaebyuk* and to make clear meanings of history of its system and literary history. I examined *Gaebyuk's* literary contest for prize in light of the systemic progess from *Chungchun's* literary contest as the first to *Josunmundan's* and relastions of the system and birth of New Tendency Group's Literature. As it were, by practicing literay contest. *Gaebyuk* as all-round magazines tried to accord with the literary world's norms and its system' inertia and furthemore to creat new trend of literature. It is held that *Gaebyuk's* literary contest mediated the birth of New Tendency Group's literature and made it as viable existences at the contemporary literary world.

Keyword : Gabyuk, literary contest for prize, the New Tendency Group's Literature, media, history of literary system, literary history

─이 논문은 2006년 3월 30일에 접수되어, 소정의 심사를 거쳐 2007년 5월 31일에 최종적으로 게재가 확정되었음.

1920~30년대 근대시의 정전화 과정*

— 시인선집을 중심으로

심 선 옥**

1. 머리말

일반적으로 정전이란 권위가 인정된 텍스트이거나 그 텍스트들이 모여서 이룬 체계를 의미한다. 정전은 해당 장르의 표준적인 목록으로 가치를 부여받아서 학교의 교과과정에 포함된 텍스트(들의 체계), 해석 혹은 모방할 만한 가치가 있다고 널리 인정받은 텍스트(들의 체계), 또는 시·공간적인 제약을 넘어서 독자들에게 가장 많이 읽히는 텍스트(들의 체계)를 가리킨다. 실제로 정전은 그것을 구성하는 개개의 작품보다 "작품들의 상상적 총체(이미지적 총체, imaginary totality)"[1]로 존

---

 * 이 논문은 2004년도 한국학술진흥재단 지원으로 연구됨(KRF-2004-074-AS0065).
** 세명대학교 강사.

재한다. 이러한 상상적 총체로써 정전 목록은 고정된 것이 아니라 시대적인 상황과 문학 제도, 정전화 주체 등에 따라서 변화한다.

지금까지 근대시의 정전화에 대한 연구는 주로 문학교육적인 부문에서 학교의 교과과정에 사용된 텍스트를 대상으로 이루어졌다.[2] 그런데 한글 교과서를 사용한 민족 교육이 해방 이후에야 비로소 가능했기 때문에, 문학교육론에 근거한 정전 연구는 식민지 시대 정전의 형성 및 그 의미를 설명하기 어려운 한계를 갖는다. 한국 근대문학사에서 정전화의 초기단계에 해당하는 1920~30년대는 제국주의의 지배로 인해 국가 이데올로기의 확립이 어려운 시기였으며, 민족 교육을 실현할 물적 기반이 미비한 상황이었다. 그에 비해 문단 승인제도인 비평 및 매체 자본과 출판 자본의 영향력은 상대적으로 높았다고 할 수 있다.

이 논문은 1920~30년대 발간된 시인선집을 대상으로 한국 근대시의 정전화 양상과 특징을 살펴보고자 한다. 시인선집은 당대의 모든 작가와 작품 중에서 가장 '훌륭한' 텍스트들을 선별하여 수록하는 것을 목표로 삼았다는 점에서 정전의 기능을 하였다.[3] 특히, 민족적인 교육과 아카데미즘, 국가 이데올로기가 결여된 상황에서, 문단의 권위를 바탕으로 매체 자본 혹은 출판 자본에 의해 발간된 선집과 전집은 식

---

1) 정재찬, 「문학 정전의 해체와 독서 현상」, 『독서연구』 2, 한국독서학회, 1997, 104쪽.
2) 문학교육론의 내부에서 이루어진 정전 논의들의 의미와 한계에 대해서는 문영진, 「정전 논의에 관련된 몇 가지 문제에 대하여」, 『민족문학사연구』 18, 민족문학사학회, 2001, 참조.
3) 하루오 시라네는 정전이 확립되는 방법을 다음의 열 가지로 정리하였다. ① 특정 텍스트 또는 이본의 보존・교합・전달, ② 해박한 주해・해석・비평, ③ 학교 교과과정에서의 텍스트 사용, ④ 말씨・문체・문법 모델로서의 사용 또는 인용・참조의 공급원으로서의 텍스트 사용, ⑤ 역사상, 그리고 제도상의 선례에 관한 지식 공급원으로서의 텍스트 사용, ⑥ 일련의 종교적인 신앙을 구체적으로 표현하고 있는 텍스트 채택, ⑦ 선집으로서의 텍스트 채택 ⑧ 가계, 계보의 구축, ⑨ 문학사의 구축, ⑩ 제도적 담론, 특히 국가 이데올로기로의 편입 등의 방법에 의해 텍스트는 정전으로 형성된다고 하였다.(하루오 시나레, 「정전 형성의 패러다임과 비평적 전망」, 하루오 시라네・스즈키 토미 편, 왕숙영 역, 『창조된 고전』, 소명출판, 2002, 22쪽)

민지 시대의 가장 권위 있는 정전으로 존재하였다.

식민지시대 발간된 시인선집의 목록을 정리하면, 『조선시인선집』(조태연 편, 조선통신중학관, 1926), 『청년시인백인선』(황석우 편, 조선시단사, 1929), 『카프시인집』(카프 문학부편, 집단사, 1931), 『을해명시선집』(오희병 편, 시원사, 1936), 『조선명작선집』(김동환 편, 삼천리사, 1936), 『현대조선문학전집 시가집』(조선일보 출판부 편, 1938), 『현대조선시인선집』(임화 편, 학예사, 1939), 『현대서정시선』(이하윤 편, 박문서관, 1939), 『신선시인선집』(시학사 편, 시학사, 1940), 『재만조선시인선집』(김조규 편, 간도예문사, 1942) 등이 있다. 이 중에서 미등단의 아마추어 시인들을 주로 수록한 『청년시인백인선』, 연간시집의 형태로 발간된 『카프시인선』과 『을해명시선집』, 신진 시인을 중심으로 편집한 『신선시인선집』, 만주 지역에서 활동하는 시인들을 수록한 『재만조선시인선집』은 근대시의 정전화를 설명하기에 적합지 않기 때문에 제외하고, 『조선시인선집』, 『조선명작선집』, 『현대조선문학전집 시가집』, 『현대조선시인선집』, 『현대서정시선』 등 다섯 권을 연구대상으로 하였다. 먼저 각 시인선집들의 수록 시인과 작품 목록, 편집체계 및 선택의 기준을 개관하고 정전화의 관점에서 특징적인 양상과 의미를 분석하게 될 것이다. 이를 바탕으로 시인선집의 이념적 기반으로서 1920년대 중반 국민문학론의 대두와 시인선집의 관계를 살펴보고, 식민지시대 정전의 목록을 재구성하여 그 문학사적 의미를 해명하고자 한다.

2. 시인선집의 편집체계와 정전화 양상

1) 『조선시인선집』

최초의 시인선집은 1926년 10월에 조선중학통신관에서 발간한 『조선시인선집』이다. 이 선집의 편집 겸 발행인은 조선통신중학관 대표인

조태연으로 명기되어 있지만, 실제로 선집의 편집은 백기만이 담당하
였다. 편집체제는 시인들이 自選한 작품을 원칙으로 하였다. 1924년
여름부터 원고를 모으기 시작해서 선집이 발간될 때까지 작품의 수집
과 보완이 이루어졌다. 선집의 앞표지에는 '二十八文士傑作'이라고 명
기하여 당대를 대표하는 시인들의 훌륭한 작품을 수록했다는 점을 강
조하였다. 선집의 분량은 전체 339쪽이며, 책의 정가는 1원 80전인데
당시로는 높은 가격이었다.4)

　　선집의 발행처가 조선통신중학관이라는 사실은 『조선시인선집』의
성격을 규정하는 중요한 요인이다. 조선통신중학관은 소학교를 졸업하
고 중학교에 진학할 수 없는 사람들을 위해 중학과정의 독학·통신강
의를 주관했던 곳이다. 3·1운동 이후 각 학교 입학지원자는 급격하게
증가하였지만 그 늘어난 수요만큼 교육기관의 증설이 이루어지지 않아
서 향학 의지는 있으나 학교를 다니지 못하는 사람들이 늘어났고, 또
학자금을 마련하기 어려워 학교를 다니지 못하는 사람들도 많아졌다.
통신강의는 그런 사람들을 대상으로, 월정액을 내고 회원이 되면 매달
한 권씩 집으로 통신강의 교재를 우송해주는 제도였다. 조선통신중학
관은 1921년에 "수학의 기회를 失하고 문명의 낙오를 절통하는 3백만
의 우리 청년남녀 중 특히 學資의 支辨이 未由하야 遠方에 유학치 못
하는 자"5)를 위해 설립되었으며, 자체적으로 『조선중학강의록』을 발행
하였다.6) 조선통신중학관이 설립되기 전부터 일본에서 다양한 중학강
의록이 수입·판매되었는데, 당시 가장 인기가 있었던 독학교재는 와

---

4) 1920년대 중반까지 발간된 시집의 가격은 대부분 1원 미만으로 대략 30~70전 사이
　　였다. 예외적으로 김억의 역시집 『오뇌의 무도』가 1원, 김소월의 『진달래꽃』이 1원 20
　　전이었다.

5) 「조선통신중학관 취지서」, 『매일신보』, 1921. 7. 26.

6) 조선통신중학관에서 1924년에 발행한 『조선중학강의록』(현 독립기념관 6전시관 소
　　재)에는 조선통신중학관의 소개, 활동사항, 입학에서 졸업까지 안내 및 강사진, 조선
　　통신중학관 규칙 등이 기록되어 있으며, 국어, 생물, 영어, 물리, 세계지리 강의안이
　　실려 있다.

세다대학의 통신강의록이었다. 통신강의에 대한 일반 독자들의 수요는 매우 커서 1920~30년대 서적 광고와 판매의 가장 큰 부분을 차지하고 있었다.[7] 통신강의록 시장의 활황을 기반으로 출판자본의 물적 토대를 비축한 조선통신중학관은 잡지와 문학교양 서적류로 출판의 영역을 확장시켜 나갔다. 그 일환으로 1925년에 기관지『신지식』을 창간했으며, 1926년에 『조선시인선집』을 발간하였다. 조선통신중학관의 출판활동은 통신강의록의 수요자를 주요 독자층으로 하여, 근대 지식의 함양 및 교양 교육을 목적으로 하는 계몽적 태도를 견지하고 있었다. 또한『조선시인선집』의 발간은, 1910~20년대 문학의 장르위계질서에서 시의 위상 및 사회적 영향력이 높이 평가되고 있었음을 증명해준다.

『조선시인선집』에 수록된 시인과 작품 목록은 〈표 1〉와 같다.

수록된 시인 중에서 이광수를 제외하면 등단한 지 1~8년 미만의 시인들, 그 중에서 1920년 이후 등단한 '젊은 시인'들이 주류를 차지하고 있다. 그리고 문학동인지 출신의 시인이 20명으로 전체의 70%를 넘는 것이 특징이다.[8] 그 외에는『개벽』을 대표하는 김형원과 김소월, 신경향파 이후『개벽』의 신진 시인으로 합류한 박팔양, 조명희, 김동환,『조선문단』의 조운과 이은상 등이 있다. 이것은 실질적으로 1920년대 초반까지 문학동인지를 중심으로 근대시의 형성과 성장이 이루어졌음을 보여준다. 이는 한기형이 "근대문학의 본격적 성장기인 1920년대 문학의 실질적 기반이 출판 자본이 아니라 매체자본"[9]이라고 규정한 바와 같다. 1920년대 중반부터 문단의 중심은 동인지에서『개벽』과『조선문단』으로 옮겨오는데, 위의 목록을 통해『개벽』의 영향력이 더 컸음을 알 수 있다.

---

7) 천정환,『근대의 책읽기』, 푸른역사, 2003, 184-188쪽 참조.

8)『창조』4명(이일, 오천석, 주요한, 김명순),『폐허』5명(김억, 남궁벽, 변영로, 오상순, 황석우),『백조』6명(김기진, 이상화, 박영희, 박종화, 홍사용, 노자영),『금성』5명(양주동, 유엽, 이장희, 백기만, 손진태) 등이다.

9) 한기형,「근대문학과 근대문화제도, 그 상관성에 대한 시론적 탐색」,『상허학보』19, 상허학회, 2007, 57쪽.

〈표 1〉 『조선시인선집』의 수록 시인과 작품 목록

시 인	수록 작품	시 인	수록 작품
김기진	고대하는 마음, 백수의 탄식, ENNUI	이 일	나의 눈물, 박명아, 애수, 어리석은 반역, 지내가는 노래
김정식	월색, 엄숙, 찬저녁, 나는 세상 모르고 살았노라, 집생각	이장희	동경, 하일소경, 고양이의 꿈, 봄은 고양이로다, 청천의 유방
김동환	봄노리, 구십춘광, 북청물장사, 곡폐허, 국경의 밤, 가는 가을	박영희	꿈의 나라로, 그림자를 나는 쫓치다, 어둠 넘어로, 유령의 나라로, 월광으로 짠 병실
김 억	꿈의 노래, 우정, 가을, 흰달, 설은 노래, 신미도 삼각산, 지는 봄, 해안에서	박종화	정밀, 사의 예찬, 애도아창, 흑방비곡
김탄실	추억, 거룩한 노래, 만년청, 오월의 노래, 언니의 생각	박팔양	거리로 나와 해를 겨우라, 향수, 신에 대한 질문, 공장, 나는 불행한 사람이로다, 아츰, 나그네
김형원	백골의 난무, 벌거숭이의 노래, 불순한 피, 숨쉬이는 목내이	백기만	산촌모경, 은행나무 그늘, 청개고리, 고별, 실제
남궁벽	풀, 생명의 비의, 대지와 생명, 대지의 찬	변영로	버러지도 실타하올 이몸이, 생시에 못 뵈올 님을, 봄비, 논개, 하일정취, 어느날
조명희	경이, 봄잔듸밧우에, 성숙의 축복, 무제, 어둠의 검에게	손진태	생의 철학, 환상, 파리, 병든 강아지
양주동	꿈노래, 영원의 비밀, 소곡, 惡禱, 풍경, 別後	오상순	폐허의 제단, 방랑의 마음 1·2, 어둠을 치는 자, 허무혼의 선언
노자영	장미, 보름달, 버들피리, 반달, 봄밤	오천석	인류, 나는 거름이 되리라, 혼인
유춘섭	낙엽, －에게, 춘원행, 겨을밤의 哄笑, 나의 옛집에 도라오도다	조 운	이 세기의 시인아, 한번, 서럼, 한줄의 소리나마, 향촉
이광수	기도, 행로탄	주요한	비소리, 황혼, 아기의 기도 1·2·3, 해의 시절, 단장
이상화	말세의 희탄, 나의 침실로, 이중의 사망, 단조, 가을의 풍경	홍사용	묘장, 그것은 모다 꿈이엇지마는, 나는 왕이로소이다
이은상	황혼의 묵상, 물결의 유언, 늙어지오라, 흙에서 살자, 심장, 나와 오늘	황석우	석양은 쩌진다, 벽모의 묘, 세 결심, 망모의 영전에 밧드는 시, 참혹한 얼골이여

시인선집이 당대까지 활동한 모든 시인들을 수록할 수 없는 한, 시인과 작품 목록을 구성할 때 일정한 기준의 선택과 배제는 필수적이다. 『조선시인선집』은 시인들의 자선작품을 원칙으로 수록하였기 때문에 작품 목록에서 일관된 판단기준을 선정하지는 않았다. 자선작품을 원칙으로 한 이유는 짐작컨대, 시인들이 개성적인 시세계를 확립하기에 작품 활동 기간이 짧았고 또 객관적으로 각 시인들의 대표작을 선정할 수 있는 문학사적 기준이 마련되지 않았던 상황 때문일 것이다. 그렇지만 선집에 수록할 시인 목록을 구성할 때에는 일정한 선택과 배제의 기준이 작용하였다. 우선 『조선시인선집』은 1919년을 한국 근대시의 본격적인 기점으로 잡고 있으며, 『태서문예신보』와 『매일신보』의 〈매신문단〉을 경계로 그 이전의 시인들은 배제하였다. 배제된 시인들은 『소년』과 『청춘』의 최남선, 『학지광』의 김여제, 현상윤, 김찬영, 최승구 등으로, 이들은 1920년대 문학 동인으로 참여하지 않았다는 공통점을 갖는다.10) 그리고 『공제』, 『대중시보』 등의 사상 잡지에 시를 발표했던 사회운동가 시인들도 시인 목록에서 배제되었다. 정태신, 이혁로, 신태악, 정백 등이 대표적인 사회운동가 시인들로서, 이들은 1920년대 초반에 『대중시보』, 『장미촌』, 『폐허』, 『공제』, 『개벽』 등에서 활발하게 작품 활동을 하였다. 이러한 『조선시인선집』의 편집원칙은, 『폐허』와 『장미촌』에서 사회운동가 그룹과 문인 그룹의 결합을 통해 근대문학의 새로운 방향을 모색11)했던 것과 대조되는 방향이다. 이러한 변화는 1920년대 중반에 등단제도와 승인제도가 일정한 형식을 갖추게 된 것과 더불어 '직업으로서의 작가'가 문단 내에서 정착된 것을 의미한다. '직업으로서의 작가'는 아마추어리즘으로부터 차별성을 확보하는 한편, '상징적 자산'의 가치를 높이기 위해 '전문성'을 강화하는 과정

---

10) 선집에 수록된 이일, 김억, 오천석 등은 1910년대 『학지광』의 시인이면서 귀국 후 문학동인으로 활동하였다.

11) 이에 대해서는 조영복의 「『장미촌』의 비전문 문인들의 성격과 시 사상」과 「사회주의 사상가들의 시」(『1920년대 초기 시의 이념과 미학』, 소명출판, 2004) 참조.

을 거치게 된다.[12]

한편, 근대시의 정전화와 관련하여 주목되는 것은 『조선시인선집』
이 독서대중의 교양교육이라는 애초의 발간의도와 달리 한국 근대시문
학사를 구성한 텍스트로 수용되었다는 점이다. 이 선집에 대한 양주동
과 김억의 독후감[13]을 통해 그 사실을 확인할 수 있다. 양주동은 선집
이 발간되었을 때 "우리 조선에 신시가 생긴 뒤로부터 1924년에 이르
기까지 10년 내외간 시단 업적의 총목록인 듯한 감이 없지 않고 또한
지금까지 발행된 시집 중 사화집으로는 가장 대표적이오 완비한 것이
라 생각한다."[14]라고 높이 평가하였다. 그리고 시인선집에 수록된 시인
들을 동인지와 문예지를 중심으로 개괄하고, 각 시인들의 작품 경향과
특징을 정리하여 근대시사를 구성하고 있다. 김억도 『조선시인선집』을
매개로 근대시사를 개관하고 있다. "조선 시단이란 3·1운동 이후에
존재된 것"[15]이라고 전제한 뒤, 최남선과 이광수를 선두로 하여 『학지
광』, 『태서문예신보』에 이어 『창조』, 『폐허』, 『장미촌』, 『백조』, 『개벽』,
『금성』, 『생장』, 『영대』, 『조선문단』 등의 동인지와 문예지를 중심으로
근대시의 형성과정에서 각 매체의 의미와 대표적인 시인들을 정리하고
있다. 양주동과 김억의 글은 1910~20년대 근대시의 형성과정을 역사
적인 관점에서 전체적으로 고찰한 최초의 작업으로써, 동인지와 문예
지를 중심으로 근대시사를 서술하였다는 공통점을 갖고 있다. 또한 김
억은 근대시의 성과와 발전 방향으로 상징주의 시를 비판하고 조선의

---

12) 부르디외는 문학의 장이 뒤집어진 경제의 논리, 즉 상품과 의미화라는 이중의 면을
가진 상징적인 자산들의 성격 위에 기초해 있으며, 시장을 위한 문화적 생산물에 대
한 반작용으로 상징적 전용을 위해 운명 지어진 '순수한' 작품들의 생산으로 이르는
전문화 과정을 거쳐서 문화적 생산의 장이 조직된다고 주장하였다.(피에르 부르디외,
하태환 역, 『예술의 규칙─문학 장의 기원과 구조』, 동문선, 1999, 191쪽)

13) 양주동의 「시단의 회고─『시인선집』을 읽고」(『동아일보』, 1926. 11. 29~12. 4)와 김
억의 「『조선시인선집』을 읽고서」(『동아일보』, 1926. 12. 14~22)를 가리킨다.

14) 양주동, 「시단의 회고─『시인선집』을 읽고」, 『동아일보』, 1926. 11. 29.

15) 김억, 「『조선시인선집』을 읽고서」, 『동아일보』, 1926. 12. 20.

고유한 혼과 정조를 노래한 조선적인 시를 제시하고 있다. 『조선시인선집』에 대해서도 "대개의 詩作에서는 반드시 가져질 '조선'을 떠나지 아니한 것이 내게는 다시 없이 기뻤습니다.…… 그 시가들이 조선 고유한 혼을 노래하는 것을 들었습니다."라고 하여 '조선적인 것'이 충실히 구현된 점을 높이 평가하였다.16) 이러한 수용과정을 통해 『조선시인선집』에 수록된 시와 시인들은 한국 근대시문학사를 대표하는 전범이자 가치 있는 작품으로서 '정전'의 위상을 획득하고 있다.

2) 『조선명작선집』

『조선시인선집』이 발간된 10년 뒤인 1936년에 삼천리사에서 『조선명작선집』을 발간하였다. 1926~1936년에 이르는 10년의 시간 동안 문단 내외적으로 여러 변화가 있었으며, 『조선명작선집』에는 이러한 변화들이 반영되어 있다.

가장 큰 변화는 카프를 중심으로 프롤레타리아 문예운동이 문단의 헤게모니를 장악하였다는 점이다. 조직적인 결속력과 사회주의 사상, 창작방법론을 바탕으로 전개된 프롤레타리아 문예운동은 급속하게 문단과 매체, 독자대중을 장악하면서 1920년대 중반~1930년대 중반까지 실질적인 문단의 중심을 형성하였다. 1934년 신건설사 사건으로 카프의 지도부가 대거 구속되고, 1935년 5월 조직해산서를 제출함으로써 명목상의 카프는 사라졌지만 문단 내외적으로 프롤레타리아 문예운동의 성과와 영향력은 1930년대 중반까지 지속되었다. 실제로 1930년대 중반에도 『카프시인집』(1931)과 『카프작가 7인집』(1933)은 베스트셀러로 독자들의 사랑을 받고 있었다.17)

---

16) 김억, 앞의 글, 『동아일보』, 1926. 12. 22.

17) 1935년 10월에 『삼천리』에서 경성의 주요 서적상들을 대상으로 조사한 기록은, 당시 많이 팔리던 책으로 『사랑의 불꽃』과 이광수의 역사소설류에 이어 "『카프작가 7인집』과 『카프시인집』 등의 새로운 문예서적류가 호성적을 나타낸다"라고 보고하였다.(「서

다음으로 대중문화의 확산 및 제도적 정착을 들 수 있다. 1926년 경성방송국이 송출을 시작하면서 라디오 시대가 열렸고, 나운규의『아리랑』의 흥행을 계기로 영화의 보급과 영향력이 커졌으며, 대중가요의 인기가 상승하였다.18) 문학의 경우, "무산자의 취미 증진"을 목적으로 창간된『별건곤』(1926. 11∼1934. 8)을 시작으로 대중적인 취미독물(趣味讀物)의 제도화가 이루어졌다.19) 1930년대 문단에서 대중성과 상업성을 결합한 취미독물의 대표적인 잡지가『삼천리』이다. 또한『삼천리』는 영화, 음악, 라디오 등 대중문화의 유행 속에서 문학의 독자성과 우위성을 유지하기 위해 다양한 시도들을 행하였다는 점에서 의미가 있다. 시사적인 이슈들과 문학을 결합시켜 토론회나 좌담회를 개최하거나 인기 작가들이 참여하는 문예 강연회 개최, 애독자에게 보내는 작가의 편지, 작가들의 개별 추천에 의한 등단제도, 심지어 작가들의 사생활까지 공개하는 등의 방법을 통해 작가와 독자들의 친밀감을 창출해 나갔다. 이를 위해 대중적 인지도가 높은 작가들을 적극적으로 활용하였으며, 전략적으로 스타작가 만들기도 병행하였다. 모윤숙과 최정희는 명실 공히『삼천리』가 낳은 여류 스타작가였다.『삼천리』는 1930년대 문단에서 대중성과 상업성의 중심 코드로 이광수를 부각시키면서 〈춘원 문단생활 20년 기념 문단회고 좌담회〉, 이광수 전집 발간, 춘원·요한·파인의『3인 시가집』발간 등의 사업을 추진하였다. 그리고 1936년부터『조선문학전집』40권의 간행을 기획하고, 대대적인

적시장 조사기 — 한도, 이문, 박문, 영창 등 書市에 나타난」,『삼천리』, 1935. 10, 137쪽)
18) 1920년대 중반 취미와 대중의 관계를 고찰한 논문으로 이경돈의 「'취미'라는 사적 취향과 문화주체 '대중'」(『대동문화연구』57, 성균관대 대동문화연구원, 2007)이 있으며, 영화『아리랑』의 흥행이 상상의 공동체로서 민족과 대중을 호출하게 되는 과정을 고찰한 논문으로 정우택의 「아리랑 노래의 정전화 과정 연구」(『대동문화연구』57, 성균관대 대동문화연구원, 2007)가 있다. 천정환·이용남의 「근대적 대중문화의 발전과 취미」(『민족문학사연구』30, 민족문학사학회, 2006)는 1920년대 발견된 취미가 대중문화의 형식으로 완성되는 양상을 고찰하였다.
19) 이경돈, 「『별건곤』과 근대 취미독물」,『대동문화연구』46, 성균관대 대동문화연구원, 2004, 254쪽.

광고와 함께 독자들로부터 권당 1원씩의 신립금(申込金)을 받았다.[20)] 발간되었다면 최초의 문학전집으로 기록될 수 있었던 이 사업은, 출판 자본의 영세성과 독자들의 낮은 호응 때문에 아쉽게도 기획 단계에 그 치고 말았다.[21)]

　1936년『조선명작선집』의 발간은, 이러한 문단 내외적으로 변화된 분위기와『삼천리』라는 매체의 성향과 기획 속에서 이루어진 것이었 다.『조선명작선집』에는 21명의 시인이 쓴 35편의 시와 소설 22편, 희 곡 1편이 실려 있으며 전체 250쪽, 정가는 1원이었다. 수록된 시인과 작품 목록은 〈표 2〉와 같다.

〈표 2〉『조선명작선집』의 수록 시인과 작품 목록

시 인	수록 작품	시 인	수록 작품
주요한	봄달잡이, 샘물이 혼자서	김명순	탄식
정인보	가신 님	조명희	봄잔듸밧
김 억	고향의 노래: 보슬비, 가을	이상화	나의 침실로
김소월	금잔듸, 진달내꼿	변영로	논개, 생시에 못뵈올 님을
이은상	가곱하, 성불사의 밤	임 화	우리 옵바와 화로
양주동	해곡 3장, 별후	김기림	들은 우리를 부르오
박팔양	밤차	모윤숙	안해의 소원, 반디불, 사공
정지용	갈매기	이병기	석굴암
김기진	회관 압헤서	한용운	당신의 편지, 님
김형원	고구려 성지過次	파 인	송화강 뱃노래, 청노새, 꿈, 로만스, 산넘어 남촌에는
박종화	정밀, 푸른 문으로		

---

20) 이것은 일본 출판계의 円本을 선례로 삼은 것이다. 일본 改造社가 1926년『현대일본 문학전집』(전 38권)을 발행하면서 1권에 1엔으로 예약 출판한 것이 최초였는데, 35만 부라는 히트를 기록하여 문예의 대중화와 출판 산업의 근대화를 촉진하는 계기가 되 었다.

21) 참고로『조선문학전집』은 시부문에서 한용운, 김소월, 박종화, 모윤숙, 김억, 김동환, 김형원, 박팔양, 양주동, 김기림, 임화, 주요한, 정지용의 시집과 정인보, 이은상의 시 조집의 발간을 계획하고 있었다.

『조선명작선집』의 시인 목록을 『조선시인선집』과 비교할 때, 1920
년대 동인지 출신으로 1930년대까지 작품 활동이 미진한 시인들은 모
두 제외되었음을 알 수 있다.[22] 새롭게 포함된 시인은 정인보, 정지용,
조명희, 임화, 김기림, 모윤숙, 이병기, 한용운 등 8명이다. 이러한 시인
목록의 변화는 먼저, 근대문학의 기반이 동인지·문예지 중심의 매체
자본에서 상업적 이윤 창출이 목적인 출판 자본으로 이동해 가는 과정
에 있다는 것을 보여준다. 매체 자본과 출판 자본을 겸하고 있던 『삼천
리』의 존재는 그 과도기적인 형태라고 할 수 있다.

다음으로, 『조선명작선집』이 1930년대 시인들을 거의 포함시키지
않았다는 사실이다. 실제로 새롭게 포함된 시인들 중에서 1930년 이후
등단한 시인은 김기림과 모윤숙 뿐이다. 여기에는 한국 근대시사를 대
표하는 '명작'에 대한 편집 주체의 의식이 작용하고 있다. 『동아일보』
는 1929년 8월 4~20일까지 〈세계명작순례〉를 연재하였는데, 그 취지
는 "가정에 계신 부녀자 또는 소년 아동 같은 그런 서적을 독서할 기
회가 많지 못한 이들"[23]을 위해, 세계적으로 유명한 명작들의 내용을
필자가 요약하고 의미를 설명해 주는 것이었다.[24] 이 기획을 통해 당
시 '명작'의 존재 의미가 새로운 독자층으로 부상한 부녀자와 소년 아
동과 같은 2류 독자들의 교양 교육과 계몽의 차원에서 받아들여졌음을
알 수 있다. 다른 한편으로 '명작'에 대한 의식에는 조선 문예의 위상
을 세계적인 기준에서 재정립하고자 하는 욕망이 내장되어 있다. 세계
문학에 대한 욕망은, 1920년대 중반 국민문학론이 '조선으로 세계에'[25]
를 외치며 시조부흥운동을 주장했을 때부터 표면화된 것이었다. 『조선

---

22) 『조선시인선집』에 수록되었으나 『조선명작선집』에서 제외된 시인은 이광수, 남궁벽,
　　노자영, 유춘섭, 이일, 이장희, 박영희, 백기만, 손진태, 오상순, 오천석, 홍사용, 황석우
　　이며, 이 중에서 이광수와 박영희는 소설에 수록되었다.
23) 화산학인, 「머리말-세계 명작순례」, 『동아일보』, 1929. 8. 4, 3쪽.
24) 이후에도 『동아일보』는 〈명작과 모성애, 문예에 나타난 어머니사랑〉(1931. 8. 6~9.
　　11), 〈명작에 나오는 동물〉(1932. 1. 1~14) 등의 명작 시리즈를 연재하였다.
25) 최남선, 「조선국민문학으로의 시조」, 『조선문단』 16, 1926. 5, 7쪽.

명작선집』의 발간 즈음에 『삼천리』는 문인들에게 〈조선 문학의 세계적 수준관〉이라는 설문을 실시하였다. 답변한 16명의 문인들이 모두 조선 문학을 세계적 수준이라고 말하는 것은 아직 어렵다고 대답하였지만, 그간 조선 문학이 빠르게 향상·발달되었다는 점에는 동의하고 있다.26)

정전화의 관점에서 『조선명작선집』은 정전의 목록이 구성되는 과정을 체계적으로 시도한 선집이라는 점에서 의의가 있다. 이것은 『삼천리』라는 매체가 출판 주체였기 때문에 가능했던 일이었다. 『삼천리』는 대중적인 인기와 문학사적인 가치를 결합한 명작·걸작의 목록을 구성하기 위해 1차적인 작업으로 현직 작가들을 대상으로 〈10년 갈 명작, 100년 갈 걸작〉이라는 설문조사를 실시하였다. 이 설문에 대한 시가부문의 답변을 종합하면, 작품으로는 임화의 「우리 오빠와 화로」, 이상화의 「빼앗긴 들에도 봄은 오는가」, 시집으로는 이은상의 『노산시조집』, 김억의 『안서시집』, 이광수·주요한·김동환의 『3인 시가집』, 한용운의 『님의 침묵』, 양주동의 『조선의 맥박』, 김동환의 『국경의 밤』, 시인으로는 주요한, 김동환, 김억, 정지용, 임화가 꼽혔다.27) 이 목록을 바탕으로 『삼천리』 1935년 1~3월에 〈반도 신문예 20년래 명작선집〉이라는 특집을 연재하였다. 〈명작선집〉에는 시가 39편, 소설 22편과 공연 중인 명작 희곡 3편과 유행가요 12편이 소개되었다. 〈명작선집〉에 소개된 작가와 작품은 1년 뒤에, 시와 희곡에서 몇 명의 작가와 작품을 삭제28)하고, 원래의 판형 그대로 『조선명작선집』으로 간행되었다. 이

---

26) 『삼천리』, 1936, 4.

27) 〈10년 갈 명작 100년 갈 걸작〉, 『삼천리』, 1934. 5.

28) 『삼천리』는 1935년 9월부터 계속해서 『조선명작선집』의 광고를 싣고 있다. 흥미로운 것은 광고에 소개된 시인 목록이 여러 차례 변하였으며 실제로 간행된 목록과도 일정한 차이를 보이고 있는 점이다. 처음에는 김명순이 빠졌으며, 다음에는 이하윤, 노자영, 이장희가 빠졌다가 『조선명작선집』으로 발간될 때는 오상순의 「방랑의 북경」, 조운의 「밤비」, 이하윤의 「물레방아」, 홍사용의 「나는 왕이로소이다」가 삭제되었다. 잡지에 실었던 판형 그대로 출판하면서 왜 이러한 시인과 작품 목록의 차이가 있는지 그 이유는 확인할 수 없다.

와 같이 『조선명작선집』은 작가들을 대상으로 한 설문조사를 바탕으로 정전 목록을 구성하고, 이를 대중들에게 공표하여 독자들의 반응을 살피는 한편, 정전목록을 조정하는 일련의 과정을 거쳐서 탄생한 결과물이었다. 그런 점에서 『조선명작선집』은 한국 문학사에서 정전 목록이 구성되어 가는 최초의 과정을 보여주는 선집이라고 할 수 있다. 정전 목록을 구성하는 1차 작업인 설문조사는 그 자체로써 문단과 출판 자본이 시인과 작품에 대한 가치를 평가하는 승인제도이며, 나아가 매체를 통해 이렇게 구성된 목록을 공개하는 2차 작업을 거침으로써 독자들을 승인제도의 주체로 포함시키고 있다.

한편, 『삼천리』는 1935년 10월에 작가들에게 〈조선 문학의 주류론, 우리가 장차 가져야 할 문학에 대한 諸家答〉이라는 제목으로 민족문학파, 계급문학파, 해외문학파 중에서 무엇이 조선 문학의 주류가 될 것인지에 대한 설문조사를 실시하였다. 이 설문에 대해 많은 작가들이 해외문학파를 민족문학, 계급문학과 동류로 놓은 질문 자체의 부당성을 지적하면서도 조선 문학의 주류에 대한 자신의 의견을 표명하였다. 설문조사 결과 대부분의 작가들이 민족문학을 주류로 지지하였고 유진오, 함대훈, 홍효민, 엄흥섭 등의 경향파 작가들이 계급문학을, 이헌구와 김광섭이 해외문학파를 지지하였다. 그러나 이 설문조사는 설문 대상자의 선정에서부터 '민족문학' 계열의 작가들을 다수 배치함으로써 이미 그 결과가 예측된 것이었다. 즉, 표면적으로 문단의 경향과 조선 문학의 주류에 대한 공정한 판단의 형식을 취하고 있지만, 실제로는 '민족문학'을 조선 문학의 주류로 재천명하는 효과를 얻기 위한 것이었다.

『삼천리』의 '민족문학'은 1920년대 중반 『조선문단』을 중심으로 제기된 국민문학론의 연장된 개념으로 사용되고 있다. '민족문학' 내지 국민문학론에 대한 『삼천리』의 경향성은 『조선명작선집』의 성격에도 영향을 주었다. 선집의 목록을 구성할 때 '민족문학'이라는 관점은 중요한 가치개입적 행위로 작용하였다. 즉, 개별 작품의 문학적 가치와 심미적 특징보다 민족문화의 고유성과 특질을 드러내는 문학들의 집성으로써 '민족문학'의 정전과 전통을 재구성하고자 하는 의도가 우선하게 되며, 이에 근거하여 목록의 선택과 배제가 이루어졌다. 『조선명작선집』에서, 1920년대 중반 국민문학론의 등장으로 조선적인 시가 형식을 대표하게 된 시조와 민요시가 주류를 형성하고 있는 점, 프로문학과 모더니즘 문학의 비중이 절대적으로 낮은 점이 그 예이다. 또한 '민족문학'의 정전과 전통에 대한 의지는 새로운 시의 경향에 대한 보수적인 태도로 나타났으며, 『조선명작선집』에서 1930년 이후 등단한 시인들이 배제되었던 이유가 여기에 있다. 정전의 형성에서 '민족문학' 내지 국민문학론이 지향하는 바는 분명하다. 전통의 일관성을 바탕으로 문화적 동질성을 확인함으로써 '민족' 또는 '국민'이라는 초월적이고 보편적인 정체성을 수립하는 데 있다. 그런 점에서 『조선명작선집』의 '명작'은 시대적 변화와 특정한 문학 그룹의 이해관계를 초월하여 존재하는 한국 근대시의 이념형을 수립함으로써 '조선으로 세계에'를 완성하는 것이 그 목표였다고 할 수 있다.

3) 『현대조선문학전집 시가집』

1930년대 후반에 오면 출판 환경과 독서 시장, 출판 자본에 많은 변화가 나타난다. 1920년대부터 꾸준히 증가해 온 독서시장은 1930년대 중반 이후 급격하게 성장하였다. 1935년에 『삼천리』에서 경성시내의 서적시장을 조사한 기록을 보면, 독서인구의 증가로 서적 시장이 단연 활기를 띠고 있는 현상을 확인할 수 있다. 당시 베스트셀러였던 『노산시조집』은 재판까지 절판되었으며, 노자영의 『사랑의 불꽃』과 이광수의 역사소설류, 『카프작가 7인집』과 『카프시인집』 등이 꾸준한 인기를 누리고 있었다. 그 외에도 인기 있는 책의 판매부수는 4∼5천 부를 능가하였다.[29] 독서 인구의 증가와 서적 시장의 활기에 힘입어 대형 출판사들은 본격적으로 기획 상품들을 내놓았다. 1930년대 후반부터 전집류의 발간이 왕성하게 이루어지고, 문고서적들이 간행되기 시작하였다. 출판 환경의 변화는 출판 자본과 독자 대중의 관계도 변화시켰다. 출판 자본은 독자 대중의 교양 교육을 주도하는 계몽 주체 또는 교육 주체로서의 위계적 관계가 아니라 독자 대중의 독서 습관과 취향을 예민하게 관찰하는 파트너의 자리로 내려앉았다. 1936~1940년에 발간된 전집의 경향을 볼 때 장편소설, 아동문학, 여류문학, 역사소설, 야담 등의 대중문학이 주류를 이루고 있는 것에서도 그 변화를 확인할 수 있다. 염가판 문고서적의 간행도 서적의 대중화와 독서 인구의 증가를 촉진하였다.

1930년대 발간된 전집류는 1936년 중앙인서관의 『조선문학전집』을 시작으로 박문서관에서 1937년 『현대걸작장편소설전집』(10권)을 발간하였으며, 1938년에는 조선일보사에서 『조선아동문학전집』, 『여류단편걸작집』, 『신인단편걸작집』, 『현대조선문학전집』(7권)을, 삼문사에서 『조선문인전집』을 발간하였다. 한성도서주식회사에서는 1938~39년에 걸쳐 『현대장편소설전집』(10권)을 발간하였다. 1940년에도 전집 발간은 계속되었는데 조광사의 『현대조선여류문학전집』, 『신선문학전집』(4권), 『조선야담선집』, 박문서관의 『신선역사소설전집』(5권) 등이 대표적이다. 이러한 전집류의 발간을 1930년대 후반의 시대상황과 관련하여 민족주의적인 관점에서 설명하는 시각도 있다. 1937년 중일전쟁을 전후하여 일제의 전시동원체제가 발동되면서 문화적으로는 침체기에 들어갔던 시대 상황 속에서 전집류의 발간은 이례적인 현상이라고 할 수 있다. 강진호는 "전집 출판은 그것을 통해서 민족의 얼과 말을 지키고자 하는 지사적 열정과 관계된 것임을 역설적으로 보여주는 것이다."[30]라고 평가하였다.

대부분의 문학 전집들이 소설류를 중심으로 구성되었던 현실에서,

---

29) 「서적시장 조사기-한도, 이문, 박문, 영창 등 書市에 나타난」, 『삼천리』, 1935. 10, 137-138쪽.

30) 강진호, 「한국문학전집의 흐름과 특성」, 『돈암어문학』 16, 돈암어문학회, 2003, 360쪽.

1938년 4월 조선일보사 출판부는 『현대조선문학전집』의 일환으로 『시가집』을 발간하였다. 『현대조선문학전집』은 1930년대 말에 발간된 전집들 중에서 비교적 출판 상태가 양호하고 작가와 작품이 엄선된 것으로 꼽힌다.31) 전집의 구성은 단편집 상·중·하, 시가집, 수필 기행집, 평론집, 희곡집의 7권으로 되어 있는데, 당대에 왕성하게 활동하는 중견과 소장 작가들을 대상으로 미적 완성도가 높은 작품들을 선별하고 수록하였다. 시, 소설, 평론, 희곡의 문학 장르를 망라하였으며, 프로문학과 국민문학, 모더니즘 문학을 모두 포함하여 당대의 문학 경향을 조감할 수 있는 것이 장점이다. 『현대조선문학전집 시가집』에는 33명의 시인이 수록되어 있는데, 각 시인별로 사진과 약력(출생일자, 출생지, 현주소, 학력, 경력, 등단, 작품집)을 실어서 선집의 체제를 갖추었다. 전체 363쪽이며, 정가는 1원 20전이다. 『현대조선문학전집 시가집』에 수록된 시인과 작품 목록은 〈표 3〉과 같다.

　『현대조선문학전집 시가집』에서 1920년대와 30년대 시인의 구성은 20명 : 13명으로 대략 6 : 4의 비율로 되어 있다. 특히, 이전의 시인선집과 비교하여 새로운 텍스트로 박용철, 김영랑, 김상용, 임학수, 조벽암, 신석정, 노천명, 김광섭, 백석을 발굴하여 수록하였다. 이 새로운 시인과 시의 목록은 『현대조선시인선집』과 『현대서정시선』에 다시 수록되면서 1930년대 시단을 대표하는 정전 텍스트로 수용되었다.

　『현대조선문학전집 시가집』은 수록된 작품들을 시, 시조, 민요, 압운시, 산문시 등의 형식으로 구분한 것이 특징인데, 그 중에서 시조의 비중이 단연 높다. 이러한 시조 형식의 우위는 1920년대 중반 이후 국민문학론의 관점이 『조선명작선집』에 이어 『현대조선문학전집 시가집』에도 동일하게 관철되고 있음을 보여준다. '민족문학'적 관점 내지 국민문학론은 공동체의 보편적인 가치와 전통의 일관성을 추구한다는 명목 아래 특정한 계층과 특정한 경향의 정체성을 부정하거나 통합해버

---

31) 강진호, 위의 글, 360쪽.

〈표 3〉『현대조선문학전집 시가집』의 수록 시인과 작품 목록

시 인	수록 작품	시 인	수록 작품
주요한	비소리, 아침 황포강가에서, 명령, 흰꽃	김기림	해방된 쥬피타, 금붕어, 유리창과 마음
이광수	비들기, 붓 한자루, 빛, 임 찾어갈꺼나, 앞길, 임, 어떤 벗을 생각하고, 청춘, 옛친구	노천명	사슴, 夜啼鳥, 출범, 분이, 장날, 조고만 정거장
양주동	산넘고 물건너, 산길, 영원한 비밀, 해곡 3장, 秋夜長 2首, 소곡	김상용	남으로 창을 내겠소, 반딧불, 마음의 조각, 기도, 물고기 하나, 굴뚝 노래
김동환	오월의 향기, 석왕산사遊, 최종야, 송화강 뱃노래, 청노새, 꿈, 로만스, 산넘어 남촌에는, 민요 2수	박용철	떠나가는 배, 싸늘한 이마, 밤 기차에 그대를 보내고, 어디로, 밤, 희망과 절망은
이은상	오륙도, 단풍 한잎, 可人山, 기원	신석정	나의 꿈을 엿보시겠읍니까, 봄의 유혹, 봄이여, 돌, 初春吟, 산수도
한용운	예술가, 사랑의 측량, 복종, 꿈과 근심, 심은 버들	이 일	봄, 공상, 봄밤, 봄바람, 사막, 옛말
정지용	불사조, 또 하나 다른 태양, 나무, 은혜	김동명	생각, 내마음은, 손님, 파초, 수선화, 바다, 밤, 달
김 억	눈 올 때마다, 겨울, 봄바람, 옛날, 봄바람, 해당꽃, 눈오는 밤, 연분홍, 눈, 버들개지, 조약돌,	김영랑	동백잎, 봄길 우에서, 언덕에 누어, 봄달, 제야, 내음, 내 마음을 아실 이
박팔양	失題, 길손, 여름밤 하늘 우에, 병상	주수원	어머니, 첫소리, 침묵, 실제, 잉크병
임 화	하늘, 통곡	조벽암	夕宴, 향수, 안동다료, 메뚜기, 황성의 가을, 초조, 黃昏
이병기	봄, 비오리, 오동꽃, 아차산, 계곡, 가엽봉, 최석정, 젖, 서향, 돌아가신 날, 시름, 비, 파초, 난초	임학수	순간, 손가락, 봄들, 호수, 황혼, 조선의 소녀
김소월	임의 노래, 옛이야기, 먼후일, 풀따기, 밤	김형원	불순한 피
박종화	밀실로 돌아가다, 탱자, 夏夜新月	이상화	이별
김오남	이렁성 사십시다, 낙화 1·2, 점경 1·2, 고적	변영로	간 안해에게
백 석	여우난 곬족, 고야, 주막, 개, 모닥불, 외가집	오상순	아시아의 마지막 밤 풍경
모윤숙	장미, 麗人頌	이장희	버레 우는 소리
김광섭	밤, 촛불, 고독, 개성, 송별, 谷		

리는 경향이 있다. 실제로『현대조선문학전집 시가집』에서도 모더니즘
시와 프로시가 주변화되거나 배제되는 현상이 나타난다. 모더니즘 시
의 경우 김기림은 수록되었으나 새로운 경향의 김광균, 오장환, 이상
등은 배제되었다. 프로 시는 임화, 박팔양, 조벽암이 포함되었지만『카
프 시인집』(1931)에 수록되었던 박세영, 김창술, 권환을 비롯하여 이찬,
김해강 등은 배제되다. 상대적으로『시문학』(1930~1931)과『시원』
(1935)의 시인들-박용철, 김영랑, 정지용, 모윤숙, 김광섭, 김상용, 노
천명, 신석정 등이 대거 수록된 것과 비교된다. 이들은 선집에 수록된
작품 수에서도 상대적으로 높은 평가를 받고 있다.32) 이것은 1930년대
시인선집이 '민족문학'의 관점에서 모더니즘 시와 프로시를 배제하는
한편, 1920년대 민요시와 서정시를 계승하는 조선적인 시가 형식으로
써『시문학』과『시원』으로 대표되는 순수 서정시를 선택했다는 것을
의미한다. 이러한 '민족문학'적 관점과 순수 서정시의 결합은『현대서
정시선』으로 집약되어서 나타난다.

4)『현대서정시선』

1939년 학예사에서 '학문과 예술의 만인화'를 위하여 '조선에 있어
서 진정한 서적 해방'의 기치를 내걸고 〈조선문고〉를 발간하였다. 이
어서 한 달 뒤에 박문서관이 '동서고금의 모든 고전과 光輝있는 양서
를 總히 망라하여 간행'하겠다는 기획 아래 〈박문문고〉를 간행하였다.
같은 해 광한서림에서도 〈현대문고〉를 간행하였다. 그간 국내의 편집·
제작 기술은 문고판 제작이 가능할 정도로 발전해 있었다. "본문 활자
의 크기가 9·8포인트 활자로 작아져 많은 양을 수록할 수 있게 되었
고, 지난 10년 사이에 인쇄 시설의 증설 뿐만 아니라 몬타이프, 그라비

---

32)『현대조선문학전집 시가집』에서 시인별로 수록된 작품 수를 비교해 보면 이병기(14)-
　김억(11)-이광수·김동환(9)-김동명(8편)-(7편)-양주동·김광섭·노천명·김상용·
　박용철·신석정(6편) 등의 순이다.

어 등의 시설이 처음으로 소개되었고 오프셋 인쇄의 보급도 활발하였다. 양장이 성행하는 등 문고 출판이 가능한 기술 전반은 충분히 성숙해 있었다."[33] 이러한 기술의 성장을 바탕으로 출판 자본의 "강렬한 문예 부흥과 학예보급 의지의 표현"[34]이 맞물려 문고시대가 시작될 수 있었다. 『현대조선시인선집』과 『현대서정시선』은 문고판으로 간행된 시인선집이다. 1939년 1월 학예사는 〈조선문고〉의 일환으로 『현대조선시인선집』을 발행하였다. 같은 해 2월 박문서관에서 『현대서정시선』을 포함하여 6권의 〈박문문고〉를 동시에 발간하였다.[35]

이하윤이 편집한 『현대서정시선』은 선집의 제목에서 밝혔듯 '서정시'를 기준으로 하여 42명의 시인이 창작한 142편의 작품을 수록하고 있다. 시집의 분량은 171쪽이며 가격은 30전이다. 『현대서정시선』에 수록된 시인과 작품 목록은 〈표 4〉와 같다.

『현대서정시선』의 특징은 무엇보다 '서정시'가 수록 대상의 선택과 배제의 기준으로 작용하였다는 점이다. 이하윤은 선집의 「서문」에서 "서정적 요소가 결여된 운문은 시가가 되지 못하는 것이니…… 우리는 다만 순수한 서정시를 보다 많이 가짐으로 우리의 시사를 빛나게 자랑할 수 있을 뿐이다."[36]라고 주장한다. 여기서 '서정시'는 운문성(또는 노래성), 서정성, 순수성을 특징으로 하는 시 형식으로 정의되며, 비교적 폭넓은 의미로 사용되고 있다. 또한 「서문」에서는 '서정시'의 관점을 바탕으로 한국 근대시사를 새롭게 구성하고 있는데, 신경향파와 프로시, 김기림의 「기상도」로 대표되는 모더니즘 시, 황석우의 상징주의 시와 시집 『자연송』 등을 비판한 것이 주목된다. 신경향파와 모더니즘 시는 '서정시'의 발전에 장애가 되었으며, 프로시 중에서 임화와 박세

---

33) 이중한 외, 『우리 출판 100년』, 현암사, 2001, 79쪽.
34) 이중한 외, 위의 책, 82쪽.
35) 나머지 5권의 〈박문문고〉는 『김동인단편집』, 『윤석중동요선』, 김소운의 『구전민요선』, 『춘향전』, 『하멜표류기』이다.
36) 이하윤, 「서문」, 『현대서정시선』, 박문서관, 1939, 11쪽.

〈표 4〉 『현대서정시선』의 수록 시인과 작품 목록

시 인	수록 작품	시 인	수록 작품
김기림	유리창과 마음	백 석	여우난 곬족, 미명계, 정주성, 개
김기진	권태	신석정	나의 꿈을 엿보시겟습니까, 산수도
김광섭	황혼, 우수, 꽃지고 그늘지는 날, 梟	양주동	산넘고 물건너, 소곡, 꿈에 본 구슬이길래, 꿈노래, 소곡
김동명	내 마음은, 생각, 파초, 수선화, 바다, 꿈언덕을 스칠 때	오상순	방랑의 마음
김동환	눈이 내리느니, 북청 물장사, 산넘어 남촌에는, 강이 풀이면, 해안, 뱃사공의 안해	오희병	노변애가
김명순	탄식	유도순	한빛 아래서, 봄과 마음
김상용	남으로 창을 내겟소, 반딧불	유춘섭	나의 옛집에 돌아오도다
김 억	봄바람, 버들개지, 보실비, 눈, 고름맺기, 옛날, 조악돌, 내 고향	이광수	님네가 그리워, 비둘기
김영랑	동백닢에 빛나는 마음, 언덕에 바로 누어, 원망, 쓸쓸한 뫼 앞에, 봄달, 뷘 포켓트에, 저 곡조만 하날가 다은데, 내 마음 아실 이	이상화	나의 침실로
김소월	진달래꽃, 먼후일, 님의 노래, 못니져, 예전엔 미처 몰랏서요, 맘 켱기는 날, 漁人, 길, 가는 길, 왕십리, 산, 삭주구성	이은상	가곱하
김현구	물 우에 뜬 갈매기, 님이어 강물이 몹시도 퍼럿습니다	이장희	봄철의 바다, 봄은 고양이로다, 눈은 나리네, 여름밤
김형원	불순한 피	임학수	새가 된다면, 호수와, 만파식적
노자영	갈매기	임 화	어린 태양이 말하되, 고향을 지내며
노천명	夜啼鳥, 귀뚜라미	장정심	맑은 그 눈, 임의 노래
모윤숙	옵바의 눈에, 어머니, 조선의 말, 안해의 소원	정지용	압천, 향수, 바다, 바다, 조약돌, 카페 푸란스, 호수, 무서운 시계, 불사조, 나무, 임종
박영회	꿈의 나라로, 밤하늘은 내 마음	조벽암	향수, 안동다료, 황성의 가을
박용철	밤 기차에 그대를 보내고, 싸늘한 이마, 고향, 어듸로, 떠나가는 배, 이대로 가랴마는	주요한	비소리, 봄달잡이, 그 봄을 바라, 황혼의 노래, 부끄러움, 남국의 눈, 지금도 못 닛는 것은, 마른 닢에 물 주는 뜻은, 드을로 가사이다
박종화	나는 들으랴 합니다	한용운	하나가 되여 주서요, 예술가, 비밀, 나룻배와 행인
박팔양	실제, 시냇가	허 보	닢 떨어진 나무
변영로	버러지도 실타하올, 생시에 못뵈울 님을, 봄비, 낮에 오시기 꺼리시면	홍사용	나는 왕이로소이다, 흐르는 물을 부뜰고서, 새 아씨의 마음은
백기만	은행나무 그늘	황석우	망모의 영전에 밧드는 시, 소녀의 마음

영 등의 서정시 계열만 문학사적 의의가 있다고 규정하였다.

『현대서정시선』은 한국 근대시에서 '서정시의 계보학'을 시도하였
다. 실제로 각 시인별로 수록된 작품 수를 비교하면 김소월(12편)-정
지용(11편)-김영랑·주요한(10편)-김억(8편)-김동명·김동환·박용
철(6편) 등의 순서이다. 이들은 나중에 한국시문학사에서 근대 서정시
를 대표하는 시인들로 자리 잡았다. 특히, 그전까지 민요시인으로 평가
되던 김소월을 대표적인 서정시인으로 평가한 것, 그리고 정지용을 서
정시인으로 규정한 것은 문학사에 대한 새로운 해석 가능성 및 새로운
정전 텍스트의 구성에서 중요한 역할을 하였다. 정지용은 시문학파와
구인회에 함께 속해 있으면서 시의 창작에서 순수 서정시와 이미지즘
시의 폭넓은 스펙트럼을 구사하였다. 1935년 『정지용시집』의 발간을
계기로 김기림·박용철의 찬사와 임화의 비판이 엇갈리는 가운데 정지
용은 당대 비평의 중심 현안이 되었다.[37] 이하윤은 서정시인으로서 정
지용의 면모를 부각시키는 한편 모더니스트로서 그의 시세계는 주변화
시키고 있다.

이와 같이 서정시의 관점에서 한국 근대시사를 재구성하기 위한 『현
대서정시선』의 이면에는, 작품에 대한 일면적인 인식과 평가를 조장하
는 부정적인 면이 존재한다. 시인선집은 당대의 모든 작가와 작품 중
에서 가장 '훌륭한' 텍스트 또는 가장 '대표적인' 텍스트들을 선별하여
수록하는 것을 목표로 한다. 그런데 『현대서정시선』는 프로시인들과
모더니즘 시인들을 목록에서 대부분 배제했을 뿐 아니라, 선집에 포함
된 시인들의 경우에도 대표작보다 '서정시'를 선택적으로 수록하였다.
김기림, 임화, 박팔양, 조벽암 등의 수록 작품을 보면 그 사실을 확인할
수 있다. 또한 '서정시'의 관점에서 배제된 것은 상징주의 시, 프로시
와 모더니즘 시에 국한되지 않는다. 1930년대 새롭게 등장한 反서정의

---

37) 한형구, 「30년대 문단 재편과 시론의 비평적 전개-'기교주의논쟁' 재음미」, 『한국현
대문학연구』 17, 243-247쪽 참조.

주지주의 시와 '다른 서정'을 추구하는 신세대 시인들－오장환, 이용
악, 유치환, 이육사, 서정주 등의 작품도 배제되었다. 대신『시문학』과
『시원』을 중심으로 하는 순수 서정시가 1920년대 서정시의 계보를 이
어서 1930년대를 대표하는 서정시로 선택되었다. 결과적으로『현대서
정시선』은 기존의 시인선집에 수록된 목록을 중심으로 '서정시'의 관
점에서 재구성하는 데 그쳤을 뿐, 한국 시문학사에서 새로운 서정시의
텍스트를 발굴하는 데는 성공하지 못하였다. 독자적으로 새롭게 발굴
하여 소개한 서정시인으로 오희병, 김병호, 장정심, 허보, 김현구가 있
지만 새로운 정전 텍스트로 추천하기에는 이들의 시적 성과가 그리 높
지 않았으며 다른 시인선집의 지지도 얻지 못하였다.『현대서정시선』
의 이러한 한계는, '서정시'의 관점에서 텍스트를 선별하는 독자적인
가치 평가기준을 확정하지 못한 데서 비롯된 것이며, 나아가 '서정시'
가 한국 근대시사를 전체적으로 조망하고 평가하는 기준으로는 충분지
않다는 것을 확인시켜주고 있다.

5)『현대조선시인선집』

  1939년 1월 학예사에서 발간한 〈조선문고〉의 일환으로 임화가 撰編
한『현대조선시인선집』을 출판하였다.『현대조선시인선집』은 한 시인
의 대표작 1편을 원칙으로 72명의 시인과 72편의 시를 수록하고 있다.
선집은 전체 186쪽이며 정가는 30전이다. 선집에 수록된 시인과 작품
목록은 〈표 5〉와 같다.
  『현대조선시인선집』은 최남선의「해에게서 소년에게」를 시작으로
1930년대 시인들까지 총망라하여 수록하고 있어서 한국 근대시사를
전체적으로 조감하는 데 유용하다. 임화는 이 선집의 편집방침을 "첫
째는 현대시를 확실히 현대적 관점에서 모으는 것이요 둘째는 신시를
역사적 관점에서 모으는 것"[38]으로 규정하고 있다. 이러한 편집방침에
따라 한국 근대시사를 1910~1920년대와 1930년대로 양분하여 전자는

〈표 5〉 『현대조선시인선집』의 수록 시인과 작품 목록

시 인	수록 작품	시 인	수록 작품	시 인	수록 작품
최남선	해에게서 소년에게	박아지	가을 밤	김용제	혼수
이광수	붓 한 자루	손풍산	위문	임사명	어두운 방의 시편들
주요한	비소리	권 환	원망	반상규	고향의 하늘은 밝어 오리다
김 억	신미도 삼각산	김기림	추억	백 석	모닥불
남궁벽	풀	신석정	푸른 침실	노천명	도라오는 길
조명희	봄 잔듸밭우에	김동명	밤	정희준	우로
김소월	먼후일	김병호	여수	임학수	인정각
이은상	물결의 유언	양우정	계절의 선율	김조규	Nostalgia
박종화	흑방비곡	이정구	기차	마 명	산
이상화	나의 침실로	김광균	설야	민병균	계절의 감상
홍사용	나는 왕이로소이다	조벽암	나는 돌이 아니어	이 상	오감도
박영희	월광으로 짠 병실	이 찬	The Room Elise	오장환	적야
김형원	벌거숭이의 노래	양운한	강변	윤태웅	나무
이장희	봄은 고양이로다	이규원	바다의 장례식	장기제	북방땅 십리벌에
김동환	눈이 내리느니	이 흡	고향	이시우	방
김기진	백수의 탄식	황순원	밤차	서정주	화사
박팔양	윤전기와 4층집	안용만	강동의 봄	박재륜	편지
양주동	해곡 3장	김영랑	모란	이육사	강 건너간 노래
박세영	산제비	김태오	난초	김광섭	어느 해의 자화상
정지용	해협 오전 2시	이응수	바다ㅅ풍경	김대봉	무심
유완희	내ㅅ가에 앉어	윤곤강	만가	김용호	고개
임 화	해협의 로맨티시즘	모윤숙	밀밭에 선 여자	이용악	낡은 집
김해강	산상고창	김상용	포구	유치환	산
박용철	떠나가는 배	이병각	아드와의 원수를!	김종한	낡은 우물이 잇는 풍경

역사적인 관점을, 후자는 현대적인 관점을 적용하는 이중의 관점을 취하고 있다. 선집에 수록된 시의 비중을 보면 전자가 31편, 후자가 41편

---

38) 임화, 「편자의 말」, 『현대조선시인선집』, 학예사, 1939, 9쪽.

으로 현대적인 관점이 우세하다. 이러한 시대적인 균형감과 새로운 시인들에 대한 개방성은 1920~30년대 발간된 시인선집들 중에서 『현대조선시인선집』이 독보적이다. 특히, 비슷한 시기에 발간된 『현대조선문학전집 시가집』과 『현대서정시선』이 1930년대 초에 등단한 시인들을 중심으로 수록했던 것과 달리 『현대조선시인선집』은 1936~7년에 등단한 시인들까지 수록 범위를 확대하고 있다. 『현대조선시인선집』에서 새롭게 발굴·소개한 1930년대 시인은 권환, 이정구, 양우정, 황순원, 윤곤강, 박재륜, 이상, 유치환, 민병균, 김대봉, 이육사, 서정주, 오장환, 이시우, 이용악, 양운한, 김종한, 김용제, 김용호, 임사명, 이병각, 이흡, 장기제, 손풍산, 윤태웅, 반상규, 정희준, 김조규, 마명 등 29명이다.[39] 이들 중에서 아직 객관적으로 평가되지 않은 신진 시인들의 작품이 다수 포함되어 선집으로서의 엄격성을 떨어트리는 문제도 있지만, 새로운 시의 언어와 경향을 보여주는 다양하고 새로운 시의 가능성을 적극적으로 수용했다는 것을 알 수 있다. 특히, 1930년대 시인들 중에서 『자오선』동인(서정주, 오장환, 김광균, 이육사, 신석초, 이상, 박재륜, 윤곤강, 이병각 등)이 대거 포함된 점이 주목된다. 1937년 11월에 결성된 『자오선』 동인의 시적 성과에 대해서는 당시까지 객관적인 판단이 내려지지 않은 상태였기 때문에, 이들을 선집에 수록한 것은 얼마간 의외이며 시기상조로 보인다. 하지만 이후 한국 근대시사에서 이 시인들이 차지하게 되는 비중을 고려할 때, 『현대조선시인선집』이 새로운 시의 언어와 경향에 대해 매우 현대적이고 선구적인 태도를 갖고 있었다고 말할 수 있다.

또한 『현대조선시인선집』은, 임화가 편찬자였던 까닭에 프로시의 비중이 높은 것이 특징이다. 기존의 임화, 박팔양, 조벽암 외에 김해강, 이찬, 박세영, 유완희, 박아지, 권환, 이정구, 양우정, 윤곤강 등의 프로

---

39) 참고로 『현대조선시인선집』이 1910~20년대 시단에서 독자적으로 발굴하여 수록한 시인은 김해강, 김병호, 김광균, 김태오, 이찬, 박세영, 이규원, 유완희, 이응수, 박아지 등 10명이다.

시인이 이 선집을 통해 새로운 텍스트로 정전 목록에 등재되었다. 국민문학론을 이념적 기반으로 하는 다른 시인선집들에서 프로시가 주변화되거나 배제되었던 사실을 고려할 때, 이것은 한국 근대시사에 균형잡힌 시각을 제공한다는 점에서 의미가 있다. 실제로『현대조선시인선집』은 서정시, 모더니즘 시, 프로시, 그리고 새로운 시의 경향을 적절한 비중으로 안배하여 수록하고 있다. 다만, 이전의 시인선집과 비교해서 민요시와 시조는 대폭 축소되었는데, 그 중에서 대표적인 시조 시인으로 이은상과 양주동은 수록하고 백기만, 이병기, 조운, 정인보 등은 목록에서 배제하였다.

　『현대조선시인선집』의 1작가 1작품 원칙은 문고판의 제한된 지면에 최대한 많은 시인을 수록하기 위해 편의적으로 시도된 방법이었다. 그런데 각 시인들의 여러 작품 중에서 대표작 1편을 선정하는 작업은, 선집의 편찬자에게 고도의 미학적 수준과 작품 평가 능력을 요구하는 일이다. 1920년대 말부터 가장 활동적인 시인이자 비평가로 주목받아왔던 임화는, 1935~36년에 박용철·김기림과 벌였던 '기교주의 논쟁'을 통해 1930년대 시단의 성과를 점검하고 새로운 시의 언어와 형식을 모색해 왔다.[40] 이를 바탕으로『현대조선시인선집』에서 현대적 관점과 역사적 관점을 통합하여 시대적인 균형감을 갖추고, 다양한 시 경향과 새로운 시에 대한 개방적인 태도로 근대시사를 조감할 수 있었다. 그 결과『현대조선시인선집』에 수록된 시인과 대표작의 목록은, 오늘날 문학교육 현장과 독자대중들에게 수용되고 있는 근대시의 정전 목록에

---

40) 1930년대 시단의 세 경향을 대표하는 임화, 김기림, 박용철에 의해 진행된 '기교주의 논쟁'은 근대시의 개념 정의, 언어와 형식의 문제, 시의 사회적 기능, 새로운 시의 가능성에 대한 모색 등 다양한 쟁점들을 표면화시켰다. 이명찬은 '기교주의 논쟁'을 평가하여 "논쟁 자체가 주목할 만한 결론에 도달한 것은 아니지만, 문학의 성립 요건이나 창작 문제의 본질에 관한 지울 수 없는 부담을 당대인들에게 부과하고 있다는 것, 그리고 이 무렵에 창작활동을 시작한 신진 시인들이면 누구나 이 문제를 떠안을 수밖에 없었을 것이라는 점"(이명찬,『1930년대 한국시의 근대성』, 소명출판사, 2000, 262쪽)을 강조하였다.

가장 근접해 있다. 다른 시인선집에도 수록되어 있는 이상화의 「나의
침실로」, 홍사용의 「나는 왕이로소이다」, 이장희의 「봄은 고양이로다」,
김기진의 「백수의 탄식」, 박용철의 「떠나가는 배」를 포함하여, 특히
1930년 이후 등단한 시인들 중에서 김광균의 「설야」, 김영랑의 「모란」,
이상의 「오감도」, 백석의 「모닥불」, 이용악의 「낡은 집」, 서정주의 「화
사」 등은 오늘날까지 각 시인의 대표작이자 한국 근대시의 정전으로
인정받고 있다.

3. 시인선집의 이념적 기반

시인선집은, 한 작가의 모든 작품을 포괄하는 전집과 달리, 해당 시
기를 대표하는 시인과 작품을 선정하여 수록하는 것을 목표로 삼는다.
선집에 수록할 시인과 작품을 선택하는 작업은 텍스트 내부의 순수한
미학적 가치에 대한 평가 뿐 아니라 텍스트 외부의 시대 상황 및 제도
적 힘들에 의해 영향을 받는다. 선집의 편찬과정에는 출판 자본이 선
호하는 문학 경향 또는 편집자가 대표하는 특정한 문학 그룹의 관점과
이해가 반영된다. 그리고 선집의 발행 시기, 당대의 주류적인 문학경
향, 문학 그룹들의 세력관계, 독자대중들의 취향과 반응 등이 복합적으
로 작용한다.

1920~30년대 발간된 시인선집들은, 시인과 작품의 선택 및 평가의
기준을 설정하는 데 있어서 출판 주체의 이념적 기반과 문학 경향에
의해 일정하게 영향을 받았다. 그 중에서 문학 그룹의 특정한 경향을
넘어 광범위하게 영향을 미쳤던 것이 '민족문학' 내지 국민문학론의
문제이다. 그런 점에서 최초의 시인선집인 『조선시인선집』의 기획과
편집이 1924년 여름부터 1925년에 걸쳐서 이루어졌다는 사실은 주목
을 요한다. 1924년은 한국 근대문학사에서 새로운 변화가 시작된 분기
점이다. 변화의 핵심은 "문학에 대한 관점의 변화, 그 가운데에서도 문

학에 대한 일반적 개념, 장르, 正典(Canon)의 확정, 문학적 전통과 문학 사의 관점에서 자국의 문학을 근본적으로 재검토하고자 했던 움직임이 본격화"[41]되었다는 데 있다. 시에서 그 변화는 '조선적인 것'의 제기와 탐색을 중심으로 이루어졌다. 김억은 1924년 신년 벽두에 "앞으로 나 타날 시가는 현대의 朝鮮心을 배경 삼은 生과 力의 시가"[42]일 것을 주 장하였다.

김억이 제기한 '조선적인 것', '조선적인 시'의 문제는 이후『조선문 단』의 전략적 호응 속에 신시운동의 새로운 목표로 설정되었다. 이를 주도한 인물이 김억, 주요한, 이광수, 최남선이다. 주요한은 "신시운동 의 목표가 조선적 사상 정서의 표현과 조선적 언어의 미를 발견하는 데 있다"[43]라고 주장하였다. '조선적인 것'의 궁극적인 목표는 조선 문 학을 세계문학에 상응하는 문학으로 향상시키는 데 있다. 이를 위해서 먼저 조선의 문학은 '국민문학'이 되어야 했다.[44] '국민문학'의 관점에 서 전통은 재발견되고 재구성되며, 그렇게 재발견되고 재구성된 전통 은 공동체를 결속시키는 이념적 가치로써 내면화된다. 이광수는 "우리 민요 속에서 우리 민족에게 특별히 맞는 리즘[리듬-인용자]을 발견하 는 동시에 우리 민족의 감정의 흐르는 모양(이것이 소리로 나타나면 리즘이다)과 생각이 움직이는 방법을 볼 수가 있다"[45]라고 하여 민족 시가의 기원으로 민요를 제시하고 있다. 그리고 최남선은 '조선의 국민 문학(민족문학)으로의 시조'[46]의 가치를 부각시킴으로써 세계문학 속 에서 국민문학의 위상을 강조하였다. 이러한 국민문학론의 등장은『조

---

41) 구인모, 『한국 근대시와 '국민문학'의 논리』, 동국대 박사논문, 2005, 4-5쪽.

42) 김억, 「조선심을 배경삼아 ― 시단의 신년을 맞으며」, 『동아일보』, 1924. 1. 1.

43) 주요한, 「노래를 지으시려는 이에게」. 『조선문단』 3, 1924. 12, 45쪽.

44) "그 예술이 조선의 예술이기 때문에 인류의 예술인 가치가 생긴다 합니다. 우리의 나 아갈 길은 다른 것 아니라 국민문학의 창성, 그로 좇아 세계문화의 공헌이라 하겠습 니다."(주요한, 위의 글, 45쪽.)

45) 이광수, 「민요소고」, 『조선문단』 3, 1924. 12, 31쪽.

46) 최남선, 「조선국민문학으로의 시조」, 『조선문단』 16, 1926. 5, 6쪽.

선시인선집』의 성격에도 영향을 주었다. 편집자인 백기만이 「서문」에서 "조선의 빛으로 아로새기고 조선의 마음을 노래하며 조선의 정신을 하늘 높이 읊조리는 시단의 精華總集"[47]이라고 규정한 것처럼, 『조선시인선집』은 수록 작품의 선택과 가치 평가에서 '조선적인 것'이 중요한 기준이 되었다.

그간의 연구에서 1920~30년대 국민문학론은 '주체적인 민족주의의 실현'이라는 적극적인 평가로부터 '일본 제국주의의 오리엔탈리즘에 대한 경사'라는 비판까지 그 문학사적 평가가 상반되게 규정되고 있다. 오세영은 국민문학파를 1925~1935년까지 민족주의 이념에 동조하고 스스로를 계급문학파에 대립적인 존재로 인식했던 문학상의 유파로 규정하였다. 그는 국민문학파의 사상적 특징을 1920년대 초반 관념미학 (퇴폐주의, 허무주의, 예술지상적 심미주의)을 극복하고, "외래사조, 외래문화의 수용에 따른 충격을 전통의 복귀에 의해서 극복코자 했던 일종의 문화적 주체 확립운동"[48]으로 설명하였다. 한편 구인모는 국민문학론을 1924~1930년까지 『조선문단』을 중심으로 등장한 김억, 주요한, 이광수, 최남선의 문학론으로 한정하고 있다. 그는 국민문학론이 민요와 시조를 통해 조선문학의 전통을 재인식하고 구어 자유시에 대한 논의를 제기한 점, 조선의 개별적이고 고유한 정서와 문학 형식이 세계적인 문학의 요건임을 자각한 점 등을 긍정적으로 평가하였다. 그러나 국민문학의 토대가 될 국민국가의 부재 및 '조선심' '조선 정조' '조선적인 형식'에 대한 추상적인 논의, 민요론과 구어 자유시론의 일본적 경사 등으로 인해 이들의 국민문학론이 "도리어 제국의 식민지에 대한 원시주의와 오리엔탈리즘과 제휴할 가능성을 남기고 말았다."[49]라고 비판하였다. 이러한 평가들은 그 일면적 타당성에도 불구하고 한국 근대시사에서 국민문학론이 미친 폭넓은 영향을 전체적으로 설명하

---

47) 「서문」, 『조선시인선집』, 조선통신중학관, 1926. 1쪽.
48) 오세영, 『20세기 한국시 연구』, 새문사, 1989, 77쪽.
49) 구인모, 앞의 논문, 202쪽.

기에는 부족한 감이 있다.

　시에서 '조선적인 것'의 문제가 '시'의 개념 정의 및 시의 창작과 관련하여 어떤 변화를 불러일으켰는지 살펴보자. 시에서 '조선적인 것'의 개념은 그 안에 세 가지의 부정을 내포하고 있다. 첫째 상징주의와 자유시로 대표되는 서구와 일본 근대시에 대한 부정, 둘째 애국계몽기 시가에서 최남선, 이광수로 이어지는 시의 계몽성에 대한 부정, 셋째 프롤레타리아 시운동에 대한 부정이 그것이다. 1924년 이후 신시운동의 새로운 방향은 이 세 가지의 부정을 바탕으로 도출되었다.

　'조선적인 것'의 강조는 시에서 知와 意의 영역을 부정하고 情과 美의 영역을 강조하는 경향으로 나타났다. 초기의 한국 근대문학은 '예술'이면서 또한 '지식'으로 존재하였다. '지식'으로서 문학 개념은 근대문학의 성격을 규정하는 중요한 요소이다. 한기형은 최남선의 문학과 『소년』, 『청춘』의 성격을 '近代知'로서의 문학 개념에 근거해서 설명한 바 있다. 그에 따르면 "문학은 근대 교양의 핵심요소이자 근대문화와 교육을 구성하는 제도의 한 형태로 자리잡게" 되었으며, "문학은 '민족'과 '국민'의 정신과 사상을 담보하는 언어형식이자 존재의 본질을 탐구하는 학문의 한 영역으로까지 발전하게 되었다"[50] 그런 차원에서 1910년대~20년대 초반 『학지광』과 『태서문예신보』, 『창조』, 『폐허』 등을 중심으로 전개된 상징주의와 자유시운동은 세계 및 세계와 자아의 관계를 인식하고 표현하는 방법으로서 '근대지'의 한 형태라고 할 수 있다. 세계와 인간에 대한 역사철학적이고 사회과학적 인식에 기초하고 있는 프롤레타리아 시운동에서도 知와 意는 핵심적인 기능을 하였다. 그러나 민족 정서와 정조, '조선혼' '조선심' '조선스러움' 등을 강조하는 국민문학론을 계기로, 시의 장르적 본질은 情과 美의 영역으로 전환되었다.

---

50) 한기형, 「최남선의 잡지 발간과 초기 근대문학의 재편」, 『대동문화연구』 45, 성균관대 대동문화연구원, 2004, 230-231쪽.

시의 장르적 본질을 情과 美의 영역으로 규정하는 것은, 바꾸어 말하면 정조(또는 감정, 정서)를 충실하게 구현하는 서정시를 근대시의 본질로 규정하는 태도이다. 국민문학론은 조선적인 시가 형식으로 민요시와 시조를 강조하는 한편 서정시를 근대시의 중심적인 양식으로 부각시켰다. 서정시의 주류화는 1930년대 『시문학』파를 중심으로 계속 이어진다.51) 1930년대 발간된 『조선명작선집』『현대조선문학전집 시가집』『현대서정시선』이 순수 서정시를 중심에 놓고 모더니즘시와 프로시를 주변화하거나 배제한 것은 이러한 경향을 반영한 것이다.

1920년대 중반 김억과 주요한이 주장했던 서정시는 낭만주의라는 세계 사조를 그 배경으로 하고 있다. 김억은 심령의 內省을 중시하는 신낭만주의52)를, 주요한은 "우리 문학이 좋은 로맨티시즘을 가지기 전에 위대한 예술이 산출될 것 같지 않습니다."53)라고 하여 '좋은 로맨티시즘'을 강조하였다. 낭만주의는 소설과 산문에 비해 시가 상대적으로 위축되는 현상을 타개하고 시(혹은 시인)의 우위를 확보할 수 있는 문예이론으로써 주목받았다. 또한 국민문학론에서 주장하는 '조선심' '조선혼' '조선적인 정조'는 '낭만파적 아이러니'의 '서정'으로 수렴되었다. 서정시의 주류화가 세계문학에 상응하는 국민문학의 개념을 정초하는 과정에서 제기되었다는 사실은, 1920~30년대 시에서 '서정'의 성격을 결정하는 매우 중요한 요인으로 작용하였다. 그것은 국민국가의 부재와 식민지적 상황이라는 경험적인 현실에 정면으로 맞닥뜨리는 것이 아니라 의식적·심정적으로 무시함으로써 그 현실에 대한 초월론적 자기 우위를 확인하는 태도와 관련되어 있다. 가라타니 고진은 이

---

51) 김용직은 1930년대 시의 특징을 개성화 내지 개체화, 시의 서정·단곡화 현상, 언어·형태·기법에 대한 인식으로 규정하였으며, 시문학파를 중심으로 한 서정시의 주류화를 중심적인 경향으로 꼽았다.(김용직, 『한국 현대시사 上』, 한국문연, 1996, 36-40쪽 참조.)

52) 김억, 「근대문예8」, 『개벽』 21, 1922. 3, 31쪽.

53) 주요한, 「시선후감」, 『조선문단』 4, 1925. 1, 170쪽.

러한 태도를 '절대적 무력(無力)을 인정하는 것에 의한 절대적 승리'라는 점에서 '낭만파적 아이러니'로 규정하였다.[54] 즉 '슬프고 아름다운 조선'의 승리인 것이다.

한편, 국민문학론은 민요를 국민시가의 전통으로 제기함으로써 전통, 역사, 민중을 문제 삼지 않을 수 없는 지점에 놓이게 된다. 또한 민요와 시조는 노래성과 단순성을 특징으로 한다. 이것은 한국 근대시의 중심이 시에서 노래로, 상징주의에서 서정시로, 이미지의 즉물성에서 노래의 이야기성으로 변화하게 될 것을 예고하고 있다. 1920년대 민요시와 시조부흥운동은 시의 언어와 형식에 대한 관심을 촉발하였다. 비록 언어에 대한 심미적 태도 내지 전통을 계승한 이념적 형식에 경사되었던 것은 한계로 지적할 수 있지만, 이를 계기로 시의 언어와 형식이 단순한 기교의 차원을 넘어서는 것임을 새롭게 인식하는 계기가 되었다. 시의 언어가 시인의 자의식을 표현하기 위한 물질적 요소로써 새로운 시의 형식과 경향의 근거가 된 것은 1930년대 이후부터이다. 김기림은 '자연발생적인 시의 시대'는 가고 새로운 모색의 시대가 시작되었다고 선언하였다.[55] 임화도 1930년에 등단한 김기림을 끝으로 시의 한 시대가 완전히 종언을 고했다고 규정하였다.[56] 1930년대 시단의 슬로건은 '새로움'으로 특징지어진다. 그 새로움은 시의 '언어'로부터 나온다. 김신정은 1930년대 시에서 '시어의 혁신'이라는 현상이 시의 형식적 차원이 아니라 근대적 자아의 내밀함을 작품 속에 표상하는 문제와 관련되어 있었다고 설명하고 있다. "'시어의 혁신'을 통해 '새로움'을 일구어내고자 했던 시인들은 '타자'를 향해 뻗어나가고자 하는 욕망과 자기 존재의 깊음을 향한 그리움을 하나의 문제로 맞닥뜨린다."[57] 1930년대 시단은 모더니즘 시와 순수시, 프로시, 복고주의적인

54) 가라타니 고진 외, 송태욱 역, 『현대 일본의 비평』, 소명, 1997, 170쪽.
55) 김기림, 「신춘조선시단전망」, 『조선일보』, 1935. 1. 1.
56) 임화, 「시단의 신세대」, 『조선일보』, 1939. 8. 18.
57) 김신정, 「'시어의 혁신'과 '현대시'의 의미」, 『1930년대 후반 문학의 근대성과 자기

시운동 등이 왕성한 세력으로 팽팽하게 맞서 있었으며, 그것은 '기교주의 논쟁'으로 분출되었다. 이러한 시단의 에너지와 활기를 바탕으로 1934~36년을 전후하여 특정한 유파로 분류할 수 없는 새로운 언어와 개성을 가진 시인들이 대거 등장하였다. 1930년대 발간된 다양한 시 전문지와 동인지, 연간시집은 그러한 시단의 성과를 반영한 것이다.[58] 1930년대 중반에 새롭게 등장한 시인들은 『조선문단』에서 『시문학』으로 이어지는 서정시의 계보를 벗어나 '다른 서정'을 추구함으로써 근대시에서 '서정'의 영역을 확장시켜 나갔다.

　1930년대 발간된 시인선집들은 당대 시의 이념적 기반을 형성하고 있던 국민문학론 내지 '민족문학'에 대한 태도 표명과 함께 새로운 시의 경향에 대한 가치 평가라는 이중적인 과제를 안고 있었다. 임화가 편찬한 『현대조선시인선집』을 제외하고 『조선명작선집』과 『현대조선문학전집 시가집』, 『현대서정시선』은 국민문학론의 관점에서 모더니즘 시와 프로시를 주변화시키거나 배제하고, 순수 서정시를 한국 근대시사의 중심에 세우고 있는 것이 특징이다. 『현대서정시선』은 '서정시의 계보학'을 구상함으로써 국민문학론을 넘어서는 근대시의 새로운 지형도를 시도하고 있지만 실질적인 성과는 그리 크지 않았다. 또한 세 시인선집은 1930년대 새로운 시의 경향에 대해 일정하게 보수적인 태도를 취하고 있는데, 『조선명작선집』이 가장 폐쇄적이며 『현대조선문학전집 시가집』과 『현대서정시선』은 순수 서정시의 계보를 잇는 『시문학』파와 『시원』 동인들을 수용하는 정도에 그치고 있다. 이에 비해 『현대조선시인선집』은 현대적 관점과 역사적 관점을 동시에 적용함으로써 시대적인 균형감을 갖추고 프로 시와 모더니즘 시, 순수 서정시를 고르게 안배하였으며, 새로운 시에 대한 개방

성찰』, 상허학회, 1998, 61쪽.

58) 대표적인 시 전문지와 동인지를 정리하면 『시문학』(1930~1931), 『삼사문학』(1934~35), 『시원』(1935), 『시인부락』(1936~37), 『자오선』(1937), 『시학』(1939) 등이 있으며, 프로시인들이 새로운 시 전문지 『낭만』(1936)을 출판하였다.

성을 특징으로 한다. 이 사실은, 국민문학론 내지 '민족문학'적 관점
이 한국 근대시의 정전화에서 일정한 제약으로 작용하였다는 것을 보
여준다.

4. 맺음말: 정전 목록의 구성과 문학사적 의미

1920~30년대 발간된 시인선집은 한국 근대시에서 정전화의 초기
적인 양상을 보여준다. 시인선집들은 당대의 모든 시인과 작품 중에
서 가장 '훌륭한' 텍스트 내지는 '대표적인' 텍스트를 선별하여 수
록하는 것을 목표로 삼았다는 점에서 정전의 기능을 하였다. 선집에
수록될 시인과 작품을 선택하고 텍스트에 가치를 부여하는 과정에
는 선집의 발행 시기, 당대의 주류적 문학 경향, 대중의 독서 취향과
인지도, 출판 주체가 지지하는 특정한 이념과 문학 경향 등이 복합적
인 계기로 작용하고 있다. 1920~30년대 시인선집들도 선집의 발행
시기, 출판 주체가 지지하는 이념과 특정한 문학 경향 등에 따라 수
록된 시인과 작품 목록에서 일정한 차이가 나타났다. 이러한 차이에
도 불구하고 각 시인선집들의 목록에 공통적으로 포함되어 있는 내
용을 추출하여 1920~30년대 근대시의 정전 목록을 재구성해 볼 수
있다.
　다섯 권의 시인선집에 3회 이상 포함된 시인들의 목록을 정리하면
〈표 6〉과 같다.

〈표 6〉 1920~30년대 시인선집에 수록된 시인의 빈도수

5회 수록	김억, 주요한, 김형원, 박종화, 김소월, 김동환, 이상화, 양주동, 박팔양, 이은상
4회 수록	정지용, 임화, 김기림, 모윤숙
3회 수록	박용철, 김영랑, 김상용, 조벽암, 신석정, 노천명, 김광섭, 백석

명실공히 이들은 1920~30년대를 대표하는 시인들이라고 할 수 있다.
　다음으로 시인선집에 수록된 작품 목록을 비교하여, 근대시의 정전
텍스트를 추출해 볼 수 있다. 각 선집들의 작품 목록을 전체적으로 비
교해 보면『조선시인선집』『조선명작선집』『현대서정시선』이 서로 유
사하고,『현대조선문학전집 시가집』과『현대조선시인선집』은 독자적인
목록을 구성하고 있다. 다섯 권의 시인선집에 포함된 빈도수를 기준으
로 작품 목록을 정리하면〈표 7〉과 같다.
　이 목록은 1920~30년대 비평가와 독자들로부터 가장 '훌륭한' 작
품으로 승인받은 것이다. 위의〈표 6〉과〈표 7〉을 통해 1920~30년대
를 대표하는 시인들과 작품들의 목록을 재구성할 수 있다. 이들은 비
평가와 출판 자본, 독자들에 의해 근대시의 理想型 또는 理念型으로
수용되었다. 그런데 이 목록을 오늘날 매체와 문학교육의 장에서 수용
되는 정전 목록과 비교할 때 얼마간의 차이가 나타난다. 예를 들어 김
형원, 박종화, 박팔양, 조벽암이 당시 대표적인 시인으로 승인되고 있
으며, 각 시인들의 대표작에서도 차이가 발견된다. 참고를 위해서 밝히
자면, 오늘날 근대시의 정전 텍스트로 인정받는 주요한의「불노리」, 김

〈표 7〉 1920~30년대 시인선집에 수록된 작품의 빈도수

4회	나의 침실로(이상화), 비소리(주요한)
3회	산 너머 남촌에는(김동환), 먼후일(김소월), 불순한 피(김형원), 떠나가는 배(박용철), 생시에 못 뵈을 님을(변영로), 해곡 3장/소곡(양주동), 봄은 고양이로다(이장희), 나는 왕이로소이다(홍사용)
2회	눈이 내리느니 / 송화강 뱃노래 / 청노새(김동환), 진달래꽃 / 님의 노래(김소월), 버러지도 싫타하올 이몸이 / 논개(변영로), 산넘고 물건너(양주동), 백수의 탄식(김기진), 파초 / 내 마음은 / 수선화 / 바다 / 밤(김동명), 탄식(김명순), 남으로 창을 내겠소 / 반딧불(김상용), 봄바람 / 옛날(김억), 봄달 / 내 마음 아실 이(김영랑), 풀(남궁벽), 夜啼鳥(노천명), 아내의 소원(모윤숙), 월광으로 짠 병실 / 꿈의 나라로(박영희), 정밀 / 흑방비곡(박종화), 失題(박팔양), 여우난곬족 / 개(백석), 나의 꿈을 엿보시겠습니까(신석정), 방랑의 마음(오상순), 붓 한자루(이광수), 물결의 유언 / 가고파(이은상), 불사조 / 나무(정지용), 봄 잔디밭 위에(조명희), 향수 / 안동다료 / 황성의 가을(조벽암), 예술가(한용운), 망모의 영전에 밧드는 노래(황석우)

소월의 「진달래꽃」「초혼」, 한용운의 「님의 침묵」, 김영랑의 「모란이 피기까지는」, 노천명의 「사슴」, 이상화 「빼앗긴 들에도 봄은 오는가」 등이 시인선집의 목록에 포함되는 것은 1950년대부터이다. 정전 목록에서 이러한 차이와 변화가 나타나는 이유는 무엇일까.

먼저 정전의 완전한 목록은 존재하지 않으며, 텍스트에 가치를 부여하는 제도나 집단의 이익과 관심에 의해, 그리고 사회적으로 요구되는 정전의 기능에 의해 정전의 목록은 역사적으로 변화한다는 사실이다. 1920~30년대는 식민지라는 특수한 상황으로 인해 국가 이데올로기의 확립이 어려운 시기였으며, 민족 교육을 실현할 물적 기반이 미비한 상태였다. 민족적인 교육과 아카데미즘, 국가 이데올로기가 결여된 상황에서 문단 승인제도인 비평과 매체 및 출판 자본 등은 더욱 큰 영향력을 가질 수 있었다. 그런 점에서 1920~30년대 시인선집은 작품의 가치를 평가하는 기준으로 텍스트 외부의 이념과 제도의 비중이 줄어든 대신 텍스트 내부의 자율적인 심미적 가치의 비중이 상대적으로 높았다고 할 수 있다. 그런데 1950년대는 해방과 전쟁의 체험에 근거하여 국가적 차원에서 시행된 반공 이데올로기가 학교의 교과과정 및 아카데미즘을 직접적으로 통제하게 되는 시기였다. 또한 1950년대는 국가 이데올로기에 기초하여 납·월북 문인들을 제외한 새로운 정전 목록을 구성해야 할 필요성에 직면해 있었다. 이와 같이 텍스트에 가치를 부여하는 제도나 집단의 관심과 이익, 사회적으로 요구되는 정전 기능의 변화에 따라, 그리고 새로운 문학 경향의 출현으로 문학 개념의 조정이 요구될 때, 정전 목록은 역사적으로 변화한다. 1950년대 정전 목록은 이러한 변화된 시대 상황을 반영하고 있다.

지금까지 1920~30년대 시인선집을 중심으로 한국 근대시의 정전화의 양상과 의미를 살펴보았다. 먼저 각 시인선집들에 수록된 시인과 작품 목록 및 편집체계 및 선택의 기준을 개관하였으며, 정전화의 관점에서 각 시인선집들의 특징과 의미를 분석하였다. 그리고 1920년대 중반 국민문학론의 등장이 새로운 신시운동의 방향과 결합하게 되는

과정을 살펴보고, 국민문학론 내지 '민족문학'적 관점이 당대의 시단과
시인선집에 미친 영향관계를 고찰하였다. 1920~30년대 시인선집을 바
탕으로 정전 텍스트와 목록을 구성할 수 있으며, 이 정전 텍스트와 목
록을 통해 식민지 시대가 지향했던 한국 근대시의 理念型을 가늠해 볼
수 있다.

주제어 : 시인선집, 근대시, 정전, 정전화, 정전 목록, 국민문학론, 서정시

♦ 참고문헌

1. 기본 자료
『조선시인선집』, 조선중학통신관, 1926.
『조선명작선집』, 삼천리사, 1936.
『현대조선문학전집 시가집』, 조선일보사 출판부, 1938.
『현대조선시인선집』, 학예사, 1939.
『현대서정시선』, 박문사, 1939.

2. 단행본
김용직, 『한국 현대시사』, 한국문연, 1996.
오세영, 『20세기 한국시 연구』, 새문사, 1989.
이명찬, 『1930년대 한국시의 근대성』, 소명출판사, 2000.
이중한 외, 『우리 출판 100년』, 현암사, 2001.
조영복, 『1920년대 초기 시의 이념과 미학』, 소명출판, 2004.
천정환, 『근대의 책읽기』, 푸른역사, 2003.
가라타니 고진 외, 송태욱 역, 『현대 일본의 비평』, 소명, 1997.
피에르 부르디외, 하태환 역, 『예술의 규칙─문학 장의 기원과 구조』, 동문선, 1999.

3. 연구논문
강진호, 「한국문학전집의 흐름과 특성」, 『돈암어문학』 16, 돈암어문학회, 2003.
구인모, 「한국 근대시와 '국민문학'의 논리」, 동국대 박사논문, 2005.
김신정, 상허학회 편, 「'시어의 혁신'과 '현대시'의 의미」, 『1930년대 후반 문학의 근대성과 자기 성찰』, 깊은샘, 1998.
문영진, 「정전 논의에 관련된 몇 가지 문제에 대하여」, 『민족문학사연구』 18, 민족문학사학회, 2001.
이경돈, 「'취미'라는 사적 취향과 문화주체 '대중'」, 『대동문화연구』 57, 성균관대 대동문화연구원, 2007.
정재찬, 「문학 정전의 해체와 독서 현상」, 『독서연구』 2, 한국독서학회, 1997.
천정환·이용남, 「근대적 대중문화의 발전과 취미」, 『민족문학사연구』 30, 민족문학사학회, 2006.

한기형, 「최남선의 잡지 발간과 초기 근대문학의 재편」, 『대동문화연구』 45, 성균
    관대 대동문화연구원, 2004.
━━━, 「근대문학과 근대문화제도, 그 상관성에 대한 시론적 탐색」, 『상허학보』
    19, 상허학회, 2007.
하루오 시나레, 하루오 시라네·스즈키 토미 편, 왕숙영 역, 「정전 형성의 패러다
    임과 비평적 전망」, 『창조된 고전』, 소명출판, 2002

118

◆ 국문초록

시인선집은 당대의 모든 작가와 작품 중에서 가장 '훌륭한' 텍스트를 선택·수록하는 것을 목표로 삼는다는 점에서 정전화의 한 방법이다. 식민지 시대, 민족적인 교육과 아카데미즘, 국가 이데올로기가 결여된 상황에서, 문단의 권위를 바탕으로 매체 자본 혹은 출판 자본에 의해 발간된 선집과 전집은 식민지 시대의 유일한 정전으로 존재하였다.

『조선시인선집』(1926)은 대중의 교양 교육과 계몽을 목적으로 발간되었으며, '현재성'과 '전문성'을 기준으로 당대의 유명 시인 28명의 자선작품을 수록하였다. 『조선명작선집』(1936)은 정전의 목록이 구성되는 과정을 체계적으로 시도한 선집이다. 1920년대 국민문학론에 근거하여 시조와 민요시, 서정시를 중심에 놓고 프롤레타리아 시와 모더니즘 시는 배제하였다. 이 원칙은 『현대조선문학전집 시가집』(1938)과 『현대서정시선』(1939)에도 적용되었다. 『현대서정시선』은 한국 근대시에서 '서정시의 계보학'을 시도하였다. 『현대조선시인선집』(1939)은 현대적 관점과 역사적 관점을 이중적으로 적용하여 시대적인 균형감, 다양한 문학 경향과 새로운 시인들에 대한 개방성을 갖추고 있다. 이 선집의 목록은 오늘날 문학 교육 현장과 독자대중들에게 수용되고 있는 근대시의 정전 목록에 가장 근접해 있다.

문학사에서 정전의 완전한 목록은 존재하지 않으며 텍스트에 가치를 부여하는 제도나 집단의 이익과 관심에 의해, 그리고 사회적으로 요구되는 정전의 기능에 의해 정전의 목록은 역사적으로 변화한다. 1920년대 국민문학론 내지 '민족문학'적 관점은 당대의 시인선집에서 시인과 작품의 선택 및 평가의 기준에 많은 영향을 주었다. 1920~30년대 시인선집은 근대시의 정전화에서 초기적인 단계를 실현한 것이다. 시인선집의 비교·분석을 바탕으로 정전 목록을 구성할 수 있으며, 이를 통해 식민지시대가 지향했던 한국 근대시의 이념형을 가늠해 볼 수 있다.

* SUMMARY

A Study of the Canonization of Korean Modern Poems in 1920s and 1930s
- Focusing on the selections of the poets

Shim, Seon-Ok

This paper inquires into the canonizing process of Korean modern poems, focusing on the five selections of poets published in 1920s and 1930s. The selections took over the function of canonization when the education on the national legitimacy was impossible and Korean literary history was not set up yet. The ideological basis of all the selections can be said to be 'cultural nationalism, and each of them contained the concept of 'modern poems,' its literary viewpoints about the relations between lyricism, diction and form in terms of poetry, and etc. The selecton and arrangement of poets' works were greatly influenced by the social situations, the tendency of the publishing capitals(or the editors) and the like.

⟨A Selection of Joseon poets⟩(1926) was published to realize the cultural education and enlightment for the masses. Not being able to collect all of the contemporary poems, it introduced the principle of selection and exclusion. The ⟨Selection⟩ choosed and published the works of 28 leading poets, under the standard of 'contemporariness' and 'professionalism'. ⟨A Selection of the best Joseon poems⟩(1936) adopted 'the idea of fostering national literature' as its criterion. Most of the works collected in the ⟨Selection⟩ were Shijos, folk-song-style poems and lyric verses, and proletarian and modernistic poems were excluded. ⟨An Anthology⟩ in ⟨A Collection of Current Joseon Literature⟩(1938) and ⟨A Selection of modern lyric poems⟩(1939) also took up the same criterion. ⟨A Selection of Modern Joseon Poets⟩(1939) had its own publishing principle to introduce historical and modern viewpoint in selecting poems, and gathered only one work of each poet. Therefore, it turns out to be a very important anthology which includes various literary tendencies and young poets' experimental mind shown in the past. Its slected poems became the basic list of the poetic canon inherited until now.

Keyword : selections of poets, modern poems, canon, canonization, national literature, lyric verses

－이 논문은 2006년 3월 30일에 접수되어, 소정의 심사를 거쳐 2007년 5월 31일에 최종적으로 게재가 확정되었음.

잡지 『학생계』 연구*

— 1920년대 초반 중등학교 학생들의 '교양주의'와 문학적 욕망의 본질

박 지 영**

목 차

---

1. 서론 – 잡지 『학생계』[1]의 위치

1920년대 초반은 식민지 전체가 배움에 대한 열정에 들끓었던 시대였다. 문화통치기 교육제도의 변화는 식민지 백성들에게 배움을 통해 그들이 온전한 국민으로 대우받을 수 있다는 허상을 심어주었다.[2] 더

---

 * 이 논문은 2004년도 한국학술진흥재단 지원으로 연구됨(KRF-2004-074-AS0065).
** 성균관대 대동문화연구원 연구교수.

 1) 본고는 잡지 『학생계』에 대한 최초의 고찰이 될 것이다. 지금까지 『학생계』는 그 존재여부만 알려져 있을 뿐 실물은 발굴되지 않았기 때문이다. 본 연구자는 우연한 기회에 잡지 『학생계』의 사본을 입수하였다. 그리고 이러한 성과는 성균관대 동아시아 학술원 한기형 교수의 소개와 조언이 없었으면 가능하지 않았을 것이었다. 이 기회를 빌어 감사드린다.

 2) 3·1운동으로 인해 변화된 총독부의 식민지 교육정책은 1922년 발표된 제2차 조선

나아가 식민지 백성들은 이 과정을 통과한다면 사회적으로 출세할 수 있다는 소망을 가질 수 있었다.[3]

이들의 희소가치[4]는 웬만한 일본어 문헌의 독해 능력을 갖추어 높은 수준의 독서를 행할 수 있었던 그들의 지식 수준에 힘입어 그들에게 예비 사회 지도자 계층으로서의 자부심을 심어주기에 충분한 것이었다. 더구나 이미 근대 초기부터 형성된 '청년 담론'은 그들에게 민족의 지도자로서 식민지 백성들을 구원할 주체로서의 윤리적 자긍심까지 심어주고 있었던 차라, 이들의 자부심은 드높을 수밖에 없었다. 그리고 이들의 자부심을 추동하고 격려하는 역할을 하는 것은 근대 미디어였다. 문화통치기 1920년대 초반에는 많은 매체들이 자기의 존재를 드러

교육령에서 잘 드러난다. 이 교육령의 특성은 교육에 있어서 차별 대우를 없앤다는 것이었다. 일본은 기본학제와 교육과정을 일본의 그것과 유사하게 수정하였고, 경성제국대학을 설립함으로써 초등, 중등, 고등 교육의 체제가 형식적으로나마 갖추어지게 하였다. 일제는 이러한 조치를 취하면서 조선인을 향해 일시동인(一視同仁), 내지 연장주의(內地延長主義)의 이데올로기적 선전을 하였다. 그러나 이는 껍데기뿐의 개혁이었고, 실상 조선인의 고등보통학교 입학에 차별을 두는 등 차별하는 모순적 교육정책은 지속되었다(박철희, 「1920~30년대 고등보통학생 집단의 사회적 특성에 관한 연구」, 『한국교육사학』 26권 2호 2004. 10, 참조).

3) 이미 이전의 지도계급이었던 양반계급이 몰락하고, 새로운 지도 계층이 형성되어가던 근대 초기, 상하층 계급 할 것 없이 '학벌'은 계급적 상승(혹은 유지)의 거의 유일한 토대로서 기능하게 된 것이다. 물론 식민지 시기 고등보통학교는 높은 학비에 소수의 유산계층의 자녀가 다니던 학교였기 때문에, 과연 식민지 민중들에게 계급적 상승이 가능하였는가는 의문이었다고 하더라도 '학벌'은 그들에게 거의 유일한 계급상승의 수단일 수밖에 없었다. 이러한 현상에 대한 실증적 고찰은 오성철, 『식민지 초등교육의 형성』, 교육과학사, 2000, 참조.

4) 한 통계자료에 의하면 1918년부터 1937년까지 조선인의 고등보통학교 취학률은 1% 내외로 매우 낮았다. 고등보통학교 학생들은 보통 입학시험을 통해서 선발되는데 선발과정에서 치열한 경쟁의 과정을 통과하지 않으면 안 되었다. 그 시험 내용도 웬만한 일본어 문헌의 독해능력과 기초적인 수학적 원리와 그 응용능력을 가져야 통과할 수 있는 높은 수준의 것이었다. 그런 만큼 고등보통학생은 매우 희소가치가 있는 존재였다. 그나마 1919년에서 1923년까지 조선인의 취학률은 0.3~0.8%였다(박철희, 「1920~30년대 고등보통학생 집단의 사회적 특성에 관한 연구」, 『한국교육사학』 26권 2호 2004. 10, 109-110쪽 참조).

냈고 당대 지식청년들은 그 지면을 통해서 자신들의 존재감을 찾아 간
다.5)

본고가 고찰하고자 하는 잡지 『학생계』는 바로 이 시기에 이들 지
식청년들을 대상으로 발간된 잡지 중 하나이다. 이 잡지의 중요성은
제목이 의미하는 그대로 '학생' 특히 구체적으로 중등학교 재학 이상
학력의 소유자들을 독자 대상으로 설정하고 있다는 점이다. 물론 『청
춘』, 『소년』 등 1910년대 매체 역시 이미 전국 주요 학교의 학생 및 선
생이 독자층 대다수를 형성6)하고 있었지만, 이렇듯 구체적으로 '학생'
으로 명시하고 있지는 않았다는 점에서 이 매체의 제목이 상징하는 바
는 중요하다. 잡지의 주재자들은 『청춘』과 『소년』이 '청년'이라는 넓은
테두리 속에서 포섭하고자 했던 주체가 이제는 근대적 제도 안에서 '학
생'이란 이름으로 제도화되어 구체적으로 호명될 수 있다는 점을 인식
하고 있었던 것이다.

그리고 1910년대 대표 잡지 『소년』과 『청춘』이 보여주었던 것처럼
이들에게 '문학'은 가장 중요한 '近代知'의 표상이었다.7) 이미 『청춘』
이 현상문예제도를 통해서 청년 독자들을 호명하려했듯, 『학생계』에서
도 현상문예제도가 상설화되어 있어 당대 청년들의 문학에 대한 열망
을 반영하고 있다. 이 시기는 이미 1919년 동경에서 동인지 『창조』가,
1920년 7월에 『폐허』가 간행되면서 본격적인 동인지 시대가 개막되고,
종합교양지 『개벽』(1920)이 창간되어 그 안에서도 문학의 재생산 제도
가 형성되고 있었던 시기이다. 이렇게 중요한 시기에 이 매체가 특별
히 '학생'들을 대상으로 현상문예를 실시했다는 점은 의미심장한 사실
이 아닐 수 없다.

---

5) 1920년 한 해에 창간된 잡지만 해도 『개벽』, 『공제』 등 16종에 달한다(김근수, 「자료
　－문화정치 표방시대(전기)의 잡지개관」, 『아세아연구』 30호, 1968. 6, 참조).
6) 김미정, 「근대초기 현상공모 일고찰」, 『반교어문연구』 18집, 2005, 참조.
7) 한기형, 「최남선의 잡지 발간과 초기 근대문학의 재편－『소년』, 『청춘』의 문학사적
　역할과 위상」, 『대동문화연구』 45집, 2004, 참조.

124

그리고 또한 중요한 점은, 『학생계』가 개벽사와 쌍두마차를 이루면서 1920년대 문화운동기를 화려하게 장식했던 한성도서주식회사가 발간한 몇 안되는 매체 중 하나라는 점이다.

잘 알려진 대로 한성도서주식회사는 〈개벽사〉만큼, 식민지 시기 최고의 〈자본력〉을 자랑했던 출판사이다.[8] 1920년대 초반에는 〈개벽사〉처럼 한성도서주식회사도 잡지 발행을 시도하는 등 문화운동에 적극적이었다고 한다. 한성도서주식회사가 발간한 『학생계』이외에 『서울』(1919. 12~1920. 12[9])), 『學燈』(1933. 10.~1936. 3) 역시 종합교양지로

---

8) 한성도서주식회사는 우리나라 출판사 중 최초로 기업화된 주식회사의 체제를 갖춘 곳이며, 3·1 운동이 있은 이듬해인 1920년 5월에 "우리의 진보와 문화의 증진을 위하여 시종 노력하기로 자임"한다는 사시를 내걸고 순수한 민족자본금 30만 원으로 설립하였다. 이봉하 사장, 이종준 전무와 한규상, 장도빈, 박태련 등의 경영진은 김윤식, 양기탁을 고문으로 초빙하는 한편, 당시의 젊고 실력 있는 신진학자와 문인들에게 실무 편집을 맡겼다. 출판 부장을 겸임한 장도빈과 함께 오천석 잡지주간, 김환, 전영택, 노자영, 김억, 김동인 등이 편집에 관계하면서 1921년부터 본격적인 출판 활동을 전개한다. 여러 가지 한국 역사, 위인전기와 문학 서적들과 외국 사정을 알리는 데 힘썼으나 창설 초기에는 『서울』, 『학생계』, 1930년대에는 『학등』 등 잡지도 발행한다. 그러다가 1934년 공진항, 이선근이 새로 2만원을 투자하여 공장과 판매부, 출판부를 분리, 독립시켜 사세를 확장했다. 사세를 확장한 뒤부터 공진항, 이선근 두 중역이 퇴임하는 1936년까지는 일반 단행본 출판에 힘을 기울이게 되는데 당시로는 거창한 장편 문학 전집을 비롯하여 보기 힘든 호화본을 많이 출판했거니와 특히 김팔봉의 『김옥균』, 심훈의 『상록수』 등 160여 종의 문학 작품을 출판하여 불멸의 공적을 남겼다. 이선근의 증언에 의하면 『한국 장편소설전집』은 2,000부씩 여러 차례 발행했다고 하니 당시 한성도서의 활약상은 짐작하고도 남는다. 이후 1956년까지 활동하다가 화재로 전소된 뒤 종로에서 서점만을 운영하다 끝내 재기하지 못하고 문을 닫는다(이중한 외 공저, 『우리 출판 100년』, 현암사, 2001, 61-64쪽 참조). 식민지 시대 최고의 베스트셀러가 각기 이 두 출판사가 기획 출판한 『사랑의 선물』(방정환, 번안동화집)과 『사랑의 불꽃』(노자영, 연애서간집)이었다는 점 역시 이를 증명해 준다. 노자영의 『사랑의 불꽃』은 오은서라는 가명으로 신민공론사에서 발행된다. 노자영의 회고에 의하면 한성도서 영업 국장 김진헌씨의 소개로 한성회사에 입사했고 「연애 서간집」도 그가 권유로 발행하게 되었다고 한다. 그러므로 『사랑의 불꽃』은 한성도서주식회사가 기획한 책인 셈이다. 이를 볼 때, 그만큼 한성도서 주식회사는 상업적 식견에 밝은 곳이었다고 추측할 수 있다(노자영, 「나의 문단 참회록─문단 20년의 회고기」, 『유수낙화집』, 청조사, 1935, 58-59쪽 참조).

서 다양할 읽을거리를 통해서 당대 청년들에게 근대적 지식을 전달하고자 한 매체였다.

그러나 〈개벽사〉가『개벽』이외에도 1923년, 잡지『어린이』,『신여성』을 발간하여 매체를 통한 문화운동을 지속적으로 전개해갔던 데 비해 한성도서주식회사는 1922년『학생계』가 폐간된 이후에는 주로 단행본 출판에 주력한다.10)

이러한 상황을 고려할 때,『학생계』는 한성도서주식회사가 문화운동의 지향점을 수정하기 이전의 활동상을 보여줄 수 있는 자료인 셈이다. 이처럼 잡지『학생계』는 1920년대 문학·문화 운동의 실상을 연구하는 데 매우 중요한 연구 대상이 될 것이다. 특히『학생계』는 그 안에서 당대 청년들이 가졌던 근대 지식과 문학에 대한 열망이 어떠한 양

---

9) 잡지『서울』은 1권에서 2권 3호까지는 서울사, 3호부터는 한성도서주식회사에서 발간된다고 한다(김근수, 앞의 글, 182쪽 참조).

10) 김동환의『국경의 밤』, 심훈의『상록수』,『직녀성』, 이광수의『흙』, 이태준의『달밤』,『제2의 운명』,『까마귀』, 김동인의『감자』,『운현궁의 봄』, 염상섭의『牡丹꽃 필 때』, 박세영의『山제비』), 황순원의『骨董品』(시집) 등 문학서와『文藝讀本』등 문예서를 비롯하여 160여 종의 문학 서적을 출판하였고 특히 야심차게 기획된『한국 장편소설전집』을 2,000부씩 여러 차례나 발행했다고 하니, 이 출판사의 야심과 저력은 대단한 것이었다고 볼 수 있다. 이 출판사는 식민지 시대 '문학' 독물이 출판 문화의 시장에서 어떠한 위치를 차지하고 있는가를 잘 알고 있었던 것이다. 이외에도 이 출판사는『震檀學報』(1934~),『한글』(1935~) 등 잡지와『朝鮮料理製法』(방신영, 1934),『朝鮮氏族統譜』(尹昌鉉, 1924),『한글마춤법 통일안』(1933) 등 다양한 서적들을 발행하여 명실상부 식민지 시대 대표 출판사로 입지를 다진다.1)

그런데 이러한 성과는 〈개벽사〉가 잡지『개벽』이 검열당국의 탄압으로 1926년 폐간됨과 동시에 그 위용이 서서히 사라져갔던 데 비해, 한성도서주식회사는 1930년대 중반부터 후반까지 적어도 10종 이상의 단행본을 발행하고 적어도 1940년 초반까지 출판 활동을 지속할 수 있었기 때문에 가능한 것이다.『동아일보』에 실린 한성도서주식회사 발행 책광고를 살펴보면, 1933년부터 1938년까지 거의 매년 10종이 넘는 단행본이 광고되고 있었다.『동아일보』책광고를 검색해 보면, 식민지 시대 한성도서주식회사 발간 도서의 광고는 1940년에 발간된 盧良根의『열세동무(少年少女長篇小說)』가 마지막이며, 다른 문헌에서는 1941년『김립』시집이 발간되었다는 기록이 있다(이중연,『책, 사슬에서 풀리다—해방기 책의 문화사』, 혜안, 2005, 120쪽 참조).

태로 전개되는가를 잘 보여줄 것이다. 이러한 고찰은 순문예운동을 표방했던 동인지와 사상적 문예활동을 포섭했던 『개벽』과의 비교 속에서, 그리고 문단 권력이 서서히 가시화되는 문학 잡지 『조선문단』과 문학의 대중화를 본격화시킨 일간지의 학예면이 자리잡기 이전이라는, 발간 시기에 대한 고려 속에서 이루어질 때 더욱 의미를 더할 것이다. 그리하여 이 연구는 그간의 식민지 시대 매체와 문화제도에 관한 연구에 기여할 수 있을 것이다.

2. 잡지 『학생계』의 서지적 고찰과 의식적 지향 분석

1) 『학생계』에 대한 서지적 고찰

『학생계』는 현재까지 원본을 입수한 바에 의하면, 1920년 7월부터 1922년 11월 1일까지 발간한 총 18호의 종합교양지이다.[11] 창간 당시 발행소는 한성도서주식회사, 인쇄소는 조선박문관(인쇄인 박인환), 편집겸 발행인은 오천석이다. 정가는 30전이었고 창간호는 거의 80-100쪽에 가까운 분량이었다.

『학생계』는 창간호 당시 현상문예광고에서 학교에서 '학과를 배호시는 남녀학생 여러분'뿐만 아니라 '농촌에서 자연을 읽으시는 남녀청년 여러분'[12]으로 독자 대중을 구체적으로 지칭하고 있다. 학교에 다니는 학생 이외에도 '농촌에서 자연을 읽으시는 남녀청년'을 독자대중으로 상정하고 있는 것은 이들 역시 '공부를 하는 지식 청년', 즉 '학

---

11) 18호 〈편집상에서〉에는 19호를 기다려달라는 당부가 있기 때문에 그 이후의 발간 여부는 확인할 길이 없다. 만약 18호를 마지막으로 잡지를 폐간하였다고 하더라고 이 문구는 『학생계』가 한성도서주식회사의 자체적 의지로 폐간한 것은 아니라는 점을 시사한다(「편집상에서」, 『학생계』 18호, 1922, 참조).

12) 「현상모집 광고」, 『학생계』 창간호, 1920. 7. 1.

생'을 지향하는 주체들이기 때문인지도 모른다. 이는 다소 상업적인 전략이었다고도 보여지는데 당시 매체의 구독자로 상정할 학생의 수는 많지 않았고 반면 가장 압도적인 인구는 농촌 인구였다. 또한 그들이 야말로 "논밭을 팔"아서 혹은 고학을 해서라도 근대 교육제도의 수혜자가 되고자 열망했던 사람들일 수 있기 때문이다. 당대 문화운동의 촉수가 농촌의 문맹을 퇴치하는 것으로 향하고 있었던 경향도 이 매체에 영향을 끼쳤을 것이다.

실제로 신분을 밝히고 있는 현상문예란의 투고자들을 통해 필자들을 분석해보면 휘문, 배재, 중앙 등 당대 고등보통학교 재학생들이 가장 많다. 그러나 이외에도 소수이지만 승려,[13] 농촌 청년들도 간혹 등장하는 것을 보면 이러한 내용의 공고가 그들에게 용기를 주었음은 분명하다.[14]

가장 많은 글을 쓴 필자는 한성도서주식회사와 관련이 있는 노자영, 오천석, 이추강, 김억, 장도빈 등이다. 이들은 주로 논설과 문학론 등 주로 학생들을 계몽하거나 지식을 전달하기 위한 글을 많이 썼다. 그 외에는 거의 매호 지면의 1/4가량은 학생들의 글로 할애했다. 또한 김억(시), 오천석(소설), 이추강(소품), 노자영(감상문)은 초기 학생문단의 선자(選者)였다. 이후에 6호(1921. 1. 1)에서 편집겸 발행인이었던 오천석이 미국 유학 때문에 편집겸 주간을 사임하고 난 뒤에는 소설이 현상란에서 사라지고 7호부터 최팔용(崔八鏞)이 편집 겸 주간으로 나서 주목을 요한다.

최팔용은 잘 알려진 대로 동경유학생학우회 회원으로 2 · 8독립선언의 주체인 조선청년독립단대표 중의 한 사람이었다. 그 일로 투옥된

---

13) 돌중(경북영천군은해사), 「지우구락부−석양을 보냄」, 『학생계』 4호, 82쪽. 이 돌중은 현상문예란에도 투고한 바 있다.

14) 이 매체의 현상모집 광고에 명시된 투고 원칙 중 제일 조항은 '원고에는 반드시 주소씨명직업을 쓸것'이었다. 덕분에 필자 분석이 다소 용이한데 물론 학교를 명시하지 않는 필자도 많았다.

경험이 있으며, 김철수 등과 함께 유학 당시 사회주의를 조선 독립의
이론적 근거로 삼고 결성한 단체 「조선혁명당」의 일원이기도 했다. 그
리고 중요한 점은 유학생 기관지『학지광』의 편집자였던 경력을 갖고
있었다는 점이다. 이미 한 번 전위적 매체에 참여했던 경력이 그가『학
생계』에 주간으로 참여하게 된 계기가 되었을 것이다. 그래서『학생계』
는 최팔용이 편집겸 발행인으로 있는 동안에는 변희용, 김명식 등 좌
파적 성향의 필자가 등장하여 사회주의를 소개하는 글을 싣기도 한다.
12호(1922. 4)에 실린 변희용의 「레닌의 전반생」, 최팔용, 「근로의 光」
등이 그 대표적인 예인데, 물론 그 수는 그리 많지 않다. 그러나 불행
이도 최팔용은 1922년 11월에 투옥될 당시의 병력과 이후에도 지속된
체포 등 정치적 탄압15)으로 인해 죽음에 이르게 된다. 그리하여 14호
(1922. 7. 15)부터는 편집 겸 발행인이 추강 이종준(한성도서전무)으로
또 한 번 바뀐다. 이처럼『학생계』의 편집진은 부르주아 민족주의에서
좌파적 성향까지 다양하게 교체된다. 이는 아직은 좌/우파로 문화전선
이 그어지기 이전, 다양한 성향이 혼재할 수 있었던 1920년대 초반 문
화계의 현실을 반영하는 것이다.

　　그런데 최팔용이 편집겸 주간을 맡고 있는 동안『학생계』에도 크
고 작은 부침이 있었던 것으로 보인다.『학생계』의 편집란인 〈편집
상에서〉 지면에서 '그 內容이 豫告와 다소간 어김이 이슴을 發見하
고 혹 怒할는지 모릅니다마는 …(중략)… 不得已한 事情으로 그리되
엿나니다.'(7호, 1921. 4) 혹은 12호 〈편집상에서〉에 실린 '경찰부 고
등과에 제출'했다는 구절 등은『학생계』역시 검열 때문에 정기적인
출판 상황이 어려움을 겪었다는 점을 암시한다. 심지어는 현상당선

---

15) "동아일보" 1921. 11. 9일자 지면는 '雜誌學生界의 主幹 崔八鏞氏 돌연 逮捕, 칠일
　　원산에서'라는 짧은 기사가 실려 있다. 그 이후 11월 12일자 신문에서는" 元山에서
　　突然逮捕되었던 崔八鏞氏 放免, 구일 원산에서. 태평양 회의에 어떠한 운동이 있을까
　　봐"라는 기사가 뜨고 있다. 이러한 점을 미루어볼 때 최팔용은 학생계 주간으로 활동
　　하면서도 지속적으로 사회 운동을 하고 있었던 듯싶다.

작에도 '(5행삭제)'16)라는 검열의 흔적이 보였다. 그러다가『학생계』
(1922. 3) 11호에는 검열의 흔적이 대대적으로 드러난다. 11호 권두언
에 해당하는 김명식의 「學生에게 寄하노라」는 글은 텍스트의 반이
삭제되어 있어 검열의 수위가 매우 높아졌다는 것을 알 수 있다. 이
러한 심각한 현상은『학생계』10호에서부터 시작된 것이었는데, '편
집부의 차륜에는 고장이 생겼습니다. 그 고장은 진실로「학생계」의
목숨에 관계를 밋칠만큼 큰 것이엿습니다'(10호, 1922. 2. 15)라는 공
고를 통해서도 알 수 있다. 11호에서도 드러나는 편집자의 고뇌, 즉
'수천독자들을 기다리게 해서 너무 미안하다'는 점. 그리고 그것 때
문에 잠을 이루지 못할 정도로 걱정했다는 구절도 근거를 제공한
다.『학생계』11호(1922. 3. 15)에서는 최팔용이 일본을 가게 되고 '20
일날밤 꿈을 철창하에서 꾸게 된 일'이 생겼고, 그것 때문에 혹 '구
속이 여러날 되면 학생계 편집에 大害가 밋츨것을 생각할 쌔마다 가
삼에 火가 動하엿'다고 하고 그래도 거기서 '하로밤만 자게' 되어 다
행이라는 서술도 보인다. 이러한 점은『학생계』의 이러한 저간의 여
러 사정이 최팔용 등 좌파적 필자들의 등장과 관련이 깊은 문제가
아닌가 추측하게 한다. 최팔용과 좌파적 성향의 필자들의 등장은 일
본 고등경찰들이『학생계』란 잡지를 예의 주시하게 된 계기가 된 것
이다.

　　실제로『학생계』11월호(1922. 3. 15)에는 社告 형식으로 잡지『신
생활』이 발매금지 처분을 받았다는 항의성 글이 실려 있어『학생계』
필자들과『신생활』필자들이 서로 연계되어 있고, 그래서 그들이 검열
당국의 조치에 공동으로 대응하려고 했었다는 점을 짐작하게 한다.

　　이러한 상황 속에서『학생계』에서는 편집체제상 실제적인 변화도
생긴다. '동인회'를 조직한 것이 그것이다.17)

---

16) 박옥■, 「人－엄마의 나라로」,『학생계』5호.
17)『학생계』10호 사고(社告)에 실린 동인 명단은 다음과 같다.

　동인들의 면모를 살펴보면 김명식, 최팔용, 최승만, 신태악 등은 와세다 대학 출신으로 동경사범학교 출신인 서춘과 함께 동경유학생학우회에서 활동하는 동시에,『학지광』에 편집진 혹은 필자로 참여했던 인물들이다. 이들은 김억 등 한성도서주식회사와 관련이 있던 유학생 출신의 인사들과의 인연으로 이 잡지에 참여하게 된 것으로 보인다.

　같은 지면에서는『학생계』는 이들의 참여를 매우 환영하는 듯 한다. '본지가 학생계동인회에서 편집하게된 바는, 此경영방법이 변동됨을 짜라'라고 하면서, 〈편집상에서〉는 동인들이 '모도다 우리 사회를 위하야 평생을 희생하려하는 이들 뿐이외다. 우리「학생계」가 금후로부터 그 어른들의 단합한 노력으로 말미암아 출세하게된 것은「학생계」자체를 위하야 또는 독자제군을 위하야 날뛰며 깁버할 밧게 업습니다'라고 명시한다. 또한 편집 동인 체제가 갖추어짐과 동시에『학생계』는 편집상의 여러 개편을 이루게 된다. 〈편집상〉에서는 '前日에도 懸賞文으로 모집하든것을 폐지하고「학생문단」을 設하야 학생제군의 투고를 환영하게 되엇나이다. 論文, 感想文, 詩 등 다수 투고하심을 望'한다고 명시한다. 그리고 '금후로는 50페이지 가량으로'하게 된 것과도 관련이

이　름	당시 직책
장응진	휘문고등보통학교교사
김도태	상동
강　매	배재고등보통학교교사
정대현	보성고등보통학교교사
황의돈	상동
김명식	동아일보 주간
노자영	동아일보 기자
문일평	경신중학관 강사
신태악	오성학교 강사
이종준	한성도서주식회사 專務取■役
장도빈	상동
서　춘	동경동양대학교철학과(재학)
최승만	상동
최팔용	한성도서주식회사 편집부주임

깊은 문제라고 한다. 이러한 변화는 이미 이전호인 『학생계』 9호(1921. 8)에서부터 예정된 것이었다. 9호에서는 '지우 구락부를 없애고 상식고 문란을 상설, 두 달에 한 호 생산'하고 잡지를 '한 달에 한 번이 아니라 두달에 한 번으로' 발간한다고 되어 있다. 그러다가 10호에서는 다시 '頁數를 줄여서 월간으로 하게된 까닭'에 현상문예란을 없앤다고 한 것이다.

이렇듯 한 호를 사이에 두고 편집방침이 바뀔 정도로 어수선했던 상황은 무엇 때문일까? 추측하건대 대개 이런 경우 금전적인 문제이거나 혹은 지면을 확충할만한 기사의 부족 때문인 경우가 많다. 『학생계』의 경우는 이 두 가지 모두에 걸린 문제였다고 본다.

우선 '頁수'를 거의 반으로 줄일 수밖에 없는 사정, 그리고 막대한 포상금을 걸어야 하는 현상제도의 포기는 곧 『학생계』에도 역시 금전적인 문제가 있었음을 짐작하게도 한다. 사실 『학생계』의 현상금은 당대 실정에서 매우 큰 돈이었기 때문이다. 동인 체제로 가면 동인들을 통해 자금 문제도 다소간 해결할 수 있었으리라는 추측도 가능하다.

또한 후자의 경우, 중심 필자였던 오천석의 빈자리로 컸을 것이고 1920년대 초반 『개벽』 등 종합지와 갈수록 수가 증가하는 여타 매체의 지면을 감당할 필자들이 그만큼 부족했을 것이므로, 『학생계』 역시 필자의 수급에 꽤 많이 애를 썼을 것으로 보인다. 김억만 해도 『개벽』, 『폐허』 등 여러 지면에서 활약하던 필자였다. 그러므로 동인체제가 운영된다면 지명도 있는 필자로 안정적인 수급이 가능했을 것이다.

그러나 이러한 노력에도 불구하고 『학생계』의 운명은 서서히 저물어 간다. 무엇보다도 그들은 검열 당국의 정치적 압력을 견뎌내기가 힘들었던 것으로 보인다. 이와 연동하여 자금 사정으로 『학생계』는 9호부터 지우구락부와 현상문예란을 포기할 수밖에 없게 된다. 그 영향으로 학생들의 투고작이 줄어들면서 애초에 학생들을 위해 만든 잡지라고 내세운 매체의 정체성에 흠집이 생긴다.

한성도서주식회사가 이후에 상대적으로 검열의 영향력이 약했던 단행본 출판으로 눈을 돌린 것은 이러한 결과라고 본다. 자금 사정 역시 매달 발행해야 하는 잡지보다는 한 번의 발행으로 출판이 가능한 단행본으로 유도했을 것이다. 이처럼 당대 대중적 미디어의 역량을 약화시키는 것, 이것이 20년대 초반 검열 당국의 의도였고 한성도서주식회사는 여기에 의외로 순하게 대응했던 것으로 보인다. 이는 개벽사가 여타의 검열 장치에도 불구하고 이후 『개벽』은 물론 『신여성』, 『어린이』 등을 창간하면서 지속적으로 잡지 발행을 단행했던 점과도 비교되는 점이다.

그 결과 1920년대 문학청년들의 열정을 추동했던 『학생계』는 급기야 현재 18호를 마지막으로 더 이상 그 실체를 찾아볼 수 없게 된 것이다.

2) 『학생계』 기사의 의식적 지향

『학생계』 창간사를 살펴보자.

　새하날에 새光이 빗나려하고. 새 쌍에 새 엄이 돗으려 할 째에 吾人은 새 조선에 새문명을 세우랴하도다. 어허! 當然한 일이요. 할 일이로다.

　吾人도 天主에게서 生을 가질 光榮을 닙엇스니 살ㅡㄹ特權을 가젓도다. 가저도 남에게 쩌러지지안는 특권을 가젓스니, 살아도 남보다 열등하게 살아서는 아니 되갓도다. 活力잇는 삶을 지어야 하갓고 불이 붓허오는 熱한 삶을 살아야 하갓도다. 남과 갓치 살냐하면 반다시 남과갓치 知識을 배호아야 하갓스니, 남과 갓치 알아야하갓스니 어허! 슬프도다. 우리 朝鮮人子女에게는 完全한 家庭敎育이 잇나뇨. 充實한 學校敎育이 잇나뇨. 同情하는 사회교육이 잇나뇨, 드라볼지로다.

　그럼으로 世界의 모ㅡ든 子女들 中에 가장 可憐하고 가장 依支업고 가장 孤獨한 子女를 擇하랴면 조선의 子女이라 말하기에 躊躇하지 아니하갓노라.

　「학생계」는 이러한 悲運에서 슬퍼우는 朝鮮子女의 감초인 同情者가 되기 위하야 호올노 넓은 드을에서 彷徨하는 배달 子女의 벗이 되기 위하

야. 일천구백이십년 뜻이 깁흔 이날 이 時에 航海의 맨처음읫 노를 저어
보랴하도다.

　萬頃蒼波에 되갓흔 물결은 우리를 몰고 컴컴한 넓은 大海는 우리를 삼
키려 하도다.

　空中에 날느는 갈매기는 봄노래를 부르면서 깃드리려 하도다.(1920. 4.
12)[18]

　오천석 주간이 쓴 이 창간사는 『학생계』 발간이 어떠한 목적을 가
지고 있었는지를 암시적으로 보여준다. 그는 이 글에서 조선 청년들
이 배움에 매우 열악한 조건을 가지고 있으며, 이들의 '동정자', '벗'이
되기 위하야 『학생계』를 창간한다고 쓰고 있다. 그리고 이 '벗'이 되
어 『학생계』가 할 일은 그들에게 '남과 갓치 지식을 배호아야 하갓'는
당면 과제를 충족시키는 것이라고 한다. 그리고 이러한 내용은 독자
들의 글에서도 그대로 전승된 듯하다. 독자가 투고한 글에서도 『학생
계』는 '지식계발의 선도자', '사회교육'의 지도자로서 자리매김되고 있
었다.[19]

　또한 『학생계』 창간호에는 전국학생대회[20] 취지서가 실려 있다. 이

---

18) 主幹, 「학생계를 새로히 내힘」, 『학생계』 창간호, 1920. 7. 1.
19) 정종수, 「지우구락부」, 『학생계』 4호, 82쪽 참조. 물론 내용상 편집진이 썼을 가능성
　도 짙다. 1920년대 잡지에는 독자투고란의 흥행을 위해 편집자가 직접 독자인척 가장
　하야 독자란을 꾸민 경우도 많았기 때문이다.
20) 3·1운동 이후 1920년대초 새로이 전개된 '문화운동'의 분위기하에서 학생들도 나름
　의 조직을 갖고 이 '문화운동'의 대열에 참여하고자 하였다. 1920년 5월 조직된 '朝鮮
　學生大會'가 바로 그것이었다. 조선학생대회는 서울시내의 학생들이 중심이 되고 전
　국 각 지방출신의 재경학생 8백여 명이 참여하여 조직한 것으로, ① 조선학생의 친목
　과 단결을 도모함, ② 조선물산의 장려, ③ 지방열 타파 등을 내걸고 있었다. 이는 이
　단체가 과거의 지방단위 학우회 및 친목회의 분산성을 극복하고 학생층의 구심점을
　형성하기 위해 조직된 것으로서, 물산장려운동을 핵심으로 하는 '문화운동'을 전개하
　고 있던 부르조아민족주의계열의 성향을 띠고 있었음을 보여주는 것이다. 그러나
　1921년 7월 보성전문학교와 중앙학교를 비롯한 당시 서울의 7개교 교장회의는 중등
　학생의 탈퇴를 결의, 전문학교 이상의 학생들만 학생대회에 참여토록 허용함으로써
　이후 이 단체는 유명무실한 단체로 전락해버리게 되었다.

처럼 잡지 『학생계』는 '문화운동'의 대열에 참가하고자 한 당대 학생들의 의지를 반영하고자 한다. '「조선학생대회 취지서」'의 주요 내용은 다음과 같다.

　'修養을 人生渡世의 燈臺오, 羅針盤이니, 우리가 각자 專門의 學業을 專心攻究하는 餘暇에 同志가 서로 團會하야 時로 或趣味를 談論하려 하며 知識을 交換하고 患難도 서로 求담하며 情誼로 서로 通하고 互相의 品性을 陶冶하며 微力과 至誠을 合하야 우리 學生界의 健實한 風紀를 確立하게 되면 이것이 우리의 修養을 發鍛하는 同時에 우리 將來 社會生活의 一端을 豫備함이 아닐가. 아! 學生諸君아!21)

이 취지서의 골자는, '修養'이 인생의 등대이자 나침반이니 이를 위해 학생들은 취미를 담론하고 지식을 교환하고, 품성을 도야하고, 풍기를 확립하자는 것이다. 이는 학생이 '우리 將來 社會生活의 一端을 豫備'하기 위해 갖추어야 할 덕목들을 나열한 것이다. 일단 여기서 가작 중요한 키워드는 창간사에서와 마찬가지로 대두되는 학생의 의무, 지식을 섭취해야 한다는 당위적 주장들이다. 근대적 지식을 섭취하는 것, 그것은 바로 식민지 조선 엘리트들의 의무이자 특권이기 때문이다. 그리고 그들은 이러한 지식의 섭취와 함께 품성을 도야해야 한다고 주장한다. 이와 같이 '인격'을 강조하는 논설은 『학생계』 출간 내내 지속적으로 실린다.

창간호에 실린 「내힘」이란 제목의 글에서 장도빈은 "학문만 지식수입의 道인줄 알아서는 아니"된다고 한다. "지금까지는 우리사회가 흔히 혹은 학문에만 주의하고 혹은 경험에만 주의하얏슴으로 짜라서 완전한 인격을 수양한 사람이 극귀하얏"다고 하면서 "이제붓허는 쏙 학문경험을 兩全하게 수양하여야" 한다는 것이다. 12호(1922. 4. 17)에 실린 「사람다운 사람」이라는 글에서도 서춘은 "지식을 자랑하는 사람이

---

21) 「조선학생대회 취지서」, 『학생계』 창간호, 1920. 7. 1.

되지 말고 인격을 자랑하는 사람이 되라!"고 하면서 '才能보다는 德'을
중시한다. 그 외에도 노자영의 글 「인격의 창조」(6호)에서도 같은 논조
가 이어지고 있다.

그런데 이처럼 지식과 함께 인격을 중시하는 것은 1920년대 문화주
의의 주요한 특징22)이기도 하다. 또한 더 포괄적으로는『청춘』에서도
드러난 수양론·교양론의 연장선상에서도 바라볼 수 있는 태도이기도
하다.

소영현은 잡지『청춘』을 고찰하면서, 민족을 위해 헌신하는 영웅적
주체를 지향하는『소년』과는 달리, 이 매체에서는 개인적 욕망을 실현
하기 위한 개별 개체의 노력을 인정하는 '교양주의'적 인식이 등장하
고 있다고 밝힌 바 있다.23)

'교양주의'적 주체는 집단의 이념을 실현할 영웅이 되기보다, 개별
적 독서와 수양을 통해 철학·문학·역사 등 인문학을 습득하고 이를
통해 자아를 경작하고 이상적 인격을 갖추고자 노력한다. 이러한 인식
은 근대적 교육 제도의 발달로 '독서'를 취미로 삼을 수 있는 지식 주
체, 학생 등 고급 인텔리 계층이 확산되지 않았다면 불가능한 것이었
다. 즉 서구적 개인주의를 지향하는 고학력 인텔리 계층의 고급문화,
그것이 '교양주의'의 주내용이다.24) 1910년대 후반 청년들에게도 이미,

22) 문화주의는 자아의 자유로운 향상발전을 의미하고 자아가 자아답게 된 경지 곧 인격
완성이 중심적 목적으로 부각된다. 이에 따라 문화운동의 방법 역시 지·덕·체 등
인격의 완성을 목적으로 한 교화, 수양 등으로 축소된다(박현수, 「염상섭의 초기 소설
과 문화주의」,『상허학보』5집, 2000, 331쪽 참조).
23) 소영현, 「근대 인쇄 매체와 수양론·교양론·입신출세주의」,『상허학보』18집, 2006.
10, 참조.
24) 이는 일본의 '교양주의'와도 유사한 태도이다. 일본의 교양주의는 다이쇼 시대에 고
등보통학교를 중심으로 형성된 지식인 문화로, '인격주의', '학력엘리트 문화'로 그 특
징을 규정할 수 있다. 이 '다이쇼 교양주의'는 철학·문학·역사 등 인문학 습득으로
자아를 경작하고 이상적 인격을 지향하였다. 이러한 다이쇼 교양주의는 내용적 측면
에서 고등보통학교의 서양적 지식에 경도된 지식인 문화이고, 제도적으로는 그 출신
자들이 국가의 인재로 양성되는 교육 시스템에 의해 형성 발전되었다고 한다. 그러나

민족을 구원하기 위한 영웅을 지향하는 대신 이처럼 개별적인 입신출세에의 욕망을 인정하고 그것을 실현하기 위해 '지식을 섭취하고 인격을 수양하는', '교양주의'가 이미 보편적인 인식체계로 자리잡고 있었던 것이다.

『학생계』가 지향한 '지식의 습득과 인격의 수양'이라는 목적 역시 이러한 '교양주의'의 연장선상에서 바라볼 수 있다. 『학생계』에서는 학생들에게 이러한 점을 충실하게 계몽하기 위한 여러 다양한 지식 기사와 논설이 실려 있다.

창간호의 목차를 살펴보아도 『학생계』의 기사들의 편재가 어떠한지 짐작할 수 있다. 우선 문학란과 논설과 지식을 소개하는 기사들이 반씩 차지하고 있다. 논설의 내용은 주로 '지식의 섭취와 인격도야'라는 학생의 의무를 계몽하는 내용들이다. 여기에는 음악, 미술, 문학, 세계어 등 인문학적 지식을 소개하는 글들과 과학니야기 등 이과적 상식에 관한 기사들이 고르게 편재되어 있다. 이후에도 이러한 편재는 계속된다. 예를 들어 「문학니야기」는 김억에 의해 고전주의, 로맨티씨즘, 문예부흥 등으로 나누어 편재되어 5호까지 계속 연재되며 이추강의 「天文니야기」, (7호), 「아이쟉뉴우톤과 그의 逸話」(12호), 신태악의 「科學革命－아인쓰타인과 相對性理論에 對하야」(1~4)(11호~14호) 등 과학적 지식을 소개하는 이야기도 지속된다.

문학의 경우는 에덴의 소설, 고문룡의 탐정소설이 있으며, 그밖에 하이네, 그림, 타고르 등 외국 작가들의 작품인 애화, 동화, 소설 등이 번안되어 있어, 다양한 장르의 작품들을 소개하려고 애쓴 흔적이 보인다. 특이할 만한 것은 소월의 시 세 편이 김억의 추천으로 소개되어 있다는 것이다. 이미 현상문예제도를 공고하고 있는 시점에서 군이 학생 작품인 소월의 시를 소개하는 것은 그의 작품을 학생문예의 표본으로

이 다이쇼 교양주의와 한국 교양주의의 연관성에 대해서는 더 구체적인 논의가 필요하다고 본다(신인섭, 「교양개념의 변용을 통해서 본 일본 근대문학의 전개양상연구－다이쇼 교양주의와 일본근대문학」, 『일본어문학』 23집, 2004, 참조).

제시한다는 의미가 깊다.

그리고 또한 주목할 만한 것은『소년』과『청춘』등 1910년대 매체에 이어서『학생계』에서도 여전히 위용을 떨치고 있는, 위인을 소개하는 기사들이다. 노자영의「강철왕 카네기」를 필두로「九國의 勇女 짠딱크」(5호), 김성룡의「大傑將 한니발」(3호),「大英傑 씨자」(4호), 유영기의「크리미아의 천사 나이팅게일」(4호) 등 거의 매호마다 위인 이야기가 실리고 있다. 게다가 6호에서는 오천석이 거의 잡지 책 한 권 분량으로「신년호 특별대부록으로 현대 12인걸의 생애와 및 그 사업」이라는 부록을 만들어 낸다. 그런데 이들은 주로 서구의 위인들이다.[25]

물론 김유신, 서희 등 조선 위인의 명단을 나열한, 신상학의「조선백걸」(6호) 등이 있어 조선위인도 소개하려는 의지가 보이기도 한다. 그러나 이 역시 검열 때문에 수월하지 않았던 모양이다. 연재로 기획된 호암생의「우리 역사공부」라는 기사는 '단군, 주몽, 유리왕'을 소개하는 1회로 그 수명을 다한다. 4호의 社告, '호암 선생의「우리 역사공부」가 전부 삭제 당'했다는 구절이 그 상황을 전할 뿐이었다.

한편, 위인을 서술하는 방식에도 특색이 있다.『학생계』에 실린 위인 이야기에서는 논설의 필자들이 지향하는 대로, 위인들이 지식을 섭취하기 위해 노력하고 더불어 인격 도야에 애쓴 점을 강조한다. 8호에 실린「선철의 언행」이란 글에서 필자 장도빈은 연개소문은 '남보다 앞서기를 힘썼는데…… 무공으로만 남보다 나으려는 것이 아니라 학예, 도덕, 기술에도 다 깊히 주의하얏'다고 서술하고, 원효의 경우도 '사회에 유익주기를 매우 진력'하여 '지혜나 덕행이나 기술'을 '강조'하였다고 서술한다.

그런데 주의를 요하는 대목은 원효를 설명하면서 그가 "온갖 인습과 조소와 고락 등의 구속을 일체 받지 아니하얏습니다. 오직 씨가 善

---

25) 여기서 소개하는 위인상은 주로 서구의 위인들로, 윌슨, 로이드 쪼지, 카이제르, 하우스, 아스퀴드, 로드클립프, 포안카레, 쎌리안, 손니노, 레닌, 트로츠키 등 매우 다양하다.

이라고 믿는 이상에는 모다 자유로 하얏습니다."26)라고 서술한 대목이
다. 또한 개소문에 대해서도 그가 '비상한 自尊性을 가진 인물'이었다
고 서술하고 '개인이나 민족이 남의 뒤에 섬을 지극히 슬혀하얏습니다.
반드시 남보다 압서기를 힘썻습니다'라고 말한다. 이는 이들이 추구하
는 인물상이 '인습' 등에 구속을 일체 받지 아니하는 자유주의적 개인
이라는 점을 보여주는 것이기도 하다. 필자는 원효를 스스로가 '선이라
고 믿는 이상에는 모다 자유로'할 수 있는 개인의 개별적인 정신적 이
상을 소중히 여길 줄 아는 사람으로 바라본다. 개소문의 경우도 마찬
가지이다. 물론 '민족이 남의 뒤에 섬을 지극히 슬혀하얏슴니라'란 구
절도 있지만, 그 앞에 분명 개소문 '개인'도 '남의 뒤에 섬을 지극히 슬
혀하얏다'고 하였기 때문이다.

　　이는 이 매체가 주장하는 대로, 학생들이 '근대적 지식을 섭취하고
인격을 도야'하는 목적이 무조건 '민족'으로 수렴되지 않는다는 점을
보여준다. 일반적으로 알려진 민족 영웅 개소문이 『학생계』에서는 민
족의 성공을 개인의 성공과 등치의 관계에 놓고 있는 존재라는 것, 개
인의 욕망에서 해탈한 고승 원효를 자유로운 정신의 인격적 개인으로
묘사하고 있다는 점은 『학생계』가 지향하는 존재성이 어떠한 것인가를
말해주는 것이다.27)

---

26) 장도빈, 「선철의 언행」, 『학생계』 8호, 1921. 5. 13, 6-7쪽 참조.

27) 이러한 특성은 개벽사에서 발간한 매체 『어린이』에 실린 위인 기사와 비교를 해 볼
때 더욱 분명해 진다. 잡지 『어린지』이에 등장하는 위인들은 대개 개인의 완성보다는
민족을 위해 기꺼이 자기의 목숨을 희생하는 영웅들이다(『어린이』에 등장한 용소년류
가 그 대표적 예이다. 이에 대해서는 졸고, 「방정환의 천사동심주의의 본질—잡지 『어
린이』를 중심으로」, 『대동문화연구』 51집, 2005. 9, 참조). 물론 이 매체들이 지향하는
계몽 대상이 아동과 학생으로 각기 달랐다는 점은 고려해야 하지만 '어린이'는 예비
청년으로 상정된 존재였으며, 실제로 『어린이』 독자층의 연령이 청년에 가까웠다다는
점(『어린이』 독자투고란을 분석해보면, 실제로 10대 후반의 청년들이 이 잡지의 주요
독자였다. 이에 대해서는 박현수, 「잡지 미디어로서 『어린이』의 성격과 의미」, 『대동
문화연구』 50집, 2005. 4, 참조)에서 이 두 매체의 독자층이 반드시 다른 층위였다고
보기 어렵다. 이 역시 개벽사와 한성도서주식회사의 지향점이 어떻게 달랐는가를 보

그런데 이러한 점은 이들이 지향하는 '지식 섭취'나 '인격 도야'라는 실천이 본질상 지극히 개인적인 행위일 수밖에 없다는 점에서부터 내장된 결론인지도 모른다. 『학생계』 2호의 특집은 「朝鮮學生에게 이러한 書籍을 紹介하노라」이다. 명사나 학교 선생들이 필자인 이 기사들이 보여주는 것처럼 학생들이 지식을 섭취하고 인격을 도야하는 가장 보편적인 방법은 『학생계』 같은 매체를 읽는 것. 즉 독서이기 때문이다. 그리고 바로 이 점이 이 매체의 존재 근거이기도 했다.[28]

물론 『학생계』 기사는 현실에 대한 비판적 사유를 요구하는 것도 아니었고, 단지 근대 지식을 소개하는 차원에 그치고 있다. 그러나 『학생계』에 실린 다소 고차원적으로 보이는 문학, 예술, 과학 분야의 기사를 읽고 상식적 지식을 섭취하는 것으로도 그들은 충분히 엘리트 의식과 자부심을 가질 수 있었을 것이다.

종합해 보면, 이러한 『학생계』의 의식지향은 같은 시기 출간되어 종교적 사상을 통해서 민족을 계몽하고자 했던 매체 『개벽』과는 다른 것이었다. 즉 『개벽』이 개별적 자아의 인격 수양을 강조하면서도, '민족'이라는 토대와 지향점을 포기하지 않았던 것과 달리, 『학생계』에서는 '민족'이라는 지향점이 매우 희미하게 드러난다. 이러한 면에서 『학생계』는 『개벽』보다는 문학을 통한 자기 실현을 주장했던 동인지와 그 의식적 지향점이 유사하였다. 이러한 점은 이미 필자 구성, 즉 『학지광』과 동인지의 주체들이 편집진이었던 사정에서부터 짐작할 수 있는 것이었다. 물론 『학생계』가 상업성을 철저히 배격한다는 동인지와 달

여주는 일면이다.

28) 『학생계』에는 기자가 쓰는 〈학교돌이〉라는 란이 있다. 이 란은 중앙학교, 휘문고보, 배제고보, 숙명여고보, 진명여고보 등 『학생계』가 상정한 독자대중이 몸담고 있는 전국의 명문 중등학교의 탐방 기사를 싣고 있다. 이 기사를 보면서 『학생계』의 독자들은 자신의 정체성에 자부심을 가졌거나, 이러한 위치가 되기를 희구했을 것이다. 이러한 자부심 안에서 독서를 통한 근대 지식의 습득과 인격 수양이 이루어졌으며 개인의 완성의 민족에 대한 헌신적 노력만큼 값진 것이라는 자기도취적 만족감도 가지고 있었을 것이다.

리 상업적 성격을 지향하는 출판사의 매체였다는 점은 또 다른 주의를 요하는 대목이지만, 이러한 점은 문학란을 살펴볼 때 더욱 분명해진다.

3. 『학생계』 '현상문예란'의 성격과 의미

『학생계』의 현상문예 제도는 형식적으로는 거의 『청춘』의 현상문예 제도를 그 전범으로 따르고 있다.

현상문예에 대한 관심은 곧 매체의 독자 수의 확대로 연결되기 때문에, 현상문예제도를 통해서 독자를 유인해 내는 방식이나 이 제도를 통해서 근대적 지식 체계와 글쓰기를 전수해 가는 운용 방식이 그러하다. 물론 세밀하게는 달라진 점도 있다.

『청춘』의 현상문예 제도는 '시조, 한시, 잡가, 신체시가, 보통문, 단편소설' 등의 분야에 투고를 받았는데 『학생계』는 보통 소설, 시, 감상문, 논문으로 나누어 투고를 받았다.29) 이는 1920년대가 되면서 매체 공간 내부에서 어느 정도 문학 장르에 대한 인식이 정리되어 가고 있다는 점을 말해 주는 것이다.

『학생계』의 현상문예의 당선 등급은 『청춘』의 '天, 地, 人' 등급을 그대로 계승하고 있었지만 상금은 『청춘』의 경우 최고 3원의 현상금을 지급했던 데 비해,30) 『학생계』는 2원으로 다소 떨어진다.31) 그러나 당시 『학생계』의 가격이 30전이었다는 것을 생각하면 여전히 상금 1원~

---

29) 창간호에는 소설, 시, 감상소품으로 나누어서 투고를 받다가 2호부터는 소설, 시, 감상소품, 논문으로 논문 분야가 추가된다. 그러다가 이후 6호부터 소설이 현상란에서 사라진다.

30) 『청춘』의 경우 소설이 3원, 보통문이 2원을 지급하고 이외에는 1원 이하의 현상금을 지급하였다.

31) 현상모집 공고에 의하면 소설의 경우 '天'으로 당선된 경우 2원, '地'는 1원 50전, '人'은 1원의 서적(구입)권을 수여한다. 시와 감상문의 경우는 '천'의 경우는 1원 50전으로 시작하여 그 이하는 50전씩 차등적으로 지급하였다.

2원도 매우 가치가 큰 것이었다.[32] 이후『개벽』이 10원의 현상금을 걸고 현상문예 제도를 실시하기 이전에『학생계』가 수여한 이 상금은 당시에는 거의 최고 수준이었다.

그리하여 현상문예에 당선이 되었다는 명예와 동시에 물질적 이득을 얻는다는 것은 여전히 매우 매력적인 일이었을 것이다. 이미『청춘』현상문예제도를 통해서 이러한 시스템을 알고 있었던 학생들이었기에 이 제도에 대한 관심과 당선이 되기 위한 노력은 매우 치열해 질 수밖에 없었을 것이다.

학생들의 열의를 반영하듯『학생계』에서는 매호마다 늘 현상당선발표작이 많았다. 투고량이 많았다는 점은 소설을 제외하고 감상소품이나 시의 경우는 '天', '地', '人' 당선자가 각각 1명 이상이 경우가 많았던 점에 기반하여 추측할 수 있다. 더 나아가 텍스트를 수록하지는 않았지만, 당선작 외에 선외가작도 선정하여 작품명과 투고자 명단은 장르별로 3~4명씩 발표하곤 했다.『학생계』에는 이러한 현상문예란 이외에도 特別寄書欄이 있었는데, 여기에는 讀者寄別란과 誌友구락부란이 설치되어 있다. 그러나 이 특별기서란의 투고량은 현상문예란보다 적었던 듯하다. 이 역시 당대 학생들의 문예에 대한 열정이 매우 높은 것이었음을 보여주는 것이다. 현상문예당선 목록은 다음과 같다.

『학생계』 현상문예 당선 목록

작 가	제 목	장 르	호수	발표시기	신분 및 비고
編輯人	縣賞募集當選發表 廣告	광고	02호	1920.9.1	
編輯人	縣賞募集當選發表 廣告	광고	02호	1920.9.1	
金東煥	縣賞募集 當選發表－[天]異性呌와 美	시	03호	1920.10.1	中東學校 學生
劉禹相	縣賞募集 當選發表－[地]저녁에 沐浴, 農村의 새벽	시	03호	1920.10.1	學生

32)『학생계』2호「중등학생의 생활비」란 기사에서는 당시 중등학교의 월사금이 사립의 경우 50전이었다고 하니, 이 돈의 가치는 매우 큰 것이었다고 볼 수 있다. 참고로 이 기사에서 중등생의 1개월 평균 생활비가 남학생의 경우 22원 10전, 여학생의 경우 16원 45전이었다고 기록하고 있다.

薛亨植	縣賞募集 當選發表-[人]봄빗	시	03호	1920.10.1	學生
薛亨植	縣賞募集 當選發表-[地]故鄕을 떠나면서 (雲橋君의게)	시	03호	1920.10.1	學生
素 月	縣賞募集 當選發表-[地]春朝	감상문	03호	1920.10.1	
宋奉瑀	縣賞募集 當選發表-[天]그리운 故鄕	감상문	03호	1920.10.1	
天 園	縣賞募集 當選發表-選者의 말	논설	03호	1920.10.1	
崔重咸	縣賞募集 當選發表-내 五山	시	03호	1920.10.1	業農
黃允城	縣賞募集 當選發表-[地]厦期放學에 도라 와 先生님게	감상문	03호	1920.10.1	平壤光成高等普通學校 學徒
金尙鎔	縣賞募集 當選發表-[選外佳作]杜鵑聲	소설	04호	1920.11.3	普成高普校 生徒
金正實	縣賞募集 當選發表-[選外佳作]入港의 汽船	소설	04호	1920.11.3	慶尙南道固城郡昌信學 校 生徒
金昌集	縣賞募集 當選發表-[選外佳作]田家	소설	04호	1920.11.3	順安義明學校 三年生
劉禹相	縣賞募集 當選發表-[人]느릅나무그늘, 農 村의 저녁, 원두막	시	04호	1920.11.3	
朴圭善	縣賞募集 當選發表-[地]誘惑者	소설	04호	1920.11.3	學生
李世基	縣賞募集 當選發表-[選外佳作]病身이여 설어말나!	시	04호	1920.11.3	學生
河祐鏞	縣賞募集 當選發表-[地]녀름의 黎明	시	04호	1920.11.3	
黃周善	縣賞募集 當選發表-[地]	시	04호	1920.11.3	東萊郡梵魚寺明正學校 生徒
金만五	縣賞募集 當選發表-은인을 보냄	시	05호	1920.12.12	咸興永生學校 學生
金東煥	縣賞募集 當選發表-[地]故友	소설	05호	1920.12.12	
金東煥	縣賞募集 當選發表-元師臺	시	05호	1920.12.12	
金永雅	縣賞募集 當選發表-初秋의 夕陽, 朝林	시	05호	1920.12.12	
金瑢甲	縣賞募集 當選發表-[人]學生의 부르지즘	시	05호	1920.12.12	中央學校
金廷湜	縣賞募集 當選發表-서울의 거리	시	05호	1920.12.12	
盧春城	縣賞募集 當選發表-選을 맛치고	평론	05호	1920.12.12	
劉禹相	縣賞募集 當選發表-마을 處女	시	05호	1920.12.12	
朴玉●	縣賞募集 當選發表-[人]열하의 나라로	감상문	05호	1920.12.12	
彷 徨	縣賞募集 當選發表-[地]거울	감상문	05호	1920.12.12	
岸 曙	縣賞募集 當選發表-詩選을 마추고	평론	05호	1920.12.12	
銀海春	縣賞募集 當選發表-[地]東江에서	감상문	05호	1920.12.12	
한마 崔●	縣賞募集 當選發表-가을밤의 한 꿈	시	05호	1920.12.12	學生
이세기	縣賞募集 當選發表-지,양심의 호령	소설	06호	1921.01.01	학생
박태순	縣賞募集 當選發表-선외가작, 혜선의 슬픔	소설	06호	1921.01.01	선천 신성학교
윤용갑	縣賞募集 當選發表-선외가작, 이상의 사회	소설	06호	1921.01.01	
김재준	縣賞募集 當選發表-논문 離姻하려는 형님 네에게 외 평	논문	06호	1921.01.01	경성부 공평동 58

김정식	縣賞募集 當選發表 시−이한밤, 맛내려는 심사 외 평	시	06호	1921.01.01	평북 정주군 곽산남산촌
김창은	縣賞募集 當選發表−감상문 내 생활의 하로	감상문	06호	1921.01.01	경성동대문 외 時兆月報社
방원룡	縣賞募集 當選發表 시−가을의 잔디 외 평	시	06호	1921.01.01	경기종로4정목 53
서호우강	縣賞募集 當選發表−고독(노춘성 선)	감상문	06호	1921.01.01	
설의식	縣賞募集 當選發表−감상문 쩔어진 자	감상문	06호	1921.01.01	중앙학교생도
오천원	懸賞募集 評−선외가작 박태순, 윤갑용 평	평론	06호	1921.01.01	
유우상	縣賞募集 當選發表 시조, 시−등대 외 평	시	06호	1921.01.01	개성송도고보
유우상	縣賞募集 當選發表−s형쎄	감상문	06호	1921.01.01	
임응룡	縣賞募集 當選發表 논문−분투 외평(이추강)	논문	06호	1921.01.01	평양부 창전리 174
하우용	縣賞募集 當選發表 시−태양	시	06호	1921.01.01	경성종로4정목 92
이세기	縣賞募集 當選發表 지, 사회와 학생	논문	06호	1921.01.01	경성송도동89
雲蔿生	縣賞募集 當選發表 선외가작−새로운 사회의 새로운 학교	논문	06호	1921.01.01	평양
계용묵	縣賞募集 當選發表 선외가작−조선청년에게 부침	논문	06호	1921.01.01	선천군남삼성리
김영아	縣賞募集 當選發表 선외가작−眞成功者		06호	1921.01.01	홍수역전
양재용	縣賞募集 當選發表 선외가작−勤苦而後에 得	논문	06호	1921.01.01	부산 상업학교
송봉우	縣賞募集 當選發表 선외가작 K군에게	감상문	06호	1921.01.01	경성
김재준	縣賞募集 當選發表 선외가작−暮秋의 一夜	감상문	06호	1921.01.01	경성
유도순	縣賞募集 當選發表 선외가작−가을 달밤	감상문	06호	1921.01.01	경성
郭成壘	縣賞募集 當選發表−[地]吾人의 目的	논문	07호	1921.4.12	新幕私立昌新學校
具天祐	縣賞募集 當選發表−[人]歲暮의 感	감상문	07호	1921.4.12	
金 鐘	縣賞募集 當選發表−[人]新時代靑年의 使命	논문	07호	1921.4.12	
盧春城	縣賞募集 當選發表−選을 맛치고	평론	07호	1921.4.12	
劉禹相	縣賞募集 當選發表−[地]겨을밤	시	07호	1921.4.12	
劉禹相	縣賞募集 當選發表−吾人의 目的	논문	07호	1921.4.12	
朴圭善	縣賞募集 當選發表−[地]兄弟들아 일어나라	논문	07호	1921.4.12	平壤光成高等普通學校 學生
西湖YK生	縣賞募集 當選發表−[人]鄕愁, 꿈길, 나의맘	시조	07호	1921.4.12	
薛義植	縣賞募集 當選發表−[地]겨울과 늣김, 여름	시	07호	1921.4.12	
素 月	縣賞募集 當選發表−[地]磨住石	시	07호	1921.4.12	
李慶孫	縣賞募集 當選發表−[人]傳說金腦의 人을 읽고	감상문	07호	1921.4.12	
李世基	縣賞募集 當選發表−[選外佳作]吾人의 目的	논문	07호	1921.4.12	
李完基	縣賞募集 當選發表−[人]吾人의 目的	논문	07호	1921.4.12	學生
崔基昌	縣賞募集 當選發表−吾人의 目的	논문	07호	1921.4.12	

崔秉和	縣賞募集 當選發表-[地]月夜의 追憶	감상문	07호	1921.4.12	
桂鎔默	縣賞募集 當選發表-[人]我等의 前途	논문	08호	1921.5.13	
桂昌殷	縣賞募集 當選發表-[地]修養의 必要	논문	08호	1921.5.13	
金慶淳	縣賞募集 當選發表-[人]重生하신 어머님!!	감상문	08호	1921.5.13	
金延湜	縣賞募集 當選發表-[地]宮人唱	시	08호	1921.5.13	
朴玉崗	縣賞募集 當選發表-[地]霜朝	감상문	08호	1921.5.13	
雨 江	縣賞募集 當選發表-[地]봄날	시	08호	1921.5.13	
金在俊	縣賞募集 當選發表-[天]財物을 爲하야 惡魔의게 절하는 者	논문	09호	1921.8.10	學生
金 鍾	縣賞募集 當選發表-[人]사랑하는 언니에게	감상문	09호	1921.8.10	學生
金 鍾	縣賞募集 當選發表-[人]우리의 幸福과 自由	논문	09호	1921.8.10	學生
劉道順	縣賞募集 當選發表-[地]漢江鐵橋 우에서	논문	09호	1921.8.10	
賞趙昌	縣賞募集 當選發表-[人]세상 떠난 K君을 생각하는 나	감상문	09호	1921.8.10	培村 學生
兪政兼	縣賞募集 當選發表-[地]그릇된 思想	논문	09호	1921.8.10	中東學校 中等科
李世基	縣賞募集 當選發表-[天]우리는 虛弱에 운다	논문	09호	1921.8.10	
張承燮	縣賞募集 當選發表-[人]客窓의 눈물	감상문	09호	1921.8.10	上海三育學校 學生
金膚漢	學生文壇-갈돕兄님들과 北韓山城에 達足을 記	일기	10호	1922.2.15	苦學生
金瑢媛	學生文壇-어머니께	동화	10호	1922.2.15	
金膚漢	學生文壇-槿園의 春風을	논문	12호	1922.4.17	學生
兪政兼	學生文壇-唯一한 方法	논설	12호	1922.4.17	제목만 발표함
兪政兼	學生文壇-故鄕에서	알수 없음	13호	1922.5.17.	제목만 발표함
周東勳	學生文壇-書案의 孤影	알수 없음	13호	1922.5.17.	제목만 발표함
朴老英	學生文壇-誰의 罪이냐?	단편소설	13호	1922.5.17.	제목만 발표함
李文心	學生文壇-嗚呼貧家의 夜	알수 없음	13호	1922.5.17.	제목만 발표함
韓種植	學生文壇-理想旅	알수 없음	13호	1922.5.17.	제목만 발표함
李泰俊	學生文壇-郊外의 春色	수필	14호	1922.6.15	徽文 生徒
崔 善	學生文壇-체病을 治하라	논설	14호	1922.6.15	
柳月宮	學生文壇-아참	시	16호	1922.8.15	
黃性敏	學生文壇-宗敎的 人生觀	논설	16호	1922.8.15	
朴順煥	學生文壇-歸省한 諸君의게 告함	논설	17호	1922.9.15	平壤光成高普
李珍甲	學生文壇-여름소낙	시	17호	1922.9.15	大邱 學生
李泰俊	學生文壇-故鄕에 도라움	수필	17호	1922.9.15	徽文高普
崔秉和	學生文壇-希望의 寶物	논설	17호	1922.9.15	培村高普
黃允城	學生文壇-떠난 벗을 爲하야	수필	17호	1922.9.15	平壤光成高普
桂鎔默	學生文壇-成功을 得코저하는 者에게	논설	18호	1922.11.1	

柳月宮	學生文壇-아츰	시	18호	1922.11.1	
然 友	學生文壇-어린 羊의 슬픔	시	18호	1922.11.1	
李泰俊	學生文壇-나의 恒常敬慕하는 漂泊의 길우에게신 아즈머님끠	서간	18호	1922.11.1	
李鉉英	學生文壇-學生이면 學生의 일을 합시다	논설	18호	1922.11.1	
崔 完	學生文壇-急進하시는 이의게	논설	18호	1922.11.1	
秋 江	學生文壇-選者의 말	평론	18호	1922.11.1	

현상당선자 혹은 학생문단의 필자 중에는 김소월, 김동환, 계용묵, 이태준 등 한국 근대 문단의 주요 작가들의 이름이 들어 있어 주목을 끈다.

김소월은 이미 창간호에 김억으로부터 「먼후일」외 2편의 시를 추천받아 『학생계』에 기고한 바 있다. 그러나 이후에도 계속 시를 투고하여 현상 당선자가 된다. 이처럼 여러 차례에 걸쳐 현상문예에 투고한 까닭은 選者인 김억과의 사제지간이라는 친분 때문이기도 하겠지만, 상금의 가치가 그만큼 컸기 때문이라고도 볼 수 있다. 다른 당선자들 역시 마찬가지일 것이다. 김동환은 소설과 시 두 장르에 고루 투고하고 계용묵은 주로 여러 차례 논설문을 투고하여 현상 당선자로 선정된다. '成功을 得코저 하는 者에게', '我等의 前途' 등이 그의 글인데 그 내용은 주로 지식습득과 인격도야를 목적으로 하는 '학생의 임무' 등 『학생계』의 논설이 지향하는 바를 재생산하는 수준이었다. 물론 이러한 내용의 수위는 현상에 당선되기 위해 선자의 구미에 맞추려는 투고자들의 선택에 의한 것이기도 하겠지만, 어쩌면 이것이 바로 당대 학생들의 의식 수준이었을 것이다.[33]

그밖에 '유우상(劉禹相)'은 『학생계』 현상문예에 가장 많이 당선된

---

33) 『학생계』 폐간 이후에 발행되었고, 『학생계』의 독자들보다 더 높은 수준의 학력을 지닌 연희전문학교의 교지 『연희』(1922. 5~1931. 12)에 실린 학생들의 글 역시 선진적인 근대 지식을 재생산하는 수준이었다는 한 연구 결과에 비추어볼 때에도 그렇다 (박헌호, 「『연희(延禧)』와 식민지 시기 교지(校誌)의 위상」, 『현대문학의 연구』 28집, 2006, 참조).

투고자이다. 그는 주로 시를 투고하는데, 비록 이후 1922년 5월에 支那 (중국)로 건너가 1927년 2월 韓國革命同志會 재정부 주임에 선출된 이력의 소유자로 문학인으로 이름을 남기지는 않았지만, 당시에는 『동아 일보』 독자문단(1921. 6. 4)에도 「正方城」이란 작품을 투고한 열혈 문학 청년이었다. 이를 볼 때에도 당대에 매우 다양한 지향점을 가지고 있었던 청년들이 문학에 열정을 가지고 있었음을 보여준다. 그밖에 『학생계』 현상문예란에 2회 이상 등장하는 사람은 金鍾, 柳月宮, 朴圭善, 薛義植(언론인, 이후 『동아일보』 편집국장 역임), 薛亨植, 金在俊(신학자로 『사상계』에서도 활약), 兪政兼, 李世基, 崔秉和(아동문학가), 하우용, 黃允城이 있다. 1회이지만 이경손(영화인)의 감상문도 눈에 띈다. 이태준은 3회나 투고하는데, 현상문예제도가 폐지된 후 학생문단란에 수필을 투고한다.

투고된 장르를 보면 시가 가장 많은 양을 차지하고 그 다음으로는 논문, 감상문 순이다. 소설은 5편에 그친다. 그나마 당선이 되어 지면을 얻은 경우는 박규선, 김동환, 이세기 이 세 사람의 작품뿐이다. 이는 소설 선자인 오천석이 도미한 후 소설 자체가 현상 공모되지 않았던 사정과도 관련이 깊고, 상대적으로 소설은 수련 기간이 많이 필요했던 장르이므로 문학청년이 습작품 자체를 투고하기에 꺼려했을 것이다.

투고자는 소속 학교를 살펴볼 때, 배재고보, 중앙학교, 상해 삼육학교, 평양 광성고보, 경남 고성 창신학교, 중동학교, 보성고보, 휘문고보, 함흥 영생학교, 오성학교, 개성 송도고보 등 매우 광범위한 지역의 중등학교 학생들이다. 이외에도 소속을 밝히지 않고 그저 학생이라고만 밝힌 투고자들도 많아, 보다 많은 학교의 학생들이 참여했을 가능성이 크다. 그 외에도 농업인, 고학생, 승려 등이 간혹 보여 『학생계』의 독자층이 매우 광범위한 것이었음을 알 수 있다.

이러한 긍정적인 반응에는 選者인 오천석, 김안서의 지명도도 작용했을 것이다. 잘 알려진 대로 이들은 일본 유학을 다녀온 최고의 엘리트들로 이미 『학지광』, 『태서문예신보』 등 선진적 매체를 통해서 이름

을 알린 사람들이다. 그리고 이들 선자들은 동인지『창조』(김억, 오천
석),『폐허』(김억, 황석우),『백조』(노자영) 등 동인지에서 활동했던 문
인들이다. 이는『학생계』문학란의 성격을 규명하는 데 매우 중요한
점이다.

　한성도서주식회사는 한 때 동인지『창조』를 발간했던 경력도 있다.
그러나 곧바로 이후에『창조』동인들이 한성도서주식회사에서 독립하
는 상황이 연출되어,[34] 한성도서주식회사의 운영방침이 동인들의 고고
한 자존심을 지켜주지 못했다는 점을 짐작할 수 있게 한다. 그래서인
지 정작『창조』의 구심점인 김동인의 글은『학생계』지면에서 보이지
않지만, 이후에도『학생계』와 창조 동인들과의 인연은 김억 등을 통해
지속되었던 것으로 보인다.[35]

　동반자적 관계를 통해 한성도서주식회사는 이들의 이름을 빌어 잡
지의 지명도를 높이고, 동인지의 일원들은 매체를 통해 자신들의 명성
을 드높이고 문단의 권력을 얻어갔을 것이다. 김억이 제자 김소월에게
현상당선의 영광을 여러 차례 안겨주었던 것은 이 점을 증명한다. 이
들은 동인지 활동을 통해서는 '〈고독한 선구자〉로 자신들을 인식함으
로써 집단적 특권의식을 강화시키[36]'는 동시에 이 매체를 통해서는 그

---

34)『창조』6호(1920. 5. 25)의 편집후기인 「남은 말」에는 한성도서주식회사에 의탁해『창
　조』를 발간한다는 내용이 있다. 그러다가 창조 7호에 와서는 그 회사 출판부장과 '주
　의'가 달라서 더 이상 일을 같이 할 수 없다는 백악 김환의 글이 실려 있다(백악, 「여
　러분끠」,『창조』7호, 1920. 7. 28). 그리고 동시에 주식회사 창조사 창립취지서가 함
　께 실려 있다. 이러한 정황을 볼 때, 한성도서주식회사와『창조』와의 공생관계는 그리
　오래가지 않은 것 같다. 이후 창조 동인들은 1920년 9월 독자적으로 주식회사를 설립
　한다(「創造社(文藝雜誌) 發起人會」,『동아일보』, 1920. 9. 6일 기사 참조).
35) 오천석도 주식회사 창조 창립 시기인 20년 9월 이후에도 選者로 활동한다. 오천석이
　편집진을 사임한 사실은『학생계』6호(1921년 1월) 사고에 기록되어 있다.
36) 김동인은 "동인잡지의 가장 큰 목적은 무명 동인들이 이름을 얻는 데 있다"고 한 바
　있다.(김동인, 「문단15년 측면사」) 이 목적은 동인활동을 통해서 충분히 달성된다. 이
　상 박헌호, 「동인지에서 신춘문예로─등단제도의 권력적 변환」,『대동문화연구』53집,
　2006, 15쪽 참조.

특권을 행사했다. 그리하여『학생계』현상문예란은 당대 최고의 인텔리 계층을 선망하는 학생들에게 매우 매력적인 존재가 된 것이다.

게다가 당선작이나 선외 가작 모두 작품마다 말미에 選者의 評을 실었던 점도『학생계』현상문예란의 무게를 실어주고 있다. 당대 최고의 엘리트들인 동경 유학생 출신이 조선의 중등학교 학생들을 섬세하게 개인 지도해 주는 형국이니 말이다. 김억과 오천석, 이추강의 경우도 마찬가지이고 황석우, 7호 이후에 선자로 등장하는 노자영은 한 번 이상 투고한 투고자의 작품은 그 이전의 것을 기억해서 통합적으로 평을 해 주곤 했다. 예를 들면 오천석은 김동환의 소설 선후평에서 '군은 소설보다도 시에 천재가 잇는 것을 알녀둔다37)'라고 평하기도 했다. 이는 選者들이 자신이 選할 작품뿐만이 아니라 다른 장르에 투고한 작품에도 관심을 두고 있었다는 점을 보여주는 것인데, 김동환의 경우 이미『청춘』에도 투고한 경력도 있고,『학생계』에도 단골 투고자였던 관계로 투고할 때마다 그들의 관심을 받고 있었던 듯하다. 김억도 가장 많은 시를 투고했던 유우상의 시를 보고, 투고때마다 '쓰거움이 업는 것이 작자의 흠점'38)이라고 지속적으로 지적하는 면모를 보이기도 한다. 이러한 선자들의 관심은 심지어 '選者가 原文에 조곰 添削하엿슴을 作者에게 告한다39)'는 구절을 남기게 했다. 선자로서 노자영은 선정 대상 작품에 직접 첨삭을 가하기도 했던 것이다. 이러한 점 역시『학생계』가 얼마나 현상문예란에 공을 들였는가를 알 수 있게 한다.

상황이 이러했던 만큼『학생계』현상문예란은 選者들의 문학적 의식이 투고자들에게 거의 직접적으로 주입되는 효과를 낳았다. 그러면 이들 선자들이『학생계』현상문예란 선후평을 통해서 전수하고자 한 문학적 의식은 무엇이었을까? 우선 당선된 소설에 대한 오천석의 평을 보자.

---

37) 天園,「지—김동환, 故友 평」,『학생계』5호, 1920. 12. 12, 참조.
38) 岸曙,「人—유우상 느룹나무그늘 평」,『학생계』4호, 79쪽 참조.
39) 盧春城,「地—은해사 돌중, 낙동강에서 평」,『학생계』5호.

'宗敎的 家庭에서 信仰을 土臺로 한 敎育을 밧고자라난 一靑年이 現今 客窓生活의 孤寂을 느끼는 째를 틈타 襲擊하여오는 自己의 現在 生活에 대한 疑訝, 宗敎的 信仰에 對한 世俗의 誘惑과의 싸홈으로 말미암아 써오르는 過去의 不自然한 自己 生活을 도라보고 感情의 기우러지는 대로 過去 生活을 否定하고 마츰내 墮落하는 地境에 니르기까지의 心理狀態가 쌀은 글속에도 遺憾업시 描寫되어 있다. 다만 君의 欠은 漢文 글자를 만히 쓰랴고 하다가 不自然한 곳을 니르키게 된 것이다. 如何間 君의 將來는 有望하다.[40)

小說의 想像은 조흐나 그것이 實地의 附合되지안으면 그것은 完全한 것이 아니라 할 수 업는 것이다. 또 君은 過去와 現在를 잘 分揀하야 쓰지 못한 것이 缺點이다. 여긔에 留意하고 描寫에만 힘쓰면 조흔 作品이 되겟다[41)

참으로 君의 作品에서는 小說의 眞實한 「意味」, 다시 말하면 「思想」을 차즐 수가 업다. 無用한 對話가 數頁을 占領하고 其他 自然描寫가 그리여 잇스려다 죽은묘사가 되고 말았다. 自然描寫도다 矛盾된點이 만코 또 甚한 것이 「!?」表를 濫用한 것이다. 今後君은 여긔에 注意하라![42)

自然描寫를 하노라고 애를 쓴 形蹟은 보이나 그것이 成功치 못한 것은 遺憾이다. 그것은 넘우도 美文을 지으랴는 결과이다. 描寫는 美聞이 되기를 要치 안는다. 눈에 빗최이는 그대로가 貴하다. 또 넘우 作意가 만타. 이것이 가장 가엽게 생각되는 點이다.[43)

全體를 通하야 「空想」이 만흔 것입니다. 小說을 씀에 想像은 피할 수 업습니다. 그러나 그 想像은 반다시 어데까지던지 事實우에 세운 正確한 것이 되지 아니하면 안됩니다. 넘우 想像에만 다라나면 그것은 산것이 되지 못하고 쒸는 것이 되지 못합니다. 따라서 만들기는 사람을 만드노라

40) 天園, 「地,-박규선, 유혹자 평」, 『학생계』 4호, 1920. 11. 3, 75쪽 참조.
41) 天園, 「선외가작-김정실, 入港의 汽船 평」, 앞의 책, 75-76쪽 참조.
42) 天園, 「선외가장-김상용, 두견성 평」, 위의 책, 76쪽 참조.
43) 天園, 「선외가작-김창집, 田家 평」, 위의 책 참조.

고 하엿스나 그것은 고만 人形이되 고 말 것입니다. 懸賞에 應募된 小說
은 想像보다도 空想입니다. 忘想입니다. 이것은 밧비 고처야할 欠인 줄
암니다 (중략)

　諸君은 한사람一 또는 멧사람의 傳記를 쓰랴 함니까. 小說一더구나
短篇에 至하여서는 人間生活의 一瞬間 一部分을 描出하는 것이 必要함
니다.[44]

　一人稱 小說을 쓰노라고 쓰다가 어느듯 君의 本分을 닛고 「서울서十里
쯤……」하야 三人稱이지 一人稱인지모르게 흐릿하게 만드러 노앗다. …(중
략)… 그리고 漢文에 拘束밧지말고 自由로히 쓰라, 君은 小說보다도 詩에
天才가 잇는 것을 알녀둔다[45]

　우선 오천석이나 김억, 황석우 등이 일본 유학을 다녀왔고, 이 시기
에 이들이『창조』나『폐허』의 동인으로도 활동하고 있었던 점을 고려
하면 이들의 문학론이 어떠했는가를 짐작할 수 있을 것이다.

　오천석 평의 주요 내용을 몇 가지로 간추리면 우선, 상상을 기반으
로 하되 그것은 사실 우에 정확히 세운 것이 될 것, 둘째, 한문 투를 피
하고 자연스러운 한글 문장으로 쓸 것 셋째, 내면의 묘사를 잘 하고 자
연묘사를 할 것으로 정리할 수 있다. 우선 오천석은 소설의 기본 조건
으로 사실성을 강조하고 있다. 즉 개연성 있는 허구를 강조하고 그것
을 한문이 아닌 한글로 억지스러운 미문보다는 자연스러운 묘사로 표
현하기를 바라고 있는 것이다. 그리고 단편소설의 기본 법칙, 위인전처
럼 한 사람의 일생 전체를 보여주는 것이 아니라 인간생활의 일부분을
묘출하는 것. 그리고 그것을 통해「사상」혹은 삶의 본질을 말해 줄 수
있어야 한다는 점을 강조한다. 그런데 이러한 점은 1920년대 동인지
단편 소설들이 공통적으로 지향하고 있었던 가치들이었다. 현진건, 나
도향 등의 소설이 인간 생활의 한 순간을 사실적으로 묘사하는 것에

---

44) 天園,「선후감상」, 위의 책, 76쪽 참조.
45) 天園,「地－김동환, 故友 평」,『학생계』5호, 1920. 12. 12, 참조.

주력했다는 점은 익히 잘 알려진 바이다.

그러면 김억의 시 선후평은 또 어떠한가?

> 맑고 고흔點은 잇다, 만은 內容에 이르러서는 全體의 空氣가 적지아니
> 한 쓰거움이 업는 것이 作者의 欠點이다. 作者의 前途는 매우 有望하다[46]

> 全篇에 쩌도는 頹廢的氣分은 足히 作者의 관능적 애닯은 무엇을 늣기
> 겟다. 하고 內容보다 「말」에 고흔 点이 잇서 처음 몃 句節 가튼 것은 대단
> 히 좃타. 深刻한 새맛은 적은 것이 遺憾이다.[47]

> 조키는 하나 이 作者가 글字를 마초랴고 하엿기 째문에 허물이 생겻다.
> 엇재ㅅ던지 感覺의 詩 자미잇는 것이다[48]

> 무엇보다도 全體를 通하야 眞情한 氣運이 뵈이다. 本然에서 솟는 가리
> 움업는 生命의 表現일다. 그러나 아즉 未熟하기 짝이 업다[49]

김억은 유우상의 시 선후평에서 '쓰거움' 혹은 '熱'을 강조한다. 이
러한 '쓰거움' 혹은 '熱'에 대한 지적은 시 전체에서 풍겨나오는 시적
긴장이나 주제 의식을 강조하는 것으로 보인다.

반면 소월의 시를 評하는 데에서는 오히려 '「말」에 고흔 점'이나
'관능적 애닯은 무엇', 즉 애상적 정조는 칭찬하고 있다. 이러한 점은
당시 김억이 상징시를 수용하면서 시에서 실현하고자 했던 막연하고
아련한 느낌, 애상적 情調가 소월의 시에서 실현되고 있음을 칭찬한
것이다.

그런데 이 '쓰거움'과 '관능적 애닯은 무엇'은 서로 상반된 정조로
도 보이지만 실상 당대 상징시에 대한 복합적인 태도를 보여주는 것이

---

46) 岸曙, 「人-유우상 느릅나무그늘 평」, 『학생계』 4호, 79쪽 참조.
47) 岸曙, 「地-김정식, 서울의 거리 평」, 『학생계』 5호, 1920. 12. 12, 참조.
48) 岸曙, 「地-소월, 魔王石 평」, 『학생계』 7호, 93쪽 참조.
49) 岸曙, 「人- 구천우, 歲暮의 感 평」, 『학생계』 7호, 1921. 4. 12, 96쪽 참조.

기도 하다. 당대에 황석우 등 아나키스트 시인들은 상징시의 탐미적이고 자유로운 靈的 세계를 표현하면서 그 안에서 아나키적 세계를 실현하고자 했다. 김억 역시, 황석우가 주재한 잡지『近代思潮』에 참여하여,「英吉利文人 오스카 와일드」,『근대사조』, 근대사조사, 1916, 15쪽)라는 글을 실었고,『학지광』에 실린 글에 의해서도 한 때 그가 오스카 와일드의 아나키즘적 사상과 이와 결합된 삶 전체를 예술화시키는 극단적 유미주의 사상에 경도되었다는 점이 밝혀진 바 있다.50)

'관능적 애닯은 무엇' 역시 김억이 상징시를 통해서 표현하고자 한 시적 정서이다. 이러한 상반된 결론은 당시 김억도 근대시의 표상인 상징시를 받아들이면서 여러 방향의 모색을 거듭하였다는 점을 알려준다. 황석우 식의 아나키즘적 성향과 이후 자기화한 '관능적 애닯은 정서' 사이에서 그는 당시에는 이 둘을 모두 포용하고 있었던 것이다. 그리고 때론 이 두 가지 자질은 한 시 안에서 만나는 것이기도 했다.

그리고 그가 소월의 시가 '글자를 마초랴'는 것이 한계라고 지적하고 있는 것은 그가 아직 산문적인 자유로운 율격을 지향하는 '상징시'의 단계에서 멀리 나아가지 않았다는 것을 보여준다. 이때는 아직 김억이 '격조시'를 내세우며, 민요시 운동을 하기 전이었다.

그리고『학생계』에서 詩를 가르치는 선생이 또 하나 있었으니, 그가 황석우다. 황석우는 상징주의를 이론적으로 소개한다.

> 예술감상의 일반원리—通則의 一 되는 평범타 하고도 필요조건되는「無關心」을 要한다.
> …무관심이람은 …곳 利害得失의 왼갓 邪念, 소위 慾 의 領土, 本能, 實際的 世界로 뭇허 쩌난 恍惚, 忘我—혹은 沒我, 脫實이라고도 함—의 境에 잇는 마음의 상태를 가리킴이니 마음이 이러한 境에 잇지 아니하면 예술의 진정한 제작과 감상이 불가능하다 함일다.

---

50) 이에 대한 자세한 설명은, 정우택,「〈근대사조〉의 매체적 성격과 문예사상적 의의」,『국제어문』34집, 2005. 8, 참조.

…(중략)… 제이는 周到情密한 注意를 要한다. 彼無關心이 어느作에
對할 째 要하는 鑑賞의 第一義的의 『純正條件』의 駕이라고 할진대 注意
이라는 것은 그의 驚이라고 할 수 잇다.[51]

좀 놉흔 소리 실과 실이 슷치는 듯한 無力한 엷은 「裏聲」이 아니고 靈
의 肺臟ー마음의 全線에서 울녀나오는 큰 「地聲」으로써 놉게 힘잇게 노
래하여 밧고 십다는 것이다.[52]

이 글은 어떤 면에서는 상징주의 시의 정수를 잘 설명하고 있는 글
이다. 칸트의 예술 철학을 수용하고 이를 통해서 예술적 감상이 곧 '邪
念, 소위 慾 의 領土, 本能, 實際的 世界로 뭇허 쩌난' 그 자체로 합목
적적인 것이라는 점을 설명하려 한 것이다. 그리고 그는 이러한 미의
근원을 제대로 이해한 시인의 목적은 靈을 울리는 것이라고 한다. 그
래서 황석우는 자신의 이론을 실제에 적용하여 보여주기 위해 4호 현
상당선작들을 평하는 자리에서 '靈의 肺臟ー마음의 全線에서 울녀나
오는 큰 「地聲」으로써 놉게 힘잇게 노래'를 요구한 것이다. 이처럼 절
대적 '순수시'를 추구하는 것, 그것만이 靈을 울리는 고귀한 경지가 된
다는 상징시의 논리, 시의 경우는 김억과 황석우의 상징주의 시에 대
한 논리가 그대로 적용되고 있었다. 감상문의 경우도 매우 교과서적인
원칙이 적용된다.

노자영 평의 핵심은 '簡潔明快'의 정확한 문장과 있는 그대로의 솔
직함, 즉 '진실성'이다.[53] 이것이야 말로 글쓰기의 기본이며 수필의 본
질이 아니겠는가?

이처럼 『학생계』의 선자들, 오천석, 김억, 황석우, 노자영이 학생들

---

51) 황석우, 「시의 감상과 그 작법」, 『학생계』 6호, 1921. 1. 1, 18-21쪽 참조.
52) 황석우, 위의 글, 21쪽 참조.
53) 노자영은 '늣긴바 본바를 조곰도 가리우지말고 至純正直한 態度로써 그것을 그대로
   쓰면 充分하다.'고 하고 투고작들이 '文章을 조립함에 簡潔明快를 缺하'고, '空然히
   생각안한 말, 늣기지 아니한 것, 抑止로의 비인소리, 諸君은 이러한 것을 썼'다고 평
   가한다(盧春城, 「評」, 『학생계』 5호, 1920. 12. 12).

의 작품을 選하고 선후평을 통해 전수하고자 하는 것들은 자신들이 몸담고 있기도 한 당대 동인지 문학이 지향했던 문학적 인식들이었다. 소소하게 글자수와 情調를 살피는 세심함에는 '예술작품의 품위', 형식적 완결성에 대한 추구가, '쓰거움'과 '생명의 표현'을 찾는 태도에는 타락한 현실을 벗어나 숭고한 '미적 체험'을 희구하던 당대 동인지 주체들의 열망이 투사된다. 결국 『학생계』 현상문예란에도 속악한 세계를 벗어나 숭고한 미적 세계를 건설하고 했던 동인지 주체들의 예술적 욕망이 투사되어 있었다고 볼 수 있다.

이러한 공통점을 안고 있으면서도 『학생계』의 현상문예란은 아나키즘의 활력과 애상적 정서 사이에서 상징시를 고민했던 과도기의 김억, 그리고 시를 통해 혁명을 꿈꿨던 황석우와 이후 연애서간집으로 문학의 상업성을 실험했던 노자영이 공존할 수 있었던 매우 다층적인 성격의 지면이었다. 하지만 이들이 『학생계』 지면을 통해 공통으로 지향했던 것은 문인이 된다는 것에 대한 드높은 자부심과 이를 통해 문학의 고고한 후광을 강화시키는 것이었다. 즉, 그들은 자신들이 부여하고자 했던 '문학'의 특권적 위상를 『학생계』 현상 문예란을 통해서 재생산, 강화하고자 했던 것이다. 이를 통해 그들의 권력도 따라서 강화되었다.

『학생계』 현상문예 공고에는 '가슴에서 끌어올나오는 마음을 쩌림업시 지어보내시오!!'라는 격려차원의 구절이 있다. 이들은 자신들의 문학적 논리를 전수하려는 열정을 가지고 '작구 투고하시면 영광의 월계관을 쓸 째가 잇겟습니다[54]라고 격려를 아끼지 않았다.

이러한 『학생계』의 현상문예 제도는 『청춘』의 뒤를 이어, 선배 문인이 문학청년에게 문학적 이념과 기교를 전수하면서 그들을 문인으로 키워나가는 한국 근대 문학의 재생산 제도를 한층 더 공고하게 만든다.

그리고 『개벽』, 『조선문단』, 『동아일보』, 『조선일보』의 문예란과 각종 현상문예제도는 『학생계』에서도 그러했듯 동인지 출신의 문인들에

---

54) 노자영, 「選을 맛치고」, 『학생계』 5호, 1920. 12. 12.

의해 꾸려진다.『학생계』는 이렇듯 1920년대 초반,『동인지』와 매체 양
자에서 문단의 권력이 거의 동시에 형성되고 이양되는 양태를 보여준
다. 박헌호는 이러한 동인지 문단의 유례없는 특권은 20년대 초반, 즉
문화정치 초입기의 무정형적 상황의 산물이라고 한 바 있다55).『학생
계』역시 이러한 무정형적 상황에서, 그들의 특권화에 제도적으로 기
여하였다.

　이러한 제도적 기반을 구축하게 한 원동력,『학생계』현상문예란의
열기는 이후 대중적으로 각 매체의 독자 투고란의 열기로 이어져, 수
많은 문학청년들의 꿈을 키워 나간다. 물론 그 문학청년들의 꿈에는
김소월이 이미 동인지에 글을 싣고도 현상문예에 투고한 이유, 즉 금
전적인 이득과 자신들도 당대 최고의 엘리트 군단의 지도를 받아 그들
과 같은 수준의 후광을 얻을 수 있으리라는 명예욕이 동시에 작용하고
있었다. 그리고 이러한 욕망이 가능할 수 있었던 것은 그들의 '학생'이
었다는 점, 즉 근대 교육제도의 수혜자라는 또다른 특권의식에서 가능
했던 것이다.

4. 결론 -『학생계』현상문예란의 문학사적 위상

　『학생계』는 앞에서 살펴본 대로 동경 유학생 출신의 엘리트들이 민
족자본의 힘을 빌어 조선의 학생들을 계몽한 잡지이다. 그 내용은 '근
대 지식을 섭취하고 인격을 수양하는 것'이었다. 이는 근대적 교육 제
도를 통해서 양성된 엘리트 집단의 주요한 이론적 기반으로서의 '교양
주의'였다. 이 '교양주의'는 당대 학생들이 근대 초기 보편적인 청년
담론이 주장하는 근대적 국민이 되는 것에서 한 걸음 벗어나 자아 실
현의 방도를 모색하는 근대적 개인이 될 수 있게 하였다. 이들은 독서

---

55) 박헌호,「동인지에서 신춘문예로-등단제도의 권력적 변환」, 앞의 책, 16쪽 참조.

를 통해 근대적 지식을 섭취하고 인격을 수양함으로써 사회 지도자 계
층이 될 수 있는 자질을 함양하는 것이 학생의 의무라고 생각했다. 이
는 민족해방의 전선에 나서야 하는 강박에서 벗어나게 하는 면죄부 구
실을 하기도 했다. 더구나 학력주의와 결합되면서 이 '교양주의'는 한
국 근대 지식인의 특권의식, 선민 의식을 구성하는 데 이바지하게 된
다. 거기에 '문학'은 은밀하게 많은 부분 공모한 것이다.

　『학생계』 현상문예란은 1920년대 초반 학생들의 이러한 문학적 열
정을 받아안았다. 상금을 걸고 시행된 이 제도는 당선된 학생들에게
저명한 선배 문인들에게 발탁된 유망한 문학청년이라는 명예와 동시에
금전적인 이익도 함께 안겨 주었다. 이러한 제도적 특성은 문학을 고
고한 자리에 얹어놓는 동시에 이를 통해 금전적 이익 등, 학생들의 세
속적 출세에 대한 욕망도 함께 충족시켜 주었을 것이다.

　『학생계』의 현상문예란은 이러한 토대에서 '근대적 문인'이 어떻게
구성되어 가는가를 보여주었다. 『학생계』 현상문예란은 김억, 황석우,
오천석, 노자영 등 유학파 지식인들이 자신들이 조선에서 실현하고자
하는 문학의 이념을 전수하는 場이었다. 그래서 이 공간에서는 유학
중 얻어온 소위 『동인지』의 문학적 의식이 교과서적으로 향유되면서
재생산되었다.

　그러면서 이 제도 안에서 '문학'은 학생이 섭취해야 할 근대적 지식
의 일환, 혹은 인격 수양의 도구 중 단연 최고의 것으로 자리 잡았다.
즉 당대 '교양' 개념의 핵심에는 '문학'이 자리잡고 있었기 때문이다.
당대에는 '문학서'가 주요 독서 대상이었던 점은 이를 말해 준다. 이
안에서 문학청년들은 당대 최고의 인텔리인 유학파 선생들의 가르침을
전수 받았는데, 이는 물론 그들이 근대적 교육제도의 수혜자인 '학생'
이었기에 가능한 특권이었다. 이로써 1920년대 초반 문학은 근대교육
제도 안에 포섭되었다. 근대교육제도의 수혜자인 '학생'이 문학의 정당
한 주체로 호명되는 순간, '문학'은 근대교육을 받을 수 있는 일부 부
르조아 계급, 지식 계층의 특화된 전유물로 자리잡으면서 고고한 후광

을 얻는다. 자연스럽게 문인이 되는 것도 곧 이 계급, 계층으로 상향 조정되는 것을 의미했다.

결국 1920년대 초반 '문학 장의 성역화'는 『동인지』 문학만이 지향하는 바가 아니었던 것이다. 『학생계』의 문학란이 암시하는 것은, 이후 '문학의 대중화'란 구호조차도 실상은 근대 교육 제도 안에서만 수용한 가능한, 매우 계급적인 언사일 수밖에 없다는 점이었다.

주제어 : 『학생계』, 문화통치기, 교육제도, 중등학교, 학생, 문화주의, 인격, 근대지식, 교양주의, 현상문예제도, 문학적 욕망, 근대적 문인, 인텔리 의식, 계층 상승에의 욕망

158

◆ 참고문헌

『학생계』, 『개벽』, 『소년』, 『청춘』 등 잡지

김근수, 「자료-문화정치 표방시대(전기)의 잡지개관」, 『아세아연구』 30호, 1968. 6.
김미정, 「근대초기 현상공모 일고찰」, 『반교어문연구』 18집, 2005.
노자영, 「나의 문단 참회록-문단 20년의 회고기」, 『유수낙화집』, 청조사, 1935.
박지영, 「방정환의 천사동심주의의 본질-잡지 『어린이』를 중심으로」, 『대동문화
　　　　연구』 51집, 2005. 9.
박철희, 「植民地期 韓國 中等敎育 硏究」, 서울대 박사논문, 2002.
――――, 「1920~30년대 고등보통학생 집단의 사회적 특성에 관한 연구」, 『한국교
　　　　육사학』 26권 2호, 2004. 10.
박헌호, 「〈문화정치〉기 신문(新聞)의 위상(位相)과 반일검열(反-檢閱)의 내적논리
　　　　-1920년대 민간지(民間紙)를 중심으로」, 『대동문화연구』 50집, 2005.
――――, 「동인지에서 신춘문예로-등단제도의 권력적 변환」, 『대동문화연구』 53
　　　　집, 2006.
――――, 「식민지 조선에서 '작가'가 된다는 것-근대 미디어와 지식인, 문학의 관
　　　　계를 중심으로」, 『상허학보』 17집, 2006.
――――, 「『연희(延禧)』와 식민지 시기 교지(校誌)의 위상」, 『현대문학의 연구』 28
　　　　집, 2006.
박현수, 「염상섭의 초기 소설과 문화주의」, 『상허학보』 5집, 2000.
――――, 「잡지 미디어로서 『어린이』의 성격과 의미」, 『대동문화연구』 50집, 2005. 4.
소영현, 「근대 인쇄 매체와 수양론·교양론·입신출세주의」, 『상허학보』 18집,
　　　　2006. 10.
신인섭, 「교양개념의 번용을 통해서 본 일본 근대문학의 전개양상연구-다이쇼 교
　　　　양주의와 일본근대문학」, 『일본어문학』 23집, 2004.
오성철, 『식민지 초등교육의 형성』, 교육과학사, 2000.
이중한 외 공저, 『우리 출판 100년』, 현암사, 2001.
이혜령, 「한글운동과 근대 미디어」, 『대동문화연구』 47집, 2004.
장　신, 「1922년 잡지 新天地 筆禍事件 연구」, 『역사문제연구』 제13호, 2004.
최수일, 「1920년대 문학과 『開闢』의 위상」, 성균관대 박사논문, 2001.
한기형, 「최남선의 잡지 발간과 초기 근대문학의 재편-『소년』, 『청춘』의 문학사

적 역할과 위상」, 『대동문화연구』 45집, 2004.

──, 「특집: 식민지 검열체제의 역사적 성격; 문화정치기 검열체제와 식민지 미디어」, 『대동문화연구』 50집, 2005.

──, 「『개벽』의 종교적 이상주의와 근대문학의 사상화」, 『상허학보』 17집, 2006.

160

 ◆ 국문초록

   본고는 현재까지 텍스트의 실체를 확인할 수 없었던 잡지『학생계』자료를 발
굴하여 고찰한 최초의 논문이다. 잡지『학생계』는 한성도서주식회사가 1920년 7
월부터 1922년 11월 1일까지 발간한 총 18호의 종합교양지이다. 이 매체는 동경
유학생 출신의 엘리트들이 민족자본의 힘을 빌어 조선의 학생들을 계몽하기 위
해 발간한 잡지이다. 그들이 이 매체를 통해 계몽하고자 한 내용은 '근대 지식을
섭취하고 인격을 수양하는 것'이었다. 이는 근대적 교육 제도를 통해서 양성된
엘리트 집단의 주요한 이론적 기반으로서의 '교양주의'였다. 이 '교양주의'는 당
대 학생들이 1910년대 청년 담론이 주장하는 근대적 국민이 되는 것에서 한 걸음
벗어나 자아 실현의 방도를 모색하는 근대적 개인이 될 수 있게 하였다. 이들은
독서를 통해 근대적 지식을 섭취하고 인격을 수양함으로써 사회 지도자 계층이
될 수 있는 자질을 함양하는 것이 학생의 의무라고 생각했다. 이는 민족해방의
전선에 나서야 하는 강박에서 벗어나게 하는 면죄부 구실을 하기도 했다. 더구나
학력주의와 결합되면서 이 '교양주의'는 한국 근대 지식인의 특권의식, 선민 의식
을 구성하는 데 이바지하게 된다. 거기에 '문학'은 은밀하게 많은 부분 공모한 것
이다.
  『학생계』현상문예란은 1920년대 초반 학생들의 이러한 문학적 열정을 받아안
았다. 상금을 걸고 시행된 이 제도는 당선된 학생들에게 저명한 선배 문인들에게
발탁된 유망한 문학청년이라는 명예와 동시에 금전적인 이익도 함께 안겨 주었다.
이러한 제도적 특성은 문학을 고고한 자리에 얹어놓는 동시에 이를 통해 금전적
이익 등, 학생들의 세속적 출세에 대한 욕망도 함께 충족시켜 주었을 것이다.
  『학생계』의 현상문예란은 이러한 토대에서 '근대적 문인'이 어떻게 구성되어
가는가를 보여주었다. 『학생계』현상문예란은 김억, 황석우, 오천석, 노자영 등
유학파 지식인들이 자신들이 조선에서 실현하고자 하는 문학의 이념을 전수하는
場이었다. 그래서 이 공간에서는 유학 중 얻어온 소위『동인지』의 문학적 의식이
교과서적으로 향유되면서 재생산되었다.
  그러면서 이 제도 안에서 '문학'은 학생이 섭취해야 할 근대적 지식의 일환,
혹은 인격 수양의 도구 중 단연 최고의 것으로 자리 잡았다. 이 안에서 문학청년
들은 당대 최고의 인텔리인 유학파 선생들의 가르침을 전수 받았는데, 이는 물론
그들이 근대적 교육제도의 수혜자인 '학생'이었기에 가능한 특권이었다. 이로써

1920년대 초반 문학은 근대교육제도 안에 포섭되었다. 근대교육제도의 수혜자인 '학생'이 문학의 정당한 주체로 호명되는 순간, '문학'은 근대교육을 받을 수 있는 일부 부르조아 계급, 지식 계층의 특화된 전유물로 자리잡으면서 고고한 후광을 얻는다. 자연스럽게 문인이 되는 것도 곧 이 계급, 계층으로 상향 조정되는 것을 의미했다.

결국 1920년대 초반 '문학 장의 성역화'는『동인지』문학만이 지향하는 바가 아니었던 것이다.『학생계』의 문학란이 암시하는 것은, 이후 '문학의 대중화'란 구호조차도 실상은 근대 교육 제도 안에서만 수용한 가능한, 매우 계급적인 언사일 수밖에 없다는 점이었다.

◆ SUMMARY

Study on a Magazine *Hacksaengkye*
– "Education-Oriented Principle" Pursued by Students in Secondary Education and
the Nature of Literary Desire in the Early 1920s

Park, Ji-Young

This is the first paper to study on a magazine *Hacksaengkye* whose text has recently been found. *Hacksaengkye*, a comprehensive education magazine, has all together eighteen volumes, published from July 1920 to November 1922 by Hansung Publishing Company. The publisher of the magazine was a group of elites who had studied in Tokyo, Japan, and whose object was to enlighten students in Chosun."Learn modern knowledge and cultivate character" was the specified aim to be achieved through the utilization of the magazine and this was what is called "education-oriented principle," the theoretical foundation established by those elites who were benefited from modern education system. This education-oriented principle enabled students to pursue self-realization and modern individualism, taking a different direction from realizing modern citizen that was the major discourse among the youth in the 1910s. Those elites believed that it was students' obligation to gain modern knowledge and cultivate character through avid reading in order to establish leadership. This also served as a good excuse for students from the thought that they should take part as activists for the independence of the nation. Moreover, combining with elitism, this education-oriented principle led modern intellectuals in Korea to form the sense of privilege and the sense of being a chosen people. Literature took its part in this trend significantly but secretly.

The introduction of a prize essay system in *Hacksaengkye* was the answer for students' literary desire in the early 1920s. This system brought the prize-winner students not only a monetary benefit but also fame that they were promising writers chosen by prominent senior writers. Through this characteristics of the system literature was able to be highly regarded and, at the same time, students could fulfil their pursuit of elevating the social status.

The prize essay system in *Hacksaengkye* well showed the process of the foundation of the world of "modern writers" at that time. Kim, Uk, Hwang, Sukwoo, Oh, Chunsuk and No, Jayoung were those who educated abroad and utilized the system to spread their literary ideology in Chosun. Hence, the prize essay column functioned as the place to enjoy and reproduce the literary ideas of Dongin, which those writers were educated and influenced while studying abroad.

Under the prize essay system, "literature" was the most desired medium for students to learn modern knowledge and cultivate character. Future writers were taught by the most prominent and high educated professional writers who studied abroad. Of course, it was only possible because they were "students," the beneficiary of the modern education system. Thus, literature of the early 1920s was now exclusively appropriated within the modern education system. Once students, the beneficiary of the modern education system, became the main body of the literary society, literature was exclusively learned and enjoyed within the circle of intellectuals and bourgeois who afforded to receive modern education. This enabled literature to strengthen its position. Hence, Becoming a writer meant elevating his/her social statue to that of intellectuals and bourgeois.

Therefore, "sanctuarization of the literary world" in the early 1920s was not only pursued by Dongin. What the literary columns in *Hacksaengkye* reflected was the fact that even "popularization of literature," a slogan in the 1920s, could, in fact, be realized within the modern education system, and, consequently, was very much the class expression.

Keyword : Hacksaengkye, era of culture sovereignty, education system, secondary education, secondary school, student, culturalism, character, modern knowledge, education-oriented principle, a prize essay system, literary desire, modern writer, elitism, desire to elevate the social status

─이 논문은 2006년 3월 30일에 접수되어, 소정의 심사를 거쳐 2007년 5월 31일에 최종적으로 게재가 확정되었음.

II.

일반논문

연쇄극의 근대 연극사적 의의
─ 테크놀로지와 사실적 미장센, 여배우의 등장

우 수 진*

목 차

---

1. 근대 연극의 부정적 타자, 연쇄극: '변태의 극 안인가'?[1]

연쇄극은 서구적인 근대극이 본격적으로 등장하기 이전인 1910년대 말경에 흥행을 목적으로 신파극에 활동사진을 일부 도입했던 혼종적인 연극 형식이었다. 이로 인해 연쇄극은 당시 윤백남으로부터 '변태의 극'이라는 비난을 받았으며, 이러한 평가는 지금까지 별다른 재고 없이 이어져 왔다. 비판적인 현실 인식의 사실주의 연극을 중심으로 기술되

---

* 연세대 강사.

1) 윤백남은 「연극과 사회: 竝하야 조선현대극장을 논함」(『동아일보』, 1920. 5. 16)에서 연쇄극을 '변태의 극 안인가'하고 비판하였다. 그리고 여기서는 이를 다시 비판적으로 고찰하고자 하는 취지에서 인용부호 밖에 물음표를 붙였다.

어온 근대 연극사에서, 관객의 호기심을 직접적으로 겨냥하여 멜로드라마적인 신파극에 활동사진을 접목했던 연쇄극은 드라마적인 면에서나 공연적인 측면에서 전근대적이고 타락한 연극 형식으로 간주되어왔다. 그러나 본고에서는 근대 연극의 형성이 아이러니하게도 스스로가 부정하고자 했던 멜로드라마적인 신파극이나 혼종적인 장르의 연쇄극과 같은 타자에 의해서도 일부 선취되고 있었다고 보고 이를 구명하는 데 목적을 둔다. 즉 신파극에 활동사진이라는 근대적 테크놀로지를 도입했던 연쇄극의 형식적 시도가 결과적으로는 신파극과 달라진 사실적 무대 표현과 여배우의 등장을 가져왔다는 점에서, 근대 연극이 멜로드라마적인 신파극과 활동사진의 테크놀로지, 초보적인 무대 사실주의 등이 교섭, 혼재하는 가운데 형성되어갔던 과정을 살펴보고자 한다.

신파극으로 신극 운동을 시작했던 윤백남은 1920년 5월 4일에서 16일까지『동아일보』에 총 10회에 걸쳐「연극과 사회」를 연재하였다. 이는 점차 근대극 운동을 모색해가던 시기에 쓰여진 본격적인 연극론이었다. 윤백남은 1912년 조일재와 함께〈문수성〉을 조직하고〈혁신단〉의 임성구,〈유일단〉의 이기세와 함께 초창기 신파극의 도입과 정착에 힘썼던 연극인 중 하나였다. 이 중 임성구는 신파극 운동을 주로 하다가 1921년에 일찍 타계했던 반면, 윤백남과 이기세는 이후 함께 1916년에는〈예성좌〉를, 1921년에는〈예술협회〉를 조직하는 등 점차 신파극에서 벗어나 서구적인 근대극을 시도하고자 했다.〈예성좌〉가 조직되었던 데에는 한 해 전인 1915년경에 방문했던 시마무라 호게츠(島村抱月)의〈예술좌〉공연도 영향을 미쳤는데, 그는 당시 일본의 근대적인 연극운동에 앞장섰던 인물이었다. 그리고〈예성좌〉의「콜시카의 형제」나「카츄샤」등은 당시 서구식 무대장치를 선보이는 등, 비록 대중적으로는 크게 성공하지 못했으나 비평적으로 좋은 반응을 얻었다.[2]

---

2) 이상 윤백남 개인과〈예성좌〉의 활동에 관해서는 유민영의『한국 인물연극사』(태학사, 2006), 179-199쪽과『한국근대연극사』(단국대 출판부, 1996) 285-292쪽을 참조할 것.

따라서 윤백남의 「연극과 사회」는 〈문수성〉에서의 신파극 공연과 〈예성좌〉에서의 '과도기적 근대극'[3]에 대한 실제 경험을 바탕으로 전개되었던 연극론이었다.

윤백남은 이 글에서 현대를 '개조의 시대'로 보고, 이를 위해 특히 군중의 감정과 심리를 이용하여 시대의 민중사상을 좌우하는 힘을 지닌 연극의 교화작용을 강조하였다. 그리고 훌륭한 연극이란 무대 위에 인간의 삶의 단면을 생생히 보여줌으로써 '이지(理智)'/'사상(思想)'과 '감정'/'감각'에 자극을 주는 것이라고 보았다. 연극에 대한 이러한 시각은 단순히 문명개화의 차원에서 연극/극장을 개량하고 영웅 중심의 역사극을 통해 국민의식을 고취해야 한다는 1900년대의 연극개량론에서 한 걸음 더 나아가[4], 연극이 인간의 삶과 사회에 주는 영향을 본격적으로 강조했다는 점에서 근대적인 것이었다. 윤백남은 연극이 사회교화를 위한 하나의 기관이기도 하지만, 본질적으로 "연극은 미술이오 예술"이라고 선언했다.

이를 전제로 윤백남은 고대에서 현대까지의 서양 연극사를 국가 본위의 그리스식 연극과 오락 본위의 영미 연극, 그리고 예술주의의 유럽식 연극으로 구분하여 설명하면서, 이를 바탕으로 조선과 일본의 연극 현실을 비판적으로 진단하였다. 즉 조선은 여전히 연극을 천대하는 풍토에서 벗어나지 못했으며, 일본에서는 비록 명치유신 이후 국가와 사회가 연극의 향상에 힘써 효과를 보았으나 여전히 영리 본위의 현실에서 벗어나지 못하고 있다는 것이었다. 그리고 조선 연극이 부진할 수밖에 없는 이유를 자세히 열거한 후 마지막 장에서는 빈약한 조선극계를 더욱 속화하는 부정적인 현상으로서 연쇄극의 등장을 들었다. "끗에 임하야 간과치 못할 한 현상이 생하얏다. 그것은 무엇이냐? 곳

---

3) 〈예성좌〉의 공연을 '과도기적 근대극'으로 명명한 것은 유민영에 따른 것이다. 『한국 인물연극사』, 193쪽을 참조할 것.

4) 이에 관해서는 우수진의 「개화기 연극개량론의 국민화를 위한 감화기제 연구」(『한국 극예술연구』 제19집, 2004. 4)를 참조할 것.

우리 빈약한 조선극계를 더구나 속화하는 연쇄극이 이것이다."[5]

　「연극과 사회」의 전체적인 논의의 맥락에서 볼 때 윤백남이 연쇄극을 비판하는 첫 번째 이유는 그것이 "오락적 극"이기 때문이었다. 그는 연쇄극이 활동사진을 사용함으로써 관객들의 감각적인 흥미에만 호소하고 있다고 비판하였다. "한 극의 내용 그 복잡한 내용을 五幕이나 四幕에 난호아 가장 인상이 깁흔 사실의 面을 상연함에 당하야 **俗眼을 만족케 하기 위하야 坮는 흥미를 喚코자 함에만 力을 致하야** 막과 막 사이에 연락되는 사실을 활동사진으로 뵈이는 것이다."(이후 강조―인용자) 그리고 두 번째 이유는 연쇄극에서 보여지는 활동사진의 내용이 연극에서라면 생략되었을 막과 막 사이의 내용이라는 점에서, "극의 생명인 암시력"이 소멸된다는 것이었다. 이는 곧 극의 효과를 없애는 것으로써 **"순수한 극의 발전을 毒 함이오 배우 자신의 진지한 예술적 양심을 마비케 함"**이었다. 즉 활동사진 장면이 정작 연극에는 불필요한 설명적인 역할을 하는 데 그치면서 관객 흥미에만 영합하고 있다는 비판이었다.

　이상의 논의를 통해 우리는 역으로 윤백남이 지향하는 근대 연극의 이념이란 곧 인간의 삶과 사회를 위한 예술주의적인 연극이었으며, 이는 또한 '순수한' 연극이었음을 알 수 있다. 윤백남의 관점에서 볼 때 관객 유치를 위한 오락 본위의 연쇄극은 반예술적인 속된 연극이었을 뿐만 아니라, 연극에 활동사진을 접합시킨 형식은 그야말로 잡종의 장르로서 연극과 활동사진의 주객이 전도한 "변태의 극"인 것이었다. "그뿐 안이라 林이나 김도산일행의 연쇄극이라함은 극은 여하히 무미건조할지라도 馬를 타고 쏫치며 자동차로 경주하며 위험을 冒하는 등의 사진으로 갈채를 得코자 함이 확연하니 이는 곳 **주객이 전도한 변태의 극이 안인가.**"

　근 반세기 후에 이두현은 『한국신극사 연구』에서 연쇄극을 '통조림

---

5) 윤백남, 앞의 글, 1920. 5. 16.

연극'이라고 비판하면서 윤백남의 관점을 계승했다. "연쇄극은 「키노드라마」로 계승되었으나 그 이름이 보여주듯이 「**통조림된 연극**」으로 볼 수 있다. 또 3대극단의 연쇄극 演題가 한결같이 신파극 초기의 레퍼터리로 역전 내지 후퇴하고 있다는 것도 간과할 수 없는 중요한 사실의 하나이다."6) 그리고 유민영은 연쇄극이 대중을 끌어들이기 위한 '혼합극'으로서 잠깐 인기도 얻었으나, 결국은 시대착오적인 신파극 레퍼토리를 답습함으로써 "순수 정통 근대극"7)을 갈망하는 관객들의 요구에 부응하지 못했다고 지적했다. 이와 같이 윤백남과 이후의 연극사가들은 '순수한 예술적 근대극'과 '잡종적 상업적 대중극'을 이분법적으로 대립시키면서 전자를 '정통'의 자리에 위치시키는 방식으로 근대 연극사를 기술해왔다.8) 그러나 본고에서는 '잡종적이며 상업적인 대중극'으로 저평가되었던 연쇄극과 바로 이전에 등장했던 활동사진 변사들의 '전기응용극'이 시도했던 테크놀로지 역시 이 시기의 근대적 연극성을 구성하는 중요한 일부였다고 본다. 그리고 그것이 연극사적인 맥락에서 무대적 표현방식과 여배우의 등장과 관계하는 방식에 대해 살펴보고자 한다.

2. 전기응용 신파극과 연쇄극의 테크놀로지와 혼종적 근대성

연쇄극이란 신파극의 일부 배경이나 추격, 격투 장면 등에 짧은 활동사진 장면을 부분적으로 사용했던 연극 형식을 말한다. 연쇄극이라는 명칭은 공연 도중에 스크린을 내리고 활동사진을 투사하다가 다시

---

6) 이두현, 『한국신극사 연구』, 서울대 출판부, 1966(1990), 70쪽.
7) 유민영, 『한국근대연극사』, 단국대 출판부, 1996, 302쪽.
8) 그럼에도 불구하고 「민족성과 연극에 취하야」(『동아일보』, 1924. 3. 19)와 같은 글을 통해 알 수 있듯이, 극단경영이나 연출, 극작 등 실제적인 연극 활동을 해왔던 윤백남은 우리의 전통연희나 신파극과 같은 대중연극에 대해 비교적 유연한 태도를 가지고 있었다.

연극을 말 그대로 '연쇄적(連鎖的)으로' 공연한다는 데서 유래한 명칭
이었다. 연쇄극은 원래 일본에서 1910년대 초중반에서 1917년까지 유
행했던 것이 1919년 10월 26일 김도산 일행의 〈신극좌〉에 의해 「의리
적 구토」가 처음 공연되면서부터 우리나라에 본격적으로 도입되기 시
작하였다.

　　내용적으로 볼 때 연쇄극은 1910년대의 신파극 레퍼토리 그대로였
으나, 형식적인 면에서는 극 중에 활동사진을 도입했다는 점에서 전혀
새로운 연극이었다. 즉 기존의 신파극에 생생하고 사실적인 활동사진
의 장면들을 무대화시킴으로써 스펙터클한 효과를 극대화시켰던 것이
다. 박진과 조풍연의 증언에 의하면, 실제 공연에 활용되었던 활동사진
의 분량은 불과 5~10분 정도였던 것으로 보인다.9) 오늘날의 관점에서
볼 때에도 충분히 실험적이었던 이 시도는 당시 최첨단의 '테크놀로지
연극'로 여겨지며 수용되었다.

　　1910년대 초반에 임성구와 윤백남, 이기세 등은 〈혁신단〉과 〈문수
성〉, 〈유일단〉 등의 신파극단을 조직하여 이전에는 조선에 없었던 문
명적인 '신연극' 운동을 시작하였다. 그리고 이는 1900년대 중후반경
각종 신문지상을 중심으로 하여 궁중무용나 민속연희, 판소리 등의 '협
률사 연회'를 개량해야 한다는 연극개량론의 요구에 응하는 것이었다.
하지만 일본과의 강제병합 이전의 연극개량론이 국민통합을 목적으로
하는 영웅서사 중심의 연극을 요구하는 것이었던 데 반해, 강제병합
이후의 신파극은 아이러니하게도 일본신파를 모방적으로 수용한 것이
었다. 초기의 레퍼토리는 군사극, 탐정극, 교육극, 의리인정극 등으로
다양했으나, 곧 「쌍옥루」나 「눈물」, 「장한몽」 등과 같은 가정극이 주류
를 이루었다. 그리고 이들 레퍼토리는 예외 없이 선악의 이분법적 대
립과 권선징악적 결말을 특징으로 하는 멜로드라마적인 것이었다.10)

---

　9) 연쇄극에 관한 자세한 내용은 이후 본 논문의 제4장(연쇄극; 조선적인 미장센의 창출
　　　과 여배우의 등장)과 각주 30)에서 명기한 박진과 조풍연의 저서를 참조할 것.
10) 이에 관해서는 우수진의 『근대 연극과 센티멘털리티의 형성』(연세대 박사논문, 2006)

대부분의 신파극은 일본이나 서구작품의 번안물이었기 때문에 무대 위에 직접 제시되었던 일본적이고 서구적인 등장인물들과 무대장치 및 의상 등은 당시 새로운 '신연극'으로 보여지기에 충분했다. 그리고 이는 권선징악의 멜로드라마적인 구조를 통해 근대적인 가치관이나 가족규범 등을 등장인물의 삶을 통해 직접 보여주었다는 점에서 기존의 협률사 연희와도 차별화되는 것이었다. 즉 1910년대 초반에 등장했던 신파극은 무대 위에서 '근대적이고 문명적인 삶의 모습'을 직접 보여주는 것만으로도 '계몽적'이고 '교화적'인 역할을 수행하는 것으로 인식되었다. 그리고 관객들은 신파극이 만들어내는 멜로드라마적 구조에 '동정', 즉 감정이입함으로써 계몽의 기획에 스스로 참여한다고 여겼다.11) 그러나 신파극의 감각적인 새로움이 점차 식상해가고 심지어 일본적인 색채에 대한 비판적인 인식이 생겨났으며, 관객 계몽의 실효성도 점차 약해져갔다. 이에 따라 신파극이 오락성을 본격적으로 추구하면서 극장 관객을 유치하기 위해 당시 많은 극장관객들을 끌어들이고 있었던 활동사진의 테크놀로지를 적극 도입한 것이 바로 연쇄극이었다.

연쇄극에 대한 기존의 비판은 이것이 상업적인 목적으로 일본 연쇄극을 모방해 만들어졌으며, 그 결과 연극도 활동사진도 아닌 식민지적 혼종 장르를 탄생시킴으로써 '순수한 근대극' 발전에 장애가 되고 이를 지연시켰다는 데 초점을 두어 왔다. 그러나 신문이나 잡지, 학교나 의료 제도 등의 각종 근대적 문물뿐만 아니라 시나 소설, 연극, 영화와 같은 각종 예술이나 문화 형식 등은 근대화의 흐름 속에서 국가 간 또는 지는 식민지와 식민모국 간의 능동적인 모방을 통해 이루어져왔다. 특히 식민지적 모방은, 바바의 개념을 빌어온다면, 대상을 있는 그대로 재현하는 미메시스(mimesis)적인 것이 아니라 '미끄러짐·초과·차이'

제Ⅱ장을 참조할 것.
11) 우수진의 앞의 논문, 제Ⅳ장 1절을 참조할 것.

를 생산하는 미미크리(mimicry)적인 것이다.[12] 따라서 신파극이나 연쇄
극 등의 등장이 처음에는 식민지적인 모방에 의한 것이었다고 할지라
도, 그로 인해 그것이 계속해서 수동적인 이식의 문화를 생산했다고
단정하거나 비판할 수만은 없다. 보다 더 중요한 선행 과제는 그 결과
등장한 연극 형식들이 당시의 연극적인 장(theatrical sphere)과 문화적
인 장(cultural sphere) 안에서 다른 연극 형식이나 문화 형식과 어떻게
상호작용하였으며, 그 의미는 무엇인가를 구명하는 데 있을 것이다.

이같은 문제의식 아래에서 본다면, 연쇄극이 등장하기 이전인 1910
년대 중반부터 사실적이고 생생한 무대 표현에 대한 관객의 요구가 있
었으며, 이러한 맥락에서 전기응용 신파극이나 연쇄극의 등장은 당시
최첨단의 근대적인 테크놀로지를 적극 도입함으로써 이에 대응하고자
했던 노력이었다고 볼 수 있다. 물론 활동사진의 도입이 당시 윤백남
이 비판했던 바와 같이 신파극의 연극적 완성도를 높이는 데 기여하지
못하고 오히려 이를 저해했다고 하더라도, 본고에서는 결과적으로 이
것이 사실적인 ―조선적인― 무대표현이나 여배우의 등장 등을 촉진시
켰으며, 이는 이후 1920년대부터 본격화되는 사실주의 연극과도 무관
하지 않다고 본다.

한편 이 논문에서 사용되는 전기응용 신파극이나 연쇄극의 '테크놀
로지'란 용어는 일차적으로 공연에 사용되는 기계장치나 그것이 발생
시키는 효과를 말한다. '테크놀로지'는 일반적으로 과학적 기술이나 공
업적 기술의 의미로 이해되기 때문이다. 그러나 실제 공연 안에서 사
용되는 테크놀로지의 경우에는 그 개념이 달라질 수밖에 없는데, 왜
냐하면 그것은 이미 공연의 일부로 존재하기 때문이다. 따라서 우리

---

12) 호미 바바는 이러한 식민지적 모방이 한편으로는 식민권력의 지배 전략적 기능에 조
   응하고 감시를 강화하면서도, 다른 한편으로는 규범화된 지식과 규율권력에 내재적인
   위협이 되는 차이와 반항의 기호이기도 하다는 점에서 양가성을 지닌다고 말했다. 이
   에 관해서는 호미 바바의 『문화의 위치; 탈식민주의 문화이론』(나병철 옮김, 소명출판,
   2002, 178-188쪽)을 참조할 것.

는 공연 전체와의 관계 속에서 테크놀로지를 다시 이해해야 할 필요가 있다.

실제로 전기응용 신파극이나 연쇄극이 공연되기 이전부터 전기조명이나 회전무대와 같은 테크놀로지는 공연의 자연스러운 일부로서 특별한 자의식 없이 사용되고 있었다. 그러나 전기조명 역시 처음 공연에 사용되었을 때에는 새로운 테크놀로지로 여겨졌다. 전기조명은 1910년경 기생들의 무용 공연에서 처음 무대 효과로 사용되었는데, 실례로 1910년 5월 27일 『대한민보』에 실린 경성고등연예관의 광고에는 레퍼토리 목록 중 하나로서 "전기응용 한국기생踊"이 들어가 있었다. 화려한 색깔의 전기조명은 당시 '전기응용'이라는 수식을 통해 색다른 것으로 광고되었으며,[13] 이는 이후 '전기춤'이란 명칭으로 마치 새로운 형식의 춤처럼 불리기도 했다. 그러나 몇 년 후 전기조명은 회전무대처럼 익숙한 무대 효과 내지 장치의 일부로 여겨지게 된다.

이러한 맥락에서 테크놀로지 개념을 도구적 관점에 한정시키는 근대적인 이해방식에 대한 하이데거의 비판은 타당하고 유용하다. 그는 테크놀로지의 그리스어 어원인 '테크네(technē)' 개념이 예술과 밀접한 관계를 맺고 있었으며, 오히려 예술의 미적인 측면이 테크네의 본질이라고 지적했다.[14] 그리고 이러한 비판적 시각은 전기응용 신파극이나 연쇄극에 사용된 테크놀로지에 대한 새로운 이해와 평가를 가능하게 한다. 왜냐하면 '변태의 극'이나 '통조림 연극'이란 평가에는 연극에

---

13) "사동 연흥사에서 외국 활동사진과 고등기생의 검무를 관람홀 시에 전기를 사용ᄒᆞ야 五彩가 영롱케 훈다더라," 「演社활동」, 『대한매일신보』, 1910. 6. 17.

14) R. L. 러츠키, 김상민·윤원화 외 옮김, 『하이테크네』, 시공사, 2004, 8-12쪽.
이 책에서 러츠키는 하이데거의 논의를 빌어 '근대적 (도구적) 테크놀로지'와 '하이테크놀로지(하이테크네)'를 구별하고, 미적인 하이테크 개념을 포스트모던 예술의 핵심 미학으로 설명하였다. 이 논문에서 연쇄극의 테크놀로지에 대한 이해는 러츠키의 하이테크 개념보다 근대적 테크놀로지 개념에 대한 하이데거의 비판을 토대로 하였다. 하이데거에 관한 자세한 논의에 관해서는 M. Heidegger, "The Question concerning Technology,"(*The Question concerning Technology and Other Essays*, trans. William Lovitt, New York: Harper Torchbooks, 1977)를 참고할 것.

사용되는 전기장치나 활동사진과 같은 근대적 테크놀로지가 관객의 흥미를 돋우기 위해 '도구적'으로 삽입된 것일 뿐 연극의 본질이 될 수 없다는 인식을 전제로 하기 때문이다. 그러나 연극에 사용된 테크놀로지는 그 자체가 이미 연극의 일부이며, 테크놀로지가 사용된 연극은 별종의 것이 아니라 그 자체가 하나의 연극이다. 이같은 맥락에서 전기응용 신파극이나 연쇄극의 테크놀로지는 내용과 형식을 아우르는 미적인 것이었으며 근대적 연극성은 그 자체가 혼종적인 것이었다고 볼 수 있다.

3. 전기응용 신파극: 활동사진 변사들에 의한 새로운 무대효과

연쇄극이 등장하기 얼마 전부터 새로운 테크놀로지의 신파극이 활동사진 변사들에 의해 공연되기 시작하였다. 이는 생생한 무대효과를 위해 '유니버스'라 불리는 첨단의 전기장치를 이용한 것이었으며, 내용적으로는 기존의 신파극을 바탕으로 하였기 때문에 '전기응용 신파극'이라고 불렸다. 전기응용 신파극은 연쇄극과 함께, 신파극과 활동사진이 생산과 경험의 차원에서 전혀 다른 장르였음에도 불구하고, '극장'이라는 공간 안에서 인적인 측면에서나 콘텐츠적인 측면, 기술적인 측면에서 밀접하게 교류하는 관계에 있었음을 말해주는 결과물이었다. 당시 테크놀로지는 활동사진과 연극 양쪽에서 극장 관객을 실제적으로 견인해 나갔던 근대적인 요소였다.

우리나라에 활동사진이 처음 유입된 것은 1900년 전후였지만, 활동사진 변사들의 활동이 본격화된 것은 1910년에 고등연예관이 경성 최초의 활동사진 전용관으로 설립되면서부터였다. 그리고 이 시기에 활동했던 대표적인 변사로는 일찍이 안종화가 "변사의 시조"15)라고 불렀

---

15) 안종화, 『한국영화측면비사』, 춘추각, 1962, 30쪽.

던 우정식과, 한국인 변사로서는 처음으로 명성을 떨치기 시작했던 김덕경, 그리고 고등연예관에 맨처음 고용되어 큰 인기를 얻었던 서상호와 이후 우미관과 평양가부키좌에서 활동했던 이한경 등이 있었다. 이 중에서도 서상호는 고등연예관과 우미관 등에서 변사 생활을 하던 중에 〈혁신선미단〉의 창단 단원으로 참가하기도 했다. 〈혁신선미단〉은 후지와라 구마다로오(藤原態太郎)를 극단주로 하고 조중장(趙重章)을 단장으로 하여 1912년 2월에 조직된 신파극 단체로서[16] 창단공연으로 「지성감천」을 단성사에서 공연하였다.[17] 그러나 〈혁신선미단〉의 활동은 〈혁신단〉이나 〈문수성〉 등에 비해 그리 활발하지 않았으며, 서상호가 다시 신파극 공연을 하게 된 것은 아이러니하게도 1918년 12월 단성사에 주임변사로 들어가면서부터였다.

단성사는 1907년 처음 설립된 이후에 몇 번의 화재와 수리, 재건축을 거치며 경성에서 유일한 조선인 소유의 연극장으로 존속되어 왔다. 그러나 1917년 2월에 황금관의 주인인 일본인 다무라(田村)에게 팔린 뒤 1918년 9월에 대대적인 수리를 거쳐 12월에는 활동사진 전용관으로 재개관되었다. 그러나 다음 해 5월에는 변사들의 신파극이 공연되었는데, 이는 새로운 활동사진이 충분히 공급되지 못하는 상황에서 상대적으로 짧은 영사 시간 이외의 여흥을 관객들에게 제공해주어야 하는 현실적인 필요성에 의해서였던 것으로 보인다. 당시 단성사에는 서상호 외에도 여러 명의 변사들이 고용되어 있었기 때문에 연극 공연이 가능할 수 있었다.[18] 그리고 전기응용 신파극은 그 중에서도 다른

---

16) 〈혁신선미단〉의 창단광고는 1912년 2월 13일자 『매일신보』에 다음과 같이 실렸다. "本團에서는 조선 재래연극이 甚히 유치ᄒ야 도저히 진보ᄒᆫ 世人에게 만족을 與ᄒ기 不能ᄒᆷ으로 新히 현금 일본내지에서 환영을 受ᄒᄂ 中인 신파극을 모방ᄒ야 最히 혁신ᄒᆫ 취향을 擬ᄒ야 來舊曆 正月 二日브터 中部 團成社에서 開演ᄒ겟사오니 大方 諸君은 陸續來觀ᄒ시압/ 舊십이월 이십육일 革新鮮米團"

17) 『매일신보』, 1919. 2. 25. 한편 안종화는 『신극사 이야기』(진문사, 1955, 149쪽)에서 〈혁신선미단〉이 「재봉춘」과 「의형살해」를 장안사에서 창단공연으로 준비하였다고 했으나, 이는 사실과 다르다.

신파극 극단의 공연들과 차별화하여 시도된 형식 실험적인 신파극이
었다.

전기응용 신파극은 1919년 5월에 처음 공연되었는데, 당연히 새로
운 전기 장치의 도입과 그 효과가 대대적으로 선전되었다.

> ● 단성사의 신여흥　　사진도 밧구운다
> 단성사 활동亽진관에셔눈 亽진에 긔량을 더ᄒ야 이번에 찰신긔발ᄒ 亽
> 진을 특히 텬연식활동회사에 교셥ᄒ야 가져다가 금구일부터 상쟝ᄒ게 되
> 엿눈디 이외에 쏘 **련쇽대여흥으로「유니바－스」라눈 긔계를 亽다가 뎐
> 긔응용으로 변亽악뎌의 신파극을 츌연ᄒ다눈디 그 긔계로 인ᄒ야 비올
> ᄲᅥ눈 비가오고 번긔칠ᄲᅥ눈 텬연으로 번긔치눈 등 기타 변환막칙되눈
> 것이 만허셔 됴션에셔눈 이것이 처음되눈 훌융ᄒ 것**이라눈디 입쟝료눈
> 보통이라ᄒ며 일즉 가지안으면 안될일이라더라[19]

이 기사의 내용은 단성사의 활동사진 변사들로 구성된 "변사악뎌"
가 새로 도입한 "유니바－스"라는 전기 기계장치를 이용하여 비나 번
개와 같은 생생한 무대 효과를 내는 신파극을 처음 시도한다는 것이었
다. 같은 날 신문 광고에서는 이 신파극을 처음으로 "전기응용극"이라
고 불렀으며, 그 첫 번째 레퍼토리는 「生乎아 死乎아」(전5막)이었다.

그러나 주목할 만한 전기응용 신파극 공연은 5월 30일부터 6월 3일
까지 공연되었던 「탐라의 詐夢」(전5막)이었다. 당시 이 공연은 얼마 전
『매일신보』에 기사화되었던 '제주도의 살옥(殺獄) 사건'을 바탕으로 만
들어졌다는 점에서 시작 전부터 세간의 화제를 모았다. 이 사건을 당
시의 기사를 참조하여 요약하자면, 그 내용은 제주도 신좌면 화북리의

---

18) "활동계에 호평잇고 갈치밧눈 … 안이 구변으로눈 데일류되눈 서상호『徐相昊』군을
　　특이초빙ᄒ야 변亽쥬임으로 뎡ᄒ고 텬연ᄒ 표졍과 그럴듯ᄒ 익살 잘 부리눈 변亽와
　　희로익락을 긔묘ᄒ게 쥬亽니눈 변亽 합오륙인이 잇셔 미일밤부터 우에셔 일거일동에
　　더ᄒ 셜명은 참으로 본관쥬의 쟈량뿐 안이오," 『매일신보』, 1918. 12. 21.
19) 『매일신보』, 1919. 5. 9.

한씨네 데릴사위로 들어간 한신호(21)라는 사람이 장인과 장모가 세상을 하직한 후 가독20)을 상속하여 지내던 중에 처남되는 한종흠(29)이 재산을 빼앗고자 절벽 아래로 어린 매부를 떠밀어 죽였으나 결국 탄로되어 지난 7월에 경찰서에 잡히게 되었다는 것이었다.

실화를 바탕으로 만들어진 연극에서 전기응용의 전기장치는 특히 생생한 특수효과를 통해 강렬한 시각적 리얼리티를 성공적으로 만들어 내었다. 당시 공연에서는 벼랑 끝 살인 장면에서 사용되었을 법한 비나 천둥번개와 같은 무대효과 외에도, 산이나 바다와 같은 원경(遠景)을 무대배경으로 투사하거나 유령의 현출과 같은 특수효과까지 시도되었기 때문이다. 실제로 21일자 광고에서는 전기응용을 통해 "황막처참호 광야"뿐만 아니라 심지어 "유령(독갑이)"까지 생생하게 나타난다고 선전하였으며,21) 이를 통해 우리는 제주도 한라산과 등대 풍경, 바다 위에서 배가 지나다니는 장면 등까지 기존의 그림 무대배경 대신 적극 사용하고 있었음을 알 수 있다.

> ● 비극「제주살옥」   단성사에서 호평
> 단성사활동스진관에셔 스진을 영스훈뒤에 여흥으로 본보에 게지되엿던 제주도 살옥스건을 관원일동이 각식호야 신파비극으로 삼십일부터 시작훈 다호미 그날밤 일곱시부터 관람긱이 몰니기 시작호야 여덜시에는 아러위칭이 모다 만원의 성황이엿고 열시부터 신파가 시작되야 뎨삼막에는 부인셕에셔 그즁 기싱들이 눈물을 흘니엿고 나죵은 **뎐긔스용으로 귀신이 낫 하나는데 모다 신긔히 역이엿스며 데스막에 가셔 제쥬한라산을 짊여노은 것과 등디와 윤션의 리왕호는 광경은 진경과 흡스호다고 환영을 밧앗는디 이 신파스실극은** 륙월삼일신지만 흥힝호다더라22)

---

20) 구(舊) 민법에서 호주의 신분에 따른 모든 권리와 의무를 말한다.
21) "광고 (단성사)/ 5월 21일 매일신보 3쪽에 게재훈 **최근 제주도 殺獄사건의 사실을 각색훈** 대비극 흥행/ 탐라의 詐夢 전5막/ (유니바－스) **전기응용으로** 황막처참훈 광야를 배경으로 호야 불가사의의 **유령(독갑이)이 낫하나는 전율극** (텬연훈 독갑이 나오는 ○경)…,"『매일신보』, 1919. 5. 30.
22)『매일신보』, 1919. 6. 1.

위의 기사는 전기응용 신파극에 사용되었던 최첨단 테크놀로지가 당시 관객들에게 얼마나 신기한 관극 경험을 제공했는지 잘 보여준다. 그리고 이차원의 스크린에 투사되는 활동사진과 달리 삼차원적인 무대 위에서 배우가 연기하는 환경으로서 활용되었던 비나 천둥번개, 한라 산과 바다와 배의 풍경 및 유령 등과 같은 특수효과가 제공해주는 경험의 핵심에는, "신파스실극"이라는 명칭에서도 잘 나타나듯이, '생생한 사실성'이 놓여 있었다. 특히 「탐라의 詐夢」이 실화를 바탕으로 했다는 점에서 테크놀로지적인 무대 효과의 사실성과 생생함은 내용적인 사실성 내지는 박진성(迫眞性, verisimilitude)을 심화시키는 것이었다. 그리고 이는 일본적이거나 서구적인 시공간과 무대장치를 배경으로 근대적인 도덕률을 이념화하여 멜로드라마의 형식으로 보여주었던 기존의 신파극과는 다른 차원의 경험을 제공하는 것이었다.

이를 계기로 사실적인 무대에 대한 관객들의 요구는 점점 더 커져 갔으며, 이후 단성사에서는 '유니버스' 기계를 네 대 더 주문하는 등 공연의 규모를 확대시켜 나갔다.[23] 뿐만 아니라 변사들의 테크놀로지 실험극에 대한 관객들의 호응은 역으로 일반 신파극단들의 공연방식에까지 영향을 미쳤다. 그리고 일반 극단으로서는 맨처음으로 김도산의 〈신극좌〉에서는 전기응용 기계를 조만간 일본에서 구입할 예정이라는 내용의 광고 —"**무대상에서 雲雨雪日月星波濤 등을 수시현출케 ᄒ고 연극의 화려를 加ᄒ야 일반관객으로 ᄒ여곰 多人ᄒ 쾌락과 감상을 흥기케 홀 계획**"[24] — 를 『매일신보』에 싣기도 했다.

곧 유니버스 기계장치는 하나의 유행이 되어 7월 18일부터 단성사에서 시작되었던 임성구의 〈혁신단〉 고별공연 신파극 — 당시 혁신단에서는 「가쭈스」를 시작으로 「계섬의 한」, 「눈물」, 「재봉춘」, 「육혈포강도」, 「장한몽」 등의 대표적인 레퍼토리들을 연일 공연하였다 —에도

---

23) "광고 (단성사) … 특히 「유니바ー스」 긔계를 내지에서 네 긔를 더 주문ᄒ야다가 일대 굉장히 설비를 ᄒ고 한번 상장코져 ᄒ오니…," 『매일신보』, 1919. 6. 13.

24) 『매일신보』, 1919. 6. 23.

폭넓게 사용되었다. 특히 「장한몽」에서는 공연의 클라이맥스에 해당하는 이수일과 심순애의 이별 장면에서도 유니버스 기계를 이용하여 극적인 효과를 극대화시켰다. 당시 신문기사에서는 이에 관해 "대동강가에셔 리슈일과 심슌이가 셔로 리별ㅎ는 마당을 당ㅎ야 긔묘한 『유니바스』로 달쓰고 비오고 뢰셩번긔를 ㅎ는통에 수일의 사람은 곡진긔정한 그 익쳐러운 리별을 함에는 기성들은 노샹 울면셔 즈미붓쳐 구경ㅎ엿다"25)고 기사화하고 있었다.

한편 광고를 먼저 내보냈던 김도산의 〈신극좌〉에서는 다소 뒤늦은 9월 10일부터 「의기남아」를 시작으로 하여 「견이불견」, 「가쭈사」, 「은의의 발포」, 「비파성」, 「천리마」, 「덕국토산」 등의 전기응용 신파극을 본격적으로 공연하였다. 이 때 광고에서는 "최신식 『유니바스』 응용극", "구미 최신식 전기 キネオラマ劇/ 천연적 환영/ 변환 자재", "구미 최신식 키네오라마 전기응용극 (환영자재)" 등의 문구가 조금씩 다르게 사용되었다. '유니버스'나 '키네오라마'는 모두 무대적 환영의 특수효과를 만들어내는 전기장치의 이름으로서 그때그때 구별 없이 혼용되고 있었다.

이상과 같이 전기응용 신파극은 다음 달인 10월에 연쇄극이 등장하기 전까지 활발히 공연되었다. 그리고 여기서 눈여겨 보아야할 점은 전기응용 신파극의 테크놀로지를 통해 확산되었던 무대배경이나 눈, 비, 천둥소리 등과 같은 무대효과의 사실적인 표현 외에도, 일반 무대장치나 배우들의 의상, 연기, 발성, 대사 등의 사실성에 대한 요구 역시 점차 증대되고 있었다는 사실이다.

　… 단셩샤에셔 데일 쳣날 흥힝ㅎ던바 『의기남아』를 보왓다. 그의 디한 나의 소감을 말홀진디 위션 『의긔남아』라ㅎ는 각본은 각본부터 현금 우리 사회에는 뎍합ㅎ지 못ㅎ다. 그 각본은 너디 구극과 밋 신극을 졀츙ㅎ야 지은 것인듯ㅎ딘 우리됴션에는 잇슴직한 것이 아니다. 그뿐아니라 그더들의

---

25) 『매일신보』, 1919. 7. 20.

말홈과갓치 풍속을 기량홀 수는 전혀업는 것이다. 지금 그에 더후야 나의
본디로 곳치고 십흔 덤을 총괄덕으로 말홀진디 데일 몬져 표정후는 모양
을 곳칠 것이오 그 다음에는 사람을 골나셔 『역』(役)을 맛길 것이다. 이것
를 다시 분셕후야 말후쟈면 데일 첫지 표정에 디한 것은 말을 비호며 연
구후야 그릇되는 무식혼 말이 업게 후며 이상히 듯치는 『악센트』를 업시
홀 것, 니디인의 구극비우를 입닉니여 몸의 동작을 이상히 후는 것을 곳칠
것, 관긱을 웃기고쟈 공연히 너무 란폭한 거동을 후지 말것이오
　둘지 도구를 곳칠 것은―니디인을 본바다 슈건을 쪼와셔 머리를 동이
는 것, 격금후는 것 즉 긴칼과 긴 작더기 등을 업시홀 것, 『한뎬』이라는
니디인의 로동쟈의 옷과 밋 양복 등을 람용후지 말 것 곳 현금 우리 사회
와 어그러지지 안케홀 것이오
　세지 사람을 골나셔 역을 맛길 것은, 각각 자긔의 댱쳐를 따라셔 뎍합
혼 역을 맛길 것이니 가령 단댱이라도 쟈긔가 능치 못혼 것은 사양후야써
뎍합혼 자에게 맛길 것이다. 이에 말혼바 몟가지를 곳치여셔 더욱 아름다
웁게 흥힝후엿스면 죠흘줄노 싱각후노라26)

　다소 길게 인용한 위의 비평 기사는 김도산 〈신극좌〉의 유니버스
응용극인 「의기남아」에 대한 팔극원의 비평 기사이다. 이 글에서 팔극
원은 〈신극좌〉의 공연이 첫째는 우리 사회의 모습을 반영하지 않은 각
본으로서 풍속개량에 전혀 도움이 되지 않으며, 둘째는 배우들의 연기
나 대사가 자연스럽지 않을 뿐만 아니라 일본의 가부키 연기 양식을
흉내내고 있음을 비판하였고, 셋째는 우리 조선인 캐릭터에 전혀 맞지
않은 일본식 의상이나 소도구의 사용 등을 비판하였다. 이는 초기의
신파극이 일본의 신파를 문명적인 새로운 연극('신연극')의 모델로 받
아들였던 단계를 지나서, 점차 우리 조선의 현실을 사실적으로 반영하
는 연극에 대한 요구가 점차 형성되고 있었음을 보여주는 것이었다.

---

26) 팔극원, 「신극좌를 보고」, 『매일신보』, 1919. 9. 12.

4. 연쇄극: 조선적인 미장센의 창출과 여배우의 등장

1910년대 말에서 1920년대 초반까지 연쇄극은 전기응용 신파극과 함께 연극에 테크놀로지를 적극 도입함으로써, 이전의 신파극이나 이후의 소위 '근대극'과 다른 새로운 연극성을 보여주었다. 그런데 이것은 활동사진이라는 매체 자체의, 기록에 가까운 직접적인 사실주의와 밀접하게 관계하는 것이었다. 활동사진은 비록 전체 공연 시간에 비해 아주 짧은 부분을 차지했지만, 본고에서는 하나의 연쇄극 안에서 활동사진과 연극이 연속적으로 무대화되는 형식이 관객들이나 제작자들 모두에게 결과적으로 활동사진에서 경험되는 실재적인 사실감을 연극에까지 요구하거나 확대 적용시키는 계기가 되었다고 본다. 또한 신파극 안에서 하나의 연극적인 관습으로 여겨졌던 '온나가타'인 여형(女形) 배우가 연쇄극에 와서 점차 근대극의 상징인 '여배우'로 대체되어 갔던 것도, 연쇄극 안에서 활동사진이 빚어내었던 실재적 또는 사실적인 무대 감각과 밀접한 관련을 가지고 있었다고 본다.

연쇄극은 원래 1904년 러일전쟁 당시에 일본의 어느 신파극단이 도쿄 니혼바시(日本橋)의 마사고자(眞砂座)에서 상연했던 「征露の皇軍」에서 비롯되었다. 적의 군함에 어뢰가 명중해 침몰하는 해전 장면에서 어느 외국 해군의 훈련 장면을 담은 실사영화 필름을 스크린에 영사해 높은 평판을 얻었던 것이다. 그러나 '연쇄극'이란 명칭이 처음 붙여지면서 본격적으로 유행하게 된 것은 1909년 무렵에 시대극을 공연했던 나카무라 카센(中村歌扇) 극단에 의해서였다. 특히 싸움 장면인 '다찌마와리(立回り)'가 큰 인기를 얻었는데, 이는 야외 촬영한 싸움장면을 스크린으로 보여주다가 영사가 끝나면 다시 밝아진 무대 안에서 같은 배우가 연극을 계속하는 방식으로 연출되었다. 그러나 1917년에는 무대공연과 영화를 분리시키는 영화법이 개정되면서 연쇄극의 제작 자체가 금지되고 말았다.[27][28]

연쇄극이 우리나라에 처음 들어온 것은 1915년 부산에서 공연된 미쯔노 강게쓰(水野觀月) 일행의 「짝사랑」에 의해서였으며, 서울에서는 1917년 3월 14일부터 황금관에서 「문명의 복수」가 연쇄극으로서는 처음 공연되었다.[29] 그리고 우리 연쇄극의 형식도 일본의 연쇄극과 크게 다르지 않았던 것으로 보인다. 박진과 조풍연의 회고를 참고해볼 때, 연극이 한창 공연되던 중에 갑자기 호루라기 소리가 나면 극장 안이 어두워지는 동시에 무대 앞에 흰 천이 내려졌고 그 흰 천 위에는 활동사진이 영사되었다. 그리고 한창 활동사진이 영사되다가 다시 호루라기 소리가 나면 극장 안이 밝아지면서 흰 천이 다시 올라가고, 무대 위에는 조금 전의 활동사진에 등장했던 배우가 나와 연극을 계속하였다.[30]

오늘날의 관점에서 볼 때 산만해 보이기까지 하는 연쇄극의 진행방식은 그러나 당시에는 관객들의 극적인 몰입을 방해하기는커녕 오히려 마술에 가까운 최첨단 테크놀로지로 여겨지면서 관객들의 주의를 집중시켰다. 그 새로움 중의 하나는 명칭이 말해주듯이 활동사진이 전체 연극 안에서 앞뒤의 연극 장면과 연결되는 방식이었으며, 다른 하나는 무대 위의 스크린에 보여졌던 활동사진 자체였다. 이 중에서도 특히 후자는 조선의 풍경을 배경으로 조선인을 찍었던 최초의 활동사진이었

27) 일본 연쇄극의 발생과 전개, 형식 등에 관해서는 다음과 같은 연쇄극의 기존 연구물에 충분히 설명되어 있기에 자세한 설명은 여기서 생략한다. 조희문의 「연쇄극 연구」, 『영화연구』 제15호, 2000; 김수남, 「연쇄극의 영화사적 정리와 미학적 고찰」, 『영화연구』 제20호, 2002; 전평국, 「우리 영화의 기원으로서 연쇄극 시론」, 『영화연구』 제24호, 2004. 그러나 이 논문에서는 주로 佐藤忠男의 『日本映畵史 I』(岩波書店, 1995, 124쪽)를 참조하였다.
28) 연쇄극에 관한 기존 연구들은 대부분 영화 연구 분야에서 현재 한국 영화의 날(1919년 10월 27일)이 김도산 일행의 연쇄극 「의리적 구토」를 기준으로 제정된 것에 이의를 제기하고 있다. 그리고 궁극적으로는 한국영화의 기점을 활동사진의 전래나 제작 시점 등을 근거로 구명하는 것을 목적으로 한다. 반면에 본고에서는 당시 연쇄극의 제작과 공연 상황을 연극사적인 맥락에서 좀더 실증적으로 살펴보고 그 의의를 구명하고자 하였다.
29) 김종원, 『우리영화 100년』, 현암사, 2001, 60쪽.
30) 박진, 『한국연극사 1기(1902~1930)』, 예술원 연예분과, 1972, 161-162쪽; 조풍연, 『서울잡학사전; 개화기의 서울 풍속도』, 정동출판사, 1989, 222-223쪽.

다는 점에서 관객대중들의 관극 경험은 가히 경이로움 그 자체였다.[31] 왜냐하면 그동안 서구와 일본에서 제작된 활동사진 속에서 제국주의가 스크린에 투사하는 타자의 이미지들을 동경의 대상으로 바라봄과 동시에 소외감을 느꼈을 조선의 관객대중들이, 이제는 스크린 속에서 자신의 이미지들을 투영하며 바라볼 수 있게 되었기 때문이다. 그러나 이 논문에서는 기존 연구에서 이미 논의된 연쇄극의 공연 형식보다는, 연쇄극의 레퍼토리와 활동사진과 연관되어 제작되었던 방식, 그리고 그것이 사실적인 무대 감각의 형성과 여배우의 등장에 미친 영향 등에 초점을 두고자 한다.

맨처음 연쇄극을 제작했던 김도산 일행의 활동사진 촬영은 크게 두 가지 방향, 즉 경성 시내와 시외를 배경으로 하는 연극과 경성 시가의 경치 자체를 중심으로 이루어졌다. "신파신극좌 김도산일힝을 다리고 경성닉외의 경치됴흔 장소를 싸라가며 다리와 물이며 긔차 뎐챠 자동챠까지 리용ᄒᆞ야 연극을 ᄒᆞᆫ 것을 져져히 빅인 거이 **네 가지나 되는 예뎨인바** 모다 됴흔 활극으로만 빅엿스며 그 외 **경성 전시가의 경치를 빅여 실사**를 ᄒᆞᆫ다ᄒᆞ며"[32] 그리고 당시의 촬영장소는 바로 "한강철교, 장충단, 청량리, 영미교, 남대문 정거장, 둑도, 전관교, 전차, 기차,

---

31) 이는 한국영화사 연구에서 특히 근대영화의 기점 문제와 연관되는 중요한 지점이기도 하다. 왜냐하면 비록 일본인 촬영기사 미야가와 소우노스케(宮川早之助)에 의해 제작된 짧은 분량이었음에도 불구하고 처음으로 조선인 자본에 의해 조선을 배경으로 조선인을 담은 필름이었기 때문이다. 이에 관해 당시 『매일신보』에서는 "…홍힝주 박승필씨가 계약을 ᄒᆞᆨ고 오빅원을 너녀 됴션에 처음잇는 신파연쇄활동사진을 빅힐 작뎡으로 특히 동경 텬활회사로부터 활동사진 박히는 기ᄉᆞ를 불노다가 오는 삼일부터 시닉외로 단이면 연극을 ᄒᆞ야 활동으로 박힌후 직시 단성사에셔 처음으로 무뒤에 올녀 흥힝홀터이논디…"(『매일신보』, 1919. 10. 2)라고 하였다. 여기서 명시된 제작비 "오빅원"은 이후의 기사들에서 "오륙천원의 만흔 돈"과 "오천여원의 거익"으로 정정된다. 그리고 이후 안종화는 『한국영화측면비사』에서 당시 단성사의 변사였던 김덕경이 대판으로 건너가 일본 天活영화회사 전속 촬영기사인 미야가와 소우노스케를 초빙하여 데리고 왔다고 했다.

32) 『매일신보』, 1919. 10. 25.

자동차, 노량진, 공원 기타"³³⁾였다. 그러나 보도와 달리 실제 공연된 김도산 일행의 연쇄극은 다음과 같은 세 편이었다. 「의리적 구토(義理的 仇討)」(1919. 10. 27~11. 2), 「시우정(是友情)」(1919. 11. 3~11. 6), 「형사고심」(1919. 11. 7~11. 10).(모두 단성사에서 공연)

맨처음 공연되었던 「의리적 구토」은 예상대로 대성공이었는데, 『매일신보』에서는 이를 다음과 같이 보도하였다.

> 신파신극좌 김도산일힝의 경성에서 촬영된 신파활동사진이 됴션에 쳐음으로 지나간 이십칠일부터 단셩샤무더에 상쟝된다하미 **쵸져녁부터 됴수갓치 밀니는 관긱남녀는 삽시간에 아러위청을 물론하고 쌕쌕히 차셔 만원의 픠를 달고 표씬지 팔지못한 더셩황이엿더라** 그런디 데일번화한 것은 각권반의 기성온 것이 무려 이빅여명이나 되야 더욱 이치를 너엿더라. 영사된 것이 시작ᄒᆞ는디 **위션 실사로 남대문에서 경성젼시의 모양을 빗치이미 관긱은 노상 갈치에 박수가 야단이엿고 그뒤는 졍말 신파사진과 비우의 실연 등이 잇셔셔 처음보는 됴션활동샤진임으로 모다 취한 듯이 흥미잇게 보아 젼에 업는 셩황을 일우엇다더라**³⁴⁾

저널리즘적인 과장을 감안하더라도 조선 최초의 신파활동사진에 대한 관객들의 흥분과 호응은 자못 열띤 것이었음에 틀림없다. 대대적인 선전에도 힘입어 좌석은 금새 매진되었는데, "각권반의 기성"들도 최신식 문화의 소비에 빠지지 않음을 과시적으로 보여주면서 여기에 한 몫을 하였다. 그리고 전체 프로그램은 경성 시내의 풍경을 실사로 먼저 보여준 뒤에 연쇄극이 공연되는 방식으로 진행되었다.

흥행이 대성공하자 김도산 일행은 곧바로 두 번째 연쇄극 제작을 준비하였으며, 다른 신파극단들에서도 연쇄극을 제작하기 시작했다. 그런데 두 번째 연쇄극 제작의 특징은 '극단과 촬영장소의 다변화'였다. 우선 김도산 일행은 자신들의 두 번째 촬영장소로 경성이 아닌 지방

---

33) 광고, 『매일신보』, 1919. 10. 25.
34) 「단성사의 초일/ 관긱이 물미듯이 드러와」, 『매일신보』, 1919. 10. 26.

도시, 즉 부산과 대구를 선택하였다. 그리고 한발 늦게 연쇄극 제작에 뛰어든 이기세의 〈조선문예단〉은 대구의 시내와 교외 지역, 경주의 불국사 및 첨성대 등의 명승지, 평양의 절경 등을 촬영장소로 하였고,[35] 임성구 일행은 인천과 평양에서 촬영하였다.[36] 이 때 홍미로운 점은 김도산과 임성구 일행의 연쇄극이 박승필의 제작으로 단성사에서 독점적으로 공연되었던 것과 달리 이기세 일행은 우미관에서 공연했던 것으로 보아 별도의 제작자를 두고 있었던 듯 보이며, 이기세 일행과 임성구 일행의 연쇄극은 최초의 조선인 촬영기사였던 이필우에 의해 제작되기 시작되었다는 사실이다.[37]

한편 새로 찍은 김도산 일행의 연쇄극은 연극보다 활동사진의 비중이 점점 더 커짐에 따라 그 명칭이 "신파연쇄활동사진"으로도 선전되었다. 예를 들어 4월 1일부터 6일까지 공연되었던 「의적(義賊)」의 광고 문구-"이번은 실연이 격고 전혀 연쇄활동사진만 영사홈"-를 통해 우리는 연쇄극 안에서도 활동사진에 대한 요구가 신파극보다 커지고 있었음을 짐작할 수 있다. 그리고 이는 신파극의 부자연스럽고 비사실적인 -일본식으로 양식화된 발성과 움직임, 의상, 분장, 무대장치 등- 무대 감각보다는, 조선의 풍경을 배경으로 조선인 배우가 나오는 활동사진이 빚어내는 구체적이고 실제적인 사실감에 대한 관객대중들의 선호도를 반영하는 것이었다. "왜 됴션 사롬으로서 연극을 홀 씌는 순전혼 됴션식 풍속 습관으로 흥지 안코 쏙 보기 실흔 못된 것만 본을 쩌

---

35) 『매일신보』, 1920. 3. 23. "디구 달성공원으로 시가와 밋 덩거장과 도슈원과 농원 등의 명소로 자동챠를 몰아 츄격을 하는 쾌졀흔 촬영을 흔후에 다시 신라고젹되는 경쥬 불국사 일셩 첨셩디 등의 명승디를 촬영호야 디구에서 오류일간 흥힝호다가 평양으로 가셔 평양절승 경기를 촬영호야 가지고 곳 경셩으로 와셔 흥힝을 혼다 호니"

36) 『매일신보』, 1920. 3. 24. "인쳔과 궃혼 바다가에서 긔션과 밋 『쏘ㅅ』을 타고 슈상에셔 일터활약을 호는 것과 밋 평양에 나려가셔 모란봉과 부벽루 대동강을 비경삼아 가지고 본보에 련지되얏던 됴일지군의 장한몽을 아조 유감되느나 것업시 촬영홀 터이라 는디"

37) 김종욱 편저실록, 『실록 한국영화총서(상); 제1집(1903~1945. 8)』, 국학자료원, 2002, 139-143쪽.

서 됴션 연극인지 일본 연극인지 알 수가 업시 되니 정신됴차 그러흐
냐 김도산이나 리긔세 일힝에게 츙고흐오 아모죠록 됴션 의목에 됴션
식으로 흐란 말이오(츙고생)"38) 그리고 이는 이후 연쇄극의 무대에 '온
나가타' 대신에 '여배우'가 등장할 수 있는 기대와 분위기를 마련하였
다. 물론 각종 조합에서 활동해오던 기생들 외에도 판소리분창극을 주
로 공연하는 구파(舊派)배우 일행인 개량단에도 여배우들이 있었다. 그
러나 이들이 무대 위에서 보여주었던 것은 각종 무용이나 창(唱) 등이
었다는 점에서 본격적인 의미에서의 여배우라고 할 수는 없었다.

여배우의 등장에 관한 기사가 신문지상에 처음 등장한 것은 이기세
일행인 〈조선문예단〉과 관련해서였다. 김도산 일행이 두 번째로 연쇄
극 「의적(義賊)」(1920. 4. 1~6)과 「의외흉한(意外兇漢)」(4. 7~11), 「명
천(明天)」(4. 12~22)을 공연한 후 얼마 안되어, 이기세 일행은 대구와
경주 등지를 배경으로 찍은 자신의 첫 연쇄극들—「지기(知己)」(4. 24~
25), 「황혼」(4. 26), 「장한몽」(4. 28~30) — 을 우미관에서 공연하였다.39)
그리고 공연 하루 전인 23일 『동아일보』에서는 이기세 일행의 공연에
여배우가 등장할 수 있음을 암시하였다. "리긔세씨 일힝은 … 시내 우
미관에서 신파 련쇄극을 흥힝할 터인라는대 일힝 이십여명중에는 **난
서(蘭西) 소정(小艇)이라는 곳갓튼 녀배우도 잇서** 매우 취미가 진진
하겟더라." 그러나 이러한 기사에도 불구하고 실제 「지기」 공연에서
여배우의 비중은 그다지 크지 않았던 것으로 보인다. 왜냐하면 27일자
『매일신보』에 실린 순성(瞬星)의 비평을 통해 볼 때 -"瑛海를 裝한 여
형배우 이응수"나 "張必朱의 母를 扮한 羅孝鎭"- 주요한 여역(女役)
은 대부분 '온나가타'에 의해 연기되고 있었기 때문이다. 그러나 순성
이 "遲參하야 女優의 예술을 보지못함은 유감이라"라고 덧붙였던 것

---

38) 「천정지설」, 『매일신보』, 1920. 4. 24.
39) 「지기」는 확실히 24일에 개연되었으나 25일까지 공연되었는지는 불확실하다. 그리고
「황혼」이 26일에 공연된 다음 날인 27일자 『매일신보』에는 이기세 일행의 「콜시카 형
제」의 공연 광고가 실렸으나, 이것이 연쇄극으로 공연되었다고 보기는 어렵다.

으로 보아, 여배우는 세간의 많은 관심 하에 연쇄극의 무대 위에 서고 있었음은 분명하다.

실제로 여배우의 존재를 확실히 인식시킨 것은 28일부터 공연된 「장한몽」의 마호정(馬豪政)이었다. 마호정은 구왕실의 나인(內人) 출신으로서 사재(私財)를 털어 〈취성좌〉를 운영했다.[40] 〈취성좌〉의 전신이 경성배우조합인 〈개량단〉이었고, 경성배우조합은 1915년에 판소리 창자들과 기생들을 중심으로 설립된 경성구파배우조합이었다는 점에서, 궁중나인 출신의 마호정과 이들이 맺은 인연은 훨씬 이전인 10년대 초반으로 여겨진다. 남편인 김소랑은 임성구 일행의 혁신단 단원이었던 김현으로서 〈취성좌〉의 명목적인 대표였을 뿐, 실질적인 운영자는 마호정이었다.

엄밀히 말해 마호정이 무대에 등장하기 시작했던 것은 연쇄극 이전부터였다. 경성구파배우조합이 산하에 신파부 개량단을 두다가 이것이 다시 3월에 김소랑 일행의 〈취성좌〉로 재조직되었는데, 마호정은 그때 당시부터 신파극 무대에 섰다. 왜냐하면 일년 전인 1919년 12월에 공연되었던 「야성(夜聲)」에서 이미 마호정의 연기는 다음과 같이 호평을 받고 있었기 때문이다.

> 쟝산가의 소실의 역을 맛허셔 간악훈 첩의 분장으로 출연훈 녀우 **마호뎡『馬豪政』**은 그 단의 데일 화형비우인듯훈디 참으로 **우리 됴션녀우로는 처음보는 명우**이라고 ᄒ겟다. 그 표뎡ᄒᄂᆫ 틱도는 뷔인곳이 업섯다. 그더로 더욱 열심히 더욱 연구홀 것 갓흐면 얼마되지 안이ᄒ야 됴션극계를 디표홀만훈 비우가 되기 어렵지 안이홀줄로 싱각훈다.[41]

그녀가 자신의 극단 작품이 아닌 이기세 일행의 「장한몽」에 출연 교섭을 받았던 것도 이러한 연기력 때문이었을 것이다.

---

40) 안종화, 앞의 책, 51쪽.
41) 八克園, 「김소랑의 〈夜聲〉을 보고」, 『매일신보』, 1919. 12. 25.

안종화가 일찍이 마호정에 대해 "주로 상류가정의 소실 역이나 계모 역을 도맡아 했는데"[42]라고 기술한 이후부터 그녀는 "최초의 비중 있는 여자 조역"[43]이라는 한정된 평가를 받아왔다. 그리고 최초의 여배우는 일반적으로 활동사진인『월하의 맹서』로 대중적인 유명세를 탔던 이월화로 규정되어왔다. 하지만 이월화의 유명세가 영화라는 매체를 기반으로 하는 젊은 여배우의 스타성에 주로 힘입은 것이었다는 점에서, 시기적인 선구성에서나 연기적인 측면에서 근대 연극사에서 여배우의 존재를 처음으로 인식시키고 확대시키는 데 기여했던 배우는 마호정이었다고 말할 수 있다. 즉 마호정은 〈취성좌〉의 신파극 무대에 처음 선 이후에 연쇄극의 성황을 계기로 하여, 좀더 자세히는 연쇄극을 통해 여배우의 존재를 분명히 확립시켰던 것이다. 실제로 1920년대 초반경에는 "女役者가 수명이 유하야"[44]라는 연쇄극 광고나 "녀비우도 특히 만어셔 즈못 볼만하다러라"[45]라는 식의 신문기사를 어렵지 않게 접할 수 있었다. 그리고 1922년에 제작된 임성구 일행의「장한몽」과 김소랑 일행의「춘향전」에서도 여배우의 비중은 한층 커져 있었다.

5. 결론을 대신하여: 대중 연극과 근대적 혼종성

전기응용 신파극과 연쇄극은 관객들을 끌어들이기 위해 전기장치나 활동사진과 같은 최첨단의 테크놀로지를 극 중에서 접목시키는 과정에서 만들어진 독특한 연극 형식이었다. 처음에 이것은 연극과 활동사진, 전통연희, 심지어 씨름이나 소싸움 등을 보기 위해 극장을 찾는 관객들을 경쟁적으로 유치하기 위해 고안된 것이었다. 하지만 동시에 그

---

42) 안종화, 앞의 책, 52쪽.
43) 대표적인 예로 김남석의『조선의 여배우들』(국학자료원, 2006)을 들 수 있다.
44) 『매일신보』, 1921. 6. 29.
45) 『매일신보』, 1922. 3. 25.

결과물은 무대 위에서 좀더 사실적이고 생생한 표현을 보기 원하는 연극 관객의 요구를 형성해 나갔고, 또한 이들의 요구에 부합하는 것이었다. 따라서 전기응용 신파극과 연쇄극은 무대장치나 무대배경의 차원에서 눈요기로 사용되었던 테크놀로지가 한편으로는 사실적인 드라마나 연기, 의상 등의 무대화와 관계하였다는 점에서, 그 연극사적인 의의를 재평가할 수 있다.

전기응용 신파극의 특수효과와 연쇄극의 활동사진은 극 중 스펙터클을 제공하는 것이었지만, 동시에 기존의 신파극에서는 경험할 수 없었던 사실적인 감각을 끌고 들어왔다. 실제로 당시 두 연극 형식이 흥행에 성공했던 요인은 그러한 사실적 감각 중에서도 특히 조선적인 배경과 등장인물들에 대한 관객들의 호응에 있었다. 그리고 이는 역으로 무대장치나 의상 등을 조선적인 방향으로 사실화시켰으며, 특히 여배우가 무대 위에 등장하고 확립되는 데에도 영향을 미쳤다.

전기응용 신파극과 연쇄극의 테크놀로지는 또한 1910년대의 신파극이, 그 오락성에도 불구하고, 사회적인 담론의 차원에서 연극개량이나 계몽의 명분 안에서 주로 생산 수용되었던 것으로부터 점차 벗어나는 데 영향을 미치기도 했다. 1910년대 초반에 등장했던 신파극은 1900년대 중반 '협률사 연회'를 비판하며 문명개화와 풍속개량을 위해 새로운 연극('신연극')이 필요하다는 연극개량의 요구 속에서 등장하였다. 혁신단과 같은 신파극단들은 저마다 권선징악이나 풍속개량, 민지개발 등을 내걸고 활동했으며[46], 무대 위에서 보여지는 근대적인 삶의 모습과 이에 대한 관객들의 감정이입('동정')에는 모두 계몽의 기제가 작동하는 것으로 여겨졌다. 신파극은 양식적으로 대중적인 멜로드라마였음에도 불구하고, 1910년대 초반이라는 우리나라의 특수한 역사적 시공간 속에서 강제병합 전후에 절정에 달했던 '계몽'이라는 이념 하에서 생산되고 소비되었다.

---

46) 변기종, 「연극 오십년을 말한다」, 『예술원보』 제8집, 1962, 48쪽.

　　그러나 10년대 후반경 식민지 체제가 점차 본격화됨에 따라 계몽이라는 사회적인 명분은 급격히 탈각되어 갔다. 이제 신파극은 기생들의 연주회나 활동사진 등과 함께 식민지 대중들의 익숙한 오락물 가운데 하나로 자리 잡으면서 상업성을 공공연하게 추구해 나갔다. 본래적으로 신파극이 취하는 멜로드라마적인 양식은 서구 연극사에서도 상업적인 대중 연극에 적합한 것이었다. 여기에 연쇄극은 활동사진이라는 첨단 테크놀로지를 과감하게 신파극 안에 끌어들임으로써 관객들의 흥미를 직접적으로 자극하였다. 즉 민지계발과 풍속개량의 필요성에 의해 '신연극'으로서 등장했던 신파극은 테크놀로지를 도입한 연쇄극으로 공연되면서 연극개량이라는 사회적 명분에서 벗어나 공공연히 오락적이며 상업적인 구경거리로서 생산 수용되었다. 그리고 이는 신파극과 연쇄극이 윤백남의 「연극과 사회」에서도 나타나 있듯이 20년대에 들어 예술주의적인 근대 연극이 모색되는 과정에서 비판받는 원인으로도 작용했다. 그러나 실상 근대 연극의 풍경은 멜로드라마적인 요소와 사실주의적인 요소, 상업성과 계몽성, 순수 연극과 혼종적인 테크놀로지가 혼재하고 교섭하는 모습이었다.

주제어 : 전기응용 신파극, 연쇄극, 신파극, 활동사진, 변사, 테크놀로지, 조선적 미장센, 여배우, 대중연극, 혼종적 근대성

◆ 참고문헌

1. 기본자료

『매일신보』, 『동아일보』
윤백남, 「연극과 사회: 竝하야 조선현대극장을 논함」, 『동아일보』, 1920. 5. 4~16.

2. 논문

김수남, 「연쇄극의 영화사적 정리와 미학적 고찰」, 『영화연구』 제20호, 2002.
변기종, 「연극 오십년을 말한다」, 『예술원보』 제8집, 1962, 48쪽.
우수진, 「개화기 연극개량론의 국민화를 위한 감화기제 연구」, 『한국극예술연구』
　　　　제19집, 2004. 4.
───, 「근대연극과 센티멘털리티의 형성」, 연세대 박사논문, 2006.
전평국, 「우리 영화의 기원으로서 연쇄극에 관한 시론」, 『영화연구』 제24호, 2004.
조희문, 「연쇄극 연구」, 『영화연구』 제15호, 2000.

3. 단행본

김종욱 편저실록, 『실록 한국영화총서(상); 제1집(1903~1945. 8)』, 국학자료원, 2002,
　　　　139-143쪽.
김종원, 『우리영화 100년』, 현암사, 2001, 60쪽.
박　진, 『한국연극사 1기(1902~1930)』, 예술원 연예분과, 1972, 161-162쪽.
안종화, 『신극사 이야기』, 진문사, 1955, 149쪽.
───, 『한국영화측면비사』, 춘추각, 1962, 30쪽.
유민영, 『한국근대연극사』, 단국대 출판부, 1996, 285-292쪽; 302쪽.
───, 『한국인물연극사』, 태학사, 2006, 179-199쪽.
이두현, 『한국신극사연구』, 서울대 출판부, 1966(1990), 70쪽.
조풍연, 『서울잡학사전; 개화기의 서울풍속도』, 정동출판사, 1989, 222-223쪽.
佐藤忠男, 『日本映畵史 I』, 岩波書店, 1995, 124쪽.
호미 바바, 나병철 옮김, 『문화의 위치; 탈식민주의 문화이론』, 소명출판, 2002,
　　　　178-188쪽.
R. L. 러츠키, 김상민·윤원화 옮김, 『하이테크네』, 시공사, 2004, 8-12쪽.
M. Heidegger, trans. William Lovitt, *The Question concerning Technology and Other Essays*,
　　　　New York: Harper Torchbooks, 1977.

194

◆ 국문초록

　　연쇄극은 서구적인 근대극이 본격적으로 등장하기 이전인 1910년대 말경에 계
몽이나 예술성보다는 흥행을 목적으로 하여 신파극에 활동사진을 일부 도입했던
혼종적인 연극 형식이었다. 이로 인해 당시 윤백남으로부터 '변태의 극'으로 비판
받았던 연쇄극에 대한 평가는 근대연극사 연구에서 지금까지도 계속되어 왔다.
그러나 본고에서는 근대 연극의 형성은 아이러니하게도 스스로가 부정하고자 했
던 타자인 멜로드라마적 신파극이나 혼종적인 연쇄극에 의해서도 선취되고 있었
다고 본다.
　　연쇄극이 본격적으로 등장하기 이전인 1910년대 중반에 등장했던 활동사진 변
사들의 전기응용 신파극은 사실적이고 생생한 무대 표현에 대해 점차 커져가는
관객의 요구에 부응했던 것으로 보인다. 이는 '유니버스'라는 첨단의 전기장치를
이용한 것이었는데, 이는 눈이나 비, 천둥, 번개, 유령 등에 대한 생생한 특수효과
로 강렬한 시각적 '리얼리티'를 만들어내었다. 그리고 이는 한편으로 실화를 바탕
으로 하는 「탐라의 사몽(詐夢)」과 같은 레퍼토리를 통해 내용적 사실성 내지는
박진성(迫眞性)의 심화로, 다른 한편으로는 조선적인 무대 및 의상 등의 미장센에
대한 요구로 이어졌다.
　　나아가 연쇄극의 등장은 당시 최첨단의 근대적 테크놀로지인 활동사진을 연극
에 적극 도입함으로써 이에 대응하고자 했던 노력이었다. 비록 활동사진은 비록
전체 공연에 비해 아주 짧은 시간을 차지했으며, 신파극이나 연쇄극의 연극적 완
성도를 높이는 데 직접 기여하지는 못했다. 하지만 하나의 연쇄극 안에서 활동사
진과 연극이 연속적으로 무대화되는 형식은 관객들이나 제작자들 모두에게 활동
사진에서 경험되는 실재적인 사실감을 연극에까지 요구하거나 적용시키는 계기
를 만들어내었다. 그리고 연쇄극에 와서 신파극의 '온나가타' 즉 여형(女形) 배우
가 근대극의 상징인 '여배우'로 대체되었는데, 이 또한 활동사진이 빚어내었던 실
재적 또는 사실적인 무대감각과 밀접한 관련이 있었다.

◆ SUMMARY

Yonsekuk and the Modern Theatricality

– Technology and the Emergence of the Realistic Mise En Scène & Actresses

Woo, Su-Jin

Yonsekuk("a play combined with moving picture") emerged around the late of 1910's as a hybrid genre for the purpose of the box-office profits. For that reason, *Yonsekuk* has been accused as 'an anomalous play' in the modern theatre history by Yun, Baek-Nam, etc. However, this study intends to emphasize the role and the significance of the melodramatic *Shinpakuk*("New Trend Theatre") and hybrid *Yonsekuk* in the formation of the modern theatre at that time.

The Electrical Equipment *Shinpakuk* emerged around the middle of 1910's just before *Yonsekuk*. This form of *Shinpakuk* met the demands of the audience who was eager for the lively and realistic stage. It produced the special effects of the rains, snow, lightning, and ghost, etc. by use of the machinery called as '유니버스'. That sorts of reality seemed to be also related with the demands of the verisimilitude and realisitic 'chosun'-style of mise en scène.

Yonsekuk adopted the most advanced technology, that is to say, the moving picture into *Shinpakuk*. Although the portion of the moving picture was so small and even hurted the aesthetic of the play, it con-tributed to extend the reality or realistic demands of the moving picture into the entire production. For example, an actress, which was the char-acteristic of the modern drama, was being substituted for *Onna-gata* ("female character played by a male actor") of *Shinpakuk* in *Yonsekuk*.

Keyword : Electrical Equipment *Shinpakuk*, *Yonsekuk*, moving picture,

narrator of moving picture, technology, chosun-like mise en
scène, actress, hybrid modernity

—이 논문은 2006년 3월 30일에 접수되어, 소정의 심사를 거쳐 2007년 5월 31일에
최종적으로 게재가 확정되었음.

근대 독본의 성격과 위상 (2)*
— 이윤재의 『문예독본』을 중심으로

구 자 황**

1. 서론

근대적 '주체'의 형성은 '타자'의 배제를 통해 이루어졌다. 그러나 기존의 문학 관념을 해체하고, 문학의 새로운 성격을 수립하는 과정은 일거에 이루어지지 않았다. 새로운 주체들의 지난한 문학적 실천, 즉 독자, 매체, 언어 등을 둘러싼 경쟁과 대립 속에서 형성되었다. 근대적 텍스트로서 독본(讀本) 및 강화(講話)류가 주목되는 이유는 이 같은 문학적 실천의 나이테가 개별 작품이나 여타의 매체(신문, 잡지 등)보다

* 이 논문은 2003년도 한국학술진흥재단 지원으로 연구됨(KRF-2003-073-AL1002).
** 성균관대.

선명하게 드러나기 때문이다. 근대담론의 성격을 해명하는 장면에서, 특히 서구적 근대관념이 수용되면서 급격히 상승된 문학의 지위를 고찰하는 데 있어 독본 및 강화류는 필히 점검해야할 '압축 성장판'인 것이다.[1]

이 글의 목적은 이윤재의 『문예독본(文藝讀本)』(1931)이 보여주는 '압축 성장'의 실체와 특징을 살펴보고, 그것의 문학사적 성격과 위상을 규명하는 것이다. 『문예독본』의 체재, 필자, 구성, 내용 등을 살펴보되, 중점을 두고 있는 개념 및 장르의 형성과정, 나아가 특징적으로 명시된 사항 등을 추적함으로써 독본에 반영된 담론의 성격과 궁극적 지향을 확인할 것이다.

독본은 편찬자가 '정수'라고 여기거나 '모범'이 될 만하다고 판단하는 글들을 뽑거나 지어서 묶어놓는다. 따라서 편찬될 당시의 담론과 일정한 지향이 그것의 체재와 내용으로 반영된다고 할 수 있다. 또한 독본은 태생적으로 계몽적 성격을 띤다.[2] 근대 담론이 형성되던 식민지 조선의 경우도 예외는 아니었다. 오히려 『국민소학독본(國民小學讀本)』(1895) 이후 독본은 교과서로서의 지위를 통해 제도적 의미와 표준적 의미를 갖고 출발했으며, 근대지(知) 일반을 보급하는 혼종적 텍스트였다. 또한 독본의 글쓰기 교본으로서의 의미도 간과할 수 없다. 독본이라는 형식을 띠고 있는 책들이 우선 그 안에 담긴 지식과 사상을

---

1) 이 글이 다루고자 하는 독본 및 강화류란, '문학─문예─문장' 등을 주제로 한 읽기 자료 혹은 자료(작품)모음집을 지칭하는 것으로, 이들의 전반적인 형성과정과 실제 출판의 양상을 다룬 것으로는 천정환, 『근대의 책읽기』, 푸른역사, 2003 제3장; 구자황, 「독본을 통해 본 근대적 텍스트의 형성과 변화」, 『상허학보』 13, 2004 등을 참조할 수 있다.

2) 원래 독본은 근대 일본으로부터 수입된 용어로, 산문성을 중심으로 한 읽기 자료(basic reader)의 총칭이다. 일본의 독본이란, 요미혼(讀本)을 뜻하는데, 에도 시대(江戸時代, 1603~1868) 후기에 유행한 소설의 일종이었으며, 그림을 주로 하는 에조시(繪草子)와 달리 문장을 주로 하고 삽화를 덧붙인 권선징악적, 전기적 소설을 가리킨다. 김혜정, 「국어교재의 문종 및 지은이 변천에 대한 통사적 검토」, 『국어교육』 116, 2005, 243쪽.

흡수하게 하려는 의도를 가지고 있음은 물론이거니와, 나아가 선별되거나 창작된 글들이 그 자체로 문장 형식의 전범이 된다는 점에서 자연스럽게 쓰기 방식을 습득케 하는 역할을 담당했기 때문이다.[3]

이윤재의 『문예독본(文藝讀本)』(1931)은 1920년대 신문학 운동의 성과를 반영하면서도 당시 문학 장(文學 場, literary field)의 대립과 경쟁을 보여주는 텍스트다. 이 책은 '문예'를 본격적으로 표방한 최초의 '독본'이라는 점에서 주목된다. 동시에 그 당시 막 형성되기 시작한 서구적 의미의 '문학'이 '문예'라는 이름을 써야만 했던 조선적 사정을 함축하고 있다. 또 1910년대 민간 독본의 선구적 의미를 지닌 최남선의 『시문독본(時文讀本)』(1918)이나 1930년대 최고의 작문 교과서로 평가받았던 이태준의 『문장강화(文章講話)』(1939)에 필적할만한 대중성을 가지고 있었다.[4] 식민지 시대 총독부가 발행한 각종 조선어 독본 및 민간 독본에서도 『문예독본』의 영향력이 확인되고 있다.[5]

---

3) 문혜윤, 「문예독본류와 한글 문체의 형성」, 『어문논집』 54, 민족어문학회, 2006. 10, 201쪽.

4) 이윤재는 1932년 창간된 조선어학회 기관지 『한글』 편집에 적극 참여하였다. 1934년 1월호부터는 그가 직접 주간(主幹)을 맡았으며, 당시 그의 저서 『문예독본』의 인세로 기관지를 발행했다는 기록이 있다. 『문예독본』은 1910년 휘문의숙이 발행했던 『고등소학독본(高等小學讀本)』과 비슷한 이유로 한때 금지도서가 되기도 하였다. 그러나 1935년 기록에 의하면, "상권 하권 2책은 모다 4천부씩을 넘겨 판매되어 불원(不遠) 재판을 출판할 예정"이라고 할 정도로 많이 팔렸고(「서적시장조사기, 한도·이문·박문·영창 등 書市에 나타난」, 『삼천리』, 1935. 10, 137쪽), 해방 후에도 스테디셀러로서의 지위를 누렸음이 판권지 등을 통해 확인된다.

5) 당시 총독부가 발행한 독본으로 『고등 조선어 급 한문독본』(1913), 『신편 고등 조선어 급 한문독본』(1924), 『중등 교육 조선어 급 한문 독본』(1933) 정도를 비교해 볼 수 있다. 『신편 고등 조선어 급 한문독본』에는 나쓰메 소세끼(夏目漱石)의 「나는 고양이로소이다」가 수록되는 등의 특징이 확인된다. 하지만 이것은 어디까지나 파격일 뿐보통은 문학작품이 그 자체로 수록되거나 인용되는 예는 거의 없었다. 전 5권으로 구성된 이 책은 중학 1학년부터 5학년까지의 교재였다. 그런데 단원의 구성을 보면, 1권을 기준으로 조선어가 21과, 한문이 50과이다. 다른 권의 편제도 대략 비슷하다. 그나마 내용적으로도 여전히 근대 지식을 나열할 뿐이며, 한문이 무차별 혼용되고, 학년이 올라갈수록 한자가 전체의 70%까지 차지하는 모습을 나타내고 있다.

한편 『문예독본』의 체재와 내용은 해방 후 1946년 방종현(方鍾鉉)·김형규(金亨奎)의 『문학독본』에서부터 다양한 문학(예) 독본류의 근간이 되기도 하였다. 그 흔적은 전쟁 이후까지 이어진다. 모기윤(毛麒允)이 펴낸 『(고금명작)문장독본』(1953)은 이윤재의 『문예독본』에 수록되었던 작품 5편을 고스란히 수록하고 있다. 또 주시경학파의 후계자인 정인승(鄭寅承)이 백철, 이병기와 함께 낸 『표준 문예독본』(1955)은 고등학교 국어과의 현대문 보충교재로 쓰였다는 점에서 이윤재의 『문예독본』과 비슷한 독자층을 염두에 두고 있는데, 이 또한 『문예독본』의 체재를 유지하고 있다. 심지어는 민족주의 진영의 문인들만이 필진으로 참여한 모습이며, 어휘해설이 후주(後註)로 달려있다거나 전문적인 교열자의 도움을 얻어 표기법에 공을 들인 점까지 유사하다.

이 글이 『문예독본』을 주목하는 이유는 근대문학의 형성과정에서 그것이 갖는 뚜렷한 지위 때문이다. 『문예독본』은 당시 문학의 내용을 범주화하고, 문학 내부의 질서를 재배치하고 있기 때문이다. 즉 '선택과 배제의 기율(紀律)'을 통해 문학에 대한 새로운 관념이 형성되고, 일천한 근대문학의 토대와 환경 속에서 '정전(正典, canon)'에 대한 인식이 싹트는 것을 볼 수 있으며, 이 과정에서 정전의 기준이 드러나고 있다.[6] 따라서 당대 문학이 상정했던 독자층(객체)과 이를 공급하는 전

『문예독본』의 체재나 내용이 총독부 발행 독본에 반영되는 사례는 『중등 교육 조선어 급 한문 독본』에서 뚜렷하다. 전 4권으로 구성된 이 책은, 매 권마다 조선어와 한문의 단원 구성이 비슷한 분량을 차지한다. 1936년에 간행된 것으로 보이는 4권의 경우, 독본의 기본 체제가 봄-여름-가을 순으로 된 것에서 알 수 있듯이 근대 이전 재래의 독본 모습에 가깝다. 하지만 고전문학에 해당하는 고시조가 10여 수나 수록되어 있고, 『문예독본』에 실렸던, 「의기론」(논문, 이광수), 「백두산 갔던 길에」(시조, 변영로) 등이 눈에 띈다. 그밖에 「백두산 등척」(최남선) 같은 단골 제재가 수록되어 있고, 백제, 신라 관련 사료와 고려 가요가 수록되어 있다.

6) 『문예독본』에 수록된 작품과 작품 선별의 기준, 특히 순수성과 민족성을 특징으로 하는 '선택과 배제의 기율'은 해방 후는 물론 한국전쟁 이후 체계적인 교육과정(1955)이 정립되기 전까지 독본의 원리로 활용되었다. 해방 직후 사회 전반의 폭발적인 요구는 문학, 교육 분야에서도 예외가 아니었는데, 이러한 분위기 속에서 각종 독본류가

문가들(주체)이 무엇을 문학의 표준으로 삼고, 띄어쓰기와 맞춤법을 포함해 어떠한 근대어 혹은 문학어를 추구했는지를 살펴보는 데 유용한 텍스트인 것이다.

2. 이윤재와 『문예독본』의 배경

이윤재는 주시경(周時經)의 문하생이 아니면서도 주시경의 학문과 사상을 가장 충실하게 계승·발전시킨 어문학자이자 역사학자였다. 실제로 이윤재는 수권의 저서와 150여 편의 논문, 논설, 수상을 남겼으며 그 영역도 어문, 역사, 민속, 연극 및 희곡에 걸쳐 있었다. 그를 두고 '문사(文史) 민족주의를 창도한 사회사상가'[7]로 평가하는 것도 이러한 사실에서 기인한다.

일찍부터 한글에 관심을 보인 이윤재는,[8] 중국 유학시절 역사학을

활발하게 간행되었다. 하지만 이러한 독본류는 사실상 선집(選集)류가 대부분이었다. 주로 정식 교재로 쓰이기보다는 학교 교육의 보조 자료로 쓰이거나 문학층의 독서 요구에 부응하여 출판된 것으로 구한말 혹은 근대 형성기의 독본과는 그 성격과 위상이 다르다. 실제로 해방 이후 공교육을 이끌었던 미군정은 독립된 정부 수립이 이뤄지기 전의 임시적 성격이었기에 교육에 대한 책임이나 주체성을 지니지 못했다. 따라서 조선어학회에서 만든 국어 교재, 예를 들면 『한글 첫걸음』(1945. 11), 『초등국어교본』(1945. 12~1946. 6), 『중등국어교본』(1946. 9~1947. 5) 등을 발행하거나 대행하는 수준에 그쳤다. 해방 직후 어문교육에 대한 철학과 방향에 대한 비판적 고찰, 특히 문학 정전(혹은 교육정전)에 대해서는 정재찬, 「현대시 교육의 지배적 담론에 관한 연구」, 서울대 박사논문, 1996; 문영진, 「정전 논의에 관련된 몇 가지 문제에 대하여」, 『민족문학사연구』 18, 2001; 윤여탁 외, 『국어교육 100년사』 1권, 서울대 출판부, 2006. 8 제2부를 참조 할 것.

7) 고영근, 「이윤재의 사상체계」, 『주시경학보』 10, 1992; 고영근, 「어문학자 연구의 현황과 전망」, 『한국인물사연구』 1, 2004.

8) 최근 연구에 따르면 이윤재의 첫 저작은 흥미롭게도 「구주탄생」이라는 찬송가의 작사로 밝혀졌다. 비록 본격적인 활동 이전의 기록이고 분야는 다르지만 일반인들이 쉽게 따라 부르거나 보고배울 수 있도록 하는 '표기'와 관련이 있다는 점에서 그의 이후 행보와 무관해 보이지 않는다. 이장렬, 「환산 이윤재의 출생지와 〈구주탄생〉」, 『지역

공부했으며, 1920년대 후반부터 1930년대 후반까지 각급 학교에서의
교육활동, 한글맞춤법 통일안 등의 연구활동, 그리고 잡지 『한글』의 창
간과 기타 사회활동9)에 적극적으로 참여했다. 특히 이윤재는 국어학자
김윤경(金允經)의 소개로 알게 된 주시경학파와 교류하면서 1927년 최
남선, 정인보, 변영로, 임규, 양건식 등과 함께 '조선어연구회'에서 사
전편찬활동에 참여하게 된다. 당시 이들과 뜻을 모아 동인지 『한빛』
(1928. 1~1928. 8)10)을 창간하는데, 이는 『문예독본』의 배경을 이해하
는 데 도움을 준다.

　『한빛』은 당시 미취학 일반인과 보통학교 학생 정도를 대상으로 실
용적 내용을 다룬 잡지였다. "학구적, 연구적인 것을 피하고 되도록은
통속적 실용적 위주로 하여 소년의 독물(讀物)을 삼으려합니다."라는
성격 표방과 함께 원고 및 투고분야도 고담전설, 명승고적, 명인일화,
지방방언, 풍속기습에서 민요, 동요까지 다양했다. '역사와 한글 질문
란'을 개설해 운영한 것도 특기할 만한데, 역사 해답자는 최남선, 한글
해답자는 이윤재가 맡았다.

　『한빛』은 두 가지 점에서 두드러진 잡지였다. 우선 조선어연구회의
어학자들 중심으로 만들어진 잡지였던 만큼 순한글체의 구현이 특징적
이다. 예를 들면 "세종임금은 문화발달에 가장 힘 많이 쓰신 이올시다.
그 중에 가장 큰 썩지 아니할 일은 우리글 훈민정음을 만드신 일이외
다."11)라는 식이었다. 문장에 가급적 한자를 쓰지 않았고, 한글식으로

문학연구』 10, 2004. 가을.
9) 이윤재의 대표적인 사회활동은 1930년대 초반 『조선일보』·『동아일보』의 협력 하에
　전국을 순회하며 개최한 '한글강습회'를 꼽을 수 있으며, 1937년에는 '수양동우회 사
　건'에 연루되어 1년 6개월간 서대문형무소에서 복역한 사실이 있다. 그는 1942년 10
　월 소위 '조선어학회 사건'으로 피체되어 복역하다 1943년 12월 8일 향년 56세를 일
　기로 함흥의 감옥에서 사망하였다.
10) 출판사 등록명은 '한빛사'였으나 주소가 이윤재의 당시 서울 집주소(팔판동 83번지)
　로 되어있었고, 잡지의 인쇄와 판매는 『문예독본』을 찍었던 한성도서출판주식회사가
　담당했다.
11) 한결, 「한글강좌: 조선 말과 글」, 『한빛』 제2호, 1928. 2, 7쪽.

표현하고자 하였으며, 자연스런 한글의 통사구조에 충실하고자 하였다. 물론 이를 위한 직접적인 설명, 즉 우리글의 변천이나 의미에 대한 '한글 강좌란'을 따로 마련하기도 하였다. 다른 하나는 역사와 문학 중심의 문화사적 관심을 토대로 한 '조선적인 것'의 강조였다. 『한빛』의 표지 좌우에는 '조선 얼굴의 거울', '조선 마음의 걸음'이라는 문구가 선명하게 적혀있다. 창간호에서 이윤재는 최남선의 저작에 대한 짤막한 서평을 쓰고 있는데, 최남선의 조선광문회부터 계명구락부까지의 문화사 탐구에 대한 노고와 의미를 지적한 뒤 다음과 같은 평가를 덧붙이고 있다.

> 그의 백발번뇌, 심춘순례, 금강예찬, 백두산근참기 등은 '단순히' 기행문이나 시조집으로만 볼 것이 아니라 어느 것이나든지 다 조선 '정조'가 넘치는 듯한 '문장'으로 조선역사의 보조학과 노릇을 하기에 넉넉하다.[12]

이러한 평가는 역사적 '사실'에 주목하고, 민족의 기원을 정점으로 하는 '문화사적 담론'을 탐색함과 동시에 특정 언어와 감정을 매개로 한 근대적 '문학'을 논의하는 이윤재의 사유구조를 보여준다. 소재나 형식 그 자체보다도 조선 정조가 담긴 조선적 문장라고 하는 미학적 준거를 통해 그가 특정한 문학 관념을 형성하고 민족주의 이념을 내면화하는 과정을 엿볼 수 있다. 『한빛』 2호 편집후기(여쭙는 말)에서는 "역사, 지리, 어문, 교학, 예술 등 '순수히 조선의 것만'을 표방"함으로써 그의 문화사적 담론이나 문학 관념이 혈통이나 신원에 편향되고 있음도 드러난다.

그런데 이러한 점들은 이윤재뿐만 아니라 근대 초기 일군의 국학자들이 천착했던 문화사적 관심과 그것의 실체를 이해하는 데 시사하는 바가 있다. 근대 초 새로운 지식의 등장과 전환과정에서 지식인들은 저마다의 이론적 거점, 예를 들면 유길준은 '정치', 신채호는 '역사', 이

---

12) 이윤재, 「『兒時朝鮮』을 읽고」, 『한빛』 창간호, 1928. 1, 32쪽.

광수는 '비평과 소설', 최남선은 '문화사' 등을 통해 국가와 민족 개념을 정립하고, 나아가 개인과 사회를 매개하는 입론을 구성했다.[13) 이 과정에서 각각의 서사전략도 달라지는데, 이윤재의 그것은 최남선의 '비교문화사적 연구'[14)와 가장 흡사한 경로를 보인다.

최남선의 『시문독본(時文讀本)』(1918)은 당시로서는 엄청난 규모와 시간이 투자된 국역사업과 그 성과를 반영한 것이었다. 뿐만 아니라 역사, 정치, 경제, 사회를 아우르는 이른바 문화사적 관심을 독본의 근간으로 삼았다. 물론 독본의 성격과 문학사적 위상에서 보자면 근대적 지식 체계와 그것의 계몽이 주된 목적이었고, 근대지(知) 일반의 나열식 체재 등 초기 독본의 특징이 여전했다. 그러나 그것을 전달하기 위한 '가성적 언문', 즉 시문체(時文體)라는 절충적 '문체모형'을 창안하였다는 점에서 실험적 의미를 지닌다. 즉 읽기 뿐 아니라 한글 문장 쓰기의 전범을 마련하기 위한 실험적 텍스트였던 것이다. 아울러 『시문독본』은 당시 고급독자층 혹은 신지식층이라고 할 수 있는 언어주체를 설정하고 서구적 대립항으로서의 '민족모형', 즉 어문, 역사, 지리 위주의 국학을 대대적으로 동원하여 하나의 상상적 문화공동체를 창안하였던 것인데,[15) 최남선의 이러한 사상이 통사적으로 집대성 된 「조선역사통속강화」가 『한빛』에 연재되고 있었던 것이다.

결국 『한빛』은 통속적·실용적 관심을 기반으로 일반 독자층을 겨냥한 잡지였던바, 문화사적 관심을 근간으로 학술적 성격이 강했던, 특

---

13) 김현주, 『근대 산문의 계보학』, 소명출판, 2004, 37-42쪽.

14) 최남선이 역사연구의 대상, 목표, 필요성, 범위, 자료, 연구방법을 체계적으로 정리한 글은 「조선역사통속강화」이다. 여기서 그는 역사연구의 궁극적 목표를 '문화'의 해명으로 보았다. 그 이후 '단군'과 '불함문화' 연구를 거치면서 문화이론과 문화사 연구가 심화되었고, 「조선역사강화」에서 드디어 통사가 완성되었다. 김현주, 「근대문화사의 이념과 서사전략―1900~1920년대 최남선의 역사담론 연구」, 『성균관대 대동문화연구원 학술발표자료집』, 2006. 7.

15) 구자황, 「근대 독본의 성격과 위상(1) ― 최남선의 『시문독본』을 중심으로」, 『탈식민의 역학』, 소명출판, 2005, 119쪽.

히 중등교육 이상을 표방한『문예독본』과는 거리가 있어 보인다. 그런데 오히려 핵심은 이 '거리'에 있다고 보아야 할 것이다. 즉 문화사적 관심이 문학으로 수렴되면서 무엇이 배제되고(타자화), 무엇이 선택되는지(주체화)를 알 수 있기 때문이다. 『한빛』에서 빠지고『문예독본』에서 정형화되는 것이야말로 편찬자인 이윤재가 의식했건 의식하지 않았건 간에 드러난 '문예', 즉 '문학'의 개념과 범주를 반증하는 것이기 때문이다.

3. '문예'의 표방과 괄호 안의 '문학'

이윤재의『문예독본』은 근대적 텍스트로서의 체재를 갖추고 있다. 하나의 단원이 독립되어 있고, 문종(혹은 장르)이 표기되어 있을 뿐만 아니라 저자에 대한 소개가 들어가 있는 점이 그러하다. 게다가 상하권을 난이도에 따라 차등을 두었다거나 학습기간과 분량을 감안하고 있다는 점에서 교과서로서의 면모가 뚜렷하다.

실제로『문예독본』의 상권에 수록된 개별 작품들은 하권에서 그 이론적 배경과 특징이 설명되는 방식을 볼 수 있다. 상권에 수록된 현대시조는 「봄비」(주요한), 「근화사 삼첩」(정인보), 「금강산 발초」(이은상), 「백두산 갓던 길에」(변영로) 4편이며, 신시로 명명되어 수록된 것은 「북청물장수」(김동환), 「조선의 맥박」(양주동) 2편이다. 그러던 것이 하권에 오면 개별 작품은 현대시조 「가을」(이병기) 1편, 신시 「봄의 선구자」(박팔양) 1편만 수록된다. 그 대신 시조 이론에 해당되는 이은상의 「시조창작에 대한 의견」과 시 이론에 해당되는 주요한의 「창작의 3종」, 문학이론 격에 해당되는 「조선 문학의 개념」(이광수)과 예술론에 가까운 「도막생각」(변영로)이 실린다. 말하자면 하권으로 갈수록 다양한 장르가 획정(劃定)되고, 논의의 수준이 높아지면서 문학교과서에 가까운 편제로 분화하고 있는 것이다. 개별 작품과 함께 문학사나, 문학이론,

창작방법 등에 해당되는 이론이 추가되면서 문학개론에 가까운 모습을 보이고 있는 셈이다.

『문예독본』이 체재나 형식에서만 근대적 텍스트의 면모를 갖는 것은 아니다. 내용적인 면, 특히 근대 초기 독본의 전형적 특징인 계몽성을 탈피하고 있으며, 계몽의 내용을 보다 함축적으로 전달하거나 서사전략을 다변화하고 있다는 점을 주목해야 한다. 예를 들어, 「죽송」(이은상)의 '대나무', 「구멍 뚫린 고무신」(주요한)의 '고무신', 「봄의 선구자」의 '진달래'는 당시 조선의 처지와 형편을 상징하는 매개물이자 개별 텍스트 안의 문학적 기제라고 볼 수 있다. 각각의 시작품들은 감각적 언어를 활용하거나 시적 형상화를 통해 절개와 의지로 대변되는 정조(情調)를 전달한다. 소설의 경우, 「봄」(이태준)의 '박씨', 「할머니의 죽음」(현진건)의 '할머니' 등은 계몽의 서사로부터 멀찌감치 떨어져 있는데, 구어체를 강화하고 구체적인 성격을 통해 소설의 육체를 만들어 간다는 점에서는 공통점을 보인다. 이러한 과정은 문학의 관념을 형성하고 그 범위 안에서 장르적 관습이나 규범을 구현하는 바, 특히 문학적 형상을 극대화함으로써 계몽을 내면화하는 장면이라 하겠다. 『문예독본』은 독본보다는 문예에 방점이 찍혀있는 텍스트였던 것이다.

이처럼 이윤재의 『문예독본』은 표제에 '문예'를 표방하고 있지만 기실 텍스트가 담지하고 있는 것은 '문학'이었다. 그렇다면 혹시 『문예독본』의 저자는 문학과 문예를 혼동하고 있거나 제목을 편의적으로 사용했던 것일까? 그렇지 않다. 문제의 핵심은 오히려 문학을 부득이 문예라고 명명해야만했던 사정에 있다.

이 점과 관련해서는 『문예독본』에 수록된 이광수의 글과 그가 예전부터 주장해 온 의견을 참조할 필요가 있다. 이광수는 최남선과 함께 이윤재의 『문예독본』을 이론적으로 떠받히고 있는 중심인물이다. 이광수의 글은 해방 이후 『문예독본』이 재발행(1945. 12)되면서 삭제되기 이전까지 4편이나 수록된 바 있다. 이는 수록 작가로는 제일 많은 것이다. 문종에 있어서도 문학이론(「조선문학의 개념」, 하권), 소설(「궁예의

활」, 상권), 평론(「의기론」, 상권), 답사기(「이충무공 묘에서」, 하권)까지
다양하다. 『문예독본』은 잡지 『조선문단』에 연재했던 이광수의 「문학
강화」(1924. 10~1925. 3)로부터 많은 영향을 받은 것으로 보인다.[16]
「문학강화」는 「문학이란 하오」(1916)와 「문사와 수양」(1921), 「조선 문
학의 개념」(1933)으로 이어지는 이광수 문학론의 요체에 해당된다.

> 그런데 우리 청년 간에 점점 문학열이 앙등하여 문학을 감상하는 이가
> 날로 증가하는 것은 물론이거니와 혹은 시가, 혹은 소설, 드물게는 극 같
> 은 데 마음을 쓰는 이가 점점 늘어가는 것을 봄에 필자는 <u>문학개론</u>을 하
> 나 써서 사랑하는 제매에게 드리고 싶은 정이 심히 간절하여지었다. …(중
> 략)… 소학교도 그러하거니와 중학교의 소위 국어과라는 것은 결국 국문
> 학과다. 그 국민 중에서 고래로 창작된 시문 중에 우수하다, 대표적이라고
> 인정한 것을 편찬한 것이 <u>국문독본</u>이다.(밑줄 강조-인용자)[17]

이광수가 언급하고 있는 문학개론 혹은 국문독본의 필요성은 우선
재래의 것과는 다른 새로운 문학에 대한 인식을 제고하기 위한 것이다.
그러나 한편으로는 당시 또 하나의 문학 관념을 형성하기 시작한 계
급문학과 구별 짓기 위한 의도로 풀이된다. 계급문학과의 구별 짓기는
『문예독본』의 서문이 언급한 네 사람, 즉 실질적으로 작품을 선정했다
해도 과언이 아닌 이태준, 변영로, 이은상, 주요한의 성향에서도 알 수
있다. 보다 직접적으로는 「문학강화」에서 역설한 '조선 문단의 우연히
잘못 든 어떤 사로(邪路)'로 계급문학을 적시한다든지, '이 문단을 구
할 길'과 같은 노골적인 표현으로 소위 민족문학을 제기하는 대목에서
도 드러난다.

주지하다시피 1925년 전후 KAPF를 중심으로 한 프로문학이 융성해
졌다. 이들은 이광수를 정점으로 삼았던 『조선문단』과는 다른 형태의

---

16) 이윤재와 이광수의 돈독한 관계는 1937년 이광수의 『문장독본』을 이윤재가 교감(校
勘)하고, 이를 이광수가 서문에 밝히는 대목을 통해서도 확인된다.
17) 이광수, 「문학강화(1)」, 『조선문단』 1, 1924. 10.

조직적 활동을 통해 재래의 문학 관념을 해체하고, 또 하나의 새로운 문학을 성격화하였다. 특히 그들의 이념적 지향과 이론투쟁은 이광수의 「문학강화」(1924. 10)가 제출되고 나서, 「이광수론」(1925. 1), 「계급문학 시비론」(1925. 2) 등을 통해 본격화 되었다. 또한 이윤재의 『문예독본』(1931)이 출판될 즈음 프로문학의 진영에서도 대표 작가·작품선집(1931)이 나왔다. 이러한 점을 고려해 볼 때, 『문예독본』의 출현은 소위 문학 장(literary field)의 역학 관계 속에서 의미화 하는 것도 가능해진다.18)

그런데 계속되는 이광수의 발언 가운데 눈길을 끄는 것은 다음과 같은 사정을 덧붙이는 대목이다.

조선에서는 아직 문학이 자기의 확실한 지위를 얻지 못하였다. 그래서 자녀들이 부형이나 교육자된 이의 다수는 문학을 무슨 독물로 아는 모양이오, 또 청년자녀들도 혹 소일거리로 소설 권이나 사서 읽는다하더라도 그것은 대부분이 활동사진을 보는 대신이오, 별로 그것에 대하여 깊은 이해가 있는 것 같지 아니하다. 그뿐 아니라 문학을 퍽 사랑한다는 청년 중에도 문학의 진의를 잘 모르기 때문에 자기가 사랑하는 문학이 몰이해한 인사들의 공격을 받을 때에 그것을 변호하여 문학의 지위를 옹호할만한 식견과 신념이 없다. 이 모양으로 '문학'이란 것은 조선에서는 극히 어의가 불분명하고 존재의 이유가 박약한 것이 되어버렸다.19)

이광수가 판단했던 당대의 잘못된 문학인식은, 무엇보다도 "조선에서는 문학이라 하면 사서삼경과 제자백가와 사기와 시와 문과 이러한 모든 한적(漢籍)을 연상함에 있다."는 것이었다. 그리고 이로부터 "재래의 용어 예에 의한 문학의 어의와 지금 쓰는 문학의 어의가 매우 같

18) 신문학의 장 내부에서 새로이 발생한 타자인 프로문학과 이광수 및 『조선문단』과의 길항관계에 대해서는 이봉범, 「1920년대 부르주아문학의 제도적 정착과 『조선문단』」, 『민족문학사연구』 29, 2005를 참조할 것.
19) 이광수, 「문학강화(2)」, 『조선문단』 2, 1924. 11.

지 아니한 것을 잊으면 문학에 대하여 여러 가지 오해가 생"긴다는 것
이다. 따라서 그는 "지금 일본이나 조선이나 또는 중국에서까지도 문
학이라는 것은 서양어 Literature의 번역인 것을 깊이 기억할 필요가 있
다."고 강조한다.20) 그러면서 문학을 예술적 형식에 의한 인류의 생활
(사상, 감정 및 활동)의 상상적 표현으로, 특히 인간의 감정을 움직이는
것이라고 규정한다. 다만 현실적으로 문학에 대한 오해로 인하여 일본
과 조선에서는 문예라는 말을 쓴다고 하면서, 문예란 "문자로써 하는
예술이란 뜻이니 어의가 너무 광범한 문학보다는 예술인 문학을 표현
하기에 심히 적당"하다고 하였다.

이로써 이광수의 문학에 대한 새로운 사유와 논변, 나아가 이윤재의
『문예독본』이 문예라는 이름을 달고 나온 저간의 사정이 드러낸다. 즉
문예는 '문자로 하는 예술'로 한정된 문학의 다른 이름인 것이다. 그리
고 그것을 시·소설 등 문사(文士)가 창작한 예술적 작품을 일컫는 구
체적 용어로 사용된다. 반면, 문학은 'Literature'의 '역어(譯語)'에 충실
할 경우 형식, 상상, 정서를 특징으로 하는 예술 일반으로 개념이 넓어
지는 문제가 발생하였다. 심지어 'Literature'의 번역마저 성인(聖人)의
교화도구로 삼아야한다는 논리가 실재했던 것이 당시 조선의 상황이었
다.21) 따라서 문학은 흔히 문예적 작품을 연구하는 문학자적 태도를
가리키면서 좁게는 문학사, 문학론, 시론, 문학비평 등을 일컫는 의미
로 한정되곤 하였던 것이다.

---

20) 임화 역시 신문학사의 서론에서 'Literature'의 번역어로서의 '문학'이 일종의 '예술문
   학'을 의미한다면 재래의 '문학'은 경서와 시문 등 넓은 의미로 사용되었음을 지적한
   바 있다. 임화, 임규찬·한진일 편, 「개설 신문학사」, 『임화 신문학사』, 한길사, 1993,
   13-17쪽 참조. 그러나 재래의 문학과 근대 문학 사이에 장강(長江)을 설정하는 것이
   근대문학의 성격, 나아가 국문학사 혹은 한국 문학의 전체 상(像)을 이해하는 데 바람
   직한 것인지에 대해서는 숙고할 필요가 있다. 이런 점에서 볼 때, 다양한 고전문학과
   의 교섭 속에서 근대적 글쓰기의 형성과정을 논의한 최근 연구는 시사하는 바가 크다.
   배수찬, 「근대적 글쓰기의 형성과정 연구」, 서울대 박사논문, 2006. 8, 참조.
21) 한기형, 「근대어의 형성과 매체의 언어전략」, 『역사비평』, 역사문제연구소, 2005. 여
   름, 368-369쪽 참조.

이렇게 볼 때, 『문예독본』의 상권에는 문예의 의미가, 하권에는 문학의 의미가 각각 중심적으로 감안되면서 텍스트의 체재와 내용이 갖춰졌다고 할 수 있다. 문학에 대한 오해를 불식시키고, 동시에 예술 창작으로서의 의미로 제한된 문학과, 문자 예술적 특징이 부각된 문예라는 보다 구체적인 개념의 필요에 의해, 그리고 계급문학과의 구별 짓기가 요구되던 문학 장의 현실 속에서 『문예독본』은 문학과 문예의 절충적 이원집정(二元執政)을 수락하지 않을 수 없었던 것이다.

4. 미문의식과 문학어의 비계(scaffolding)

독본은 일반적인 텍스트와 달리 그것의 성격을 명시적으로 표방하는 경우가 드물다. 오히려 체재와 내용으로 일정한 이념과 지향을 구현한다. 때문에 반영된 작품이나 선정된 맥락등을 추적함으로써 독본의 성격을 규명할 수 있다. 그런데 『문예독본』의 경우 광고를 통해 체재와 내용을 직접적으로 언급한 대목이 있어 인상적이다. 따라서 『문예독본』이 대외적으로 표방하고 있는 특색 및 특성화 전략을 구체적으로 살펴보고 그것이 함의하고 있는 바를 정리해 볼 수 있다.

조선에 신문학운동이 발흥된 이후 백화난만하게 피어난 문인들의 걸작을 모아 편성한 것이다. 신문학의 정수를 맛보고저 하는 이는 반드시 이를 일독하라.
　　본서의 특색:
　　1. 문예작품의 각 종류가 갖춰져 있는 것.
　　2. 사상이 건실하고 문장이 유리한 것.
　　3. 작자의 약력과 난어의 주해를 붙인 것.
　　4. 삽화가 있는 것.
　　5. 전편을 신철자법에 의한 한글로 쓴 것.22)

광고가 첫 번째 특색으로 거론한 문예작품의 각 종류란, 다양한 문종(혹은 장르)의 형성과 그것의 반영을 가리킨다. 독본은 교본(敎本)이다. 근대지(知) 일반의 전달과 계몽이라는 주된 목표를 부정할 수는 없다. 그 체재와 내용은 '반영성'을 근간으로 한다. 『문예독본』의 경우, 광고가 적시하는 바는 신문학운동의 성과, 즉 '걸작'과 '정수'를 모아 '문예'라는 이름으로 묶었다는 것이다. 저자의 해설과 해석은 오로지 독본의 체제와 내용으로만 구현될 뿐 명시적으로 드러나는 예가 없다. 즉 독본은 특정 텍스트를 대상화(반영)함으로써 메타 텍스트를 지향(생산)하는 것이다.[23]

독본과 강화 모두는 근대 초 문학 개념의 형성과정에서 드러난 하나의 권력의지를 계보화하는 도구이다. 따라서 이 같은 권력의지에 의해 '정상성 규범'을 만들고, 또한 자명한 것으로 받아들이게 한다. 물론 이러한 점은 동시에 독본 및 강화에 대한 비판의 근거가 되기도 한다.[24] 그럼에도 불구하고 이러한 규범과 의식, 특히 장르 및 문학의 하위항목들의 형성이 단기간에 이루어지는 것은 아니다. 또 단일한 작품을 통해 제시되어 진다고 보기는 어렵다. 따라서 특정한 텍스트 안에서 이러한 규범과 의식, 즉 일련의 문학담론이 재배치되는 압축적 장면이 우리의 관심을 끄는 것이다.

---

22) 배성룡, 『조선 경제의 현재와 장래』, 한성도서출판주식회사, 1933, 뒷면에 실린 『문예독본』 광고 중에서.

23) 근대 독본 및 강화류의 '생산성'에 대해서는 지면을 달리해 논의할 계획이다. 실제로 『문장강화』(五十嵐 力, 1908), 『작문강화 급 문법』(芳賀矢一, 1912), 『현대 대문장강화』(伊藤小四郎, 1925) 등 초기 독본과 함께 수입·유통되었던 일본의 강화류가 적지 않다. 이들에 대한 체재와 내용을 실증적으로 탐구하고 영향관계를 밝히는 것이 필요하다. 아울러 『문예독본』 이전 이광수의 「문학강화」, 그리고 『문예독본』 이후 서서히 등장하는 조선의 각종 문학/문예/문장 강화류는 저자의 해설과 해석이 가미된 '생산성'의 측면에서 구별될 수 있을 것이다.

24) 비록 우리의 경우와는 여러 가지 면에서 차이가 있지만 일본의 독본 형성과정 및 독본에 대한 비판적 연구로는 사이토 미나코(齋藤美奈子), 『文章讀本さん江』, 筑摩書房, 2002. 2를 참조할 것.

『문예독본』의 특징은 바로 이런 압축성을 담지하고 있다는 점이다. 그리고 이 과정에서 논설문과 설명문 같은 문종이 서서히 쇠퇴하고, 문학 내부의 질서가 위계화 되면서 특정 장르로 해소되는 모습을 볼 수 있다. 즉 논설문과 설명문 같은 문종은 근대 초 계몽담론의 필요 속에서 부상한 것이었던바, 점차 현실이 변모하고 서사의 양식이 분화되면서 평론·수필(『문예독본』만 해도 아직은 다양한 이름을 달고 있으며, 기행·서한·고전 양식의 영향이 강한 소품문 등으로 명명된)과 같은 문학 안의 장르로 분화·정착 되어가고, 소설 장르를 핵심으로 하는 근대문학의 경계역(境界域)을 형성하게 된다는 사실을 확인할 수 있다.

『문예독본』의 광고 가운데 두 번째 항목은 매우 문제적이다. 먼저 사상이 건실하고 문장이 육리(陸離)하다고 했을 때, 건실한 사상은 두 가지를 의미한다고 볼 수 있다. 하나는 문학 본래의 개념에서 보는 바와 같이 정치나 사회로부터의 독립, 즉 미적 자율성의 신화다. 그리고 다른 하나는 가급적 정치와 직접적 상관성을 갖지 않아야 한다는 점에서 당시 계급문학 진영을 타자화하면서 민족주의 문학이념과 그 정체성을 확보하기 위한 구별 짓기의 전략이다.

그런데 문제는 육리다. 육리(陸離)란, 사전적 의미로는, (1) 여러 빛이 뒤섞여 눈이 부시게 아름다운, (2) 뒤섞여 많고 성한 모양을 가리킨다. 그러므로 육리가 표방한 구체적인 함의, 나아가 문학적 함의는 바로 '미문의식(美文意識)'이다. 미문의식은 『시문독본』이래 국한문혼용에서 한글전용으로 나아가면서 근대문학이 지향하던 핵심이다. 이러한 미문의식 역시 이광수가 규정했던 문학 개념의 대표적 특징 가운데 하나였음은 물론이다.

이 쾌미(작품을 감상할 때 드는 감정 — 인용자)를 불러서 우리는 심미적 감정(그것을 약하여 심미감이라고 부른다)의 만족이라고 하고, 이 감정을 일으키는 물건을 미한 것(The Beautiful)이라고 하고, 어떤 물건으로 하여금

'미한 것'이 되게 하는 요소를 우리는 미(Beauty)라고 부른다.[25]

이광수는 문학의 기원을 '표현의 충동', 그리고 그것으로부터 일어나는 '예술의 충동'으로 보았다. 이로부터 문학(예술)의 변별적 요건으로 심미감과 미의식을 강조하였다. 그리고 이것을 미문으로까지 확장시킨 이가 바로 이태준이다.

주지하다시피 이태준은 한글의 감각성을 문학어의 차원으로 끌어올린 소설가다. 그가 우리말의 감각성을 중시하는 것은, 문학어라는 것이 사상을 표현하는 것이기보다는 훨씬 더 감정 혹은 감정으로 된 사고를 전달하는 것이라고 생각했기 때문이다. "문예작품에서는 사상보다 감정이다. 사상으로 명문화하기 이전의 사상, 즉 사고를 거친 감정이라야 할 것이다."[26]라는 주장은 '말짓기란 감정을 표현하는 것'이라는 그의 사고에 바탕을 둔 것이다. 이 때문에 이태준은 묘사에 대한 주의를 기울이는 것에 더해 한글의 감각적 특징을 강조하게 된다.[27] 이른바 일상의 발화나 내면의 정서가 일체화되어야 한다는 것인데, 이것이야말로 근대문학의 제일 조건으로서 언문일치가 요구한 핵심이 아닐 수 없다. 이태준의 『문장강화』(1939)는 이를 좀 더 적극적으로 강조하고, 구체적 텍스트와 해설을 곁들인 메타 텍스트라고 할 것이다.

『문예독본』에 수록된 이태준의 소설 「봄」은 근대에 대한 비판적 의식이 깔려있다. 그러면서도 뚜렷한 사건이나 서사의 전개보다는 도시생활에 부적응한 인물 박씨의 심리와 그를 둘러싼 근대적 환경과의 불화를 탁월하게 묘사하고 있다. 함께 수록된 현진건의 「할머니의 죽음」은 어떤 사상이나 이념보다 '인생'이라는 단어가 떠오르게 하는 작품이다. 이를 두고 『문예독본』의 광고는 신문학의 정수라고 명명하였던 것인데, 그의 소설은 수많은 이해와 시선이 개제된 번잡한 '이별'이 아

---

25) 이광수, 「문학강화(3)」, 『조선문단』 3, 1924. 12.

26) 이태준, 『무서록』, 박문서관, 1941, 101쪽.

27) 배개화, 「『문장강화』에 나타난 문장(文章) 의식」, 『한국현대문학연구』 16, 2005, 432쪽.

니라 화창한 말(언어)의 '죽음'을 서술함으로써 이 둘을 대조적으로 보여주고 있다. 작가의 촉수는 한 인간의 정체 묘연한 인간스런 이별 행사를 감각적으로 묘사하는데 초점을 두고 있었던 것이다. 최상덕의 「궐후 일년」도 마찬가지다. 여기에서는 '효'라는 주제가 계몽적 일성(一聲)으로 단순화되지 않는다. 가슴 뭉클한 감정의 묘사와 부자지간의 형상이 너무나도 또렷하기 때문이다.

이처럼『문예독본』은 사실적 묘사와 감각적 표현, 그리고 구어체 활용이 뛰어난 작품들을 선정·반영하고 있다. 그러므로『문예독본』의 광고가 표방한 두 번째 특색(건실한 사상과 유리한 문장)은 '민족주의적 사상을 지닌 미문'으로 요약될 수 있다. 확고한 언문일치체 및 감각과 묘사어를 강조한 문학적 국어를 함의하고 있는 것이다.

세 번째 특색, 즉 작자의 약력과 난어(難語)에 주해를 붙인 것은 그 자체로 독본의 간단한 형식적 진화로 볼 수도 있다. 그러나 이는 독자에 대한 배려나 사소하게는 출판기술의 진보에서 나온 것 이상의 의미를 지닌다. 왜냐하면 이러한 방식은 암암리에 작자, 즉 특정 문인의 호명을 통해 '상징권력'을 작동시키기 때문이다. 당시 급격히 형성된 문학청년층 내지 고급독자층에게 이광수, 최남선은 하나의 상징권력 이었다. 특히 계급문학의 발흥 이후 민족주의 문학에서 그들의 위상은 더욱 강화되었다. 이것은 상징권력이라는 것 자체가 획득되는 것이 아니라 특정한 상황에서 나타나는 효과이기 때문이며, 다양한 차이에 기반을 둔 관계가 차별적 질서로 전환되면서 타자의 인정을 통해 발휘되는 속성을 지니기 때문이다.

여기에 난어의 풀이 방식이 순한글체로 서술되면서 한글의 이해를 위해 한자를 덧붙이고 있다는 점 또한 결코 사소한 형식으로 볼 것만은 아니다. 한문 위주로 된 것의 번역이나 번안이 아니고, 또 국한문이 혼용될 수밖에 없는 상황에서 절충적 문장형식을 제안하는 것과는 차원이 다른 표기방식이기 때문이다. 한글 아래 한자 주해(註解) 방식을 가미함으로써 일종의 지식어로서 한자를 활용하였다는 것은『문예독본』이 국어적 문학의 대중적 소통 이외에 한자의 개념적 효용과 그것을 주로 구사하는 고급독자들까지 포용하고자 했음을 알 수 있는 대목이다.

광고의 네 번째 특색은 삽화의 문제였다. 사실 삽화의 등장이 그자체로『문예독본』만의 특징은 아니다. 근대 초기의 독본에서 자주 드러나는 방식이다. 거슬러 올라가면 독본의 본래적 성격도 삽화를 통한 계몽과 무관하지 않다. 다만 문제는 어떤 내용에 삽화를 동원하는 가의 문제이며, 여기에 작동하고 있는 '기준'의 문제다. 초기 독본에서 삽화는 주로 근대 문물에 관한 지식의 나열과 소개에 활용되었다. 즉 그간 조선에서 볼 수 없었던 것이라든지, 외국의 지리와 인물 등이 주로 삽화의 소재로 등장하곤 하였다.

그런데『문예독본』의 삽화는 이러한 '선택'과는 다른 면모를 확인할 수 있다.『문예독본』의 상하권에 실린 삽화의 총 수는 단원을 기준으로 8개다. 그런데 삽화(『문예독본』의 경우, 대개는 사진이다.)가 담고 있는 모습은 불국사, 낙화암, 수원 화성의 화홍문(華虹門), 대동여지도의 백두산, 행주산성, 이상재(李商在), 이충무공 묘소, 동요 악보 등이다. 악보를 빼고는 민족적 영웅이거나 기개나 의지가 남다른 인물을 다룰 때, 역사적 사실에 대한 답사와 기행에서 이들을 보충해주는 자료로 쓰이고 있다. 이러한 선택은 단순한 문화유산이나 유명 인물의 소개에 그치지 않는다. 민족적 자긍심을 고취할만한 문화유산이거나 민족적 기상을 상징하는 성지(聖地)이거나 절개와 의지가 돋보이는 실천적 인물들이기 때문이다. 따라서 삽화는 구체적 사료임과 동시에 '역사의 문학화'라는 양식의 전환(transfer)을 보완하는 숨은 나레이션이었으며, 궁극적으로는 잃어버린 땅을 자극하는 강력한 노스탤지어를 함의하는 것이었다.

광고가 거론한 마지막 특색은 텍스트의 전편을 한글전용과 신철자법을 관철시켰다는 점이다. 이 점에 대해서는 출간 때부터 그 의의를 인정받았던 것인데,[28] 구체적으로는『시문독본』의 '가성적 언문'을 뛰어 넘었다는 점에서 국어학과 국문학적 의미를 동시에 가진다고 할 것이다. 그러므로 광고는 이에 관한 저자의 헌신적 노력과 최고의 권위를 선전하고 있는 것이다. 물론 신철자법은 1932년 10월 공표된 한글 맞춤법 통일안 바로 직전의 것이긴 하다. 그러나 이윤재 자신이 통일안 작업에 참여한 핵심적 인물이었으므로 그 의미가 반감될 이유는 전혀 없다. 오히려 『문예독본』의 이러한 작업이 한글맞춤법 통일안으로 이어졌다고 할 수 있으며, 이후 총독부가 발행한 『조선어독본』(1936)에서조차 1932년 통일안을 반영하고 있으니 당시 독본의 표기를 표준화하는데 명백히 기여했다고 볼 수 있을 것이다.

근대 초기 사회의 언어분열은 심각했다. 지식을 통한 대중소통이 제한적으로 용인되었지만 근대적 주체를 형성하기 위한 언어전략은 논의만 무성했다. 무엇보다도 새로운 문장형식으로 전화되기란 식민지적 현실에서 간단치 않은 일이었다. 대표적인 신문의 언어조차 국문과 국한문 표기를 동시에 동원할 수밖에 없었고,29) 일상 언어의 혼란과 착종 또한 광범위했다.30) 『문예독본』이 추구한 '문학적 국어' 역시 이러한 현실적 맥락 위에 놓여있다. 식민지적 근대의 어문학적 혼란 속에서 '문학적 국어'(문학어에 근거한 언문일치)를 만들어가는 일이란 '국어적 문학(언문일치에 근거한 문학어)'의 축적과 더불어 가능한 것이었다.31)

---

28) 리종수, 「이윤재 편 문예독본 상권」, 『동광』 22, 1931. 6, 70쪽.

29) 한기형, 「근대어의 형성과 매체의 언어전략」, 『역사비평』, 역사문제연구소, 2005. 여름, 362쪽

30) 김철, 「'한국어'의 근대」, 『'국민'이라는 노예』, 삼인, 2005.

31) 허윤회는 한글과 시조의 연결을 통해 이러한 과정을 창안해 간 가람 이병기(李秉岐)의 사례를 분석하고 있다. 이 논문은 국어학자로는 드물게 '시조부흥론'에 참여한 이윤재와 이윤재를 통해 중국의 문학혁명과 국어문학을 인식하게 된 이병기의 교분을 자세하게 언급하고 있으며, 이러한 공동관심사가 궁극적으로 조선문학의 건설이라는 내포적 의미를 담고 있다고 보고 있는데, 실제로 『문예독본』에 수록된 다수의 시조와 시조 관련 논의는 이러한 맥락에서 이해하는 것이 타당하다고 보인다. 허윤회, 「조선어 인식과 문학어의 상상 — 가람 이병기를 중심으로」, 『한국 근대문학의 형성과 문학

일찍이 중국의 호적(胡適)은 「문학혁명론」(1917)에서 '국어의 문학' 창조는 곧 '문학의 국어' 창조로 이어진다고 주장하며 백화문(白話文)에 바탕을 둔 창작을 역설한 바 있다. 이러한 호적(胡適)의 논의를 조선에 소개한 것이 바로 이윤재였다.[32] 결국 『문예독본』은 미문의식과 문학어의 비계(scaffolding)를 설정하고 있었던 셈이다. 또한 일상생활에 사용되는 문장형식의 전면화와 그에 따른 표기의 통일, 그리고 자유로운 표현 및 감각과 묘사로서의 문학어 반영은 『문예독본』의 새로운 가능성을 열어 놓았다. '문학적 국어'와 '국어적 문학'이 소통할 수 있는 가능성을 스스로 담지하고, 또한 언어내셔널리즘의 준거를 마련해 놓았다는 점이야말로 『문예독본』의 특색이 함의하는 귀착점이 될 것이다.

5. 분기와 진화, 그리고 공존

근대 초기 수신(修身)적 성격이 강했던 각종 독본 및 강화류는 표준화된 서술체계가 없었고, 내용면에서도 백과사전적 근대 지식의 목록이 나열되는 형태였다. 그런데 『문예독본』은 앞서 '문예'의 표방과 '특색'의 함의에서 살펴보았듯 문학교과서로서의 성격을 뚜렷이 하고 있다. 하지만 여전히 국어와 문학의 혼종양상이 눈에 띈다. 개별 텍스트마다 신철자법의 수용정도가 다르고, 아래 〈표 1〉에서 보는 바와 같이 상하권에서조차 문종 및 장르의 명명이 통일되고 있지 못하다. 내용적으로는 어문, 역사, 지리 위주의 문화사에 근간을 둔 민족주의 이데올로기를 지향하고 있음이 드러난다. 그럼에도 불구하고 이제 막 위계화되고 정전화되기 시작하는 민족주의 문학모형의 구체적 실상이 드러나고 있을 뿐이다.

장의 재발견』, 소명출판, 2004.12 참조.

32) 이윤재 抄譯,「 호적(胡適) 씨의 건설적 문학혁명론 — 국어의 문학 문학의 국어(총4회)」, 『동명』, 1923. 4. 15~1923. 5. 5.

〈표 1〉이윤재 『문예독본』의 체재 및 내용

문예독본(상권)				
연번	제 목	문 종	저 자	출 전	비 고
1	작은 勇士	동화	방정환	어린이	소설－동화, 희생, 정직
2	盲母와 知恩	史話	이은상	조선사화집	산문－삼국사기 열전, 효
3	따오기	동요	한정동	어린이	노랫말－처량, 비애
4	새벽	소품문	현상윤	청춘	수필－적막, 희망
5	궁예의 활	소설	이광수	마의태자	역사소설－해방 후 삭제
6	봄비	시조	주요한	동광	현대시조－기대, 희망
7	故鄕에 돌아와서	편지	김 억	동아일보	수필－향수, 근대비판
8	花壇	수필	이태준	조선문단	수필－감상, 자연미
9	槿花詞 三疊	시조	정인보	신생	현대시조－무궁화 예찬
10	義氣論	논문	장백산인	조선문단	산문－의기, 민족의 역할
11	濁浪에 骸魂된 水原의 華虹門	감상문	염상섭	동명	기행수필－화성 답사기
12	金剛行 拔艸	시조	이노산	동아일보	현대시조－금강산예찬
13	佛國寺에서	기행	현진건	동아일보	기행수필－불국사 답사기
14	그믐달	소품문	나 빈	조선문단	수필－고독, 정한
15	가을 뫼	노래	작자미상	새별	노랫말－설움, 한숨
16	수정 비둘기	스케취	김동인	중외일보	소설－퐁트
17	落花巖 찾는 길에	기행	이병기	신생	기행수필－낙화암 답사기
18	北靑 물장사	신시	김동환	국경의 밤	현대시－서사시
19	尹氏의 死	소설	박종화	백조	역사소설－절개, 지조
20	牛德頌	송	이춘원	조선문단	수필－해방 후 삭제
21	白頭山 갓든 길에	시조	변영로	동아일보	현대시조－총 8수
22	史話 三則	史話	홍명희	시대일보	산문－설명문, 온돌, 백의
23	大舞臺의 崩壞	희곡	김진구	학생	희곡－史劇, 김옥균 소재
24	조선의 脈搏	신시	양주동	문예공론	현대시조－희망, 용기
25	月南先生의 逸話	일화	민태원	월남 이상재	산문－전기 발문, 기개
부록	한글 철자법 일람표		이윤재		12항목, 상하 차이 없음

문예독본(하권)				
연번	제　목	문　종	저　자	출　전	비　고

연번	제　목	문　종	저　자	출　전	비　고
1	竹頌	송	이은상	동아일보	수필—대나무 예찬
2	구멍 뚫린 고무신	동화	주요섭	신가정	소설—동화, 유랑
3	봄의 先驅者	시	박팔양	신여성	현대시—진달래꽃 예찬
4	봄	소설	이태준	동방평론	단편소설—서울, 노동
5	創作의 三種	평론	주요한	동아일보	평론—창작론
6	李忠武公 墓에서	기행문	이광수	동아일보	기행수필—해방 후 삭제
7	斫去 당한 老檜	史話	윤교중	신동아	산문—설명문, 왕조
8	百濟의 歌謠	수필	문일평	동광	수필—설명문
9	담요	소설	최학송	조선문단	단편소설—1인칭, 곤궁
10	幸州山城의 戰跡	기행문	유광렬	조선일보	수필—행주산성답사기
11	時調 創作에 對한 意見	평론	이은상	동아일보	평론—시조론
12	가을	시조	이병기	동아일보	현대시조—총 2수
13	도막 생각	단평	변영로	젊은 조선	평론—예술론
14	할머니의 죽음	소설	현진건	조선의 얼굴	단편소설—구어체, 묘사
15	厭後 一年	감상문	최상덕	신생	수필—父情
16	朝鮮文學의 개념	평론	이광수	신생	평론—문학론
17	朝鮮 紙鳶의 紀元을 살핌	史話	권덕규	조선일보	산문—설명문, 역사
18	古山子의 大東輿地圖	해제	정인보	동아일보	산문—설명문, 지리
부록	한글 철자법 일람표		이윤재		12항목, 상하 차이 없음

　　이미 지적한 바와 같이 최남선의 『시문독본』(1917)은 사실상 특정독
자(고급독자)를 겨냥한 것이었다. 문학청년이라고 하는 '신인류'의 발
견과 대상화야말로 『시문독본』의 대전제가 아닐 수 없으며, 그들의 근
대적 교양과 지식의 목록, 그리고 그것들을 문범화하기 위한 문체창안
이 『시문독본』의 핵심이었다. 그러나 『문예독본』은 그만큼의 근대적 교
양과 지식의 목록을 전제하지 않았다. 또한 치밀한 독자설정 및 대상
화 전략도 수반하고 있는 것으로 보이지 않는다. 아니 그럴 필요가 없
었다는 것이 정확한 표현일 것이다. 또한 이것은 근대의 매체에 대한

최남선과 이윤재의 감각 차이이거나 관심분야의 차이에서 비롯된 것일 수도 있다. 실제로 최남선은 『시문독본』 이후 저널적 감각을 살려가면서 『동명』(1923)이나 『시대일보』(1924)로 나아갔다. 반면 이윤재는 환산(桓山, 한뫼)이라는 그의 호(號)만큼이나 우직하고 큰길을 걸었다. 『문예독본』 이후 그의 행로는 보다 아카데믹한 공간에서 중등교육 이상(以上)을 대상으로 학교를 활용하는 제도적 방식이었고, 또 조선어강습회를 통해 독자들과 직접 대면하는 실천적 방식이었다.

또한 『시문독본』의 배후에 『소년』, 『청춘』을 중심으로 한 근대적 매체와 '신문관―조선광문회그룹'이 있었다면, 『문예독본』의 배후에는 잡지 『한빛』을 중심으로 한 '조선어학회―수양동우회그룹'의 민족주의 진영이 느슨하지만 광범위하게 포진되어 있었다. 『시문독본』의 '시문(時文)'은 '국한문 혼용'을 의미하며, 한문의 구조에 기대지 않은 자연스런 한글의 통사를 바탕에 두고 한자어를 통해 우리의 어휘를 확충하고자 하는 방법이었다. 반면 『문예독본』은 한글전용으로의 이행을 보여주고 있다는 점에서 분기와 진화의 면모를 보인다.

'국가관'의 차이 역시 비슷하면서도 다른 두 텍스트의 거리를 잘 보여준다. 최남선의 『시문독본』은 민족의 기원을 찾아나서는 장정(長征)을 통해 민족이 국가를 대신하면서 추상화되는 특징을 보인다. 유난히 기행문이 많고 국역된 역사적 사료를 광범위하게 활용하는 것도 이와 관련된 것이다. 이윤재의 국가관은 최남선의 그것과 마찬가지로 문화사적 관심의 영역 안에서 출발하면서도 특히 '잃어버린 것에 대한 회한'을 정조(情調)로 한다는 점에서 다르다. 『문예독본』 하권에 수록된 이은상의 「죽송」은 대나무의 유용한 쓰임에서 삼국유사 소재 '만파식적(萬波息笛)' 이야기로 넘어가고, 그러고 나서는 오늘날의 '만파식적'이 없음을 한탄하기에 이른다. 일종의 애국설화를 호명하는 분위기다. 주요한의 「구멍 뚫린 고무신」은 인격화된 고무신이 남양반도에서 태어나 근대 문명의 총아들(배―기차―화물자동차)을 매개로 조선으로 왔다가 다시 남양반도 부근으로 되돌아가지만 끝내 고향과 형제를 만나지는 못한다는 유랑서사로 되어있다. 슬프고 애절한 고무신의 사연이 마치 조선반도의 사연을 상기시켜주는 상징성이란, 기실 유랑 이전의 시공간을 더욱 이상화하고 잃어버린 '집합기억'[33]을 불러내는 문학적 제의(祭儀)에 가깝다.

그러나 동시대를 대표했던 두 독본이 각각 일정한 단계와 시기를 구획하고 있었던 것은 아니다. 오히려 두 텍스트가 스테디셀러의 지위를 확고히 지니고 있었다는 점을 감안해 볼 때, 첫 출판의 시기와 주된 독자층의 상위(相違)에도 불구하고 두 가지 지향이 공존했다고 보는 것이 타당할 것이다.

한편 『시문독본』은 근대지(知) 뿐만 아니라 표현력 차원의 독본, 즉 무엇을 읽을 것인가 뿐만 아니라 어떻게 쓸 것인가까지 포함한 텍스트였다. 『시문독본』의 '가성적 언문', 즉 '시문체(時文體)'의 등장은 이러한 현실적 고민이 근대지(知) 일반의 전달이나 가상의 민족모형과 함께 제안된 것이었다. 반면 『문예독본』은 더 이상 범교과적, 범지식적 근대지(知)가 아닌 문예(학)라는 주제를 관철시키고 동시에 그것을 범주화하였다. 이런 점에서만 보면, 어떻게 쓸 것인가라는 형식주의적 규범 혹은 문학적 국어에 대한 지향과 독본의 대상, 즉 무엇을 국어적 문학으로 반영할 것인가의 문제가 교차하고 있는 것이 또한 『문예독본』의 특징이라고도 하겠다.

『문예독본』의 수사학(修辭學)적 분기와 진화는 국어적 문학과 문학적 국어가 겹쳐지는 장면에서 입증된다. 무엇보다도 두드러진 특징은 재래의 서술방식이나 역사적 사실에 접근하는 방식의 차이인데, 『문예독본』에 수록된 개별 글들은 대상의 전경(全景)을 설명하는 것이 아니라 역사적 사실을 재구성함과 동시에 이를 한글에 기반을 둔 감각적

---

33) 집합기억이란, 개인적 차원의 고립적이고 단절된 기억이 아니라 사회적 현상으로서의 성격을 지니며 당대의 보편인들이 공유함으로써 반영적 측면과 조형적 측면을 동시에 갖는 기억이다. 김영범, 「알박스(Maurice Halbwachs)의 기억사회학 연구」, 『사회과학연구』, 대구대, 1999, 참조.

222

묘사와 형상화(문학적 국어)로, 일종의 정경(情景)을 드러낸다는 점이다.

현진건의 「불국사에서」는 1929년 『동아일보』에 연재되었던 「고도 순례 경주」의 일부분으로, 해방 후의 대다수 독본은 물론 심지어 6차 교육과정까지도 교과서에 수록되곤 했던 대표적인 작품가운데 하나다. 「불국사에서」 주목되는 것은 직접적이고 강한 현실인식이 아니라 역사에 대한 관심이다. 하지만 현진건의 역사에 대한 관심은 신채호, 최남선 등의 이전 세대와 현격한 차이가 있다. 현진건의 경우 날로 심해지는 상황을 극복하고 개인과 사회를 매개하는 방식으로 비평이나 소설이 아닌 기행문(혹은 기행수필)을 택했다. 재래의 '문학'이 이광수의 '문학'과 달랐듯 현진건의 '역사' 역시 더 이상 문화사나 민족기원의 탐색도구가 아니었다. 역사라기보다는 하나의 문학적 양식 전환, 즉 '역사의 문학화'라고 보아야 할 것이다. 그러니까 이윤재의 입장에서는 역사 그 자체의 고답적 해설 혹은 계몽성의 노골적 전달보다는 한글문장의 세련과 유창성을 기반으로 한 문학을 선택한 것이라고 할 수 있다. 미문의식과 문학어의 비계(scaffolding)로서 『문예독본』이 빛나는 장면이라고 하겠다.

결국 『문예독본』에 수록된 작품들은 한자어의 사용이나 한자의 노출을 적게 하여 자신의 심정을 기술하거나 근대적 주체의 관점이 보다 강화된 형태를 띤다. 사물과 세계를 형상화하는 문학적인 글들이 지니는 문체적인 전략, 즉 개념을 품고 있는 한문을 사용하는 것보다는 한글이 유용하다는 점을 인식한 것이다.[34] 물론 이러한 작품의 반영과 문종(혹은 장르)의 재배치가 이윤재만의 독립적 감식안이라고 보긴 어렵다. 그것의 대부분은 서문에 밝힌 대로 4인의 지우(知友), 즉 이태준, 변영로, 이은상, 주요한이 선정했을 가능성이 높아 보인다. 그렇더라도 이윤재의 우선적 관심사, 즉 문학적 국어의 지향은 그의 지우(知友)들

---

34) 문혜윤, 「문예독본류와 한글 문체의 형성」, 『어문논집』 54, 민족어문학회, 2006. 10, 218쪽.

의 관심인 국어적 문학과 궁극에 있어 결합되는 것이다. 또한 이들 모두의 지향이 스스로 의식했건 그렇지 않았건 간에 문학의 범주와 개념의 형성이라는 측면에서 간과할 수 없는 의미를 지닌다. 아울러 그 안에서『문예독본』이 체제와 내용으로 반영한 것이야말로 '문학어 비중과 지위'에 대한 인식을 설명해 주는 것인데, 이는 달리 말하자면, 근대적 글쓰기에서 한문이나 가성적 언문(시문체)보다 한글의 효과성과 구현에 동의했다는 의미일 것이다.

여기서 이러한 글쓰기가 일정한 문장관(文章觀), 특히 문학적 글쓰기로 규범화(메뉴얼화)되고 관습화 된다는 점은 더욱 중요하다. 뒤이어 이태준의『문장강화』(1939)가 나올 수 있었던 것은 이러한 맥락 위에서 자연스럽게 이해될 수 있다.『문장강화』의 핵심은 미문충동인바, 미문충동의 형성배경 및 근대문학의 정전화 속에서『문장강화』의 본질이 탐색되어질 필요가 있다.

5. 맺음말

『문예독본』의 성격과 위상을 논할 때, 간과할 수 없는 것은 이런 것이다.『문예독본』은 더 이상 지식 일반의 전달을 목표로 하지 않았다. '문예', 즉 '문학'으로 한정한 것이다. 신문학운동 이후 조선어와 조선의 작품으로만 한정한 것이다.『문예독본』은 표준화에 대한 인식과 지향, 그리고 그것의 일정한 성과라는 점이 인정된다.『시문독본』의 '가성적 언문'을 신철자법으로 통일했기 때문이다. 적어도 1932년 한글맞춤법 통일안이 나오기 전까지의 체제다. 이로써『문예독본』은 어문교육사에서 일정한 의의를 지니게 된다.

다음은 왜 '문예'일까의 문제다. 이 대목이야말로『문예독본』의 문학사적 의의를 가늠하는 진정한 지점이다.『시문독본』은 근대지(知) 일반의 전달과 계몽 이외에 궁극적으로는 문장수련이 주목적인 실험적

독본이다. 그런데 『문예독본』은 중등교육 이상을 염두에 둔 조선어 독본이었다. 하지만 조선어가 2차 교육령(1922)으로 한문과와 합쳐지면서 시수가 절반으로 줄어든다. 따라서 3차 교육령(1938)으로 소학교에서만 그것도 수의과목으로 전락함으로써 사실상 폐과되기 이전까지 독자적인 조선어 수업이나 역사 강독은 어려운 실정이었다. 따라서 계몽적인 내용과 서사전략은 다변화되어 문학 혹은 문예의 영역을 활용할 수밖에 없었다. 이는 한국 근대문학의 기원에서 무시할 수 없는 변인(變因)의 하나였던바, 이러한 변인의 작용이 『문예독본』에도 고스란히 반영되고 있음을 보여주는 대목이다. 결국 『문예독본』이야말로 당시 '조선어교과서 겸 문학교과서'였던 셈이다. 문학적 국어와 국어적 문학이 자율적으로 소통할 수 있는 비계(scaffolding)와 장(field)을 텍스트의 형태로, 압축적으로 마련한 것이다.

거칠게 도식하자면, 최남선·이광수 같은 근대문학 1세대가 『시문독본』을 정전화하고, 이것으로 근대지식과 문학을 배운 이태준·현진건 같은 2세대들은 어느덧 『문예독본』에 그들의 작품을 수록하기에 이른다. 최남선의 『시문독본』이 상상의 국어국문학을 지향하며 가상공간(virtual space)으로서의 '민족모형'을 만들어냈다면, 이윤재의 『문예독본』은 이른바 신문학운동의 결과물을 재배치하는 현실공간(real space)으로서의 '민족모형'을 창안하였다. 그리고 이를 '문단'의 상징권력을 통해 '문예'라는 이름으로 표상하였던 것이다. 『시문독본』이 조선의 정전을 만들어 가는 과정을 보여준다면, 『문예독본』은 짧은 시간이지만 근대 초기에 발표된 자국의 텍스트를 기반으로 서양 작품이 하나도 들어가지 않은 채(이는 언문일치의 극단적 논리가 닿는 지점의 하나일수도 있다는 점에서 매우 중요하다.) 만들어진 정전과 근대문학의 재배치 과정을 압축적으로 보여준다 할 것이다. 또한 그것은 '문학적 국어'와 '국어적 문학'이 소통할 수 있는 가능성이기도 하였다.

이윤재의 『문예독본』은 근대 초 민족주의 이념을 구현하는 비교적 정제된 정전의 모습으로 우리 앞에 서있다. 여기서 중요한 것은 그 교육과 경험, 그리고 장르규범이나 관습에 대한 인식이 민족주의 이념과 필진에 의해 구성되고, 이는 장기간 한국문학사를 규정하게 된다는 점이다. 이러한 시각은 해방 이후 문학정전(혹은 교육정전)의 형성과 그 문제를 논의하는 자리에서 심화될 필요가 있으나 이 글이 본격적으로 감당하지는 못하였다. 아울러 '문학 장(literary field)'을 문학적 정당성을 획득하기 위한 문학행위자들 간의 경쟁과 대립이라는 관점에서 볼 때, 이윤재의 『문예독본』은 조선총독부의 『조선어독본』을 오른쪽에, 프로문학의 여러 텍스트를 왼쪽에 두고 있음이 분명한데, 상대적으로 이들과의 맞닿는 지점에 대한 분석이 소홀하다. 차후의 과제로 남긴다.

주제어 : 근대적 글쓰기, 문예독본(文藝讀本), 문학어, 미문의식(美文意識), 선
택과 배제의 기율, 이윤재, 정전(正典), 강화(講話)

226

◆ 참고문헌

1. 기본자료
이윤재, 『문예독본』 상권, 진광당, 1931, 고려대 소장본.
이윤재, 『문예독본』 하권, 한성도서출판주식회사, 1932, 고려대 소장본.
이윤재, 『문예독본』 상하합편, 한성도서출판주식회사, 1945, 성균관대 소장본.
한국정신문화연구원, 『한국교육사료집성』 교과서편10-17, 한국정신문화연구원, 1994/
    1996.
한국학문헌연구소 편, 『한국개화기교과서총서』 1-8, 아세아문화사, 1977.

2. 단행본
김현주, 『근대 산문의 계보학』, 소명출판, 2004.
김 철, 『'국민'이라는 노예』, 삼인, 2005.
민족문학사연구소 기초학문연구단 편, 『탈식민의 역학』, 소명출판, 2006.
윤여탁 외, 『국어교육 100년사』 1·2, 서울대 출판부, 2006. 8.
천정환, 『근대의 책읽기』, 푸른역사, 2003.
사이토 미나코(齋藤美奈子), 『文章讀本さん江』, 筑摩書房, 2002. 2.
스즈키 사다미(鈴木貞美), 김채수 역, 『일본의 문학 개념』, 보고사, 2001.

3. 연구논문
고영근, 「어문학자 연구의 현황과 전망」, 『한국인물사연구』 1, 2004. 3.
구자황, 「독본을 통해 본 근대적 텍스트의 형성과 변화」, 『상허학보』 13, 상허학
    회, 2004.
─────, 「근대 독본의 성격과 위상(1) ─ 최남선의 『시문독본』을 중심으로」, 『탈식
    민의 역학』, 소명출판, 2005.
김덕규, 「환산 이윤재 선생의 생애와 그의 업적」, 『김해문화』 21, 2002. 가을·겨울.
김현주, 「근대문화사의 이념과 서사전략 ─ 1900~1920년대 최남선의 역사담론 연
    구」, 성균관대 대동문화연구원 발표문, 2006.
김혜정, 「국어교재의 문종 및 지은이 변천에 대한 통사적 검토」, 『국어교육』 116,
    2005.
문혜윤, 「1930년대 국문체의 형성과 문학적 글쓰기」, 고려대 박사논문, 2006. 8.
─────, 「문예독본류와 한글 문체의 형성」, 『어문논집』 54, 민족어문학회, 2006.

배개화, 「『문장강화』에 나타난 문장(文章) 의식」, 『한국현대문학연구』 16, 2005.

배수찬, 「근대적 글쓰기의 형성과정 연구」, 서울대 박사논문, 2006. 8.

윤대석, 「문학(화)·식민지·근대」, 『역사비평』, 역사문제연구소, 2007. 봄.

이장렬, 「환산 이윤재의 출생지와 〈구주탄생〉」, 『지역문학연구』 10, 2004. 가을.

이봉범, 「1920년대 부르주아문학의 제도적 정착과 『조선문단』」, 『민족문학사연구』 29, 2005.

한기형, 「최남선의 잡지 발간과 초기 근대문학의 재편」, 『대동문화연구』 45, 성균 관대 대동문화연구원, 2004. 3.

─────, 「근대어의 형성과 매체의 언어전략」, 『역사비평』, 역사문제연구소, 2005. 여름.

허윤회, 「조선어 인식과 문학어의 상상」, 『한국 근대문학의 형성과 문학 장의 재 발견』, 소명출판, 2004. 12.

홍준형, 「1910년대 말 문학 관념의 재편과 '문장' 인식의 변화」, 『중국문학연구』 28, 2004.

228

◆ 국문초록

　이 글은 목적은 이윤재의『문예독본(文藝讀本)』(1931)이 보여주는 '압축 성장'
의 실체와 특징을 살펴보고, 그것의 문학사적 성격과 위상을 규명하는 것이다.
『문예독본』의 체재, 필자, 구성, 내용 등을 살펴보되, 중점을 두고 있는 개념 및
문종의 형성과정, 나아가 당시 광고를 통해 특징적으로 명시된 사항 등을 추적함
으로써 독본에 반영된 담론의 성격과 궁극적 지향을 확인하였다.
　『문예독본』은 근대지(知)를 지향하는 가운데 '문예' 표방과 '특색'의 함의를 갖
춘 문학교과서였다. 즉 독본보다는 문예에 방점이 찍힌 텍스트였다. 당시 문예는
시, 소설 등 시인, 소설가, 문사가 창작한 예술적 작품을 일컫는 구체적 용어로
사용된 반면, 문학이란 흔히 문예적 작품을 연구하는 문학자적 태도를 가리키면
서 좁게는 문학사, 문학론, 시론, 문학비평 등을 일컬었다. 그리하여『문예독본』
의 상권에는 전자의 의미가 하권에는 후자의 의미가 각각 구현되는 체재와 내용
을 갖추게 되었다.
　최남선의『시문독본(時文讀本)』이 상상의 국어국문학을 지향하며 가상공간으
로서의 '민족모형'을 만들어냈다면, 이윤재의『문예독본』은 현실공간으로서의
'민족모형'을 창안했다. 그리고 이를 '문단'의 상징권력을 통해 '문예'라는 이름으
로 표상화하였다.『시문독본』이 조선의 정전을 만들어 가는 '과정'을 보여준다면
『문예독본』은 짧은 시간이지만 근대 초기에 발표된 자국의 텍스트를 기반으로
'서양 작품이 하나도 들어가지 않은 채' 만들어진 '정전과 근대문학의 재배치 과
정'을 보여준다 할 것이다. '문학적 국어'와 '국어적 문학'이 소통할 수 있는 가능
성을 열어 놓았던 셈이다.

✦ SUMMARY

The status and the characters of modern readers (2)

- Focused on 『Literary readers』 by Lee, Yun-jae

Gu, Ja-Hwang

The purpose of this study was to research the characters and the reality of 'condensed growth' presented in "Literary readers" by Lee, Yun-jae and examine its characters and status in literary history. The style, the writer, the structure and the contents of "Literary readers" were studied, and the characters of discourse and the ultimate intention contained in the selections were understood by tracking the shaping process of main concepts and schools and specially stated expressions by advertisements.

"Literary readers" was a literature textbook included the advocacy of literary arts and implication of the characters as aiming for a variety of modern paper. In other words, that was a text not for a reader but for literary arts. At that time, literary arts was a concrete term for the creative works such as poetry, novels by poets, novelist or writers. However, literature just indicated academic attitude to study literary arts and it contained literary history, the theory of literature, the theory of poetry, literature criticism. Therefore, the first volume of "Literary readers" consisted of contents with literary arts and literature was dealt with in the second volume.

Although "Contemporary style readers" by Choi, Nam-seon made 'national models' in virtual space, aiming for imaginary Korean language and literature, "Literary readers" by Lee, Yun-jae created 'national models' in real space and it was represented as 'literary arts' through the symbolic power of 'the literary world'. "Contemporary style readers" reflected the 'process' to make a canon of Joseon, but "Literary readers"

230

showed 'a canon without any western article and its process' as well.

Keyword : writing in modernized ways, literary readers, the cognition of elegant prose, choice and the discipline of exclusion, Lee, Yun-jae, canon

－이 논문은 2006년 3월 30일에 접수되어, 소정의 심사를 거쳐 2007년 5월 31일에 최종적으로 게재가 확정되었음.

『백민』과 민족문학*
─ 해방 후 우익 문단의 형성

김 한 식**

1. 연구의 방향

이 글에서 우리는 해방 직후의 유력한 우익 잡지 『白民』을 남한 문단 형성과의 관련 아래에서 살펴보려 한다. 이를 위해 본론에서는 『백민』의 편집 방향과 함께 잡지가 시종일관 주장해온 '민족문학'의 내용과 의의를 중요한 화제로 삼을 것이다. 『백민』의 성격과 '민족문학'에 대한 탐구는 해방기 우익 문단의 논리를 살펴본다는 의미와 함께 1960년대까지 남한 주류 문단의 이론적 배경 또는 이데올로기를 탐구한다

* 이 논문은 2005년도 한국학술진흥재단 지원으로 연구됨(KRF-2005-079-AM0037).
** 상명대학교 한국어문학과.

는 의미를 갖는다.[1]

해방 직후부터 단독정부가 수립되기까지의 기간이 갖는 문학사적 중요성에 대해서는 새삼스런 강조가 필요 없을 것이다. 새로운 문학을 시작하려는 다양한 시도들이 있었고, 이런 시도들은 어느 시기에도 없었던 활력과 갈등을 낳았다. 그래서인지 이 시기에 대한 연구는 실제 작품보다 비평, 텍스트로서의 비평보다 문단이나 문학운동이라는 제도에 초점을 맞추어 왔던 것도 사실이다. 문단 내의 정치적 대립을 살펴봄으로써 문단 성립의 선과 후, 포섭과 배제를 살펴보는 많은 연구가 축적되었다. 문단과 정치세력의 관계나 문인 개인의 변화와 선택에 대한 연구인 경우, 〈문학건설본부〉(문건)로 대표되는 좌익 측과 〈청년문학가협회〉(청문협)로 대표되는 우익 측 문학의 대립과 갈등을 살펴보는 것이 전형적인 접근 방법이었다.

이 경우 문단의 갈등과 대립을 살펴보는 데 빠지지 않고 등장하는 것이 각종 잡지의 생몰에 대한 연구이다. 연구자들에게 해방기 잡지는 문단의 헤게모니를 장악하는 도구, 문인 개인의 영향력을 확대하는 도구로 인식되었기 때문이다. 잡지의 이념이 무엇이었는지, 그 잡지를 움직인 사람들은 누구였는지, 표면에 드러나는 인물들 외에 보이지 않게 잡지 간행과 편집에 관여한 사람은 없었는지 등을 살피는 일이 이 작

---

1) 해방 당시 '민족문학'을 주장한 이들은 같은 단어를 사용하고 있음에도 불구하고 각기 다른 의미를 표현하고 있다. '민족문학'이라는 개념을 먼저 사용한 쪽은 좌익 측이었다. 이들에게 민족문학은 민족적 형식에 계급적 내용이라는 사회주의 창작방법과 무관하지 않았다. 이에 비해 우익 측에서 사용한 민족문학은 민족적 전통 또는 민족혼을 강조하는 경향으로 영토와 혈통을 바탕으로 한 전통과 역사의 단일성을 강조했다. 주로 현실적 문제보다는 정신적 측면을 강조하는 경향이 강했다. 물론 우익 측의 '민족문학'도 단일한 개념으로 사용되지는 않았다. 좌우를 떠나 자기 논리의 정당성을 주장하기 위해서는 '민족'이라는 이름을 사용하지 않을 수 없었던 것이 당시 현실이었다고 할 수 있다. 이후 해방기 문학운동에 대해서는 신형기, 『해방직후의 문학운동론』(화다, 1988), 김윤식, 『해방공간의 내면풍경』(민음사, 1996), 김윤식, 『한국근대문학론사연구 2』(아세아문화사, 1994), 김승환, 『해방공간의 현실주의 문학연구』(일지사, 1991), 김영민, 『한국현대문학비평사』(소명출판, 2000)를 참조하였다.

업에서는 필수적이었다. 이념적으로 대립되는 다른 잡지 또는 다른 잡지의 주체들과 벌인 논쟁을 찾게 된다면 당시의 문단 상황을 이해하는 데 중요한 단서를 잡을 수 있게 된다.

그러나 당시 잡지가 표현 도구 이상의 역할을 담당했음을 간과해서는 안 된다. 정치 뿐 아니라 문학 판을 새로 짜야 하는 시기에 잡지는 단순한 도구나 수단 이상이었다. 잡지는 당시 문인 등의 생각을 드러내는 중요한 매체였음은 물론 문학 장을 형성하는 데 크게 기여했던 것이다. 또 잡지를 도구로 사용할 만한 무엇이 당시에 '이미' 갖추어져 있었다고 보기도 어렵다. 문학 이념이 갖추어져 있고 작품이 거기에 맞추어 간 것이 문학사가 아니듯 잡지의 역할 역시 작품의 역할과 유사하였다고 보아야 한다. 조금 과장해서 말하자면 대중들에게 문학에 대한 인식을 심어주고 문학과 문학 아닌 것, 문인과 문인 아닌 이들을 구분해준 것이 잡지였다고 할 수 있다.

문단의 형성과정을 생각할 때도 이러한 관점은 매우 유용하다. 해방기는 기왕에 갖추어진 터전에 문단이라는 이질적인 무엇이 이식된 시기가 아니라 국가 세우기와 문단 만들기가 동시에 진행된 때이다. 당시에는 특별한 준거에 맞추지 않더라도 스스로 만들고 유포한 문학론, 스스로 만들고 유포한 문학작품, 스스로 만들고 출판한 잡지 그 자체가 문단이 될 수 있었다. 따라서 이 시기 문예 잡지는 담론화가 된 무엇을 담아낸 것이 아니라 그 자체로 담론을 생산하고 있었다고 볼 수 있다.[2]

이렇게 보면 이후 문단의 중심을 차지하게 되는 〈청문협〉 중심의

---

[2] 문단 형성에서 잡지가 중요한 이유는 이를 통해 민족과 전통 그리고 이를 아우르는 민족문학을 만들어 나갈 수 있었기 때문이다. 우리 현실과 꼭 맞는다고 볼 수는 없겠지만 민족의 구성에서 출판이 차지하는 위치를 자세히 분석한 책은 베네딕트 앤더슨의 『상상의 공동체』(윤형숙 역, 나남, 2002)이고 소설의 발생에서 출판의 중요성을 재삼 확인해준 책은 이안 와트의 『소설의 발생』(전철민 역, 열린책들, 1988)이다. 해방기 좌익 측이 무엇보다 인쇄시설 확보를 서둘렀고 우익 측이 좌익 측의 출판 장악에 민감히 반응했던 것도 이와 무관하지 않다.

민족문학(순수문학)이 남쪽의 정치적 상황에 의해 선택되었다는 기존의 시각은 그 타당성에도 불구하고 단편적이라 부르지 않을 수 없다. 민족문학(순수문학)은 단순히 정치적 상황에 의해 선택된 따라서 전투 없이 승리한 문학이 아니라 남쪽 사회 전체에 이념을 제공해 주고 스스로의 담론을 생산해낸 문단 형성의 주체였다고 할 수 있다. 담론 투쟁은 그 자체로 정치적 행위가 될 수밖에 없는 법, 〈청문협〉의 민족문학론(순수문학론)은 좌익 측과의 대결 뿐 아니라 우익 측에서도 헤게모니를 장악하기 위한 담론의 하나로 기능하였다고 볼 수 있다.

이 글에서 『백민』을 통해 확인해 보고자 하는 내용도 위와 관련된다. 주지하다시피 『백민』은 좌우 문인들의 대결이 치열하던 1945～1948년 우익 문학을 대표하는 잡지였고, 〈청문협〉을 비롯한 우익 문인들이 집중적으로 글을 게재했던 잡지이다. 처음에는 종합지로 시작했지만 시간이 지나면서 문학 전문지의 성격으로 변화하였다.3) 문학 전문지가 되면서는 우익적 성격이 더욱 짙어져 남한 정권의 이념을 노골적으로 드러내는 역할을 담당하기도 했다.

본론에서는 잡지 『백민』에 실린 글들을 통해 당시 우익 문단이 어떻게 자기 논리를 세워가는지 그것이 이후 문단의 성립과 분열을 어떻게 예고하고 있는지, 시기별로 살펴나갈 것이다. 두 번째 장에서는 해방기 상황에서 『백민』이 갖는 의미를 살펴보고, 세 번째 장에서는 『백민』이 시종일관 주장한 '민족문학'의 내용을 살필 것이다. 네 번째 장에서는 주로 『백민』의 필자로 참여하던 문인들이 『문예』로 옮겨가는 과정에 대해 다루게 된다.

---

3) 이 점에서 보면 『문예』는 좌우의 대립이 끝나고 난 뒤, 승리한 쪽의 문학을 정비하고 확산하는 역할을 한 잡지라고 할 수 있다. 이봉범은 『문예』의 역사적 의미에 대해 "단정수립 후 이념대립에 기초한 대타적 동일성을 유지했던 우익 문예 진영이 그 구도가 깨진 이후 나름의 문학주의적 원칙을 가지고 순수문학론의 제도화를 도모했던 매체적 거점"이라고 규정한다(이봉범, 「잡지 『문예』의 성격과 위상」, 『상허학보』 17집, 2006, 264쪽).

2. 『백민』이 놓인 자리

1) 창간의 배경과 의미

해방이후 문단과 출판계에서 선편을 쥔 쪽은 좌익 측이었다. 해방
이전 조직 운동을 했던 경험을 바탕으로 임화, 김남천 등은 해방 다음
날 문학단체의 깃발을 올리는 신속함을 보여주었다. 단체 조직 후 중
도 성향의 문인들을 끌어들이는 데 어느 정도 성공을 거두었고 여러
종의 기관지를 제작 출판하였다. 해방 일년이 지나기 전에 좌익 측 문
학 단체는 병립, 통합, 분리가 이루어질 만큼 바쁘게 움직였다. 이에 비
해 우익 측은 다분히 '대응'의 의미를 갖는 행동으로 일관하였다. 좌익
측 단체에 대응하는 '유사한' 범주의 단체를 만들어 그들의 뒤를 따
랐다.4)

발간된 잡지의 양도 좌익 측의 그것이 우익 측의 그것에 비해 압도
적으로 많았다. 좌익 성향으로 분류되는 잡지는 1945년 11월 발간된
『문화전선』(〈문건〉 기관지)과 같은 해 12월 발간된 『예술운동』(〈동맹〉
의 기관지), 1946년 창간된 『문학』(〈문맹〉의 기관지)을 들 수 있다. 이
밖에도 『우리문학』, 『문학평론』, 『적성』, 『예술』, 『인민』 등도 공식적
으로는 아니지만 좌익 측의 기관지 역할을 한 잡지들이었다.5) 지속적
으로 출간되어 나름의 영향력을 발휘한 우익 측 잡지는 『백민』과 『문
예』, 『신천지』 정도이다. 이 중 『백민』의 의미는 특별하다 할 수 있다.
『문예』와 『신천지』가 단독 정부 수립 후 안정되고 지극히 우호적인 정
치 환경 속에서 발간되거나 영향력을 확대한 잡지인데 비해 『백민』은
1945년 12월에 창간되어 치열한 좌우 대립기를 거쳐 1949년까지 지속
된 잡지였기 때문이다.

---

4) 이에 대해서는 김승환, 신형기, 김영민의 앞의 글 참조.
5) 해방기 문예지에 대해서는 졸고, 「해방기의 문예지와 문학운동」(『한국현대소설의 서
   사와형식 연구』, 깊은샘, 2000) 참조.

236

해방기는 잡지가 갖는 정치적 의미가 가장 두드러진 시기였다고 할수 있다. 잡지는 곧 문학이라는 제도, 그 제도가 인정받을 수 있는 장을 형성하는 데 결정적으로 중요한 역할을 했기 때문이다. 사실 무엇이 좋은 문학이고 무엇이 그렇지 못한 문학인가를 개념적으로 구분하는 일은 지극히 어려운 일이다. 그렇다면 중요한 것은 문학이라고 '인정' 받을 수 있는 제도를 갖는 것이다. 해방 이후 이런 제도에 해당하는 것은 문학 단체와 글을 쓸 수 있는 잡지였다. 이를 이해하지 않고서는 해방 이후 유난히 조직 활동이 활발했던 이유, 잡지의 생몰이 그렇게 잦았던 이유를 설명할 수 없다. 부르디외의 말을 빌리면 "유통지폐의 궁극적인 보증을 모든 신용 행위들의 궁극적 보장이 될 중앙은행의 일종인 교환 관계들의 망"6)에서 확인할 수밖에 없기 때문이다. 이러한 '중앙은행'의 역할을 담당하는 것이 문단인데, 문단은 곧 문학인들의 조직과 잡지였다. 이후 김송의 회고에서 드러나는 잡지 발간에 대한 도저한 자부심은 당시 잡지의 역할이 얼마나 중요했는가를 짐작하게 해준다.7)

잡지 『백민』은 월간으로 계획하였으나 대부분 격월간으로 발행되었으며 김송이 편집인과 주간을 겸하고 박연희 등이 실무를 맡았다.8) 초기에는 문학 작품이 매우 빈약한 종합지 내지 정치 지향의 잡지였으나 이후 문예 중심 잡지를 표방하면서 절반 이상의 지면을 문학에 할애하였다. 후기로 갈수록 재정적 어려움이 커져 잡지는 경무대 일을 보던 김광섭의 도움으로 간신히 유지될 수 있었다. 그러나 이러한 노력으로도 잡지를 발간하지 못하고 『백민』은 김광섭 주간 〈중앙문화협회〉9)

---

6) 피에르 부르디외, 하태환 역, 『예술의 규칙』, 동문선, 1999, 303-304쪽.

7) 김송은 「문단의 좌우익 대결과 '백민문학'」(『북한』, 1985. 8)에서 좌익문인과 홀로 대결한 『백민』의 역할과 자신의 노력에 대한 자부심을 표나게 드러낸다.

8) 김송은 회고에서 "『白民』의 編輯은 李石薰, 朴淵禧, 柳周鉉, 田炳淳 諸씨가 前後하여 수고했다."고 적고 있다(김송, 「백민」, 『해방문단 20년』, 한국문인협회, 정음사, 1966, 171쪽).

9) 〈중앙문화협회〉는 해방 후 최초로 결성된 우익단체이며 이후 〈자유문학가협회〉를 주

간행의『문학』(22호)으로 이름을 바꾸게 된다. 1949년 6월호 후기에서 편집인 김송은 "이것이 나로서는 열아홉 번째 쓰는 編輯後記이며, 아마 앞으로 다시 쓸 수 없을 마지막 종결서일지도 모른다."고 쓴다. 실제로 발행처를 '백민문화사'로 한『백민』은 이때가 마지막이었던 것으로 보인다. 이후『백민』20, 21호는 김광섭 주간, 김송 편집, 발행처 〈중앙문화협회〉의 체제로 간행된다. 김송 개인의 노력으로 유지되던 잡지가 김광섭 등의 도움으로 다시 발간되는 것인데, 이 시기에 이르면 〈중앙문화협회〉 출신 문인들이 잡지의 주요 필자가 된다.『백민』을 통해 활발한 활동을 보이던 김동리, 조지훈, 조연현, 최태응 등은 이후 글을 싣지 않는다. 〈청문협〉 중심의 문인들은『문예』로 자리를 옮기기 때문이다. 이렇게 볼 때『백민』은 1949년 6월 19호를 끝으로 생명을 다한 셈이다.

그렇다면 우리 문학사에서『백민』이 갖는 의미는 무엇인가.『백민』이 중요한 까닭은 해방 직후 우익 문인들의 활동을 확인할 수 있는 잡지라는 점 때문이다. 또, 그들이 주장한 '민족문학'론의 성립과 함께 거기에 이르기까지의 혼란스러운 과정을 확인할 수도 있는 잡지라는 점도 의미가 있다. 문학에 대한 유사한 생각을 가진 이들이 주도한 잡지가 아니라 좌익에 반대하는 우익 문인들이 서로의 차이를 잠시 접어

도한 단체였다. 1945년 9월 18일 결성식을 가진 〈중앙문화협회〉는 특정한 이데올로기에 기반을 둔 단체라 할 수는 없지만, 구성원들의 성향이나 당시 정치권과의 관계로 볼 때 우익적 성향을 띠고 있었다고 보아야 한다. 출범 당시 해외문학과 출신이 핵심을 이루었는데 주요 위원은 이헌구·김진섭·이하윤·서항석·김광섭·양주동·김환기·박종화·변영로·오상순 등이었다(김영민,『한국현대문학비평사』, 소명출판, 2000, 19-20쪽). 이들은 전쟁 중 종군작가단, 전쟁 후 〈자유문학가협회〉의 주축 멤버가 된다. 안한상은 〈문건〉이 좌파로 간주된 것이 다분히 〈중앙문화협회〉의 우편향적 시각 때문이라고 말한다. 처음부터 좌우의 색채를 드러내지 않은 채 좌우합작 노선을 지향했던 〈문건〉은 우익 단체인 〈중앙문화협회〉가 생겨남으로서 상대적으로 좌익적 색채를 보이게 되었다는 것이다(안한상, 「해방 직후의 문단 조직과 노선」,『선청어문』21집, 1993, 83쪽). 이들이 활동이 조직적이었는가는 의문이지만 구성원들의 영향력에 비추어 〈중앙문화협회〉에 대해서는 본격적인 연구가 필요하다.

두고 함께 참여한 잡지가 『백민』이었다. 시기적으로 후에 발간된 『문
예』가 순수를 표방하여 『현대문학』으로 이어지는 매개 역할을 했다는
점이 중요하고,10) 『신천지』가 권력을 잡은 우익의 이데올로기를 드러
내는 잡지로서 중요한 의미를 갖는 것과는 크게 대비된다.

2) 창간호의 성격

『백민』이 내세운 것은 처음부터 끝까지 '민족'이었다. 발행인 김송
의 회고에 따르면 잡지의 제호도 '白衣民族'에서 착안하였다고 한다.11)
이미 많이 지적되었듯이 이 시기 '민족'의 강조는 순수한 의미로 받아
들이기 어렵다. 민족의 호출은 '계급'이라는 패러다임을 다분히 의식할
수밖에 없는 상황이었기 때문이다.

> 階級이 없는 民族의 平等과 全世界人類의 평화를 위해 이 땅의 文化
> 는 自由스러이 發展해야 할 것이며 그것을 달성키 위해 『白民』이 微力이
> 나마 피나 살이 되기를 바라면서 創刊號를 보내는 것입니다.12)

평등과 자유를 공동의 가치로 삼아 민족과 세계 인류의 평화를 위
해 공헌하자는 창간사로서는 원칙적이고 평범한 내용이다. 이념에 대
한 편견을 발견하기 어려울 정도로 당시의 민족적 과제를 포괄적으로
수용하고 있다. 물론 "계급이 없는 민족의 평등"이라는 말이 의미하는
바가 무엇인지 알기 어렵다는 점이 눈에 띠기는 한다. 민족을 계급과
대립시키고 있다는 점은 평등을 위해 계급을 내세우는 다른 쪽의 논리
와 분명히 거리가 있다. 엄연히 존재하는 계급 불평등을 고민하는 입

---

10) 『문예』의 역할과 사적 의미에 대해서는 이봉범의 앞의 글 참조.
11) "『白民』은 白衣民族을 줄여서 붙인 表題이고, 또한 倍達民族을 상징한 標題였다. 그
    래서 第一號의 表紙畵는 배달의 傳說이 깃든 白頭山 天池를 넣었던 것이다."(김송,
    앞의 글, 168쪽)
12) 「창간사」, 『백민』 창간호, 1945년 12월, 3쪽.

장과 달리 계급의 강조가 평등해야 할 민족 구성원 사이에 분열을 불러온다는 우려를 앞세운다. 민족으로 묶을 수 있는 공동체의 개개인을 '평등'한 것으로 본다는 점은 이후『백민』에 실린 글들에 자주 드러나는 인식이기도 하다.

권말에는 '데모크라시'에 대한 정의가 실려 있다. 서구에서 수입된 용어를 일반인들이 이해하기 쉽게 풀어주려는 의도로 보인다. 이 글은 데모크라시를 민주주의 혹은 민본주의라 부를 수 있다고 하고, 그 기원과 역사에 대해 간단히 설명하고 있다. 그리고 '현재 요구하는' 진보적 민주주의의 성격에 대해 네 가지 정도로 정리하고 있다. 그 내용은 토지는 농민에게 주라, 일절의 대기업은 국영으로 하라, 무산자의 생활을 안정케 하라, 언론집회의 자유를 보장하라 등이다.13) 경제적, 정치적 평등을 요구하고 언론의 자유를 주장하는 '공산주의자'들의 주장과 크게 다르지 않다. 대표적인 민족(우익) 잡지로 분류되는『백민』에 실리기에 적절한 내용인지 의아스럽기도 하다. 그러나 당시의 분위기에서 데모크라시에 대한 이러한 요구는 단지 '공산주의자'들의 선전 문구에 그쳤던 것이 아니라 해방 후 우리 사회의 진로에 대한 일반 대중들의 일정한 '합의'를 반영한 것이었다고 할 수 있다. 후기로 가면 적어지기는 하지만 단정 수립 이전『백민』은 다양한 인민적 목소리를 여과 없이 싣기도 하였다.

그렇다고『백민』이 편집 방향이 당시 현실의 다양한 논의를 편견 없이 수용하는 쪽이었다고 볼 수는 없다. 잡지에 실린 각각의 글이 갖는 성격과 무관하게 실제 잡지의 편집을 살펴보면 이 잡지가 지향한 바가 한쪽에 기울어 있었음을 확인할 수 있다. 좋은 예가 창간호의 특집이다. 특집은 "解放後 指導者의 獅子吼"라는 이름으로 당시 '민족지도자'의 글을 모아 꾸며졌다. 순서대로 이승만의 「全國民은 統一하자」라는 연설문, 「朝鮮人民共和國發足」과 관련된 여운형의 연설, 박헌영

---

13) 「데모크라시」, 같은 책, 50쪽.

의 「朝鮮共産黨檄文」, 안재홍의 「新民主主義論」이 실렸다. 특별히 청탁해서 글을 받은 것이 아니라 당시 정치적으로 의미 있는 글들을 모아 재수록한 것이다. 목차만으로 보면 나름대로 정치적인 균형을 이루려 노력했다고 볼 수도 있다. 그러나 주목할 점은 내용의 편집이다. 목차에는 이승만, 여운형, 박헌영, 안재홍의 글이 순서대로 배치되어 있다. 제목 활자는 이승만의 「전국민은 통일하라」가 크게 뽑혔고 다른 글에 부제가 달린 것과 달리 부제가 병기되어 있지 않다. 본문에도 '전국민은 통일하자'라는 제목을 큰 활자로 뽑았고 사진까지 함께 실었다. 부제는 '이승만 선생귀국제일성'이다. 여기서 선생이라는 호칭은 다른 부제에서 여운형과 안재홍을 '씨'라 칭한 것과 대비를 이룬다. 「조선공산당격문」의 경우 목차에는 박헌영이라는 이름이 병기되었지만 실제 본문에는 이름이 빠져 있고 제목 활자도 이승만 글의 부제만한 크기로 일단 처리되어 있다. 거기에 특집 앞에 실린 첫 번째 글 역시 특정 정치 세력에 대한 우호적 태도를 짐작하게 한다. 「世界에 聲明하는 三千萬의 總意」라는 제목의 글이 창간호 가장 앞에 실렸는데(창간사는 목차와 함께 첫 장에 실려 있다) 〈독립촉성중앙협의회〉의 회합 장면을 소개하고 거기서 발표된 '李博士起草決議書' 전문이 실려 있다. 삼천만의 총의라는 이름을 걸고 일개 협의회를 소개하는 글을 실었다는 점에서 『백민』의 정치적 성향이 어느 쪽에 기울어 있었는지를 짐작할 수 있다.

특집을 제외하고 창간호에는 제호 '백민'에 어울리게 민족이나 전통과 연관된 글들이 다수 실렸다. 신채호의 「大壇君王儉의 建國」과 「史話 藝術家 率居」(윤승한), 연재소설 「乙支文德」(신정언)이 여기에 해당한다. 이밖에도 표지 뒷장에 '명작시조선'이라는 이름으로 을지문덕, 남이장군, 김종서 등의 시조가 실려 있다. 본격적인 문학작품으로는 김송의 소설 「萬歲」가 실렸다. 해방 이전 억압받던 현실과 해방의 감격을 그리고 있는 소설이지만 작품성을 논하기에는 부족함이 많다. 해방의 감격을 그대로 드러내는 수준의 소설이라고 할 수 있다.

잡지의 발행인이자 편집인기도 했던 김송은 『백민』 3호에도 「인경아 우러라」라는 소설을 발표한다. 이 소설은 당시의 상황을 강신행이라는 인물을 중심으로 그리고 있다. 해방의 기쁨과 공장에서 노동자의 권리를 찾은 일, 인공과 임정파로 나뉘어 논쟁한 일 등이 나열된다. 신탁 통치안이 알려지자 주인공 신행이 보신각 종에 들어가 종을 울린다는 내용으로 마무리된다. 신탁 통치 반대, 조선의 완전 독립이 주제인 셈이다.

다음은 불란서 혁명을 프롤레타리아 입장에서 분석하고 있는 글이다.

> 이리하여 불란서 혁명은 직공과 농민대중 희생으로 상공부르죠아지의 해방을 원조하고도 그 밑에 지배되야 그들의 자본주의사회건설의 역할을 했었다. 불란서 혁명의 전목표 자유, 평등, 동포애는 이를테면 부르죠아의 착취와 폭리를 위해서 맨들어진 법률이었다.
>
> 현재 자본주의 조직이 푸로레타리아 농민의 손에 依하야 변혁의 과정에 있으며 일부엔 이미 무너진 나라도 있다 여기서 우리는 불란서 혁명이 철저하지 못했든 것을 발견한 것이다. 우리의 갈 길은? 결코 허방다리여서는 안 될 것이다.[14]

이 시기는 미소 공동위원회가 시작되었고, 찬탁과 반탁의 대립이 격화되던 때이다. 이 시기에도 글의 성격은 자본주의에 대한 우호 일색은 아니었다. 앞서 언급한 대로 이러한 글이 『백민』의 성격을 규정한다고 보기는 어렵지만 당시의 분위기와 소위 '우익'을 지지하던 세력들의 현실 인식 혹은 지향성을 엿볼 수 있는 간접 자료로서의 역할을 할 만하다. 3호에는 비교적 긴 분량으로 유물론에 대한 설명도 실려 있다. 유물론에 대한 판단은 두드러지게 드러나 있지 않고 학문적인 설명의 성격을 띠고 있다. 노동과 자본의 관계, 생산력과 생산관계 그리고 마르크스 등에 대해 비교적 잘 설명하고 있다. 역시 같은 맥락에서

---

14) 박문철, 「불란서 혁명과 우리의 정치 노선」, 『백민』 3호, 1946. 4, 9쪽.

이해할 수 있다.

이상에서 살펴보았듯이 창간 당시 『백민』은 정치적 현실을 다룬 글이나 민족의 전통과 관계된 글을 주로 싣는 종합지였다. 편집으로 보아 정치적으로 우익(특히 이승만 논선)에 기운 잡지였음에도 불구하고 다양한 현실의 논의들을 소개하기도 하였다. 단정 수립 후에는 좌익측 입장으로 판단되어 분명한 논박의 대상이 되었을 글들이 초기 『백민』에는 다수 실려 있다.15) 이는 『백민』이 특별히 수용적인 잡지였기 때문이기 보다는 당시의 시대 상황을 반영한 결과라고 할 수 있으며, 『백민』 스스로 자신을 내세울만한 필자와 주장을 미처 갖추고 있지 못했기 때문이라고 보는 편이 적절할 것이다. 이런 초기의 모습은 고정 필자들, 특히 문인들이 참여하면서 차츰 정리되어 간다.

3. 『백민』의 민족문학

비록 개인의 노력에 의해 창간되고 운영되는 경우라 하더라도 잡지의 성격은 주요 필자들의 성격에 의해 정해진다. 『백민』의 경우도 크게 다르지 않아서, 우익 문인들이 본격적으로 필자로 참여하면서 잡지의 성격은 분명해져 갔다. 문학과 관련이 비교적 적은 글들이 다양한 관점을 유지하고 있었는데 비해 문학 관련 글들은 '계급'을 지양하고 '민족'을 강조하는 일관된 입장을 보였다. 정치적 의미의 민족이 강조되는 경우와 함께 '민족문학' 안에서의 민족이 강조되는 경우도 많았다.16)

---

15) 단정 수립 자체를 문학적 상황 변화의 분명한 시기로 삼을 수는 없다. 자유로운 분위기가 급격히 냉각된 것은 여순사건에 이은 국가보안법 제정 등이 이루어진 1948년 말 상황이 결정적이었다고 할 수 있다(김재용, 「냉전적 반공주의와 남한 문학인의 고뇌」(『역사비평』, 1996. 여름), 270쪽과 정병준, 『한국전쟁』(돌베개, 2006) 참조).

16) 당시 발행인은 함께 활동했던 우익 측 문인들을 『백민』의 '동인'으로 회고하기도 한다. "백철, 이헌구, 김동리, 김광주, 최태응, 조연현, 조지훈, 정비석, 최정희, 임옥인,

『백민』이 주장한 민족문학은 다분히 좌익 측 '계급문학'에 대한 대타 개념의 성격이 짙었다. 그러나 이러한 성격도 초반부터 강하게 드러났다고 보기는 어렵다. 대결의식은 잠재해 있었겠지만 초기에는 좌우의 통일과 민족의 해방이라는 대의를 앞세우는 경향을 보였다. 『백민』 초기의 글을 통해 확인되지만 좌익 측의 논리가 가진 대중적 설득력과 현실적 힘을 완전히 무시할 수 없다는 조건이 어느 정도 영향을 준 것으로 보인다. 계급적 관점을 굳이 이야기하기보다는 분열 자체를 문제 삼는 경향을 보여준다. 그러던 것이 큰 변화를 겪게 되는 것은 정치적으로는 신탁통치 문제, 문단사적으로는 '응향 사건'을 겪게 되면서이다. 좌익 측의 '표변'에 대한 우익 측의 공격과 함께 응향 사건에 대한 우익 문인들의 궐기는 계급문학을 본격적으로 공격하는 계기가 된다. 이 시기 문단에서는 좌와 우 그리고 민족과 계급의 대립이 본격화되기 시작한다.

1) 민족과 계급

좌익에 대한 공격적인 글이 본격적으로 등장하는 것은 5호(1946년 10월)부터이지만 『백민』에는 여전히 이념적 내용이 다양한 글들이 실린다. 좌우의 대립이 첨예하게 드러나기 이전 갈등을 아우르는 명분은 완전한 해방, 통일, 좌우 합작 등이었다. 이는 각각의 글들이 가진 다양한 성격을 넘어 잡지가 표면적으로 내세우는 주장이기도 했다. 물론 합작의 명분은 '민족'이라는 당위에 있었다. 혈연과 지연 그리고 문화공동체로서의 민족은 해방, 통일, 좌우 합작을 당연한 것으로 이끄는 전제였다.

1946년 후반에서 1947년 『백민』으로 한정해 볼 때, 좌익에 대한 평

김광섭, 손소희, 서정주, 곽종원 등이 『백민』의 동인이었다."(김송, 「백민시대」, 『한국문단이면사』, 깊은샘, 1999, 333쪽)

244

가나 태도에서 정치적 발언과 문학적 발언 사이에는 현저한 차이가 존재한다. 민족을 강조하는 경우에도 그 의도나 강조점은 같지 않았다. 이 시기 『백민』에 실린 정치적인 글은 민족을 강조하고 있지만 그 강조는 좌익 측에 대한 비판이나 배제보다는 좌우 합작이나 독립 문제로 이어지고 있다.[17] 그러나 문학과 관련된 글에서 '민족'은 좌익 문학과의 대결을 의미했다. 좌익 문학이 정치에 종속되어 있고 그것도 잘못된 정치 이념을 따르고 있다는 관점이 지배적이었다.

『백민』5호와 6호(1947년 1월)의 권두언은 『백민』의 당시 주장을 확인할 수 있는 글이다. 제5호의 권두언인 「食糧解決과 獨立戰取」의 경우 좌익 측에 호의적이라는 어떤 증거도 찾을 수는 없지만 독립, 통일, 좌우합작이라는 명분에서 크게 벗어나지도 않는다. 완전 독립을 이루지 못한 현재 상황을 개탄하고 독립 이전에 식량 부족으로 고생하고 있는 현실을 해결해 줄 것을 정치에 요구하고 있다. 38선을 허물고 통일을 이룰 것을 기대하며 정치가들을 향해 "진실로 조선을 사랑하고 민족의 참된 지도자가 되려거든 먼저 정치야욕과 사리사욕을 버리고 겸허한 마음으로 합작 제휴해"[18]줄 것을 요구하고 있다. 제휴의 중심에 '민족'이 놓이는 것은 사실이지만 좌우 한쪽을 향한 적대적 목소리는 두드러지지 않는다. 제6호 서두에 실린 「本誌의 題號에 대하야」는 '백민'이라는 제호를 지은 까닭을 설명하는 글이다. 이 글에도 민족적 입장에서의 좌우 합작 주장은 빠지지 않는다. "허나 衣食住를 비롯하여 文化와 傳統은 한아버님의 子孫인 白衣民族-高潔 溫純 平和를 사랑하는 三千萬의 念願은 오로지 左右의 合作에 있다. 모든 愛國的 政治指導者들이 左右南北의 合作統一로써 自主的인 國家를 세우고 이 江山에 平和의 봄이 오기를 渴望하며 苦待하고 있다."[19]는 것이 글

---

17) 물론 합작이나 독립이 우익 정치인들이 내세운 현실 타개책이었다는 점 역시 분명하다. 초기 독립의 문제가 단정 수립으로 이어진 것이 해방기 정치의 전개과정이었다. 이승만의 '정읍 발언'은 전환을 이루는 사건이 된다.
18) 「식량해결과 독립문제」, 『백민』5호, 5쪽.

의 핵심이다. 물론 여기서 이들의 생각이 중립적이라거나 바람직한 합
작의 방향이었다거나 하는 사실을 확인하자는 것은 아니다. 자기의 입
장을 가지고 있다고 하더라도 그것을 드러내는 명분이 상대방에 대한
배제가 아니라 아우르려는 외양을 하고 있다는 점만을 일단 주목한다.
정치적 판단의 문제는 신념의 차원이기도 하지만 사회적 분위기와도
무관할 수 없기 때문이다. 취향의 문제가 아니라 사회적 인정의 문제
이다. 이어지는 권두언은 「獨立至上 左右合同하라!」(仁旺居士)라는 제
목의 글이다. 역시 독립과 좌우합작을 위한 노력을 역설하고 있다.

해방기 대표적 논객이었던 김동리의 글이 『백민』에 처음으로 실린
것은 5호에 와서이다. 「左右間의 左右」라는 짧은 글인데, 흥미로운 것
은 이 글이 공격적이기 보다 좌우 합작을 이야기하는 완곡한 주장을
담고 있다는 점이다. 좌우 구별 자체를 의심하고 좌우간 우선 뭉쳐야
한다는 주장을 앞세운다. 김동리는 좌우를 나누는 기준이 무엇인지에
의문을 제기하고 기준이 엄격하지 않을 뿐 아니라 필요에 의해 '左右
間' 나눈 듯하다고 의문을 제기한다. 따라서 좌우를 다른 말로 바꾸어
도 문제가 없을 것이라고도 한다. 문학과 관련된 논쟁적인 글들과 비
교하면 긴장감이 떨어지는 느슨한 글이다. "오늘 날 朝鮮의 政治的 社
會的 文化的 經濟的 傾向流波를 規定하는 範疇로서 左右的 槪念을
利用하려는 것은 淺薄하고 無謀하고 不純한 謀略이다"[20]라는 주장은
좌우익을 나누는 것에 대한 반대이고 "左右間 그 目的이 獨立과 解放
에만 있다면 우리는 서로 感情的 對立을 버리고 互讓寬容의 길을 擇
해야 한다."[21]는 주장은 '左右間' 뭉쳐야 한다는 단순한 내용이다. '좌
우'라는 단어를 가지고 말장난을 하고 있다는 인상마저 준다.

김동리의 이런 소박한 접근은 정치를 대하는 태도와 문학을 대하는
태도의 근본적 차이에서 비롯된다. 김동리가 스스로 순수하다고 주장

---

19) 편집국원, 「본지의 제호에 대하여」, 『백민』 6호, 3쪽.
20) 김동리, 「좌우간의 좌우」, 『백민』 5호, 22쪽.
21) 같은 글, 같은 쪽.

할 수 있는 영역은 문학이었고, 정치의 영역은 그와 달랐던 것이다. 정치가 삶의 문제였다면 문학은 그에게 종교나 철학과도 교통할 수 있는 현실과는 다른 차원의 영역에 속했다. 이런 관점에서 문학에 대한 날카로움과 정치에 대한 범박한 합작론이 이해되고 설명될 수 있다. 사실, 그가 좌익 문학을 비판할 때는 정치와 문학의 관계에 초점을 맞추었을 뿐 정치 자체에 대해서는 목소리를 높이지 않았다. 이는 김동리를 비롯한 〈청문협〉 문인들에게 매우 중요한 문제인데, 그들이 문학이 정치적 승리자의 그것을 단순히 따르지 않게 되는 결과와 이어지기 때문이다. 그 결과는 순수라는 상징권력으로 이어진다.22) 이들에게는 주어진 체제 안에서 문학이라는 상징권력을 가지는 것이 더 중요한 문제였다. 또 문학 안에서의 순수를 지킨다면 문학 외의 실제 정치는 순수와 다른 차원에서 사고하고 행동할 수 있는 영역이 될 수 있다. 이렇게 될 때 작가의 정치적 행동과 문학의 순수는 조금도 괴리되지 않는 영역이 된다.23)

정치보다 문학 영역에서 좌우의 분리가 보다 분명했던 현상은 김동리에 한정되는 문제는 아니었다. 이는 조지훈, 조연현, 최태응 등『백민』의 주요 필자들에게서 공통적으로 나타나는 현상이었다. 단정 이전으로 한정하자면『백민』에 실린 글들은 정치 문제에 있어서는 비교적 타협적이고 중도적인 '포즈'를 취하지만 문학과 관련되면 좌익 문학은 문학 아닌 것, 노예의 문학, 계급의 이해에만 봉사하는 것으로 폄하되고 비판된다.24) 이 경우 좌익 문학과 우익 문학은 공존하여 서로 교통

---

22) 상징권력에 대해서는 부르디외의『예술의 규칙』(동문선, 1999) 참조. 부르디외는 아방가르드의 상징권력에 대해 말하고 있지만, 우리 문학사의 경우 순수(민족)문학론에 적용하는 것에 별 무리가 없다고 생각한다.

23) 김동리 문학과 현실 정치의 문제에 대해서는 졸고,「김동리 순수문학론의 세 층위」(『상허학보』 15집, 깊은샘, 2005), 류찬열,「문학의 권력화와 정전화에 대한 성찰과 반성」(『한국문학권력의 계보』, 한국출판마케팅연구소, 2004) 참조.

24) 다음 장에서 살펴보겠지만 단정 수립 이후 김광섭, 이헌구 등 〈중앙문화협회〉 출신 문인들의 글은 노골적으로 정치 지향성을 보인다. 좌익 문학에 대항할 때는 우익이

해야 하는 것이 아니라 올바른 문학과 그렇지 않은 문학으로 나뉘어지고 만다.

좌익 측 문학을 본격적으로 언급한 최초의 글은 주기순의 「문학과 정치」이다. 이 글은 문학과 정치의 연관성을 긍정하고 좌익 측에 의해 주도된 해방 이후 일년간의 문단을 돌아보고 있다. 이 시기 『백민』의 다른 글들이 좌우 합작을 내세우는 데 비해 이 글은 합작이 사실은 요원한 일임을 인정하고 민족이 독립을 최우선으로 해야 한다고 주장한다. 반탁에서 찬탁으로 돌아선 좌익과 그들을 추종하는 좌익 문인들에 대한 비판이 전제되어 있는 듯하다. 해방 후 언론과 출판을 장악한 좌익의 의도를 밝히고 그럼에도 불구하고 민족의 전통을 고수하려 노력한 우익의 노력에 대해서 높이 평가하고 있다. 이와 같은 현실 파악과 민족과 전통에 대한 강조는 계급 이해를 강조한 좌익들에 대항한 우익 논리의 전형을 보여준다고 할 수 있다.

> 한 民族에 있어 文化가 있고 傳統이 있는 이상 그 文化的傳統을 포기하고 생책이로 他國文化를 呼吸하려는 것은 밥 대신 팡 生活을 強要하는 것과 다름이 없으며 물에서 뭍으로 나온 고기와 같이 모양이 사무랍지 않을까?
> 今日朝鮮民族의 當面한 問題는(親蘇親美도 不可避한 일이나) 朝鮮民族 本然한 魂을 찾고 民族性을 強調하고 三千萬이 굳게 團合하야 獨立을 찾는 데 있다. 文學에 있어서도 政治家와 同一路線에서 나라를 찾아야만 할 것이니 朝鮮의 얼을 無視한다면 그것은 民族性을 破裂하고 獨立 대신에 依他를 讚美하는 外國 狂信症이 아니고 무엇이랴![25]

좌와 우를 구분하고 좌는 외래적인 것으로 우는 전통적인 것으로 나누는 이분법을 적용하고 있다. '조선의 얼', '민족성'이 독립과 연관

하나인 것처럼 보였지만 상대방이 사라지자 '민족문학' 진영의 다른 목소리가 분명해 지게 된다는 것이 이 글의 관점이다.

25) 朱基淳, 「文學과 政治」, 『백민』 5호, 18쪽.

된 긍정적인 의미를 띠고 있다면 '타국문화', '의타 찬미'는 부정적 의미를 갖고 있다. 이후 "朝鮮의 自主獨立은 三千萬의 念願이며 全民族의 至上命令이었고 反託 역시 三千萬의 自然發生的 소리였다"[26]는 주장이 이어지는 것으로 볼 때 독립을 저해하는 부정적 세력으로 무엇을 생각하고 있는지 분명해진다.

조선민족이 잃어버렸던 것을 다시 찾는 부흥운동에서 새로운 문학이 출발해야 한다고 주장하는 함대훈의 글도 민족 전통을 강조하며 자연스럽게 계급의 강조를 부정하는 글이다. 이 글은 민족의 독립 이전에 계급 없는 사회를 논하는 것에 대해 반대한다. "階級 없는 社會를 論하기 전에 國土 찾는 民族이 되어야 할 것"[27]이라 주장한다. 민족의 자립 없이 독립 국가의 백성이라 할 수 없고 국기 없는 민족은 유랑민일 따름이라고 한다. 좌우가 무조건 통합해야 한다는 주장만큼 민족의 독립을 주장하는 목소리 역시 감정적이다. 어떤 방법으로 독립하느냐가 어떤 형태의 국가를 건설하느냐의 문제와 무관할 수 없다는 점을 생각할 때 특별한 입장 없이 독립 문제에 접근해서는 문제가 해결될 수는 없다. '민족혼'도 강조하고 있는데, 그것의 구체적인 내용에 대해서는 언급이 없다.

위 두 글에서 확인한 전통의 강조는 사실 정치적인 관심에서 한 발 물러서는 결과를 낳을 수밖에 없다. 정치는 현재와 미래의 문제이지 과거의 문제가 아니기 때문이다. 그것이 정치철학적 문제가 아닌 실천의 문제일 경우 더욱 그렇다. 근대 정치의 문제를 체제의 문제로 본다면 문화의 강조를 체제의 문제로 연결시키기는 쉽지 않다. 민주주의라는 것이 외래의 것임에도 불구하고 좌익을 외래의 것으로 우익을 전통적인 것으로 구분하는 것도 적절해 보이지는 않는다. 민족의 강조는 계급에 대한 반대였다고 할 수 있다. 민족을 강조하는 글들은 계급을

---

26) 같은 글, 19쪽.
27) 함대훈, 「作家의 當面 問題」, 『백민』 6호, 24쪽.

강조하면 통일에서 멀어지고 민족의 전통을 강조하면 통일에 조금이나
마 가까이 다가갈 수 있을 것 같은 뉘앙스를 풍긴다.

2) 민족문학과 경향문학

1947년 3월『백민』은 민족문학 특집호로 발간되는데, 이 특집은『백
민』의 성격 변화에서 중요한 의미를 갖는다. 문학으로 특집을 꾸몄다
는 점[28], 계급문학에 대비되는 민족문학의 색깔을 분명히 했다는 점,
주요 필진으로 〈청문협〉 멤버들이 대거 참여하게 되었다는 점이 그것
이다. 특집에 참여한 필자는 소설에 김동인, 정비석, 김영수, 박영준,
최태응, 진우촌, 유호, 김송, 계용묵, 김동리, 정인택이고 평론에는 박종
화, 백철, 조지훈이 시에는 김안서, 임병철, 박두진, 이흡, 허윤석, 박목
월, 김용호, 유치환, 서정주가 참여했다. 소설에 김동인과 시에 김안서,
평론에 박종화가 앞에 놓인 것을 문단 원로에 대한 예우로 생각한다면,
특집의 중심은 소설에 김동리와 최태응 평론에 조지훈 시에 박두진,
박목월, 유치환, 서정주라 할 수 있다. 특집 후 약 1년 동안『백민』에는
〈청문협〉 멤버들의 '빛나는' 활동이 이루어진다. 이 시기『백민』은 본
격적인 문예중심 잡지라는 이름에 어울리는 편집을 보일 뿐 아니라,
경향문학 또는 계급문학에 대비되는 민족문학(순수문학)의 성격도 뚜
렷이 한다.

이들 중 시인 조지훈이 시를 게재하지 않고 비평문을 실을 것이 눈
에 띠는 부분이다. 대표적인 우익 논객이라 할 수 있는 김동리는 소설
로 참여했고, 조연현의 글은 실리지 않았다. 특집에 실린 조지훈의「순
수시의 지향」은 이후 우익 측 순수문학론의 전개 방향을 짐작하게 해
주는 주목할만한 글이다. 이 글은 당시 좌우익을 막론하고 논의되던

---

28) 특집 외에 영화 시나리오(최영수,「청춘」)와 사화(윤승한,「나당문학가최고운」), 번역
   문(에드가 스노우,「미소는 싸울 것인가?」)이 실렸지만 특집에 비해 비중은 거의 없는
   글들이다.

민족시에 대한 부정으로 시작하여 정치와 무관한 순수시만이 진정한 시가 될 수 있다는 주장으로 마무리된다. 우리 시단의 현실은 시 자체의 완성에 힘을 기울여야 하며 그것이 된 다음에야 민족시든 세계시든 될 수 있다는 것이 그 논거이다. 특히 시가 시로서 가진 바 그 본래의 가치와 사명을 몰각하고 부수적이라 할 수 있는 공리성을 추출하여 확대하고 있는 문학을 경계하는데, 이런 시들은 민족문학이 되기는커녕 정치로 추방되어야 할 것이라 주장한다.

이러한 순수시 주장에는 현실로 존재하는 시적 조류에 대한 구체적인 경계가 포함되어 있다.

> 그러므로 나는 政治的 두 潮流로써 곧 民族文學의 두 潮流를 삼는 것을 否認한다. 純粹한 詩精神을 지키는 이만이 詩로써 설 것이오, 眞實한 民族精神을 지키는 이만이 民族詩를 이룰 것이니 시를 政治에 파는 傾向詩와 民族의 解體를 目標로 하는 羊頭狗肉의 民族詩인 階級詩의 結託은 도리혀 詩 및 民族詩의 異端이 아닐 수 없다. 時流의 激浪 속에 흔들리지 않는, 변하는 가운데 변하지 않는 永遠히 새로운 것이 詩 本來의 精神이며 이른바 資本主義와 함께 일어나고 그와 함께 사라지는 것이 아니요 언제나 새로운 意義를 가질 수 있는 것이 民族精神이다. 一白步를 讓하야 그들의 論法을 따라도 우리 文化의 現段階는 民族을 統一體로서 思惟하고 高調할 때다.[29]

위 글은 단순히 계급 문학에 반대하고 있다기보다는 정치와 '결탁' 한 문학을 부정하고 있다. 진실한 민족정신을 살리지 못한다는 의미에서 경향시와 계급시는 동시에 공격의 대상이 된다. 두 가지 조류의 민족문학을 모두 거부한다고 주장한다. 그런데 실제 구체적으로 확인하게 되면 아무래도 계급을 내세우는 시에 대한 비판에 주력하고 있음을 알 수 있다. "우리 文化의 現段階는 民族을 統一體로서 思惟하고 高調할 때"라는 주장은 통일체로서의 민족을 거부한다는 공격을 당했던

---

29) 조지훈, 「순수시의 지향」, 『백민』 2권 3호, 167쪽.

계급문학을 겨눈 것이라 할 수 있다. 다른 글에서도 순수문학은 그들
이 역선전하는 사회성과 절연을 기도하는 것이 아니며, "政黨主義에
反抗함으로써 文學의 獨自性擁護를 그 主眼으로 삼는 것이며 日帝封
建國粹에 대한 反立으로만 서는 것이 아니라 唯物史觀에 對하여까지
反立으로써 出發"30)한다고 주장 한다.

정치와 거리를 두는 '순수성'의 내용을 판단하는 핵심은 정치를 내
세우는 문학이 부정되는 것인가, 문학이 다루는 정치의 내용이 부정되
는 것인가에 있다. 이는 곧 문학이 정치와의 관계를 끊는 것을 명분으
로 하는지 아니면 경향이 다른 정치 노선을 선택한 문학을 부정적으로
보는 것인지의 문제이다. 위 글의 경우는 정치와 관계된 문학 전반에
대한 부정적 시각을 드러낸 것이라 볼 수 있다. 계급문학에 대한 비판
과 함께 민족을 내세운 다른 경향시에 대해서는 나름대로 비판적 견해
를 드러내고 있기 때문이다. 그렇더라도 정치적 성향의 양쪽 모두를
비판하는 시각 역시 다른 정치성을 가질 수 있다는 사실을 간과할 수
는 없다. 정치적 견해가 노골적으로 드러나는 문학과는 다르겠지만 순
수 주장도 체제와는 일정한 관계를 가질 수밖에 없기 때문이다. 단정
수립 이전에는 좌와 우의 문제에 가려 이런 문제들이 잘 드러나지 않
았지만 단정 이후에는 '계급'을 반대하는 경향 사이의 차이도 중요한
의미를 갖게 된다.

계급을 내세운 문학에 대한 본격적인 공격은 김동리에 의해 이루어
진다. 김동리는 『백민』은 대표하는 필자였다. 1947년과 1948년 사이 총
열 두 번 간행된 잡지에 김동리의 글은 모두 열 차례에 걸쳐 실렸다.31)

---

30) 조지훈, 「정치주의 문학의 정체」, 『백민』, 1948. 5, 6쪽.

31) 김동리가 『백민』에 게재한 글을 정리하면 다음과 같다. 「좌우간의 좌우」(제5호, 1946
   년 10월), 「혈거부족」(3권 2호, 1947년 3월), 「운무변증법」(3권 3호, 1947년 5월), 「문학
   과 자유의 옹호」(3권 4호, 1947년 7월), 「민족문학과 경향문학」(3권 5호, 1947년 9월),
   「상철이」(3권 6호, 1947년 11월), 「역마」(4권 1호, 1948년 1월), 「문학하는 것에 대한
   사고」(4권 2호, 1948년 3월), 「정치적 감시를 소탕하라」(4권 3호, 1948년 5월), 「문학적
   사상의 주체와 그 환경」(4권 4호, 1948년 7월), 「개를 위하여」(4권 5호, 1948년 10월),

발행인 김송을 제외하고 이런 경우는 찾아볼 수 없다. 그것도 중간에 빠진 호가 있는 것이 아니라 연속 십 회나 실린 것이다. 「좌우간의 좌우」라는 글에서 좌우 합작의 당위를 역설하던 그는 일 년이 체 흐르지 않은 시기에 쓴 「文學과 自由의 擁護」를 통해 좌익 문학에 대한 통렬한 비판을 내놓는다. 원산에서 벌어진 소위 '응향사건'에 대한 비판으로 쓰여진 이 글은 문학을 침해하는 정치적 요소, 구체적으로는 〈북조선예술동맹〉의 '시집 『응향』에 대한 결정서'의 내용을 문제 삼고 있다. 소련의 경우와 북조선의 경우를 비교하여 "個性의 自由를 封鎖하는 劃一主義的 機械視 속에만 自由가 있고 人間性이 있다는 蘇聯邦主義者와 및 그 走狗들과 우리와의 사이에는 이미 言語가 通치 않게 되었"[32]다고 한다. 소연방주의 문학인이라는 과격한 단어를 써가며 결정서의 내용을 반박하는데 김동리가 보기에 '결정서'의 내용은 두 가지로 요약된다. 첫째는 인생에 대한 회의적 염세적 풍자적 비수(悲愁)적 태도를 버릴 것, 둘째로는 문학은 인민에 복무하여 당의 문학이 될 것이 그것이다. 아래 예문은 이 둘에 대한 자신의 생각을 드러낸 부분이다.

어느 時代의 어떠한 作品이라도 그것이 永遠性을 가질 수 있고 그것이 優秀한 作品이라고 하면 거기는 반드시 懷疑的이요 厭世的이요 悲嘆的이요 諷刺的이요 否定的인 要素가 旺盛해 있다.(중략)
그러나 眞實로 文學을 가질 수 있는 作家는 現代의 神 人民도 拒否하지 않으면 아니 될 것이다. 왜? 文學이란 아무 것에도 服務할 수 없는 것이기 때문이요. 있다면 그것은 自己 自身에 還元할 수 있는 人類 全體가 있을 뿐이다.[33]

「형제」(5권 2호, 1949년 2월).
32) 김동리, 「文學과 自由의 擁護, 詩集 凝香에 關한 決定書를 駁함」, 『백민』 3권 4호, 51쪽.
33) 김동리, 같은 글, 53-54쪽.

세계와 삶에 대한 부정적 요소가 빠진 문학이 가능하지 않다는 지적은 그렇다 치더라도 계급문학을 현대의 신(神)인 인민을 섬기는 문학이라 정의하고 이를 거부하는 문학이 진실한 문학이라는 주장은 조금 억지스러워 보인다. 자유가 없이 어딘가에 '복무'하는 문학은 시대와 역사를 떠나서 유사한 문제를 가진 것으로 보는 것이다. '자기 자신'에 환원될 수 있는 인류 전체의 문제를 다루는 문학을 긍정하고, 특정한 가치를 지향하는 문학을 모두 부정하는 '본령 정계의 문학'의 바탕이 마련되고 있는 셈이다. 이런 관점은 조지훈의 앞의 글과 통하는 면이기도 하다. 정치에 복무하는 한 경향문학과 계급문학을 유사한 것으로 보는 「순수시의 지향」과 어딘가에 '복무'하는 문학을 거부하는 김동리의 글은 궁극적으로 보편적인 인류의 정신, 민족의 정신에 닿게 된다.34)

김동리는 다음 호에 민족문학과 경향문학을 개념적으로 구분하는 글을 싣는다. 순수문학과 경향문학을 나누고 순수문학을 다시 소극적 경향의 예술지상주의 문학과 적극적 경향의 정통문학으로 나눈다. 경향문학에도 두 가지 길이 있다고 하는데 한 가지는 '본격문학'에 통하는 길이요 다른 한 가지는 '당의 문학'에 통하는 길이라고 한다. 경향문학의 극단적인 경향으로 "〈문학가동맹〉이라는 데서 말하는 소위 '정치주의 문학'"을 든다. 이렇게 문학의 영역을 구분해 놓으면 논리는 복잡해지지만 결국 본격문학과 당의 문학 즉 계급문학을 첨예하게 대립시키는 귀결에 이른다. 현재의 문학이 당면한 문제도 본격문학과 계급문학의 대립이 된다. 김동리는 거기에 한 번 더 유비를 적용해 순수문학과 경향문학의 관계를 민족문학과 계급문학의 관계로 확대한다. 그리고 결론은 "우리가 참다운 文學 그 自體를 가질 수 있는 날, 그것만이 同時에 참다운 民族文學이요 또 朝鮮文學일 수 있을 것"35)이라는

---

34) 김동리의 순수문학론에 대해서는 졸고, 「김동리 순수문학론의 세 층위」 참조.
35) 김동리, 「민족문학과 경향문학－문학의 각태」, 3권 5호, 21쪽.

데 모아진다. 본격문학 혹은 정통문학만이 민족문학을 낳을 수 있으므로 계급문학의 자리는 한참 낮은 곳으로 밀려난다.

이후에도 김동리는 「文學하는 것에 대한 私考－文學의 內容(思想性)的 基礎를 위하여」(『백민』 4권 2호, 1948년 3월)와 「문학적 사상의 주체와 그 환경－본격문학의 내용적 기초를 위하여」(『백민』 4권 4호, 1948년 7월)를 통해 좌익 문학에 대한 비판을 이어간다. 두 글 모두 득의의 개념인 '구경적 생의 형식'을 반복하고 있다. "우리에게 賦與된 우리의 이 共通된 運命을 發見하고 이것의 打開에 努力하는 것, 이것을 가리켜 究竟的 삶이라 부"[36]르는 것이다. 그의 주장대로라면 우리에게는 공통된 운명에 있는데 그것은 보편적이고 일반적이고 세계적 성격을 갖고 있으며, 세계적 성격은 민족 단위의 문학에서 비롯된다. 구경적 생의 형식을 추구한다는 것은 본격문학의 과제라 할 수 있는데, 그것만이 '참다운 문학적 사상의 주체'가 될 수 있다는 주장이다. 그것은 "時代와 社會를 超越하여 人間이 永遠히 가지지 않을 수 없는 人間의 普遍的이요 根本的(究竟的)인 問題－다시 말하면 自然과 人生의 一般的 運命－에 對한 獨自的 解釋이나 批評에서만 가능한 것"[37]이다. 문학의 시대적 의의나 공리성 등은 사상의 주체에 비하면 부수적인 것에 그치는 셈이다.

이 시기 김동리 글의 특징은 모두 문학에 대하여 '－은 무엇인가'로 접근하고 있다는 점이다. 이러한 물음은 사실 철학이나 종교와 관계되는 것으로 누구도 정답을 말할 수 없고 누구도 그럴듯한 대답은 할 수 있는 성질의 것이다. '무엇을 할 것인가'로 묻지 않는다는 점에서 이 글은 현실 논쟁의 장에 적극적으로 뛰어들기 어렵다. 자칫 '입장'을 밝히는 글에 그치고 말 가능성도 있다. 현실과의 거리 두기를 목표로 하는 문학론에 나름대로 어울리는 접근 방법이라고 할 수 있지만 활동

---

36) 김동리, 「文學하는 것에 대한 私考」, 『백민』 4권 2호, 44쪽.
37) 김동리, 「문학적 사상의 주체와 그 환경」, 『백민』 4권 4호, 10쪽.

영역에 관심을 가질 경우 받아들이기 어려운 접근법이기도 하다.[38]

이상에서 살펴 본 바와 같이 1947~48년 『백민』에는 계급문학에 대한 대응으로 순수문학론이 활발히 발표된다. 순수문학은 때로 민족문학이라는 지향을 드러내기도 하고 그 자체로 민족문학이라 불리기도 한다. 그러나 민족문학이라는 용어는 『백민』 안에서도 단일한 의미로 사용되지 않는다. 사용하는 이들에 따라 차이가 있음은 물론 상반된다고 해도 좋을 만큼 다른 의미로 사용되기도 한다. 단정 수립을 전후하여 『백민』의 민족문학은 민족적 현실과 과제를 강조하는 의미로 쓰인다. 민족문학에 대한 이런 상이한 개념은 단순히 해방기의 혼란을 확인하는 데 그치는 것이 아니라 이후의 문단 분화를 예고하기도 한다. 계급문학에 반하는 민족문학이라는 점에서는 같지만 계급문학의 위세가 꺾이자 민족문학에 대한 견해 차이가 분명히 드러나기 시작하는 것이다.

3) 순수문학과 민족문학

순수문학이 주도한 공리주의 비판은 개념상으로는 좌익 문학만을 공격하는 것이 아니라 문학 외의 다른 무엇에 복무하는 문학 전반에 대한 비판이었다. 그러나 실제 해방 이후 공리주의 문학에 대한 비판은 경향문학에 대한 비판으로 집중되었다. '응향사건'과 같은 돌발 변수까지 더해져 경향문학(계급문학, 당의문학)은 문학의 자유를 빼앗고 문학을 정치에 종속시킨다는 비판을 받게 된다.

그러나 이러한 대립은 단정 수립을 전후해서는 의미가 없어지게 된

---

38) 4권 2호에 실린 조연현의 글 「論理와 生理」 역시 다른 의미에서 논쟁이 되기 어려운 주제를 다루고 있다. 조연현은 유물사관을 생리적으로 받아들일 수 없음을 이야기한다. 논리와 생리의 영역이 다름은 물론 생리의 영역이 인간의 현실 혹은 삶에 가깝다고 주장한다. 부제가 이야기해주듯 '유물사관의 생리적 부적응성'을 드러내고 있는 글이다. 그의 말대로 생리에 논리로 접근하기는 참으로 어려운 일일 것이다.

다. 경향문학은 회고나 일방적 비판의 대상은 될 수 있지만 경쟁이나 논쟁의 상대로서는 의미를 잃게 되기 때문이다. 공리주의 전반에 대한 비판이나 배제가 아닌 자기 긍정의 방식으로 논리를 펼 수밖에 없는 상황에 이르게 된다. 이 때 기존의 우익 문단은 현실에 대한 태도에 따라 다시 두 가지 다른 '민족문학' 경향을 보이게 된다. 공리주의 문학을 거부하고 순수문학을 주장하는 쪽과 민족의 현실 문제에 적극적으로 기여하는 문학을 역설하는 쪽이 그것이다. 인물로 나눈다면 김동리, 조지훈 등 〈청문협〉 중심인물과 김광섭, 이헌구 등 〈중앙문화협회〉 중심인물들의 주장 차이이다. 주로 좌익 문인들을 겨냥해 이론 투쟁을 벌이던 젊은 문인들이 순수를 주장했다면, 이들의 배후에서 지원을 해 주던 선배문인들은 민족 현실을 강조하였다. 두 문학의 차이는 단순히 문학론의 차이 이상의 의미를 갖는데, 해방 이후 문단의 형성에서 이들이 양대 세력으로 기능하기 때문이다. 이후 좌익 문학이 사라진 자리에서 이들은 헤게모니를 잡을 수 있는 두 집단으로 자리 잡게 되고 그것은 이후에 갈등으로 발전하게 된다. 주지하다시피 김광섭, 이헌구 등은 〈자유문학가협회〉와 『자유문학』의 중심인물이고, 조연현과 김동리는 〈한국문인협회〉와 『현대문학』의 중심인물이 된다.[39)

단정이 수립되기 이전, 『백민』의 중요한 필자로 김동리, 조지훈, 조연현 등이 참여하고 있을 때 김광섭은 문학의 사회적 임무를 강조하는 글을 쓴다. 문학의 본질을 묻는 데서 시작하는 것이 아니라, '그것이 사회와 민족과 어떻게 유기적으로 교섭해야 하겠는가를 생각함이 더욱 적절한 일'이라 하여 역할과 쓰임에 대해 말하는 것이다. 문학이 현실적일 수밖에 없다는 견해를 내세우고 있어, 순수문학과는 다른 '민족문

---

39) 한국 전쟁 후 문단의 주도권 싸움에 대해서는 조연현의 「내가 살아온 한국문단」(『조연현 문학전집』 1권, 정음사, 1975), 홍기돈의 「김동리와 문학권력」(『한국문학권력의 계보』, 한국출판마케팅연구소, 2004)과 김명인의 『조연현—비극적 세계관과 파시즘 사이』(소명, 2004), 정규웅의 『글동네에서 생긴 일』(문학세계사, 1999), 김시철, 「『자유문학』과 김광섭 시인」(『문단유사』, 월간문학출판부, 2002)을 참조할 수 있다.

학'의 가능성을 발견할 수 있는 글이지만, 좌익 문학에 대해서는 매우 비판적이다. 정치에 문학의 관계 자체를 부정하기보다는 어떤 정치와 관계 맺는가에 관심을 갖는다고 할 수 있다. 해방 후 우리 문단의 상황을 소련보다 더 고지식하다고 진단하고, "文學이라는 것이 創造하는 人間의 自由를 위하야 解放이 없고 獨立이 없는 나라에서 鬪爭하는 情神을 表現하는 것이"라거나 "나는 文學은 時代와 함께 움직이고 함께 산다고 본다"고 말하고, "오늘 우리가 文學에 대한 統一된 動機는 文學人의 意識에서 起伏되는 民族意識의 生長과 그 發展强化일 것임은 속일 수 없는 사실일 것"40)이라 주장한다.

같은 해에 실린 다른 글에서 김광섭은 민족문학에 대해 나름의 정의를 내리고 민족문학이 현재 우리 문학이 나아가야 할 길이라는 점을 분명히 한다. 조선 사람이 조선어를 구사하여 완성한 문학이 조선 문학에 속하는 것은 당연할 터이지만 그 중에서 특히 민족문학이라 부를 때는 역사적으로 규정된 민족적 사명이 의의를 갖는다고 한다. 문학이 민족적 사명을 감당해야 한다면 거기에 순수의 논리가 들어설 자리는 없어진다.

> 文學을 하는 사람 가운데는 自己의 作家的 氣質이나 興味에만 依據하야 文學을 創作하는 사람도 있고 또는 階級意識이나 革命과 鬪爭을 위하여서만 文學을 製作하는 사람도 있으나 오늘 우리로서는 적어도 文學에게 어떠한 現實的 能力─社會的 民衆의 心理에 어떠한 影響을 주고 그 感情的 組織에 어떠한 統一性을 줄만한 能力이 있다면 文學은 民族全體를 한 개의 公同된 運命體로서 認識하고 그 知性과 感性을 다하여 民族이 當面한 危機를 克復하여야 할 것이다.41)

'민족의 당면한 위기를 극복'하기 위한 문학을 민족문학이라 규정하는 방식은 1970년대 민족문학론에서도 반복하여 나타난다. 현실에 대

---

40) 김광섭, 「文學의 現實性과 그 任務」, 『백민』 4권 1호, 4-5쪽.
41) 김광섭, 「민족문학을 위하야」, 『백민』 4권 3호, 14호, 30쪽.

한 적극적인 관심과 거기에 기여하는 문학을 부르는 이름이다. 여기서
중요한 것은 민족의 위기를 무엇으로 또 어떻게 보고 있느냐가 될 것
이다. 위의 인용으로 그 위기의 내용을 확인할 수는 없지만, '자주독립'
과 '통일'이 자주 언급됨을 알 수 있다. 이를 '민족의 해방'이라 부르기
도 한다. 이것이 "계급의 이익을 옹호하더라도 민족이 해방되지 못한
이상 계급해방이 없다는 관점에서 계급을 위하야 민족은 파괴하여서는
안 될 것"42)이라는 주장으로 이어지는 것은 매우 자연스럽다. 부정적
으로 보고 있는 문학이 무엇인지도 위의 글을 통해 확인할 수 있다.
'자기의 작가적 기질이나 흥미에만 의거'하여 문학 활동을 하는 사람
들과 '계급의식이나 혁명과 투쟁을 위해서만' 문학을 하는 사람은 일
단 민족문학으로 수렴되지 못한다. 민족 전체를 하나의 운명체로 인식
하고 민족을 하나로 묶어낼 수 있는 문학을 민족문학으로 규정한다.

　좀 더 노골적으로 문학의 현실 참여를 이야기하는 글은 「民族主義
와 文化人의 建國運動」이다. 이 글에서 김광섭은 문화와 정치를 무관
한 것으로 둘 수 없다고 주장한다.43) 민족을 강조하고 있으나 남한 정
권의 정통성에 대해 설명하는 듯한 인상마저 준다. 해방 전이나 해방
후나 세계사적 변동에 관계없이 목표는 문화가 "民族의 永遠한 精神
的 生命體로서의 民族精神을 確立하는"데 기여해야 한다는 것이다.
문학보다 문화로 초점을 옮긴 후 문화를 국가 이념과 연결시키는 논리
전개를 보인다. 문학과 달리 문화는 사회적·역사적 배경과 직접적인
연관을 가질 수밖에 없는 종류의 것이기는 하다. 김광섭은 문화는 "民
族으로서의 個性을 保全하고 自由를 尊重하며 歷史와 傳統의 地盤
위"에서 이루어져야 한다고 주장한다. 좌익에 대한 공격도 문학에 한

---

42) 같은 글, 같은 쪽.

43) 이 글이 실린 『백민』 5권 3호(1949년 6월호)는 김광섭의 후원으로 발행되었다. 김송
　은 후기에서 자신이 쓰는 마지막 후기가 될 것이라 썼다. 따라서 김광섭의 이 글은 『
　백민』의 새로운 주간이 쓴 글로 이해해도 좋을 것이다. 이후 『백민』의 방향을 짐작하
　게 하는 글이라 할 수 있다.

정되지 않는다. '民族主義의 民主化'와 '共産主義의 獨裁化'를 대비시키는 것은 물론 반탁에서 찬탁으로 변절한 좌익의 태도를 반민족적인 행위로 비판한 것이다. 이런 정세 파악에 따라 문화의 역할은 매우 중요해지는 바, 이 글은 문화가 어떠해야 하는지까지를 제안한다. "文化는 政治를 無視하거나 政治에 無關心하여서는 안" 되며 "文化人들이 그 潔白性과 獨自性과 純粹性의 保全을 위하야 政治에 無關心한 態度와 傾向을 자랑하는 것을 적으나마 한 개의 過誤"[44]로 본다는 것이다.

김광섭과 함께 '정신'과 '문화'를 기준으로 민족을 강조한 논자는 이헌구이다. 그 역시 문학이라는 것이 다른 예술보다 한층 더 사실적이고 현실적이요 대중성을 띤 것이라는 인식 아래 민족의 현재에 관심을 가져야 한다고 주장한다. 「民族文學 精神의 再認識」은 현실적 제약성과 시대적 생명감을 인식하는 것이 중요하다고 주장하는 글이다.[45] 계급 문제에 대한 언급은 없고 민족의 문제만을 언급한다. 그러나 전통이나 집단으로서의 민족이 아니라, 세계사 속에서의 민족이라는 의미가 강조된다. 민족의 정신을 살리자는 추상적 언급이 아니라 민족적 생존의 문제에 대해서 말하는 셈이다. "弱小民族 後進民族이 가지는 文學이란 民族 解放을 위한 가장 聖스러운 豫言이요 祈禱요 啓示"라는 점을 강조하고 현재의 문학이 갖는 성격에 대해서 말한다. 다른 글인 「문학운동의 성격과 정신」에서는 앞으로의 문학운동이 어떤 성격을 가져야 할 것인가를 모색한다. 여기서 필자는 해방 이전 문학 경향을 민족을 위한 문학 활동, 예술지상적인 문학 활동, 민족부정적인 문학 활동의 셋으로 나눈다. 여기서 주목해야 할 것은 두 번째 분류이다. 해방을 맞이하여 해방 이전 두 번째 경향에 속한 문인들에 대해 "일부예술지상의 자유주의자, 사회주의자, 친일문인들이 공산진영의

44) 김광섭, 「民族主義와 文化人의 建國運動」, 『백민』 5권 3호, 15쪽.
45) 이헌구, 「民族文學 精神의 再認識」 4권 2호, 5쪽.

모략에 빠져 또는 그들의 본성대로 자신의 이해에 따라 매명적 自瀆行 爲를 감행하게 된 것이요, 따라서 그들로 하여금 민족정신은 일대동요 를 일으켜 가지가지의 민족적 불행의 원인이 되었든 것"46)이라고 평가 한다. 결국 주장하는 것은 "모름지기 상아탑이나 거리의 휴식처에서 의연히 뛰쳐나와 시시로 변전하는 민족의 운명 앞에 나서 용감히 그 전면모를 바로 잡아드려 민족이 투쟁하고 고민하는 산 기록을 창작"47) 해내야 한다는 것이다. 이 글 역시 문학의 사회적 성격을 긍정하고 있 는 셈이다.

이들의 주장에서 문화와 전통의 강조가 갖는 정치적 의미를 간과할 수는 없다. 민족의 가장 긴급한 과제가 남북통일임을 누구도 부정할 수 없었던 시기에 남북의 '지역적' 통일 가능성을 외면한 남한 정부에 게는 지역적 통일보다 민족의 정신적 통일을 강조하는 논리가 필요했 을 것이다. 그것은 정치적으로도 현실적 유효성이 있었다. 당시 남한에 서 긴급한 것으로 채택했던 정신적 통일은 지역적 통일의 현실적 난관 을 인정한 결과였다. 이는 분단고착화로 이어졌을 뿐만 아니라 민족 내부의 모순을 사상하는 결과를 가져왔다.48) 전통과 민족혼을 강조하 는 이런 문학이 이념적으로 현실 정권에 도움이 되었음도 부정하기 어 렵다.

김광섭, 이헌구로 대표되는 민족문학론은 관변 문학으로 떨어질 가 능성이 컸다. 민족을 강조하는 쪽을 민주주의로 계급을 강조하는 쪽을 독재로 규정하는 논리가 그렇고 현재 상태에서의 무조건적 단결을 주 장하는 듯한 문화론의 내용도 그렇다. 정부 수립 시기를 전후하여 발 표된 글들은 사실 논리적 대결이라는 의미보다는 이념의 확산이라는 의미를 더 많이 가지고 있었다. 김광섭이 실제 경무대 근무 경력을 가

---

46) 이헌구, 「文學運動의 性格과 精神」, 1950년 3월호, 7쪽.
47) 같은 글, 8쪽.
48) 강경화, 「해방기 우익 문단의 형성과정과 정치체제 관련성」, 『한국언어문화』, 한국언 어문학회, 2003, 87쪽.

지고 있다는 점은 이를 더 의심하게 한다. 여하튼 1949년 이후 『백민』에서 영향력이 가장 컸던 인물은 김광섭이었다. 이 시기 『백민』은 순문예지라고 해도 지나치지 않을 정도로 문학 중심의 잡지가 되지만 동시에 논조는 〈청문협〉 식의 순수에서 어느 정도 멀어져 있었다. 이 시기 순수문학을 주장하던 문인들은 자신들만의 잡지를 갈구하게 된다. 『문예』의 등장은 이런 맥락에 놓인다.

4. 『문예』의 창간과 문단의 분화

앞서 살핀 대로 1949년 이후 『백민』은 김광섭과 〈중앙문화협회〉에 의해 명맥이 유지된다. 활발히 활동하던 김동리, 조연현, 최태응 등은 이후 주요 필진에서 빠지게 된다. 이 시기 창간된 잡지가 『문예』이다. 『문예』는 모윤숙이 자금을 대고 김동리, 조연현이 차례로 편집을 맡았던 잡지로 순문예지를 표방하였고 신인 추천제 등의 체제를 갖추고 있었다. 자금도 변변히 마련되어 있지 않았고, 자기 지면을 가지고 있지 않았던 〈청문협〉 출신 문인들에게 자신들이 주도하는 잡지의 창간은 매우 중요한 일이었다. 창간호 후기에서 확인할 수 있는 "권위 있는 순문예지"에 대한 김동리의 오랜 갈망이 여기서 비롯되었다.49)

〈청문협〉은 외견상 〈전조선문필가협회〉의 산하 단체였다. 〈전조선문필가협회〉가 전투적인 조직이 아니었기에 좌익과의 논쟁은 젊은 문인들의 모임인 〈청문협〉이 담당하게 된다. 그렇다고 해도 〈청문협〉은 문학적 기반은 물론 재정적 기반이 매우 취약한 단체였다. 협회 결성도 〈중앙문화협회〉의 지원에 의해 이루어져왔을 정도이다.50) 그러면서

---

49) 후기에서 김동리는 "解放以後 四年間 내가 하루같이 되풀이 하여 온 口號는 "權威 있는 純文藝誌를 發行해야 한다"는 것이었다. 그냥 文藝誌도 쉬운 일이 아닌데 하물며 '權威 있는' 그것을 發行하기란 眞實로 想像키도 어려울만한 難事였다."고 기록하고 있다.

도 자신들이 진정한 문학 단체였다는 자부심은 컸던 것으로 보인다.[51]
여기에는 조직 활동으로 좌익과 대결했다는 자부심과 함께 순수문학
중심의 문단을 만들었다는 자부심이 녹아 있는 것으로 보인다.

> 本誌의 使命과 理想은 以上 말 한 바에 있다. 卽 民族文學 建設의 第
> 一步를 實踐하려는데 있다. 本誌가 모든 黨派나 그룹이나 情實을 超越하
> 여 眞實로 文學에 忠實하려 함은 黨派나 그룹보다는 民族이 더 크고 情
> 實이나 私感보다는 文學이 더 높은 것이기 때문이다.[52]

『문예』역시 민족문학 건설에 대해 말한다. 당파나 그룹이나 정실을
초월한다고 말하는 부분은 어느 정도 사실이다. 왜냐하면 민족이라는
대 전제가 있으므로 그 아래에서 당파나 그룹이나 정실은 존재하지 않
기 때문이다. 거기에 계급을 강조하는 문학은 자취를 감춘 상태여서
다른 무엇보다 '문학'을 강조하는 것이면 다 수용 가능한 것이 된다.
창간의 포부가 얼마나 대단했는지는 위 글에 사용된 몇 단어만을 주목

---

50) "협회(〈청년문학가협회〉)의 결성에는 중앙문화협회의 협조가 필요했는데, 그중의 하
나가 이헌구, 김광섭의 재정적 지원이었다. 경비의 대부분을 지원한 중앙문화협회는
이승만의 정치활동을 측면에서 지원하는 민간외교활동의 추진체 역할을 담당하던 단
체였다."(강경화, 앞의 글, 83쪽)

51) 김동리는 〈중앙문화협회〉와 〈청문협〉을 구분하여 다음과 같이 회고한다. "자유진영
의 문단(소위 우익문단)으로는, 〈전국문필가협회〉의 문학부에 소속된 문인의 한 집단
과, 〈한국청년문학가협회〉에 소속된 한 집단의 문인들이었다. 이것을 좀더 자세히 말
하면 8·15 이후 자유 진영계열의 문인들이 처음으로 단체를 만든 것은 〈중앙문화협
회〉다. 이름은 '중앙'에다 '문화'에다 '협회'하는 따위로 모두 큼직큼직한 것을 붙였었
지만, 실질적으로는 과거의 해외문학파에 소속되었던 일부 회원들을 중심한 일개 클
럽에 지나지 않았다.(중략) 여기에 이러한 '클럽' 내지 '써클'의 성격으로 지양한 자유
진영의 문학단체를 실현시키고자 하여 발족된 것이 위에 말한 〈한국청년문학가협회〉
였던 것이다."(김동리, 「한국문학가협회」, 『해방문학 20년』, 146쪽) 조연현 역시 〈중앙
문화협회〉는 출판활동을 통해 반탁에 앞장섰고, 문학 활동보다는 이승만의 정치활동
을 측면에서 도와주는 데 주력했다고 회고한다(조연현, 『내가 살아온 한국문단』, 현대
문학사, 1969).

52) 「창간사」, 『문예』, 1949. 8, 9쪽.

해도 알 수 있다. '사명'과 건설의 '제일보'는 자신들이 갖는 과거와의
단절과 현재적 의미를 분명히 인식하고 쓰여졌다고 할 수 있다.

　『문예』가 창간에서부터 신경을 쓴 것은 신인추천 제도였다. 시 분
야는 서정주, 시조 분야는 이병기, 소설 분야는 김동리가 추천을 담당
했다. 이런 구성이라면 신인 추천의 모델로『문장』의 그것을 떠올리지
않을 수 없다. 알려진 대로『문장』의 신인 추천은 시조는 이병기, 시는
정지용, 소설은 이태준이 담당하였다.『문예』는 이 구도를 그대로 옮겨
온 것처럼 보인다. 서정주와 김동리가 정지용과 이태준의 자리를 대신
하고 있는 셈이다. 신인 추천 규정에서 눈에 띄는 내용은 시나 소설이
나 추천을 세 번 받아야 한다는 부분이다. 자신들의 잡지에 대해 가지
고 있는 자부심과 문인의 가치에 대한 평가가 꽤 높았음을 짐작할 수
있다.[53] 재미있는 것은 다음 호에서 바로 추천 횟수가 2회로 준다는
점이다. 1949년 9월호에서 규정은 "시나 소설이나 추천을 두 번 얻는
작가에게 그 다음부터 기성작가로 대우함(단 시 또는 시조는 이회에
삼 편 이상)"[54]으로 바뀌어 있다. 현실을 고려한 수정 조치일 가능성이
크다.

　잡지『문예』의 창간과 신인 추천을 통한 인원의 확대는 순수문학이
문학적 영향력을 확대하기 위한 방법이었다고 할 수 있다. 사실 무엇
이 문단이고 누가 작가인지는 아무도 확인할 수 없다. 문인과 문단에
대한 보편적 정의라는 것은 애초에 없으며 문인들 스스로 벌인 그것을
얻기 위한 투쟁의 결과만이 있을 뿐이다.[55] 문단을 만들고 문인이 된
다는 것은 기존에 있던 무엇을 장악한다는 의미이기도 하지만 때에 따

53) 창간호에 실린 추천 광고의 내용을 보면 다음과 같다. 1. 當選作品은 本社推薦作品
　으로 本誌에 揭載하고 旣成作家의 同等한 稿料를 進呈함. 2. 詩나 小說이나 推薦을
　세 번 얻는 作家에겐 그 다음부터 旣成作家로서 待遇함. 3. 一切 原稿는 返還치 아니
　함. 4. 皮封에『推薦募集原稿』라 쓸 것. 5. 보내는 곳 서울 시 南大門路二街六番地
　文藝社로(「추천 광고」,『문예』창간호, 136쪽).
54) 「추천작품모집」,『문예』, 1949. 9, 173쪽.
55) 피에르 부르디외, 하태환 역,『예술의 규칙』, 동문선, 1999, 296쪽.

라서는 자신들의 이념이 설 수 있는 바탕을 새롭게 조성한다는 의미를 갖기도 한다. 정치 투쟁만을 통해 획득할 수 있는 어떤 권력이 존재하는 것이 아니라 대표성을 가질 수 있는 새로운 장을 만들어 내는 경우이다. 다시 말해 문단의 주도권을 쥐는 일은 자기의 영토를 만들어 내는 일이다. 문단이 만들어질 때는 주도권을 쥔 쪽에 대항하는 세력이 성장할 수 있는 토양도 매우 척박해 진다. 『문예』를 중심으로 펼쳐진 순수문학은 새로운 담론을 만들어 내려 한 것이지 예전의 담론의 장 안에서 새로운 무엇을 만들어내려 한 것은 아니었다. 너나없이 영역을 만들어 내야 하는 때에 문학 장에서 그 일을 처음으로 해낸 것이 〈청문협〉 중심의 세력이었다고 할 수 있다. 나아가 이들은 영향력 있는 매체를 바탕으로 '한국문학가협회'라는 문인단체를 조직해낸다. 이와 같은 조직과 매체를 발판으로 그들의 순수문학론은 한국 현대문학의 강력한 주류로 제도화되고 정통성을 부여받을 수 있는 토대가 마련된다.[56]

『백민』과 『문예』는 해방기 좌익에 반대했던 문인들이 주로 활약한 잡지였고, 문예 중심으로 편집되던 잡지였다. 그러나 그 성격은 달라서 『백민』이 점차 친정부적인 민족문학으로 흐른 데 비해, 『문예』는 순문예지를 표방하고 문학 장 안에서의 상징권력을 장악해 나간다. 현실정치에 참여하던 인물들과 달리 『문예』의 중심인물들은 문학 안에서의 자리를 넓혀나가 길지 않은 연륜과 적은 나이에도 불구하고 기성문인들과 어깨를 나란히 하게 된다. 또 『문예』는 일급 비평가로는 볼 수 없었던 조연현의 문단 내 자리를 확보해주는 중요한 역할을 담당하였다. 논쟁에 있어서나 창작에 있어서나 우익을 대표한다고 할 수 있었던 김동리가 순수문학을 상징했다면 조연현은 '순문예지'를 상징하게 되었다.

---

56) 이봉범, 앞의 글, 245쪽.

5. 우익 문단의 성립

이상 『백민』을 통해 해방 후 우익 문단의 추이를 살펴보았다. 〈중앙
문화협회〉로 대표되는 일군의 문인들과 〈청문협〉으로 대표되는 젊은
문인들의 차이를 확인할 수 있었다. 이를 단순히 세대간의 차이로 볼
수는 없지만 공리주의에 대한 태도 면에서는 30년대 후반 '신세대 논
쟁'을 떠올리게 하는 것도 사실이다. 김동리가 순수문학의 이데올로그
로 평가될 수밖에 없는 이유도 이렇듯 그의 해방 이전 논리의 계승이
라는 측면이 남아 있기 때문이다. 〈한국문학가협회〉와 〈자유문학가협
회〉 혹은 『현대문학』과 『자유문학』이 양립하게 되는 1960년대까지의
문단지형이 우연히 형성된 것이 아님도 알 수 있었다.

이후 『문예』와 『신천지』를 주관하면서 조연현과 김동리 등은 문단
권력을· 차지하게 된다. 많은 〈청문협〉 문인들이 대학에 자리를 잡는다
는 것도 상징권력의 확산에 크게 기여하게 된다. 이에 비해 '민족'의
위기를 강조했던 이들은 당장은 문학권력을 유지하는 듯 했지만 이후
문학 장에서 밀려나게 된다. 문학 외적인 영역에서의 활약에도 불구하
고 문학 장의 재생산 과정에서 큰 성과를 올리지는 못했던 셈이다. 민
족의 위기라는 담론이 힘을 잃어가면서 문학의 내용도 함께 힘을 잃어
간 것이 아닌가 하는 생각을 할 수 있다. 진정한 문단 내 권력(잡지와
재생산을 위한 강단)을 획득하는 일이 변화하는 현실 권력보다 긴 생
명력을 가진 셈이다.

해방 이후 우익 문예지를 대표하던 『백민』은 우리 문단의 성립과정
과 이후의 분화까지 보여주는 의미 있는 잡지였다. 앞서 말했듯이 문
단의 성립은 단순히 정치적 승리의 문제 이상이었다. 민족의 의미나
문학의 의미를 어떻게 만들어가고 발전시켰는가의 문제와 긴밀히 연관
된다. 이때 가장 중요했던 것은 '민족'이 갖는 본래적 의미라든가 하는
종류의 것이 아니었다. 민족과 대비되던 '계급'과의 차별화에 어느 정
도 성공하고 있느냐가 더 중요한 의미를 갖게 되었던 것이다. 이는 순

수문학이 선택한 길이라고 할 수 있는데, 문학으로 무엇을 할 것인가를 가지고 경쟁한 것이 아니라 문학으로는 다른 무엇을 하지 않는 것을 '민족문학'의 무기로 삼았던 것이다. 문학과 사상의 문제, 종교의 문제 등 보편성을 유난히 강조하는 논법은 계급의 강조를 분열과 구분으로 몰아붙이고, '보편성을 공유하는 통일된 민족'이라는 환상을 심어주게 된 것이다.

주제어 : 백민, 해방기, 우익문단, 민족문학, 순수문학, 권력, 매체와 조직, 잡지, 김동리, 김광섭

◆ 참고문헌

1. 논문

강경화, 「해방기 우익 문단의 형성과정과 정치체제 관련성」, 『한국언어문화』, 한
    국언어문학회, 2003.
김 송, 「문단의 좌우익 대결과 '백민문학'」, 『북한』, 1985년 8월호.
김재용, 「냉전적 반공주의와 남한 문학인의 고뇌」, 『역사비평』, 1996. 여름.
김한식, 「김동리 순수문학론의 세 층위」, 『상허학보』 15집, 깊은샘, 2005.
──, 「해방기의 문예지와 문학운동」, 『한국현대소설의 서사와 형식 연구』, 깊
    은샘, 2000.
안한상, 「해방 직후의 문단 조직과 노선」, 『선청어문』 21집, 1993.
이봉범, 「잡지『문예』의 성격과 위상」, 『상허학보』 17집, 2006.

2. 단행본

강진호 편, 『한국문단이면사』, 깊은샘, 1999.
김승환, 『해방공간의 현실주의 문학연구』, 일지사, 1991.
김시철, 『激浪과 浪漫』, 청아출판사, 1993.
김영민, 『한국현대문학비평사』, 소명출판, 2000.
김윤식, 『한국근대문학사사사연구』 2, 아세아문화사, 1994.
──, 『해방공간의 내면풍경』, 민음사, 1996.
문학과비평연구회, 『한국문학권력의 계보』, 한국출판마케팅연구소, 2004.
신형기, 『해방직후의 문학운동론』, 화다, 1988.
정병준, 『한국전쟁』, 돌베개, 2006.
조연현, 『내가 살아온 한국문단』, 현대문학사, 1969.
한국문인협회 편, 『문단유사』, 월간문학출판부, 2002.
──, 『해방문단 20년』, 정음사, 1966.
베네딕트 앤더슨, 윤형숙 역, 『상상의 공동체』, 나남, 2002.
이안 와트, 전철민 역, 『소설의 발생』, 열린책들, 1988.
피에르 부르디외, 하태환 역, 『예술의 규칙』, 동문선, 1999.
──, 최종철 역, 『구별짓기: 문화와 취향의 사회학』, 새물결, 1995.

◆ 국문초록

　　본 논문은 해방기 우익 잡지를 대표하는『백민』의 내용을 살펴본다. 특히『백민』이 시종일관 주창한 '민족문학'의 내용을 통해 당시 우익 문단의 논리에 관심을 가진다. 이는 해방 이후 뿐 아니라 한국 전쟁 이후까지 우리 문단의 성립과정과 이후의 해방 이후 우익 문단의 분화까지 짐작할 수 있게 해준다.

　　초기『백민』의 주요 필자는 〈청년문학가협회〉 회원들이었다. 김동리, 조지훈, 최태응 등의 문인들은 좌익 문인들과 치열한 대결을 보였는데, 이들이 주창한 '민족문학'은 '순수문학'에 가까운 것이었다. 단정 수립 이후『백민』은 김광섭을 대표로 하는 〈중앙문화협회〉 회원들이 주요 필자로 참여하게 되면서 친정권적 색채를 노골화한다. 이들이 주창한 '민족문학'은 민족의 위기를 극복하는 데 기여하는 문학으로 현재의 체제를 수긍하는 경향이 강했다. 이후 자유롭게 문학 활동을 펼칠 지면이 절실해진 〈청문협〉 출신들은『문예』라는 잡지를 창간하여 자신만의 문학 영역을 구축한다.

　　『백민』에 실린 글들을 통해 〈중앙문화협회〉로 대표되는 일군의 문인들과 〈청문협〉으로 대표되는 젊은 문인들의 차이를 확인할 수 있었다. 이를 단순히 세대 간의 차이로 볼 수는 없지만 공리주의에 대한 태도 면에서는 1930년대 후반 '신세대 논쟁'을 떠올리게 한다. 〈한국문학가협회〉와 〈자유문학가협회〉 혹은『현대문학』과『자유문학』이 양립하게 되는 1960년대까지의 문단지형은 해방기 혹은 해방기 이전의 연속이었다.

　　무엇보다『백민』은 좌익 문인들이 주도권을 쥐고 있던 해방기 우익 문인들이 글을 발표할 수 있었던 흔치 않은 잡지였다는 점에서 중요하다. 비록 문예중심지로 시작하지는 않았지만 문예 중심의 편집으로 전환하면서 그 성격을 분명히 한 잡지이다. 좌익 문인들의 현실적 힘이 사라지기 전까지 각기 다른 성향의 우익 문인들이 공동의 상대를 향해 함께 뜻을 모았지만, 좌익 문인들이 사라진 후『백민』은 새로운 매체나 단체에게 자리를 내주게 된다.

◆ SUMMARY

『Baekmin』 and 'National Literature'

- A Formation of Right-Wing Literary Circle After the Emancipation

Kim, Han-Sik

This article surveys the contents of 『Baekmin』, which represents a right-wing magazine in the period of emancipation. Particularly, this article's main interest is the logic of the right-wing literary circle that continuously had claimed the contents of 'National Literature'. This makes us to guess the formation of the literary circles after emancipation as well as after the Korean War.

The main writers of the early period were the members of 'Young Writers' Association.' Kim, Dong-Lee, Cho, Ji-Hoon, Choe, Tae-Eung were against the left-wing writers and their 'National Literature' was close to the concept of 'Pure Literature'. Their 'National Literature' was the literature committing for overcoming national crises thus tent to acknowledge the current regime.

Writings of 『Baekmin』 illuminate the differences between the writers of 'Young Writers' Association' and the ones of 'Central Cultural Association.' This difference is similar to the 'New Generation Argument' of the late 1930s in terms of their attitudes toward utilitarianism. The contour of 1960s' literary circle was the continuation of the period of emancipation or pre-emancipation.

More than anything else, 『Baekmin』 was the only magazine that right-wing writers could publish their works under the circumstance of hegemonic power belonged to the left-wing writers during the period of emancipation. Although 『Baekmin』 did not start as a literary magazine, it clarified its tendency as a literary magazine since it changed editorial direction. After the left-wing writers lost their hegemonic power, 『Baekmin』 gave its field to another media and organizations.

Keyword : Baekmin, period of emancipation, Right-Wing Literary Circle, National Literature, Pure Literature, hegemonic power, media and organization, magazine, Kim Dong-lee, Kim Kwang-sub

－이 논문은 2006년 3월 30일에 접수되어, 소정의 심사를 거쳐 2007년 5월 31일에 최종적으로 게재가 확정되었음.

전후 문학 장의 재편과 잡지『문학예술』

이 봉 범*

1. 문제의 제기

『문학예술』(1954. 4~1957. 12 통권 33호)은 전후 문학 장의 재편과
정에서 독특한 위상을 지닌 문예잡지이다. 허가 취소와 재등록의 과정
을 거쳐 제3호(1955. 6)부터 월간지로서의 면모를 제대로 갖추지만, 이
잡지가 전시 부산에서 월남문인들을 중심으로 조직된 '문총 북한지부'
의 기관지『주간문학예술』(1952. 6)의 후신임을 감안할 때,[1] 비록 그

---

* 건국대학교 연수교수.

1) 양명문, 한국문인협회 편, 「월남문인」,『解放文學20年』, 정음사, 1966, 86쪽 참고. 오
영진의 주도로 결성된 '문총 북한지부'는 6·25이전에 월남한 문인들과 1·4후퇴 때
월남한 김이석, 박남수, 원응서, 장수철, 한정동, 박경종, 한교석 등이 합류해 만든 조
직으로 월남문인들의 남한 문단으로의 정식 편입과정으로 볼 수 있다. 단정수립 후부
터 북한 출신 및 월남문인들은 단체를 조직해 그들만의 결속을 도모하고 반공전선의

지령(誌齡)은 짧으나 전시 및 전후에 걸쳐 발간된 유일한 문학매체로서 중요한 의미를 갖는다. 더욱이 전후 복구과정에 따라 문화제도권이 전반적으로 재정비되는 문화적 맥락에서 첨예한 갈등을 야기한 예술원 선거 및 이에 따른 '문총파동'을 겪으며 진행되는 문학(단)의 재편성과정의 중심에 『문학예술』이 존재했다는 사실은 여러모로 주목을 끈다. 그것은 문단의 재편과 문학 권력의 향배 차원을 넘어 문학 장의 새로운 조정국면을 조감하는데 나아가 1930년대 이후 문학적 諸문제가 해체되거나 진통을 겪는 '난문(難問)의 문학 연대'2)가 어떻게 자기 조정을 이루어 나가는가를 살펴보는데 중요하다는 것을 의미한다.

그럼에도 『문학예술』에 대한 연구는 매우 소략하다. 개관 정도가 있을 뿐이다. 『주간문학예술』때부터 줄곧 편집주체의 일원으로 참여했던 원응서는 『문학예술』의 연혁을 개관하는 가운데 동시대 여타 문예지와 달리 외국문학의 적극적인 도입과 문학 이외의 예술분야에 파격적인 지면 할애, 추천제를 통해 역량 있는 신인을 발굴한 것을 잡지의 주요 성과로 꼽고 있다.3) 그의 간단한 리뷰 외에 『문학예술』이 언급되는 것은 대체로 전후문단의 분화 및 이와 연계된 매체들의 상호관계를 규명하는 글에서다. 먼저 조연현은 '문화보호법'(1951. 8)이 공포된 이후부터 『현대문학』이 발간된 시점까지 문단의 분화 과정을 조감한 뒤 이른바 3대 문예지의 특징적 면모를 비교해 언급하고 있다. 즉, 『문학예술』은 해외문학 소개에 중심을 두면서 새로운 경향에 대한 의욕이 강했고, 『자유문학』은 문화정책에 관한 관심이 높은 가운데 문학적 주조(主潮)보다는 문단의식이 강했으며, 반면에 『현대문학』은 고전에 중심을 두

일원임을 대외적으로 천명함으로써 사회문화적 입지를 마련하려는 노력을 지속적으로 전개한 바 있다. 1949년 8월 재경월남문화인 71명이 추진한 '대한문화인협회'와 동년 12월 김동명이 대표로 취임한 '월남문학자클럽'을 대표적으로 들 수 있는데, '문총 북한지부' 또한 이런 맥락에서 결성된 것으로 보인다.

2) 고은, 『1950년대』, 청하, 1989, 358쪽.

3) 원응서, 한국문인협회 편, 「문학예술」, 앞의 책, 174-179쪽.
  원응서, 「『文學藝術』이 志向했던 새 터전」, 『현대문학』 128호, 1965. 8, 244-247쪽.

고 전통적 주체적 방향에 더 많은 의욕을 보인 것으로 요약 정리한
다.4) 그 특징적 양상을 비교적 객관적으로 개관하고 있음에도 여전히
『현대문학』의 매체적인 우위, 즉 전후문단의 파쟁과 분립과정에서 역
사적 정통성을 부여받은 매체임을 전제한 평가이기에 구체적인 논급으
로 발전될 수 없었다. 더욱이 '한국자유문학자협회'와 '한국문학가협
회'의 이원적 문단대립구도를『자유문학』과『현대문학』의 매체 대립으
로 치환함으로써 각 매체가 지닌 생산적인 의미를 무화시키게 만든다.
문제는 이 관점이 후대 연구자들에게 승계되어『현대문학』중심, 타 매
체 배제의 연구 관행을 낳게 된다는 점이다.

그리고 김건우는『사상계』와『문학예술』두 매체 사이의 혈연적 유
사성, 즉 매체 주체세력의 서북 지역주의와 그에 따른 문화적 민족주
의의 이념적 유사성을 언급한 바 있다. 특히 두 매체의 편집상의 공통
점인 외국문학 및 문학 이외의 예술분야에 상당한 지면을 할애한 것
을 서북 문화주의 이념의 일 발현으로 보는 가운데 결국『문학예술』이
『사상계』에 흡수된다고 주장한다.5) 물론 그의 주장처럼 두 잡지는 주
체와 이념적 지향에 있어 분명한 유사성을 보여준다. 또 잡지 발간에
장준하를 비롯해 '사상계사'의 물질적 후원이 크게 작용했다. 하지만
이와 같은 사실은『문학예술』을 평가하는데 하나의 참고 사항일 뿐이
지 매체를 규정하는 절대적인 요소로 볼 수는 없다. 적어도『문학예술』

---

4) 조연현,『내가 살아온 한국문단』(조연현 문학전집1), 어문각, 1977, 336쪽 참고.
5) 김건우,『사상계와 1950년대 문학』, 소명출판, 2003, 85-86쪽. 그는 원응서의 리뷰를
근거로『문학예술』이『사상계』로 흡수되었다고 밝히고 있는데, 이는 사실과 다르다.
원응서가 그렇게 말한 바 없으며, 또『문학예술』의 주체들이 잡지폐간 후『사상계』에
적극 참여한 것은 사실이나 이는 매체의 차원이라기보다는 개인적인 차원의 문제로
봐야 한다. 이 문제와 관련해 한 가지 주목할 점은 사상계측이『문학예술』을 자매지
처럼 간주하고 있다는 사실이다. 예를 들면『문학예술』의 추천제를 통해 등단한 윤일
주, 민응식, 김종원, 이창대, 박재호, 정렬, 장호룡 등을 사상계사의 1958~59년 '신인
발굴작업'의 성과로 간주하고 있다(『사상계』, 1960. 1, '社告'). 이는『사상계』의 문학
권력에 대한 욕망의 표출로 볼 수 있는데, 분명한 것은 이 또한 사실과 다르다는 점
이다.

은 독자적인 매체로서 나름의 문학이념과 지향을 통해 전후 문학 장의 재편에 중요한 일익을 담당했기 때문이다.

'지역주의' 문제를 중심에 두고 전후 매체를 접근하는 경우는 최강민에게서도 나타난다. 그는 전후문단 재편이 문화적 정체성에 의한 '구별짓기'가 아니라 남한 대 북한의 지역주의 코드를 통해 이루어졌다는 전제 아래, 당시 문단 구도를 『현대문학』대 『자유문학』『문학예술』의 구도가 아닌 『현대문학』대 범 『사상계』의 대립구도로 파악한다. 『자유문학』과 『문학예술』은 북한출신의 문인을 우대하는 『사상계』라는 버팀목을 통해 열세를 만회한 것으로 보고 범 『사상계』진영에 포함시킨다.6) 지역주의 섹트(sect)는 단정수립 후부터 문단 내부에 은폐된 고질적인 문제였고,7) 이후 전후 문학 장의 재편과정에서 문단 및 매체의 역학관계 변화의 중요 변수로 부상한 것은 사실이나 그것이 곧 매체의 본질로 치환되는 것은 아니다.

지금까지 살펴본 바와 같이 전후 문학 장의 재편을 문단의 분화 및 대립구도로 협소하게 파악하거나 지역주의섹트를 전면화함으로써 『문학예술』은 관심의 대상이 될 수 없었다. 특히 결과론적 관점에 입각해 『현대문학』 또는 『사상계』를 전후의 중심매체로 설정하는 관행은 『문학예술』의 존재 자체를 망각하게 만들었다. 필자가 보기에 『문학예술』의 문학사적 의의는 전후 문화제도권이 새롭게 축조되는 열린 가능성의 국면에서 외국문학(론)을 매개로 한 문화주의의 매체적 거점이었다는데 있다. 그것은 일차적으로 문학 이외의 예술 전반으로 관심영역을 확대하는 한편 외국문학(론)의 적극적인 수용 및 '번역' 추천제를 통한 번역문학의 제도화를 도모하는 차별화 전략에 잘 나타난다. 이에 이

---

6) 최강민, 「〈사상계〉의 '동인문학상'과 전후 문단 재편」,『한국 문학권력의 계보』, 문학과비평연구회, 한국출판마케팅연구소, 2004, 222-223쪽 참고.

7) 곽종원, 「해방문단의 이면사 4」,『생활의 예지를 찾아서』, 지혜네, 1996, 174쪽 참고. 한 일간신문은 '문총'이 전시 부산 이래 영남 아니면 관북, 서북 등 지방적, 그룹적 파쟁의 헤게모니싸움으로 일관했으며 전후에도 여전히 그 구태에서 벗어나지 못하고 있음을 비판하고 있다. 『동아일보』, 1955. 8. 13, '횡설수설'란 참고.

글에서는 전후 사회문화적 맥락에서 문학 장이 어떻게 재편되는가를 거시적으로 조망하고 이와 불가분의 관계를 맺고 있는『문학예술』의 존재 의미를 규명하고자 한다.

2. 전후 문학 장 재편의 사회문화적 맥락과『문학예술』의 저변

전후 문학 장의 재편은 대체로 다음과 같은 사회문화적 환경과의 연관 속에서 이루어진다.

첫째, 권위주의적 정치체제의 확립에 따른 국가주도의 문화정책이 본격적으로 시행되면서 왜곡된 형태로나마 근대적인 문화제도의 골격이 형성되었다. 그것은 한국전쟁을 통해 한층 강화된 행정부의 기능, 특히 교육과 문화정책 전반을 관장하고 있던 문교부가 중심이 되어 입안·시행한 각종 제도와 정책에서 뚜렷하게 나타난다. 의무교육제도, 문맹퇴치운동, 외국도서번역사업, 문화보호법에 의한 학술원 및 예술원 창설 등을 대표적으로 들 수 있는데, 이들 정책은 냉전적 반공주의를 문화적으로 확대 강화해 국민국가 형성의 문화적 기초를 조성하는 기능을 수행하지만 다른 한편으론 문화예술계에 획기적이고 긍정적인 변화를 야기하기도 한다. 예를 들어 문교부령 제30호에 의해 1953년부터 5개년계획으로 추진된 '외국도서번역사업'은 번역 사업을 국가적 과제로 공식 천명함으로써 번역의 사회문화적 위상과 그 가치를 제고시키는 동시에 번역의 장이 새롭게 조형될 수 있는 기틀을 마련하게 된다.8) 문화보호법에 의한 학·예술원 창설 또한 학문 및 문화예술의 국가에의 종속과 아울러 우익 지식인들 대다수가 지배 체제로 확고하게 포섭되는 결과를9) 낳았음에도 불구하고 학문 및 예술의 전문화·

---

8) '외국도서번역사업'에 대해서는「도서번역사업의 연혁과 전망」(『문교월보』46호, 1959. 7) 참고.

9) 강인철, 한국정신문화연구원 편,「한국전쟁과 사회의식 및 문화의 변화」,『한국전쟁과

분업화를 촉진시키는 가운데 아카데미즘이 성장할 수 있는 결정적인
계기로 작용했다. 따라서 이와 같은 일련의 문화정책을 문화의 국가통
제라는 측면으로만 파악해서는 안 된다. 더욱이 문화정책의 입안 및
집행은 당대 문화엘리트들의 광범하고 적극적인 참여와 협조가 있었기
에 가능했다. 문화엘리트가 실무자인 경우가 있을 만큼 그들의 영향력
은 막강했다. 물론 그 과정은 문화제도권의 주도권을 둘러싼 양측의
갈등을 아울러 내포한 것이기도 하다. 요컨대 국가 주도의 문화정책이
본격적으로 시행되면서 학문, 문화, 예술발전의 물적, 제도적 기반이
정비되는 동시에 국가권력과 문화엘리트간의 결탁과 갈등, 문화엘리트
내부의 균열과 마찰이 첨예화되는 상황이 초래되기에 이른다.

둘째, 검열의 제도화가 정착되는 가운데 광범한 문화통제가 상시화
된다. 검열의 제도화는 검열정책의 기조 변화와 상응한 산물로서, 전쟁
이전 및 전시에는 물리적 강제력에 의한 폭력위주의 통제가 검열의 주
조를 이룬 반면 휴전직후에는 전쟁을 통해 '구원의 대상'이자 '신앙의
대상'으로 신격화된 국가를 바탕으로 동의적 기반을 확충하는 방향으
로 검열정책이 선회한다.[10] 즉 반공(또는 防共)과 반일(反日)에 대한
국민들의 능동적 동의를 통한 헤게모니적 통치전략을 구사하기에 이른

사회구조의 변화』, 백산서당, 1999, 297쪽 참고.

10) 조현연, 『한국 현대정치의 악몽―국가폭력』, 책세상, 2000, 65쪽. 국가의 신격화는 국
　민들의 내면화된 분단의식의 산물이자 그 원인이었다. 전쟁을 통해 사회전반이 이념
　적 정화(淨化)를 겪게 되는 가운데 즉자적 피해의식에 따른 국민들의 국가폭력에 대
　한 침묵, 방관, 암묵적 수용이 일상화되고 따라서 반공이데올로기를 기제로 한 국민들
　의 수동적·능동적 동의기반이 광범위하게 조성되기에 이른다. 이 둘의 선순환 관계
　가 이승만 체제의 재생산기반의 핵심이었다고 볼 수 있다. 레드콤플렉스의 내면화는
　국민생활의 일상에까지 침투하여 전방위적으로 작동했는데, 가령 삼천포시의회 의장
　이 주동이 되어 438명의 명의로 대법원에 제출한 진정서에서 그 극단적인 모습을 확
　인할 수 있다. 즉 삼천포시민 5만 명 중에 4만여 명이 적색분자이고 따라서 삼천포가
　불원간 제2의 모스크바가 될 것이므로 이들을 색출 처벌해달라는 내용인데, 그 진정
　서의 허구성을 떠나 '반공'이라는 이름으로 자행된 국민상호간의 폭력이 어느 정도였
　는지를 가늠해볼 수 있다. 오죽하면 일간신문에서 반공의 무분별한 전횡을 비판하기
　까지 한다. 「왜 국민을 억지로 공산당으로 만드는가?」(사설), 『경향신문』, 1958. 9. 15.

것이다.11) 그것은 각종 법령, 인허가 제도, 담당기구 등의 정비·구축을 바탕으로 제도를 통해 검열이 행해지는 것으로 나타난다. 국가보안법이 여전히 막강한 위력을 발휘하는 가운데 新형법의 제정 및 공포(1953. 10), 일본서 수입 금지(1954), 출판물에 관한 임시조치법(1955. 1), 공연물허가 규준(1956. 7), 저작권법 공포(1957. 1) 그리고 정부조직법 개정(1955. 1)에 의해 그동안 문화정책을 둘러싼 공보처와 문교부의 권한 갈등이 문교부로 이관 확정됨으로써 제도적 검열이 더욱 가속화될 수 있었다. 가령, 해방 이후 가장 가혹한 검열대상이었던 공연물(영화, 연극, 기타 무대예술)의 경우 '공연물허가 규준'(문교부고시 제24호)에 명문화된 '공연물 검열세칙'을 통해 그 변화를 뚜렷하게 확인할 수 있다.12) 국가법률, 종교교육, 풍속, 성관계, 잔학성, 기타 등 6개 영역으로 항목을 구분하고 각 항목의 세부를 구체화해 총 36개 검열항목을 제시하고 있는데, 이는 과거 공연관련 검열사무를 주관했던 공보처가 법적 근거도 없이 검열(사전 및 再검열)을 휘둘렀던 것에 비해 형식적 합리성을 갖춘 가운데 치밀한 검열이 행해졌음을 잘 보여준다.

그 외에 각종 행정적 조치들을 통해서도 검열이 지속적으로 이루어진다. '외국도서 인쇄물 추천기준'(1957. 8)13)같은 경우 적성국가의 저작물 및 공산주의서적을 주로 간행하는 출판사의 출판물, 일본서적, 미풍양속을 해치는 도서를 배제함으로써 당시 정부 지원에 의존할 수밖에 없었던 학계, 문화계, 출판계를 정치권력의 영향력 안으로 포획·순치시키는데 유효하게 작용했다. 이렇듯 정치검열과 아울러 풍속검열에까지 검열이 다변화되고 제도적인 검열이 일상화되면서 더 교묘하게

---

11) 그것은 특히 교육정책을 통해 강력하게 행사된다. 예를 들어 문교부령 제39호로 제정 실시된 '도의교육'에 반공과 방일(防日)교육을 통합 실시하도록 조처하는 것에 잘 나타난다. 즉, 도의교육의 중요 목표 중 반공과 방일을 명시하고 이에 따라 초등학교 각 학년의 지도 내용을 구체화하여 시달하고 있다. 이에 대해서는 『문교월보』 35호, 1957. 7, 참고.

12) 『문교월보』 32호, 1957. 4, 84-86쪽.

13) 『문교월보』 37호, 1957. 11, 96쪽과 38쪽.

278

더 효과적으로 검열의 영향력과 효과가 확대되기에 이른다. 그것은 곧
반공주의라는 이념적 구속과 탈현실적 순수예술이라는 한정된 영역으
로 문화예술 전반의 지형이 조형되어 갔다는 것을 말해준다. 물론 그
시행 과정에서 부분적인 저항을 야기하기도 하지만,14) 당시 검열정책
은 그것을 압도할 만큼 나름의 형식적인 합리성을 갖춰 작동하고 있었
다. 문화예술부문에서 단정수립 직후나 1960년대와 달리 1950년대에
필화사건이 거의 없었다는 것은 이와 같은 맥락에서 이해 가능하다.

셋째, 출판계의 세대교체와 이에 따른 출판문화의 새로운 환경이 조
성되었다. 해방직후 가장 강력한 문화운동기관으로 출판을 통해 문화
계몽 운동에 뚜렷한 족적을 남겼던 출판계는 전쟁으로 물적 기반 대부
분이 파괴됐고 게다가 전시 상황에서의 경제적 불안과 물가고로 인해
고사(枯死) 상태에 처하게 된다. 그 와중에 교과서출판으로 경영 기반
을 닦은 몇몇 대형 출판사들이 문교부의 각종 지원책에 힘입어 출판
계의 주도세력으로 부상하는 가운데 출판환경에 일대 변화가 초래된
다.15) 더욱이 김종완(희망사)과 김익달(학원사)과 같은 신흥 출판자본
가들이 합류하면서 그 변화가 전폭적으로 진행된다. 물론 그 과정은
식민지시대부터 문화운동의 중추적인 역할을 담당했던 출판사들의 몰
락을 수반하는 것이기도 했다.16)

---

14) 그것은 주로 표현의 자유라는 원론적 차원에서 미미하게 제기되는 수준이었다. 반공
   주의에 입각한 정치검열을 승인한 가운데 문교부 주관으로 시행되던 영화 및 서적의
   검열제를 더 이상 강화하지 말 것을 촉구하는 수준이었다. 「검열과 문화적 자유」(사
   설), 『부산일보』, 1957. 7. 26.
15) 1950년대 도서출판에서 학습참고서(교과서 포함)가 차지하는 비중은 대단히 컸다.
   전체출판물 중 학습참고서가 차지하는 비중을 문교부 통계로 살펴보면, 1952년(159/
   1110), 1953년(81/1110), 1954년(117/1558), 1955년(251/1308), 1956년(499/1434), 1957년
   (143/1006)으로 나타나는데, 문학類 다음으로 큰 비중을 차지하고 있었다. 한국은행조
   사부, 『경제연감』, 1958, 부록 III-332쪽.
16) 식민지시대부터 해방 이후까지 출판활동을 지속해 온 저명 출판사들은 단정수립 후
   경영난이나 이념적 틀에 갇혀 대부분 몰락한다. 건설출판사(1938~48), 동명사(1926~
   48), 문장사(1938~48), 성문당서점(1930~48), 세창서관(1936~49), 신생사(1932~48),

이러한 변화는 무엇보다 영리추구가 출판자본의 최우선적인 과제로
부각되는 것으로 현시된다. 문화운동기관이라는 역사적인 소명은 출판
계의 우선순위에서 밀려날 수밖에 없었다. 그 결과로 출판자본의 문어
발식 확장이 현저하게 나타나기에 이른다. 희망사의 경우『희망』(1951.
5)에서 시작해『여성계』(1952. 7),『문화세계』(1953. 1),『야담』(1955. 7),
『주간희망』(1955. 12)으로 확장되고, 학원사는『학원』(1952. 11)에서『여
원』(1955. 9),『진학』(1955. 12)으로, 신태양사는『신태양』(1952. 8)에서
『실화』(1955. 7),『명랑』(1957. 6),『소설공원』(1957)으로 각각 확장되었
으며 또 당대 대형출판사였던 을유문화사는 월간지『지성』(1958), 동
아출판사는『세계』(1959)를 각각 창간해 사업 영역을 다각화한다. 이
는 역으로 강한 이념성(정치성)을 지향한 잡지들, 가령『현대평론』(반공
통일연맹 발행, 1953. 10),『자유세계』(조병옥 발행, 1956),『한국평론』
(1956)『자유춘추』(1957),『자유공론』(1958) 등이 단명할 수밖에 없었던
이유이기도 했다. 문예지 또한 독자적인 재생산기반을 갖추지 못하면
존립하기 어려운 상황이 도래했다.『조선문단』의 방인근,『문장』의 김
연만과 같이 숟재산을 문화운동에 투자할 후원자를 기대할 수 없는 상
황이었다(『현대문학』이 김기오의 후원에 의해 창간되는 것은 행운이었
다고 봐야 한다). 다른 한편으로 을유문화사, 정음사, 동아출판사와 같
은 거대 출판자본의 대두는 출판계, 문화예술계에 긍정적인 영향을 끼

인문사(1944~48), 조광사(1939~48), 한글사(1928~46), 한풍출판사(1942~48) 등이 대
표적인 경우이다. 그리고 1950년대까지 지속된 출판사라 하더라도 새로운 출판환경에
적응하지 못해 몰락한 경우도 적지 않다. 박문서관(1907~1950년대 중반), 삼천리사
(1928~58), 영창서관(1917~60), 한성도서주식회사(1920~59)를 들 수 있는데, 특히
'한성도서'는 1957년에 공포된 '저작권법' 부칙, 즉 '해방 전의 저작권 매매는 무효로
한다'는 조항으로 인해 당시 200여 종의 저작권을 가지고 있었던 한성도서는 완전히
문을 닫을 수밖에 없었다. 식민지시대에는 '민중의 출판사'로 해방 후에는 막대한 부
를 누릴 수 있었던『흙』을 비롯한 이광수의 저작을 친일파라는 이유로 출판하지 않아
양심적인 출판사로 인정받았던 한성도서의 몰락은 한국근대출판의 영욕을 상징적으
로 보여주는 사례라고 할 수 있다. 한성도서의 몰락에 대해서는 李璟薰,『속·책은 만
인의 것』, 보성사, 1993, 296-307쪽 참고.

치기도 했다. 생존전략의 차원에서 이들 출판사가 기획한 다양한 전집 및 시리즈물과 이를 둘러싼 치열한 판매경쟁은 문학예술이 전반적으로 진작될 수 있는 유리한 조건을 마련했다. 가령, 1958년부터 동시적으로 기획 출판해 치열한 판매경쟁을 벌인『세계문학전집』은 번역문학의 성립과 아울러 문학대중화에 획기적인 기여를 하게 된다.17) 요컨대 계몽운동에서 영리 추구로 그 무게중심이 옮겨간 전후 출판계의 동향은 문학예술이 활성화될 수 있는 유리한 조건을 조성하는 동시에 문예지의 입지를 현저히 약화시키는 모순적인 상황을 초래하게 되는 것이다.

넷째, 매체지형의 뚜렷한 변모가 나타난다. 1950년대는 잡지의 융성기였다. 전후 지속적인 물가상승과 출판유통망의 붕괴, 구매력 저하로 출판계가 전반적으로 침체된 상황임에도 잡지만큼은 크게 번성한다. 여기에는 전시 부산과 대구에서 시작한 대중잡지『희망』과『신태양』, 학생잡지『학원』의 상업적인 성공과 이후 신흥출판자본 및 거대출판사들의 잡지 참여가 크게 작용했다. 이렇듯 전문적이면서도 새로운 지식을 생산·전파하기에 유리한 잡지가 매체의 중심으로 부상하게 되면서 신문과 더불어 대중매체로서의 기능을 수행하게 된다. 당대 신문매체가 여당지와 야당지로 뚜렷하게 구획된 가운데 정치투쟁의 중추기관을 자임하고 있었다면, 잡지매체는 문화예술, 자유·민주·교양, 학술과 관련한 다양한 담론을 생산·소통시키는 가운데 학술문화의 중추기관으로 자리를 잡았다고 볼 수 있다. 이와 관련해 주목할 것은 잡지의 전문화·분업화가 뚜렷하게 나타난다는 점이다. 1956년 말 잡지지형을 통해 살펴보면 종합지, 교양지, 전문학술지, 문예지, 여성지 등 다양한 성격의 잡지가 골고루 분립되어 있음을 알 수 있다.18) 특히 학술지를

---

17) 이중한 외,『우리출판 100년』, 현암사, 2001, 111-116쪽 참고.
18) 총 185종을 성격별로 유형화해보면 시사평론지(15), 산업경제지(16), 오락지(12), 종교지(15), 학술지(8), 문예지(8), 여성지(4), 아동지(11), 영화지(3), 음악지(2), 체육지(5), 법률지(5), 과학지(2), 사진화보(7), 의학지(5), 종합지(20), 행정기관지(19), 단체지(13), 기타(15)로 나타난다. 대한출판연감사,『4290출판연감』, 1957, 729쪽 참고.

비롯해 전문성을 표방한 잡지의 광범한 분포가 두드러진다. 이는 교육의 비약적인 발전과 지식 및 학문의 전문화 추세를 반영한 것으로 볼 수 있다. 이렇듯 다양한 성격을 갖춘 잡지들이 치열한 주도권 경쟁을 벌이는 가운데 1950년대는 유례없는 잡지의 전성기를 맞게 되는 것이다.

그런데 잡지의 다양화와 분립 현상은 독자 및 독서시장의 판도와 밀접하게 관련되어 있다. 즉 새로운 독자층을 창출하는 것과 함께 기존 독자들의 취향을 정확하게 반영해내는 것이 잡지 생존의 관건이 될 수밖에 없었고 그것은 곧 특정한 독자층을 겨냥한 매체전략이 요구되는 것이었다. 『소설계』, 『아리랑』, 『화제』와 같은 대중오락지는 말할 나위 없고, 앞서 언급한 희망사, 학원사, 신태양사가 종합지에서 여성, 학생, 청소년 등 특정 독자층을 대상으로 한 잡지로 사업을 다변화하는 것도 이런 맥락에서다. 희망사가 다변화 차원에서 발행한 주간지 『주간희망』이 한 때 만 부 이상의 발행부수를 기록한 것이 비근한 예다. 뿐만 아니라 그것은 잡지의 편집방향에도 영향을 끼쳐 대중성을 강화하는 것으로 나타난다. 『사상계』를 비롯한 종합지들 대부분이 대중적인 독자층을 확보하기 위해 '문학란'을 고정 편집하거나 문학작품을 중점적으로 실은 것도 이 때문이다.[19]

문예지 또한 예외일 수 없었다. 대중잡지 또는 신문(연재소설)의 대중성 지향과의 차별화만으로는 그 권위를 확보하기 어려웠다. 『현대문학』이 문학교수층에 『자유문학』이 학생층에 『문학예술』이 문학청년층에 각각 중심을 두고 독자차별화 전략을 구사한 것도 이 때문이다.[20] 더불어 문인(작가)들은 어떤 형태로건 대중적 글쓰기를 지향할 수밖에 없었다. 문인작가로서 생계를 꾸려가기 어려운 당대 상황에서 다른 직

---

19) 그 외에 잡지마다 독자유인책으로 독자현상(독후감)모집, 독자사교실, 독자문예페이지, 독자앨범 등을 공통적으로 구사한다. 독자 획득방법의 얄팍한 상술에 대해서는 Y生, 「빽밀라」, 『문학예술』, 1957. 8, 153쪽 참고.

20) 조연현, 앞의 책, 336쪽.

업을 갖거나 아니면 대중에게 팔릴 저술을 해야만 했다.[21) 그리하여 대중이라는 후원자를 찾으려는 노력이 일반화될 수밖에 없었고 그것은 영리 추구의 출판 동향과 맞물리면서 대중문학이 성행하는 한 요인이 된다.[22) 그래서 이미 대중작가로 명성을 획득한 김말봉, 최독견, 박계주, 박종화 외에 정비석, 장덕조, 김광주, 박용구, 최인욱, 곽하신, 박영준 등 대중과의 소통에 성공한 작가군이 새롭게 등장하게 된다. 설령 순수문학을 지향한 작가라 하더라도 각종 대중지나 일간신문의 연재소설의 주요 집필자가 되거나 대중잡지의 편집자로 참여하는 것은 당시 문인들이 처한 상황을 감안할 때 지극히 자연스러운 현상으로 간주할 수 있다. 바야흐로 대중들을 겨냥한 문인들의 저작(창작) 활동이 일반화되기에 이른 것이다.

다섯째, 예술원선거를 계기로 문예조직의 내분이 격렬해지는 가운데 문단의 재편성이 급속하게 이루어졌다.[23) 문예조직의 재편은 단정

---

21) 이중연은 해방기 문인저술가의 존재방식을 논하는 자리에서 근대적 출판을 배경으로 하여 대중이란 후원자를 찾으려는 노력이 본격화되고 그 과정에서 대중적 글쓰기로 성공한 작가로 이광수와 모윤숙을 꼽는다. 그것은 자본주의적 출판과 대중의 독서력에 바탕을 둔 것으로 문인저술가가 전업 작가가 될 수 있는 유력한 방안이었고 그 가능성 또한 존재했다고 평가한다. 이중연, 『책, 사슬에서 풀리다』, 혜안, 2005, 194-200쪽 참고. 필자의 생각으로는 전후에도 문인작가들의 처지는 크게 달라지지 않았으며 따라서 대중지향의 글쓰기가 더욱 확장되어 일반화되는 추세였다고 판단된다. 그 당연한 결과로 순수-통속의 경계는 상당히 약화될 수밖에 없었고, 이런 맥락에서 '중간소설론'을 둘러싼 백철, 김동리, 김우종의 논쟁이 야기된 것이다.

22) 당대 작가가 처한 생활(돈)과 문학의 갈등은 대단히 심각한 문제였다. 재미있는 애정 문제만을 요구하는 사측의 강권에 연재를 중단해버린 박연희는 외국에라도 가서 한국문학을 해야겠다고 생각한 바 있다고 작가적 삶의 비애를 토로한다. 박연희, 「문학적 잡담」 『문학예술』, 1955. 11, 119쪽.

23) 그 경과와 성격에 대해서는 김철, 「한국보수우익 문예조직의 형성과 전개」, 『한국전후문학의 형성과 전개』(『문학과 논리』 3호), 태학사, 1993, 51-54쪽 참고. 예술원 구성과 관련해 한 가지 주목할 것은 단정수립 후에 이미 그 제도적 틀이 마련되었다는 점이다. 즉 1949년 문교부 산하에 문학(11명), 음악(19명), 미술(16명), 연극(8명), 영화(9명), 무용(5명) 등 총 68명으로 구성된 '예술위원회'가 조직된 바 있다. 이들 대부분이 1954년 예술원 회원이 되는데, 초대 예술원 회원 25명 가운데 박종화, 김동리, 고희동

수립 후에 좌우 이념대립에 바탕을 둔 대결구도가 와해되면서 우익문예조직으로 단일화되는 재편 과정을 거친 바 있다. '국가 만들기' 프로젝트와 유기적인 연관 속에서 이루어진 이 재편 과정이 좌익문학과의 대타적인 연대의식(이념적 동질성)을 구심력으로 해서 이루어졌음에 반해 예술원 구성을 둘러싼 갈등은 그 성격이 전혀 다르다. 전쟁을 거치면서 국가권력과 유착─종속을 강화해 재생산기반을 굳건히 확보했던 우익문단 내부의 이권 투쟁이었기 때문이다. '문화보호법' 공포(1952. 8. 7)→'문화인등록령' 공포(1953. 4. 14)→ 예술원선거(1954. 3. 25)로 이어지는 일련의 과정은 무엇보다 문화예술을 국가권력에 종속시키는 법적·제도적 장치가 마련되었다는데 그 특징이 있다. 그럼에도 문예단체들은 그 본질적인 문제보다는 절차나 형식적 요건에 대한 이의를 제기하는 정도일 뿐 이 과정에 적극적으로 참여한다.[24] 오히려 '문화인'이라는 규정으로 말미암아 이로부터 배제된 언론출판인들의 반발이 거셌다. 전시에 '자유예술인연합'(1952. 6)[25]과 같은 문화조직에 참여해 문화예술인들과 함께 활동했던 이들이 겪은 박탈감은 이후 선거결과의 부당성을 지속적으로 여론화하는 것으로 구체화된다.

아무튼 예술원선거 결과를 놓고 벌어진 분규는 문단주도권 쟁탈로 비화된다. '문총'은 건의서를 통해 선거절차상의 문제와 '친일파럼치 및 부역자'가 당선되었다는 점을 부각시키고 이에 선거관리위원회의 해명과 김광섭, 이헌구, 박계주 등의 비판문 발표 그리고 조연현, 김동

등 16명이 예술위원회위원들이었다.『경향신문』, 1949. 2. 22.

24) 문화인등록과정에서 빚어진 추태를 어느 학자는 "거리의 토건업자가 발명가로 둔갑하고 법과출신의 이론물리학자가 등장하는 등 '코믹 쇼'를 구경하고 있는지 도깨비에 홀렸는지 분간을 못하겠다. 우리 문화계에 百鬼가 夜出하였던가. 구두 닦는 연구라도 10년만 하면 문화인이 될 수 있는 이 나라."라고 꼬집어 비판하고 있다. 권영대,「등록문화인」,『대학신문』제68호, 1954. 2. 22.

25) '자유예술인연합'(총장:김광섭)은 전시에 '문화운동의 사회적 발전을 도모한다' 취지로 문학, 음악, 영화, 연극, 언론인 등을 망라한 문화인 66명이 결성한 凡문화인 단체였다. 기관지로 월간『자유예술』(1952. 11)을 발간하나 창간호로 종간됐다.

리의 재반박 등 비열한 공방이 계속되는 가운데 갈등이 증폭되기에 이른다. 그것은 곧 우익문인들이 공통적으로 안고 있는 본질적인 치부가 적나라하게 드러나는 것이었다. 결국 한국문학가협회가 이헌구, 모윤숙, 이하윤, 이무영 등을 문단의 분열과 분쟁을 일으킨 문화계의 '불순분자'로 공식 제명처분하는 가운데 이들을 중심으로 '자유문학자협회'(1955. 6)가 결성되면서 한국문학가협회와 자유문학자협회의 문단 대립구도가 형성된다.26) 중요한 것은 두 단체가 상호배제를 통해 독자적인 생존을 모색하는 과정에서 역설적으로 문학 발전의 새로운 전기(轉機)가 마련되었다는 점이다. 그 중심에 동시다발적으로 등장한 문학 잡지가 존재한다.

여섯째, 아카데미즘의 현저한 성장이 이루어졌다. 1950년대는 대학 붐과 유학 붐으로 대표되는 고등교육열의 급격한 고조와 이와 연계된 관련 학과 및 연구소 그리고 전문학회가 광범하게 창설됨으로써 아카데미즘의 의의와 중요성이 사회적으로 확산된 시대였다. 그 중심에 '대학망국론' '대학 인플레이션'이 회자될 정도로27) 난립한 대학의 급격한 팽창이 존재한다. 양적 성장에 수반되는 여러 문제에 불구하고 대학의 비대화는 국어국문학을 비롯한 諸 분과 학문이 제도화될 수 있는 사회적 기초를 형성했을 뿐만 아니라 전문성을 매개로 한 학문적 장 내부의 역학관계가 새롭게 조형되는 계기로 작용한다. 그 결과 서구세계의 지적생산물들이 배타적인 우월성을 획득해가는 가운데 특히 미국 유학출신의 지식인들이 학문적 장에서 지배적 분파를 형성하기에 이른

---

26) 두 단체의 규모는 엇비슷했다. 한국문학가협회는 일부 회원을 제명한 뒤 1956년 3월 기준으로 208명이었고, 자유문학자협회는 1958년 9월 기준으로 164명이었다. 후자에는 외국문학전공자(이휘영, 여석기, 양원달, 장왕록 등)가 많이 포함되어 있는 특징을 보여준다. 시간상의 차이는 있으나 이와 같은 엇비슷한 세력분포는 5·16 후 통합 문학단체인 '한국문인협회'가 발족할 때까지 이어진다고 볼 수 있다. 한국문학가협회 편, 『1956년 한국문학연감』, 미국문화연구소, 1956, 632쪽과 『자유문학』, 1958. 11, 324쪽 참고.

27) 「대학 '인플레'를 흡수하라」(사설), 『경향신문』, 1958. 2. 10.

다. 또한 학문적 훈련을 통해 전문성을 구비한 인력을 대거 양산함으로써 아카데미즘이 개화할 수 있는 인적 기초를 마련하는 동시에 학술의 상대적 자율성을 확대 강화하는데 기여한다. 당시 부상하던 전문가집단의 영향력은 막강한 것이었다. 1949년부터 8년간에 걸쳐 벌어진 '한글파동'이 정치권력과 전문가집단(및 전문성)의 대결 구도라는 형태를 띠는 가운데 결국 전문성의 대중적 권위 및 영향력이 이승만의 굴복을 이끌어내는 것에서 여실히 확인되는 바다.

그런데 1950년대 아카데미즘의 활성화는 무엇보다 각종 학회 및 연구소의 창설과 이에 따른 학술연구의 진흥을 통해 가능했다. 중요 학회와 그 기관지로 기존의 진단학회의 『진단학보』외에 역사학회의 『역사학보』(1952. 9), 국어국문학회의 『국어국문학』(1952. 11), 동방학회의 『동방학지』(1954. 7), 한국철학회의 『철학』(1955. 5), 한국영어영문학회의 『영어영문학』(1955. 7), 아세아문제연구소의 『아세아연구』(1958. 3), 한국독일문학회의 『독일문학』(1959. 5), 한국비교문학회(1959. 6) 등을 들 수 있다. 특히 각 분야의 신진 학자들이 주관한 이들 학회지는 전문가들의 연구 성과를 집적하고 그 성과를 대외적으로 확산시키는 강한 전파력을 지닌다. 즉 학술연구의 요람으로 기능하게 되는 것이다. 그것은 학술원의 창설과 석·박사학위제도의 본격 도입으로 더욱 가속화된다.28) 물론 순수성에 입각한 논리적이고 합리적인 방법과 태도를 본령으로 하는 아카데미즘이 온전히 구현된 것은 아니다. 사이비 지식인의 횡행, 정치권력에 오염된 비논리적 주장의 범람, 파당, 표절, 실증성 결여 등의 위기적 징후들이 곳곳에서 나타난다.29) 그럼에도 대학, 학회

---

28) 1952년 4월 한국 최초로 김두헌, 이병도 등 6명이 박사학위를 받았다. 1960년까지의 문학학위를 살펴보면 박사가 10명, 석사는 한국문학 50명(고전문학 38, 현대문학 12), 미국문학 18명, 영어문학 61명, 프랑스문학 4명, 독일문학 1명 등 총 134명이다. 1960년대에는 기하급수적으로 늘어난다. 학위의 법제화는 학술연구수준을 제고시키는 가운데 아카데미즘이 확립되는 가장 중요한 제도적 장치로 기능한다. 『한국석·박사학위논문목록: 1945~1960년』, 한국연구도서관, 1960.

29) 정병욱은 이와 같은 아카데미즘의 위기현상을 '아카데미즘의 결핵성 질환', '악성 인

(학술지), 학술원과 같은 학술적 제도권의 성립과 이로 인한 아카데미즘의 활성화는 당대는 물론이고 이후에까지 학문 또는 지식 장의 제도적 원형을 이루었다는 점에서 대단히 중요한 의미를 지닌다.

홍미로운 것은 이와 같은 아카데미즘의 성과가 학술지뿐만 아니라 다른 잡지에도 대거 수록되고 있다는 점이다. 학술논문 및 학위논문의 요약, 번역, 개론, 논쟁의 쟁점 소개 등 그 형식도 다양하다. 『사상계』의 경우 학자들이 편집위원으로 참여했고 위에 언급한 대표적인 학술잡지의 제작 및 편집대행 뿐만 아니라 학술 논쟁, 이를테면 허웅, 정경해, 이숭녕 사이에 일어난 국어철자법개정과 관련된 논쟁, 이숭녕과 김태오 사이의 대학사회 행정과 관련된 논쟁, 양주동의 고전문학 논문에 대한 이숭녕의 국어학적 반박, 황산덕과 백남억 사이의 법학 논쟁 등을 지속적으로 소개해 학문적 논쟁의 장이 되기도 했다.30) 문학잡지 또한 예외가 아니었다. 뒤에 자세히 언급하겠지만 문예지도 주로 국문학 연구논문 및 문학사개설과 외국문학연구 성과를 대폭 수용해 게재하고 있다. 심지어 고석규, 이어령처럼 문예지에 연재한 연구논문을 학위논문으로 제출하는 경우도 있었다. 이렇게 잡지가 아카데미즘의 성과를 적극적으로 수용한 것은 저널리즘과 아카데미즘의 미분화(결합) 또는 문학과 지식의 결합에 대응하는 현상으로 볼 수 있지만 잡지의 생존전략, 즉 매체의 이념지향의 선명성 강화와 독자층을 확보하기 위한 의도 또한 크게 작용했다고 봐야 한다. 특히 문예지의 경우는 1930년대 『문장』에 대한 학습효과가 작용했다. 즉 1930년대 '조선학' 관련 연구를 수용해 대중교육과 독자생산의 메커니즘을 통한 전문 독자군을 창출한 전략은 아카데미즘이 활성화되고 있던 전후(戰後)에도 여전히

플루엔자의 징후'로 통박한다. 그의 글은 특히 김사엽의 박사학위논문의 비과학성, 비실증성을 비판하는 가운데 국문학계의 아카데미즘 문제를 본격적으로 제기했다는 점에서 중요한 의미를 갖는다. 정병욱, 「아카데미즘의 위기-박사논문 '이조시대의 가요 연구' 비판」, 『사상계』, 1957. 9~10.

30) 정진석, 『한국현대언론사론』, 전예원, 1985, 204-211쪽 및 김건우, 앞의 책, 52-54쪽 참고.

유효했던 것이다.[31]

지금까지 살펴본 바와 같이 1950년대의 사회문화적 환경은 여러 측면에서 근본적이고 획기적인 변화가 일어나고 있었다. 특히 단정수립 후 모색되었던 각종 문화기획들이 전쟁으로 유보·왜곡된 상태에다 전후에 새롭게 제기된 문제들이 착종하는 가운데 이루어졌던 변화였던 만큼 그 진폭이 크고 강렬할 수밖에 없었다. 이 문화적 층위의 변화들은 정치적 층위로 온전히 환원되지 않는 나름의 상대적 자율성을 지니면서 이후 한국문화의 제도적인 기원을 형성하게 되는 것이다. 최근 1950년대를 '창조적 변혁의 전환기'로 재규정하고 그 역사적 의의를 부각시키는[32] 움직임에 필자는 전적으로 동의하지 않지만, 적어도 문학사에서 1950년대를 정체, 퇴영, 반동의 시대로 규정하는 것은 재고될 필요가 있다고 생각한다. 아무튼 전후 문학 장의 재편은 이와 같은 사회문화적 조건과 유기적인 관련 속에서 이루어진다. 따라서 문단의 분열 및 대립의 차원으로 이 문제를 접근하면 전후 문학 장의 재편이 담고 있는 풍부한 가능성과 의미를 놓치게 된다.

한편, 잡지 『문학예술』을 이해하기 위해서는 기원과 저변에 대한 탐색이 필요하다. 『문학예술』은 여느 잡지와 달리 '창간사'가 없고 또 특별한 제언(提言)을 표명한 적도 없다. 편집원칙과 노선을 통해 매체의 이념과 원칙을 검출할 수 있지만, 먼저 잡지주체들의 이념지향과 활동을 통해서 그 맥락을 찾아본다.[33] 그것은 곧 잡지의 기원과 연결된 문제이다. 그랬을 때 『문학예술』은 해방 직후 북한문단, 즉 '평양예술문화협회'(회장 최명익, 이하 '평문협')에까지 연결된다. 최명익, 오영진, 황순원, 유항림, 김동진 등 在평양 문학 예술인들이 1945년 9월에 결성

---

31) 이에 대해서는 차혜영, 「'조선학'과 식민지 근대의 '지(知)'의 제도」, 『국어국문학』 140호, 2005. 9, 참고.

32) 유영익, 박지향 외, 「거시적으로 본 1950년대의 역사」, 『해방 전후사의 재인식』 2, 책세상, 2006, 479쪽.

33) 여기서 잡지주체라 함은 『주간문학예술』 때부터 잡지의 편집과 운영을 주도한 오영진, 원응서, 박남수를 일컫는다.

한 '평문협'은 주의주장을 초월한 일종의 좌우합작의 예술단체였다. 정
치적 격랑의 시기에 정치적 자유를 원칙으로 문학예술의 자기보호 차
원에서 결성되었으나 곧바로 공산주의계열의 '평남지구프롤레타리아
예술동맹'(위원장 한재덕)과의 합동명령을 받게 되고 이에 불응해 1945
년 말 자진해산한다.34) 이와 관련해 주목할 것은 평문협이 '조선민주
당'과 이념적으로 연결되어 있었다는 점이다. 항일 민족운동세력의 정
통 계승자임을 자임하면서 우익세력을 대변했던 조선민주당은 신탁통
치 정국에서 조만식을 비롯한 대부분의 우파세력이 蘇군정에 의해 축
출되고 간부진들이 곧바로 월남해 재건을 시도한 바 있다.35) 평문협과
조선민주당과의 유대관계를 입증할 만한 물증을 없으나, 이념적인 유
사성과 아울러 오영진의 존재 때문에 추정 가능하다. 평안도 전체의
최고 유력자 가운데 한 사람이었던 '오윤선' 장로의 아들인 오영진은
전영택과 함께 조선민주당 중앙위원이었고 평문협 결성을 주도했으며
이후 월남해 평안도 출신 문화예술인들의 후원자 역할을 한다.36) 그
정도는 장준하에 버금가는 수준으로, '한국문화연구소' 창설(1949), 평
양 수복 후 조선민주당재건 및 평양문화단체총연합체 조직(1950. 10),
문총 북한지부 조직(1952. 2), 『주간문학예술』창간(1952. 6), 출판사 '중

---

34) '평문협'의 전말에 대해서는 현수(박남수), 『赤治六年의 北韓文壇』, 국민사상지도원,
  1952, 1-13쪽 참고. 이 저작은 박남수가 1·4후퇴 때 월남해 1951년 11월『경향신문』
  에 연재한 「북한문단광태」를 확장해 상재한 것으로 그 과정에 장준하와 오영진의 조
  력이 컸다. 이 책은 오영진의 『소군정하의 북한』(국민사상지도원, 1952)과 더불어 해
  방직후 북한의 정치와 문화상황을 파악하는데 중요한 참고가 된다.

35) 김상태, 「근현대 평안도 출신 사회지도층 연구」, 서울대 박사논문, 2002, 88-98쪽
  참고.

36) 1950년대 시인이며 정치평론가로 이름을 날렸던 김동명도 조선민주당과 깊숙이 연
  루되어 있었다. 회고에 따르면, 그는 1946년 7월부터 조선민주당과 관계를 맺기 시작
  해 12월 함경남도 도당 위원장을 맡기로 되어 있었는데 중앙에서 파견된 최용건에 의
  해 숙청당하고 이후 정치적 요시찰인으로 감시받는 상황에서 어렵게 월남을 감행했다
  고 한다. 그가 반이승만 투쟁을 전개하면서도 극단적인 반공주의자일 수밖에 없었던
  저간의·사정을 어렵지 않게 짐작할 수 있다. 김동명, 『세대의 삽화』, 일신사, 1959. 9,
  250-269쪽 참고.

앙문화사' 창립(1952. 6), '한국영화예술협회' 창립(1953. 4),『사상계』 편집위원(1953 .7)과 같은 활동을 통해서 구체화된다. 정치가, 극작가, 평론가, 문화운동가로 점철된 그의 드라마틱한 삶은 반공주의의 최고 치를 보여준다고 할 수 있다. 그의 극작에서 반공이데올로기가 압도하는 것은 지극히 필연적이다.[37] 요컨대『주간문학예술』→『문학예술』로 이어지는 매체의 저류에는 오영진 및 그를 중심으로 한 (평양)월남문인들의 반공주의가 확고하게 자리 잡고 있었던 것이다.[38]

그러나『문학예술』이 반공주의를 배타적으로 강조한 흔적은 없다. 편집노선을 살펴보면 오히려 개방성을 지향한 가운데 문화예술의 다양한 조류를 포괄하는 모습을 보여준다. 그것은 잡지의 구조적인 특징과 관련되어 있다. 즉 '중앙문화사'의 존재와 외국문화에 대한 선호 및 근접성이 잡지의 또 다른 저변을 이루고 있었기 때문이었다. 중앙문화사는 오영진이 창립한 출판사로 1950년대 서구의 사회과학 및 문화관련 이론서의 번역출판과 국내 작가들의 창작집을 다수 발간했다. 〈현대사회과학〉(전7권)을 비롯하여 국내외 공산주의관련 서적, 이를테면 양호민의 공산주의 관련 이론서와『세계 공산주의 역사』,『공산주의 비판의 기초지식』,『소련군대 이면사』등이 주종을 이루며, 황순원의『카인의 후예』『학』『인간접목』, 곽학송의『독목교』, 오영수의『갯마을』, 조경희의『우화』등의 작품집, 헨리 제임스, 포우 등의 작품집과 W·H 오든의『20세기 문학평론』, R·W 에머슨의『문화·정치·예술』과 같은 문화이론서를 번역 출간했다. 중요한 것은 그 중심에 원응서가 있다는 점이다. 그는 황순원과 죽마고우로 릿쿄(立敎)대학 영미학부를 졸업한 영문학자이자 번역의 권위자였다.[39] 그가 사장으로서 중앙문화사

---

37) 오영진의 반일, 반공사상과 작품의 연관에 대해서는 유민영,『한국현대희곡사』, 기린원, 1991, 417-438쪽 참고.

38)『문학예술』창간호에 컷을 담당했던 서양화가 김병기(金秉騏)도 평문협의 멤버였다.

39) 릿쿄대학 출신으로는 김윤경, 유치진, 김기진, 윤동주(입학), 김상용, 박태진, 이봉래 등이 있다.

를 실질적으로 관장하는 가운데 릿쿄대 영문과 출신 인맥과 김수영,
양호민, 박태진, 곽소진, 김용권 등 당시 외국어 능력을 갖춘 전문가들
을 대거 유입해 번역출판의 새로운 지평을 개척할 수 있었다. 이와 같
은 지향은『문학예술』에 연계되어 외국문화중심의 편집노선을 취하게
되는 것이다. 우리 문학사상 유일하게 '번역'을 등단제도의 종목으로
설정해 번역문학의 제도화에 선구적인 기여를 하게 되는 것 또한 이와
같은 맥락에서 가능했다.

그러면 문학 장의 재편으로 조성된 매체 지형에서『문학예술』이 어
떤 위상을 갖는가를 살펴보자. 이른바 '문총'파동을 겪으면서 단정수립
후 순수문학론의 제도화를 통해 우익문학의 매체적 거점 역할을 했
던『문예』가 폐간된 뒤 문학잡지의 공백상태가 초래된다.[40] 그 시점에
『문학예술』이 창간되어 凡문단적 매체로서의 역할을 수행하지만, 2호
만에 허가 취소되고 따라서『현대문학』이 창간될 때까지 순문예지의
공백상태가 지속된다. 그러던 것이 문인단체가 한국문학가협회와 자유
문학자협회로 양분, 고착되는 시점에 이르러 3대 문예지가 출현해 상
호 경쟁체제를 구축하면서 문학발전의 새로운 전기가 마련될 수 있었
다. 눈여겨볼 대목은 당시 문학조직과 매체의 역학구도 속에서『문학
예술』이 처한 미묘한 위상이다. 즉,『현대문학』이 한국문학가협회의 準
기관지로『자유문학』이 자유문학자협회의 기관지로서 나름의 확실한
조직적인 기반을 갖춘데 반해『문학예술』은 잡지주체들이 한국문학
가협회 회원인 관계로 재생산기반이 상대적으로 취약할 수밖에 없었
다.[41] 하지만 그 불리한 입지는 오히려『문학예술』의 행보에 긍정적으
로 기여한다. 타 매체에 비해 편집과 필진의 다양성이 가능했던 것은

---

40) 이에 대해서는 이봉범, 「잡지『문예』의 성격과 위상」,『상허학보』17집, 2006, 참고.
41) 잡지를 실질적으로 이끌었던 오영진, 원응서, 박남수, 김요섭, 이한직 등은 모두 한국
    문학가협회 회원이었다. 한국문학가협회 편,『1956년 한국문학연감』, 미국문화연구소,
    1956. 3, 632쪽. 뿐만 아니라 문학예술사는 현대문학사와 더불어 이 연감 편찬을 주도
    했고 그래서 '편찬후기'에 두 측의 '동지적 우의'가 강조되고 있다.

이 때문이다. 두 문학단체의 대립 및 이의 반영인『현대문학』과『자유
문학』의 매체 대립에 따른 고정필진의 형성과 문단섹트화가 악순환을
이루는 구조에서 완충지대로서의『문학예술』은 독자적인 입지를 마련
하는데 한결 유리한 상황이었다.42) 논공행상의 이권 다툼에서 문단권
력의 경쟁으로 전환된 문단구도에서 비교적 자유로웠던『문학예술』의
위상이 잡지의 또 다른 저변을 형성했던 것이다.

3. 문화주의 매체 전략과 그 효과

앞서 전후 문학예술은 전반적으로 대중화 경향이 강화되었고 따라
서 차별화된 매체전략이 필수적으로 요구되는 시대였다고 언급한 바
있다. 문예지 또한 예외가 아니었다. 문예지는 오히려 문단권력쟁탈의
대리전 양상을 띠었던 관계로 차별성이 더욱 강조될 수밖에 없었다.
그것은 편집노선에 집약되어 나타난다.『현대문학』을 중심으로 이 문
제를 살펴보자.『현대문학』의 편집노선은 ① 한국을 대표할 수 있는 문
단의 총체적인 표현지가 되어야 한다는 점 ② 문학상의 일경향이나 혹
은 특정한 유파를 초월한 정통적인 위치를 엄수해야 한다는 점 ③ 고
전에 대한 정당한 계승과 새로운 세계문학에 대한 정당한 흡수 ④ 문
학적인 가치평가에 대한 엄정한 태도 ⑤ 역량 있는 신인의 양성 등 5
가지로 요약된다.43) 잡지편집자로서 조연현의 탁월한 감각과 아울러
『현대문학』의 매체 이념을 구체화하고 있는 이 편집노선에서 발견할
수 있는 흥미로운 사실은 뚜렷한 차별성을 찾아볼 수 없다는 점이다.
즉 ①의 문학주의에 입각한 문단 公器로서의 잡지 위상 ②의 개방성의
원칙 ④의 작품성 중시 ⑤의 잡지의 저변확대 전략 등은『현대문학』의

---

42) 두 매체의 고정필진과 필진쟁탈전에 대해서는 김시철,『격랑과 낭만』, 청아출판사,
    1999, 88쪽 참고.
43) 조연현,『문학과 그 현장』, 관동출판사, 1976, 355쪽.

전신인『문예』에서 이미 성공을 거둔 바 있고, 동시에 정도의 차이는 있을지언정 타 문학매체에서도 공통적으로 구사한 전략이었다. 전문지의 하나로서 문예지가 지닌 본질 구현의 수준에 불과하다. 그랬을 때 ③의 전통주의가 주목된다. 그것은 '창간사'에도 명문화되어 있는데, 즉 한국의 현대문학 건설을 목표로 내걸고 그것을 '고전의 정당한 계승과 현대적인 지양'을 통해 달성하겠다는 것이다. 전후 시대적인 조류에 다소 역행하는 전통주의 표방은 그러나 통속적인 주장을 넘어서는 수준은 아니다. 전통의 개념, 의의, 계승방법 등 체계와 내용을 구비한 전통론과는 거리가 멀기 때문이다. 그것은 조연현 및『현대문학』이 지향했던 우익 보수주의의 정치경제적 이념과 문학담론을 연결하는 지식소로서 매체의 권위를 획득하기 위한 수사적 전략이라는 혐의가 짙다.44) 유종호, 이어령 등 전후세대가 조연현 및『현대문학』의 비합리적인 전통긍정론에 저항했던 맥락이 이론적인 차원이기보다 '문협정통파'의 문학이념에 대한 도전으로서의 의미를 지니는 것은 이 때문이다.45) 중요한 것은 이 전통주의가 1950년대『현대문학』의 편집내용과 추천제를 규율하는 원리로 작동하면서 확대 재생산된다는 점이다. 예를 들어 비평에서 근대작가작품론과 문학사류가, 학술연구물의 게재가 고전작가작품의 발굴 및 해제가 주종을 이루며, 추천작품의 경향이 전통주의적 편향으로 흐르는 것에서 뚜렷하게 확인할 수 있는 바다.46)

　『현대문학』의 편집노선을 이렇게 정황하게 제시한 까닭은 전후 문예지의 일반성을 점검하는 동시에『문학예술』의 편집노선이 갖는 차별성을 부각시키기 위해서다. 특히 위의①②④⑤는 당대 문예지의 일반

---

44) 임영봉,『상징투쟁으로서의 한국현대문학 비평사』, 보고사, 2005, 115쪽 참고.

45) 신두원,「전후 비평에서의 전통논의에 대한 시론」,『민족문학사연구』제9호, 1996, 274쪽 참고.

46) 잡지의 편집주체들(조연현, 오영수, 박재삼, 김구용)의 면면에서도 전통성(보수성)을 추출할 수 있다. 또 추천받은 작품들의 경향이 전통주의로 흐른 것은 대표적인 추천심사위원들(서정주, 김동리, 유치환, 조연현, 계용묵 등)의 개인적인 취향과도 밀접한 관련이 있으나, 그보다는 매체의 이념적 지향이 압도했다고 판단된다.

성임에도 이를 특정 매체의 특징으로 특화시켜 논하는 것은 전후 문학 매체의 지형과 의미를 왜곡하는 결과를 가져올 수 있다.47)『문학예술』은 여러 측면에서『현대문학』과 대조적인 모습을 보여준다. 무엇보다 외국문화에 대한 문호개방과 이의 적극적이고 대폭적인 수용이다. 소설은 전체 수록 작품의 25%, 평론은 전체의 50%를 차지할 정도이다. 엘리엇, 스티븐스펜더, 헤밍웨이, 스타인백, '오 헨리 문학상' 수상작 등 영미계통의 작품과 엘리엇, 토마스 만, 지드, 사르트르, 카뮈 등의 작가 작품론 그리고 모더니즘, 신낭만주의, 신고전주의, 실존주의, 뉴 크리티시즘을 포함한 20세기 서구 문화조류(운동)에 대한 소개 등이 주종을 이룬다.『사상계』의 외국문화 소개와 흡사한 모습을 보여준다.48) 짧은 지령을 감안할 때『문학예술』의 외국문화에 대한 집중력은 특기할 만하다. 타 문학잡지에도 외국문학에 대한 관심이 엿보이지만『문학예술』에 비교될 정도는 아니었다.

『문학예술』의 외국문화에 대한 선호는 두 가지 의미를 내포하고 있다. 첫째, 매체의 차별화 전략이었다. 작품집적 성격을 띠었던 기존 문예지와 다른 편집방향을 모색하는 가운데 채택된 것이 외국문학 중심의 편집노선이다(창간호 '편집후기'). 그것은 물론 원응서를 비롯한 외국문학전공자들이 잡지 안팎으로 포진해 있었기 때문에 가능한 것이었다. 외국문학 편집을 위해 다달이 영어, 프랑스어, 독일어로 된 잡지를 구입해 내부에서 윤독 후 선별한 뒤 그것을 다시 외국어 능력을 갖춘

---

47) 임영봉은『현대문학』이 성공한 가장 중요한 요인을 신인추천제로 꼽고 있으며 또 전후 문학 장을 지배해나가는데 중심적 역할을 한 것이 비평행위라는 상징투쟁의 효과적 수단을 확보하고 구사한 것에서 찾고 있는데, 틀린 말은 아니나 여전히『현대문학』위주의 평가이기에 전후 문학매체들이 내장하고 있는 풍부한 가능성을 사상시킬 수 있는 위험이 매우 큰 해석이다. 임영봉, 앞의 책, 108-119쪽 참고.

48) 1950년대『사상계』의 외국문학 수용은 작품보다는 비평이 압도적으로 많은데, 주로 지드, 오든, 카뮈, 괴테, 헤밍웨이, 카프카, 도스토예프스키, 와일드, 포크너, 톨스토이, 휘트먼, 까뮈, 에밀리 브론테, 제임스 조이스, 테네시 윌리엄스, 헨리 제임스, 프루스트 등의 작가론이 주종을 이룬다.

외부인사들(박태진, 김수영, 곽소진, 김용권 등)에게 위촉해 편집자문을 받는 시스템을 가동한 것도 이런 맥락에서 가능했다.[49] 이와 같은 편집노선은 실제 창간호부터 '현대세계문학'란을 고정란으로 설치해 지속하는 것으로(미국, 아일랜드, 프랑스, 독일편), 또 '해외단편'(1955. 8), '해외단편집'(1957. 6), '해외단편선'(1957. 8), '문학과 생활'(외국작가 현지인터뷰 1957. 11~12)과 같은 欄을 개설한 것으로 구체화된다. 매호마다 외국문학론의 번역 소개를 목차의 맨 앞자리에 배치하는 것에서도 외국문학에 대한 관심의 정도를 확인할 수 있다. 그것은 학술연구를 수용하는 것에서도 뚜렷하게 나타난다. 김춘수의 「형태상으로 본 한국의 현대시」8회 연재(1955. 9~1956. 8), 정한모의 「문체로 본 동인과 효석」 8회 연재(1956. 5~12), 고석규의 「시인의 역설」 7회 연재(1957. 2~8), 이어령의 「비유법 논고」 2회 연재(1956. 11~12)와 「카타르시스문학론」 5회 연재(1957. 8~12) 등은 문학연구의 새로운 차원을 개척한 연구논문들로 서구문학이론을 차용하거나 아니면 비교문학적 관점에서 기술된 것이다. 그런데 이러한 편집노선은 독자차별화 전략과도 밀접한 관련이 있다. 적어도 외국문화에 대한 배경지식을 지닌 문학청년들에게 가독성이 높을 수밖에 없는 편집노선이었기 때문이다. 특히 연구논문들은 문학적 교양이 없는 독자들에게는 접근조차 불가능할 만큼 내용과 수준이 높은 것이었다. 전문독자용이었다고 봐야 한다. 그래서 전후 폐허의 상황에서 코스모폴리탄한 감각을 소유한 대학문과생들에게 호응이 컸다. 추천제를 통해 전위적인 정열을 소유한 전후 신세대 작가지망생들을 대거 포용할 수 있던 것도 이런 맥락에서다.

둘째, 잡지주체들의 문화주의 취향의 발현이었다. 오영진, 박남수 등 『문학예술』주체들의 이념적 성향은 전후 문학 장의 구도에서 신념화된 반공주의를 기저로 한 '문화적 민족주의'로 간주된다.[50] 『사상계』 지식

---

49) 원응서, 앞의 글, 178쪽.
50) 김건우, 앞의 책, 229쪽.

인담론의 차원에서 도출된 이 개념은 오영진, 박남수가 그 담론구성체의 중요 일원이었다는 점에서 충분히 개연성이 있는 규정이다. 또 이들의 성장배경상 서북 문화주의의 전통과도 연관돼 있다고 볼 수 있다. 그러나 문학에 있어서도 이념성을 강조했던 『사상계』와는 달리 『문학예술』의 본질은 문예지이고 따라서 특정 이념을 담론화 하기에는 한계가 있다는 것을 감안할 때, 잡지주체들의 이념적 지향을 매체의 이념으로 치환하기는 곤란하다. 실제 잡지 자체에서 '민족주의'로 단정할 만한 뚜렷한 증거들을 찾아내기 어렵다. 오히려 서구지향적인 세계주의에의 관심을 엿볼 수 있다. 그것은 잡지주체들이 『주간문학예술』을 발간할 때부터 천명했던 바다. 즉 '세계의 문화와 문학의 일환으로서 우리문학의 위상을 설정하고 외국문학의 도입과 이를 바탕으로 우리문학의 새 방향의 터전을 마련'하겠다는 것이 그들의 확고한 의지였다.[51]

그런데 문화주의 취향만은 역연하다. 잡지 제호처럼 회화, 연극, 음악, 영화, 민속, 민요, 무용 등 예술의 준분야를 아우르는 편집영역의 포괄성에 잘 나타난다. 이는 문학작품 위주, 그것도 순수문학만을 배타적으로 중시하는 '문학주의' 원칙에 입각한 문학잡지의 편집 전통과는 판이한 점이다. 여기에는 당대 영화 및 연극의 권위자였던 오영진의 영향력이 크게 작용했을 것으로 판단된다. 물론 전후 문학매체가 문학주의 원칙만을 완강하게 고집할 수 없는 상황이었고 따라서 아카데미 영역의 문학관련 연구물을 적극적으로 수용하게 된다는 점을 앞서 언급한 바 있다. 『문학예술』은 이뿐만 아니라 예술전반으로까지 영역을 확장해 종합지에 방불한 수준을 보여준다. 주목할 점은 음악, 미술, 영화 관련 전문지와 다르게 『문학예술』에 실려 있는 관련 글들은 전문성을 갖춘 글이라기보다 개론, 요약 소개의 소박한 성격을 지니고 있다는 점이다. 그것은 곧 『문학예술』이 전후사회에 새롭게 대두된 '문화'와 '교양' 담론을 적극적으로 수용하는 한편 이를 전파해 대중화하고

---

51) 원응서, 「『文學藝術』이 志向했던 새 터전」, 『현대문학』 128호, 1965. 8, 245쪽 참고.

자 했던 의욕의 산물이다. 이렇듯 『문학예술』의 문화주의 지향은 선진 서구문화예술의 수용과 이를 바탕으로 한 문화적 교양을 형성하는데 중요한 역할을 수행했다고 볼 수 있다.

한편 『문학예술』의 편집노선과 잡지주체들의 취향은 추천제에서도 그대로 구현된다. 그에 앞서 전후 문학 장에서 등단제도가 갖는 의미를 살펴볼 필요가 있다. 전후문학의 변화 양상 가운데 가장 두드러진 현상은 등단제도가 활성화되면서 신인작가들이 대거 등장한다는 점이다. 1954년 『조선일보』의 신춘문예 부활을 시작으로 중앙의 5대일간지 및 지방신문까지 신춘문예를 상설화했고, 문학잡지의 추천제와 종합잡지의 각종 현상모집 등이 신설되면서 바야흐로 등단제도의 본격적인 개화가 이루어진다. 비록 단정수립 후 『문예』가 추천제를 복원해 신인 배출의 통로 역할을 했지만,[52] 전반적으로 등단제도가 정비되지 못한 관계로 1930년대 초반 이후 출생의 문학청년들이 정식 등단하지 못해 적체되어 있었고 여기에 매체들이 저변확대와 독자 획득의 가장 효과적인 방법으로 등단제도를 활용한 것이 부합되어 빚어진 현상이었다. 그로 인해 문학 판의 현저한 확대와 아울러 문학의 대중화(사회화)가 확산되기에 이른다. 그런 순기능에 반해 매체의 입장이 확대 강화되면서 여러 병폐가 노출되고 이에 등단제도의 무용론이 등장하기까지 한다. 특히 문예지의 추천제는 조직(및 매체)의 대립구도가 노골화되면서 선자의 취향보다는 매체의 전략이 우선시되고, 또 신인을 경쟁적으로 양산하는 경향을 보이는 가운데 그 폐해가 더욱 심할 수밖에 없었다. 심사위원(또는 選者)의 개인감정과 섹트에 의한 문단등용이 일반화되면서 문단의 위기로까지 비화된다.[53] 따라서 전후 문예지의 추천제를

---

52) 이봉범, 앞의 글, 【부록】 참조.

53) 이인석, 「문단 이상 있다」, 『문학예술』, 1957. 7, 167쪽 참고. 『문학예술』 또한 추천제가 『문장』 시대에는 유용한 등단제도였으나 이제는 낡은 형식이 되었다는 판단 아래 1년에 두 차례 '신인작품모집'(단편소설, 단막희곡, 문예평론)으로 형식을 변경한다. 시에 있어서만은 추천제를 고수한다. 선우휘의 「불꽃」과 송병수의 「쑈리킴」이 1회 당선작이었다. 『문학예술』, 1957, 1~2 합병호, '편집후기' 참고.

접근할 때는 제도 자체의 일반성보다는 제도의 작동방식과 이를 규율하는 원리를 파악하는 것이 무엇보다 중요하다.54) 이는 추천제도의 역사적 맥락에서 추천제의 제도적 정립으로서의 『朝鮮文壇』, 추천제도의 합리적 세련화로서의 『文章』, 해방 후 추천제도의 복원과 재구축으로서의 『文藝』 등 추천제도 자체를 보유한 것만으로도 긍정적인 평가를 받을 수 있는데 반해 전후 문예지의 경우는 이와 다른 차원에서 논의되어야 한다는 것을 의미한다.

　이런 맥락에서 볼 때 『문학예술』의 추천제에서 가장 눈에 띄는 특징은 【부록】에서 보는 바와 같이 외국문학전공자가 압도적으로 많다는 점이다. 특히 영문학 및 불문학을 전공하고 있던 대학생(대학원생)들이 많은데, 유종호(서울대 영문과), 이환(서울대 불문과), 인태성(고대 영문과), 박희진(고대 영문과), 박성룡(중대 영문과), 성찬경(서울대 영문과), 신경림(동국대 영문과), 송원희(동국대 영문과), 황운헌(연대 영문과), 이일(서울대 불문과), 최상규(연대 영문과), 민재식(고대 영문과), 채동배(전남대 영문과), 이교창(서울대 불문과), 이기석(연대 영문과), 박이문(서울대 불문과) 등이 대표적인 경우이다. 이들 대학 문과생들은 한국문학사(전통)와 결별한 가운데 자기만의 우상, 가령 이일의 랭보, 박이문의 프루스트, 이어령의 알베레스, 황운헌의 발레리, 민재식의 엘리엇에 광신적으로 사로잡혀 있었던 전위적인 문학청년들로55) 의식적이든 무의식적이든 외국문학의 분위기 속에서 키운 문학적 감성을 통해

---

54) 조연현은 신인양성의 문제를 문단의 비정상성과 후진성을 극복할 수 있는 유력한 대안으로 간주한다. 즉 비문학적인 권위를 행사하는 문인들이 다수 포진한 기성문단을 정비하는 동시에 이 과정을 통해 문학적 권위를 부여받은 전문적이고 직업적인 작가들이 일정한 수준을 갖춘 신인 및 새로운 문학적 특성을 가진 신인을 발견해 등장시켜 문학의 새로운 경지를 개척하는 것이 중요하다고 주장한다. 더불어 이 신인들의 위치를 기성에 맹목적으로 반발하지 않는 하나의 보조적인 역할로 제한시킨다. 조연현, 『문학과 그 주변』, 인간사, 1958, 82-85쪽. 이는 조연현이 전후에 문단권력을 확보하는데 결정적인 역할을 했던 『현대문학』 추천제의 운용과 그 결과를 통해 여실히 확인할 수 있는 바이다.

55) 고은, 앞의 책, 255쪽 참고.

새로운 문학을 표방한 선도그룹들이다. 아직은 우상을 이미테이션한
수준에 불과했지만, 「포인트」(최상규)의 어휘의 단순성, 짧은 문장, 단
조로운 의식의 전개는 분명 기존소설과 다른 것이며, 아이러니와 위트
가 빛나는 「속죄양」(민재식)은 '가장 정통적으로 엘리어틱한, 엘리엇의
그것보다 더욱 날렵한'[56] 수준을 보여준다. 등단작품, 특히 시 대부분
이 현대적인 감수성을 바탕으로 한 모더니즘적 경향이 주류를 이루는
데, 이는 전통적인 정서가 지배적인『현대문학』의 추천시들과 극명하
게 대조되는 모습이다. 평론 또한 전후 가장 큰 영향을 끼쳤던 실존주
의와 신비평을 수용·적용한 것으로 이환과 이교창의 실존주의론, 이
어령의 현대시이론은 선자(백철)가 감당할 수 없는 수준의 본격적인 연
구 논문의 성격을 지닌다. 이렇듯『문학예술』이 전후 문학제도권 밖에
서 활발하게 태동하고 있던 새로운 문학을 대거 수렴할 수 있었던 것
은 선자들의 취향이 어느 정도 반영된 것이기도 하지만, 보다 근본적
인 것은 앞서 말한 매체의 편집노선과 잡지주체들의 문화주의 지향이
작용했기 때문이었다. 아무튼『문학예술』의 추천제는 현대적 감성에
바탕을 새로운 문학이 제도권 안으로 진입하는데 있어 매체적인 거점
역할을 했다는 점에서 중요한 의의를 지닌다.[57] 이것은 일반 독자와
함께 장차의 작가들에게 적지 않은 영향을 끼쳤다는 점까지 고려하면
그 의의는 더욱 증폭된다.

또 다른 특징은 '번역'이 추천종목으로 개설되었다는 점이다. 이것
은 한국문학사상 전대미문의 경우로, 전후 새롭게 축조되어 가던 번역
장의 성립과 관련해서 대단히 중요한 의미를 지닌다. 1950년대 번역은
문화예술과 아카데미 영역에서 가장 긴급한 과제로 대두됐고, 이에 정

---

56) 김종길,『시론』, 탐구당, 1965, 290-292쪽.

57) 이와 관련해 주목할 점은 당시 대학에서 자생적으로 활동하고 있던 문학회원들이『문
학예술』을 통해 문단 진입이 이루어진다는 사실이다. 가령 현재훈, 임종국이 주도한 '고
대문학회'는 임종국 뿐만 아니라 학회지에 여러 차례 작품을 발표했던 박희진, 민재
식, 인태성, 이황 등이 추천을 통과한다. 고대문학회,『고대문화』1집, 1955. 12, 참고.

부주도로 5개년계획의 '외국도서번역 간행사업'이 추진된 바 있다. 일본을 통해 재수입된 서구의 지적생산물들이 주를 이루었던 해방 직후와 달리 그 지적생산물들이 보편성의 이름으로 직수입되어 번역 출판되는 것이 학계의 일반적인 풍조가 되었고 따라서 번역능력을 갖춘 지식인들이 학계의 헤게모니를 장악하는 상황이 도래했다. 문학도 예외가 아니어서 외국어능력을 갖춘 전문가들이 번역의 주역으로 부상하고 그것은 1958년『세계문학전집』간행을 계기로 확고히 정착된다. 문학번역의 특수성을 근거로 문학번역에 있어서만큼은 문인들의 배타적인 독점권을 주장했던 기존 문학가들은 그만큼 문학 장에서의 입지가 현저히 위축될 수밖에 없었다. 이런 맥락에『문학예술』의 번역 추천이 놓여 있는 것이다.

영문학 전공의 유종호, 이기석, 채동배 등 3명이 추천 완료해 그 규모는 비교적 작은 편이나 그 효과(영향)는 대단히 큰 것이었다. 무엇보다 번역이 문학의 한 부분이 될 수 있는 계기를 마련했다는 점이다. 즉, 번역이 공적으로 문학이라고 인정받기 위해서는 일련의 제도적인 장치들이 필요하고 그 장치들은 문화적 제도권에 의해 조정되는 과정을 거치는데, 등단제도에서 번역의 공식 개설은 그 첫 단계로서 번역문학의 필요성을 사회적으로 환기시키는 효과가 있다. 물론 번역문학의 르네상스적 개화는 1960년대에 이르러 가능했고,[58] 번역 선진국인 미국에서도 1964년에 가서야 문학번역을 학술적으로 인정하기 시작한 것을 감안하면,[59] 전후 한국에 있어 번역문학의 수준은 미미한 수준이었다고 볼 수 있다. 그러나 부차적이고 기계적인(非창조적인) 행위로 인식되어왔던 번역에 대한 인식을 교정하고 나아가 그것을 공론화, 대중화할 수 있는 문학 제도적 기초를 마련했다는 점에서『문학예술』의 번역 추천제는 특기할 만한 것이다.

---

58) 김병철,『한국현대번역문학사연구』, 을유문화사, 1998, 제2장 참고.
59) 김효중,「문학번역의 새로운 패러다임」,『비교문학』27집, 2001, 8쪽.

4. 맺음말

지금까지 전후 사회문화적 맥락에서 문학 장이 어떻게 재편되는가를 거시적으로 조망하고 이와 불가분의 관계를 맺고 있는『문학예술』의 존재 의미를 규명했다. 전후의 문화적 환경은 정치경제적 조건의 규정을 받으면서도 다른 한편으로 그것으로 환원이 불가능한 상대적 자율성을 지니는 가운데 창조적 변혁의 가능성을 보여주는 여러 징후들을 내포하고 있었다. 물론 그 변화의 일차적인 동력은 국가권력, 즉 각종 문화정책과 제도의 영향에서 비롯된 것이지만 그것의 입안과 시행과정에 당대 문화엘리트들이 적극적으로 참여하고 그 과정에서 형성된 국가권력과 문화엘리트들의 대립적 공존관계로 말미암아 긍정적인 변화의 가능성이 더욱 확장될 수 있었던 것으로 판단된다. 아무튼 국가의 문화정책을 중심으로 전개된 출판, 매체, 검열, 문단, 아카데미즘의 성립 또는 재편성은 전후 문학 장의 변화를 추동하는 요인이었으며 그 변화의 진폭 속에서 낡은 것과 새로운 것의 대립과 충돌이 격렬하게 일어날 수밖에 없었다. 그것이 어떻게 귀납되어 1960년대의 새로움과 화학적으로 결합하는가는 좀 더 세밀한 고찰이 필요할 것이다.

문예잡지『문학예술』은 비록 지령(誌齡)은 짧으나 이와 같은 변전의 과정에서 그 변화가 긍정적으로 작동하는데 일익을 담당했다고 볼 수 있다. '평문협'에서부터 이어진 평양 중심의 월남 문학예술인들의 신념화된 반공주의가 저변을 형성했지만 그들 특유의 문화주의 이념지향으로 말미암아 문화 전반의 영역을 아우르고 외국문화에 대한 전폭적인 수용과 이를 매개로 문화제도권 밖에서 활발하게 개진되고 있던 현대성을 갖춘 새로운 문학을 제도권 안으로 진입시키는 매체적 거점 역할을 수행했던 것이다. 문예지의 역사로 볼 때『문학예술』은 1930년대『문장』의 후신으로 간주해도 무리가 없을 만큼 인적인 측면은 물론이고 잡지의 편집노선과 내용, 독자획득 전략, 추천제 운용 등에서 흡사한 점이 매우 많다.60)

끝으로 이 글은『문학예술』을 중심으로 전후 문학 장의 재편을 고찰한 관계로 비록『문학예술』의 존재를 드러내는 데는 일조했다고 볼 수 있더라도, 전후 문학 장의 재편이 담고 있는 풍부한 가능성을 충분하게 드러내지 못했다. 전후문학을 접근하는 시각의 교정이 필요하다는 문제제기의 차원에 그쳤다. 이 부분에 대한 정치한 논의가 이어질 것으로 믿는다. 더불어『문학예술』의 문화주의 전략과 번역이 갖는 의의에 대해서는 '전후 번역 장의 형성과 문학번역'이라는 별도의 글에서 구체적으로 논의될 것임을 밝혀둔다.

주제어 :『문학예술』, 문화주의, 문학 장, 문화정책, 아카데미즘, 추천제, 번역, 매체, 문화제도권

---

60)『문장』의 문학적 권위 창출전략과 재생산구조에 대해서는 이봉범, 「잡지『문장』의 성격과 위상」,『반교어문연구』22집, 2007, 참고.

302

◆ 참고문헌

1. 기본자료
『문학예술』, 『현대문학』, 『문교월보』, 『4290출판연감』 등

2. 연구논저
고　은, 『1950년대』, 청하, 1989.
김건우, 『사상계와 1950년대 문학』, 소명출판, 2003.
김동명, 『세대의 삽화』, 일신사, 1959.
김상태, 「근현대 평안도 출신 사회지도층 연구」, 서울대 박사논문, 2002.
문학과비평연구회, 『한국 문학권력의 계보』, 한국출판마케팅연구소, 2004.
박지향 외, 『해방 전후사의 재인식』 2, 책세상, 2006.
李璟薰, 『속·책은 만인의 것』, 보성사, 1993.
이봉범, 「잡지 『문예』의 성격과 위상」, 『상허학보』 17집, 2006.
이중연, 『책, 사슬에서 풀리다』, 혜안, 2005.
이중한 외, 『우리출판 100년』, 현암사, 2001.
임영봉, 『상징투쟁으로서의 한국현대문학 비평사』, 보고사, 2005.
정진석, 『한국현대언론사론』, 전예원, 1985.
조연현, 『문학과 그 주변』, 인간사, 1958.
─────, 『내가 살아온 한국문단』(조연현 문학전집1), 어문각, 1977.
조현연, 『한국 현대정치의 악몽－국가폭력』, 책세상, 2000.
한국문인협회 편, 『解放文學20年』, 정음사, 1966.
한국정신문화연구원 편, 『한국전쟁과 사회구조의 변화』, 백산서당, 1999.
현　수, 『赤治六年의 北韓文壇』, 국민사상지도원, 1952.

◆ **국문초록**

　이 논문은 전후 사회문화적 맥락에서 문학 장이 어떻게 재편되는가를 거시적으로 조망하고 이와 불가분의 관계를 맺고 있는『문학예술』의 존재 의미를 고찰하는데 주안점을 두고 있다. 전후의 문화적 환경은 정치경제적 조건의 규정을 받으면서도 다른 한편으로 그것으로 환원이 불가능한 상대적 자율성을 지니는 가운데 창조적 변혁의 가능성을 보여주는 여러 징후들을 내포하고 있었다. 국가의 문화정책을 중심으로 전개된 출판, 매체, 검열, 문단, 아카데미즘의 성립 또는 재편성은 전후 문학 장의 변화를 추동하는 요인이었으며 그 변화의 진폭 속에서 낡은 것과 새로운 것의 대립과 충돌이 격렬하게 일어날 수밖에 없었다.

　잡지『문학예술』은 이와 같은 변전의 과정에 존재했으며, 그 변화가 긍정적으로 작동하는데 일익을 담당했다. 월남문학예술인들의 신념화된 반공주의가 저변을 형성했지만 그들 특유의 문화주의 이념지향으로 말미암아 문화 전반의 영역을 아우르고 외국문화에 대한 전폭적인 수용이 가능했다. 그리고 이를 매개로 문화제도권 밖에서 활발하게 개진되고 있던 현대성을 갖춘 새로운 문학을 제도권 안으로 진입시키는 매체적 거점 역할을 수행할 수 있었다. 특히 추천제를 적극적으로 활용해 외국문학전공자들을 대거 수렴하고, 번역문학의 문화적 기반을 마련한 것은 중요한 의미를 지닌다. 요컨대『문학예술』은 전후 문학 장의 재편과정에서 문화주의 이념을 통해 선진 서구문화예술의 수용과 이를 바탕으로 한 문화적 교양을 형성하는데 중요한 역할을 한 문학잡지였다.

♦ SUMMARY

The reorganization of post-war literature field and the magazine 『Munhakyesul』

Lee, Bong-Beom

The paper is focusing on taking a broad view of how literature field was reorganized in post-war sociocultural context and considering what the magazine 『Munhakyesul』, which is inseparable from literature field, meant in its existence. Although regulated by political and economical conditions, post-war cultural environment had several signs that show possibility of creative changes, having relative autonomy. Publication, media, censorship, literary circle, organization and reorganization of academism, which were done by national literary policy, were the factors that drove literature field to be changed. As a result, it was inevitable new and old literature opposed and conflicted each other in that process.

The magazine 『Munhakyesul』 existed in the process of transformations mentioned above and played important roles in making changes to work positively. Although anti-communism believed by cross the 38th parallel line literature man formed base line of 『Munhakyesul』, their special idea direction made it possible to join overall parts of literature together and actively accept foreign cultures. And this played great roles in having new modern literature, originally being out of culture system, existed in culture system. Especially it is very important that 『Munhakyesul』accepted hosts of foreign literature experts by actively using the system called 'Chucheonje' and made foundation of translation literature. In short, 『Munhakyesul』was the literature magazine that played critical roles in accepting advanced foreign cultures by means of culturism in the process of reorganizing post-war literature field and formed cultural background.

Keyword : 『Munhakyesul』, Culturalism, Literature field, Culture policy, Academism, Platform system, Translation, Media, Culture system circle

－이 논문은 2006년 3월 30일에 접수되어, 소정의 심사를 거쳐 2007년 5월 31일에 최종적으로 게재가 확정되었음.

【부록】 잡지 『문학예술』의 추천제 당선자 목록

▶ 추천 소설(희곡, 평론, 번역 포함)

작 품	작 가	선 자	호 수	비 고
「고양이」	조백우	김동리	55.6	'소설천기' 게재
「脫鄕」	이호철	황순원	55.7	'소설천기' 게재/ 5번 개작한 작품
「復歸」	한영환	박영준	55.8	'소설천기' 게재
「不安한 位置」	김성원	최인욱	55.10	'소설천기' 게재(서라벌예대 제자)
「모더니스트運動에의 弔辭」 (스티븐 스펜더)	유종호	원응서	55.11	'번역천기' 게재
「또 하나의 언덕」	이시철	안수길	55.12	'소설천기' 게재(서라벌예대 학생) 황순원과 공동 추천
「裸像」	이호철	황순원	56.1	소설천기 게재/ 당선소감(이호철)
「나무·바위·구름」 (가슨 맥칼라즈: 소설)	이기석	원응서	56.1	'번역천기' 게재
「小說家의 機能」 (조이스 캐티: 평론)	유종호	원응서	56.1	'번역천기' 게재
「實存主義文學의 哲學的 基盤」	이 환	백 철	56.1	평론천기 게재
「最近 美國小說의 動向」 (윌리엄 밀러)	채동배	원응서	56.2	'번역천기' 게재/ 당선소감(유종호)
「1942년의 希臘 아테네」 (V. K. 그레고리)	이기석	원응서	56.4	'번역천기' 게재/ 당선소감(이기석)
「포인트」	최상규	황순원	56.5	소설천기 게재/ 후보작 3편에 대한 평
「文學的傷害罪에의 抗辯」 (라차드 헨서)	채동배	원응서	56.5	'번역천기' 게재 추천보류(김창흡 외 2인)
「花蛇」	송원희	김이석	56.6	소설천기 게재/ 당선소감(채동배)
「휴마니즘과 實存主義」	이 환	백 철	56.7	평론천기 게재/ 당선소감(이환)
「斷面」	최상규	황순원	56.9	소설천기 게재/ 후보작 2편에 대한 평/ 당선소감(최상규)
「現代詩의 UMGEBUNG와 UMWELT」	이어령	백 철	56.10	평론천기 게재
「譬喩法論攷(상/하)」	이어령	백 철	56.11 ~12	평론천기 게재 당선소감(이어령: 대학원)
「人間存在의探究－싸르트르 〈嘔吐〉論」	이교창	백 철	56.12	평론천기 게재

(희곡) 추천작 없음		이광래	56.12	희곡천기 게재/「연애경쟁」외 5편의 후보작에 대한 평
「命脈」	조백우	김동리	57.1 ~2	소설천기 게재
「實存主義文學의 內容과 形式」	이교창	백 철	57.4	평론천기 게재
「殖民地」	송원희	김이석	57.5	소설천기 게재/ 당선소감(송원희, 이교창)
「불꽃」	선우휘		57.7	[신인특집]/ 심사경위 및 천기(백철, 박영준, 최정희, 안수길)/ 창작 87편, 희곡 13편, 평론 3편 응모
「쑈리 킴」	송병수		57.7	당선소감(송병수)
「女人家族」	김성원	최인욱	57.11	소설천기 게재/ 당선소감(김성원)

▶ 추천 시

작 품	작 가	선 자	호 수	비 고
「雪朝」	윤일주	이한직	55.6	'시 천기' 게재 추천보류(김남석. 김월강)
「無題」	박희진	이한직	55.7	'시 천기' 게재/ 조지훈과 공동 추천
「贖罪羊」	민재식	조지훈	55.9	'시 천기' 게재 추천보류(이수복 외 6인)
「山」	정렬	조지훈	55.9	'시 천기' 게재
「거울」	민웅식	조지훈	55.10	'시 천기' 게재
「前夜」	윤일주	조지훈	55.10	'시 천기' 게재
「虛」	박희진	이한직	55.11	'시 천기' 게재 추천보류(인태성 외 2인)
「枯木」	남윤철	이한직	55.11	'시 천기' 게재
「郊外」	박성룡	이한직	55.12	'시 천기' 게재
「작은 鼓動을」	박재호	이한직	55.12	
「낮달」	신경림	이한직	55.12	
「觀世音像에서」	박희진	조지훈	56.1	'시 천기' 게재/ 당선소감(박희진)
「微熱」	성찬경	조지훈	56.1	
「다하지 못할 말을 핏줄에 새기며」	인태성	조지훈	56.1	추천 보류(민재식, 박성룡, 정렬)

「갈대 」	신경림	이한직	56.2	'시 천기' 게재
「들꽃」	이 림	이한직	56.2	
「廢墟」	이 황	이한직	56.2	
「贖罪羊 IV」	민재식	조지훈	56.3	'시 천기' I 게재
「바위」	정현웅	조지훈	56.3	
「꽃」	이희철 (=이림)	박목월	56.3	'시 천기' II 게재
「石像」	신경림	이한직	56.4	'시 천기' 게재/ 당선소감(신경림)
「郊外」	박성룡	이한직	56.4	
「해바라기」	인태성	이한직	56.4	
「自畫像」	민재식	조지훈	56.6	'시 천기' 게재/ 응모자 20인에 대한 평
「宮」	성찬경	조지훈	56.6	당선소감(민재식)
「나무 그늘에서」	이종헌	조지훈	56.6	
「花瓶情景」	박성룡	조지훈	56.7	'시 천기' 게재
「默禱」	정렬	조지훈	56.7	
「雲雀」	신기선	조지훈	56.7	
「프리즘」	성찬경	조지훈	56.8	'시 천기' 게재 당선소감(박성룡, 성찬경)
「壁에는」	조영서	조지훈	56.8	『주간문학예술』에 1회 추천된 관계로 2회 추천으로 취급함
「꽃의 作業」	신기선	조지훈	56.8	
「果實素描」	정현웅	조지훈	56.10	'시 천기' 게재
「소라의 意味」	이종헌	조지훈	56.10	
「잃어버린語彙들」	이철목	조지훈	56.10	
「主語가 없는 獨白」	이 일	이한직	56.11	'시 천기' 게재 추천보류(윤일주, 황명걸)
「碑」	임종국	이한직	56.11	
「傷處」	박이문	이한직	56.11	
「發花」「窓과 밤과」	인태성	이한직	56.12	'시 천기' 게재/ 당선소감(인태성)
「밤의 觸手」	이 일	이한직	56.12	
「숲」	낭승만	이한직	56.12	
「果實」	허만하	이한직	57.1 ~2	'시 천기' 게재
「驛頭」	윤수병	이한직	57.1 ~2	

「愛撫」	오진서	이한직	57.1~2	
「落葉에게」	이희철	박목월	57.3	'시 천기①' 게재
「蓮 앞에서」	장호룡	박목월	57.3	
「崩壊」	민웅식	조지훈	57.3	'시 천기②' 게재
「奇蹟은 또다시」	이일	이한직	57.4	'시 천기' 게재/ 당선소감(이일, 이희철)
「날개」	허만하	이한직	57.4	
「鐘」「瓶의 姿勢」	김종원	박남수	57.5	'시 천기' 게재/ 300편 응모
「山鳩」「산울림」	김재희	박목월	57.6	'시 천기①' 게재/ 추천보류(장호룡) 7편 후보작의 제목 제시
「손」	황운헌	박남수	57.6	'시 천기②' 게재
「窓」	조영서	조지훈	57.7	'시 천기①' 게재/ 당선소감(신기선)
「물방울」「꽃밭」	신기선	조지훈	57.7	
「油畵」「水面像」	이종헌	이한직	57.7	'시 천기②' 게재
「碑」	임종국	이한직	57.8	'시 천기' 게재/ 당선소감(이종헌)
「주어지지 않은 領土」	이창대	이한직	57.8	
「旗」	김규태	이한직	57.8	
「石像」	황운헌	박남수	57.9	'시 천기' 게재/추천보류(김종원)
「혼자만의 時間」	박이문	박남수	57.9	
「洞口 밖」	정영래	박남수	57.9	
「碑」	임종국	이한직	57.9	*전월 호 작품은 편집부 착오 (전월호 작품은 취소함)
「꽃」	허만하	이한직	57.12	'시 천기' 게재/ 당선소감(허만하)
「다리」	윤수병	이한직	57.12	

냉전기 아시아 상상과 반공 정체성의 위상학*
- 해방~한국전쟁후(1945~1955) 아시아 심상지리를 중심으로

김 예 림**

1. 서론

　본고의 목적은 1945년 해방 이후로부터 한국전쟁 이후인 1950년대 까지, 한국의 '아시아 상상'이 냉전이라는 새로운 국제적 환경과 국민 국가 건설이라는 국내적 요구 속에서 어떠한 변형을 거치면서 재/구 성되었는가를 검토하는 데 있다.[1] 재/구성이라는 용어를 쓴 것은, 이

---

　* 이 논문은 2005년도 한국학술진흥재단 지원으로 연구됨(KRF-2005-079-AM0045).
** 성공회대 동아시아연구소 연구교수.
　1) 본고에서 '아시아'는 주로 동아시아를 지시하는 것으로 사용한다. 당시 논단에서 대 부분 "아세아", "아시아"라는 용어를 사용하고 있기 때문에 일단 이 용어를 그대로 빈 다. 당시 문헌들을 보면 논자마다 차이는 있지만 주로 '아시아'는 동아시아와 동남아 시아 지역을 지시한다. 그러나 문화사/문명사 논의에서는 인도나 서아시아 지역도 언

시기 아시아 인식이 보다 역사적이고 통시적인 관점에서 '맥락적으로' 검토되어야 한다는 판단 때문이다. 아시아 상상이라는 지역주의적 (regionalistic) 문화, 경제, 정치 구상이 출현한 것은 특히 식민지 후반기라 할 수 있는데, 본고의 주된 논의는 식민주의적 아시아 상상 이후에 출현한 냉전적 아시아 상상을 분석 대상으로 삼는다. 식민주의적 아시아 상상과 냉전적 아시아 상상 사이에는 표면적으로 보자면 거의 '단절'에 가까운 역사적 체험이 놓여 있다. 해방과 국민국가 건설이 의미하는 바, 한국은 구제국주의 세력장에서 벗어나 비록 분단 상태이긴 하지만 주권국가로의 '신생'을 맞는다. 더불어 세계정세의 변화에 따라 한국사회에 심대한 정치적, 문화적 영향력을 행사하게 될 헤게모니 세력도 일본에서 미국으로 바뀐다. 그러나 이러한 표면적 '단절'에는 단절을 전후한 시기의 체험을 재편하거나 변형시키는 이데올로기적인 집단 작업이 개입되어 있기 마련이고 그런 점에서 해방 후 아시아 인식도 일련의 구조적 연관성의 관점에서 검토될 필요가 있다. 따라서 본 논문의 핵심적인 질문은 식민지 후반기 조선에 번성했던 일종의 지역적 상상의 구조가 해방 이후 어떤 식으로 '처리'되고 재조직되었는가 하는 점이 될 것이다. 여기에는 식민지의 기억, 보다 특수하게는 식민지의 지역적 상상 구도를 특정한 방식으로 '처분'하면서 새로운 세계체제에서 그 틀을 새로이 가공하게 되는 과정이 놓여 있다.

한국의 지역적 상상의 역사를 묻는 작업은 현재적이고 동시대적인 의미 또한 갖고 있다. 경제적, 정치적, 문화적 차원에서 그 어느 때보다도 열정적으로 '아시아'를 호출하고 있는 오늘의 한국사회를 생각해볼 때 아시아라는 것이 역사적으로 어떻게 상상되고 구성되어 왔는가, 그 구체적인 상을 결정지은 맥락과 욕망은 무엇이었는가라는 질문은 이른바 아시아론의 계보학을 작성하고 미래를 위한 비판적 전망을 제시하는 데 필수적으로 요청된다고 하겠다. '아시아'를 단위로 한 지역적 상

급되곤 하기 때문에 본고에서는 당시 용례를 따라 '아시아'로 쓴다.

상의 등장을 촉발시킨 비교적 최근의 계기만을 검토해보면, 우선 90년
대 초반 우루과이 라운드 협상을 계기로 시장개방의 요구가 현실화되
면서 지식계에서 지역주의 담론 및 동아시아론이 급부상하였고 이후
지금까지 경제적, 문화적, 사회적 변화의 물줄기를 타고 다양한 아시아
론이 제출되고 있음을 확인할 수 있다.[2] 더구나 현재 '아시아'는 지식
계 내부의 담론화 대상으로 추상화되거나 이론화 되는 데 그치지 않는
다. 특히 노동시장의 개방과 함께 이주의 문화가 보편화되면서 국경을
넘은 지역적 현상들이 대중적, 일상적 생활 영역에서 뚜렷한 실감의
대상으로 일반화되고 있기 때문이다. 그러나 한편으로 과거의 역사적
체험들은 여전히 해결되지 못한 채 지역내 불화과 갈등의 잠재적인 요
인으로 작용하고 있다. 동아시아의 비판적 지성들이 제국주의와 냉전
의 질서가 만들어 놓은 아시아 그 너머를 진지하게 모색하고 있지만
"포스트 동아시아"[3]라고도 명명된 바, '탈냉전'의 아시아상은 현실적
으로 그리 가까워 보이지만은 않는다. 지구화가 초래한 경제 블록화나
문화 교류는 그 어느 때보다도 활발하게 일어나고 있지만 어둡고 복잡
한 과거의 그림자와 동시대적 갈등이 우리의 일상, 제도, 감각 곳곳에
깊이 드리워져 있기 때문이다.

---

2) 현실사회주의의 붕괴와 지구화의 가속화 그리고 시장개방이 맞물린 1990년대 초반
   의 상황에서 『상상』, 『창작과비평』 등을 중심으로 동아시아론이 전개된다. 2000년대
   에는 특히 대중문화산업의 팽창('한류'로 대표될 수 있는 대중연예산업)이 지역적 상
   상이 대중화, 일상화되는 데 결정적인 역할을 한 것으로 보인다. 최근에는 동아시아
   대중문화연구와 관련하여 논의들이 활발하게 이루어지고 있다. 최근 국내외 역사, 문
   화연구 영역에서의 동아시아/지역주의 연구 가운데 본고가 참고한 자료로는, 천 꽝싱,
   백지운 외 역, 『제국의 눈』, 창작과비평사, 2003; 쑨 꺼, 류준필 역, 『아시아라는 사유
   공간』, 창작과비평사, 2003; 이동연, 『아시아 문화연구를 상상하기』, 그린비, 2006; 백
   원담, 『한류, 동아시아의 문화선택』, 펜타그람, 2005; 김소영, 『트랜스: 아시아 영상문
   화』, 현실문화연구, 2006; 신현준, 「K-Pop의 문화정치학」, 아시아 대중문화 국제컨퍼
   런스 발표문, 2005. 그 외의 참고문헌에 관해서는 논의 진행과정에서 별도로 밝힌다.
3) 이 용어는, 요네타니 마사후미, 「포스트 동아시아, 새로운 연대의 조건」, 우카시 사토
   시, 천꽝신, 권혁태 외 저, 『반일과 동아시아』, 소명출판, 2005.

본고는 위와 같은 동시대적 문제의식을 유지하면서 냉전기 한국의 아시아 상상을 비판적으로 검토할 것이다. 핵심적 질문은 다음과 같이 요약될 수 있다. 즉, 한국의 '아시아 발견'의 역사라는 측면에서 볼 때, 제국주의 시대의 피식민 체험과 '제국' 시대의 지구화 체험 사이를 점하고 있던 아시아 상상의 실제는 어떠했는가. 이 질문은 세계 체제의 냉전적 재편과 함께 국민국가 형성의 길로 들어선 한국의 자기 정체화 과정을 비판적으로 분석하는 작업과도 이어진다. 이에 대한 규명을 위해 본고에서는 논의의 시기적 대상을 1945년 이후부터 1950년대 중반까지 약 10여 년에 걸친 시기로 잡았다. 이 시기는 현실정치 측면에서 성격화하자면 이승만 정권의 시대이고, 보다 복합적인 구조적 측면에서 파악하자면 전쟁을 거치면서 한국 사회가 강력한 반공 국가로서 자기구성을 시도하면서, 미국 헤게모니의 자장 내에서 자신의 국가적 위상을 확보하려는 의도가 본격적으로 작동하기 시작한 단계이다. 이와 같은 국가적 자기 정체화 기획은 지역적, 국제적 관계의 망 속에서 혹은 적어도 일국적 차원을 벗어난 '국가간' 망의 상정을 통해서 이루어진다.

본고는 해방 후 한국이 아시아를 '호출'하고 상상한 방식과 그 맥락에 초점을 맞추되, 동시기 일본의 '아시아 상상'의 처리 양상을 비교적 관점에서 참조하고자 한다. 제국주의적 세계 판도가 붕괴되고 냉전 헤게모니가 세계를 장악한 이후, 패전국은 영토의 축소라는 형태로 그리고 해방국은 영토의 회복이라는 형태로 모두 본격적인 국민국가 '재건―갱생'의 단계로 들어섰다. 이 과정에서 한국과 일본의 지역적 상상에는 어떤 일이 벌어졌는가? 지역적 상상과 국민국가적 상상이라는 상호 연동하는 역장은 냉전 논리를 타고 어떻게 움직였는가? 비교적 관점에서 아시아 상상의 구조를 살펴봄으로써, 1945년 이후 '대동아'의 변방 지방(local)에서 '일국'으로 확장된 한국의 이데올로기적 '과거청산' 작업 및 자기구축 메커니즘이 역으로 '대동아'의 중심에서 '일국'으로 축소되버린 일본의 그것과 어떠한 차이를 갖는지 보다 명료하게 파악할 수 있을 것이다.

1945년 이후의 지역주의적 전망이나 아시아론과 관련하여 일본의 전후사 연구는 문화사, 사회사, 사상사적으로 다각적인 성과를 내고 있지만 한국의 경우에는 주로 한미 외교 관계사나 이승만 혹은 박정희의 외교정책을 중심으로 한 정치학적 관점의 논의가 대부분을 차지하고 있다.[4] 따라서 1945년 이후의 아시아론에 대한 논의는 다음과 같은 몇 가지 이유에서 보다 확대될 필요가 있다. 우선, 아시아 상상이 특정한 파워 엘리트의 정치─외교적 시도를 밝히는 것만으로 충분히 규명될 수는 없다는 점을 지적할 수 있다. 1945년 이후 매체의 문헌들을 검토해 보면 알 수 있듯이, 아시아 담론은 파워엘리트와 엘리트 집단의 공유물이자 상호 지지물이었다. 이 공유 현상은 파워 엘리트의 통치─정권 이데올로기와 동시대 지식인 집단의 인식─상상체계가 서로 긴밀하게 연접하고 있었음을 의미한다. 따라서 본고는 아시아론을 특정 정권 혹은 인물의 '정치학'이나 '외교술'로 축소시키기 보다는 국가, 지역, 세계에 대한 특정한 지식이나 정보, 전망을 소유할 수 있었던 지식인 집단이 구축한 지역적 심상지리의 장으로 파악하여 검토하고자 한다. 당시의 아시아론은 냉전 시스템의 사상적─ 이념적 버전이라 할 수 있는 바, '두터운' 정치적, 문화적 상상의 체계로 이해해야 하는 것이다. 다음 두 번째로 주목해야 할 부분은 현재 한국의 학계에서, 아시아론에 대한 역사적 검토가 식민지 시기 조선이 지지했던 대동아공영권의 아시아론을 주대상으로 하여 진행되고 있다는 점이다. 기존의 연구들이 식민지 시기의 담론에 거의 절대적인 해명의 노력을 기울여 왔기 때문에, 포스트 식민 시기의 현실적, 이념적 환경에서 어떠한 아시아상

---

4) 일본의 전후 아시아 인식에 대해서는 주 8)를 참고할 것. 최근에 이루어진 1945년 이후 아시아론에 대한 논의로는 박진희, 「이승만의 대일인식과 태평양 동맹 구상」, 『역사비평』, 2006. 가을호; 최영호, 「이승만 정부의 태평양 동맹구상과 아시아 민족 반공 연맹 결성」, 『국제정치논총』 2, 1999: 박태균, 「박정희의 동아시아 인식과 아시아·태평양 공동사회 구상」, 『역사비평』, 2006. 가을호. 그 외, Asianism in Korea's politics of identity, Inter-Asia cultural studies, volume 6, Number 4., 2005가 있다.

이 구성되었는가 하는 문제는 상대적으로 간과될 수밖에 없었다. 그 결과, 아시아 상상의 전개 및 변화가 통시적 관점에서 논의될 수 없었던 것이다. 제국주의가 한국의 아시아 지도 그리기에 지배적인 결정 요소였다면 포스트-제국주의의 냉전 시스템 역시 그러한 기능을 했다. 이런 점에서 아시아 상상에 대한 검토는 시기적으로 연장되고 구조적으로 해석될 필요가 있다.

이 시기 한국의 정책입안자들이나 지식인들이 합작하고 공명했던 아시아론을 종합적으로 검토해보면 냉전기 반공국가가 도모했던 일련의 아시아 프로젝트의 면면을 파악할 수 있다. 국가의 자기 구성 기획이 대내적 방향으로 도모되는 동시에 대외적 방향으로도 진행되는 것, 두 방향으로의 움직임이 동시에 일어나는 것은 필수적인 현상이다. 해방 이후 한국에서 동아시아 및 동남아시아 지역에 관한 관심은 매우 높았다. 이는 주로 정치적인 방향으로 정향된 시사적인 정보나 본격 분석 기사 등의 형태로 방대하고도 지속적으로 제출되고 있었다.5) 지식 집단이 구상하고 상상한 지역 지도를 재구성하고자 하는 본고는 아시아 지역 국제 정세나 관련 국가에 대한 논의, 대외적 관심을 표명하고 있는 여러 유형의 자료들을 조사하였다. 이 가운데 번역 기사는 제

---

5) 당시 일상의 풍속도와 가치관을 보여주는 "마카오 신사"나 "(마카오) 무역풍"으로 들뜬 도시/다방 풍경에 대한 자료들 혹은 해방 후 국경을 넘어 귀향하는 이산자들의 육성을 수집하여 삶의 현장으로 밀려들어오고 묻어들어온 아시아라는 것의 상을 구성할 수도 있을 것이다. 그러나 조사결과 이러한 기록들은 산발적으로 흩뿌려져 있었고 더구나 당대인의 체험의 시공간이 일국적 차원으로 집중되면서 확연하게 소실되고 있었기에 보류하지 않을 수 없었다. 이 삶의 기록들은 '사상'보다는 '체험'으로서의 아시아 상을 구성하는 데 매우 중요한 자료가 될 수 있을 것이다. 특히 귀환을 모티프로 한 소설들에 대한 논의는 지역적 상상과 관련하여 의미 있는 연계점을 제공해준다고 생각한다. 그러나 이는 '연계'되는 지점일 뿐 이러한 텍스트를 통해 해방 이후 냉전기에 실제적으로 전개되었던 지역적 상상을 추론하기란 어렵다. 왜냐하면 귀환의 경험 자체가 '고국', '고향'이라는 현실적, 가치론적 구심점을 향해 이산의 지역적 경험을 지워나가는 '축소'와 '환원'(reduction)의 양식이기 때문이다. 귀환 소설에 대한 최근의 논의로는 정재석, 「해방기 귀환 서사 연구」, 연세대 석사논문, 2006, 참고.

외하고 짤막한 정보 전달 형식의 기사들은 보충자료로 사용하였으며 주로 당대 아시아 상상의 틀과 밀도를 보여주는 논의들에 주목하였다. 중요하게 참고한 매체는 1946년에 창간되어 1954년에 종간된, 해방 후의 대표적인 종합 월간지 『신천지』와 한국전쟁 이후 지식계의 동향을 알려주는 『사상계』이다. 이 두 잡지는 1945년 이후 한국 사회가 좌우 대립의 시기를 거쳐 반공 국가로 구성되어가는 과정을 이념사적으로 추적해 들어가는 데 결정적인 자료들을 풍부하게 제공해 준다. 그 외 『신태평양』, 『태평양』, 『전망』, 『민성』, 『초점』, 『현대공론』 등의 잡지 및 조선일보 기사들을 참고, 활용하였다.

2. 1945~1950년의 아시아 상상

1) '아시아', 은폐 혹은 발견의 기술

일본의 아시아론 전개를 지속적으로 검토해온 쑨 꺼가 지적하고 있듯이, 전후 일본에서 아시아에 대한 논의는 거의 사라진다. 물론 현실 정치, 특히 현실 경제 측면에서 아시아는 실제적인 유효 공간으로 기능하고 있었지만[6] 이러한 아시아의 '현실적 기능성'의 강화 자체가 이미 아시아에 대한 전반적인 회피, 아시아의 이념적 소거를 조건으로 한 것이라는 역설적 구조를 갖는 것이다. 쑨 꺼에 따르면 일본에서 "아시아는 민족주의와 함께 현대 일본어에서는 의미를 명확하게 하지 않으면 사용하기 힘든 모호한 말이 되었고 따라서 전후 일본의 진보적 지식인들은 기본적으로 아시아 문제에 대해 언급하려고 하지 않았다." 좌파의 경우도 마찬가지였다. 그들 역시 "어두운 역사적 기억을 환기

---

6) 일본의 동남아배상정책이 전후 일본경제에 부흥을 가져온 중요한 계기로 작용했음은 주지의 사실이다. 이에 대해서는 内海愛子, 『戰後補償から考える日本とアジア』, 山川出版社, 2006, 특히 1-2장 참고.

318

하는 아시아문제와 접촉하기를 원하지 않았"기 때문이다.[7] 이후 일본
에서 아시아가 "사상과제"로서 다시 등장한 것은 1950년대 후반인데,
전후 일본에서의 전반적인 '아시아' 실종 양상을 생각한다면 그녀가
다케우치 요시미와 우메사오 타다오의 아시아론에 주목하는 이유를 이
해할 수 있다.[8] 식민지 일본이 패전 후 대동아공영권이라는 거대한 아
시아 프로젝트를 거둬들인 후 이를 둘러싼 진지한 사상적 성찰이 이루
어지지 않았다는 사실은 식민주의적 아시아론의 청산과 새로운 지역주
의적 전망이라는 견지에서 늘 문제적인 지점으로 인식되어 왔다. 쑨
꺼뿐만이 아니라 일본의 많은 비판적 연구자들이 일본의 전후 아시아
인식 부재에 비판적으로 접근하고 있다. 이들 논의의 가장 핵심적인
질문은 '패전 후 일본은 아시아를 어떻게 망각했는가'이다. 대동아 구
상의 종주국이었던 일본으로서는 패전 후 제국의 꿈을 재빨리 접어 수
습하는 것이 유일하게 주어진 '갱생'의 길이었다. 그러므로 이와 같은
비판적 질문은 '망각'의 메커니즘을 파고들어감으로써 전후 일본이 취
한 '자기-축소'의 생존기술을 드러내려는 시도라 할 수 있다. 『民主』
と愛國』의 오구마 에이지, 『오쓰카 히사오와 마루야마 마사오』의 나가
노 도시오, 『占領と平和』의 미치바 치가노부, 『冷戰文化論』, 『リージ
ヨナリズム』의 마루가와 테츠지, 「戰後の大衆文化」의 오오구시 쥰지,
「前後世論 の成立」의 사토 타쿠미의 시선은 모두 패전 이후 '국민국
가' 일본이 행한 기억/시간 조작술을 향해 있다. '전후'라는 단절적 사
고, 좌파의 "단일민족국가"론, '새로운 지성'과 청년문화가 공유한 "국
민주의적" 수양주의, "일미합작"의 일본문화론, '세론'이 상정한 '균열

---

7) 쑨꺼, 류준필 외 역, 『아시아라는 사유공간』, 창작과비평사, 2003; 특히 「아시아는 무
  엇을 의미하는가」가 이 문제를 다루고 있다. 인용은 84쪽, 85쪽. 그 외 다케우치 요시
  미, 서광덕 외 역, 『일본과 아시아』, 소명, 2004; 우메사오 타다오의 글은 梅棹忠夫,
  文藝春秋 編, 「文明の生態史觀序說」, 『戰後50年日本人の發言』上 참고.

8) 다케우치 요시미와 우메사오 타다오의 아시아론의 이론적·이념적 입장은 매우 다르
  다. 쑨꺼는 이들의 아시아론이 갖는 의의를 전후 일본의 자기성찰이라는 측면에서 논
  하고 있다. 이에 대해서는 위의 책 참고.

없는 단일 국가' 모델 그리고 기억과 망각의 교묘한 소비 형식인 "노스탈지어"에 이르기까지, 1945년 이후의 일본의 자기 정체화 구조는 '아시아 망각'이라는 계기를 통해 해부되고 있는 것이다.[9] 일본은 제국으로서 군림했던 기억과 흔적을 거두어 들이면서 미국의 지원하에 '단일민족국가'로 자신을 재정비해 나갔다. 아시아론에서뿐만 아니라 여러 측면에서 '단절'의 테크닉이 활용된 것은 이러한 맥락에서였다.[10]

　해방 이후 아시아를 둘러싼 한국의 상상적 심상지리의 내면을 살펴보기 위해서는 일본과는 다소 다른 방향의 문제틀이 필요하다. 한국의 해방 이후 아시아 상상이 구조화되는 양상을 포착하기 위해서 질문은 '1945년 이후 한국이 아시아를 어떻게 호출했는가'로 변경되어야 할 것이다. 이와 같은 변경의 근거는 우선 당시의 자료들이 실제적으로 증명하는 바, 특정한 정치적－사회적－문화적 배경 하에서 제출, 생산된 아시아에 대한 발언들을 복원하는 데 있다. 둘째, 1945년 이후 한국이 독립된 해방국으로서 '신생'하는 환경에 놓이게 되었고 그래서 일본의 경우와는 다른 맥락의 지역적 호출과 상상의 기회를 갖게 되었다는 점에서 찾을 수 있다. 그리고 세째, 냉전이라는 정치적 현실은 현실정치 측면에서 아시아 근린 제 지역을 향한 실제적 관심을 낳았으며 (이는 주로 현실정치적 정향성을 지닌 것이었지만) 이것이 지식계 및 잡지 매체로 분산, 연장되면서 이념적 두께를 지닌 아시아 상상을 형성했다는 데 있다. 넷째, 해방 이후 한국이 냉전기 국제 관계의 역학 속에서 아시아를 (재)발견하게 되는 과정에 어떤 반성력 같은 것이 존재했었는가를 따져 보기 위한 것이다. 전후 일본이 선택한 아시아 '문

---

9) 小熊英二, 『'民主'と愛國』, 新曜社, 2003; 丸川哲史, 『冷戰文化論』, 双風舍, 2005; 『リージョナリズム』, 岩波書店, 2003; 道場親信, 『占領と平和』, 靑土社, 2005; 나가노 토시오, 서민교 외 역, 『오쓰카 히사오와 마루야마 마사오』, 삼인, 2005; 大串潤兒, 吉田 裕 編, 「戰後の大衆文化」, 『戰後改革と逆コース』, 吉川弘文館, 2004; 佐藤卓己, 「前後世論 の成立」, 『思想』 No. 980, 2005.

10) 특히 '전전/전후'라는 '단절'의 메커니즘에 대한 비판적 검토로는 나가노 토시오, 위의 책 참고.

어두기' 전략이 '말하지 않음=호출하지 않음'과 동의어라면 한국이 취한 '불러내기'는 '말함=호출함'과 동의어가 될 것이다. 두 나라가 아시아에 대해 서로 각기 다른 접근법을 취하게 된 데에는 양국의 대미관계라는 현실적인 이유가 놓여 있다.[11] 미국이 아시아를 향해 펼친 군사적, 경제적 우산 안에 안정적으로 들어가 있던 것은 일본이었고 한국은 이 짝패의 움직임에 따라 자신의 위상을 정하고 이동 방향을 계획해야 했다. 대미관계에서 한국이 점하고 있던 '불안한' 위치, 그리고 일본에 비해 상대적으로 현저하게 '불균등한' 관계는 국가 바깥을 향한 한국의 시선을 분산시켰다. 이것이 일본과는 다른 맥락에서 '아시아'라는 것을 요구하고 상상하도록 한 것이다. 다음 절에서는 우선 한국전쟁을 통해 냉전 이데올로기가 보다 강화되기 이전 시기의 아시아 상상에 대해 검토할 것이다.

2) 적색공포와 '태평양' 환상

1945년 한국의 아시아 호출 및 발견은 제국주의적 압력으로부터 자유와 독립을 얻어 냈다는 사실에 기대어 이루어진다. 아시아의 신생 해방국을 향해, 여전히 해방 투쟁 중인 민족을 향해 뜨거운 동질감을 표현하는 음성이 들리기 시작한다. "힘 있는대로 제국주의에 대항하여 싸"운 "우리와 같은 식민지의 인도네시아",[12] "앙코르 와트의 나라/월남 인민군"의 "항쟁의 총소리"[13]에 바치는 송시는, 드물지만 이 시기 한국의 아시아 상상이 구체적으로 재현되고 있는 중요한 자료라 할 수 있다. 동남아시아 국가들의 "신성한 독립", 독립을 위한 투쟁에 보낸 관심과 지지는 이 시기 여타 자료들을 통해서도 확인 가능하다. 해방

---

11) 이와 관련해서는, 이시카와 마쓰미, 박정진 역, 『일본 전후 정치사』, 후마니타스, 2005; 北原 惇, 『幼兒化する日本人』, リベルタ出版, 2005, 참고.
12) 박인환, 「인도네시아 人民에게 주는 詩」, 『신천지』, 1948. 2.
13) 박인환, 「南風」, 『신천지』, 1947. 7.

과 함께 한국에는 새로운 위치에서 아시아의 지도를 그릴 수 있는 권리가 주어진 듯 보인다. 식민지 경험을 가진 국가-민족은 동일한 체험을 공유한 '동반자'로 상상되며 그들의 긴 저항의 역사, 영광의 현재가 칭송되고 있다. 이러한 세계인식-지역 인식의 흐름 속에서 한국의 지식 집단은 새로운 아시아 지도를 그리기 시작하는데, 이는 '국가 윤리지도'라고도 할 수 있을 상상적 아시아 지도였다. 이 포스트식민 아시아의 윤리 지도에서 일본은 "제국주의" "독사의 무리"[14]로 분류되어 한국을 비롯한 신생 해방국으로부터 가장 멀리 배치되었고, 반식민 투쟁의 주인공 중국, 동남아시아 지역 제국가들은 서로 가까이 배치되었다.

일본이 더 이상 아시아를 거론하지 않으면서 자기재건의 기회를 살렸던 것과는 달리, 한국은 본격적으로 아시아를 거론하면서 그리고 특정 국가/민족에 연대감을 표하면서 해방국으로서의 자기 발산을 하게된다. 신생 독립국으로서 한국이 취했던 이러한 '아시아 호출'에는 물론 식민지 시기에 이루어졌던 아시아 호출의 기억을 깨끗이 망각하고 재구성하는 과정이 작동하고 있다. 주지하듯이 식민지 조선은 아시아 공동체를 '동아'라는 이름으로 열렬하게 주창했던 시절이 있었다. 러일 전쟁과 함께 대두한 아시아연맹론이 조선이 지역주의적 요구에 절합하게 된 초기적 단계였다면 대동아공영권이 제시해준 아시아 상상의 체계는 훨씬 더 내면화되고 전면적인 것이었다. 일본에서와 마찬가지로 '대동아공영'은 정치논리나 경제논리였을 뿐만 아니라 문화논리이자 사상 논리였다. 조선의 지식인들은 미국과 일본 사이에서 벌어질 세계 최종 전쟁에서 일본이 승리할 것이라 생각했고, 이는 서구적 근대가 몰락하고 동양이 세계의 역사를 새롭게 열 것이라는 거대한 역사철학적 신념과 맞닿아 있는 것이었다. 좌파 지식인 역시 이러한 '역사단계의 비약적 전환'이라는 환상으로부터 자유로울 수 없었다. 그러나 제국

14) 설정식, 「滿洲國」, 『신천지』, 1948. 10.

일본이 붕괴함과 동시에, 난만하게 피었던 모방된 허구적 아시아 환상은 그야말로 온데간데없이 사라진다. 피식민지 조선이 일본이 만들어 놓은 아시아 환상에 동조했었다는 사실은 해방 이후 완전히 몰각된 채 포스트 식민 아시아 상상이 그려지게 된 것이다. 해방 이후 한국의 어떤 지식인도 자신들이 일본이 그려준 이 아시아 지도에 매혹되었었다는 점을 진지하게 성찰하지 않았다. 그리고 새로운 환경이 가져다 준 조건 속에서 새로운 아시아 지도를 그리기 시작한 것이다. 이 잠깐의 암전은 한국의 지역적 상상이 동조도 부정도 은폐도 모두 용이한, 일종의 식민주의적 무책임과 부주의로부터 결코 자유롭지 못함을 말해주고 있다.

그러나 해방 이후 한국이 그리고 있던 아시아 지도에는 또 한번의 중대한 변화가 일어난다. 변화를 초래한 결정적인 계기는 1948~9년에 걸쳐 일어난 중국사회의 변모였다. '붉은 중국'의 탄생은 한국이 그리고 있던 아시아 지도에 또 다른 분리선을 긋게 한다. "제국주의에 저항하는" 아시아의 "약소민족"을 향해 표했던 심정적 동질감은 거대한 '적색 국가' 건설로 인해 다소 복잡해지고 흔들리게 된 것이다. 문제는 "제국주의에 저항하는 약소민족"들 가운데서 누구와 손잡을 수 있을 것인가이다. 이 시기에 나타난 아시아 심상 지리의 특징적인 측면은 '태평양의 발견'으로 압축할 수 있다. 중국의 공산화와 미국의 대아시아 정책의 전환 그리고 이로 인한 일본의 재부상 가능성으로 몇 겹의 근심을 얻게 된 한국은 깊어가는 냉전의 계절에 '태평양'을 발견하기에 이른 것이다. 일찍이 식민지 조선이 일본의 '남방' 진출과 더불어 동남아시아 지역과 태평양을 '발견'하게 된 것은 주지의 사실이다. 이 지역에의 탐방이 이루어지기도 했고 다양한 관련 정보나 좌담회 기사, 사진 보도 등이 당시 잡지 매체에 실린 것은 당시로서는 매우 일반적인 경향이었다. 따라서 '태평양'으로 명명되는 상상적 지역지도의 형성이 1945년 이후에 처음 이루어진 것은 아니다. 1942년 일본에 의한 "싱가폴 함락"을 기념하면서 조선의 지식인은 "일어나라 동아의 십억

백성들// (……)노래하자 태평양 천
백의 섬들/ 사막의 젊은이도 적도
의 딸도/ 정의의 폭탄소리 터지는
곳에/ 세계의 새 아침이 밝아오도
다"15)라는 내용의 싱가폴 함락을
기념하는 글들을 실었다. 식민지 후
기 조선의 '태평양 환상'은 흥분 속
에서 만개하고 있었던 셈인데, 「승
리의 태평양」이라는 제목의 위 가
요는 '대동아공영'의 시기, 남향하
는 제국주의의 해양적 확대 재편을
향해 쏟아진 조선의 열렬한 환호를
보여주는 숱한 자료들 가운데 하
나일 뿐이다.16)

그림 1] 식민지 조선의 욕망, sub-imperialism
을 보여주는 남양군도방문사진(『실화』, 1939,
연세대학교 소장)

해방 이후 '태평양'으로 지리화된 지역 환상은 식민지 말기에 조성
되었던 태평양 환상과는 다른 형태로 변형되어 다시 등장한다. 이 시
기 태평양이라는 심상 지리는 냉전적 세계 질서 속에서 이념적인 재가
공을 거친 것이었다. 당시 발행된 잡지들을 통해 해방기 '태평양'에 부
여되었던 현실적/상상적 의미를 유추할 수 있다. 1946년에 창간된 『태
평양』, 1947년의 『신태평양』 그리고 1946년에 역시 첫 발간된 한미협
회회보 『亞美理駕』는 공통적으로 '태평양'이 새롭게 열린 해방과 희망
의 시대에 대한 지리적 메타포이자 동시에 장차 미국 없이는 상상될
수 없는 정치적 연대의 심상지리가 될 것임을 예고하고 있다. 물론 태
평양이 이 시기의 지역적 상상구조를 대표하는 뚜렷한 한 상징이긴 했
지만 "평화의 상징", "우리가 살고 있은 지 천년이 넘"은 지역이라는,

---

15) 주요한, 「勝利의 太平洋」, 『춘추』, 1942. 4
16) 식민지 시기 "남방" 열풍에 대해서는, 권명아, 『역사적 파시즘』, 책세상, 2005, 특히
4부 참고.

그림 2| 해방기 반공 심상지리와 태평양 환상을 보여주는 『태평양』과 『亞美理駕』(연세대학교 소장)

아직은 상대적으로 수사적이고 밀도 낮은 의미를 가지고 있었던 게 사실이다.

그러나 1949년을 전후하여 태평양이라는 심상지리에는 정치적 상상이 보강되기 시작한다. 보다 강력하고 본격적인 태평양 환상은 중국 혁명이라는 긴박한 국제 정세의 변동과 맞물리면서 나타난 지역 상상의 변화와 함께 출현한다. 중국 혁명으로 인해 동남아시아 지역의 국가들이 '적화'의 위험에 노출된 잠재적인 위험지역으로 인식됨에 따라, 한국의 지식계에서는 앞서 이 지역에 표했던 친근감과 동질감을 선별적으로 거두어 들인다. 그리고 일본에 대한 견제를 강화하면서 미국에 국가 방위 보장을 적극적으로 요구하게 된다. 이와 같은 국제 환경에서 이승만 정권은 태평양 동맹 결성론을 주장한다. 이것은 많은 부분 현실정치의 자장에 속한 기획이었지만 중요한 사실은 파워엘리트의 반공외교 노선에 대한 언론계 종사자를 비롯한 지식 집단의 호응이 일어나고 있다는 점일 것이다. '반공의 태평양'을 향한 이들의 지지 발언을 통해 우리는 당시 우파 지식 집단의 아시아 상상, 태평양 환상의 면면을 생생하게 확인할 수 있다.

반공 공동체 형성에 목적을 둔 이 시기의 태평양 환상은 아시아를 두 방향에서 정체화(identification)했다. 첫째, 아시아는 경제적, 정치적, 문화적 열자이며 그 결과 공산주의 바이러스에 매우 취약하다. 둘째, 아시아인은 지역의 내부 단결을 통해 이와 같은 복합적인 열등성에서 비롯된 "아세아 자체 내의 제모순"[17]을 해결하는 '의지'의 주체이다라는 것이 그 핵심이다. "아세아인의 아세아 건설"[18]이라는 슬로건으로 압축되는 1949년 태평양 구상의 주체들은 한국, 타이완, 필리핀이었다. "아세아인의 아세아 건설"이라는 주장에는, 제국주의 세력과 해방 투쟁을 계속하고 있는 동남아시아 지역의 해방운동을 지지하는 한 편 이들을 공산화의 위험으로부터 지킨다는 이중의 의도가 표명되고 있었다. 미국의 지원과 지지가 없었기 때문에 태평양 동맹은 성사되지 않았으나[19] 이 시기 본격화된 한국의 태평양 구상—반공 아시아 모델은 이후 한국의 자기 정체화 기제에 지속적인 영향을 미친다. 그 구체적인 양상에 대해서는 다음 절에서 살펴볼 것이지만, 태평양 환상의 장에서 확인할 수 있는 것은 결국 냉전의 보스에게 충성을 바치는 반공 위성국가의 전도된 노예의식일 뿐이다. 이 노예의식은 "미군이 진주하고 그들의 지배권내에 들게" 되어 "어느 정도 진정한 해방과 자유를 향유할 수 있게" 된 "남한과 필리핀"이 "영국, 블란서, 화란 등의 구라파 열강"의 "제국주의적인 잔재와 야망에서 깨끗이 탈출못 한" 데다가 적색 중국에 노출되어 버린 "동남아세아"[20] 국가들을 위험으로부터 구출한다는 허구적인 주인의식으로 반복 출현하고 있다.

---

17) 상 흠, 「太平洋 同盟과 東亞의 政局」, 『신천지』, 1949. 8, 25쪽.
18) 정일형, 「太平洋 同盟의 政治的 構成」, 『신천지』, 1949. 9, 11쪽.
19) 이에 대해서는, 최영호, 「이승만 정부의 태평양 동맹구상과 아시아 민족 반공연맹 결성」, 『국제정치논총』 2, 1999; 박진희, 앞의 글 참고.
20) 이선근, 「解放 亞細亞 五年史」, 『신천지』, 1950. 2, 16쪽.

3. 한국전쟁 후의 아시아 상상

1) 국제 냉전 지도와 한국의 위치 이동

1945년 이후 한국의 지식인들이 아시아=태평양의 역사를 혼돈, 모순, 열등성과 결합된 "무서운 자기 상실"[21]의 역사로 파악한 것 그리고 아시아적 정체성을 자명한 공통전제로 가지고 있었던 것은 보편적인 현상이다. 일본의 자기 정체화가 근대 초기부터 늘 탈/아라는 문제를 놓고 작동해왔고 전후에도 이 문제틀이 재작동하곤 했던 것에 반해[22] 해방 후 한국은 늘 일관되게 스스로를 열등한 '아시아적 존재'로 규정해 왔다. 이 '아시아적 존재로서의 한국'이라는 자기 이미지에는 뒤처진 근대화와 식민화라는 불우한 전락의 역사가 새겨져 있고 나아가 공산화 위협에 취약한 지구라는 표찰이 붙어 있다. 앞서 언급했던 해방 후 반공 태평양의 환상 저변에도 한국의 과거사와 현재사에 대한 불우하고도 불안한 인식이 뒤섞여 깔려 있는 것이다. 1947년을 전후하여 미국의 대일본 정책은 '민주화'에서 '부흥'으로 이동하고, 그 결과 일본은 '역코스'를 타면서 국가 '재건'에 일로매진할 수 있게 되었다.[23] 그러나 한국의 경우 당시 신문기사나 『신천지』와 같은 매체를 통해 파악할 수 있듯이, 언론계와 지식인들은 한국이 다시 식민지 신세가 되었다는 암울한 현실 진단을 내놓기도 했으며 미군의 배타적인 '일본

21) 박기준, 「波濤치는 太平洋—太平洋의 過去와 亞細亞의 將來」, 『신천지』, 1949. 9, 182쪽.
22) 이 논의가 전후에 다시 출현한 양상에 대해서는, 다케우치 요시미, 앞의 책 참조.
23) 전후 일본 정부는 경제적 심각성과 국토의 황폐함을 역설하면서 국가적 차원의 일치 단결을 호소한다. 이에 대해서는 經濟安定本部, 「經濟實狀報告書」, 1947, 참고. 그 외 당시 일본의 노동운동 상황 혹은 국가 재건의 논리를 파악할 수 있는 것으로, 小泉信三, 「共産主義批判의常識」, 1949, 참고. 이 자료들은 모두 文藝春秋 編, 『戰後50年 日本人의 發言』(上), 文藝春秋, 1995에서 참고. 그리고 전후 일본의 경제부흥에 대해서는 하시모토 주로, 유희준, 송일 역, 『전후의 일본경제』, 소화, 1996; 이혜숙, 「전후 미국의 대일 점령 정책—경제 정책을 중심으로」, 『사회와역사』 52, 1997, 참고.

보호' 노선을 비판하거나 구체적인 군정 정책에 불신감과 비판을 표하기도 했다.[24] 물론 이 과정에서도 국민국가 건설을 위한 기획들은 계속적으로 진행되고 있었다. 제도적 층위로부터 이데올로기적 층위에 이르기까지 다양한 국가 건설 사업들이 진행되고 일제 잔재 청산론, 문화 부흥론, 애국론, 국가론 등이 쏟아져 나온다. "미국풍"에 들뜬 무리들, "커피나 밀크를 마시는(⋯⋯) 그런 따위의 철부지기 문화인은 건국사업과는 전혀 관계가 없"[25]다는 대중적 모랄이 형성되기도 했으며, 1950년 무렵에는 〈신생활촉진회〉가 국민 개개인의 의식주 생활에 개입하여 일상의 "국민도의" 진작을 시도할 정도로 미시적인 규율들이 고안되기도 했다. 이 지속되어 온 국가건설의 다양한 기제들은 한국전쟁 이후에는 보다 절박한 "국가 재건" 요구 속에 여러모로 강화, 연장된다. 이처럼 대내적 국가건설 기획이 시도되던 시점에 대외적 자기 정체화는 어떻게 진행되고 있었을까? 이 절에서는 한국전쟁을 거치면서 한국의 자기 정체화 구조에 어떠한 변화가 일어났으며 이것이 지역적 심상 지리를 어떻게 바꿔놓았는지를 살펴볼 것이다.

1950년대 초반, 우파 지식인들을 사로잡고 있었던 멘탈리티는 한국이 '적색 무리'에 맞서 힘겹게 싸웠음에도 불구하고 미국의 휴전조치로 인해 투항을 받아내지 못했다는 '분통함'이었다. 한국 전쟁은 반공국가의 자기 정당성 확보에 결정적인 계기로 작용한다. 블록화된 세계 무대에 전투 주체로서 참여했다는 데서 국가 정당성을 찾아낸 지식인들은 한국을 냉전 세계지도의 한가운데로 갖다 놓기에 이른다. 이와 같은 국가 위치 이동은 냉전기 전쟁을 거친 후에 우파 지식인들이 작성한 심상지리의 핵심을 파악하는 데 매우 중요한 의미를 갖는다. 휴전 후의 논단에서 "세계건설", "세계문제", "세계인류 구원", "세계평화"라는 보편주의적 어사를 동원하여 냉전의 서사를 쓰고 한국전의 의

---

24) 군정기 미국의 대한 정책에 관해서는 김균, 「해방공간에서의 의식통제—미군정기 언론·공보정책을 중심으로」, 언론문화연구 17, 2001, 참고.

25) 오소백, 「이 풍진 世上을 만났으니」, 『신천지』, 1949. 7, 70쪽.

의를 역설하는 경우는 종종 나타난다. 한국전쟁의 의의를 공표하는 논의들에서 가장 뚜렷하게 드러나는 것이 바로 "세계사적", "인류적" 차원의 거대 비전이며 이 틀에서 한국에 새롭게 주어진 지위와 사명을 확인하는 적극적인 발언들인 것이다. "한국의 현실은 세계적 현실이요 또 첨단적 현실"[26]이라는 파악, "특히 1950년대에 발발된 6·25를 계기로 우리 민족은 좋든 싫든 세계사를 창조하는 첨병적 역할을 담당하는 역군이 되"[27]었다는 식의 자기 인식은 이 시기에 나온 발언 곳곳에서 찾을 수 있다.

> 우리 民族의 生命的 犧牲은 勿論이고 財産 및 存在하는 모든 存在는 餘地 없이 抛棄, 破滅, 損失되어 버려 그야말로 한없는 犧牲인 것이다. 미국은 이 戰爭의 勝利를 거두기 위하여 최대한 奉仕를 하고 있다. 하나 우리가 이 戰爭에 바친 犧牲은 最大가 아니라 無限인 것이다. 우리나라에 버려진 이 戰爭은 우리 戰爭인 同時에 世界 全體의 戰爭이요 人類共同의 戰爭인 것이다. 混亂된 全世界 問題를 解決하기 위하여 우리 韓國이 그 解決 場所로 選擇되었고 우리 民族이 그 混亂 解決의 先鋒으로 登場된 것이니(……)[28]

인용문이 보여주듯이 새 시대, 세계 평화의 열쇠를 쥐고 있는 반공 한국의 존재 의의가 반복 강조되고 있다. 피흘린 전쟁 후, 세계평화 유지라는 보편주의적·인도주의적 명목하에, 아시아=태평양 구상이 재차 강력하게 등장한다는 점 또한 주목할 만하다. "한국전쟁이 발발한 해인 1950년 이후로 역사의 중심은 완연히 태평양 지역에 옮아오고 있다"[29]는 인식은 한국이라는 냉전적 충돌의 지점이 세계적인 주목을 받고 있다는 진단과 함께 표출되었다.

---

26) 이태영, 「韓國戰爭의 歷史的 意義」, 『사상계』, 1953. 5, 24쪽.
27) 성창환, 「經濟學을 공부하는 學徒에게」, 『사상계』, 1955. 6, 101쪽.
28) 이태영, 앞의 글, 12쪽.
29) 김기석, 「韓國戰爭의 歷史的 意義」, 『신천지』, 1953, 549쪽.

　아— 世界史는 오랜 동안 東洋과 西洋을 헤매다가 마침내 우리들의 손에 도라왔읍니다. 雄運한 새로운 東洋史로서의 太平洋時代의 展開. 漢土와 印度가 東洋史의 터전, 에—게 海와 地中海와 大西洋이 西洋史의 터전이던 때는 韓國은 歷史展開의 中心에서 멀리 떠러저있는 隱深한 地域이었읍니다. 그러나 歷史가 새로운 터전인 太平洋에 轉廻된 오늘에 있어서 韓國 및 韓民族은 바로 새로운 世界史 開展의 中心에 서있읍니다 (……) 歷史的 意義를 가진 많은 事件과 움즉임이 太平洋 地域안에서 全開되는 것이 이때문입니다.[30]

　이와 같은 태평양중심적, 한국중심적 논리는 아시아가 무사해야 서방 세계도 무사할 것이라는 발언으로 이어지기도 한다. 이 시기 그려진 아시아=태평양 지도에 역시 공업화된 일본이라는 만만찮은 고민거리, 중립국이라는 모호한 잠재적 적을 향한 불안이 기록되어 있음은 당연하다. 영미 이해관계의 상충과 미국의 무관심으로 결과를 얻지 못한 태평양 구상은 휴전 후, 역시 반공 아시아의 단결, 아시아 후진성의 극복을 모토로 한 〈아시아 반공민족연맹〉 발족을 통해 진해에서 재표명된다.[31] 냉전기 한국의 반공 외교 구상과 이에 대한 지식집단의 의견에는 충돌이란 것이 전무하며 오직 상호 지지에 기반한 공명만이 존재할 뿐이다. 반공 아시아 건설에의 요구는 이런 식으로 동조, 증폭되고 있었는데, 이는 기본적으로 "적색 아세아" 국가가 있는 한 "아세아의 분열은 불가피하다"[32]는 선언을 전제로 한 것이었다.

　해방을 거쳐 6·25를 통과하기까지의 한국의 자기 정체화 과정은 곧 세계/지역 냉전 지도의 변방에서 중심으로 상상적 위치 이동을 해나간 과정으로 파악할 수 있을 것이다. 지식인들은 한국을 중심으로

---

30) 위의 글, 49쪽.

31) 이에 대해서는 김석길, 「아시아 反共民族 會議의 胎動」, 『신천지』, 1954. 2; 신기석, 「아시아 民族 反共聯盟의 進路」, 『신천지』, 1954. 8; 공진항 「韓國의 反共十字架 運動」, 『초점』, 1956. 2, 참고.

32) 김용성, 「亞細亞의 中立性」, 『현대공론』, 1954. 5, 248쪽.

그림 3] 대중적 옐로우－반공주의의 서사(연세대학교 소장)

한 반공국가 — 반공지역 — 반공 세계라는 동심원을 상정하면서 변방의 해방 신생국에서 냉전 질서의 한 가운데로 국가 위치를 이동시켰다. 여기서 한 가지 주목해야 할 점은 냉전기 국가 정체성을 확보하는 과정에서 어떠한 제한선들을 지정하고 있었는가 하는 것이다. 이는 냉전기 국가 정체성이라는 것을 형성하는 데 반드시 '준수'되어야 할 것으로 인식된 블록 경계와 관련된 사항으로서, 이에 대한 당대 지식인들의 인식을 검토해보면 이 시기 국가 정체성 주조의 냉전적 메카니즘을 확인할 수 있을 것이다. 냉전기 한국의 지역적 심상 지리와 자기정체성은 국가 형태와 블록 형태를 강고하게 지키는 동시에 코스모폴리타니즘은 철저하게 배격하면서 구성된 것이다. 우선 당시로서는 필연적이고 일반적인 이념이라 할 수 있는 바, 단일한 조직체로서의 '국가'의 중요성은 다음과 같이 표출되고 있었다.

그러면 이러한 意味에서 그 가장 完全한 組織體란 어떤것인가? 우리는 그것을 오직 國家에서 求한다. 國家는 실로 人類가 그 生存目的을 完遂하기 위하여 이루어낸 가장 尊貴한 그리고 가장 優秀한 組織體인 것이다. 모든 人類文化의 精華는 오직 이 國家體로서만 이루어졌었다. 아

니 人類의 歷史 그 自體가 이 國家로 인하여 創成되었다. 人類歷史는 바
로 이 國家의 生成과 더부러 시작된 것이다[33]

　　이와 같은 국가주의적 발상의 근저에는 무엇보다도 코스모폴리타니
즘에 대한 부정이 깔려 있다. 1954년 오종식은 내셔널리즘과 코스모폴
리타니즘을 논하면서 "국제국가"라는 이념어를 제시하기도 했다. "국
제국가"론의 요지는 "한계집단으로서의 민족형성체를 인정하면서도
구체적 개체로서의 국민국가에 국한하지 않으며 그렇다고 해서 추상적
이요 보편적인 〈세계국가〉로 초월하는 것도 아니요 오직 구체적이면
서 보편적인 〈국제국가〉로서 새로운 자기전환을 기필하므로써 인류공
존사회로서의 국제사회의 평화와 자유와 번영을 확보"[34]하자는 것이
다. 여기서 국제주의와 코스모폴리타니즘의 차이가 언급된다.

　　國際主義는 他國民을 制壓하거나 强制하므로써 正常한 發展을 할수
　　없는 것이요 制壓이나 强制는 諸國民에 대해서 國民的 敵愾心과 武力的
　　防衛를 煽動하고 國家間의 友好的 接近을 妨害하므로써 國際主義 本來
　　의 精神에 不幸한 反動을 招來하기 때문이다. 國際主義의 健實한 發展은
　　獨立的 國民體의 維持와 그 自然한 發達을 期待하는 것이라야 하는 것이
　　다. 만일 그렇지 못하다면 國際主義는 다만 無秩序하고 根據없는 抽象的
　　코스모포리타니즘에 끄치고 말것이다.[35]

　　냉전의 들판에서 무책임하게 떠돌지 않기 위해서 언제나 국가는 그
것이 귀속될 보다 큰 지역을 필요로 한다. 한국이 아시아라는 지역 상
상을 전개한 것은 이러한 맥락에서였다. 네이션(국가) 그리고 인터-네
이션(국제)에 대한 철저한 인식은 강조되었지만, 코스모폴리타니즘은
국가 경계를 흐릴 뿐만 아니라 블록 경계를 모호하게 하는 것이기 때

---

33) 김두헌, 「國家生活의 必然性」, 『신천지』, 1950. 5, 7쪽.
34) 오종식, 「韓國의 國際的 位置와 그 歷史的 課題」, 『현대공론』, 1954. 5, 20쪽.
35) 위의 글, 18쪽.

문에 언제나 위험한 것으로 경계된 것이다. '바람직한' 국가 모델과 지역/국제 모델의 결합체라 할 수 있을 이 "국제국가"라는 모형은 무르익어가는 냉전의 시절 한국의 아시아 상상과 자기 인식의 구축 방식을 고스란히 보여주고 있다.36)

2) '동양' 혹은 아시아의 역사/문화적 버전

한국에서 반공의 정치적 단일체/분열체로서의 아시아가 문화적 층위에서 성격화되기 시작한 시점 역시 한국전쟁 이후로 볼 수 있다. 1953년경부터는 정치체로서의 아시아 모델과 더불어 문화사적 함의를 담은 "동양", "동양인" "동양학", "동양사"라는 용어들이 특히『사상계』의 동양론 관련 주창자들의 발언에 등장하기 시작한다. 이 시기 "동양"이라는 어사는 논자에 따라 물리적인 아시아 지역을 지시하기도 하지만 주로 문명권이나 문화권이라는 의미를 담고 있는 개념으로 쓰이고 있다. 따라서 당대의 개념어 활용의 용례를 검토해 보면, '아시아'가 주로 동시대 정치적 심상지리와 결합되어 쓰이고 "동양"은 과거의 지역적 문명/문화체를 상정하면서 쓰이고 있음을 알 수 있다. 이 절에서는, 휴전 직후 반공 이데올로기가 보다 강력해지는 시점에『사상계』를 중심으로 이루어진 동양론을 검토하고, 그 근저를 흐르는 정치적 무의식을 드러내고자 한다.

---

36) 코스모폴리타니즘을 둘러싼 인식은 냉전기 한국의 경제개발 논리와 관련해서도 흥미로운 측면이 있다. 1960년대 중반에 이철범은 '민족의 생존'을 논하면서 코스모폴리타니즘의 허구성을 논한다: "이상한 일이다. 이차대전 후 세계 속에 존재하는 모든 국가 민족은 그 국가, 민족을 넘어 세계주의에의 길을 높이 외치고 있지만 기실 어느 때보다 제 민족, 국가 속에 움츠러든다는 것은 실로 모순에 찬 일이다 (……) 세계는 어느 때보다도 무섭게 분열되고 있으며 어느 때보다도 세계 평화를 갈망하고 있다. 세계주의를 내거는 모든 나라가 남의 나라보다도 제나라 제민족의 의지에 뿌리박고 있다는 이 모순을 인식해야 하겠다."(이철범,「民族意志의 決斷만이」,『세대』, 1965. 8, 152-153쪽)

동양론은 표면적으로는 역사학적 정보나 지식의 형태로 제출되고 있으나 실제로 역사학이나 동양사학 연구의 장에서 나온 것은 아니다. 그리고 시기적으로도, 아카데미즘의 영역에서 동양학 학회가 조직되고 학회지가 공간되는 본격적인 시점보다 약간 앞서 있다. 이에 대해서는 후에 보다 자세하게 검토하겠지만, 기존의 동양사학계나 학술지식과는 그리 긴밀한 내적 연계성을 갖지 않는 일종의 '변종' 동양론은 냉전 이데올로기가 문화론의 옷을 입고 변형되는 과정을 보여주는 중요한 지점이라 하겠다. 따라서 이에 대한 분석을 통해 우리는 냉전문화론의 한 면을 파악할 수 있을 것이다. 문명권과 문화권을 지시하는 범주로서의 "동양"은 이미 대학 아카데미즘의 장에서 역사 연구의 형태로 누적되어 오고 있었다. 1956년에는 중국문화, 인도문화 등에 대한 검토와 더불어 동양문화/서양문화 비교론이 '논쟁'의 형식으로 이루어지기도 했다.37) 1960년을 전후해서는 동양사 연구, 동방 연구를 목적으로 한 학회나 연구소가 출현하고 또 학술지의 발행이 본격화되기 시작한다. 비교적 초기에 해당하는 연구기관 및 학술지가 연세대학교 동방학 연구소와 『동방학지』(1954)이지만, 한국의 학계에서 동양학 지식체계의 양적 질적 확대와 조직적 구축이 활발해진 것은 실제로 이보다 수년 후이다. 한국, 중국, 일본 등의 고대, 중세 문화사 연구의 결과들을 『아세아연구』라는 제명하에 묶어 공간하기 시작한 때가 1958년이며, 제1회 〈동양학 심포지움〉이 열린 때는 1962년이다. 1960년에 대구대학교에 동양문화연구소가 생기고 학술지 『동양문화』가 발간되었으며, 1965년에 고병익 등 서울대를 중심으로 한 〈동양사학회〉가 창립, 이듬해 『동양사학연구』를 낸다.38) 그렇다면 이와 같은 역사학 혹은 동양사학

---

37) 일례로 이상백과 유정기는 1956년 1월부터 3월에 걸쳐 『조선일보』에 〈동양문화/서양문화〉를 주제로 논쟁을 벌인다. 그리고 1957년 8월 『사상계』는 「동양의 재발견」이라는 제하의 특집을 마련한다. 여기에는 총 5편의 논문이 실리는데, 아시아적 정체성 문제를 다루는 경제학자의 글에서부터 동양철학의 '무'의 사상이나 동양 예술의 특질을 분석하는 글에 이르기까지 다양한 연구결과가 실린다.

38) 〈동양사학회〉 창립 및 동양사 관련 연구논문과 학회목록은 김임자, 「〈자료〉 국내 동

이라는 학제적, 학술적 장 내에서 생산된 역사 지식체계와는 다른 성격을 갖는 1950년대 초반의 동양론은 과연 무엇인가? 이 담론을 동양에 대한 학적 접근으로 평가하기는 어렵다. 그렇다면 겉으로는 역사학의 용어들을 빌어 동양을 말하고 동양학 연구의 필요성을 역설했던 논자들은 무엇을 의도하고 있었던 것일까? 이들이 제시한 동양학 혹은 아시아 역사에 대한 '반성'은 냉전기 한국 지식인이 가졌던 동시대적 관심사와 어떤 식의 절합관계를 맺고 있는 것일까? 이 심층의 구조적 연관성을 포착할 때 우리는 동양이라는 문화적 심상 지리의 정치성을 파악할 수 있다. 이는 곧 유사 지식의 정치성, 문화적 상상의 정치성을 분석하는 일이기도 하며 또 그 안을 채우고 있는 잘 보이지 않는 냉전적 욕망과 공포를 포착해내는 일이기도 할 것이다.

1950년대 초반 동양론에서 언제나 강조되는 동양의 핵심적 성격은 후진성과 정체성이다. 동양은 외세의 침략으로 인해 온전히 꽃펴보지 못했고, 줄곧 봉건적 침체성에 빠져 있었으며 이러한 경험들이 오랜 시간 축적되면서 패배주의적인 "쇠퇴사관"을 내면화하게 되었다는 점이 지적된다. 동양의 정치사상을 논하는 글에서 배성룡은 다음과 같이 언급하고 있다.

> 서양의 政治哲學은 古代보다 近代를 重要視함에 반하여 東洋에서는 近代哲學은 보잘것이 없고 古代의 그것을 重要視하는 그 早期的 發展이 매우 燦爛하였다. 이래 數千年 동안 停滯를 계속한 까닭일 것이다. (……) 오늘에 이르러서 近代 民主主義를 實踐하고 있으면서도 그 弊端은 百出하여 좀체로 新政治事態에로의 發展을 보지 못하는 것이니 國父 中國, 韓國을 위시하여 日本도 定度에는 氣分의 차가 있으나 그 東洋 社會로의 本質적인 弊端의 樣相을 벗어나지 못하는 것이다"[39]

양사관계논문목록 1945~1960」, 『동양사학연구』 1, 1966, 참고. 그리고 1945년 이후 한국과 대만의 국립대학 형성 및 인문학 재편 양상을 검토한 논문으로는, 윤영도, 「2차세계대전 후 남한과 대만의 국립대학의 초기 형성 연구」, 『중국현대문학』 41, 2007, 참고.

'동양'이 정체된 대륙이자 퇴보적인 문화를 의미한다는 설정은 이 시기 아시아 인식의 핵심이기도 한 동시에 동양 담론의 공통적인 전제이기도 했다. 그리고 한국은 아시아적 정체성의 폐해를 고스란히 안고 있는 전형적인 '동양적' 국가로 인식된다. 한국의 퇴보에 대한 진단과 원인 분석은 다음과 같은 질문을 통해 진행된다

> 이러한 危機의 樣相은 新羅末期에 있어서 또 古代 李朝末期를 통하여서도 發見할 수 있는 現像이었다. 이른바 '亞細亞的 惡循環'으로 이 特色은 中國에서 一層 典型的이지만 韓國을 包涵한 東洋 社會를 數千을 두고 停滯시키고 만 것이다. (……) 우리가 西歐와 같이 近代科學文明을 建設하지 못하고 世界進運에 뒤진 原因은 奈邊에 있는가? 千年 如一한 農業生産과 生活樣式 一種 惰氣의 連續인 듯한 消極的인 社會相 우리 社會의 停滯性의 原因은 무엇인가?[40]

아시아의 퇴보와 한국의 정체(backwardness)에 대해 한결같이 비판하고 반성을 촉구하고 있는 이 시기의 동양론은 표면적으로는 역사연구의 형태를 띠고 있거나 역사적 사실들을 논의의 주대상으로 삼고 있다. 그러나 앞서 언급했듯이 우리가 주목해야 할 부분은 이것의 심층 구조일 것이다. 당시 논자들이 어떠한 사고 구조 속에서 동양학을 언급하고 그것의 연구 필요성을 역설한 것인지 보다 구체적으로 살펴보도록 하자.

동양학 연구가 이 시기에 언급될 수 있었던 구체적이고 실제적인 배경으로 우선은, 2차대전 후 본격적으로 활성화된 서구 특히 미국의 지역 연구와 동양학 연구열이[41] 한국의 이데올로그들이 "동양학"이라

---

39) 배성룡, 「東洋政治思想及 그 樣相의 硏究」, 『사상계』, 1953. 5, 70쪽. 그는 또 동양인의 불확실한 인생관을 개선하여 "방황하는 실망적, 낙담적인 인간적 불안"으로부터 벗어나자는 주장을 하기도 했다. 이에 대해서는 배성룡, 「東洋人의 人生觀」, 『사상계』, 1953. 4, 참고.

40) 김덕룡, 「國史의 基本性格」, 『사상계』, 1953. 11, 53쪽.

41) 2차대전 후 미국 지역연구의 판도에 대해서는, 김경일, 김경일 편저, 『전후 미국에서 지역연구의 성립과 발전」, 『지역연구의 역사와 이론』, 문화과학사, 1999, 참고. 그리고

는 용어를 써가며 동양을 거론하는 데 물리적인 영향을 주었을 가능성
을 들 수 있다. 실제로 배성룡은 "2차대전 후 전 세계 학계에서는 중국
열이 매우 높아"지고 있으며 미국, 일본에서 동양학 관련 서적의 수요
가 크게 증가하고 있음을 전하면서 한국의 학자들이 동양학 연구를 왜
해야하는가 하는 점을 설명한다. 그에 따르면 오늘의 한국의 국민성과
그 유래를 알기 위해서는 오랜 세월동안 한국에 절대적인 영향을 미친
중국을 알아야 한다. 그를 비롯한 동양론자들에게 궁극적으로 동양사
연구는 과거를 묻는 작업이 아니라 현재를 묻는 작업인 것이었다. 이
러한 입장과 의도는 다음과 같은 언급을 통해 확인된다: "요컨대 현실
을 규명하기 위하여 필자는 동양문화에 접촉하여 써 한국의 현실정을
지배하고 있는 근본적인 제경향을 발견하려는 것이니(……) 오늘의 민
족의 저열 또 사회적 혼란의 근원은 필자의 보는 바로서는 분명히 동
양문화의 발전과정에 파생한 것이다." [42] 중국은 아시아 정체성의 가
장 결정적인 책임을 진 존재로 주목받고 있었다. 더불어 일본 역시 아
시아를 후퇴로 몰아넣은 주범으로 지목된다. 중국이 과거의 한국 혹은
아시아를 훼손시킨 존재라면, 일본은 중국의 뒤를 이어 한국 혹은 아
시아를 훼손시킨 존재인 것이다. '동양으로서의 자각이 전혀 없었던 일
본이 "반역"을 일으켜 "동양사를 더럽혔다"는 비판은 이들에게 폭넓게
받아들여지고 있었다.[43] 중국에 의해 그리고 일본에 의해 거듭 위축된
동양사는 줄곧 쇠퇴의 길을 걸을 수밖에 없었고, 이제는 이러한 쇠퇴
의 사슬에서 벗어나야 할 때라는 것이 50년대 초반 동양론 논자들의
공통된 입장이다. 동양사회는 "지극히 비생산적이며 비창조적"이며 역
사의 진보와 문화의 발전을 부인하는 "동양적 쇠퇴사관"[44]에서 벗어나

미국의 일본연구에 내포된 정치적 맥락에 대해서는 道場親信, 앞의 책 특히 1부 참고.
미국 지역연구에 대한 비판으로는 해리 하르투니언, 윤영실 외 역, 『역사의 요동』, 휴
머니스트, 2006, 특히 1장 참고.
42) 배성룡, 「우리 民族性과 東洋學」, 『사상계』, 1954. 1, 참고.
43) 김기석, 「日本의 不義와 東洋의 理想」, 『사상계』, 1954. 2, 참고.

야 한다는 것이 이들의 동양 인식의 핵심적인 주장인 것이다.

1950년대 초반에 제출된 동양론의 핵심적인 문제의식과 저변의 의도는 다음과 같이 정리될 수 있다. 첫째, 현금의 후진 아시아 지역이 처한 모순과 복잡성의 '공통된 연원'을 살핀다. 둘째 고대, 중세로부터 존속되어 온 중국 문명의 폐해를 검증한다. 이는 곧 '중공'이라는 문제적 존재의 출현 근거를 역사적으로 규명하는 것이기도 했다. 셋째, 동양의 온전한 발전을 저해한 일본의 불의를 묻는다. 넷째, 한국에 절대적 영향을 미쳤던 악조건들을 따짐으로써 현재 한국이 안고 있는 문제점을 확인한다. 다섯째, 동양 전통에서 버릴 것은 버리고 취할 것은 취할 수 있도록 면밀하게 그 성격을 해부한다. 여섯째, 궁극적으로는 아시아 중요 국가들의 뒤엉킨 과거를 청산하고 새로운 동양사의 전개를 도모한다. 물론 이 때 '새로운 동양사의 전개'라는 것은 서양사/서양문화와 대립하는 가치론적 우월성을 의미하지는 않는다. 이 점은 식민지 시기 동양론과 크게 다른 점이다. 동양적 정체성을 전제로 한 이들의 주장에 깊이 습합되어 있는 것은 다음과 같은 반공주의적 발전주의의 전망이었다.

> 다음으로 貧困과 混亂과 無智와 政治的 後進性이 共産主義 浸透의 溫床이 되는 故로 아시아 後進 各國은 內政의 淨化와 收合을 게을리하지 말것이오, 또 植民主義 侵略主義의 殘滓를 完全히 一掃해 버려야 할것이다. (……) 아시아의 新生 後進 國家들이 國內 政治를 收拾하고 共産主義의 威脅으로부터 벗어나기 위하여서는 帝國主義와 封建主義의 殘滓를 一掃해 버리고 自由와 平等과 兄弟愛의 基礎 위에서 民主 政治를 實踐하여야 할것이며 戰禍와 生活苦에 허덕이는 民衆의 生活을 向上시켜야 할 것이다.[45]

공산주의의 위협으로부터 안전해지기 위해서는 반드시 정신적·물질적 빈곤으로부터 벗어나야 한다는 의식은 당시 한국의 지식인들에게

---

44) 인용 및 구체적인 논의에 대해서는, 배성룡, 「東洋的 衰退史觀 槪論」, 『사상계』, 1954. 3, 참고.
45) 신기석, 앞의 글, 48쪽.

는 이미 내면화된 것이었고, 또 그만큼 절박한 것이었다. 한국이든 아시아 전체이든, 공산화의 위험에서 스스로를 지키기 위해서 필요한 것은 전면적인 '갱생'이자 '갱생'에의 의지였다. 동양론은 거대한 (반공) 연합지역으로서 동시대 아시아를 재편하고 "아세아인의 대동단결과 아세아인의 공동한 평화유지"를 도모하고 "공통의 적을 막기"[46] 위한, 아시아 자체에 대한 사적 탐색이라 할 수 있을 것이다.

결과적으로 봤을 때 1950년대 초반의 동양론은 아시아 열등성의 기원을 문화사적으로 파헤치고, 특정 국가의 배제/선택을 통해 아시아의 새로운 반공적 갱생을 추진한다는 이중의 시도를 담고 있다. '아시아'라는 심상지리는 1950년대 초반에 이처럼 동양 문화론의 형태를 띠고 그 냉전적 성격을 은폐하는 동시에 내화하고 있었던 것이다. 반공주의의 틀 내에서 동양문화/아시아의 정체성을 역설하고 이로부터의 탈각을 강조한 동양담론은 그러므로 서양문화를 동양문화의 대쌍 세력으로 뚜렷하게 설정하지 않았다. 서양문화와 대립선을 긋는 것보다는 '적대 블록'에 대한 경계선을 긋는 것이 이들에게는 훨씬 더 긴급하고 당연한 일이었기 때문이다. 서양문화=서양사회가 동양문화=동양 사회의 대립항으로 설정되거나 혹은 서구에 대한 문제제기가 가끔식 출현하게 된 것은 1955년 반둥회의를 계기로 아시아·아프리카 블록이 가시화되면서부터라고 할 수 있다. 하지만, 1960년으로 넘어가는 시점에서도 한국의 지식계에서는 중립국에 대한 비판만이 지배적이고 무성했을 뿐이었고, 들린다 해도 '국제무대에서의 고립' 가능성에 대한 불안의 표현 정도였다.

4. 결론

지금까지 해방기로부터 한국전쟁 전후에 이르는 시기를 대상으로

---

46) 백낙준, 「亞細亞와 世界政國」, 『사상계』, 1954. 3, 13쪽.

한국의 냉전적 아시아 상상이 어떤 식으로 전개되었는가를 살펴보았
다. 일본의 경우 1950년을 전후하여 강화문제를 둘러싸고 지식계 내부
의 입장이 서로 충돌하고 좌파와 우파의 대립이 복잡하게 전개된다.
일본의 대미 인식, 아시아 인식의 구체적인 추이를 살피기 위해서는
이 지점을 확대시켜 보아야 할 것이다. 패전을 인정하고 자신들의 '도
덕적' 결여를 자아비판하면서 맥아더로 표상되는 상위의 권력에 기꺼
이 복종하고, 곧바로 영어 공부 열풍에 휩쓸려 들어간 일상의 차원과
는 또다른 층위가 드러나기 때문이다.[47] 오구마 에이지는 일본의 안전
보장, 강화회의와 관련하여 불거진 일본 내 대미불신의 여러 측면을
분석하면서, 오히려 매우 예외적인 현상으로서 "전면강화론자에게는
아시아에 대한 관심이 있었"음을 지적한다. 그러나 그 관심이란 사실
상 강화가 가져올 경제적인 득실에 대한 관심이었다. 단독강화 반대론
자 가운데에는 중국과의 관계단절이 일본에 가져올 경제적 타격을 우
려하는 쪽이 많았고[48] 그래서 이에 대한 불안이 그들로 하여금 '현실
적인 시장'으로서의 아시아를 인지하도록 했던 것이다. 그러나 이미 일
본의 대아시아 인식은 미국과 결탁한 국가 재건의 논리 속에서 주로
배제와 소거의 방식으로 '청산'되고 있었다. 오구마 에이지가 지적한
것처럼 좌파 역시 단일민족 담론을 생산하는 데 열중한 만큼, 이 시기
일본에서 아시아는 공동(空洞)의 어떤 것이었다.

　한국은 앞에서 살펴본 것처럼, 반공 공동체 안에서 자기보존을 하기
위해 늘 아시아를 필요로 했고 이 과정에서 아시아에 대한 냉전적 상
상틀을 구축했다. 1960년대로 들어서면서 한국의 아시아 상상에는 다
시 한번 몇 가지 연속/변동의 계기들이 생겨난다. 우선 개발 내셔널리
즘의 강화와 그것의 실제적인 현실화를 들 수 있겠다.[49] 특히 1960년

---

47) 이 시기 일본인의 대중심리에 대해서는 北原 惇, 앞의 책, 2005, 참고.

48) 이에 대해서는 小熊英二, 앞의 책, 특히 11장 참고.

49) 1960년대 개발 내셔널리즘의 형성과 중산층 판타지의 형성 및 일상문화 변동에 대해
　서는 김예림, 「시장 혹은 전장으로서의 아시아: 냉전과 경제개발기의 문화변동」, 『냉

대 중후반에 베트남전을 통해 경제개발 총력전의 '대외화', '지역화'가 진행되면서 동남아시아 지역이 현실적인 시장으로 '활용'되기 시작했다. 이 시기 베트남전에 대한 영상/문자 기록이나 베트남이라는 동남아시아 지역 국가에 대한 문화적 보고[50] 및 재현은 1960년대 개발기 아시아 상상의 일단을 보여줄 중요한 자료들이다. 둘째, 현실 정치 측면에서 박정희 정권의 동/동남아시아 지역 국가에 대한 외교 관계와 지식계의 아시아 상상의 상관 관계 역시 주목해야 할 지점이다. 박정희의 동아시아 인식을 규명한 박태균의 논문이 제기하듯이 1960년대 한국의 경제 상황, 대미관계, 그리고 베트남 문제는 현실정치 차원에서 긴밀하게 서로 얽혀 있었고 이 지점에서 아시아 상상의 절합적 전개를 검토할 수 있을 것이다. 따라서 현실정치 영역과의 관련 속에서 지식계가 어떠한 이념적 반응을 보였는지, 그 결과 아시아 상에 어떠한 변화가 일어났는지가 논의되어야 할 것이다. 더불어 1950년대와는 다른 1960년대 지식 집단 내부의 보다 복합적인 이념적 분화나 『청맥』과 같은 매체의 등장, 아시아·아프리카 지역성에 대한 새로운 성찰력의 형성 과정에 대한 보다 면밀한 분석이 필요할 것이다. 1960년대 아시아 상상 및 지역주의적 전망의 실상은 앞으로의 연구과제로 남겨둔다.

주제어 : 아시아 상상, 냉전기 심상지리, 지역주의, 반공정체성, 태평양 환상, 동양론, 동양적/아시아적 정체성

전시대의 사회주의와 자본주의: 아시아국민국가 형성과정중의 문화 문제」, 제2회 서울-상하이 청년학자 포럼 자료집, 2006. 12, 참고.

50) 특히 『여원』과 같은 잡지는 『사상계』나 동시대 다른 매체와는 달리 베트남전이나 베트남에 대한 문화적인 관점의 기사를 많이 실었다. 베트남 여성들, 베트남의 풍광, 한국 참전군인의 편지, 수기 등이 그 사례들이다.

◆ 참고문헌

1. 기본자료

『신천지』, 『사상계』, 『신태평양』(1947. 창간호), 『태평양』(1946. 창간호), 『亞美理駕』
(1946. 창간호), 『신영화』(1954), 『현대공론』(1954), 『전망』, 『초점』, 『(주간)국제』
(1952. 9/11), 『민성』(1949. 3), 『조선일보』(자료상의 문제로 몇호만 검토한 경우
연도 혹은 발행월을 밝힌다),
文藝春秋 編, 『戰後50年日本人の發言』上, 1995.

2. 논문

김경일, 김경일 편저, 「전후 미국에서 지역연구의 성립과 발전」, 『지역연구의 역
　　　사와 이론』, 문화과학사, 1999.
김　균, 「해방공간에서의 의식통제－미군정기 언론·공보정책을 중심으로」, 『언론
　　　문화연구』 17, 2001.
김예림, 「시장 혹은 전장으로서의 아시아: 냉전과 경제개발기의 문화변동」, 『냉전
　　　시대의 사회주의와 자본주의』, 제2회 서울－상하이 청년학자 포럼 자료
　　　집, 2006.
김임자, 「〈자료〉 국내 동양사관계논문목록 1945～1960」, 『동양사학연구』 1, 1966.
박진희, 「이승만의 대일인식과 태평양 동맹 구상」, 『역사비평』, 2006. 가을호.
박태균, 「박정희의 동아시아 인식과 아시아·태평양 공동사회 구상」, 『역사비평』,
　　　2006. 가을호.
요네타니 마사후미, 연구공간 수유+너머 번역네트워크 역, 「포스트 동아시아, 새
　　　로운 연대의 조건」, 『반일과 동아시아』, 소명출판, 2005.
윤덕영, 「해방직후 신문자료 현황」, 한국현대사통합데이터베이스, 코리아콘텐츠랩,
　　　2002.
윤영도, 「2차세계대전 후 남한과 대만의 국립대학의 초기 형성 연구」, 『중국현대
　　　문학』 41, 2007.
이혜숙, 「전후 미국의 대일 점령 정책－경제 정책을 중심으로」, 『사회와역사』 52,
　　　1997.
정재석, 「해방기 귀환 서사 연구」, 연세대 석사논문, 2006.
최영호, 「이승만 정부의 태평양 동맹 구상과 아시아민족 반공연맹 결성」, 『국제정
　　　치논총』 39집, 1999.

Gi-Wook Shin, Asianism in Korea's politics of identity, *Inter-Asia culturalstudies*, volume 6,, Number 4., 2005.

3. 단행본

권명아, 『역사적 파시즘』, 책세상, 2005.

김소영, 『트랜스: 아시아 영상문화』, 현실문화연구, 2006.

백원담, 『한류, 동아시아의 문화선택』, 펜타그람, 2005.

이동연, 『아시아 문화연구를 상상하기』, 그린비, 2006.

나가노 토시오, 서민교 외 역, 『오쓰카 히사오와 마루야마 마사오』, 삼인, 2005.

나카니시 신타로, 「현대일본의 국가주의 감각」, 『황해문화』, 2005. 가을호.

다케우치 요시미, 서광덕 외 역, 『일본과 아시아』, 소명출판, 2004.

쓰루미 슌스케, 김문환 역, 『전후 일본의 대중문화』, 소화, 2001.

쑨 꺼, 류준필 외 역, 『아시아라는 사유공간』, 창작과비평사, 2003.

―――, 윤여일 역, 『다케우치 요시미라는 물음』, 그린비, 2007.

이시카와 마쓰미, 박정진 역, 『일본 전후 정치사』, 후마니타스, 2005.

천 꽝신, 백지운 외 역, 『제국의 눈』, 창작과비평사, 2003.

코모리 요이치, 타카하시 테츠야, 이규수 역, 『내셔널 히스토리를 넘어서』, 삼인, 2003.

하시모토 주로, 유희준, 송일 역, 『전후의 일본경제』, 소화, 1996.

해리 하르투니언, 윤영실 외 역, 『역사의 요동』, 휴머니스트, 2006.

內海愛子, 『戰後補償から考える日本とアジア』, 山川出版社, 2006.

大串潤兒, 吉田裕 編, 「戰後の大衆文化」, 『戰後改革と逆コース』, 吉川弘文館, 2004.

道場親信, 『占領と平和』, 靑土社, 2005.

北原 惇, 『幼兒化する日本人』, リベルタ出版, 2005.

小熊英二, 『'民主'と愛國』, 新曜社, 2003.

佐藤卓己, 「前後世論の成立」, 『思想』 No. 980, 2005.

鶴見俊輔, 『前後日本の思想』, 中央公論社, 1959.

丸川哲史, 『冷戰文化論』, 双風舍, 2005.

―――, 『リージヨナリズム』, 岩波書店, 2003.

◆ 국문초록

　본고는 한국의 '아시아 상상'이 냉전이라는 새로운 국제적 환경과 국민국가 건설이이라는 국내적 요구 속에서 어떠한 양상으로 전개되었는지를 검토한다. 논의의 대상은 1945년 이후부터 1950년대 중반까지 약 10여 년에 걸친 시기이며, 『신천지』와 『사상계』의 담론을 중심으로 냉전기 지식집단의 아시아론을 살펴보았다. 이 시기에 한국은 강력한 반공 국가로서 자기구성을 시도하면서, 미국 헤게모니의 자장 내에서 자신의 국가적 위상을 확보하려는 시도를 보인다. 본고는 이러한 국가 정체성 확립과정에서 출현한 반공주의적 지역주의를 '태평양 환상'으로 개념화하여 그 구체적인 상을 규명하였다. 해방기 한국의 지식집단은 동남아시아 제국의 해방 및 해방투쟁에 연대감을 표현하지만 '중공'의 탄생과 더불어 반공 국가 연대를 요구하게 되고, 반공 태평양 연대라는 정치적 구상에 호응과 지지를 보낸다. 태평양이라는 심상 지리는 냉전적 세계 질서 속에서 이념적인 재가공을 거친 것으로서, 새롭게 열린 해방과 희망의 시대에 대한 지리적 메타포이자 동시에 장차 미국 없이는 상상될 수 없는 정치적 연대의 상징이라 할 수 있을 것이다. 한국 전쟁 이후 담론에서 한국의 국가적 위상은 상상적 이동을 하여, 냉전적 세계의 구심점으로 정체화된다. 동시에 지식인들은 한국사회를 '아시아적 존재'로 규정하면서 국가적/지역적 퇴보로 인해 공산화의 위험에 노출되어 있음을 역설한다. 당시의 동양론은 정체된 아시아가 처한 상황과 위험 요소들을 아시아 역사에 대한 규명을 통해 분석하고자 했다. 그리고 새로운 동양사의 전개를 주장했는데, 이 시기 동양론의 근저를 흐르는 것은 반공주의적 발전주의라 할 수 있다.

♦ SUMMARY

The Transformation of Asian Regionalism and the Construction of Anti-Communist Identity

Kim, Ye-Rim

This paper attempts to analyze the context in which 'Asia' was im-
agined in the Cold War period. The main object of this analysis is the
ideological situation or the structure of political-cultural imagination in
South Korea in the decade immediately following liberation, 1945~
1955. This paper mainly deals with the situation of South Korea in
comparison with that of Japan. Immediately after the liberation in 1945,
South Korea's intellectuals expressed passionate feelings of solidarity
towards newly independent nations as well as nations struggling for
liberation. But the birth of 'red' China was the dominant cause for new
lines of division on South Korea's map of Asia. In addition, 'the Pacific
fantasy' got to be constructed. The Pacific was a geographical metaphor
for a bright new age and an imaginary-geography of political solidarity,
which could never be imagined without the continued existence of the
U.S.

Since the Korean War, the intellectuals in South Korea located the
imaginary position of their country in the center of the Cold War map.
It can be said that it was after the Korean War that Asia was initially
imagined as a political unit began to be re-characterized in cultural terms.
With the emergence of the political map of Asia in 1953, interest in the
history and culture of 'the East' also intensified. The cultural historical
re-writing and re-defining of this region evolved in the field of intellec-
tual discourse. We can observe the dual motivation of the proponents of
'the East' discourse of the early 1950s. First, they intended to establish
the origin of Asian inferiority on the level of culture. In addition, they

planned to promote the anti-communist rebirth of Asia, clarifying the selective exclusion/inclusion of particular nations. In this way, the Cold War ideology grew stronger borrowing the cultural account of the imaginary geography of 'Asia' or 'the East'.

Keyword : The Cold War ideology, the Pacific fantasy, dis/covery of Asia, imaginary geography, regionalism, anti-communist identity, 'the East', the discourse of Asia

─이 논문은 2006년 3월 30일에 접수되어, 소정의 심사를 거쳐 2007년 5월 31일에 최종적으로 게재가 확정되었음.

반공호국문학의 구조*

김 진 기**

1. 반공주의와 문학장

새로운 세기가 시작된 지금에까지 반공주의는 우리 사회에서 여전히 작동하고 있다. 비록 그 위세가 약화되었다 할지라도 반공주의는 우리 생활의 도처에 잠복해 있어 우리로 하여금 그것들을 여과해 사고하지 않으면 안 되도록 강제하고 있다. 이 강제한다는 것, 거역할 수 없다는 것, 우리로 하여금 하나의 절대적 규범으로 받아들이도록 한다는 것, 그래서 반성의 여지없이 자명한 것으로 여기게 하는 것으로서의 이 반공주의란 현실에 대한 진지한 성찰을 포기하게 하고 세계 바깥에서 그것을 비판적으로 보지 못하게 하는 닫힌 폐쇄회로의 다른 이

* 이 논문은 2005년도 한국학술진흥재단 지원으로 연구됨(KRF-2005-079-AM0037).
** 건국대학교 교수.

름이다.[1] 폐쇄회로 안에서 사고하고 행위 하게 하는 것, 그것은 대상을 아군이냐 적군이냐 하는 기준으로 판별하게 만드는 폭력성에 의해 강화된다. 따라서 반공주의는 반북주의의 성격을 띨 수밖에 없다. 한국에 있어 반공주의란 공산주의를 이론적 대상으로서 거부했다기보다 분쇄의 대상으로 제거하려고 했기 때문이다. 분쇄 대상으로서의 북한은 해방이후 근대국가를 형성하려는 남한만의 단독 정부에 의해 적으로 규정되었다. 따라서 해방 이후 한국의 역사에서 반공주의란 근대국민국가의 주체를 구성하는 누빔점이라 할 것이다.[2]

이러한 북한에 대한 적개심은 전쟁을 통해 보다 확실해 졌다. 공산주의가 단순히 이론체계에 불과한 것이 아니라 '빨갱이'란 말로 전이되면서 감정적 적개심의 대상이 되었던 것이다. 그리하여 반공주의란 '빨갱이=북한=적=공산주의'의 등식 속에 놓여지게 되었다. 다시 말해 '빨갱이=북한=적=공산주의'란 새로이 형성될 근대국민국가를 뿌리째 전복할 악의 축으로 규정되면서 반공주의란 곧 반북주의를 의미하는 것으로 되었던 것이다. 문제는 이러한 반북주의가 선의 형식을 갖추게 되는 데 있다. 북한을 악으로 규정하면서 악에 대한 강한 적개심을 발휘할 때 그것이 비록 정당한 것이었다 하더라도 그 안에 잠복해 있는 자기 안의 독선에 대한 위험성은 결코 반성되지 않는다. 독선으로 비롯된 수많은 부정적인 신념체계들은 쉽게 의식되지 않고 의식된다 할지라도 적에 대한 적개심으로 쉽게 정당화되곤 한다. 따라서 반전론자와 국책을 따르지 않는 사람들은 이적행위, 혹은 회색분자라는 이름으로 매도된다. 그들은 민족국가를 갈망하는 시대에 국가의 국민 됨을 부인하는 비국민으로 자리 매김되며 국민통합에 자발적인 사람들만 자랑스런 국민으로 평가되었던 것이다. 이로써 국가는 국민 창

---

1) 권혁범, 조한혜정・이우영 엮음, 「반공주의 회로판 읽기」, 『탈분단시대를 열며』, 삼인, 2000, 50쪽.
2) 슬라보예 지젝, 이수련 옮김, 『이데올로기라는 숭고한 대상』, 인간사랑, 2003, 169-176쪽.

출에 성공하며 이러한 성공에 전쟁이 끼친 영향이야말로 절대적이라
할 만하다. 전쟁은 국가와 국민에 의한 비국민의 학살을 불러오며 그
것은 민족 정화라는 미명하에 펼쳐진 비참한 사례 중에 으뜸을 차지한
다. 전쟁이 국가주권의 발현이고 군대가 국민국가의 중심을 이루는 장
치 가운데 하나라 할 때[3] 한국전쟁기에 발간된 종군문학기관지는 국
가를 신성시하고 그에 기반한 적개심을 통해 국민을 국가에 동원하는
첨병 역할을 했다는 점에서 특히 주목된다.[4]

한국전쟁기 종군문학기관지들의 기본적인 성격은 말 그대로 반공호
국의 주제를 형상화하고 있다는 데에서 찾을 수 있다.[5] 우리가 이 기

---

3) 니시카와 나가오 지음, 윤대석 옮김, 『국민이라는 괴물』, 소명출판, 2005, 10-11쪽.
4) 『전선문학』은 매호 3,000부 정도 발간했다고 전해진다. 그 이상을 발간하는 것은 발
   간비 사정 때문에 불가능했다고 전해진다. 그리고 이 기관지는 대체로 장교들에게 전
   달되었다. 왜냐 하면 이 시기 사병들의 대다수가 글을 읽을 수 없는 문맹이었기 때문
   이다. 그렇다면 국가의 이데올로기는 『전선문학』을 통해 장교들에게 주입되었고 장교
   들은 군의 명령체계에 의해 장병위문이라는 명분으로 이를 사병들에게 강제로 주입하
   였다고 보여진다. 이 강제적 주입으로서의 이데올로기는 전쟁의 외상을 치유할 수 있
   는 해석체계로 작용하면서 적극적으로 그것을 내면화하게 하는 핵심계기로 작용하게
   된다. 신영덕, 『한국전쟁기 종군작가 연구』, 국학자료원, 1998, 48쪽 참조. 그런데 문
   제는 출판 부수에 있는 것이 아니다. 중요한 것은 문단주체세력이라는 사람들이 앞장
   서서 이데올로기적 기능의 첨병 역할을 했다는 데에 있다. 이들의 이러한 기능적 역
   할이 단지 비자발적 시늉에 불과한 것은 아니었다. 한편으로는 생활의 압박 때문에,
   다른 한편으로는 살생의 현장에서 유일한 피난처라는 의미 때문에 그들은 그것을 자
   발적으로 수행하였다. 이 자발성은 진리의 진위문제를 떠나 이데올로기를 전면 수락
   하게 되는 내면화의 근본 계기였다고 할 것이다. 본 논문에서는 그러한 역할의 매체
   로서의 『전선문학』이 전쟁 이후 군과 문단에서 생산하는 다양한 작품들을 대량으로
   양산하게 했던 핵심 구조를 파악하는 데 있다. 이렇게 볼 때 출판부수의 문제는 그다
   지 중요한 것이 아니다.
5) 반공호국문학이라는 용어는 일차적으로 관이 주도하는 기관지에 실린 문학을 일컫는
   다. 관이 주도하는 이러한 성격의 문학은 전쟁 이후에도 본격 문단과 관계없이 지속
   적으로 강조되었다. 전쟁 후 군 내부, 혹은 보훈처 등의 국가기관에서 반공호국문학은
   문학상 시상이나 백일장 등의 형태로 계속 재생산되었다. 본 논문에서 이러한 반공호
   국문학의 시원지라 할 수 있는 『전선문학』을 다루게 된 이유는 그러한 재생산의 최대
   기여자가 소위 문단주체세력이었다는 것이고 문단주체세력들의 이러한 국가적 기여
   는 이후 본격문단 내부에 문학장의 핵심적인 구조적 원리를 의식적·무의식적으로 제

관지들을 문제 삼는 이유는 이처럼 그것이 반공과 호국의 명확한 심상지리 하에서 경계 바깥을 무시하고 배제했다는 점도 있지만 보다 더 중요한 이유로는 그것이 전후 한국문학의 문학장 재건에 핵심 구조를 제공했다는 데에 있다. 주지하다시피 종군문학기관지에 글을 실은 대부분의 필자들은 전쟁 전 문단의 주체세력들이었다. 해방 이후 좌파와 논쟁을 거치면서 남한 문단을 장악해 온 이들은 전쟁이 발발하자 곧장 '비상국민선전대'를 조직하였다. 이 선전대는 '문총'(전국문화단체총연합회) 간부들에 의해 '문총'의 규격이나 정규적인 조직과는 상관없이 비상사태에 기동적으로 부응할 수 있는 별동조직으로서 비상사태에 대처하기 위해 조직되었다. 해방 이후 관과 밀착하여 좌파에 문학적으로 대응해왔던 만큼 이들에게 있어 이러한 국가적 기동성은 예외적인 것이 아니었다. 전쟁 전과 비교하여 차이가 있다면 이러한 선전대 조직 시에 국방부 정훈국에서 파견된 연락장교가 배석하여 선전대에서 할 일들을 예거해 주었다는 데 있다.6) 28일 서울이 함락하자 임긍재, 조영암, 김송, 박연희, 구상 등은 최초로 '종군문인'이라는 포목 완장을 달고 정훈국 일을 맡아 하였으며 이날 대전으로 후퇴한 김광섭, 이헌구, 서정주, 서정태, 김송, 조지훈, 박목월, 조영암, 박연희, 이한직, 박노석, 박화목, 조흔파, 구상 등은 '문총구국대'(대장 김광섭)를 조직하고 "반공전쟁 수행에 끝까지 행동을 통일할 것을 다짐"하였다.7) 서울을 수복하고 다시 1·4후퇴로 대구와 부산에 집결하기까지 이들은 전쟁과 군

공하면서 본격문단의 다양한 문학세계를 제한하거나 확대하는 기능을 수행하였기 때문이다.

6) 〈비상국민선전대〉가 맡아서 해 줄 일에 대한 연락장교의 지시 내용은 다음과 같다. ① 전황, 기타에 관한 자료를 정훈국에서 제공하면 비상국민선전대는 그것을 문장화해서 신문, 방송, 기타 보도기관에 넘긴다. 보도기관에 넘기는 일은 연락장교가 맡는다. ② 국민의 전의를 앙양시키고 민심을 안정시키는 선전계몽활동을 한다. 이것은 〈비상국민선전대〉가 자주적으로 행한다. 조연현, 「문예시대」, 『한국문단이면사』, 깊은샘, 1983, 301-302쪽.

7) 신영덕, 『한국전쟁과 종군작가』, 국학자료원, 2002, 28-29쪽.

생활, 그리고 생존에 대한 두려움으로 반공호국의 이데올로기를 철저하게 내면화하기에 이른다. 다시 말해 적에 대한 적개심으로 반공주의를 강화함과 동시에 그 반공주의를 통해 전투적인 국가주의와 폭력적인 국민만들기에 자발적으로 동원되어 갔던 것이다.

반공주의와 국가주의가 전투적이고 폭력적이었던 만큼 문인들의 탐미적이고 자율적이었던 성격은 억압되지 않을 수 없었다. 이 시기 종군문학기관지에 실린 작품들 대부분이 예술성이 소거되고 도식성이 전면에 드러나게 된 것도 반공호국의 이데올로기가 문인으로서의 예술적 자발성과 자율성을 극도로 억압하였기 때문에 나타난 것이었다. 그런데 문제는 단순히 여기에서 그치는 것이 아니었다. 전쟁이 끝나고 그들이 군에서 떠나 새로이 문학장을 건설하려 할 때 그러한 종군문학기관지에 실었던 작품들의 내용구조가 문학적으로 변형된 채 그대로 작품을 형상화하는 일차원리가 되었다는 데 있다.8) 그들이 전선을 떠나 문학에 복무하게 되었을 때 그들은 어느새 전후 구세대 작가가 되었다. 새로운 세대의 등장에 맞닥뜨려야 했었다는 말이다. 그들을 맞아 전후 구세대 작가들은 세대논쟁과 순수참여논쟁의 와중에 휩싸이지 않을 수 없었다. 이 논쟁들에 직접적으로 혹은 간접적으로 영향을 미친 이데올로기는 반공주의였다. 말하자면 그들이 해방과 더불어 좌파와 싸워왔고 종군문학기관지를 통해 설파해온 반공주의가 전쟁이 끝난 이후에는 새로운 세대와 길항관계를 형성하게 되면서 도전을 받게 되었다는 것이다. 작가가 이론을 심화시켜 가면 결국 공산주의자가 되고 만다는 궤변은 단순히 웃고 넘길 문제가 아니다.9) 이 삽화야 말

---

8) 여기서 강조하는 것은 '일차 원리'라는 사실이다. 물론 개별적인 작가론적 차원에서 보면 다양한 양상들을 보이고 있는 것이 사실이다. 그렇지만 이러한 다양한 양상들을 관통하는 일차 원리는 이 논문에서 강조하고 있는 몇 가지 구조들이다. 이 몇 가지 구조들은 손창섭 소설은 물론이고 심지어 장용학의 소설에도 그대로 작용하고 있다. 이러한 사실은 개별적인 차별성을 가로지르는 구조적 원리에 대한 연구 없이 단순히 개별 작가만을 연구했을 때 그 연구가 충분히 진행될 수 없음을 말해 준다 하겠다.

9) 김붕구, 손세일 편, 「작가와 사회」, 『한국논쟁사』 II, 문학·어학편, 청람문화사, 1976,

로 관과 밀착해온 전후 구세대, 다시 말해 당시 문단 주체세력의 현주
소였던 것이다. 그들이 비정치적 정치성으로서의 순수를 말하고 비합
리성으로서의 생리를 말하는 것은 근대적 합리성을 부인하고 전통을
발굴하여 공동체로 회귀하려는 국가주의이데올로기의 한 반영이라 할
것이다.10)

전후의 문학장의 핵심 구조는 실로 반공주의와 국가주의였다.11) 그
런 점에서 기존의 전후문학 연구에서 보이는 전후의식이나 허무주의,
혹은 그 극복에 초점을 맞추는 형식들은 재고하지 않으면 안 된다.12)
물론 국제정세가 이미 그렇게 운명 지어 졌기에 반공주의와 국가주의
는 그것이 아무리 부정적인 것이었을지라도 쉽게 회피할 수 있는 것
이 아니었다. 이러한 이데올로기는 4·19를 겪으면서 서서히 도전받
지 않을 수 없었다. 그렇지만 새로운 문인 세대들은 국가의 폭력성에
도전하면서도 반공주의의 그물망을 벗어날 수는 없었다. 그들은 민주
적인 국가를 열망하지만 국가 자체가 붕괴되어서는 안 된다는 양가적

250-251쪽 참조.

10) 김동리에 대해서는 이봉범, 「잡지 〈문예〉의 성격과 위상」, 『상허학보』 17집; 김한식,
「김동리순수문학론의 세 층위」, 『상허학보』 15집 참조. 조연현에 대해서는 임영봉, 『한
국현대문학비평사론』, 역락, 2000, 75-84쪽 참조.

11) 본 논문에서 사용되고 있는 국가주의란 전체주의의 성격을 띠고 있다. 그렇다는 것
은 이 국가주의가 근대국민국가의 특수한 발현 형태임을 시사하는 것이다. 따라서 전
쟁기의 국가 형태는 필연적으로 전체주의, 혹은 국가주의의 모습을 띨 수밖에 없었고
전쟁이 끝난 이후 상당기간 이러한 형태는 변화되지 않았다. 그러나 2000년이 넘은
현재의 국가형태는 이러한 국가주의와 다소 다른 것은 주지의 사실이다. 본 논문에서
다루고 있는 국가주의란 국민국가의 '특수한 발현형태'로서의 이데올로기라는 사실을
강조해 둔다. 이러한 국가주의는 일민주의의 핵심 사항이다. 이 일민주의에 대해서는
여러 논문에서 언급했기에 중복을 피하는 의미에서 여기에서는 다루지 않겠다. 일민
주의에 대해서는 김진기, 「반공에 전유된 자유, 혹은 자유주의」, 『상허학보』 15집,
2005, 157-162쪽 참조. 더 자세한 논의는 서중석, 『이승만의 정치이데올로기』, 역사비
평, 2005, 참조.

12) 그렇다고 해서 이러한 연구들이 무의미하다는 것은 아니다. 문제는 본 논문에서 다
루고 있는 몇 가지 원리들을 간과했을 때 이러한 연구들이 필연적으로 갖게 되는 불
충분성을 감안해야 한다는 것이다.

감정으로 문학장의 무늬를 복잡하면서도 깊이 있게 변형시켜 놓았던
것이다.13) 이렇게 볼 때 반공주의가 한국문학에 반드시 부정적인 영
향을 끼쳤다고만은 할 수 없다. 그것과 길항하면서 때로 수용하는 다
양한 양상이 문학의 구조와 형식, 기법에 깊이와 넓이를 더했기 때문
이다.14) 물론 이러한 변화에 있어 문단주체세력이라고 해서 예외는 아
니었을 것이다. 그들 역시 이러한 변화에 스스로를 방어하면서 스스
로를 개혁해 나가려 노력했기 때문이다. 요컨대 반공주의는 그것의 부
정적인 기능과 효과에도 불구하고 전후 한국문학의 문학장을 확장하
고 심화하는 동력으로 작용하였다고 할 수 있다. 본 논문은 전후 한국
문학의 문학장에 지대한 영향을 미친 반공호국문학의 구조를 전쟁 전
과 그 이후 한국문학의 중요한 결절점이라고 할 수 있는 종군문학기
관지를 통해 세밀하게 살펴보려 한다.15) 그러한 목적을 위해 본 논문

---

13) 1960년대 문학에 대한 연구 역시 이러한 관점에서 재구성한다면 의미 있는 결과들이
   도출될 것이라 예상된다. 예컨대 최인훈이나 김승옥, 이제하, 서정인 등의 작품들을
   단순히 소시민/시민론이나, 형식이나 기법 등의 미적인 요소들을 중심으로 분석할 경
   우 그것들을 추동한 근원을 놓쳤기 때문에 현상적인 분석에 치우칠 우려가 많다는 것
   이다. 문제는 그러한 것들을 결과한 근원으로서의 반공주의와 민주적 갈망 사이의 대
   립이 그러한 미적 요소들과 인식론을 추동했다는 사실을 제대로 파악하는 것이다.
14) 반공주의가 긍정적으로 기여한 바는 도처에서 발견되지만 이에 대해서는 구체적으로
   언급되지 않는 실정이다. 예컨대 김현만 하더라도 그의 비평문에서 반공주의의 영향
   은 매우 심대하게 나타난다. 반공주의라 하면 기본적으로 노동자 농민 중심주의에 대
   한 비판이다. 김현의 비평문에서는 이러한 노동자 농민 중심의 이데올로기에 대한 강
   한 혐오감이 나타나 있다. 그로부터 그의 엘리티시즘이 발현하였다면(혹은 그 역도 성
   립한다) 그 엘리티시즘은 그의 도저한 미학주의로 물꼬를 트게 하였던 것이다. 그의
   미학주의는 그의 이념혐오증에도 불구하고 한국문학의 내재적 비평이라는 뚜렷한 한
   영역을 개척케 하였다. 반공주의의 한국문학에의 기여는 앞으로의 연구 과제로 남겨
   둬야 할 중요한 문학적 화두라 할 것이다.
15) 종군문학기관지를 중요한 결절점이라고 한 이유는 이미 해방기에 이러한 구조적 성
   격이 산만하게 전개되고 있었고 전쟁을 통해 이러한 성격이 관의 관리 하에 집약되었
   으며 나아가 전쟁기의 이 종군문학기관지의 문학적 구조가 이후 한국문학의 성격을
   규정짓는 근원적 토대가 되었다고 판단되기 때문이다. 아울러 명시해 둘 것은 해방기
   나 종군기, 혹은 전쟁 이후 새로이 형성된 문학장의 주체세력은 거의가 동일한 인물

에서 다루어지는 연구대상은 육군종군기관지였던『전선문학』으로 제
한할 것이다. 그 이유는 실제로 해군과 공군의 종군작가들은 종군의
어려움 때문에 활동이 활발하지 못했고 기관지 역시 영성하기 짝이 없
었기 때문이다.16) 본 연구가 제대로 수행되어 1950년대 후반과 1960
년대의 문학장에서 보이는 복잡한 구조적 갈등양상의 의미가 선명하
게 해명될 수 있기를 기대한다. 이러한 해명은 차후의 과제로 남기기
로 한다.

들이었다는 것이다. 그것이 비록 학술원, 예술원 회원 선출을 둘러싼 갈등을 염두에
둔다 해도 문단주체세력들이 갖고 있는 기본적 성격의 동일성에는 변함이 없다. 보다
구체적으로 언급하자면 해방기의 중앙문화협회는 청년문학가협회가 건설되면서 신구
세대 갈등을 양산하게 된다. 이러한 갈등이 첨예하게 대립한 것이 예술원 회원 선거
에서였다면 이러한 갈등의 명분적 표현은 문학성과 정치성으로(좀더 속내를 들여다
보면 역시 신세대 갈등의 한 표현이었을) 구체화하였다. 그렇지만 이러한 명분적 대립
이 문단 내부에서는 별다른 차별성으로 존재하지 않았는데 왜냐하면 이들의 상징자본
을 향한 싸움은 결국 문단권력을 장악하기 위한 수단이었기 때문이다. 그렇기에 '순
수'를 강조했던 '현대문학'파가 그토록 권력을 등에 지려고 하였던 것이다. 이로 보면
이들의 표면적 대립에도 불구하고 그들의 근저에 자리잡고 있는 것은 지배이데올로기
에 대한 강한 지향성이라 할 것이다.
16) 종군문학기관지는 육해공군 모두에서 나왔는데 그 중 육군종군문학기관지가 가장 활
발하였다. 해군이나 공군은 문인들을 선박이나 비행기에 탑승시키지 않았기에 실질적
인 종군은 불가능하였다. 그 중에서도 공군은 해군에 비해 비교적 활발한 활동을 벌
였다고 보여지는데 그것도 육군 종군문학과 비교하면 상대적 열악성을 면치 못하였고
그 활동조차 육군종군문학과 연계하여 이루어진 것이 많았다고 한다. 신영덕, 앞의
책, 39-42쪽. 본 논문에서는 일단 육군종군문학기관지에 초점을 맞추고자 한다.『전선
문학』에 실린 작품은 다음과 같다. 1집: 박영준의「암야」, 2집: 정비석의「간호장교」,
박영준의「가을저녁」, 손소희의「그날에 있은 일」, 김이석의「분열」3집: 이무영의「바
다의 대화」, 최인욱의「면회」, 곽하신의「처녀애장」, 김동사의「별빛」, 박연희의「새
벽」, 유주현의「역설」4집: 박영준의「김장군」, 정비석의「남아출신」, 장덕조의「선물」,
유주현의「기상도」5집: 김송의「불사신」, 손소희의「거리」6집: 최인욱의「어느날의
일등상사」, 박연희의「무기와 인간」, 한무숙의「정의사」, 손동인의「임자없는 그림자」,
최태응의「폭풍의 밤」, 7집: 박영준의「용초도근해」, 조진대의「전선」, 김장수의「전우
애」, 김요섭의「달뜰 무렵」.

2. 정신주의와 윤리적 한국문학

한국전쟁은 유례없는 전면전의 양상을 보였다. 이러한 전쟁에서 가장 효과적인 이데올로기는 반공주의였다. 반공주의란 공산주의에 대한 반대를 의미하였고 그런 만큼 다양한 가치들과 결합할 수 있는 유동성을 갖고 있었다. 그러나 반면에 권력에 반대하는 어떠한 반응도 반공주의란 이름으로 처벌할 수 있었다는 점에서 극히 폭력적인 이데올로기이기도 하였다. 반공주의란 실로 이 두 가지 특징을 두루 공유하고 있었다. 그것은 한편으로는 발전주의, 민주주의 등과 결합하여 자신의 자가 증식을 대외적으로 과시하기도 하였지만 동시에 다른 한편으로는 그러한 대중적 동의를 활용하여 오히려 반공주의를 강화하려는 세련된 시도로 전개되기도 하였다.17) 이 반공주의가 공인된 이데올로기로 격상되었던 시기는 미군정이, 미소공동위원회가 탁치문제로 결렬된 이후, 한반도에서 가장 중요한 쟁점은 '공산주의'라고 선언한 이후부터라 할 것이다.18) 이때부터 공산주의에 대한 부분적 부정이 전면적 부정, 다시 말해 지배권력의 차원에서 고려되고 해석되고 체계화되는 부정으로 바뀌어 버렸다. 이럴 경우 반공주의란 곧 반북주의를 함축하였다. 북한에 대한 태도는 필연적으로 적개심을 동반하게 하였고 따라서 반북주의란 북한에 대한 전면적인 부정을 의미하였다. 반북주의로서의 반공주의는 북한과의 선명한 금긋기를 통해 극도의 결벽증적 강박관념을 수반하게 하였다. 동무라는 친숙한 말은 북한에서 즐겨 쓰이고 있기에 금지되었다. 북한과의 공통성을 전면 소거해버리려는 이 극단적인 경계설정은 필연적으로 경계선상에 있는 모든 것들에 대한 폭력적인 보복을 불러왔다. 중간이나 절충, 타협을 거부하는 이 극단적인 양분법은 세계를 다원적이 아니라 이분적으로 보게 하는 강박증을 보편화시켰다.

---

17) 권혁범, 앞의 글, 앞의 책, 44쪽.
18) 모리 요시노부, 「한국 반공주의이데올로기 형성과정에 관한 연구-그 국제정치사적 기원과 제 특징」, 『한국과 국제정치』 5권 2호, 1989, 190쪽.

이러한 강박증은 전쟁을 통해 보다 구체화되었다. 전쟁이 터지고 수세적 국면에 처했을 때 정부는 보도연맹 가입자들을 처형해버렸다. 서울을 점령한 북한군 역시 우익과 그의 가족들을 반동분자라는 이름으로 보복하면서 상호학살은 점점 더 잔인해 졌다. 이어 정부는 '비상사태 하 범죄처벌에 관한 특별조치령'을 통해 피난민의 사상성 여부에 대한 끊임없는 감시를 펼쳐갔다. 수복 후에는 잔류민들 내에 부역을 한 사람들에 대한 심판이 이루어졌으며 이 과정에서 부역자 적발을 위해 이웃들을 연대책임으로 묶음으로써 일반인들을 서로 감시케하는 불신 체제를 형성했다.19) 북한에 대한 적개심은 어느새 남한의 국민 사이에 적개심과 공포심을 심어놓았다. 이러한 폭력을 통해 대중들은 국민으로 호명되면서 국가체계에 기입되기 시작했다. 적개심과 공포심은 국민들로 하여금 자발적으로 국가 시책에 따르게 하였다. 이와 같은 방식으로 한반도는 북한과 남한이라는 두 체제로 명확히 이분되었다. 이때 북한은 야수로 이미지화하였고 괴뢰집단이라는 개념으로 응축되었다. 동시에 북한은 비윤리적인 가정파괴집단으로 호명되었다.20) 다시 말해 북한은 금수만도 못한 종족이며 소련의 사주를 받는 민족파괴집단이면서 전통적인 윤리도덕을 배반하는 패륜아로 지목되었다. 이것은 기본적으로 공산주의가 유물론을 기조로 한 사상으로서 물질을 근본에 두기 때문에 정신이나 문화와는 거리가 멀다는 방식의 이데올로기적 전략의 결과라 할 것이다. 따라서 한국전쟁은 '인간의 존엄성과 개성의 자유와 인류의 평등을 수호하는 진영의 정신군'과 '인간의 정신은 물질의 소산이라는 물욕에 굶주린 아귀떼'와의 전쟁으로 명확하게 규정되었다.21)

한반도의 현실을 바라보는 이 이분법은 정신의 특화를 낳았다. 김기

---

19) 강경성, 「반공주의」, 『역사비평』, 1999. 여름, 204-205쪽.

20) 정용욱, 「6·25전쟁기 미군의 삐라 심리전과 냉전 이데올로기」, 『역사와 현실 51』, 한국역사연구회, 2004. 3, 102-112쪽 참조.

21) 김팔봉, 「군인과 종교」, 『전선문학』 2집, 17쪽.

진은 '개성의 존엄과 자유와 평등을 수호하는 정신은 물질에 헤매는 아귀떼를 청소하고야 말 것'이라고 단언하고 이 정신은 '불에 태워도 타지 않고 물에 끓여도 안 녹고 가둬도 가루가 되지 않고 영원히 남는 다'면서 '육신은 호국의 꽃으로 산화할지라도 우리의 호국 대의의 정신은 죽지 않고 조국을 수호한다'고 주장한다.[22] 이 주장의 근저에는 육신에 대립하는 정신의 영원성이 구조화되어 있다. 정신이 호국대의 와 만날 때 그것은 숭고함의 아우라를 획득한다. 한국문학은 이러한 호국대의 정신을 전유하면서 전쟁기의 자신의 책무를 규정짓는다.[23] 이때 문학정신은 곧 혁명정신으로 비약해 버린다. 혁명정신이란 크게 보아 두 가지로 정리할 수 있다. 첫째 문학의 윤리적 기능을 통해 각 개인에게 휴머니티를 강조함으로써 가능해 진다. 다시 말해 작품을 통해 작가들은 자기가 입상한 인격을 창조 활동시키고 독자들은 그 작품 속에 나타난 인격 속에서 자기의 인격을 개조하고 활용하고 발전시킬 수 있다는 것이다. 문학을 인격 개조와 연결시킴으로써 문학을 윤리적 기능 속에 종속시키고 있다. 둘째, 혁명정신은 곧 현실지양의 정신이다. 다시 말해 문학에 담긴 현실부정적 요소가 현실을 개혁시키는 원동력이 된다는 것이다. 요약건대 문학정신은 곧 혁명정신이고 그것은 인격과 현실의 개조를 통해 가능하다는 것이다. 그는 이러한 정신이 필요한 이유로서 현재 문학자나 意氣人들이 '은둔적이요 도피적이요 현실초연적'인 태도를 보이고 있기 때문이라면서 이를 시정하고 혁명정신을 이루기 위하여서는 그 정신을 '사회나 국가가 육성 옹호하여 야' 한다고 강조한다. 이는 물론 북한의 모략과 선동, 기만, 선전 등에 대응하기 위한 사상전, 선전전의 필요성에서 나온 논리이지만 이를 통해 문학의 내부에서는 문학의 윤리적 기능과 반공정신이 자연화 되고 있음을 알 수 있다.

---

22) 김팔봉, 앞의 글, 17쪽.
23) 이에 대해서는 『전선문학』 4집의 김기진, 「정신의 빈곤」, 구상, 「문학정신과 혁명정신」 참조.

358

　『전선문학』에는 이처럼 반공정신과 문학의 윤리적 기능이 지배적인 구조로 내면화되어 있다. 『전선문학』에 실린 작품 모두가 적에 대한 적개심과 국가의 수호라는 반공호국의 정신으로 구성되어 있고 그러한 정신을 구현하는 중요한 방식으로서 인격적 윤리성이 호명되고 있는 것이다. 문인들은 이러한 정신의 숭고함을 전면화하고 그것을 윤리적으로 뒷받침하기 위하여 끊임없이 육체의 비루함과 저속함을 고발한다. 이처럼 정신이 특화되어 강조될 때 육체는 배제되고 소멸된다. 이무영은 '安價의 男女癡情의 敍述'로 된 '안가의 문학이 오늘날 이 땅에서 생산되고 있는 문학의 대부분'이라고 규탄하고 있으며,24) 구상은 종군작가들의 종군기가 신문사나 출판사로부터 경원 기피당하고 있음을 한탄하고 그 이유로서 그 신문사나 출판사들이 '에로라든가 관능적인 연애물' 등에만 영합하고 있기 때문이라고 분개한다.25) 이러한 양상은 작품상으로도 예컨대 유주현의 「기상도」, 김송의 「불사신」 등에 나타나고 있으며 그 외의 다른 작품들 역시 이러한 구조의 연장선상에 있다고 할 수 있다. 이처럼 북한을 적으로 규정한 반공주의에 의해 남한의 문화계는 정신으로 무장되고 그 정신은 혁명정신으로 상승되면서 문학계는 윤리성으로 자신을 정당화하려고 하였다. 전쟁이 호국대의의 이름으로 숭고화하면서 문학의 윤리성 또한 숭고함의 지위로 상승하였다. 숭고함을 전제할 때 비윤리적 작품은 배제되었으며 문학은 마땅히 명예와 고결함의 의장을 갖출 수 있게 되었다. 에로라든가 관능은 인격에 반하는 것이므로 문학에서 추방되었다. 마찬가지 논리로 문학은 통속문학과 경계를 명확히 하게 되었다. 이 경계는 명예와 고결함으로 인해 그것이 역으로 야기할 수 있는 모욕감과 수치감으로 인해 강박적으로 추구되었다. 따라서 문학작품의 윤리적 구조를 해명하는 작업은 한국문학의 문학장의 구조를 해명하는데 있어 가장 중요한 것이라 할 것이다.26)

24) 이무영, 「전쟁과 문학」, 『전선문학』 5집, 6쪽.
25) 구상, 「종군작가단 2년」, 『전선문학』 5집, 58쪽.
26) 이 부분에서 우리는 1960년대 비평의 기수 김현이 김광주의 무협소설을 비판하면서

3. 가족주의와 국가 공동체

한국에서의 국가주의란 일차적으로 신생 대한민국이라는 한계로부터 도출된다. 말하자면 해방 이후 국가란 새롭게 탄생되어야 할 것이지 이미 탄생했던 정치적 실체는 아니었던 것이다. 일제 하 식민지의 경험은 이러한 국가에 대한 열망을 더욱 가속화시켰다. 그렇지만 국가란 그렇게 쉽게 만들어지지 않았다. 무엇보다도 해방 후 한반도의 남과 북에는 미군과 소련군이 진주하여 한반도의 운명을 결정할 미소공동위원회의 협상이 진행되고 있었고 남한만의 단독정부가 세워진 1948년에는 그 정부의 정당성을 흔드는 여순반란사건이 있었으며 그 모든 역경을 딛고 나서도 유엔의 승인을 얻기 위해 노력해야 했던 것이다. 어떤 조직체가 물리적이거나 정신적인 힘을 행사하여 일정 지역에서 타인에게 자신의 의사를 강제할 수 있다 하더라도 그런 조직체가 모두 국가일 수 없다. 국가가 되기 위하여서는 유엔과 같은 국제적 정치체나 타국의 승인을 얻어야 할 뿐만 아니라 자신의 영토라고 주장하는 한반도 지역의 거주민, 즉 한국인들에 대해 주권을 행사해야 하고 또 행사된 권력이 거주민들에 의해 주권적 행위로 인정되어야 한다. 이런 점에서 볼 때 이승만 정부는 아직 선언 이상의 국가일 수 없었다. 이승만 정부가 국가로 발돋움하기 위해서는 사회 이해당사자의 하나가 아니라 민족 사회 상위에서 민족을 대표하고 민족의 이익을 옹호하는 민족국가로 자신을 현현해야 한다.[27] 한국 전쟁은 이승만 정부로 하여금 민족의 이익을 옹호하고 남북한 모두를 아우르는 민족국가로 자리매김하는 데 핵심계기로 작용했다. 한국 전쟁을 통해 국가는 무소

그것이 '순수한 소설'과 어떻게 다른가를 집요하게 분석했다는 사실을 상기하는 것도 좋으리라 생각된다. 김현, 「무협소설은 왜 읽히는가-허무주의의 부정적 표출」, 김현 문학전집 2 『현대 한국문학의 이론/사회와 윤리』, 문학과지성사, 1995, 참조.

27) 임종명, 윤해동·천정환·허수·황병주·이용기·윤대석 엮음, 「여순 '반란'의 재현을 통한 대한민국의 형상화」, 『근대를 다시 읽는다』, 역사비평사, 2006, 281-282쪽 참조.

불위의 권력을 행사하고 민족과 국민을 전유하며 자신의 이데올로기를 국민 모두에 관철시키는 전체주의적 국가지상주의의 성격을 갖게 되었다.

국가주의란 정치적인 것이고 국민·국가라는 정치적 경계의 존재를 전제하고 있다. 즉 정치적 혹은 문화적으로 경계를 위협하는 타인의 존재를 전제로 하고 있는 것이다.[28] 이것은 국가 이데올로기의 한 형태로서 여기서 이데올로기란 권력을 보장하거나 현시하기 위해 전개되는 통일된 계획이나 일련의 정책이라고 할 수 있다. 이러한 경계를 설정하기 위해서는 실체화가 불가피하다. 사회집단의 구성원은 그 집단의 크고 작음에 관계없이 즉 소수의 하층집단이든 민족국가든 간에 의지, 정신, 또는 혈연이라는 비유로 표현되는 것을 공유한다.[29] 그렇지만 한국의 경우 혈연을 국가주의의 실체로 정할 경우 복잡한 우회로를 거칠 수밖에 없었다. 혈연을 매개로 할 경우 '동족'이라 지칭되는 북한을 배제할 도리가 없기 때문이다. 따라서 북한은 사상의 획일성으로 호명되지 않을 수 없다. 북한은 유물론을 기조로 한 계급혁명을 꿈꾸기 때문에 사상의 도식성이 혈연에 대한 무자비한 탄압을 불러왔다고 규정된다. 부모 형제도 몰라보는 이러한 냉혹하고 잔인한 비인간성에 대한 고발이 인간성 옹호의 휴머니즘을 특화시켰던 것이다. 『전선문학』 1집에 실린 박영준의 「암야」는 사상을 혈연의 상위개념으로 설정하는 북의 논리를 규탄한다. 핏줄의 논리로 동생을 포용하려는 형의 노력은 사상으로 무장된 동생의 배신으로 결국 무위로 돌아간다. 이러한 형상화는 제유법적으로 북한을 사상의 노예로 제한하고 그 사상을 핏줄의 논리와 대비시켜 북한의 반민족적인 적대적 타자성을 드러내기 위한 일환이라고 할 수 있다. 이로써 북한은 혈연적 공동체를 위협하는 적으로 규정되며 북한에 대한 적개심은 역으로 혈연적 휴머니즘을

---

28) 오오누키 에미코 지음, 이향철 옮김, 『사쿠라가 지다 젊음도 지다』, 모멘토, 2005, 330쪽.
29) 오오누키 에미코 지음, 앞의 책, 417쪽.

구현하는 것으로 미화된다.

이와 같은 혈연 공동체의 강조는 그것을 기반으로 하고 있는 유교적 가족주의를 적극 수용하는 계기가 된다.『전선문학』에는 가족을 둘러싼 삽화들이 소설화된 경우가 상대적으로 많다. 박영준의「가을저녁」, 곽하신의「처녀애장」, 김동사의「별빛」, 이무영의「바다의 대화」, 최인욱의「면회」, 정비석의「남아출생」, 손동인의「임자없는 그림자」등은 대표적인 경우이고 그 외에도 이같은 가족주의적 맥락에서 그려진 작품들이 의외로 많은 것이다. 박영준의「가을저녁」은 전쟁으로 빚어진 가족적 비극을 그려내고 있다. 춘식은 전쟁미망인과 행복한 생활을 영위하고 있었다. 그러나 전사했다고 생각했던 아내의 남편이 찾아오자 가족의 비극이 시작된다. 그렇지만 전남편이었던 사내는 오히려 자신은 언제 죽을지 모르는 사람이니 차라리 아이들을 위해 잘되었다고 말하며 "그냥 살아" 한마디만 남긴 채 떠나간다. 하지만 춘식 또한 비록 사내가 떠났어도 떠나야 할 사람은 자기라며 짐을 싸서 집을 나온다. 이 마지막 장면에서의 춘식의 결단은 견고한 가족주의의 신성불가침성을 새삼 되새겨준다. 그것은 가족적 순수성의 다른 표현이다. 이에 대해서는 다음 항목에서 다시 후술할 것이다. 이러한 순수성의 구조는 곽하신의「처녀애장」, 김동사의「별빛」, 손동인의「임자없는 그림자」에서도 유사하게 변주된다. 곽하신의「처녀애장」은 결혼을 약속한 경식이 군에 가자 어머니는 '나'의 가족을 돌봐주는 윤수 청년과 결혼하라고 종용한다. 그렇지만 '나'는 경식과의 약속을 지키기 위해 집을 나와 뱃사람에게 처녀를 바치게 된다. 손동인의「임자없는 그림자」역시 혜숙이 사귀던 경섭이 군에 가고 난 후 집안에서 혼처를 정해주자 괴로운 심사에 자살을 택한다는 이야기를 그리고 있다.

가족을 모티브로 하고 있는 이 소설들에서 공통되는 현상은 남성주체의 강력한 재건이다. 이 소설들의 여성 인물들은 하나같이 남성주체들에 종속되어 그를 위해 기꺼이 죽음까지도 선택하고 있는 것이다. 박영준의「가을저녁」역시 춘식이 떠난 뒤 아내의 삶이 어떠하리라는 것은 불문가지이다. 그러나 어떠한 고통이 주어질 지라도 가족구성원으로서의 그녀의 삶은 거의 운명적일 정도로 이미 규정되어 있다. 운명으로서의 가족과 가부장주의란 곧 유교적 가족주의의 핵심 내용이다. 그렇지만 실제로 전쟁미망인, 혹은 전쟁으로 생존에 맞설 수밖에 없었던 여성들이 이처럼 유교주의적 교리에 충실했던 것은 아니다. 달리 말해 이러한 형상화는 봉합된 이데올로기에 불과했을 뿐이라는 것이다. 이러한 이데올로기는 북한을 악으로 규정하고 그것에 대적할 수 있는 국민통합이데올로기의 일환으로 만들어졌던 것이다. 국민통합을 강화하기 위해서는 기본적으로 자국을 포함한 국가 간의 관계에서 자신의 독자성을 강조해야만 한다.[30] 전쟁 하에서 정부는 국민통합을 강화하기 위하여 북한과 다른 남한만의 독자성을 강조하는 방식을 통해 국민을 통합해 나갔다. 이 독자성이란 북한을 야만으로 규정하면서 남한을 문명으로 규정하는 방식을 통해 수행됐는데 이때 문명이란 근대적 가치가 아니라 부모 형제의 윤리를, 그것의 희생성과 헌신성을 미화하고 찬양하는 방식을 의미하였다. 말하자면 국민통합의 내적 요구는 유교이데올로기에서 훌륭한 전범을 획득할 수 있었던 것이다. 그렇다는 사실이 의미하는 바는 이 유교이데올로기가 봉건주의 이데올로기의 단순한 답습이 아니라 국민통합, 즉 전국적인 유기적 결합체 건설이라는 근대적 프로젝트의 일환으로 소환되었다는 것이다.

핏줄공동체와 그것을 기반으로 하고 있는 유교적 이데올로기는 국가를 정당화하는 민족의 주요한 구성요소이다. 민족이란 본래 제한되고 주권을 가진 것으로 상상되는 정치공동체인데 이 상상을 가능하게 하기 위해서는 구성원 각자의 마음 속에 친교의 이미지가 살아있어야 한다.[31] 이 친교의 이미지를 생산하는데 있어서 가족만큼 강력한 것도 없다. 민족주의가 민족을 발명해 내듯이 가족주의가 가족을 발명해 낸

---

30) 니시카와 나가오 지음, 앞의 책, 61쪽.
31) 베네딕트 앤더슨, 윤형숙 역, 『상상의 공동체』, 나남출판, 2005, 25쪽.

다고 할 수 있다. 이른바 전통의 발명이라 할 수 있는 이 가족주의는 근대의 가족파괴와 근대적 사회 분열을 봉합할 수 있는 민족주의의 주요한 무기였다. 국가는 이 가족을 강조하면서 비로소 국가의 이미지를 확고하게 그릴 수 있게 되었다. 국가는 가족과 같이 유기적 전체로 구성되면서 가족의 가부장적 성격을 통해 국가 권력의 권위주의적 성격을 자연스럽게 형상화할 수 있다.[32] 가족이 효의 개념을 통해 강화된다면 국가는 이 가족과 충의 개념을 통해 강화될 수 있는 것이다. 그러나 이 개조는 자연스러운 것이 아니었다. 무엇보다도 있을 수 있는 가족 형태의 다양한 경우의 수를 이 자연스러운 가족개념은 폭력적으로 억압할 수밖에 없기 때문이다. 따라서 이 자연화과정에는 불가피하게 그것에 대한 미화과정이 뒤따르게 마련이다. 최인욱의 「면회」는 가족에 대한 미화의 단적인 예이다. 부인 옥림은 산월이 가까워 옴에도 불구하고 일선으로 가는 남편 형수를 만나려 천리를 마다하고 남편의 부대를 찾아 면회한다. 그곳에서 뜻밖에 아이를 낳게 되자 부대장은 부대의 경사라고 기뻐하고 형수는 아들의 이름을 '길조'라고 지어놓고 일선으로 떠난다는 것이 줄거리이다. 이 작품에서 우회적으로 보여주는 것은 가족의 소중함이다. 그 가족의 소중함은 남아선호사상에서 볼 수 있듯 가부장의식이 배면에 깔려 있다. 이 사건에 내포된 핏줄의 비합리성은 은폐되고 그것의 자연스러움만 드러나게 하는 데는 이 사건에 대한 미화가 필수적이다.[33] 이 사건은 '경사'로 규정되면서 가족주의의 성스러운 아우라가 이 사건이 함축하고 있는 비합리성(핏줄과 남성성의 신성화)을 은폐하는데 일조하고 있는 것이다.

이 같은 가족주의는 대중을 가족주의로 일원화하면서 국가에 호출하는 국가의 지배적인 이데올로기 작동이라 할 수 있다. 역으로 대중은 이같은 가족주의를 매개로 하여 민족을 공동체로 상상하면서 동시

---

32) 국가와 가족의 문제는 이승만의 일민주의가 갖고 있는 핵심이라고 할 수 있다. 안호상, 『일민주의의 본바탕』.

33) 오오누키 에미코 지음, 앞의 책, 428쪽.

에 국가와 사회를 공동체적 발상으로 인식하게 된다. 국가와 사회라는 근대적 조직체를 공동체적 발상으로 바라보게 되면 그 국가와 사회는 공동체에서 요구하는 윤리적 실체로 재구성되게 된다.[34] 국가와 사회의 근대적 부정성을 근대적 시각으로 보게 되는 게 아니라 윤리적 차원에서 적극적으로 옹호하게 되는 기현상이 발생할 수 있다는 것이다. 살인과 공포로 비롯한 죄의식을 보상해주는 퇴행적 이상향으로서의 가족주의는 주체의 허무와 불안으로 하여 더욱 강박되지만[35] 주체가 죄의 근대적 의미와 정면 대결하려는 합리적 삶의 방식은 점점 더 요원해 질 수밖에 없는 것이다. 『전선문학』에 실린 작품들 대부분은 이러한 가족적 공동체와 관련된 휴머니즘의 전파를 담고 있다. 그 휴머니즘이란 근대적 가치와는 거리가 먼 '의리'(유주현의 「역설」)라든가 '희생'(한무숙의 「정의사」, 정비석의 「간호장교」), 부성애(박영준의 「김장군」), 헌신(김장수의 「전우애」, 장덕조의 「선물」) 등의 비합리적 가치와 관련이 있다. 그것은 가족을 위하여 희생하고 가족을 절대시하는 가족주의와 유비관계를 형성하면서 윤리적인 국가 공동체 의식을 강화하는 데 일조하고 있는 것이다. 이러한 비합리성은 핏줄론과 유비관계를 형성하면서 근대의 분열된 삶에 맞서게 한다는 점에서 옹호된다. 요약건대 국가주의는 북에 대한 적개심을 통해 전근대적 가족주의를 소환하여 타자와의 경계를 명확히 함과 동시에 근대적 가치판단과 그로부터 발생하는 혼란에 대처하면서 분열 이전의 순결하게 보존된 가족상을 공동체의식으로 은유하여 대중을 국민으로 호명하면서 비로소 국가로서의 동원체계를 가동할 수 있게 된 것이다.

---

34) 정치와 사회의 윤리적 관계에 대한 통찰은 한수영, 「윤리적 인간, 혹은 반공 이데올로기의 기원—선우휘론」, 실천문학, 2001, 봄을 참조하기 바람. 특히 우리의 논의와 관련한 부분은 276-277쪽 참조.

35) 이에 대해서는 권명아 지음, 『가족이야기는 어떻게 만들어지는가』, 책세상, 2000, 39-45쪽 참조.

4. 숭고한 남성성과 희생의 젠더화

가족주의와 관련하여 국가는 그러한 가족주의를 호국의 의지로 전환하는 일이 급선무가 되었다. 전쟁시기였던 만큼 호전적인 애국심이 절대적으로 요청되었던 것이다. 전통적인 유교 이데올로기는 전근대적인 것이 아니라 근대의 산물이다. 그것은 근대의 부정성을 교정하려는 근대적 국가주의의 구성물이었던 것이다. 국가는 자신의 유지와 재건을 위해 근대적 관계의 가공적 성격에 반대하여 원래부터 존재했다고 인식시켜온 가족적 진실성에 호소하였지만 그러한 공동체 역시 근대의 인위적인 가공물에 불과하였다.36) 이러한 가공성을 은폐하고 그것의 자연성과 순수성을 주장하기 위하여서는 새로운 형태의 이데올로기가 불가피하게 요청되었다. 전쟁은 그러한 가공물을 비교적 손쉽게 만들어 주었다. 국가는 유교 이데올로기의 구성요소라 할 수 있는 충의 개념을 도입하여 이 문제를 해결하였다. 국가에 대한 충성심은 전쟁기에 최고의 덕목이 될 수 있었기 때문이다. 이러한 애국심은 효를 근본으로 하는 가족주의에 호소할 때 더 자연스러운 가치가 될 수 있었다. 김송의 「불사신」은 이 같은 문제를 잘 형상화하고 있다. 주인공 영철은 백마고지라는 전장의 육군 중위다. 그는 수많은 전투를 치렀으며 실제로 죽을 고비를 숱하게 넘겼다. 이 소설은 그런 그가 3년 만에 일주일의 후방위문으로 부산에서 겪은 일을 형상화하고 있다. 부산에서 형은 전쟁특수를 이용해 큰 부자가 되어 '호화찬란한 귀족의 저택'에서 살고 있다. 대학생인 동생 영숙은 '외국인 상대의 유엔마담'처럼 야한 화장을 하고 '파-티'에 다니고 있으며 자신의 애인 초희는 돈많은 형과 동거하고 있었다. 이에 격분한 그는 초희에 대한 애틋함도 버리고 후방에 실망하여 다시 일선으로 복귀한다는 것이 줄거리의 전부이다. 이

---

36) 전통의 발명과 그것의 근대적 성격에 대해서는 시모네타 팔라스카 참포니, 제프리 K. 올릭 엮음, 최호근·민유기·윤영휘 옮김, 「이야기꾼과 지배서사: 파시스트 이탈리아의 근대성, 기억, 역사」, 『국가와 기억』, 민주화운동기념사업회, 2006, 59-64쪽 참조.

소설에서 강조하고 있는 것은 후방에서의 윤리적 문란함과 가족적 분열에 대한 비판이다. 그 비판을 통해서 설파되는 것은 조국을 위해 목숨을 바치는 전장의 숭고함이다. 이 숭고함을 고취하기 위해 소환되는 개념이 예의 그 가족주의라는 사실은 주목을 요한다. 이 소설은 전방과 후방의 경계를 명확히 하고 후방도 가족주의와 그것을 파괴하는 개인의 이기심으로 명확히 경계화 한다. 여동생의 '방탕'도 형의 외도도, 초희의 애정행각도, 나아가 형의 모리배적 사업도 모두 '개인적 이기심'의 표현일 뿐이다. '남의 가정을 침범하는 것은 죄악'이듯이 하나의 주권국가를 침범하는 것 또한 국가적 죄악이다. 호국 의지는 분열을 조장하는 불순물을 제거하여 순결한 상태에 도달하려는 희생과 헌신의 강렬한 충동이다.[37]

이 충동은 시민생활을 지배하는 저급한 도구주의적 논리를 이기심과 향락으로 부정하면서 위기에 처한 국가를 수호하려는 희생과 헌신의 영웅주의로 현상하였다. 『전선문학』에 실린 많은 작품들이 주로 이러한 영웅주의를 형상화하고 있는 것도 무리는 아니었던 것이다. 김송의 「불사신」은 그러한 영웅주의의 단적인 예가 되거니와 박영준의 「김장군」, 이무영의 「바다의 대화」, 정비석의 「간호장교」 등 수많은 작품들이 이같은 모티브를 생산하고 있는 대표적인 작품들이다. 이 작품들은 모두 '대의를 위해 사사로운 감정은 희생해야 한다'는 숭고한 인물들을 형상화하고 있다. 박영준의 「김장군」은 전투 현장에서의 모범적인 장군상을 선보이고 있다. 김장군은 군기를 위해서는 한치의 용서도 허용하지 않으면서도 인간적인 따스함을 견지하고 있다. 이러한 인간상은 유교적인 아버지상을 그대로 도용한 것에 불과하다. 이 같은 대중선전은 민족과 국가를 하나의 가족 공동체 내지는 혈연적 관계로 묘

---

37) 바로 이러한 이유 때문에 미국에 의해 강제된 자유민주의는 뿌리를 내리지 못하게 되었다. 이 시기 담론에서 자유와 평등이 수없이 운위되었지만 그것이 개인의 차원에서는 논의되지 못하고 국가적 차원, 즉 국가의 자유와 평등의 차원으로 비약한 것은 이 때가 국가주의의 형성기였기 때문이다.

사함으로써 일체감을 강화하기 위해서 도입된 것이다.[38] 이와 같이 효
와 충의 개념을 겹쳐놓음으로써 국가는 전사회 구성원을 가족적 위계
질서 속에 놓을 수 있게 된다. 그렇지만 전쟁 시기였기 때문에 효와 충
의 개념이 상충될 때 그 상위개념은 당연히 충이 되었다. 이무영의 「바
다의 대화」는 아무리 자식을 위해 헌신적으로 희생하는 어머니라 할지
라도 그 애정도 결국 나라의 자식으로 거듭나려는 창건의 군입대 의지
에 종속될 수밖에 없다는 것을 강하게 피력한다. 말하자면 국가주의는
가족주의의 상위개념이었고 가족주의에 뿌리를 둔 위계적 공동체의식
으로 희생과 헌신의 애국주의를 낳게 하였다는 것이다.

애국주의란 민족, 국수, 국가, 국민의 보전과 진흥을 주장하는 일련
의 움직임이라 할 수 있는데[39] 영웅주의는 이 모든 것을 함축하는 상
징적인 이미지를 현출한다. 이러한 가치들은 전쟁을 재건으로 보고 전
쟁에서의 폭력을 선의 잠재력을 일깨우는 것으로 보며, 또한 이상과
신념으로의 복귀로 보는 국가주의의 핵심이다.[40] 또한 국가주의가 정
치·지적 지도자에 의해 조직화된 집단·제도적인 것으로, 따라서 권
력을 가진 중앙정부, 즉 국가의 존재를 전제로 하는 것임을 염두에 둘
때[41] 영웅주의는 지도자, 혹은 지도자적 덕목의 미화를 동반하게 마련
이다. 희생과 헌신의 영웅주의적 덕목은 그들을 순교자로 만들기에 족
했다. 순교자란 피의 대가라는 점에서 영웅의 피는 국가적 대의의 순
수성과 신성함의 중심기호가 되었다.[42] 역사의 바퀴를 움직이는 것은
피이고 폭력은 신성하며 그것을 촉진하는 사람들 또한 신성하였다. 이
해석구조 안에서 전쟁은 공동의 경험으로서 그리고 비이기적인 헌신으

---

38) 이에 대해서는 김철, 「김동리의 파시즘」, 『국문학을 넘어서』, 국학자료원, 2000, 40쪽
   참조.
39) 요시자와 세이치로, 정지호 옮김, 『애국주의의 형성』, 논형, 2006, 45쪽, 주 2 참조.
40) 시모네타 팔라스카 참포니, 앞의 글, 앞의 책, 69쪽.
41) 오오누키 에미코, 앞의 책, 413쪽.
42) 시모네타 팔라스카 참포니, 앞의 글, 앞의 책, 70쪽.

로서 매우 숭고한 영적 지위로 고양되었다. 전쟁은 새로운 이상과 도
덕을 수립하려는 투쟁을 고무하고 신성시하였으며 이러한 피의 순수성
을 통해 국가는 자신을 신성시하는 작업과 국가를 공동체로서 재구성
하는 작업을 동시에 수행할 수 있게 되었다.[43] 『전선문학』에는 이러한
전쟁과 피의 해석구조 안에서 자발적으로 국가에 헌신하려는 젊은이들
로, 혹은 그들의 비극으로 가득 차 있다. 그런데 문제는 이러한 피의
해석구조가 병적인 남성주의에의 집착과 여성 혐오증을 낳게 하였다는
데 있다. 아무리 일체감을 조성하고 죽음에 대한 동등한 권리[44]가 주
어졌다 할지라도 여성은 언제나 2급 국민이었다.[45]

　한국전쟁은 전장이 따로 없는 유례없는 총력전의 양상을 띠고 전개
되었다. 따라서 병력과 노동력을 따로 나눌 수 없었고 남성과 여성을
구분하여 동원할 수도 없었다. 그렇지만 그러한 총력전의 와중에서도
여성은 남성과 동등한 권리를 부여받지는 못했다. 두려움 없이 죽음과
마주할 수 있는 정신이 고결함으로 평가되었고 죽음이 상시적으로 존
재하는 전장에서의 남성은 여성보다 숭고한 존재로 여겨졌다. 실제로
『전선문학』에서 강조되었던 것은 전쟁문학론이었고 팬이 검보다 강하
다는 말은 진부한 말이 되었다. 팬은 이제 '철필'이 되었으며 '수류탄
이며 야포이며 화염방사기이며 원자수소의 신무기'[46]가 되었다. 문학
하는 군인들이 예찬되었고[47] 문화전선이 운위되었으며 사상전, 선전전
을 위한 투쟁이 구호처럼 남발되었다. 작가뿐만 아니라 작품까지도 총
력전 체제로 돌입하였고 그들, 혹은 작품들이 최우선시하는 것도 전쟁
승리를 위한 행위의 숭고함 예찬이었다. 이 숭고함의 주체는 단연 남

---

43) 시모네타 팔라스카 참포니, 앞의 글, 앞의 책, 71쪽.
44) 오오누키 에미코, 앞의 책, 33쪽.
45) 우에노 치즈코 지음, 이선이 옮김, 『내셔널리즘과 젠더』, 박종철출판사, 1999, 25쪽.
　　이 책에서는 '2류 시민'이라는 표현을 쓰고 있다.
46) 최독견, 「창간사」, 『전선문학』 1집.
47) 김송, 「문학하는 군인들」, 『전선문학』 1집.

성이었다. 장덕조는『전선문학』2집에서 상이군인과 결혼하려는 여성의 숭고함에 대해 논하고 있다. 그들의 결혼 자원은 불행을 초월하고 자기 자신을 넘어서서 좀더 높은 곳에 몸과 마음을 밝힐 수 있는 여성의 '체념'으로 하여 비로소 가능했다는 점에서 찬양되고 있는 것이다.[48] 말하자면 나라를 지키는 것은 남성이고 여성은 자기자신을 넘어서서 이러한 남성에 대해 헌신했을 때 그 가치를 인정받을 수 있다는 것이다. 그러면서 그는 이어 군인 미망인 문제에 대해 언급한다. '숭고한 정신으로 조국 수호의 일원이 된 군인 미망인들이 점점 전락하고 있다'는 것이다.[49] 이 글의 구조는 조국을 위해 헌신한 남성에 대한 여성의 숭고한 희생에 대한 예찬과 그러한 동원을 거부하는 타락한 여성에 대한 포용, 혹은 배제로 이루어져 있다. 말하자면 총력전 체제에서도 남성과 여성은 서열화되어 있고 여성은 남성과 달리 모성성에 근거하여 동원되어 있다는 것이다.

전쟁은 신생 대한민국의 형성에 획기적인 변수가 되었는데 이를 통해 국가는 비로소 대중을 국민으로 호명하고 그러한 국민 창출을 통해 국민통합을 이룰 수 있게 되었다. 그 국민통합은 나라를 위해 죽을 수 있는 명예를 가진 사람과 그러한 명예를 갖지 못한 사람을 나누어 그 경계를 명확히 함으로써 가능하게 되었다.[50] 따라서 여성의 전쟁 참여는 총력전 상황에서 국민이 되기 위해서는 불가피하게 호출될 수밖에 없었다. 그렇지만 여성의 명예는 남성에 종속된 상태에서만 존재하였다.『전선문학』에서는 여성의 모성성 만큼이나 아니 그 이상으로 여성의 후방지원이 강조되어 있다. 그 단적인 예가 정비석의 「간호장교」(2집), 이무영의 「바다의 대화」, 정비석의 「남아출생」(이상 4집), 장덕조의 「선물」(4집) 등이다. 「남아출생」에는 생활고로 분만한 아내에 대해

---

48) 장덕조, 「군인과 여성」,『전선문학』2집, 28쪽. 그들의 결혼은 육신의 번거로움을 넘어선 곳에서 이루어진다는 점에서 정신의 중요성이 설파되고 있다.
49) 장덕조, 앞의 글, 28쪽.
50) 우에노 치즈코, 앞의 책, 27쪽.

원망하지만 전선에 젊은이들이 필요하다는 깨달음으로 아내의 '남아출생'을 기뻐하는 남편이 그려져 있는데 모성애와 후방지원의 연결이 자연스럽게 그려져 있다. 하지만 「간호장교」와 「선물」에는 여성의 직접적인 전쟁참여가 그려져 있다. 「간호장교」에는 자원 군입대로 사랑하는 두 연인이 생이별을 하나 그 슬픔에 굴하지 않고 남자를 찾아 간호장교로 자원하는 여성의 '아름다운' 헌신의 이야기가 나오고 「선물」에는 부상병 행렬을 보고 단순히 군입대할 아들에게 선물하려던 마음을 바꿔 아예 전선 종군하려는 두 여인이 등장한다. 이러한 작품 형식은 마치 여성도 남성과 동등한 방식으로 전쟁에 기여하려는 것처럼 보이지만 기실은 사랑하는 남성이나 아들을 위한 보조, 혹은 후방지원의 성격을 갖고 있다는 점에서 전쟁참여의 성격이 동등하지 않다고 할 수 있다. 그들은 기본적으로 '자식과 애인을 나라에 바치는 것이 당연한 의무이자 책임'이라고 인식하고 있었고 그들의 전쟁참여도 엄격하게 '간호사'에 국한되어 있었다는 점에서도 그러한 그들의 성격이 드러난다.[51]

특이한 것은 『전선문학』에서 여성에 대한 담론은 그것이 에세이든, 작품이든 관계없이 거의 남성, 혹은 남성 작가에 의해 서술되었다는 점이다. 그들은 전쟁과 더불어 찾아온 혼란과 혼돈으로부터 벗어나 명확한 경계 설정을 통해서 전쟁에 임하려 하였다. 적에 대한 적개심의 이면에 자리잡은 소멸에 대한 두려움은 남성, 혹은 남성 작가로 하여금 정신적으로 안정을 획득할 수 있는 공간을 갈망하게 하였는데 그 대표적인 공간이 가족, 혹은 이상적인 공동체였다. 이상적인 공동체란 그들이 그렇다고 상상한, 위로는 국가와 아래로는 하급 집합체사이의, 무수한 크고 작은 공동체들을 의미한다. 이러한 집합체란 전쟁의 두려움 속에서는 생사고락을 같이 한다는 의미에서 가족적인 친밀함을 동반한다는 공통의 특징이 있는데 말하자면 남성, 혹은 남성 작가들을 사로잡은 갈망의 가장 원초적인 공간이 가족이었다는 말이다. 그 공간

---

51) 우에노 치즈코, 앞의 책, 30쪽.

이 분열되었다는 것은 그들이 돌아갈 정신적 안식처가 더 이상 존재하지 않는다는 말이 된다. 이로써 그들은 강박적으로 가족에 고착될 수밖에 없었는데 이러한 고착을 국민통합으로 수렴한 국가의 이상적인 이데올로기는 그들의 그러한 갈망을 더욱 가속화시켰다. 남성, 혹은 남성작가들은 자신들의 전시하 체험과 국가의 이데올로기에 힘입어 가족의 문제를 국가적 차원으로 고양시켰다. 따라서 그들이 상상한 가족의 문제는 신성함과 고결함의 후광을 얻을 수 있었다. 따라서 여성의 문제는 단순히 사적인 영역에서의 문제가 아니라 국가적 차원의 문제로 비약하게 되었다. 가족의 안정은 곧 국가의 안정이 되었고 가족의 동요는 곧 국가의 동요가 되었던 것이다. 이렇게 하여 여성을 둘러싼 경계들은 단순히 사적인 선택이 아니라 법률적이고 물질적인 도움을 받아 제도적으로 확고히 정착되었다.

이러한 젠더화의 가장 깊은 근저에 순결의 문제가 놓여 있다. 순결이란 가족과 가족 바깥을 분할하는 가장 중요한 가치였다. 그것은 예술과 외설을, 정숙과 타락을, 나아가 집단에의 헌신과 이기적 쾌락을, 그리하여 정상과 비정상을 나누는 가장 근본적인 문제였다. 실로『전선문학』은 이 순결을 구심력으로 하여 다양한 형태의 삽화들이 형상화되고 있다. 박영준의「가을저녁」에서는 죽었다던 남편이 찾아와 새로 구성된 가족이 파괴되는 비극을 그리고 있다. 남편은 아내가 새로 가족을 구성했기에 미련없이 떠나간다. 춘식 역시 가족의 신성함을 훼손했기에 죄의식을 가지고 사라져 버린다. 곽하신의「처녀애장」역시 결혼을 약속한 경식이 군에 가자 윤수와 결혼하라는 가족의 종용에 견디다 못해 가출해 버리고 손동인의「임자없는 그림자」또한 동일한 구조를 변주하고 있다. 문제는 이러한 순결의 문제가 공적 영역의 그림자이면서 동시에 공적 영역을 작동하게 한다는 데 있다. 공적 영역이라고 할 수 있는 국가와 사회는 이러한 그림자로서의 여성의 순결이라는 사적 영역을 공적 영역으로부터 격리하면서 동시에 그것의 신성화, 혹은 자연화를 통해 비로소 공적 영역을 안정시키게 된다는 것이다.

5. 결론

반공주의란 우리 사회에서 일종의 보편적인 정서이자 이데올로기라 할 것이다. 이것은 너무나 자연스러워 논의할 아무런 가치도 없는 듯이 보인다. 하지만 그 자연스러움 속에 폭력과 광기의 역사가 서려있다. 말하자면 반공주의란 적을 공격하면서 내부를 규율하는 규율권력의 이데올로기적 표현인 셈이다. 그것은 안과 밖을 선명하게 가르면서 동시에 내 안의 것들도 적대적으로 둘로 나누었다. 적과 동지 외에는 존재하지 않는 폭력적인 광기가 한 시대를 휩쓸었다. 그러나 그 광기는 형태를 달리하면서 전쟁기를 넘어 한국 사회 전체 역사를 지배하였다. 개인의 자유는 억압되었고 언론 출판 집회 결사의 자유는 전면 금지되었다. 미국식 자유민주주의가 유일하게 허용된 이데올로기였지만 그것마저도 집단적 자유의 이름으로 억압되었다. 자유란 적국으로부터의 자유이지 그 안에 존재하는 개인의 자유는 아니었기 때문이다. 마녀사냥이 상시적으로 전개되었고 매카시즘이 사회 전체를 뒤덮었다. 사람들은 서로 불신하면서 반공주의적 인간상에 스스로 용해되었다.

이런 시대적 정황 속에 문학이라고 해서 예외는 아니었다. 문학 역시 표현의 자유가 반공주의에 의해 훼손되었다. 금기를 넘어서는 표현은 금지되었고 따라서 그것들은 기나긴 우회로로 접어들지 않을 수 없었다. 그것이 문학에서는 다양한 기법과 형식을 낳았다. 반공주의가 문학에 끼친 긍정적인 기여라면 기여라 할 수 있겠지만 문학이 오직 표현미만으로 성립되는 것이 아니라면 그 내용면에 끼친 반공주의의 해독이란 상상을 초월한다고도 할 수 있다. 작가들의 꿈은 가위눌린 상태였고 그들이 단순히 개인으로 존재했다면 그렇게도 괴로워 할 필요가 없었을 것이다. 그렇다는 말은 그들의 문학 행위가 언제나 국가와 집단에 의해 구속된 자유의 옹호였다는 점, 다시 말하면 국가나 집단을 늘 염두에 두고 있었다는 것을 함축한다. 그것이 그들로 하여금 대립하면서 닮아가기라는 부정태를 낳도록 하였다. 그들의 자유 지향 역시 집단과 국가의 개념 속에 갇혀 있기는 마찬가지였다는 말이다.

그런데 이러한 어려운 문학적 여정을 한층 고달프게 했던 것이 바로 반공주의의 생산 자체가 문학자 자신에 의해 이루어졌다는 것이다. 따라서 문학적 자유를 옹호하려는 일군의 자유주의 작가들은 문단 내부와 외부를 공히 힘겹게 상대하여야 했다. 해방이 되자 좌파와 싸워왔던 문단주체세력들은 청문협을 중심으로 하여 우익 문단을 구축하기에 이른다. 그들은 우파 정치권력의 편에 서서 좌파 문인들을 이념적으로 거부하면서 문단의 이념적 기초를 분명히 하였다. 그들에게 있어 권력이란 좌파가 아닌 이상 결코 대립적인 것이 아니었다. 전쟁이 발발했을 때 그들은 자발적으로 권력의 편에 서게 되었다. 종군문학기관지가 그러한 그들의 입장을 선명하게 대변하였다. 그들은 지배권력의 이데올로기를 전면 문학화 하였다. 말하자면 해방 이후 문학장을 새롭게 재편하려는 문학인들의 사상적 문학적 총화가 바로 종군문학기관지였다는 것이다. 그렇다는 사실은 한국문학의 출발점이 바로 반공주의의 내면화였다는 것을 말해 준다.

본 논문은 반공주의의 내면화 결과로서 문학인의 의식구조와 작품구조가 상동성을 띠고 있음을 논증하려 하였다. 동시에 그것은 반공주의 이데올로기에 내재한 구조이기도 하다. 본 논문은 그러한 구조로서 가족주의에 초점을 맞추어 보았다. 왜냐하면 그것이 우리 사회를 작동시키는 근원적인 동력으로 존재하기 때문이다. 전쟁은 국가로 하여금 자신의 아이덴티티를 확고히 하도록 강요하였다. 신생 국가는 자신의 아이덴티티 구축을 위해 예의 그 가족주의를 소환하였다. 유교적 가족주의의 핵심은 가부장구조이다. 이 선명한 경계 구축의 가부장주의란 국가를 상상시키고 확정시키는데 가장 유효한 도구였다. 이 인위적이고 강제적인 가족주의란 혼란스런 현상을 지배하는 것으로서의 정신을 특화시켰다. 근대적 삶의 영역으로서의 물질적이고 육체적인 세계는 천시되고 무시되었다. 충과 효가 강요되었고 그러한 윤리적 요구가 문학이라고 해서 예외는 아니었다. 그렇지만 문제는 여기서부터 비롯된다. 그렇다면 문학이란 무엇이고 그것은 어디로 가야하는가, 그것은 정말 필연적으로 윤리적인 것이고 또 그래야만 하는가 하는 성찰이 불가피하게 요청되기 때문이다. 특히나 문학의 위기가 운위되는 오늘날 이 질문은 절실한 바가 있다. 반공주의와 그로부터 기인한 문학의 윤리성, 그리고 문학작품의 윤리적 구성에 대한 연구는 이러한 질문에 정면으로 맞서게 한다는 점에서 의미 있다 할 것이다.

주제어 : 반공주의, 국가주의, 공동체의식, 가족주의, 남성성

◆ **참고문헌**

강경성, 「반공주의」, 『역사비평』, 1999. 여름.

구상, 「종군작가단 2년」, 『전선문학』 5집.

권명아 지음, 『가족이야기는 어떻게 만들어지는가』, 책세상, 2000.

권혁범, 조한혜정·이우영 엮음, 「반공주의 회로판 읽기」, 『탈분단시대를 열며』, 삼인, 2000.

김기진, 「정신의 빈곤」, 『전선문학』 4집.

김붕구, 손세일 편, 「작가와 사회」, 『한국논쟁사』 II. 문학·어학편, 청람문화사, 1976.

김 송, 「문학하는 군인들」, 『전선문학』 1집.

김 철, 「김동리의 파시즘」, 『국문학을 넘어서』, 국학자료원, 2000.

김팔봉, 「군인과 종교」, 『전선문학』 2집.

김한식, 「김동리순수문학론의 세 층위」, 『상허학보』 15집.

김 현, 「무협소설은 왜 읽히는가—허무주의의 부정적 표출」, 김현 문학전집 2『현대 한국문학의 이론/사회와 윤리』, 문학과지성사, 1995.

니시카와 나가오, 윤대석 옮김, 국민이라는 괴물」, 소명출판, 2005.

모리 요시노부, 「한국 반공주의이데올로기 형성과정에 관한 연구—그 국제정치사적 기원과 제 특징」, 『한국과 국제정치』 5권 2호, 1989.

베네딕트 앤더슨, 윤형숙 역, 『상상의 공동체』, 나남출판, 2005.

슬라보예 지젝, 이수련 옮김, 『 이데올로기라는 숭고한 대상』, 인간사랑, 2003.

시모네타 팔라스카 참포니, 제프리 K. 올릭 엮음, 최호근·민유기·윤영휘 옮김, 「이야기꾼과 지배서사: 파시스트 이탈리아의 근대성, 기억, 역사」, 『국가와 기억』, 민주화운동기념사업회, 2006.

신영덕, 『한국전쟁과 종군작가』, 국학자료원, 2002.

오오누키 에미코 지음, 이향철 옮김, 『사쿠라가 지다 젊음도 지다』, 모멘토, 2005.

요시자와 세이치로, 정지호 옮김, 『애국주의의 형성』, 논형, 2006.

우에노 치즈코 지음, 이선이 옮김, 『내셔널리즘과 젠더』, 박종철출판사, 1999.

이무영, 「전쟁과 문학」, 『전선문학』 5집.

이봉범, 「잡지 〈문예〉의 성격과 위상」, 『상허학보』 17집.

임영봉, 『한국현대문학비평사론』, 역락, 2000.

임종명, 윤해동·천정환·허수·황병주·이용기·윤대석 엮음, 「여순 '반란'의 재현을 통한 대한민국의 형상화」,『근대를 다시 읽는다』, 역사비평사, 2006.

장덕조, 「군인과 여성」,『전선문학』 2집.

정용욱, 「6·25전쟁기 미군의 삐라 심리전과 냉전 이데올로기」,『역사와 현실 51』, 한국역사연구회, 2004. 3.

조연현, 「문예시대」,『한국문단이면사』, 깊은샘, 1983.

최독견, 「창간사」,『전선문학』 1집.

한수영, 「윤리적 인간, 혹은 반공 이데올로기의 기원－선우휘론」, 실천문학, 2001. 봄.

◆ **국문초록**

본 논문은 전후 한국문학의 문학장에 지대한 영향을 미친 반공호국문학의 구조를 전쟁 전과 그 이후 한국문학의 중요한 결절점이라고 할 수 있는 종군문학기관지를 통해 세밀하게 살펴보려 한다. 그러한 목적을 위해 본 논문에서 다루어지는 연구대상을 육군종군기관지였던『전선문학』으로 제한하였다. 그 이유는 실제로 해군과 공군의 종군작가들은 종군의 어려움 때문에 활동이 활발하지 못했고 기관지 역시 영성하기 짝이 없었기 때문이다.

『전선문학』을 분석해 본 결과『전선문학』의 내용적 구조는 크게 윤리적 성격으로 규정할 수 있다. 이 윤리적 성격은 해방된 민족의 국가만들기의 일환이었다. 우리는 그것을 일민주의로 제한하고 있지만 그 일민주의란 해방기의 다양한 민족담론과 윤리적 담론이 결합한 결과물이었다는 점에서 당시의 보편적인 이데올로기였다고 할 것이다. 이 윤리적 성격은 한국문학의 성격을 크게 바꿔 놓았다. 문학자와 작품 내용을 실질적으로 규정하는 윤리적 성격은 한국문학을 규정하는 핵심원리였다. 그것은 문학에서 외설성의 제거라는 형태로 나타났다. 뿐만 아니라 육체나 물질을 천시하고 정신을 특화하는 결과를 빚기도 했다.

이러한 특성은 국가만들기를 가족주의적 특성에서 찾았기 때문에 필연적 현상이라 하겠다. 가족주의는 유교적 가족관을 소환하여 국가체제를 강화하려는 국가주의의 일환이었다고 할 수 있다. 따라서 국가의 성격은 가족공동체의 성격을 강하게 갖게 되었다. 이로 인해 국가주의가 강화되었고 여기서 국가를 공동체적 윤리로 바라보게 되는 단초가 형성되었다.

그러나 가족주의가 남성가부장주의에 입각해 있듯이『전선문학』에도 숭고한 남성성이 강조되었고 여성에 대해서는 희생이라는 가치가 부여되었다. 여성은 2급국민이었고 남성을 위한 헌신이라는 가치에 종속되었다. 이 모든 윤리적 성격이 하나의 이데올로기적 성격과 긴밀하게 결합된 예로서『전선문학』을 살펴본다는 것은 한국문학을 해명하는데 있어 중요한 연구라 판단된다.

◆ SUMMARY

Structure of anti-communist country-defending literature

Kim, Jin-Gi

This study attempted to make a detailed investigation of the structure of anti-communist country-defending literature that had a tremendous effect on the field of post-war Korean literature before and after the Korean war through the war literature organ that can be said to be the important nodal point of Korean literature. For this purpose, this study confined its domain to 『Front-line Literature』 which was the army war organ. The reason is that the war writers of the navy and the air forces were not actually active because of difficulty in going to the front and that the organ was imperfect as well.

An attempt was made to analyze 『Front-line Literature』. As a result, the content structure of 『Front-line Literature』could be defined as having the ethical nature in a broad sense. This ethical nature was part of making the state of liberated people. We limited it to the principle of one people, which would be said to be the universal phenomenon in that it was the product of combining diverse national discourses and ethical discourse in the period of liberation. This ethical nature changed the nature of Korean literature greatly. The ethical nature that actually defined the literary men and their literary contents was the core principle that defined Korean literature. It appeared in a form of removing obscenity from literature. In addition, it resulted in disregarding the body or material and specializing the spirit.

This characteristic can be said to be the inevitable phenomenon because country building was found in the characteristic of familism. It can be said that familism was part of nationalism to borrow the Confucian family view and reinforce the state system. Accordingly, the nature of the state came to have the strong nature of the family community. For this reason, nationalism was reinforced, where the clue that caused the state to be regarded as the communal ethics was formed.

But as familism was based on male paternalism, noble masculinity was emphasized in 『Front-line Literature』 and the value of sacrifice was imposed on woman. Woman was the 2nd-class people and subordinate to the value of sacrifice for man. It is judged that an attempt to investigate front-line literature as an example that this ethical nature was closely combined with one ideological nature was an important study in identifying Korean literature.

Keyword : Anti-communism, Community consciousness, nationalism, familism, male paternalism

－이 논문은 2006년 3월 30일에 접수되어, 소정의 심사를 거쳐 2007년 5월 31일에 최종적으로 게재가 확정되었음.

한국 현대시에 나타난 '시간성의 수사학' 연구*
- 김수영 김종삼을 중심으로

남 진 우**

1. 들어가는 말

한국 시문학사에서 김수영과 김종삼은 1950년대를 대표하는 모더니즘 시인으로 평가받아왔다. 일제 식민지배, 해방과 분단, 그리고 전쟁으로 이어지는 시절을 통과하며 문단에 등장한 이들은 전후 폐허가 된 현실에서 기존의 서정시와는 다른 이질적인 감수성과 어법의 시를 선보였다. 넓은 의미에서 모더니즘 계열에 속하는 이들의 시는 단지 당대의 유행 사조에 편입돼 활동하는 수준을 넘어 일정한 문학적 성과를

* 이 논문은 2005년 명지대학교 교내 연구비 지원을 받은 것임 (과제번호 20051116).
** 명지대학교 문예창작학과 교수.

일구어냈고 그에 따라 흔히 서구적 박래품 정도로 여겨져온 모더니즘의 토착화에 상당한 기여를 하였다. 그들이 남긴 시적 생산물은 그리 내실 있는 성과도 의미 있는 접근도 이루어지지 않은 우리 모더니즘 시의 역사에서 매우 중요한 문학적 전범이자 연구 대상으로 자리하고 있다.

본고는 김수영 김종삼의 시에 나타난 '시간성의 수사학'을 규명함으로써 이들 시인의 시세계를 기존 논의와는 다른 각도에서 살펴보는 것과 아울러 모더니즘 시에 대한 이해를 새롭게 하는 것을 목적으로 하고 있다. 이 두 시인의 작품 속에 나타난 시간의식과 수사적 특성의 상호 관련 양상을 고찰해봄으로써 우리 시문학의 근대성을 종전과는 다른 지평에서 조망해볼 수 있을 것으로 기대된다. 지금까지 이 두 시인에 대한 작품론이나 시인론은 적잖이 제출되었으나 이들의 시세계를 '시간성의 수사학'이란 관점에서 접근한 경우는 없었으며, 더 넓게는 우리 학계와 비평계에 시간성의 수사학이란 관점 자체가 아직 충분히 정착 응용되고 있지 않은 형편이라고 할 수 있다. 따라서 본 연구는 그동안의 경직되고 유형화된 시인 연구에서 탈피하여 시인의 의식과 사유가 구체적 창작 과정에서 수사를 통해 어떻게 굴절 변주 실현되는지 알아볼 수 있는 좋은 기회가 되리라고 본다.

모더니티를 둘러싼 문제는 결국 시대 인식의 변화와 맞물려 있다는 점에서 자연스럽게 시간의식에 대한 성찰을 유도한다. 시인의 시간의식을 관념적이고 추상적인 차원에서가 아니라 시적 수사라는 가장 미시적이고 구체적인 지평에서 탐구한다는 것은 단지 외국의 새로운 이론이나 개념을 우리 시에 적용하는 차원을 넘어서 우리 문학의 근대성 규명에 있어서 반드시 거쳐야 할 필수적인 단계라는 의미를 지니고 있다.

한 시인이 알레고리/상징 가운데 어느 하나를 자신의 창작방법의 중요 요소로 삼았다는 것은 단순한 수사적 선택의 차원을 넘어 세계를 바라보고 가치를 부여하는 관점의 특질 자체를 드러낸다. 예를 들어 상징이 "시간을 통하여 그리고 시간 속에서 영원을 투명하게 드러내는"(코울리지) 양식이라면 알레고리가 보여주는 세계는 "시간의 지배 하에 있는 유한한 세계이며 이곳에서는 종결을 거부하는 화해 불가능한 아포리아만이 존재할 뿐"(폴 드 만)이다. 근대 이후 서구는 물론이고 이 땅에서도 상징을 절대화하고 알레고리를 폄하하거나 부차적으로 치부하는 경향이 만만치 않게 온존해왔다. 그러나 전후 모더니스트 시인으로서 독특한 시세계를 구축한 김수영과 김종삼의 경우, 이들의 시편은 상징/알레고리에 대한 시각에 있어 일반적 관행과 상당히 다른 면모를 보여주고 있다. 이는 아마도 혼란스럽고 파편화된 근대 세계에 대한 이들 시인의 민감한 감수성이 자연스럽게 전통적인 상징 위주의 시학보다는 알레고리의 시학으로 나아가게 했을 것으로 추정된다. 본고는 이러한 전제를 바탕으로 시간성의 수사학이 내포하고 있는 혁신적 의미를 살펴본 다음 김수영과 김종삼의 시에 나타난 수사적 특성을 구체적인 작품 분석을 통해 확인해보고자 한다.

2. 시간성의 수사학

서정시는 자아와 세계, 주체와 대상의 동일성을 추구하는 정신의 소산으로 받아들여져 왔다. 등장인물의 행동이나 극적 긴장이 주된 요소가 되는 서사나 드라마 양식과 달리 서정시는 서정적 주체가 외부 현실을 내면으로 감싸안아 들이는 세계의 자아화나 자신을 외부 대상에 투사하는 자아의 세계화를 통해 주체와 객체의 거리를 뛰어넘는 일체의 순간을 창조하고자 한다. 그 결과 서정시에서 시간은 과거 현재 미래로 이어지는 순차적 지속이나 인과적 배열의 형태를 띠지 않고 순간을 절대화하는 방식으로 현상한다. 서정시에서 중요한 것은 물리적 시간의 경과가 아니라 그것을 포착하는 주관적 정서의 파장이며 경험적 시간의 흐름이 아니라 그것을 집약하는 의식의 현재성이다. 끝없이 순환하거나 무의미하게 흘러가며 소모되는 시간의 어느 한 단락이 시인의 개입에 의해 의미 있는 자족적 순간으로 재탄행하는 것이다.[1]

이러한 서정시의 존재 방식이 논리적 설명을 얻게 된 것은 근대에 들어와서이다. 특히 문학사적으로 낭만주의에서 상징주의를 거쳐 모더니즘에 이르는 기간 동안 상징에 대한 절대적 가치 절상이 이루어졌다. 개인의 자기 동일성이 끊임없이 위협받고 파괴되고 상실되는 근대 사회에서 서정시라는 양식은 상징이라는 수사를 통해 일상에서 벗어난 고유의 시적 순간을 재현하며 동일성의 회복을 가능케 하는 것으로 평가되었다. 상징은 단순히 여타의 수다한 수사적 비유 가운데 하나가 아니라 서정시 나아가 모든 문학예술이 지향해야 할 절대적인 규범이자 지고의 목표가 되어버렸다. 영국의 코울리지와 독일의 괴테로 대변되는 낭만주의 시학은 바로 그 주요한 범례를 이룬다. 종합적인 지각의 질서를 탐구하는 과정에서 이들은 상징과 알레고리를 진정한 문학적 수사와 그에 미치지 못하는 저급한 수사로 서열화하기에 이른다.[2] 즉 상징이 예술적 표현에서 가장 중요한 역할을 맡는 지고한 위치로 떠받들어진 반면 상대적으로 근대 이전까지 상징과 별 구분 없이 호환돼 쓰이던 용어였던 알레고리는 조락의 운명을 맞게 되었다. 상징이 주체와 대상이 직관에 의해 용해되는 비유 형상이라 하여 높이 평가된 반면 알레고리는 미숙하고 기계적인 상상작용의 소산이라 하여 상대적

---

1) 서정적 정지와 미적 근대성의 관련 양상에 대해선 남진우, 「시적 순간의 의미」, 『미적 근대성과 순간의 시학』(소명출판, 2001) 제2장을 참조할 것.

2) 코울리지에 의하면 "상징은 전체를 드러내면서도 통합체의 살아 있는 일부로 남아 그것을 대표하"는 반면 알레고리는 "추상적인 개념을 그림언어(picture language)로 옮겨 놓은 것에 지나지 않는"것으로서 공상(fancy)과 더불어 저급한 미적 양식으로 취급된다(Brett. R. L., 심명호 옮김, 『공상과 상상력』, 서울대 출판부, 1979, 76-83쪽). 괴테는 "보편적인 것을 위하여 특수한 것을 찾는" 것이 알레고리이고 "특수한 것 속에서 보편적인 것을 찾는" 것이 상징이라고 하고서 "진정으로 문학의 본성을 이루고 있는 것"은 상징이라고 결론짓는다(Lukacs, G., 반성완 외 옮김, 『미학』 제4권, 미술문화, 2002, 148쪽). 이처럼 알레고리를 도덕적 추상적 관념에 예속된 평면적 수사로 보는 것은 근대 이후 거의 교과서적 통념으로 굳어진 면이 없지 않다.

으로 경시되었다. 상징이 초역사성과 총체성을 속성으로 갖고 있다면 알레고리는 역사적이고 파편적인 특성을 갖고 있다. 상징이 지시하는 것과 지시되는 것, 외면(기호)과 내면(의미) 사이에 괴리가 존재하지 않는 신비한 일치의 순간을 가정한다면 알레고리의 경우 양자의 관계가 그만큼 임의적이고 불안정함으로 인해서 작위적이고 단조로운 언어 표현으로 치부됐다.

그러나 지난 세기 여러 차례의 역사적 격변과 일화를 통해 정치 경제 사회 문화 등 모든 부문에 걸쳐 서구적 모더니티의 한계가 극명하게 드러나는 것을 목격하게 되자 재래의 인식론적 가정에 대해서도 근본적인 반성과 재검토가 행해지게 되었다. 그에 따라 상징의 절대성에 대한 믿음에도 기존의 통설과는 다른 주장이 제기되었다. 이를 선도한 이론가로 발터 벤야민과 폴 드 만을 들 수 있는데 이들은 상징과 알레고리의 대비를 통해 문학 논의에 새로운 지평을 제시하고 있다.

벤야민은 독일 바로크 비극에 대한 연구를 통해 이런 기존의 통념에 비판의 시선을 던지고 있다.[3] 알레고리가 유기체적 총체성을 취하지 않는 것은 그것의 무능을 나타내기보다는 총체성이라는 거짓된 가상에 대한 신뢰를 거절한 결과라는 것이다. 주체와 대상 사이의 초월적인 합일과 그것을 통한 총체성의 구현은 낭만주의가 만들어 유포시킨 신화에 불과하다. 근대 세계가 제공하는 새로운 경험 속에서 모든 사물은 알레고리의 형식을 취한다. 따라서 예술가가 미학적 장치로 알레고리를 선택하기 전에 어느 면 근대 세계 자체가 그것을 객관적으로 파악하려는 주체에게 알레고리적 인식을 강제한다고 할 수 있다.

전통적으로 우세한 지위를 누려왔던 상징의 가치를 부인하고 그에 대조되는 알레고리의 의미를 복권시킨 결정적인 글인 「시간성의 수사학」에서 폴 드 만은 상징이 영원성의 시학을 지향한다면 알레고리는

---

3) Benjamin, Walter., tr. John Osbourne., *The Origin of German Tragic Drama*, London, verso, 1985, pp. 221-225.

시간성의 시학을 지향하는 것으로 정의하고 있다. 도식적으로 이야기 해서 상징이 인간이 처한 시간적 제약을 보지 않으려 하는 맹목의 소 산인 반면 알레고리는 상징의 그러한 자기기만을 통과하고 난 다음의 예지의 소산이라 할 수 있다.[4] 따라서 드 만은 상징이 주는 헛된 믿음 에 안주하기보다 알레고리가 주는 고통스러운 진실을 직시해야 한다고 주장하기에 이른다. 알레고리만이 인간 실존이 처한 시간적 곤경에 대 한 언어적 대응물의 역할을 제대로 수행할 수 있다는 것이다.

일반적으로 상징이 알레고리보다 우월하다고 믿는 경향의 저변엔 절대적 순간에 대한 낭만적 비전이 가로놓여 있다. 예술에 있어서 상 징의 기능을 강조하는 대표적 이론가인 수잔 랭거에 따르면 상징은 신 비한 일체감을 조성하며 경험이나 논리를 초월한 심오한 비전을 구현 한다. 활기없고 냉담한 세계에서 시의 역할은 객관적 현실의 반영을 넘어 가상적인 경험을 창조하고 즉각적인 정서적 상태를 제공하는 것 이다. 그러기 위해 시인은 종종 갑작스러운 계시감(sudden sense of reve-lation)을 추구하곤 한다.[5] 근대의 많은 시인들이 시간을 초월한 깨달 음, 즉 에피파니(epiphany)에 지대한 관심을 기울인 것은 그 때문이다. 그들은 자신의 유한한 언어로 절대적 현존을 포착하고자 부심했다. 현 재가 그것의 기원과 만나고 유한한 존재가 영원성과 접촉하는 순간을 그리고자 한 것이다.

그러나 에피파니, 즉 현현의 시간은 소멸의 시간이기도 하다. 동질 적이고 공허한 일상의 시간을 비집고 출현한 순간은 더할 나위 없이 충만한 시간, 유토피아의 기호, 행복의 이미지에 그치는 것이 아니라 이미 그 자체에 균열과 단절을 품고 있는 순간이다. 때문에 에피파니 에도 불구하고, 아니 에피파니의 순간 속에서도 시간은 종결되지 않고 의미는 지연되며 생의 의미를 찾는 탐구는 다시금 지속될 수밖에 없다.

---

4) De Man , P., *Blindness and Insight*, Minniapolis: U of Minnesota P, 1983, pp. 187-208.
5) Langer, Susanne, *Philosophy in a New Key*, New York: New American Library, p. 217.

삶은 부재의 흔적을 좇아가는 기나긴 추적이 된다. 이러한 세계 인식을 실질적으로 대변하는 수사는 상징이 아니라 알레고리일 수밖에 없다. "알레고리 양식은 모든 언어를 비유적인 것으로 묘사하는 가운데 그리고 이러한 통찰을 반영하는데 필연적으로 작용하는 통시적인 구조 가운데 드러난다."6) 드 만의 견해에 따르면 시간성의 지배를 받고 있는 모든 글쓰기는 불가피하게 알레고리적 속성을 지닌다. 상징적이라고 오해 받기 쉬운 김수영과 김종삼의 시 한편씩을 대상으로 이러한 점을 알아보기로 하겠다.

   1) 어둠 속에서도 불빛 속에서도 변치않는
      사랑을 배웠다 너로 해서

      그러나 너의 얼굴은
      어둠에서 불빛으로 넘어가는
      그 刹那에 꺼졌다 살아났다
      너의 얼굴은 그만큼 불안하다

      번개처럼
      번개처럼
      금이 간 너의 얼굴은

                              ─김수영 「사랑」 전문

   2) 담배 붙이고 난 성냥개비 불이 꺼지지 않는다 불어도 흔들어도 꺼지지 않는다 손가락에서 떨어지지도 않는다.
      새벽이 되어서 꺼졌다.
      이 時刻까지 무엇을 하며 살아왔느냐다 무엇 하나 변변히 한 것도 없다.
      오늘은 찾아가 보리라
      死海로 향한

---

6) De Man P., Op Cit, p. 135.

아담橋를 지나

거기서 몇 줄의 글을 감지하리라

遙然한 유카리나무 하나.

— 김종삼 「시작노트」 전문

인용한 두 편의 시는 대상의 순간적인 출현이 주는 놀라움과 감동을 그리고 있다는 점에서 공통된다. 1)의 "너의 얼굴"이나 2)의 "유카리나무"는 균질적으로 흐르는 시간의 틈새에서 포착한 다른 존재의 나타남을 구현하고 있다. 1)에서 어둠에서 불빛으로 넘어가며 꺼졌다 살아났다 하는 불빛은 2)에서 담배를 붙이고 난 후 불어도 흔들어도 꺼지지 않는 성냥개비불과 유사한 의미론적 자장을 형성한다. 1)에서 "너의 얼굴"이 어둠에서 불빛으로 넘어가는 찰나에 명멸하는 것이라면 2)에서의 "유카리나무"는 불어도 흔들어도 꺼지지 않던 불빛이 꺼지는 순간 찰나적으로 화자 앞에 도래하는 것이다. 빛과 어둠이 엇갈리는 짧은 순간 현현하는 이들 대상은 비본래적인 일상과는 다른 의미를 구현하는 존재라는 점에서 지상과 천상, 본질과 현상, 보편과 특수, 기표와 기의의 순간적 일치를 추구하는 상징의 전형적 사례로 여겨질 수 있다.

그러나 보다 면밀히 이 시편을 읽어보면 이 두 이미지는 찰나의 영원성을 보여주는 상징에 가깝다기보다는 영원한 찰나성을 보여주는 알레고리에 근접한 수사적 표현이라는 점을 알 수 있다. 1)과 2) 모두 주체와 대상이 화해로운 일치를 이루는 충만의 상태를 보여주기보다는 어느 순간 달성한 그러한 일치의 상태마저 조만간 상실하고 말 것이라는 예감이 낳은 불안과 안타까움, 혹은 영원히 그것에 도달하지 못할 것이라는 아득한 거리감을 표명하고 있기 때문이다.

1)이 노래하고 있는 사랑은 물론 여러 가지 차원에서 논의할 수 있겠지만 이 작품이 씌어진 "1961년"이란 연대로 미루어볼 때 4·19혁명

이 가져다 준 열광과 좌절을 우의적으로 그린 것이란 설명이 가능하다. 따라서 이 작품엔 4·19가 가져다준 일시적 승리와 그로 인한 도취의 감정이 어쩌면 또 다른 역사적 야만의 도래로 인해 무화되어버릴지 모른다는 불안감이 짙게 배어 있다. 그런 점에서 시 속에서 핵심적 역할을 하고 있는 번개라는 수식어는 중의적 의미를 띠고 있다. 그것은 짧은 순간이지만 어둠 속에 빛을 가져오는 존재이면서 대상을 파괴하고 상처 입히는 존재이기도 하다. 어둠 속에 나타났다 사라지는 "너의 얼굴"이 "금이 간" 모습으로 현상하는 것은 그 때문이다. 돌연히 나타난 "너의 얼굴"은 화자 앞에 완전성과 절대성의 화신으로 나타난 게 아니라 그것이 손상되고 균열이 난 모습이며 시간을 초월한 무시간적 대상이 아니라 시간의 지배를 받는 일시적 존재일 따름이다. 화자가 토로하는 "변치않는" 사랑은 대상의 불완전한/불안정한 출현에 기초하고 있다는 점에서 아이러니하다. 변치않는, 즉 영원한 사랑에 대한 다짐은 실은 그것이 불가능한 현실을 역으로 드러내고 있는 것이다.

1)을 물들이고 있는 정조가 상실을 앞에 둔 자의 불안감이라면 2)를 관류하고 있는 정조는 상실로 가득찬 삶을 지속하고 있는 자의 회한감이다. 어두운 밤 잠에서 깬 화자는 담배를 피워 물고 깊은 회한에 잠긴다. 그것은 "이 시각까지 무엇을 하며 살아왔느냐다 무엇 하나 변변히 한 것도 없다"라는 구절 속에 집약돼 있다. 지나온 삶에 대한 회오와 자신의 무용성에 대한 자책에 잠긴 화자는 시적 반전에 의해 "오늘은 찾아가보리라"라는 새로운 다짐을 하게 된다. 그가 궁극적으로 희망하는 것은 "몇 줄의 글"이란 표현이 말해주듯 절대적 지향점으로서의 문학적 창조이다. 그가 꿈꾸는 문학은 "사해를 향한/ 아담교를 지나" 존재한다. 즉 죽음과 신생의 지난한 과정을 거쳐야, 혹은 창세기에서 묵시록까지 인류사의 전과정을 축약한 일생을 다 살아야 간신히 도달할 수 있는 곳에 위치한다. 거기서 감지하고자 하는 "몇 줄의 글"은 "요연한 유카리나무 하나"라는 마지막 행의 구절과 정확히 등가 관계를 이루고 있다. 그것은 붙잡을 수 없으며 도달할 수 없는 환상의 대상이다.

멀고 아득한 곳에 자리잡고 있는 그 존재는 지금 이곳에 있는 화자의 소망을 대리충족해주는 알레고리적 대상이다. 이는 이 작품이 「시작노우트」라는 제목이 일러주듯이 자기반영성(self-reflexivity)의 형식을 취하고 있다는 점과 관견된다. 말하자면 이 시의 내용은 자신의 시쓰기에 대한 알레고리로서 소망의 피력을 통해 소망 달성의 불가능함을 토로하고 있다. 혹은 역으로 소망 달성의 불가능함에 대한 암시를 통해 소망의 절실성을 고백하고 있는 작품이다. 이 시에서 인위적인 여러 노력에도 불구하고 성냥개비불이 꺼지지 않는 것처럼 "찾아가보리라" "감지하리라"라는 미래형으로 언표된 자기 다짐의 서술은 그 이면에 그것의 무력함을 숨기고 있다. 끄고자 했던 성냥이 꺼지지 않다가 새벽이 되어서 저절로 꺼지듯 그의 추구는 결국 죽음의 순간까지 되풀이되다가 자연스럽게 종말을 맞을 것이다. 그런 의미에서 깊은 밤 자신의 생에 대한 심리적 정당화를 수행하고 있는 화자 앞에 떠오른 요연한 유카리 나무는 그가 쓰고자 하는 궁극의 작품만이 아니라 그 너머에 있는 자신의 죽음에 대한 암시를 담고 있기도 하다. 그 나무는 생명의 나무이자 죽은 자를 천상으로 인도하는 사다리이기도 한 것이다. 멀리 요원히 떠오르는 나무 이미지는 화자의 지난 생이 그러하듯이 앞으로의 글쓰기 역시 최종적 의미가 끝없이 유예되는 시간 속의 과정임을 말해주고 있다.

이상 1950년대를 대표하는 모더니즘 시인으로 정평이 난 두 시인의 시에 대한 분석을 통해 알 수 있는 사실은 시는 절대적 존재나 불변의 진리가 현현하는 자리라기보다는 불완전하고 일시적인 삶의 파편을 예시하는 자리라는 점이다. 시인이 시 속에서 보여주는 순간은 결정적인 구원이나 계시의 순간을 형상화한 것이 아니라 그것이 불가능하다는 사실의 우의적 드러냄에 가깝다. 이들 시인은 이미지를 통한 봉합으로 현실의 균열과 모순를 상쇄시키기보다는 가장 조화로운 통합의 순간 속에도 내재해 있는 은폐된 균열과 모순을 드러내고 있다. 다음엔 이들 두 시인의 시에 나타난 알레고리의 양상을 시인별로 보다 구체적으로 알아보기로 하겠다.

3. 김수영과 예시(例示)적 알레고리

앞에서 분석한 김수영의 작품 「사랑」에서 우리는 대상의 순간적 현현을 나타나는데 번개 이미지가 결정적 역할을 하고 있음을 알 수 있었다. 여기 다시 번개가 중요한 위치를 차지하고 있는 시가 있다.

瀑布는 곧은 絶壁을 무서운 기색도 없이 떨어진다

規定할 수 없는 물결이
무엇을 向하여 떨어진다는 意味도 없이
季節과 晝夜를 가리지 않고
高邁한 精神처럼 쉴사이없이 떨어진다

金盞花도 人家도 보이지 않는 밤이 되면
瀑布는 곧은 소리를 내며 떨어진다

곧은 소리는 소리이다
곧은 소리는 곧은
소리를 부른다

번개와같이 떨어지는 물방울은
醉할 瞬間조차 마음에 주지 않고
懶惰와 安定을 뒤집어놓은 듯이
높이도 幅도 없이
떨어진다

―「瀑布」 전문

이 시인의 작품 가운데 이례적이라 할만큼 단순하면서도 경제적인 언어의 운용을 보여주는 이 작품은 흔히 시적 상징을 잘 구현한 작품으로 평가받아왔다.7) 그것은 무엇보다 이 작품이 충만한 현전(presence)의 환상을 보여주고 있다고 여겨졌기 때문이다. 화자의 거듭된 진술이 암시하는대로 폭포의 떨어짐은 그 어떤 내적 외적 장애에도 구애받지 않는 정신의 일관된 추구를 보여주고 있다. 그 추구의 극한에 "곧은 소리"로 상징되는 인식이 자리잡고 있다. 즉 물결이 계속해서 떨어지는 어느 순간 폭포라는 기표는 곧은 소리라는 기의와 합치되는 순간에 도달한다. "고매한 정신처럼"이란 수식어와 더불어 "곧은 소리"는 이 시인이 지향하는 정신세계의 일단을 자연스럽게 드러내고 있다. 존재의 밤, 사위가 어둠에 잠기어 시각이 완전히 무력화되는 어둠(blind) 속에 돌연 통찰(insight)이 현현하는 것이다.8)

그렇게 본다면 이 작품은 1~2연과 3~4연의 대립적 구조에 의해 축조돼 있다고 할 수 있다. 1연과 2연이 시각적 대상으로서의 폭포를 그리고 있다면 3연과 4연은 청각적 대상으로서의 폭포를 부각시킨다. 밝은 대낮엔 정작 나타나지 않았던 대상의 진정한 의미가 "금잔화도 인가도 보이지 않는" 밤이 되면 계시되는 것이다. 시 속의 보임(visible)/들림(audible)의 대립은 폭포가 시각적으로 드러나 있는 상태, 즉 "곧은" 절벽을 떨어져 내리는 것과 폭포가 어둠에 잠긴 후 "곧은" 소리로서만 자신의 존재를 알리는 장면의 대비로 표현된다. 어둠 속에서 소

---

7) 「폭포」를 두고 백낙청이 "단순한 서정을 넘어서 하나의 견고한 지적 스테이트멘트를 이루고 있다"(『민족문학과 세계문학』, 창작과비평사, 1978, 244쪽)고 평한 이후 이 작품에 대해선 유사한 해석이 주류를 이루어왔다. "이 시에서는 폭포의 이미지가 이 세계, 이 우주의 어떤 질서를 상징하고 있다. (……) 이 시 전체가 하나의 거대한 상징구조를 이루어 이 세계의 비밀, 우주의 본질, 실재세계의 법칙 등을 '암시'하고 있다(마광수, 『상징시학』, 청하, 1985, 79쪽). "굉음을 울리며 떨어져 내리는 폭포의 물줄기를 통해 폭포 그 자체를 넘어 정신의 자유와 자유의 정신을 실천에 투여하는 행위를 상징하고 있는 것"(오성호, 『서정시의 이론』, 실천문학사, 2006, 255쪽) 같은 언급은 그 대표적 사례이다.

8) 상징의 관점에서 이 시의 폭포 이미지를 보다 자세히 해석한 글로는 남진우, 앞의 책, 129-130쪽 참조.

리로 자신을 드러내는 폭포는 현존 속의 부재(absence in presence)를 나
타낸다. 폭포의 낙하를 인간의 인지나 이해 범위를 초월한 것으로 그리
고 있는 화자의 발언은 사실 그것을 전달하는 화자 자신을 숭고한 예
언자적 존재로 만들고자 하는 욕망의 소산이다. 그는 폭포가 내는 소
리를 "곧은" 소리라고 규정함으로써 자연의 무생물이 내는 소리(sound)
를 인간적 의미가 담긴 예언적 목소리(voice)로 전환시킨다. 이처럼 이
시에서 시각성은 상대적으로 저평가되는 대신 청각적 소리―부름은 시
의 의미를 결정짓는 핵심 구절로 등극한다. 따라서 4연의 "곧은 소리
는 소리이다/ 곧은 소리는 곧은/ 소리를 부른다"는 구절은, 존재의 심
층에 도달하는데 오히려 장애로 작용하는 시각성과 달리 언어가 현전
을 수립한다는 믿음, 다시 말해서 언어 속에 존재가 스스로를 드러낸
다는 유구한 믿음을 표명한 구절로 받아들여질 수 있다.9)

그러나 이 작품을 면밀하게 검토해보면 이 시가 다만 현전의 형이
상학에 충실한 상징적 작품이라는 일반적 해석에 뭔가 부족한 점이 있
다는 점을 발견하게 된다. 이는 다음 두 가지 점에서 그러하다.

첫째 폭포라는 대상에 대한 화자의 진술이 "떨어진다"라는 술어의
동어반복으로 이루어져 있으며 그 수식어들 역시 부정적인 표현으로
가득차 있다는 점이다. 폭포를 가리켜 물(물결, 물방울)이 떨어지는 것
이라고 말하는 것은 너무 지당하며, 불필요한 동어반복에 불과하다고
할 수 있다. 또 그 떨어짐을 묘사하기 위해 동원된 어구들을 보면 "무
서운 기색도 없이" "규정할 수 없는" "떨어진다는 의미도 없이" "가리
지 않고" "쉴사이없이" "보이지 않는" "마음에 주지 않고" "높이도 폭
도 없이"처럼 없음과 아님 즉 부정어로 가득차 있다. 부정신학에서 신
(神)이 그러하듯이 이 시에서 폭포는 적극적 의미부여를 통해 정의되
는 것이 아니라 오직 부정적 표현에 의해서 암시적으로 추정되고 있을

---

9) 목소리와 현전의 상호관계에 대해선 Derrida, J., 김성도 옮김, 『그라마톨로지』, 민음
사, 1996, 386-389쪽 참조.

뿐이다.[10] 폭포는 무엇이 아니며 어떤 것이 없다는 것는 것을 통해 역으로 규정된다. 표면적으로 화자는 일련의 묘사와 진술을 통해 폭포에 대해 계속 뭐라고 정의를 내리는 것 같지만 그 궁극적 의미는 끝없이 유예되고 대상의 본질은 드러나지 않는다. 부정성(negativity)은 부정 그 자체를 또다시 부정할 수 있는 계기를 갖고 있으므로 그것은 영원히 되풀이되는 운명에 처해질 수 있다. 따라서 이 시의 언술 가운데 선택적으로 "곧은 절벽"을 "곧은 소리"를 내며 떨어진다는 표현에 주목해 폭포를 단일한 의미망 속으로 수렴하고자 하는 시도는 좌절될 수밖에 없다.

둘째, 이 시에서 오히려 주시해야 할 것은 "곧은 소리" 다음에 출현하는 "번개와같이 떨어지는 물방울"이라고 할 수 있다. 이 시는 결미에서 폭포로 대변되는 유기체적인 통합이나 총체성보다는 물방울이란 단자의 개별성을 부각시킨다. 이는 이 시에 대한 다음 요약이 말해주듯 이 작품이 무의미한 동어반복이 아니라 반복 속에서 미묘한 의미의 변화가 이루어지는 방식으로 구조화되어 있다는 사실과 관련된다.

> 1연 폭포는 (……) 떨어진다
> 2연 물결이 (……) 떨어진다
> 3연 폭포는 (……) 떨어진다
> 5연 물방울은 (……) 떨어진다

이 시의 마지막 연에 주목한다면 이 작품은 시각/청각의 대립을 넘어 끝없이 떨어지는 폭포의 영구운동과 물방울의 순간적 나타남과 사라짐을 대비시킨 시로 읽을 수 있다. 폭포의 중단되지 않는 운동처럼

---

10) 「폭포」에서 부정어사가 담당하고 있는 기능에 대해선 이미 김혜순이 자세히 분석한 바 있다. 김혜순, 김승희 편,「문학적『장자』와 김수영의 시 담론 비교 연구」,『김수영 다시 읽기』, 프레스21, 2000. 그러나 김혜순은 이런 부정 어사를 대상 및 대상 의식의 부정으로 풀이하고 이를 장자의 도(道)와 비교하는 등 우리 논의와는 다른 방향으로 나아가고 있다.

존재/의미의 완전한 현현은 끝없이 지연된다. 폭포의 동태적인 운동이 지시하는 것은 역사의 궁극적인 필연성도 의미의 완전한 체현도 아니다. 폭포의 운동은 종결을 허용하지 않는다. 이처럼 끝나지 않고 단일화될 수 없는 존재의 무규정성이 바로 이 시의 3연에 제시된 어둠이다. 만물이 어둠에 묻혀 오직 무차별적 소리로만 자신을 드러내는 순간에도 물방울은 번개처럼 빛을 내며 나타남으로써 자신의 개별성을 드러내고 차이를 생산한다. 물방울은 폭포의 일부분이지만 전적으로 폭포에 귀속되는 것은 아니다. 번개처럼 떨어지는 물방울은 전체에 함몰되지 않은, 통제에서 벗어난, 예견할 수 없는 개별자의 출현을 나타낸다. 이때 물방울이 보여주는 것은 총체성이나 동일성이 아니라 그 무엇에도 얽매이지 않는 자유 그 자체이다. 그것은 고정되고 규정된 의미의 일방통행에서 벗어난 존재의 자유로운 몸짓을 시연한다.

그 어떤 긍정적/부정적 흐름 속에서도, 바로 그 흐름에 속해 있으면서도, 거기에서 벗어난 독자적 의식을 보유하고 있는 개별자는 있기 마련이다. 설령 그가 그 흐름 전체에서 분리돼 나온 존재는 아니라 하더라도 그는 균질적 다수의 맹목적 움직임으로부터 독립된 긴장된 관계를 형성한다. 물방울이 "높이도 폭도 없이" 떨어진다는 것은 공간적 차원의 이동을 의미하진 않는다. 이는 높이도 폭도 없는 떨어짐이 과연 떨어짐일 수 있을까 라는 의문을 제기하면 자연스럽게 알 수 있는 사실이다. 오히려 그것은 전체로부터의 떨어져 나옴을 가리키는 수사적 표현으로 받아들이는 것이 온당할 것이다. 폭포 그 자체는 어둠에 묻혀 보이지 않고 그 소리로만 자신의 존재를 드러내고 있을 때 문득 빛나는 물방울 하나가 어둠 속에 떠올랐다 사라진다. 그 물방울—존재는 피동적으로 주어진 조건을 받아들이는 데 그치지 않고 능동적으로 새로운 상황을 창출해나가는 힘을 발휘한다. 폭포가 무수한 물방울로 이루어져 있으며 따라서 이 구절은 전체와 부분의 일치를 나타내는 것으로 받아들여야 한다고 보는 것은 이 시를 지나치게 평면적인 것으로 만든다. 밤/번개의 대립이 그러하듯이 폭포/물방울도 단순한 포함 관계가 아니라 긴장된 대립 관계를 형성한다. 소리의 지속성에 대비되는 번개의 일시성과 즉흥성은 이 작품을 현전의 상징이 아니라 모호성과 미결정성으로 가득찬 알레고리적 글쓰기의 산물로 받아들이게 만든다.

이 작품에서 폭포는 자연적 대상인 동시에 시인 자신의 영혼 상태, 정신의 풍경이다. 폭포를 민중에게 잠재된 혁명적 에너지의 알레고리로 파악할 수도 있고 도도하게 지속되는 역사 그 자체의 알레고리로 읽을 수도 있으며 인간 정신의 중단 없는 추구에 대한 알레고리로 볼 수도 있다. 보다 한정적으로 폭포를 글쓰기나 글읽기의 알레고리란 관점에서 접근하는 독법도 가능하다. 중요한 것은 폭포의 최종적 의미나 절대적 진실은 실은 포착할 수 없다는 것이다. 모든 의미는 잠정적이며 그 다음 차례에 의해 곧 밀려나고 무화되어버린다.

이 시인에게 물방울이 개별적 자아의식이나 글쓰기의 충동과 관련이 있다는 것은 다음 구절을 통해서도 점검이 가능하다.

> 生活은 熱度를 測量할 수 없고
> 나의 노래는 물방울처럼
> 땅속으로 向하여 들어갈 것
>
> ―「愛情遲鈍」에서

> 스으라여
> 너는 이 세상을 點으로 가리켰지만
> 나는 (……)
> 조고마한 물방울로
> 그려보려 하는데
>
> ―「거리1」에서

물방울은 시인에겐 노래이며 화가에겐 세상을 가리키는 화폭 위의 점이다.[11] 김수영의 시에서 번개-물방울이 현시하는 "순간적 빛남"은

---

11) 「거리1」에 나오는 물방울의 의미에 대해선 김상환, 「점묘화와 백색 존재론」(『풍자와

부분으로 전체를 나타내거나 초월적 존재의 현전을 의미하는 상징으로 받아들이기보다는 일상적인 연관성의 돌연한 파괴나 대상의 탈신비화를 가져오는 알레고리로 읽을 필요가 있다. 그 물방울은 지상을 초월한 이상적인 세계를 떠오르게 하는 것이 아니라 절벽이나 땅속으로 떨어지거나 들어가는 하강 운동을 하고 있다. 또 시인이 그 물방울로 그려보고자 하는 것도 시간의 지배를 초월한 순간이 아니라 "눈을 찌르는 이 따가운 가옥과/집물과 사람들의 음성과 거리의 소리들"같은 지극히 사소하고 일상적인 것들이다.

폴 드 만에 따르면 "알레고리는 항상 윤리적"이다.[12] 그러나 이때의 윤리적이란 용어는 사람들이 흔히 생각하듯 "선험적 정언명령에 귀결"되는 것이 아니라 "담론의 한 양태"로서 언어가 불가피하게 유발하는 혼동을 숙고하는 행위와 결부돼 있다. 모든 윤리적 언어 역시 수사적 복합성에 종속돼 있으며 따라서 그 내부에 해체 구성의 계기를 포함하고 있다. 드 만에게 윤리성은 어떤 절대적 진리에 대한 믿음에서 기인하는 것이 아니라 존재와 인식의 불확실성에 대한 투철한 인식에 기초하고 있다. 우리가 김수영의 시에서 찾아볼 수 있는 윤리성도 이와 유사한 것이다. 그에게 윤리성은 어떤 확고한 도덕적 신념이나 정치적 이데올로기에 대한 헌신을 가리키는 말은 아니었다. 오히려 이러한 것들의 정당성과 확실성을 끊임없이 회의하고 심문하는 것, 지속적으로 자아성찰을 해나감으로써 자신의 의식을 막다른 지점까지 추구해 들어가는 것, 이런 것이 진실로 윤리라는 말에 더 합당한 것이었다. 이를 위해 그가 시에서 택한 방식은 일상에서 겪은 다양한 경험들 사건들을 끌고 들어와 이를 새로운 각도에서 조명해보는 것이었다. 그가 시에서 산문성을 무릅쓰고 도입한 풍부한 예시(exemplum)들은 읽는 사람의 고정 관념을 전복시키면서 의표를 찌르는 통렬함과 기발함 그리고 날카

해탈 혹은 사랑과 죽음』, 민음사, 2000)을 참조할 것.

12) De Man, P., *Allegories of Reading*, New Haven: Yale UP, 1979, p. 206.

로운 통찰력을 선사해주고 있다. 이러한 예시를 이용한 알레고리 수법
은 원래 중세기에 유행한 것으로 설교를 위한 교훈담으로 많이 원용되
었다. 그러나 김수영의 시에선 예시가 직접적인 교훈이나 계몽을 위해
서 동원된 것이 아니며 그렇다고 개인적인 추억이나 감상의 나열에 머
무는 것도 아니다. 자칫 시를 쇄말주의에 빠트릴 수도 있는 일상의 자
질구레한 일들을 작품에 과감히 도입함으로써 시인은 흔히 비(非)시적
인 것으로 여겨지기 쉬운 주변의 비근한 경험들을 시에 적극적으로 수
용하는 한편 상징적인 통일성보다는 알레고리적인 분열성을 선호하는
독특한 시작법을 선보이고 있다.

1) 팽이가 돈다
   어린아이이고 어른이고 살아가는 것이 신기로워
   물끄러미 보고 있기를 좋아하는 나의 너무 큰 눈 앞에서
   아이가 팽이를 돌린다
   사람을 사는 아이들도 아름다웁듯이
   노는 아이도 아름다워 보인다고 생각하면서
                         ─「달나라의 장난」에서

2) 나는 아직도 앉는 법을 모른다
   어쩌다 셋이서 술을 마신다 둘은 한 발을 무릎 위에 얹고
   도사리지 않는다 나는 어느새 南 쪽 식으로
   도사리고 앉았다 그럴때는 이 둘은 반드시
   以北친구들이기 때문에 나는 나의 앉음새를 고친다
                         ─「巨大한 뿌리」에서

3) 이를테면 이런 일이 있었다
   부산에 포로수용소의 第十四野戰病院에 있을 때
   정보원들이 너어스들과 스폰지를 만들고 거즈를
   개키고 있는 나를 보고 포로경찰이 되지 않는다고
   남자가 뭐 이런 일을 하고 있느냐고 놀린 일이 있었다
                         ─「어느 날 古宮을 나오면서」에서

아는 사람의 집에 갔다가 우연히 그 집 아이가 팽이를 돌리는 모습을 보며 상념에 젖는 1)이나 옛친구의 일화를 거론하며 사람들이 앉아서 대화를 나눌 때 무의식적으로 취하는 자세에 깃든 의미를 이야기하고 있는 2)나 포로수용소 시절 겪은 체험 한 토막을 제시하며 현실 순응과 저항의 미묘한 함수관계를 문제 삼고 있는 3) 등의 시편이 보여주는 것은 삶 속에 잠복해 있는 단절과 부조화의 순간들이다. "어쩌다" "이를테면"같은 시에서 잘 쓰이지 않는 부사어까지 구사하며 시인은 자신이 과거에 겪었거나 현재 직면한 일들을 사례 보고 형식으로 진술하고 있다. 그러면서 그는 때로 넘치는 풍자와 전복적 해학을 구사하기도 하고 또 때로는 위악적인 고백이나 촌철살인적인 경구로 충격효과를 주기도 한다. 이러한 시도는 모두 당대의 정치적 심미적 보수주의에 균열을 내는 언어의 모험이라는 점에 의의가 있다.

이처럼 그에게 중요한 것은 시간을 초월한 세계로의 월경이 아니라 삶의 현장에 남아 일상적 시간과의 힘겨운 투쟁을 벌여나가는 것이다. 상징의 경우 인간과 세계의 본질이 그 자체로 고정돼 있으며 주어져 있는 것이라는 전제가 암암리에 깔려 있다면 알레고리는 인간의 본원적 시간성에 보다 충실하며 삶의 일시성과 유동성에 훨씬 더 민감한 면모를 보인다. 때문에 알레고리스트는 매순간 자기 동일성의 확립을 연기하며 끝없는 자기 비평의 여정에 자신을 열어두는 자세를 취한다. 그 결과 김수영이 일상의 파편 조각들을 쌓아 올리면서 거의 요설에 이르도록 자신과 언어를 학대해가며 이룩한 시세계는 시간적 곤경에 처해 있는 근대인의 내면에 대한 생생한 초상이 되어주고 있다.

4. 김종삼과 우화(寓話)적 알레고리

앞에서 분석한 김종삼의 작품 [시작노우트]처럼 이 시인의 작품엔 글쓰기 자체를 소재로 하고 있는 메타시 성격의 작품이 상당수 있다.

[글짓기]라는 제목의 다음 작품 역시 이 시인의 이러한 개성이 잘 드러나 있는 시이다.

　　소년기에 노닐던
　　그 동뚝 아래
　　호숫가에서
　　고요의
　　피아노 소리가
　　지금도 들리다가 그친다

　　사이를 두었다가
　　먼 사이를 두었다가
　　뜸북이던
　　뜸부기 소리도
　　지금도 들리다가 그친다

　　나는 나에게 말한다
　　죽으면 먼저 그곳으로 가라고.
　　　　　　　　　　　　　　　　　－[글짓기] 전문

　　김수영의 [폭포]가 끊임없이 움직이는 동적인 물을 보여주었다면 김종삼의 [글짓기]가 보여주는 것은 한곳에 가만히 고여 있는 물, 주위의 작은 움직임마저 흡수해 들여 깊은 고요의 심연을 이루는 정적인 물이다. 이 시인의 많은 작품이 그렇듯이 이 작품 역시 심미적인 무시간성의 이미지를 보여주고 있다. 일상적 시간은 잠시 정지되어 있으며 화자의 어조는 시간에서 잠시 빠져나온 듯한 분위기를 자아낸다. 화자가 현재 위치한 시공간의 구체적 준거가 밝혀지지 않은 가운데 "소년기"로 언급된 과거의 한때가 시의 인상을 결정짓는 지배적인 힘을 발휘하고 있다. 지금 이곳의 현실에 자신의 실존적 거처를 마련하지 못한 화자는 과거의 추억 속으로 침잠해 들어간다. 유년의 단순함과 소박함은 여러 가지 점에서 복잡하고 지리멸렬한 현재와 대비되어 그 가치를 획득한다. 그것은 곧 기억의 작업을 통해 잃어버린 시간과 잃어버린 정체성을 되찾으려고 하는 시도로 현상한다.[13] 그 기억을 매개해 주는 것이 이 시의 경우 바로 소리이다. 어린 시절 들었던 음악(피아노) 소리나 자연(뜸부기)의 소리가 화자를 아득하고 아늑한 잃어버린 시간 속으로 안내한다. "나는 나에게 말한다/ 죽으면 먼저 그곳으로 가라고"라는 화자의 발언은 그 시절을 그리워하는 화자의 마음의 지극함을 꾸밈없이 절실하게 전달하고 있다. 따라서 이 시는 과거와 현재가 신비스럽게 일치하는 순간, 자아가 잃어버린 자아의 분신과 해후하는 순간을 상징적으로 그린 작품으로 여길 수 있다. 아름다운 음악이나 자연음은 언제 어디서든지 성인이 된 지금 잃어버렸다고 생각한 시간을 지금 이곳으로 불러들이는 마법의 주문이 될 수 있다. 이런 소리는 화자를 시간의 바깥에 위치시키며 불만족스러운 현실을 넘어서는 충만한 현전의 환상을 제공한다.

근대 이후 루소에서 마르셀 프루스트에 이르기까지 회상은 한 인간이 자신의 인격적 동일성을 찾는데 있어 다시없는 원천으로 인정받아 왔다. 과거를 현재로 소환하는 것 혹은 향수의 상상적 빛 아래 존재와 세계를 성찰하는 것은 소외된 자에게 주어진 마지막 특권일 수 있다. 기억에 의해 현실이 강요하는 단절과 분열 대신 지속의 감각이 회복되고 자아의 실재감을 되살릴 수 있게 된다. 이는 '현재하는 과거'를 개인의 의식 속에 재구축하고자 하는 시도로 나타나며 이때 과거는 지나간 역사가 아니라 신화적 후광을 쓰고 지금 이 순간의 결핍을 치유해 줄 구원의 상징으로 부상한다. 이들에게 "진정한 낙원은 한번 잃어버린 낙원"인 것이다. 근대적 자아에게 부과된 고통스럽고 권태로운 시간의식 저편에 존재의 지반으로서 변치 않는 유년의 낙원이 자리하고 있다. 기억 속에 존재하는 시간에 대한 향수는 과거와 현재가 혼연일

---

13) Jaus, H. R., 김경식 옮김, 『미적 현대와 그 이후』, 문학동네, 1999, 126쪽.

체가 되는 무시간적 순간으로의 입문이란 형태로 나타난다.

그러나 [글짓기]라는 시의 제목은 이 작품을 이런 낭만적인 '순진한' 비전으로 채색된 단순한 작품으로 보아 넘기기 어렵게 만든다. 유년에 대한 동경이 단지 옛시절로의 회귀나 옛것을 복구하고자 하는 퇴행적 정서와 연결되는 것으로 그치지는 않는다. 대부분의 경우 이 시인에게 환상은 현실을 견디는 수단으로 작용한다.14) 시인은 현실을 꿈의 무대로 치환시킴으로써 현실의 곤핍함과 누추함을 무화시키고자 한다. 이 시인의 작품 속에 나오는 숱한 외래 지명이나 인명은 지금 이곳이 아닌 세계를 그리워하는 낭만적 영혼의 현실도피적인 시도를 보여준다. 그러나 동시에 그런 이국적인 이름이나 비현실적인 삽화는 주어진 현실에 거리를 유지하고 현실을 비틀어볼 수 있는 알레고리적 극화(劇化)의 산물이기도 하다.

[글짓기]에서도 화자는 소리를 통해 현재와 과거, 현실과 환상이 화해하고 통합되는 현전의 순간을 극화하기보다는 그것의 불가능성이 자아내는 페이소스를 전달하는데 주력하고 있다.15) 따라서 "나는 나에게 말한다/ 죽으면 먼저 그곳으로 가라고"라는 언명은 화자의 강력한 의지의 표명이라기보다는 살아서는 그것이 영원히 달성할 수 없다는 사실에 대한 체념적 수용과 달관을 나타내고 있다. 그런 의미에서 이 작품은 과거라는 원천과 결코 합치될 수 없는 인간의 시간적 조건을 담아내고 있다. 복원되지 않는 과거와 현재 사이의 거리에서 화자는 단절적 시간성을 체험한다. 과거라는 시간은, 화자의 소망에도 불구하고,

---

14) 황동규, 「殘像의 美學」, 『북치는 소년』, 민음사(해설), 1979, 21-22쪽.

15) 한스 로베르트 야우스는 중세의 알레고리 작가의 시선은 세계의 현상들의 배후에서 불멸의 고향을 구하고 찾은 반면 도시를 접하게 된 알레고리 작가의 시선은 소외의 시선이라면서 현대적인 작가에게 초월적 고향의 상실은 시 그 자체를 통하여 보상된다고 지적하고 있다(Jaus, H. R., 앞의 책, 230쪽). 「시작노우트」 「문장수업」 「제작」 「비시」 「시인학교」 「어머니」 같은 김종삼의 시에서 찾아볼 수 있는 '시쓰기에 대한 시'는 이러한 측면을 잘 보여주고 있다. 시원의 무구성에 대한 향수는 자신의 완성되지 못한, 아니 완성될 수 없는 글쓰기에서 그 대체물을 찾는다.

지금 이 순간이라는 현재의 시간으로부터의 도피처가 될 수 없다. 물론 화자도 이 사실을 모르지는 않는다. 과거와 현재가 삼투하여 하나가 되는, 상징이 추구하는 총체성 통합성의 환상은 현실 속에선 결코 도달할 수 없는 신기루로 남는다. 「글짓기」라는 이색적인 제목은 자신의 글쓰기가 바로 그러한 신기루를 붙잡기 위한 부질없는 시도라는 점을 역설적으로 드러내고 있다. 시인은 글쓰기를 통해 과거의 현전을 도모하기보다는 그런 불가능한 작업에 여전히 매달리고 있는 자신을 한편으로 위안하면서 다른 한편으로 은밀히 풍자하고 있는 것이다.

상징이 현전의 형이상과 관련된다면 알레고리는 끝없이 의미가 연기되며 새로운 차이를 만들어내는 글쓰기, 이 시인의 말을 빌리자면 글짓기와 관련이 있다. 현전의 허구성을 인식한 시인은 글쓰기의 모호성과 미결정성에서 인간 조건의 본원적인 모습을 발견한다. 향수적 정조에의 탐닉 이면엔 과거 자체가 또 하나의 환영이며 일시적 도취의 산물이란 깨달음이 관류하고 있다. 그는 끊임없이 자아와 타자, 인간과 자연, 영혼과 풍경 사이의 교류 가능성을 꿈꾸고 타진하면서도 그것이 선험적으로 불가능하다는 사실을 예감하고 있었으며 이런 이중적인 인식을 시에 담아낸 것이다. 야우스에 따르면 중세의 종교적 알레고리와 달리 근대와 와서 재정립된 세속적 알레고리는 인간과 자연 간의 간극을 다시 메우는 것과는 거리가 멀다. 오히려 "내적 장면과 외적 풍경의 교환 가능한 지시관계 속에서, 인간적 자연 및 우주적 자연의 소외를 아주 고통스러울 정도로 첨예하게 의식하도록 만든다."[16] 알레고리적 어법에 권태 우울 불안 등의 분위기가 녹아들어가 있는 것은 그 때문이다. 김종삼 시의 저음을 이루고 있는 세계 상실의 정서와 좌절한 자의 멜랑콜리는 이와 연관시켜 이해할 필요가 있다.

이처럼 과거와 도저히 하나가 될 수 없는 시인의 내면 상태를 말해주는 것이 바로 "사이를 두었다가/ 먼 사이를 두었다가"라는 구절에서

---

16) Jaus, H. R., 앞의 책, 221쪽.

감지할 수 있는 불연속성과 단절의 이미지이다. 과거의 상기는 간헐적으로 시간의 틈새에서 일어나는 의식의 작용에 지나지 않는다. 「글짓기」에서 볼 수 있듯 도취의 황홀과 휴지(休止)의 교차 반복은 과거의 심미적 전유가 지속 불가능한 일시적인 지복의 순간에 불과함을 말해준다. 한번 흘러가버린 시간은 만회 불가능하며 범속한 인간이 추구하는 세계와의 재화해는 조만간 한계에 부닥칠 수밖에 없다. 소외된 주체는 자신을 에워싸고 있는 시공간과 사물에서 단락과 결핍을 느낀다. 사물은 응집력이나 조밀도를 상실한 채 보이지 않는 원심 작용에 의해 분리되고 소멸되어가는 양상을 보이고 있다.

> 띄엄띄엄
> 기척이 없는 아지 못할 나직한 집이
> 보이곤 했다.
>
> $\qquad\qquad\qquad\qquad$ —[遁走曲]에서

> 헬리콥터 여운이 띄엄하다
>
> $\qquad\qquad\qquad\qquad$ —[文章修業]에서

> 희미한
> 風琴 소리가
> 툭 툭 끊어지고
> 있었다
>
> $\qquad\qquad\qquad\qquad$ —[물 桶]에서

알레고리는 "자신의 근원으로부터의 거리감을 우선적으로 가정하고 있다"[17]는 말이 의미하는 것처럼 알레고리적 언어는 동일시의 충만함 대신 시간의 빈틈, 그 차이에 주목한다. 그 세계는 시간적 차원에서든 공간적 차원에서든 대상이 연속적으로 나타나는 게 아니라 "띄엄띄엄"

---

17) De Man, P., Ibid, p. 207.

존재하며 종종 "툭 툭 끊어지"는 단절을 드러낸다. 시인이 몸담고 살고 있는 세계는 전체로서 단일한 형상을 하고 있는 게 아니라 부서진 파편이나 폐허의 모습을 하고 있다. 총체성과 통일성을 바랄 수 없는 세계에서 개인은 고립된 존재로 살아간다. 그의 시는 이 세상에 일시적으로 체류하고 있을 뿐인 인간 존재의 덧없음을 우의적으로 드러내고 있다. 세속적 물질성을 초월하는 의미의 직접적 현전을 부정할 때 남는 것은 존재의 안팎을 휩싸고 도는 거대한 무(無)일 수밖에 없다. 김종삼이 즐겨 채택하는 우화(fable)적 방식의 시쓰기는 시간 속에 유배된 자들이 연출하는 한편으로 비극적이면서도 다른 한편으로 희극적인 존재의 유희를 보여준다. 그 우화들은 인간이 응당 감내할 수밖에 없는 운명의 부조리함을 감상을 배제한 건조한 목소리에 실어 전달한다.

　　안쪽 흙 바닥에는
　　떡갈나무 잎사귀들의 언저리와 뿌롱드 빛갈의 果實들이 평탄하게 가득
차 있었다.

　　몇 개째를 집어 보아도 놓였던 자리가
　　썩어 있지 않으면 벌레가 먹고 있었다.
　　그렇지 않은 것도 집기만 하면 썩어 갔다.

　　거기를 지킨다는 사람이 들어와
　　내가 하려던 말을 빼앗듯이 말했다.

　　　　당신 아닌 사람이 집으면 그럴 리가 없다고—.
　　　　　　　　　　　　　　　—「園丁」에서

　　심청일 웃겨 보자고 시작한 것이
　　술래잡기였다.
　　꿈 속에서도 언제나 외로웠던 심청인
　　오랜만에 제또래의 애들과

뜀박질을 하였다.

붙잡혔다
술래가 되었다.
얼마 후 심청은
눈 가리기 헝겊을 맨 채
한 동안 서 있었다.
술래잡기 하던 애들은 안됐다는 듯
심청을 위로해 주고 있었다.

　　　　　　　　　　　　　　ㅡ「술래잡기」 전문

한 여인이 병들어가고 있었다
그녀의 남자도 병들어가고 있었다
일 년 후 다시 만나기로 하고 헤어졌다
그 일 년은 너무 기일었다

그녀는 다시 술집에 전락되었다 죽었다

(……)
그 남잔 샤이안 族이
그녀는 牧師가 묻어 주었다.

　　　　　　　　　　　　　　ㅡ「西部의 여인」에서

　　이들 시편은 희망이 없는 세계 속에서 살고 있는, 살아야 하는 인간
의 행동 원리와 그 종국을 예증하는 우화들이다. 이 우화는 한편의 잘
짜여진 소극(笑劇)이 줄 수 있는 웃음과 슬픔을 모두 담고 있다. 1)에서
화자는 원치도 의도하지도 않은 상황에 내몰린 채 납득할 수 없는 유
죄 선고를 받는 곤혹에 처해 있다. 고전 소설 『심청전』을 패러디하고
있는 2)의 장면 역시 선의로 시작한 아이들의 놀이가 결국 희생자로
점지된 대상을 다시금 불운에 빠트린다는 설정을 통해 잔인한 운명의
전변을 보여주고 있다(심청이 장님처럼 "눈 가리기 헝겊을 맨" 모습은

장님 아버지를 위해 자기 몸을 희생한다는 원(原)텍스트에 담긴 충효 이데올로기의 폭력성을 뒤집어 보여주고 있다). 서부극의 틀을 빌려온 3)에서도 여인과 남자의 삶과 죽음, 만남과 헤어짐은 헐리웃 영화식 해피엔딩을 거절한 것은 물론이고 그들의 장례를 치러주는 상이한 배경의 사람들의 모습을 통해 내세에서의 해후 가능성마저 차단하고 있다.

이들 시를 공통적으로 지배하고 있는 정서는 삶의 한시성에 대한 감각이 주는 무상함이다. 이들 우화는 친숙한 텍스트나 이야기를 재구성함으로써 낯익은 세계의 탈현실화를 이룩한다. 그의 시에서 인간은 광막하고 황폐한 세계를 덧없이 방황하다 쓸쓸히 죽고마는 가련한 존재들에 지나지 않는다. 김종삼의 알레고리적 시편들은 낭만주의적 주관성에 깊이 침윤돼 있는 듯이 보이는 이 시인의 시에 실은 세계의 비참을 견디며 마지막까지 삶을 객관적으로 성찰하려 한 비범한 예지가 숨어 있음을 말해주고 있다.

4. 잠정적인 결론

지금까지 김수영과 김종삼, 이 두 시인의 시편을 현실비판이나 심미적 초월 같은 익숙한 관점에 입각해서 해석하는 관행에서 탈피하여 아포리아적 회의에 바탕을 둔 알레고리적 상상력의 산물이란 각도에서 접근해보았다. 알레고리적 독해 방식(allegorical way of reading)은 삶과 세계를 투명하게 정식화하는 대신 의미의 끝없는 해체−재구성을 통한 고정관념의 파괴와 새로운 인식의 계발을 가능케 한다. 그것은 곧 텍스트에 이미 드러나 있는 '통찰'을 다시 반복해서 거론하는 수준에서 벗어나 그것이 숨기고 있는 '맹점' 즉 텍스트의 사각(死角)에 위치한 의미를 읽어내려는 노력과 통한다. 이들 시인에게 알레고리적 상상력은 미메시스나 상징과는 다른 차원에서 현실을 인식하고 재현하는 데 있어 결정적인 역할을 수행하고 있다.

인간은 세계-내-존재인 동시에 시간-내-존재이기도 하다. 모든 개별적 주체는 자신에게 주어진 시간을 외재화하고 물리적 시간에서 독립된 주관성을 획득해나가는 도정에 놓여 있다. 김수영과 김종삼은 어려운 시대적 조건 속에서 나름대로 한국시의 새로운 지평을 열기 위하여 분투했고 그 일환으로 문학에 있어서 상징이 차지하는 역할에 대한 절대적 신앙에서 벗어나 알레고리에 바탕을 둔 개성적인 시쓰기를 시도했다. 물론 이는 의식적이라기보다는 다분히 무의식적으로 이루어진 과정이자 선택이었다. 시를 쓰는 순간 자신이 지금 써나가고 있는 작품이 상징적인지 알레고리적인지 그 자체를 두고 고민하는 시인은 별로 없다. 다만 현실과 자아의 내면을 그만큼 치열하게 응시하고 되새김질하는 가운데 거기 적합한 언어적 형식이 모색되었을 것이다. 알레고리는 설령 쓰는 사람이 그것을 의식하지 않았다 하더라도 상징이 주는 허구적 총체성을 넘어서고자 하는 시인이라면 자연스럽게 조우할 수밖에 없는 수사이다. 현재와 과거, 주체와 객체의 융합을 추구하는 상징과 달리 알레고리는 그것이 미망이란 것을 알아차린 존재의 예지에 기초하고 있다. 김수영과 김종삼의 시에 자주 등장하는, 서정시에 대한 일반적 통념과 유기적으로 조화를 이루지 못하는 낯선 이미지, 어법, 장면 등은 현실에서 소외된 의식의 비동일성을 부각시킴으로써 문학과 현실을 바라보는 새로운 관점을 제시하고 있다.

본고는 시간성의 수사학이란 새로운 비평적 준칙에 의거하여 김수영과 김종삼의 시에 접근해보았다. 그 결과 그 동안 상징적으로 여겨졌던 이 두 시인의 작품 가운데 상당수가 알레고리적이라는 사실이 밝혀졌다. 역으로 알레고리라는 각도에서 이들의 시에 다가갈 경우 상징으로는 포착하기 힘든 많은 설명이 가능함을 살펴보았다. 그러나 이러한 가정이나 해석은 어디까지나 시론(試論)적 성격을 벗어나지 못한 것으로 이를 확증하기 위해선 이 두시인의 작품에 대한 보다 전면적이고 구체적인 분석이 뒤따라야 할 것이다. 또 폴 드 만의 이론 자체의 정당성에 대해서도 의문이 제기될 수 있다. 그의 이론이 20세기 후반 서구

학계에 미친 충격파와는 별도로 그의 이론의 타당성에 대해선 지금도 많은 문제제기가 이루어지고 있다.[18] 그가 유달리 시간성의 인식을 강조하고 있지만 정작 그의 시간관이 무척 단선적이고 탈역사적이라거나 상징/알레고리의 서열을 해체하는 그의 논리가 또 다른 전도된 위계질서를 낳는데 그칠 우려가 있다거나 하는 비판엔 충분히 경청할 만한 구석이 있다.

문학사에 남는 뛰어난 작품은 거듭 다른 관점에 의거해 읽어도 소진되지 않는 풍부함을 간직하고 있다. 김수영과 김종삼의 시에 나타난 시간성의 수사학에 대한 연구는 바로 그점을 확인해주고 있기도 하다. 아이러니를 포함하여 이 글에서 다루지 못한 시간성의 수사학과 우리 시의 관련 양상에 대한 보다 종합적인 연구는 추후의 과제로 남겨두기로 하겠다.

주제어 : 김수영, 김종삼, 시간성의 수사학, 알레고리, 상징, 에피파니 총체성

---

18) 상징/알레고리의 이항대립에 대한 폴 드 만의 논리가 지닌 문제점과 한계에 대해선 다음 글을 참조할 것. Lentricchia, Frank, 이태동 외 옮김, 『신비평 이후의 비평이론』(문예출판사, 1994)의 제8장 「폴 드 만: 권위의 수사학」; 신광현, 「시간/주체/언어」, 『현대비평과 이론』 제10호, 한신문화사, 1995.

◆ 참고문헌

1. 기본자료
김수영, 『김수영 전집』 1-시, 2-산문, 민음사, 1981.
김종삼, 『김종삼 전집』, 청하, 1989.

2. 단행본
강웅식, 『시, 위대한 거절』, 청동거울, 1998.
김상환, 『풍자와 해탈 혹은 사랑과 죽음』, 민음사, 2000.
김승희 편, 『김수영 다시 읽기』, 프레스21, 2000.
남진우, 『미적 근대성과 순간의 시학』, 소명출판, 2001.
마광수, 『상징시학』, 청하, 1985.
백낙청, 『민족문학과 세계문학』, 창작과비평사, 1978.
오성호, 『서정시의 이론』, 실천문학사, 2006.
Benjamin, W., 반성완 역, 『발터 벤야민의 문학이론』, 민음사, 1983.
──────, tr. John Osbourne., *The Origin of German Tragic Drama*, London, verso, 1985.
Bohrer, K. H., 최문규 역, 『절대적 현존』, 문학동네, 1998.
Brett. R. L., 심명호 옮김, 『공상과 상상력』 서울대 출판부, 1979.
De Man, P., *Allegories of Reading*, New Haven: Yale UP, 1979,
──────, *Blindness and Insight*, Minniapolis: U of Minnesota P, 1983.
Derrida, J., 김성도 옮김, 『그라마톨로지』, 민음사, 1996.
Jaus, H. R., 김경식 옮김, 『미적 현대와 그 이후』, 문학동네, 1999.
Langer, S., *Philosophy in a New Key*, New York: New American Library.
Lentricchia, F., 이태동 외 옮김, 『신비평 이후의 비평이론』, 문예출판사, 1994.
Lukacs, G., 반성완 외 옮김, 『미학』 제4권, 미술문화, 2002.

3. 연구논문
신광현, 「시간/주체/언어」, 『현대비평과 이론』 제10호, 한신문화사, 1995.

◆ 국문초록

   한국 시문학사에서 김수영과 김종삼은 1950년대를 대표하는 모더니즘 시인으로 평가받아왔다. 일제 식민지배, 해방과 분단, 전쟁으로 이어지는 시절을 통과하며 문단에 등장한 이들은 전후 폐허가 된 현실에서 기존의 서정시와는 다른 이질적인 감수성과 어법의 시를 선보였다.

   본고는 김수영 김종삼의 시에 나타난 '시간성의 수사학'을 규명함으로써 이들 시인의 시세계를 다른 각도에서 살펴보는 것과 아울러 모더니즘 시에 대한 이해를 새롭게 하는 것을 목적으로 하고 있다. 지금까지 이 두 시인에 대한 비평이나 논문은 적잖이 제출되었으나 이들의 시세계를 '시간성의 수사학'이란 관점에서 접근한 경우는 없었으며 더 넓게는 우리 학계에 '시간성의 수사학'이란 관점 자체가 충분히 정착되지 않은 형편이라고 할 수 있다. 이를 위해 특히 알레고리와 상징에 대한 폴 드 만의 논리를 적극적으로 참조하고자 한다.

   낭만주의 이후 대다수 이론가들은 상징의 가치를 높이 평가하고 알레고리를 저급한 수사로 취급하였다. 상징이 초역사성과 총체성을 지향한다면 알레고리는 역사적이고 파편적인 특성을 갖고 있다. 전통적으로 우세한 지위를 누려왔던 상징의 절대적 가치를 부인하고 그에 대조되는 알레고리의 의미를 복권시킨 글인 「시간성의 수사학」에서 폴 드 만은 상징이 인간이 처한 시간적 제약을 보지 않으려 하는 맹목의 소산인 반면 알레고리는 상징의 그러한 자기기만을 통과하고 난 다음의 예지의 소산이라고 말한다. 따라서 드 만은 상징이 주는 헛된 믿음에 안주하기보다는 알레고리가 주는 고통스러운 진실을 직시해야 한다고 주장한다.

   본고는 김수영과 김종삼, 이 두 시인의 시편을 현실비판이나 심미적 초월 같은 익숙한 관점에 입각해서 해석하는 관행에서 탈피하여 시간성의 수사학이란 새로운 비평적 관점에 의거해 접근해보았다. 그 결과 그동안 상징적으로 여겨졌던 두 시인의 작품 가운데 상당수가 알레고리적이라는 사실을 밝혀낼 수 있었다. 김수영의 경우 일상생활에서 차용한 풍부한 예시(exemplum)를 통해 읽는 사람의 고정관념을 전복시키는 날카로운 통찰력을 선사해주고 있다. 그는 일상의 자질구레한 사건들을 작품에 과감히 도입함으로써 상징적인 통일성보다는 알레고리적인 분열성을 선호하는 독특한 시작법을 선보이고 있다. 김종삼의 경우 우화(fable)적 방식의 시쓰기를 즐겨 채택하고 있다. 그 우화는 시간 속에 유배된 존재들이 연출하는 한편으로 비극적이면서 다른 한편으로 희극적인 존재의 유희를 보여준다.

알레고리는 설령 쓰는 사람이 그것을 의식하지 않았다 하더라도 상징이 지닌 허구적 총체성을 넘어서고자 하는 시인이라면 자연스럽게 조우할 수밖에 없는 수사이다. 김수영과 김종삼의 시는 바로 이러한 사실에 대한 뛰어난 예증으로 보인다.

◆ SUAMMARY

A Study on the 'Rhetoric of Temporality' existed in Korean Modern Poetry

- Focused on Su-young Kim and Jong-sam Kim

Nam, Jin-Woo

Su-young Kim and Jong-sam Kim have been recognized as modernism poets representing the history of Korean poetry in 1950th. After experiencing the historical events like being colonized by Japan, liberation and division of the Korean Peninsula, and the Korean War, they entered on the literary world. So they have been written poems with different kind of sensibility and distinctive mode of expression, owing to being influenced by the real world in ruins at that times.

This paper aims to analyze the Su-young Kim's and Jong-sam Kim's world of poetry from a different angle by examining 'Rhetoric of Temporality' existed in their poems. And it aims to explain new aspects in modernism poetry. Although there are some critics and papers on these two poets, there is no paper analyzing their poems from a 'Rhetoric of Temporality' point of view. Futhermore the approach of 'Rhetoric of Temporality' is not settled fully in the Korean academic circles. So the logic of Paul de Man on Allegory and Symbol is used aggressively in this paper.

Most of theorists after romanticism set high value on Symbol, but regarded Allegory as low class rhetoric. While Symbol heads toward ultrahistorical property and totality, Allegory has historical and fragmentary characteristics. Paul de Man denied the absolute value of Symbol which maintained a superior position traditionally, but rehabilitated the meaning of Allegory in his book 'Rhetoric of Temporality'. In this book

414

he said that while Symbol is just an outcome of blindness not to con-
sider the limitation of time which human being must suffer from, Alle-
gory is an outcome of wisdom after passing through this kind of self-
deception. Therefore he insisted that we should confront the painful
truth being caused by Allegory, rather than stay peacefully at the vain
faith being caused by Symbol.

This paper analyzes Su-young Kim's and Jong-sam Kim's poems not
by using familiar point of view like criticism of reality or esthetical
transcendency, but by using new critical point of view called 'Rhetoric
of Temporality'. As a result, we can find out the fact that some of their
works which were regarded as using Symbol are using Allegory in fact.
Su-young Kim's poems presented sharp insight overturning readers' fixed
concept through plentiful exemplum borrowed from daily life. He intro-
duced trifling matters of everyday life resolutely, so he showed a peculiar
method of writing poems which Allegoristic dissolution rather than Sym-
bolic uniformity is more preferred. Jong-sam Kim adopted often fable
style method of writing poems. In these fables the existence exiled to
time made a presentation, and they showed the enjoyment of existence
on the one hand as the tragedy style, and on the other hand as the farce
style.

Allegory is the rhetoric which poet has no alternative but to meet
naturally as long as he wants to overcome the fictitious totality within
Symbol, even though he is not conscious of it. The poems of Su-young
Kim and Jong-sam Kim seems to be outstanding examples of this kind
of fact.

Keyword : Su-young Kim, Jong-sam Kim, Rhetoric of Temporality, Al-
legory,Symbol, Epiphany, Totality

―이 논문은 2006년 3월 30일에 접수되어, 소정의 심사를 거쳐 2007년 5월 31일에
최종적으로 게재가 확정되었음.

서정인 소설 『달궁』의 서술특성과 '현실성'

김 재 영*

1. 들어가는 말

1

서정인은 최근작 『모구실』에서 서술자가 완전히 사라져버린, 대화만으로 이루어진 작품을 선보였다. 이 소설의 형식은 작품집 말미에 해설을 쓴 한 평론가로부터 "소설이 아니어도 좋다는 선언에 다름 아닌 것"이라는 평가를 들을 만큼 파격이었다.[1] 이 작품집은 모두 14편의 단편 연작 형식으로 이루어져 있는데, 다섯 번째 작품인 「의료원」부터는 서술자가 완전히 사라지고, 대화만이 남아 있다. 그 대화의 바

---

* 연세대학교 근대한국학연구소 연구원.
1) 김윤식, 「자기증식형 연작소설의 휘황함」, 『모구실』, 현대문학사, 2004, 408쪽.

끝 상황에 대해서는 대화 내용과 앞의 네 작품에 기대면, 약간의 짐작이 가능하지만, 분명히는 알 수 없다. 게다가 이 작품의 대화는 동서고금을 넘나들며 밑도 끝도 없이 진행되기에, 각 단편을 단위로 하든 전체를 단위로 하든 중심사건이나 중심 화제를 정리하는 것은 불가능해 보인다. 그렇다고 대화들이 생생하고 구체적인 장면을 형성하는 것도 아니다. '왜 이런 형식의 대화인가'라는 의문이 들지 않을 수 없는데, 다음과 같은 부분에서 짐작해 볼 여지가 없는 것은 아니다.

> "사물이 너가 보는 대로 있다고 생각하지 않지? 그것이 그것을 보는 사람 수만큼 많이 있다고 생각하냐? 너가 보는 것은 사물이 아니라 그것에 대한 너의 의견, 너의 선입관, 너의 편견이다. 편집은 사람마다 다르다. 무식한 놈이 무식하다는 것은 사물과 그의 바라봄 사이의 거리가 멀기 때문이다. 엉뚱한 것을 봤다고 하니, 무식한 것 아니냐? 물건을 모르면 그것을 못 본다."
>
> "유식한 사람은 보요?"
>
> "물론이지. 보니까 유식하지."
>
> ……(중략)……
>
> "하, 그렇다면 물건 보는 사람은 아무도 없소? 모자란 것은 상상력으로 보충허요?"
>
> "그래 상상력은 사람이 하늘처럼 되는 한 방법이다. 그것 없이 사람은 한쪽만 본다. 한때만 본다. 모든 쪽을 언제나 보는 것은 하늘밖에 없다. 사람은 많이 볼려고 노력한다. 다는 못 본다. 많이 볼수록 유식하다. 어차피 무식하다. 덜 무식할 뿐이다. 유식이 어렵다고 무식해도 좋다는 말은 아니다. 불가능한 것을 해야 하는 것이 아마 사람의 운명이다. …(중략)…"[2]

'물건 보기'의 어려움, 또는 불가능함에 대한 이야기이다. 물론 그냥 보는 것이 아니라, '다 보는 것', 다른 말로 한다면, 사실 자체 또는 진실 그 자체를 보는 것의 어려움일 것이다. 그런데 그것은 이미 20여 년 전 「철쭉제」(1983)라는 작품에서 다음과 같은 방식으로 제기되었던 문

---

2) 서정인, 『모구실』, 현대문학사, 2004, 178-179쪽.

제와 동궤의 것이다.

> 「악당이 사실의 조작을 잘하기도 하지만, 사실 자체의 모호한 성격 때
> 문에도 그래요. 우리들이 흔히 말하는 사실이란, 사실은, 사실이 아니고, 그
> 사실에 대한 어떤 사람의 해석일 때가 많아요. 사실과 해석은 전혀 다르
> 죠. 그런데도 중립적인 사실이란 있을 수 없다고 말해도 괜찮을 만큼 얻기
> 힘든 것이어서, 대개의 경우 해석이나 견해가 사실 노릇을 하게 되죠.」[3]

이 「철쭉제」는 이른바 서정인식 형식실험의 첫 시도로서 거론되곤
하는 작품이다. 이 소설이 실린 작품집의 해설을 맡았던 유종호는 「강」
으로 대표되는 서정인 초기 소설의 특징을 다음과 같이 정리하고 있다.

> 호들갑스럽지 않고 야무진 주제, 빈틈없이 꽉 째인 구성, 치밀하고 엄정
> 한 문체, 단 몇 줄로 선명하게 작중인물을 떠올리게 하는 성격 묘사, 생생
> 한 대화언어가 불필요한 것은 하나도 들여넣지 않고 필요한 것은 아무것
> 도 내쫓지 않는 고전주의 미학 속에 압축되어 있다.[4]

반면에 「철쭉제」의 경우에는, 지리산을 찾은 네 사람이 우연히 동행
하게 되어 산을 올랐다 내려온다는 정도 이외에는 사건이랄 것이 없다.
사건다운 사건은 없는 상태에서, 동행하고 있는 네 사람 사이의 대화
는, 가령 '악당과 바보', '싸움과 사이좋음', '사실과 해석', '자유인과
노예' 등등의 가볍지 않은 화제를 두고 장황하게 이루어진다. 행위나
사건을 서술하기 위해서가 아니라, 바로 말을 나누기 위해 산을 오르
고 내리는 일이 필요했던 것처럼 생각되지 않을 수 없다. 당연히 구성
은 성기고, 사소한 사건들 사이의 인과성도 별로 없어 삽화적이 된다.
인물의 성격은 묘사된다기보다는 주로 대화를 통하여 드러나는데, 그
렇게 선명하다고 할 수 없다. 누가 말했는가보다는 말 자체가 더 중요

---

3) 서정인, 『철쭉제』, 민음사, 1986, 153쪽.
4) 유종호, 「삭막한 삶과 압축의 미학」, 『철쭉제』, 민음사, 1986, 228쪽.

한 것처럼 보인다. 대화가 사건을 몰아내고 주인의 자리를 차지하고 있지만, 현장의 생생함이나 인물의 성격을 살린다기보다는, "작위적"이거나 "공소하고 때로 말장난에 흐르고 있다"[5]고 평가될 만큼, 일상적인 대화와는 거리가 있는 것이다.

한 마디로 이 소설은 단편소설의 모범과 같은 것으로 이해되는 초기소설들과는 거의 대척적인 지점에 놓여 있는 듯한 모습을 보여주었다. 그리고 이러한 실험적 경향은 바로 다음 작품 『달궁』에서 한 발 더 앞으로 나아가며, 『봄꽃 가을열매』, 『붕어』, 『베네치아에서 만난 사람』, 『용병대장』, 『말뚝』 등 이어지는 작품마다 새로운 경지를 개척하여 『모구실』에 이른다. 물론 이들 작품들은 각각 자기만의 형식을 이루고 있지만, '말' 또는 '대화'가 전경에 나와 있다는 공통점을 갖고 있는 것으로 생각된다.

이런 지속되는 형식 실험의 배후에는 초기소설과는 상당히 다른 세계관 내지 인식이 작용하고 있는 것으로 보이는데, 앞에서 살펴보았듯이 불가능이라고까지 표현되는 '사실 인식'의 어려움이 바로 그것이다. 그것을 불가능이라고 할 때 서정인은 사실이 그 자체로서가 아니라 언어 안에서만 존재할 수밖에 없지 않느냐는 포스트모던적 인식론을 받아들이는 것으로 보인다. 하지만 그 불가능한 일을 하는 것이 사람의 운명임을 이야기할 때, 그는 의견이나 견해 아닌 사실 자체가 존재한다는 점을 강력하게 주장하고 있는 것으로도 보인다. 그는 바로 그 '사물을 있는 그대로 보는' 또는 '사물의 이름을 제대로 불러주는' '무진장 어려운 일'이 바로 예술의 일임을 주장하고 있기도 하다.[6]

이제 문제는 그 불가능하지만 불가피한 일을 어떻게 해나갈 것이냐일 것이다. 그런 점에서 「철쭉제」에서 시작되어 『모구실』에 이르는 서정인의 실험 전체가 바로 그 '불가능하지만 불가피한 일'에 대한 모색

---

5) 앞의 글, 237쪽.
6) 서정인, 「상업화 시대의 예술」(1998), 『달궁 가는 길—서정인의 문학세계』(이종민 엮음), 서해문집, 2003, 373-374쪽.

의 과정, 그 언어 찾기의 과정이라고 할 수 있을 것이다. 그러므로 서
정인 소설의 형식실험은 '사물의 이름을 제대로 불러 주는 일'과의 연
관에서 해명되어야 한다. 그것은 다른 말로 한다면 '현실성(리얼리티)'
의 문제이며, 오해를 무릅쓰고 얘기해본다면 여전히 '문제는 리얼리즘'
인 것이다.

2

  서정인 소설의 형식실험을 '현실성'이라는 관점에서 따져보기 위해,
이 글에서는 『달궁』을 들어 논의해보려 한다. 『달궁』은 「철쭉제」 바로
다음 작품으로, 첫 발표분[7]이 『한국문학』에 나타난 것은 1985년 9월이
었고, 마지막 발표분이 『세계의 문학』에 실린 것은 1990년 여름이었다.
그리고 그 조각들은 차곡차곡 모아져서 1987년과 1988년 그리고 1990
년에 한 권씩, 세 권의 단행본으로 출간되었다. 『달궁』은 이 기간 동안
서정인이 쓴 유일한 소설이다. 1980년대 후반기 전체가 이 소설에 바
쳐진 것이다.
  그런데 1980년대 후반기라는 이 시기는 분단 이후 우리문학사에서
이른바 '리얼리즘'에 대한 논의가 가장 고조되었던 때였다고 할 수 있
다. 특히 루카치를 중심으로 한 사회주의권의 리얼리즘이론이 본격적
으로 소개되어, 소설의 '총체적 현실 재현' 능력이 초미의 관심사가 되
고 있던 시절이었다. 『달궁』에 있어서도 비교적 선구적 작업들인 이남
호, 우찬제, 장경렬 등의 평문들이 모두 이 작품의 형식탐구를 '새로운
리얼리즘'이라는 관점에서 해명하려 하고 있는 것은 이러한 시대적 분

---

7) 『달궁』은 단편소설의 분량으로 여러 잡지들에 발표되었다. 한 잡지에 연재소설의 형
  태로 발표된 것이 아니었기에 연작형태로 받아들이는 경우도 있으나, 발표형식만 그
  랬을 뿐 몇 개의 조각글들이 모여 있는 한 회 발표분이 독립성을 갖고 있는 것으로
  보이지는 않는다. 오히려 조각글들 하나하나가 부분적 독립성을 갖고 있는 단위라고
  해야 할 것이다. 때문에 필자는 『달궁』 전체를 하나의 소설로 보며, 여러 지면에 산만
  하게 발표되었지만, 한 소설의 연재형식으로 이해한다.

위기와 연관되어 있다고 해야 할 것이다.[8]

　그런데 전형성이나 총체성에 바탕한 리얼리즘론이 궁극적으로는 19세기 서구 리얼리즘 소설의 특성에 바탕한 것이라는 점에서, '19세기 서구 리얼리즘 소설'의 특성을 전면적으로 거부하고 있는 듯한 『달궁』의 형식적 새로움은 당대 리얼리즘 논의에 대한 창작자로부터의 가장 적극적인 반박이었을 수도 있었다. 당시 그러한 점이 적극적으로 논의되진 않았던 것으로 보이는데, 이 작품이 서구 리얼리즘 소설의 '리얼리티(현실성)'에 대한 의문 위에 서 있다는 점을 고려하는 것은 이 작품의 이해에 관건이 된다고 생각된다. 이는 이 소설의 '현실성'은 서구 리얼리즘 소설의 현실성을 이해하고 설명하는 방식으로는 접근되지 않는다는 것을 의미한다. 그러므로 필자는 이 작품이 무엇을 재현했는가 또는 어떻게 재현했는가를 논의하지 않는다. 이 작품이 재현 불가능한 삶 또는 실체에 다가가기 위해 어떠한 시도를 했는가를 밝혀보는 것이 필자의 의도이다.

2. '조각글' 형식의 효과

[1]

　『달궁』이라는 소설을 읽으면서 가장 먼저 눈에 띄는 형식적 특성은 이야기들이 아주 잘게 조각나 있다는 점일 것이다. 편차가 있지만 평균적으로 세 쪽 정도를 차지하고 있는 조각글들에는 각기 소제목이 붙어 있어, 분명하게 구분되어 있다. 그 각각이 하나의 조각이 된 이유는

---

8) 이남호, 「80년대 현실과 리얼리즘」, 『달궁』, 민음사, 1987.
　　우찬제, 「대화적 상상력과 광기의 풍속화」, 『세계의 문학』, 1988. 겨울.
　　장경렬, 「소설상의 실험과 실험적 소설의 가능성ー서정인의 『달궁』론」, 『문학과사회』, 1989. 여름.

아주 다양한 것으로 보인다. 그것은 하나의 삽화이기도 하고, 한 인물의 말이기도 하고, 대화 묶음이기도 하다.9) 그러므로 조각글마다의 서술상황과 서술자는 각기 다르다. 문제는 그 사이의 연관이 어디에서도 서술되지 않는다는 점이다.

그러한 형식으로 가장 먼저 서술되는 것은 한 여자의 죽음이다. 첫 번째 조각글 '네거리'는 삼인칭으로 서술되어 있는데, 어느 날 새벽 한 여자가 담프차에 치게 되는 과정이 아주 제한된 시점에서 서술된다. 두 번째 조각글인 '모래밭'에서는 한 남자가 아가씨들을 상대로 그 전날 자신의 행적에 대해 이야기하고 있으며, 다음의 '등장가'에서는 사투리를 쓰는 한 여자의 한 남자를 상대로 한 신세한탄이 등장가라는 노래가락에 실려 전해진다. 그 다음 글인 '만리포'의 화자는 서울말을 쓰는 젊은 여자인데, '우리'라는 대명사를 사용함으로써 복수임을 드러내고 있으며, 만리포의 풍광에서부터 텔레비전(작품 안에서는 전시상자, 백치상자, 천치상자, 멍청상자 등으로 불리는데)의 해악에 이르기까지의 사색이 전개된다.

그 다음 '다시 네거리'에서는 다시 객관적 삼인칭 시점으로 시작되고 있지만, 서술보다는 인물들 간의 대화를 직접 인용하는 형식으로 사고당한 여자의 죽음이 드러나고 있다. 그리고 이 조각글 안의 대화의 한 주체인 중년남자가 그 네거리에서 사고로 죽은 여자를 그 자리에까지 태워준 바로 그 사람임이 드러나는데, 이에 이르면, '등장가'의 신세한탄의 주체가 바로 그 죽은 여자였음을, 그리고 또 아마도 '만리포'의 화자였던 두 젊은 여자들이 지금 이 남자의 차에 같이 타고 있는 '아가씨들'임을 짐작할 수 있다.

그리고 다음 글 '바다횟집'은 횟집주인 백씨와 장씨라는 두 인물 사이의 대화만으로 이루어져 있는데, 횟집주인이 그 죽은 여자의 남편이

---

9) 그렇기에 '삽화'나 '에피소드'는 그것을 부르는 적당한 말로 생각되지 않는다. 의미상으로는 '단편'이 적절할 것으로 생각되는데, '단편소설'을 연상시키므로, 그냥 '조각글'로 지칭한다.

라는 점이나 그를 찾아와 대화를 나누고 있는 장씨가 바로 앞의 중년 남자임은 쉽게 짐작할 수 있다. 이들의 대화를 통해 바로 그 전날 손님으로 왔던 장씨 때문에 부부싸움이 있었다는 사실도 전해진다. 다음의 '이모네집 고모네집' 또한 대화로만 이루어져 있는데, 젊은 두 여자가 한 여자에게는 이모이고 다른 여자에게는 고모인, 안면도에서 음식점을 하는 박딸막이라는 갓 마흔쯤 되는 인물을 찾고 있는 중이라는 점이 드러나고 있다. 이들이 바로 '만리포'의 화자이며 '다시 네거리'에서 차에 타고 있던 여자들이라는 점, 그리고 이들이 찾는 박딸막이 그 죽은 여자일 것이라는 추측이 가능하다. '매운탕'은 새벽에 여자를 태워주었었고 지금은 횟집을 찾아와 있는 장씨와 그 두 여자들 사이의 잡다한 대화이다. '구토'는 부인의 사고 소식을 들은 백씨의 구토와 이후 이어지는 두 남자 사이의 대화이다. '조사' 또한 그 두 인물의 대화가 이어지고 있는데, 죽음 이후의 조사에 대한 백씨의 장황한 사설이 주내용이다. '옛 이야기'는 두 서울여자 중 한 인물이 자신의 어머니와 이모에 대해 나누는 대화인데, 어머니의 말을 통하여 전쟁 때문에 이모를 잃게 되기까지의 과정이 간략하게 정리된다.

다음 '소포'는 지방 부장검사와 그 부인 사이의 대화인데, 출세나 돈놀이나 투기를 둘러싼 대화의 와중에 그에게로 온 소포가 언급된다. '청산별곡'의 화자는 앞서 나왔던 이모를 찾고 있는 젊은 여자로, 소문 등을 통해서 알고 있는 이모의 삶의 행적에 대한 간략한 서술이 이루어진다. 여기서 두 젊은 여자의 이름이 태숙과 혜자임이 드러난다. '소포 속의 편지'는 횟집주인이 장형에게 보내는 편지 형식의 글이다. 이글을 통하여 장형이 앞서 등장했던 부장검사임을 짐작할 수 있으며, 그 조각글에서 등장했던 소포가 죽은 여자의 일기와 같은 기록임이 드러나 있다. '추신'은 아마도 앞선 편지에 덧붙여진 글이라고 할 수 있을 터인데, 앞서의 예의를 갖춘 편지글의 형식을 벗어던지고, 훨씬 구어체로 나아가 자신과 인실의 만남과 그 이후의 삶을 요약하고 있다. 여기서 비로소 우리는 그 죽은 여자와 '인실'이라는 이름을 연결시키게 된다. 다시 '오리'라는 조각글에서는 앞의 두 여자가 각기 고모와 이모인 한 여자에 대한 추측들을 나누고 있다. 그리고 '기도원'이라는 조각글에 와서야 비로소 '나'가 등장하여 그 잃어버린 아이의 이후 삶에 대한 이야기를 엮어나감으로써 그 부장검사에게 보내진 죽은 여자의 기록이 본격적으로 시작됨을 알 수 있는 것이다.

첫 조각글에는 분명히 전통적인 의미의 서술자가 등장하고 있지만, 아주 제한된 시점만이 허용되어 있기에, 그 서술자가 다른 사람들의 말로만 이루어져 있는 둘째, 셋째, 넷째 조각글이나 대화만으로 이루어진 대부분의 조각글들, 또 백씨의 편지글 형식을 띤 두 편의 조각글들을 모두 통어하고 있다고는 생각하기 힘들다. 그러므로 작품 초반부의 이 열여섯 개의 조각글을 총괄하는 서술자를 상정하기는 힘들다. 결국 인실의 기록을 포함한 달궁 텍스트 전체를 생산하는 이 상위 서술 차원에서 전통적인 의미에서의 서술자는 거의 사라져 있다. 남아있는 것은 '작가'와 '조각글들 속의 대화들' 그리고 '독자'이다.

결국 일어난 사태에 대한 전체적인 개괄은 완전히 독자의 몫으로 남겨지게 된다. 이 때 여러 조각글의 대화들은 사건으로의 가장 기본적인 통로이다. 전체 사건을 서술해주는 사람이 아무도 없기에, 그 대화들은 일어난 일에 대한 거의 유일한 단서들이다. 그런 점에서 이 첫 부분에서 이미 이 소설은 사실을 서술해주지도, 묘사를 통해 재현해주지도 않을 것임을 분명히 보여주고 있다. 사실에 다가가는 끈으로서 다층의 대화, 바로 말들이 주어질 뿐인 것이다. 우리는 짐작과 추론을 통해 이 말들에서 인실의 죽음의 이야기들을 엮어냈지만, 다른 추론이 발생할 가능성은 상존한다.[10] 중요한 것은 독자의 이해는 추론과 짐작의 수준에서 끝까지 벗어날 수 없다는 점이다. '네거리'에서 차에 치인 그 여자가 '인실'이었다라는 기본적인 사항조차도 작품의 마지막까지

---

10) 일례로 신정현은 네번째 조각글 '만리포'의 화자를 '고위직 공무원', 아마도 장씨로 추론하고 있다. 신정현, 이종민 엮음, 「서정인의 『달궁』 삼중주」, 『달궁가는 길—서정인의 문학세계』, 서해문집, 2003, 206쪽.

도 추론일 수밖에 없다. 이러한 '불확정성'이야말로 전체를 통괄하는 서술자나 서술 차원이 분명치 않은 이 작품의 조각글 형식의 가장 큰 효과라고 할 수 있다.

2

앞 장에서 우리는 『달궁』의 첫머리를 인실의 죽음이라는 사건을 중심으로 엮어보았지만, 각 조각글들이 모두 그러한 중심으로 모아지고 있다고는 할 수 없다. 네 번째 조각글 '만리포'는 텔레비전의 해악에 관한 사색이 중심이 되어 있는데, 인실의 죽음과는 별 관계없는 내용이다. 또 '소포'라는 조각글은 인실의 수기가 부장검사인 장씨에게 도착했음을 알려주지만, 그와 그의 아내가 나누는 출세나 투기 등의 세태에 대한 이야기 또한 인실과는 별 관련이 없다. 이는 백씨의 조사(弔辭)에 대한 장황한 사설이 나열되는 '조사'와 같은 조각글도 마찬가지다.

이러한 부분들은 인실의 죽음이라는 중심 사건을 상정한다면, 곁가지와 같은 것들이다. 하지만 인실의 죽음이라는 사건과 꽤 깊이 연관된 조각글 안에서도 실제 인물들 사이의 대화는 직접적인 연관이 없는 경우가 대부분이다. 그런 점에서 본다면, 이 작품의 거의 대부분의 말들은 곁가지라고 할 수도 있다. 이러한 작품의 특성은 다음과 같은 작가의 인식과 관련되어 있다.

이 책에는 새로운 문단을 만들기 위해서 줄을 바꾼 데가 한 군데도 없다. 그것은 세상 사는 이야기에 시작도 끝도 없는 것과 일맥상통한다. 줄이야 아무데서나 얼마든지 바꿀 수 있지만, 도대체 끊을 데가 없다. 세상 살아가는 데에 중요하지 않은 것이 어디 있으며, 아무리 중요하다고 딴 것보다 더 중요한 것이 어디 있으랴.[11]

---

11) 서정인, 「작가 후기」, 『달궁 둘』, 민음사, 1988(여기서는 2판/1990 사용), 273쪽.

　　서구 리얼리즘 소설 이론의 바탕에 놓여 있는 '현상과 본질'의 이분
법은 거부된다. 문제는 그렇다고 해서 말 그대로 끊을 데조차 없는 삶
전체를 담아낼 수 있는 방법은 없다는 것이다. 하지만 삶이라기보다는
관점일 뿐인 잘 짜여진 플롯은 거부될 수 있다. 삶 자체는 순간순간의
선택에 의해 상황이 결정되어 나가는 하나의 연속이라 할 수 있을 것
이다. 그런 점에서 실제 삶은 필연이라기보다는 우연의 연속이라고도
할 수 있다. 삶 자체가 그리 인과적으로 잘 설명되지도 않고, 합리적이
지도 못하다는 점, 특히 잘 짜여진 플롯을 자체적으로 이루고 있지 않
다는 점은 분명하다. 이 작품은 최대한 그 삶을 닮으려 한다.

　　이러한 플롯 해체에 중요한 역할을 하는 것이 바로 조각글 형식이
다. 이 작품은 말을 조각냄으로써 그러한 연결, 인과의 논리, 개연성,
필연성을 고의로 흐트려놓는다. 이 작품의 말과 사건들은 선이 아니라
차라리 점이 됨으로써, 시작도 끝도 없는 날것 그대로의 삶을 오히려
닮는다. 우리는 이러한 특성을 우선 첫머리의 상위 서술차원에서 확인
했지만, 실은 이 작품의 본격적인 이야기는 '인실의 기록'과 함께 시작
된다. 앞에서 언급했듯이 열일곱 번째 조각글인 '기도원'부터는 '나'라
는 서술자가 등장함으로써 앞부분과는 전혀 다른 서술상황을 만나게
되는 것이다. 이제부터 살펴보려는 것은 그 뒷부분이다.

3. 서술 기능으로서의 '인물'

1

작가는 이 작품의 서술상황에 대해서 다음과 같은 말을 남기고 있다.

　　이 책에는 비록 대화라 하더라도 따옴표가 없다. 따옴표란 말한 사람의
말을 말한 그대로 따왔다는 표시다. 이 책에 그런 말은 없다. 전부 그 여

자를 통해서 전해졌다. 그 여자에게는 남의 말을 말한 대로 따올 재간이 없다. 그 여자는 그 여자가 남이 말했으리라고 생각한 것을 적었을 뿐이다. 이것은 그 여자 자신의 말일 경우에도 마찬가지다. 따라서 그 여자의 말은 그 여자의 생각인지 말인지 분명치 않을 때가 더러 있다.[12]

두 번째 권의 후기 중의 일부로, 앞에서 언급했던 인실의 죽음을 다루는 첫머리에는 해당될 수 없는 말이다. 정확하게 말하면, 인실이 스스로의 삶을 '나'로서 서술하는 열일곱 번째 조각글부터 작품의 마지막까지에 해당되는 말이라고 할 수 있을 것이다. 원래 이 부분의 서술 상황은 작품의 첫머리에 등장한 '고인의 일기'(하나: 49)에 기반한다고 할 수 있다. 텍스트 속의 텍스트라는 장치가 이용되고 있는 것이다. 하지만 그 텍스트가 작품 속에 어떻게 수용되었는지에 대해서는 작중 어디에서도 분명히 언급되지 않는다. 그러므로 그 텍스트가 그대로 전재되어 있는 상황인지, 누군가에 의해 새롭게 다듬어진 것인지도 분명하지 않다. 후기 형식으로 작품 밖에서 해놓은 작가의 이야기는 이 작품의 '서술상황의 모호성'을 오히려 증가시킨다. "전부 그 여자를 통해서 전해졌다"는 말이 도대체 무엇을 의미하는지가 분명하지 않은 것이다.

일단 작품의 모든 부분이 인실의 말로 서술되고 있지 않음은 분명하다. 실제로 작품 안에는 인실의 서술이 아니라 다른 작중 인물의 말로 이루어지거나 인물들간의 대화로 이루어진 조각글들이 더 많다. 하지만 이 후기에 따른다면 그러한 인물화자의 말이나 대화 또한 그 여자(인실)를 통해서 전해진 것이다. 그런 점에서는 인실은 작품 안의 모든 말의 주인이라고도 할 수 있다. 그리고 이는 작품에서 보이는 특이한 형식의 인용화법의 존재를 설명해 준다.

남편은 내가 다시는 안 오는 줄 알았다. 그가 훌쩍거렸다. 그는 내가 아조 가 버린 줄 알았다. 사실 나는 아조 가 버릴라고 했다. 왜 내가 아조 가

---

12) 앞의 글, 273쪽.

버리지 않았냐? 가 버릴 데가 없었다. 그 동안 내가 어디 갔었냐? 집에서
는 언제 나왔냐? 끼니는 굶지 않았냐? 집은 약속한 대로 지난 토요일 밤에
나왔다. 밥은 안 굶었다. 일주일 동안이나 내가 어디서 뭘 했냐? 어디 있었
냐? 길거리에서 거지영감도 만나고 고향에 가서 부모형제도 만났다. 부모
형제라니, 내게 부모형제가 있었냐? 내게 그 말고 형제가 있었고, 내게 그
의 부모 말고 부모가 따로 있었단 말이냐? 나는 부모도 형제도 없는 줄 알
았냐? 그는 내가 부모도 형제도 없는 줄 알았다.[13]

대화의 형식이지만, 대명사만이 인실의 관점에서 변형되어 있다. 일
반적으로는 사용되지 않는 인용화법이기에 이 소설의 말을 낯설게 하
는 요인 중의 하나이다. 대화의 구어 표현은 살아있지만 남의 말을 그
대로 옮긴 것은 아니다. 그러나 그렇다고 하여 인실의 관점에서 완전
하게 변형된—간접적으로 인용된—문장도 아니다. 물론 이러한 인용화
법이 모든 상황에 일관되게 적용되는 것은 아니지만, 적지 않은 부분
에서 이용되고 있는 것은 작품 속의 모든 말에 작용하는 '전해준 자'로
서의 인실의 존재를 확인시켜주고 있는 것이다.

이렇듯 『달궁』은 우선적으로 '인실'이 전해주는 자신의 인생유전에
대한 이야기이다. 이리저리 가지쳐 나가는 여담적 삽화들 또한 궁극적
으로는 그의 삶과의 연관 때문에 이루어진다는 점에서, 인실은 이 작
품의 명실상부한 주인공이다. 작품에 드러난 인실의 삶의 과정을 한마
디로 표현한다면, '탈출과 내쫓김의 반복'이라고 할 수 있다. 인실은
자신의 삶의 초반부, 기도원에서 달아나는 그 시점에 다음과 같이 이
를 이미 예견하고 있다.

나는 기도원을 탈출했다. 나는 평생 도망만 다니다가 볼장 다 볼 팔자
인 모양이었다. 어려서 언니의 손목을 놓고 부모로부터 달아났고, 커서 남
편을 따라 양부모로부터 달아났고, 이제 남편을 버리고 기도원으로부터

---

13) 서정인, 『달궁 하나』, 민음사, 1987(여기서는 6판/1991 사용), 87쪽. 앞으로 이 작품의
　　인용은 인용문 뒤에(권수: 쪽수)를 밝히는 형식으로 한다.

달아났다. 다음에는 어디로 달아나게 될까? 지금 내가 도망쳐 들어가는 곳
으로부터 달아나게 될 것이다. 나는 항상 탈출하기 위해서 사람들 속으로
끼어들었다. 나의 탈출이 성공하기 위해서는, 일단 빠져나오는 데에 성공
했으면, 다음 집단 속으로 끼어들지 말았어야 했다. 그러나 사람들 사이에
끼이지 않고는 살 수 없었다. 나의 탈출은 항상 실패하게 되어 있었다.(하
나: 63)

인용문에 나타난 세 번의 탈출 이후에도 인실은 끊임없이 '내쫓김'
과 '탈출'을 반복한다. 기도원을 나와서 찾아갔던 기도원 이사장 김사
장(황장로)의 집에서는 받아야 할 급료도 제대로 받지 못한 채 뛰쳐나
오며, 이후 윤선생과의 동거생활에서는 헤어져야 할 이유가 없어진 그
시점에 자의로 그의 곁을 떠난다. 이후에도 영등포의 여공 생활, 굴레
방다리 술집의 작부 생활, 형태와의 결혼 생활, 작은 술집의 경영, 학교
이사장과의 동거 등으로 이어지는 그의 삶의 역정은 자의에 의한 탈출
또는 타인들에 의한 내쫓김을 끊임없이 반복하는 것이다.

이러한 그의 인생유전을 통하여 『달궁』의 세계는 풍부해진다. 인실
에 의해 전해지는 삶의 세태들은 너무 다양하여 그 하나하나를 열거하
는 것이 불가능하다. 그가 직접 경험하여 들려주는 기도원이나 공장,
술집 등에서의 생활이나 길지 않았던 세차례의 가정생활 등만으로도
적지않은 이야기가 만들어지지만, 그가 그 과정에서 만났던 여러사람
들은 또 그들 나름의 이야기를 뱉어낸다. 거기에는 그와 마찬가지로
끊임없이 박탈당하는 못 가진 자들의 삶이 있으며, 악당을 닮으려다
망가져가는 윤선생이나 강태철 사무장과 같은 자들의 삶도 있다. 또
황노인이나 형태 그리고 김윤도 선생과 같이 욕심을 버리고자 함에도
불구하고 망가지는 삶도 있다. 또 당연히 또 한 편에는 그들의 삶을 망
가뜨리는 악당들, 가진 자들의 욕망으로 가득찬 삶도 있다.

이 때 주목할 것 중 하나는 다양한 이야기에 중심과 주변의 차등이
별로 존재하지 않는다는 점이다. 물론 인실의 삶을 따라 이러한 모든
이야기들이 존재하게 된다는 점에서 그가 중심임을 부정할 수는 없지

만, 인실 자신의 삶 자체가 가장 주된 플롯을 이룬다는 의미에서의 중
심이라고는 할 수 없다. 인실 자신의 경험도 인과나 운명 등의 선을 따
라 연관되어 있지 않기에, 여타의 다른 이야기들과 마찬가지로 삽화에
서 벗어나 있지 않은 것이다. 여기서 우리는 "세상 살아가는 데에 중요
하지 않은 것이 어디 있으며, 아무리 중요하다고 딴 것보다 더 중요한
것이 어디 있으랴"는 작가의 말을 다시 상기하지 않을 수 없다. 그리고
앞서 언급했던 이 작품의 서술 상황의 모호성이라는 문제를 다시 천착
해보지 않을 수 없다.

2

이 작품 안에는 인실의 기록이 그대로 옮겨졌다고는 생각하기 힘든
부분들이 적지 않다. 김사장의 형과 조카가 찾아오는 '낯선 사람들'이
라는 조각글은 "해가 지고 땅거미가 깔려 왔을 때, 낯선 남자 둘이 네
거리 가게 앞에서 걸음을 멈췄다."(하나: 145)라는 3인칭 형식의 묘사
문으로 시작한다. 물론 곧이어 바로 그들 사이의 대화로 이어지긴 하
지만, 인실이 기록하는 방식으로는 자연스럽지 않다. 이러한 3인칭 서
술 또한 가끔씩은 나타나고 있으며, 형태의 '마음대로말하기모임'에서
이루어진 휘트먼이나 미제국주의에 관한 논설에 가까운 글들이 인실에
의해 기록되었다고 생각하기도 쉽지는 않은 것이다. 이런 부분이 아니
더라도 인물의 혼자말이나 대화만으로 파편화되어 있는 조각글들 안에
서 인실의 존재는 거의 드러나지 않는다. 때문에 독자의 입장에서는
화자가 빈번하게 교체되는 인상을 받지 않을 수 없다.[14]

조각나버려 전해준 사람에게서 멀어진 말은 원래의 주인을 찾아간
다. 실은 전해주었다고 하여 말 자체가 인실의 것이 될 리는 없다. 때

---

14) 특히 하나의 조각글 전체가 혼자말로 이루어져 있는 경우가 그러한데, 앞서 이야기
    했듯이 그 화자들은 대부분 '서술자'라고는 할 수 없다. 그들은 사건을 서술한다기 보
    다는 작중의 누군가에게 말을 한다.

문에 이 작품의 말들은 전혀 예상치 못한 곳으로 흘러가는 경우가 다반사다. 윤선생의 누이가 녹용을 포장해온 교회주보를 따라 느닷없이 이우딧과 홀로벨넷의 이야기가 등장하기도 하며, 하사장에게 성폭행을 당한 후 찾아간 하사장 부인이 인실에게 들려주는 이야기는 헤라클레스를 죽인 하이드라의 피가 묻은 옷을 거쳐, 과거와 기억에 관한 장황한 논의가 되어버린다. 김사장이나 윤선생, 형태 등과 같은 인물들의 경우에는 아예 그들을 중심으로 새로운 말의 향연이 이루어지기도 한다. 김사장과 그 형 등이 모여서 만들어 내는 과거이야기, 윤선생의 과거이야기, 형태의 과거이야기나 공부모임의 이야기 등이 그러한 것이다.

이렇듯 인실은 많은 경우 '서술자'라기 보다는 말을 듣는 자, 대화의 상대자가 됨으로써, 말을 전해주는 역할을 한다. 이러한 구성의 특성 때문에 이 작품에 담기는 세태의 폭은 거의 하층민으로 일관하는 인실이라는 인물의 삶의 폭을 훌쩍 뛰어넘어 버린다. 가령 인실이 그가 한 번도 보지 못했던 '유순'의 집을 방문하는 일화가 있다. 그는 계순이를 통해 그에게 전해진 유순이의 목마를 돌려주기 위해 그 집을 방문하지만, 인실 자신이 "나는 왜 유순이 집을 찾을까? 내가 알 수 없는 것은 바로 그것이었다"(둘: 138)고 하고 있듯이, 자신조차 굳이 찾는 이유를 알지 못한다. 결과적으로 그 집을 찾은 인실은 그들의 말을 듣는다. 옛날 어느 당인가 국회의원을 했다는 그의 부친에서부터, 유순의 막내동생, 그리고 대학강사를 하고 있는 그 집의 첫째 며느리까지 차례차례 화자가 되어 인실을 상대로 자신의 이야기를 한다. 막내동생의 말을 통해 그들 스스로의 말로, 가진자들의 불행, '물리로는 어쩔 수 없는 도덕의 형편'이 드러난다. 또 첫째 며느리의 말을 통해서는 대학강사 주변의 이러저러한 부정적 세태가 이야기된다. 인실은 대화상대자가 됨으로써 『달궁』의 세계로 자신이 경험하지 못한 또 다른 세계를 끌어들이는 것이다.

인실의 이러한 역할은 작품 곳곳에서 이루어지고 있다. 김일웅 이사장의 죽음을 앞두고 모여든 가족들을 통해서는, 목포라는 지방에서 벗어나고픈 의사 딸 이야기, 섬마을 교감선생님인 동생과 그 아들의 결혼이야기, 큰 딸의 미국 생활 이야기 등 다채로운 이야기가 전개된다. 또 김이사장의 관심을 따라 잘못 쓰이는 말에 대한 비판, 인디언 추장의 편지 등 무궁무진한 화제들이 등장하는 것이다. 형태와의 관계에서 전해주게 되는 휘트먼의 시나 미제국주의에 대한 비판 등도 물론 한 예일 것이다.

인실은 행위를 통하여 작품의 중심이 된다기보다는, 대화의 주체, 특히 남의 말을 전해주는 자의 위치에 있음으로써 더욱 더 작품의 중심이 된다. 하지만 이는 그가 『달궁』의 가장 큰 이야기, 주요 플롯의 주인공임을 의미하는 것이 아니다. 그는 하나의 중심으로 모아지지 않는 『달궁』의 무수한 이야기들이 그러한 방식으로 있을 수 있게 하는 중심 기능이라고 할 수 있을 것이다.

4. 서술원리로서의 대화

[1]

인실은 영등포의 한 직물공장에서 일하다 상조회를 결성하는데, 그 때문에 폭력배들에게 폭행을 당한다. 이 일은 처음부터, 비몽사몽 혼절에서 깨어나는 인실과 신애 그리고 기관원으로 생각되는 두 인물 사이의 대화를 통해 드러난다.

이 봐. 지금 자네는 일을 하느냐 못하느냐가 아니라 쇠고랑을 차느냐 안 차느냐가 급해. 뚜드러 맞은 것도 죄다요? 얼마나 급했으면 팼겠냐. 아 요, 팬 사람을? 느그 사장이 아니면 누가 시켰겠냐? 왜 안 잡아가요? 시켰다고 하고 시키냐? 나는 내가 공산당이라고 해서 공산당이요? 공산당은

숨어도 잡아야 하고, 공산당을 팬 사람은 드러나도·감춰야 한다.(둘: 97-98)

다음은 인실이를 다시 찾아온 폭력배의 말이다.

　반성? 그런 건 천천히 하기로 하고, 내가 그의 말을 좀 들어 줘야겠다. 사흘 안으로 이곳을 떠나라. 공장 종업원들과 더 이상 접선하지 마라. 아직 파출소를 믿냐? 그가 백주에 활보하는 것을 눈으로 보고도 눈치를 못 채냐? 나와 그가 같이 거기에 가면 그 사람들은 그가 나를 잡아온 줄 알 것이다.(둘: 104)

그를 보고 파출소로 달려간 인실이가 순경에게 듣는 말은 다음과 같다.

　아주머니 저기 어디 공장에서 일하지? 공장 패싸움으로 머리가 터진 여자지? 여긴 왜 왔어? 평지에 풍파를 일으키고 싸움을 걸 때 머리통 터질 줄 몰랐간디? 싸게 나가, 말로 헐 때. 확 쳐넣어 버릴랑게. 법? 법치국가? 이게 법이여. 그가 맘대로 사건을 처리하는 줄 알어? 다 법대로 하는 거라고. 사실 말이지, 그가 맘대로 헐 수 있다면야 불쌍헌 아주머니 같은 사람을 봐주고 싶지 돈 묵고 주먹 휘두르고 다니는 깡패들을 봐주고 싶었어? …(중략)… 법, 법, 해쌓지 말고 법허고 사는 사람 말을 들어. 주먹이 법이여, 주먹법, 몰라?(둘: 107)

이 폭행사건은 인실과 다른 인물이 나누는 이러한 대화 바깥에서 다시 서술되지 않는다. 무슨 일이 있었던가가 이러한 대화 안에만 존재하는 것이다. 이 대화들은 사건에 대한 다양한 정보를 제공해준다. 인실이가 폭행을 당했다는 것, 그것을 사주한 것은 아마도 사장이리라는 것, 인실이를 폭행한 폭력배는 파출소와 연결되어 있고 당연히 파출소에서는 그를 잡을 생각이 없다는 것, 맞은 인실이가 오히려 '공산당'이라고 협박당하고 있다는 것 등이 그것들이다. 그러한 일이 왜 일어났는가에 대한 정보 또한 대화 안에서 얻을 수 있다. 사태는 행위자들간의 첨예한 이해관계와 인식의 대립 때문에 분명한 의도에 의해 이루어지는 것이다. 당연히 그들의 행위에 대한 윤리적, 도덕적, 법적 가치 평가가 절실히 요구된다. 때문에 이 말들은 단지 정보를 전달해주는 것이 아니라 대립, 갈등, 논쟁하는 말들이다. 그 말들은 옳고 그름을 놓고 격렬하게 다투고 있는 것이다. 다음의 인용문은 대화 자체가 아예 논쟁이다.

> 나는 한마디밖에 할 말이 없오. 공산당이 무엇인지 모르지만 내가 한 일이 공산당이라면 공산당은 나쁜 것이 아니요. 사내들 둘이 얼굴을 마주 보았다. 언니는 입을 다물었다. 너가 무슨 일을 했냐? 사내 하나가 물었다. 우리들은 너하고 공산당이 좋냐 나쁘냐를 의론하려고 온 것이 아니다. 너가 한 일이 공산당이냐 아니냐를 조사하러 왔다. 너는 너도 모르게 공산당이 되는 수도 있다. 어려울 때 서로 돕자고 했오. 뭉쳐서 단체행동하자고 선동했냐? 상조회 만들자고 모였오. 불법단체를 결성했구나. 친목단체가 무엇이 나쁘다요? 화목을 하든 불쏘시개를 하든 느그들이 알아서 할 일이고, 단체를 만든 것이 잘못이다. 느그들이 조직되면 이용당하는 수가 있어. 그건 그때 따지시요. 그땐 너무 늦어. 이용 안 당하더라도 아주 귀찮어. 누가 귀찮소? 사장만 사람이고 직공들은 사람 아니요? 회사가 잘돼야 나라가 잘될 것 아니야? 직공들이 잘되면 나라가 망허요? 공장이 망해도 직공들이 잘되냐? 누가 공장 망허라고 했오? 사장이 망하면 공장 안 망하냐? 누가 사장보고 망허라고 했오? 없는 돈 내 놓으라면 망하지 별 수 있나? 사장은 부자니까 잘살고 느그들은 가난하니까 직공들인데, 사장더러 느그들처럼 못살아라고 하면 누가 사장 되려고 하겠냐? 사장보고 돈 내놓으란 말 안했오. 월급 올려달라는 말이 그 말이지 뭐냐? 누가 월급 더 주라고 그랬오? 앞으로도 안 그럴 작정이냐? 우리 돈에서 띠자고 했오. 이건 누가 썼냐? 어렵게 살아온 우리들은 공통된 지난날들을 잊지 않고 단결하여 고생을 해도 같이 하고 잘살아도 같이 잘살기 위해서. 왜, 못할 말 했오? 같이 잘살다니, 어떻게 같이 잘산단 말이냐? 혼자 잘살면 안되냐? 넘 못살게 허고 혼자 잘 살면 무엇이 좋다요? 남을 못살게 해? 부자가?(둘: 95-96)

기관원과 인실 사이의 논쟁적 대화이다. 이들 대화에서 뽑혀나오는 정보들만을 본다면, 이 사건은 상당히 뚜렷한 가치 지향 속에서 전달되는 것으로 생각된다. 인실이 하려고 했던 일은 흠잡을 데가 없다. 반면에 기관원 쪽은 '같이 잘 살자'는 의도 자체를 문제시하며, 아직 하지도 않은 혹시 일어날지 모르는 일을 빌미로 인실을 폭행까지 한 것이 된다. 아마도 인실이 전해주는 말이기에 그럴 수밖에 없다. 하지만 중요한 것은 그럼에도 불구하고 이 모든 말들이 작중 인물들 사이에서 주고 받은 대화일 뿐이라는 점이다. 이 말들로 사건을 구성하고, 법적 윤리적 가치판단을 행하는 일은 오로지 독자의 몫이 된다. 그런 점에서 내가 구성한 사건의 줄거리는, 또는 내가 내린 가치판단은 여전히 '나의 것'이지 『달궁』의 것은 아니다. 『달궁』에 존재하는 것은 단지 말들이다.

⊡

『달궁』에는 묘사가 거의 없다. 장소나 환경에 대한 묘사도 별로 없고 인물에 대한 묘사도 거의 보이지 않는다. 때문에 독자는 『달궁』의 인물의 용모를 상상하기는 쉽지 않다. 하지만 그 인물들이 어떤 사람인가에 대한 인상은 비교적 선명하게 남는 것으로 생각되는데, 이는 그들이 하는 말을 통해서이다. 『달궁』 속 인물들은 누구나 말을 한다. 다른 등장인물과 대화하기도 하고 인실과 대화하기도 하고, 혼잣말을 하기도 한다. 그 말들이야말로 그들 자신을 드러내는 도구이다.

인실에게 뿐만 아니라 독자들에게 기도원 이사장인 김사장의 됨됨이를 각인시키는 것은 다음과 같은 인실과의 대화이다.

인실이 나는 나의 지난날을 정확히 이야기할 수 있을 것 같으냐? 더구나 지금쯤 나의 부모가 돌아가셨을지도 모르지 않느냐? 어차피 정확히 말할 수 없을 바에야, 어차피 어떻게 이야기해도 정확하지 않을 바에야 아무렇게 이야기하면 어떻냐? 그렇지만 그건 거짓말이 아니요? 거짓말이라니,

그게 왜 거짓말이냐? 모르고 하면 거짓말이 아니다.(하나: 136)

알지도 못한 채 인실의 지난날에 대해 아무렇게나 얘기해버리고, 그를 따지는 인실과 나누는 대화이다. 논리적인 조작으로 잘못을 은폐해버리는 그의 됨됨이가 선명하게 드러난다. 어느 날 그 김사장에게 사촌형이 그 아들과 함께 찾아옴으로써, 그들 형제가 화자가 된 네 편의 조각글이 전개된다. '아우님'이 김사장의 입장에서 진술된 과거사라면, '형님'은 큰집 사촌형의 입장에서 진술된 과거사이고, '제수'는 김사장이 말해주는 그 부인의 이야기이다. 그리고 마지막 '조카'는 다시 사촌형이 얘기하는 자신의 자식에 대한 이야기이다. 그에는 나중에 인실과 중요한 관련을 맺게 되는 문화부 고위관리인 자기 자식에 대한 다음과 같은 이야기가 있는데, 이는 그 자체로 스스로의 인간성에 대한 폭로이자 풍자가 되고 있다.

> 똑똑하다는 것이 뭐여? 많이 아는 거? 고시? 다 필요없어. 윗사람한테 굽힐 줄 알고 아랫사람 밟을 줄 알면 돼. 윗사람한테는 웃어서 귀염받고, 아랫사람들한테는 찬바람이 일게 해서 겁을 먹게 해야 돼. …(중략)… 혹 윗사람이 잘못되었고, 아랫사람들 생각이 옳으면 어쩔꼬? 그런 일은 없네. 야가 모시는 상관은 항상 옳고 야는 야 부하들한테 항상 옳다네. 윗사람이 잘못되었다면, 그건 벌써 그 아랫사람들이 잘못이라는 얘기고, 아랫사람들이 옳다면, 그건 그 윗사람이 옳다는 얘기가 아닌가? 어쨌든 야는 항상 옳은 사람들 편에만 있다네. 옳다는 것이 뭣인가? 힘이 있다는 얘기네. 옳으니 힘이 있을 것 아닌가?(하나: 159)

이러한 말은 자기 자식보다도 오히려 말하는 사람 자신을 분명하게 드러낸다. 이러한 특성은 작품에 등장하는 거의 모든 인물에 해당되는 것이기에, 그 하나하나를 열거할 필요는 없을 것이다. 중요한 것은 이 작품이 말과 대화를 전면에 내세우는 것과 묘사를 벗어던지는 것이 깊은 연관 속에 있다는 점이다. 묘사는 시점 또는 관점을 전제로 해서 이루어지는 것이다. 그런데 인물의 말과 결합된 묘사는 자연스럽지 않다. 누구도 소설의 서술자가 묘사하듯이 상황이나 사물을 묘사하지 않는다. 하지만 서술자의 말로 이루어지는 묘사는 자신의 시점, 관점을 감춘다. 거짓 객관성일 뿐인 서술자의 객관성 뒤로 숨어 버리는 것이다.

아마도 작가는 하나의 관점이 객관을 가정하는 그러한 일반적인 소설의 서술에서 벗어나는 한 방법으로 말과 대화를 택한 것으로 보인다. 묘사도 서술도 어쩔 수 없이 하나의 관점이라면, 그냥 말을 전달한다면 어떨까? 서술마저 버리면 결국『모구실』에 이르게 될 것이겠지만, 『달궁』은 서술의 구심력과 말의 원심력의 위태로운 긴장을 선택하고 있다. 이 작품은 묘사와 서술이 아니라, 말과 대화를 통하여 인물과 사건을 만나게 한다. 뿐만 아니라 일어난 일을 둘러싸고 벌어지는 가치의 투쟁, 이데올로기의 갈등 또한 경험하게 하며, 독자로부터의 판단 또한 이루어지게 한다. 하지만 그 모든 것은 궁극적으로는 독자의 짐작이며 추론일 뿐이다. 그런 점에서『달궁』은 스스로는 견해, 해석이기를 거부하면서, 삶을 경험하게 하는 텍스트, 사실 자체를 닮은 텍스트가 되고자 한 시도였다고 할 수 있을 것이다.

6. 맺는 말

『철쭉제』에서『모구실』까지 이어지는 서정인 소설의 형식실험은 궁극적으로는 '사물의 이름을 제대로 불러주는 일'을 의도하고 있다. 그런데 이 일은 사물 자체를 보는 일의 원천적 어려움을 인식하면서도 그것을 시도하지 않을 수 없는 존재로서의 인간을 전제하고 있다. 예술이 바로 그 일을 해야 한다고 생각하는 작가는 '물건을 본다'는 그 불가능하지만 불가피한 시도의 중심에 '대화'를 놓고 있는 것으로 보인다. 이 글은 작품『달궁』에서 시도된 현실에 대한 그 새로운 방식의 접근에 대해 살펴보려 했다.

이 작품을 놓고 배경이 되고 있는 1970년대, 또는 작품이 쓰여진 1980년대 자체를 올바르게 재현해냈는가와 같은 방식으로 질문을 던지는 일은 작품의 시도를 무화시키는 일이다. 가상을 통해 현실의 총체성을 구현한다는 재현의 논리 자체에 대한 의문에서 시작된 시도라고 할 수 있기 때문이다. 그 새로운 시도 중의 하나는 조각글이라는 형식이다. 사건을 조각낸다기보다는 말을 조각내는 이 작품의 형식은 서술자라는 틀에 저항함으로써 말을 자유롭게 한다. 그리고 그 자유롭게 흐르는 말과 더불어 다양한 삽화와 이야기들이 작품 안으로 흘러 들어온다. 조각이 되어 흩어진 사건이나 말은 하나의 관점이나 논리 안에 갇혀 있는 것을 거부함으로써 삶, 사실 자체를 닮는다.

다음으로 무엇보다도 중요한 것은 이 작품이 말 또는 대화를 전면에 내세우고 있다는 점이다. 특정한 관점에서만 사물이나 삶이 포착될 수밖에 없는 묘사는 사라진다. 서술은 다층화되는데, 한편으로는 텍스트 안의 텍스트라는 고전적 모티프를 이용하여, 인실이라는 서술자에 의해 통어되는 익숙한 서술상황을 형성한다. 하지만 조각글 형식은 그러한 전통적 서술상황에 긴장을 만들어 내며, 인실은 '서술자'라기 보다는 '말을 전해주는 자'의 역할을 함으로써 중심적인 서술 기능이 된다. 또 특정한 서술자의 통제를 벗어나는 서술상황을 만들어내는 조각글 형식은 상위의 서술층위에서도 서술자를 거의 무화시킴으로써, 작가와 독자 사이에 대화의 형태로 주어져 있는 말들만을 남긴다.

그 말들 안의 단서들을 엮어 이야기를 만들고, 인물들을 만나나가는 것은 온전하게 독자의 몫이 된다. 그렇게 이루어지는 삶과의 그 만남이 현실 자체 또는 사실 자체와의 만남이었는가를 확인할 길은 실은 없다. 하지만 하나의 견해나 해석일 수밖에 없었던 19세기 리얼리즘 소설의 '현실성'을 벗어나 조금이나마 삶 자체, 사실 자체에 가까운 모습으로 존재하고자 시도한 『달궁』의 이러한 실험이 예술의 새로운 '현실성'을 향한 의미 있는 모색임은 분명하다고 생각된다. 이 작품은 19세기 리얼리즘 소설의 '현실성'을 부정하면서도, 사실이나 진실 일반의 부정으로 나아가지 않고, 참된 사실을 향한 모색을 시도한 것이었다. 그런 점에서 이 작품은 1990년대 이후 우리 사회에 유행되는 포스트모 더니즘적 회의주의에 대한, 앞서 이루어진 대응이었다고도 할 수 있다.

주제어 : 서정인, 달궁, 현실성, 19세기 리얼리즘 소설, 조각글, 대화, 사실 자체

◆ **참고문헌**

1. 작품

서정인,『철쭉제』, 민음사, 1986.

──,『달궁』, 민음사, 1987(하나), 1988(둘), 1990(셋).

──,『모구실』, 현대문학사, 2004.

2. 단행본

이종민 엮음,『달궁 가는 길—서정인의 문학세계』, 서해문집, 2003.

3. 논문

김미현,「'말'과 '삶'의 이중적 글쓰기—서정인의「달궁」론」,『구조와 분석 Ⅱ』, 이 어령 선생님 화갑기념 논문집 간행위원회 편, 도서출판 창, 1993, 361-393쪽.

김윤식,「자기증식형 연작소설의 휘황함」,『모구실』, 현대문학사, 2004, 391-418쪽.

김종욱,「이야기의 에피소드화, 에피소드의 소설화—서정인의「달궁」론」,『문예중 앙』, 1992. 봄, 222-231쪽.

서정인, 이종민 엮음,「상업화 시대의 예술」(1998),『달궁 가는 길—서정인의 문학 세계』, 서해문집, 2003, 370-375쪽.

신정현, 이종민 엮음,「서정인의『달궁』삼중주」,『달궁가는 길—서정인의 문학세 계』, 서해문집, 2003, 190-223쪽.

우찬제,「대화적 상상력과 광기의 풍속화」,『세계의 문학』, 1988. 겨울, 251-261쪽.

유종호,「삭막한 삶과 압축의 미학」,『철쭉제』, 민음사, 1986, 225-241쪽.

이득재,「삶의 구조, 말의 논리」,『문학과 사회』, 1990. 봄, 320-333쪽.

이남호,「80년대 현실과 리얼리즘」,『달궁』, 민음사, 1987, 261-274쪽.

장경렬,「소설상의 실험과 실험적 소설의 가능성—서정인의『달궁』론」,『문학과사 회』, 1989. 여름, 617-628쪽.

최경환,「서정인의『달궁』연구—형식미학적 측면을 중심으로」, 경희대 석사논문, 2000. 2.

440

◆ 국문초록

　『철쭉제』에서 『모구실』까지 이어지는 서정인 소설의 형식실험은 궁극적으로
는 '사물의 이름을 제대로 불러주는 일'을 의도하고 있다. 그런데 이 일은 사물
자체를 보는 일의 원천적 어려움을 인식하면서도 그것을 시도하지 않을 수 없는
존재로서의 인간을 전제하고 있다. 예술이 바로 그 일을 해야 한다고 생각하는
작가는 '물건을 본다'는 그 불가능하지만 불가피한 시도의 중심에 '대화'를 놓고
있는 것으로 보인다. 이 글은 작품 『달궁』에서 시도된 현실에 대한 그 새로운 방
식의 접근에 대해 살펴보려 했다.

　이 작품을 놓고 배경이 되고 있는 1970년대, 또는 작품이 쓰여진 1980년대 자
체를 올바르게 재현해냈는가와 같은 방식으로 질문을 던지는 일은 작품의 시도
를 무화시키는 일이다. 가상을 통해 현실의 총체성을 구현한다는 재현의 논리 자
체에 대한 의문에서 시작된 시도라고 할 수 있기 때문이다. 그 새로운 시도 중의
하나는 조각글이라는 형식이다. 사건을 조각낸다기보다는 말을 조각내는 이 작품
의 형식은 서술자라는 틀에 저항함으로써 말을 자유롭게 한다. 그리고 그 자유롭
게 흐르는 말과 더불어 다양한 삽화와 이야기들이 작품 안으로 흘러 들어온다.
조각이 되어 흩어진 사건이나 말은 하나의 관점이나 논리 안에 갇혀 있는 것을
거부함으로써 삶, 사실 자체를 닮는다.

　다음으로 무엇보다도 중요한 것은 이 작품이 말 또는 대화를 전면에 내세우고
있다는 점이다. 특정한 관점에서만 사물이나 삶이 포착될 수밖에 없는 묘사는 사
라진다. 서술은 다층화되는데, 한편으로는 텍스트 안의 텍스트라는 고전적 모티
프를 이용하여, 인실이라는 서술자에 의해 통어되는 익숙한 서술상황을 형성한
다. 하지만 조각글 형식은 그러한 전통적 서술상황에 긴장을 만들어 내며, 인실은
'서술자'라기 보다는 '말을 전해주는 자'의 역할을 함으로써 중심적인 서술 기능
이 된다. 또 특정한 서술자의 통제를 벗어나는 서술상황을 만들어내는 조각글 형
식은 상위의 서술층위에서도 서술자를 거의 무화시킴으로써, 작가와 독자 사이에
대화의 형태로 주어져 있는 말들만을 남긴다.

　그 말들 안의 단서들을 엮어 이야기를 만들고, 인물들을 만나나가는 것은 온전
하게 독자의 몫이 된다. 그렇게 이루어지는 삶과의 그 만남이 현실 자체 또는 사
실 자체와의 만남이었는가를 확인할 길은 실은 없다. 하지만 하나의 견해나 해석
일 수밖에 없었던 19세기 리얼리즘 소설의 '현실성'을 벗어나 조금이나마 삶 자

체, 사실 자체에 가까운 모습으로 존재하고자 시도한『달궁』의 이러한 실험이 예술의 새로운 '현실성'을 향한 의미 있는 모색임은 분명하다고 생각된다. 이 작품은 19세기 리얼리즘 소설의 '현실성'을 부정하면서도, 사실이나 진실 일반의 부정으로 나아가지 않고, 참된 사실을 향한 모색을 시도한 것이었다. 그런 점에서 이 작품은 1990년대 이후 우리 사회에 유행되는 포스트모더니즘적 회의주의에 대한, 앞서 이루어진 대응이었다고도 할 수 있다.

♦ SUMMARY

The narrative characters of Seo-Jungin's 「Dal-Gung」 and the problem of 'reality'

Kim, Jae-Yeong

「Dal-Gung」 represents the novel of the new type, which Seo-Jungin is attempting. This trial of new form is questioning the availability of the reality of 19th century realism novels. So it rejects the essential elements of such novels.

「Dal-Gung」 is composed of almost 300 pieces of writing. Through such structure, the author destroys the plot of traditional novel. And the logics such as the probability, the inevitability, and the causality are all negated. Because they are the creature of viewpoint, not the quality of the reality itself.

Also it negates the narrative system of traditional novel. The description, which has no choice but to take the specific point of view, disappears. The narrator is remaining, but he/she cannot control the whole situation of the novel.

Inside there only remain the spoken words and the dialogues. In them lie the clues to the reality and the real life. It is the process itself of drawing the story from the clues that the author tried to provide as the experiences of a new reality.

Keyword : 「Dal-Gung」, the reality, the 19th century realism novel, dial-ouge, the real itself, the pieces of writing

—이 논문은 2006년 3월 30일에 접수되어, 소정의 심사를 거쳐 2007년 5월 31일에 최종적으로 게재가 확정되었음.

미국이민 서사의 '고향' 표상과 '민족' 담론의 관계
— 1970년대 초반 박시정의 소설 중심으로

이 선 미*

1. '미국이민' 경험과 한국문학의 자기성찰

1992년 4월 29일 촉발된 LA 폭동은 미국을 혈맹으로 여겨온 한국사람들에게 큰 충격을 안겨다준 사건이었다. 미국을 가장 절친한 우방이면서 물질적 풍요와 민주주의적 제도를 구비한 이상국가로 여기는 한국사람들의 미국관에 결정적인 충격을 가한 것이다. 그러나 유색인종이며 아시안에 해당하는 한국출신 교포들이 미국 내에서 정착하는 일이 그다지 수월하지 않다는 것은 알 만한 사람은 다 아는 사실이다. 흑

---

* 동국대학교 연구교수.

인과 백인 간의 인종갈등이 오랜 세월 골칫거리로 존재하는 미국은 아시안들에게는 더 폐쇄적인 사회이기도 했다. 1965년에야 한국인이 자유롭게 이민을 갈 수 있도록 법이 바뀌었을 정도이다.[1]

그러나 한국 내에서 미국에 대한 인식은 인종갈등이나 아시안에 대한 차별구조와 같은 부정적인 것과는 상관없이 이상화된 경향이 있다. 1965년 이민법이 바뀌자 미국으로 가는 길을 이상향으로 가는 것처럼 선망했으며, 이 이민행렬은 현재 조기유학이나 원정출산으로 이어져 더 극성스러워지고 있다. 미국이민은 출세길로 받아들여졌으며, 미국 대학 졸업장을 위조할 정도로 미국유학은 가장 선망하는 학벌로 여겨진다. 한국 내에서 유포되는 미국표상은 이상화되기만 하지, 아시안 이민자로 살아가는 고통스러운 과정은 좀처럼 담론화되지 않는 것이다. 미국은 경제적으로 풍요롭고 정치적으로 자유로운 민주주의 국가라는 인식이나 미국시민권을 최고의 가치로 여기는 미국을 향한 욕망은 여전히 한국사회의 미국지향의식을 지속시키는 동력이다. 이런 가운데 한인사회를 초토화시킨 1992년의 LA 폭동은 한국사회에는 큰 충격일 수밖에 없었다.

그러나 미국역사의 맥락에서 볼 때, 흑인 인권운동의 기세에 밀려 흑인지역에서 옮겨간 유태인들의 빈 자리에 끼여든 한국인들은 또 다른 분쟁의 씨앗으로 예견되었다. 게다가 한국인들이 내면화한 미국인식은 1950년대 한국전쟁 이후 형성된 미국표상에 절대적으로 묶여 있었다. 오랜 흑인들의 인권운동과 그를 바탕으로 법과 제도가 변화하고

---

[1] 미국이민은 1900년대 초 하와이 사탕수수밭 노동자들의 이민에서 시작되지만, 이 시기 이민은 식민지 시기 중국이나 일본으로 시도된 이민과 별반 다르지 않다. 주로 농장 노동자로 이루어진 노동이민의 형태를 띠었다. 따라서 현재와 같은 성격으로서의 '미국이민'은 1965년 미국이민법이 바뀌면서 급증한 이민형태를 통해 설명되어야 할 것이다. 선진사회의 주체가 되기 위해 선택된 이민으로서의 미국이민은 1965년 이후 고학력 중산층이 주를 이룬 이민을 통해 구별될 수 있기 때문이다. 이광규, 『재미한국인』, 일조각, 1989, 66쪽; 윤인진, 『코리안 디아스포라』, 고려대 출판부, 2004, 200쪽 참조.

있는 와중에 흑인 지역사회에 이민자로서 정착한 한인들의 삶은 미국사회에 어렵게 정착해가는 흑인들의 그늘진 역사에 얽혀있으며, 한국인들은 인종차별적 미국표상을 통해 미국생활을 시작했다. 흑인 인권운동이라는 역사적 배경에 무지했던 한인들은 한국사회에서 이미 내면화하고 있던 미국에 대한 표상체계에 기대어 미국사회를 판단하게 됨으로써 한인과 흑인 간의 인종갈등은 더 증폭된 것이다.[2] 게다가 인종갈등이 가장 큰 사회문제로 인식되는 미국정부의 입장에서 한흑갈등은 또 하나의 인종분쟁으로 받아들여졌으며, 이미 흑인들의 인권운동을 경험한 바 있는 미국정부는 흑인의 기득권을 보호하기 위해 정책적으로 방관하기도 했다.[3] 미국사회의 인종차별주의, 미국정부의 인종정책, 흑인들의 인종차별을 없애기 위한 저항의 역사, 그리고 한인들이 내면화한 미국표상 등, 한흑갈등의 이면에는 이런 여러 문제들이 실타래처럼 엉켜있었던 것이다.

이 사건은 많은 문제를 내포한 복잡한 양상으로 발생한 탓에 충격도 컸지만, 미국 내에 한국출신 이민자들의 정체성을 확인하는 중요한 계기가 되었다. 즉, 스스로 백인의 정체성을 추구했던 많은 한인들은 이 사건을 계기로 백인의 타자인 유색인종일 뿐임을 자각한다. 게다가 백인이 되기 위해 스스로 식민주의적 의식을 내면화하기도 했다는 점을 자각하기도 한다. 그리고 이 사건을 계기로 미국 내 한인사회에서는 한인과 흑인 사이의 갈등을 본격적으로 문제제기하고, 그 이면에서 작용하는 백인우월주의의 권력을 살펴보기 시작한다. LA 사건 이후 한국계 미국인들의 미국 사회에 대한 탐구는 자기확인의 물음으로 본격화된 것이다.[4]

---

2) 장태한, 「미국의 소수민족정책과 한인사회」, 『역사비평』, 1997. 겨울; 장상희·조정문·윤영희, 「미국흑인 거주지역의 한국인과 한흑갈등에 관한 연구」, 한국사회학회, 한국사회학, 1998, 141-142쪽 참조.

3) 최협, 「재미한인사회의 인권문제」, 『민주주의와 인권』 3권 1호, 전남대학교 5·18연구소, 2003. 4; 일레인 김, 「미국 속의 미국: 한 한국계 미국인이 본 미국의 내면」, 당대비평, 2001. 봄 참조.

2004년 한겨레 신문에 연재된 박범신의 『나마스테』는 LA 사건이 한국문학의 미국이민 서사에도 적지 않은 영향을 끼쳤음을 알 수 있게 한다. 미국이민자들의 경험을 통해 되돌아본 한국사회는 외국인 노동자에 대한 인종차별의 구조가 자리잡고 있었고, 미국사회의 유색인 이민자의 삶에 작용하는 식민주의는 거꾸로 한국사회 외국인 노동자에게 작용하는 식민주의로 재현되었음을 반성적으로 탐색하고 있다. 이 작품에서 미국이민의 경험은 한국사회를 성찰하는 서사적 계기로 역할한 것이다. 미국이민이라는 '타자적 자기'의 경험이 오히려 한국사회 안에서의 경험으로는 얻어낼 수 없는 서사적 영역을 확보하게 한 셈이다. 이렇듯 미국이민의 경험은 한국 내 경험 만으로는 채울 수 없는 '내부식민주의'5)를 성찰할 수 있게 역할한다는 점에서 중요한 서사적 의미를 갖는다.

그러나 한국사회 내의 미국인식에 대한 반성은 LA 폭동 이후 시작된 것은 아니다. 미국이민 초창기부터 미국이민의 경험은 시대를 달리하면서 한국문학의 서사적 주제로 변주된다. 특히 초창기 미국이민에 해당하는 1960년대 후반 미국이민의 경험은 전쟁 후인 1960년대 한국과 미국의 관계가 남다르기 때문에 한국문학의 자기성찰과 관련하여 중요하게 검토될 만하다.

1970년대 초반에 발표된 박시정의 소설들은 미국이민이 본격화한 초기 이민자들의 삶과 정체성 구성의 과정을 적나라하게 보여준다. 미국사회에 적응하지 못하면서 '나는 누구인가'를 질문하기 시작하는 인물들은 산업화와 자본주의적 개인주의의 그늘에 드리워진 식민주의를 직시하게 된다. 미국이민의 경험은 미국사회를 비판적으로 성찰할 수 있는 계기를 제공하는 것이다. 이런 과정 속에서 한국사회에서도, 미국

---

4) 일레인 김, 위의 글 참조.
5) '내부 식민주의'에 대해서는 황태연, 「내부 식민지와 저항적 지역주의」, 『한독사회과학논총』 제7호, 1997, 참조.

사회에서도 배제되고 거부되는 사회적 약자의 문제를 제기한다. 혼혈이나 입양아에 대한 관심은 이에 해당한다. 그런데 박시정 소설의 이민자들은 이렇듯 미국(제국)의 식민주의를 비판하는 형상으로만 의미화되지 않는다. 미국의 인종차별주의와 식민주의 정책을 비판하면서 '나는 누구이며, 왜 여기에 와있는가'라는 질문을 스스로 던지지만, '나는 누구인가'를 질문하다가 '나는 어느 나라 사람인가'로 질문을 옮겨가는 민족주의적 맥락 속에 놓이기도 한다. '나'의 문제를 '나의 모국'으로 환원하여 해명하는 인물이 존재하는 것이다. 그런 까닭에 박시정의 소설에는 이런 질문에 답하기 위해 '고향' 이미지를 찾고자 애쓰는 인물이 많이 등장한다. 그리고 고향을 찾는 과정은 고국을 찾는 과정으로 비약된다. 나는 곧 고국(향)이기 때문에 고국을 외면하는 것도, 고국의 의미를 알지 못하는 것도 잘못된 것이고, 나는 곧 고국임을 알고, 고국이 가치 있다는 것도 아는 자만이 진정으로 자기를 아는 자로서 인식된다.

사실, 많은 사람들에게 정체성은 과거를 통해 구성되기 마련이다. 그리고 '과거'는 공간으로 치면 '고향'이 된다. 고향은 지나간 시간이 기억으로 존재하는 공간인 셈이다. 따라서 국적과 상관없이 개별화될 수 있는 공간이다. 박시정 소설의 식민주의 비판은 고향표상에 내재되어 있기도 하다.

그러나 몇몇 인물들은 나를 고향으로, 고향을 고국으로 환원하는 관계를 통해 정체성을 구성하고, 이러는 사이에 '나'라는 개별적 존재의 차이는 무화되고 '나'는 곧 고국이라는 국적 문제로 추상화된다. '나'를 질문하는 과정에서 어느덧 애향인, 나아가 '애국자'가 되어 '나'를 찾게된 자기상실의 원인은 무화되고 국가의 의미, 민족의 의미를 찾아나서는 민족주의자로 탈바꿈한다. 그리고 이런 정체성 구성의 방식은 민족의 정체성이 담론의 중심으로 떠올랐던 1960년대 후반의 한국문단에서 가장 '한국적인 것'[6]으로 인정받는다. 그리고 이 과정에서 박시정 소설은 한국의 전통을 회복하는 민족서사로 의미 부여되고, 미국과 한국의 식민주의를 비판하는 시각은 묻혀버린다.

이 글은 이런 의미연관이나 의미 생성의 과정을 문학창작이나 작품의 해석과정의 문제로 고찰해보려 한다. 1960~70년대 한국사회의 담론적 상황 하에서 발표되고 평가된 박시정 소설의 미국이민 서사는 이런 한국문단의 민족 담론 지형에 연결되어 작가의 성격이나 서사적 특성이 재맥락화 된다고 보는 것이다.

요컨대, 박시정 소설의 미국이민 경험은 1960년대 후반에서 1970년대 초반 한국문학의 서사적 영역에서 미국에 대한 새로운 인식을 보여주고 있다. 그러나 그 새로움은 그 자체로 개인 서사의 영역을 구축하고 다원화된 정체성 구성의 하나로서 의미부여 되지는 못한다. 1960년대 후반에서 1970년대 초반이라는 한국의 담론적 상황이 작품의 의미구성 과정에 작용하여 박시정 소설창작에도, 그 소설을 해석하는 과정에도 영향을 끼친다. 박시정 소설의 미국이민 서사는 한국문단의 민족 담론 속에서 재해석되어 '민족 정체성' 구성의 자장 안에 흡수되는 것이다. 이 글은 이렇듯 박시정 소설의 미국이민 서사에서 나를 찾는 과정이 고향, 나아가 고국을 찾는 과정으로 비약되는 과정을 살펴보려 한다. 이런 과정을 작품들이 발표된 1960년대 후반에서 1970년대 초반의 한국의 담론 상황 속에서 정체성 구성의 문제로 해명함으로써 미국이민 경험의 서사적 의미와 이를 둘러싼 민족 담론의 영향관계를 해명하고자 하는 것이다.

---

6) '한국적인 것'에 대한 논의는 1960년대 한국문단에서 가장 논란이 되었던 쟁점 중 하나이다. '한국적인 것'이 어떤 것으로 규정되는가를 둘러싸고 논자에 따라 한국적 전통을 회복하고자 하기도 하고, 부정하자고 하기도 하는 극단적인 대립점이 형성되었다. 박시정 소설의 미국이민 서사도 이런 맥락 속에 놓여져 있다. 1960년대 한국문단의 논의는 김주현의 「1960년대 소설의 전통 인식 연구」(중앙대 박사논문, 2006, 22-26쪽) 참조.

2. 한국사회의 미국표상과 이민자의 생활공간에서 발견된 '미국'

박시정은 1969년 「초대」를 통해 소설가의 길로 들어선 작가이다. 몇 편의 소설을 발표하고는 미국으로 이민을 떠나 미국에서 국내로 작품을 꾸준히 발표한다.[7] 1970년대에는 미국이민의 경험을 집중적으로 발표한 바 있다. 1965년부터 급증한 미국 이민자들의 이야기는 이 작가에 의해 거의 최초로 국내문단에 소개된 셈이다.[8]

1965년 케네디 이민법 발효 후 한국이민은 급물살을 타기 시작한다. 한국전쟁 이후 미국의 물질적 풍요와 문화적 선진성을 경험한 한국사람들은 대량 실업과 빈곤에 시달리는 1950년대에 미국으로 가는 것을 출세처럼 생각한다. 한국전쟁 때 혼혈로 태어나 미국의 아버지를 찾아 떠난 혼혈아들로부터 선진사회에 진입하기 위해 재산을 정리해서 떠난 고학력 인텔리에 이르기까지 1960년대 후반부터 한국사회에 불기 시작한 이민열풍은 미국사회를 선망하는 심리를 직접적으로 반영하면서 시대를 휩쓴 '광풍'이었다. 이 시기 미국이민은 고학력이면서 투자할 자본을 지닌 사회중진급이 주축을 이루었다는 점에서 자발성에 기초한 이민이며, 근대 이후 강제적으로 추진되었던 대규모의 집단적인 민족이산과 비교되는 이민의 유형이다.[9]

경작하던 농토를 버리고 야반도주하듯이 만주로 떠난 이민 역시 더 잘살기 위한 것이라는 점에서 미국이민과 공통점을 지니지만, 미국은 먹고사는 문제만으로 선택된 곳이 아니라는 점에서는 확연히 구별된다. 미국은 자유민주주의 제도로 움직여지는 사회, 즉 자유의 나라로 표상됨으로서 선택된 곳이며, 자식들이 좋은 교육을 받을 수 있다는

---

7) 박시정은 1976년 문학과지성사에서 첫 창작집 『날개소리』를 출간한 이후 1983년 문학과사상사에서 『고국에서 온 남자』를, 1997년 21년이 흐른 후 역시 문학과지성사에서 『구름 사이에 무지개를』을 발표한다.

8) 김병익, 「한계적 상황과 고뇌」, 『날개소리』, 문학과지성사, 1976, 374쪽 참조.

9) 이길용, 『미국이민사』, 대한교과서주식회사, 1992, 289-291쪽; 이광규, 위의 책 참조.

기대감으로 선택된 곳이다. 잘 먹고 잘살기 위한 것만이 아니라, 좋은 교육을 받고 선진적인 문화의 혜택을 받기 위해 떠난 이민이다. 따라서 삶이 한 단계 비약하는 것과 같은 것으로 인식된다. 박시정의 소설은 1965년부터 본격화된 미국이민이 한국의 근현대사를 특정짓는 민족이산 중에서도 이런 방식으로 특수하다는 점이 잘 드러나 있다.

> 한국의 민주주의 역사가 길지 못하기 때문에 민주주의 교육은 아직 불가능해. 애비는 너를 자유를 아는 사람으로 만들고 싶다. 내 유년 시대의 일제의 압박이나 내 나라의 기구한 역사적 배경에서 자란 나는 유학 왔을 때 정말 자유가 무엇인지 비로소 알았고, 내 자식에게는 절대로 나와 같은 전철을 밟게 하고 싶지 않았다.10)

인용문에서 알 수 있듯이, 미국이민은 돈을 벌러가는 것만이 아니다. 미국이민자들은 '자유'와 '민주주의' 같이 인간이 사는 방식을 구성하는 제도적 요인들 때문에 이민을 간다. 전쟁을 겪고 혹독한 냉전체제 속에서 살아가는 한국사회에서 적으로 규정되는 '공산주의'의 반대는 '자유'였고, '자유'는 가장 중요하고 가치 있는 그 시대의 이상이었다. 이런 맥락 속에서 미국은 '자유'로 표상되는 대표국가였다. 미국으로 이민가는 사람들은 이 '자유'의 주체가 될 것이라는 생각을 가장 먼저 했던 것이다. 이는 당시 한국사회에 널리 퍼져있던 보통사람들의 미국에 대한 생각이며, 그래서 미국이민은 한국인이 모두 선망하는 '기회'로 인식된다.

이 풍요와 자유의 나라라는 미국표상은 노소를 불문하고, 사회계층을 불문하고 1950년대를 살았던 한국인 모두에게 내면화된 것이라 할 수 있다.

> 「거기 가면 좋은 옷두 있고, 음식도 있고, 여기와는 다르다. 맛있는 초코

---

10) 박시정, 「한국인형」, 『날개소리』, 문학과지성사, 83쪽

레트도 얼마든지 먹을 수 있고, 그런 꿈의 나라를 왜 안 가겠단 말이냐?」11)

　　아, 아메리카, 깡통만 따면 신선한 파인애플을 먹을 수 있고, 번쩍거리
는 이브닝 드레스를 입고 귀걸이며 팔찌를 걸고 파티장에서 춤추는 광경
으로 아메리카를 다 알고 있었던 그녀들의 아메리카에의 꿈은 악몽이 되
어, 그 악몽 속에서 허덕이고 있기가 대부분이었다.12)

　미국을 물질적 풍요와 자유롭고 합리적인 민주주의 제도가 있기 때
문에 '꿈의 나라'라고 인식하는 고학력의 어른들이 있는가하면, 인용문
에서처럼 자신이 가장 원하는 것을 할 수 있기 때문에 '꿈의 나라'라고
생각하는 어린아이들이나 하층민 여성들도 있다. 한국사회에서 미국은
자신이 원하는 것을 가질 수 있는 "꿈"의 실현장으로 표상된 셈이다.
　그러나 한국에서 상상한 미국은 자유와 풍요의 나라였지만, 이민생
활의 현장에서 겪는 미국은 인종차별주의와 물질만능주의가 판치는 백
인 중심의 자본주의 사회였다. 박시정 소설의 미국이민 서사는 이민자
들의 미국경험을 통해 한국에서 상상하는 미국이 실제 미국과 다를 수
도 있다는 점을 보여준다.

　　그의 아파트로 들어가는 길목에는 쓰레기들이 발에 툭툭 차였다. 폭탄
보다도, 블란서에서 오는 콩코드 비행기보다도 겁내야 할 것은 쓰레기꾼이
다. 쓰레기꾼이 파업하면 뉴욕이 이 꼴이 되고 만다. 차라리 이 맨해턴을
인디언에게 도로 팔아라. 인디언에게 그대로 두었던들 이 꼴이 되지는 않
았을 것이다. 이 황금보다도 값진 땅을 이십달러에, 헐값으로 사가지고는
부패와 폭력과 공포의 도시로 만들다니. 그 인디언들은 맨해턴이 이 꼴이
라는 소식을 듣고 아리조나 벌판의 토담집에서 구슬을 꿰어, 들판에 나와
앉아 관광객들에게 팔아 모은 돈을 모아 맨해턴 구제운동에 나서고 있다지
않은가. 여름에는 쥐새끼들이 쓰레기더미에서 범람하고 인간들이 쓰레기를
치우기는커녕 매순간 찌꺼기들을 산적시켜 문 밖으로 밀어던지고 있다.13)

---

11) 박시정, 「이향인들」, 위의 책, 251쪽.
12) 박시정, 「이향인들」, 245쪽.

　미국에서 가장 큰 도시이며, 세계적인 현대화가 이루어져 있다고 하는 뉴욕의 거리다. 인용문은 이 세계적인 도시의 거리풍경을 더러운 쓰레기와 흥청거리는 퇴폐의 분위기로 묘사한다.[14] 뉴욕은 미국의 대도시를 대표할 뿐만 아니라 세계적으로도 가장 손꼽는 대도시이다. 한국에서만 하더라도 뉴욕은 최첨단 모더니티를 상징하는 도시로 표상된다.[15] 이 최첨단의 도시 중심가에서 젊은 날에 유엔대사의 보좌관을 지낸 한 노인이 거처없이 도시빈민가를 떠돌고 있다. 병든 몸으로 양로원에는 들어가지 않으려고 병원을 기웃거리며 사회복지 기금으로 겨우 연명하고 있는 것이다.

　미국의 대도시는 산업화를 기반으로 한 도시인만큼 부부와 자녀로 구성된 핵가족이 생활의 기반을 이루고 있다. 고도로 개인화되고 물질화된 사회인 것이다. 노인들은 나이가 되면 자식들에 의해 양노원에 맡겨진다. 양로원의 감옥같은 생활을 거부하는 노인들은 최대한 혼자 독립적으로 살아보기 위해 안간힘쓰고, 자신들의 쇠약한 모습이 자식들에게 알려지지 않기를 희망한다. 미려하고 차분한 문체로 미국유학

---

13) 박시정, 「H씨의 망년」, 위의 책, 348쪽.

14) 함석헌은 1970년 세계일주를 하며 자신이 편집자가 되어 발행하는 『씨올의 소리』에 기행기를 연재한다. 이 기행기에는 물론 미국도 포함되어 있다. 미국을 여행하면서 제일 처음 도착한 곳은 뉴욕이었고, 1960년대 말 뉴욕은 지저분한 것은 말할 것도 없고, 인종문제와 폭력이 사회문제가 되던 때였다. 미국의 부정적인 면이 한국의 매체에 거의 소개되지 않던 때에 함석헌은 거침없이 뉴욕을 문제투성이 도시로 폄하한다. 함석헌, 「달라지는 세계의 한길 위에서」, 『씨올의 소리』, 1972. 5, 49-51쪽 참조.

15) 1950년대 이후 1960년대에 걸쳐서 잡지에 실린 기사에는 뉴욕통신이나 뉴욕 소식을 전하는 난이 눈에 띈다. 뉴욕은 미국을 대표하는 도시이며, 가장 현대적인 도시로 인식되었음을 알 수 있다. 1950년대 『여원』의 뉴욕통신은 만화와 기행기를 중심으로 뉴욕의 한국인들을 취재함으로써 뉴욕을 이상화하고 있으며, 1960년대 종합지인 『세대』에도 미국을 비롯한 서구의 선진문화는 유학생들의 경험과 함께 미국을 이상화하는 주된 담론이었다. 『여원』의 특파원으로 활동한 전혜린의 독일 관련 기사도 미국은 아니지만, 서구를 이상화하는데 일조한다. 미국으로 간 이민자들을 다룬 안정효의 소설도 뉴욕을 가장 현대적인 도시로 인식하는 미국인식이 잘 드러나 있다. 안정효, 「회귀」, 『불교문학』, 1988. 봄, 372-373쪽 참조.

생의 두려움과 고독을 소재로 한 「아침에 만난 노인」은 혼자서 많은 일을 해내며 그 자부심으로 살아가는 미국노인의 하루 일과를 보여준다. 이 노인처럼 혼자 살아갈 수 없으면 빈민가의 생활보호대상자로 전락하거나 자식들에 의해 양로원으로 보내지는 것이 미국의 현실이다. 미국노인도 이러하니 동양계 노인들은 말할 것도 없다.

지영은, 차이나타운에 세워진 정자 밑에 동양 노인들이 개흙으로 만든 토상처럼 종일이면 종일 멍하니 앉아 있는 것을 본 일이 있었다. 안노인들은 그나마 나오지 않는 것인지 아니면 모두들 홀아비인지, 거기 앉아 있는 노인들은 대개 남자였다. 때로 그들은 대낮부터 취해가지곤 혼자 중얼거리며 차이나타운 안에서 뱅뱅 돌기도 했다. 한 달에 겨우 방세와(이들은 대개, 아파트도 못 얻고 시내 중심에 운집해 있는 싸구려 호텔방에서 살았다) 입에 풀칠을 할 만큼 주는 노인 구호금으로 자고 먹고, 날이 어두워 잠이 들 수 있기를 기다리며 시간을 보내고 있는 것이다. 그들의 옷은 남루하고 냄새가 나며 그들과 다른 종류의 사람들은 그들 옆에 가기조차도 꺼리는 완전히 동떨어진 무리들이었다.

지영은 그들 속에 한국 할아버지들이 있다고 생각한 일은 없었다. 이민 역사가 가장 긴인― 샌프란시스코에 군집해 사는 중국인들이 여기까지 흘러와 사는 것으로만 생각했었다. 그러나 개중엔 일본 할아버지, 한국 할아버지, 필리핀 등 아시아 각 나라의 할아버지들이 다 있을 거란 생각이 새삼 드는 것이다.16)

이민자에 해당하는 동양계 노인들은 이민자라는 점 때문에 미국 노인들보다도 더 열악한 조건에서 살아가고 있다. 1960년대는 한국에서 이제 막 도시 중산층을 중심으로 핵가족 형태가 생겨나기 시작하던 때이다. 주로 대가족 제도 속에서 부모들을 모시며 생활하는 풍속에 익숙해져있는 한국출신 이민자들은 이렇게 혼자 버려지듯이 살아가는 노인들을 보며 미국사회에 대해 문화적 충격을 받는다.17) 박시정 소설의

16) 박시정, 「창구」, 앞의 책, 316쪽.
17) 대가족 제도 속에서 사는 1970년대의 한국인들은 이런 미국문화를 비판해야할 현대

미국이민 경험은 풍요와 자유의 그늘에 해당하는 이런 삶의 면모로 인해 당시 한국사회에 만연되어 있던 미국인식을 의심케 한다.

부모들의 이혼으로 고아처럼 버려지지만 '미국 소년다운' 독립적인 자아로 성장해야 하는 소년(「물주는 소년」), 미국 백인 가정에 입양되어 인형처럼 괴롭힘을 당하면서도 울지 않고 참고 견디는 어린 입양아(「한국인형」), 한국문화와 미국문화의 차이를 받아들이지 못해서 양부모로부터 버림받는 고아원 출신 소녀(「이향인들」), 남편을 쫓아 이민와서 경제적 가난 속에서 고립되어 살아가는 아내들(「타향살이」, 「노을」, 「등산」) 등, 1970년대 초반에 집중적으로 발표된[18] 박시정 소설에서 포착된 미국이민의 경험은 '물질적 풍요'와 '자유'라는 한국인들이 내면화한 미국인식과 대비된다.

경험은 개개인들의 생활 속에서 구성되는 것이기 때문에 미국경험이라 하더라도 경험의 주체에 따라 다양할 것이다. 주로 1950년대 중반 이후 가속화된 미국유학이나 미국이민의 다채로운 경험은 여러 가지 매체를 통해 담론화 되어 한국인들의 미국인식에 영향을 끼쳤다. 특히 이 시기 담론형성의 장이었던 많은 잡지매체들은 선진화된 미국의 교육제도나 자유로운 문화풍토를 경쟁적으로 소개함으로써 독자로 하여금 미국을 꿈의 나라로 선망하게 유도했다.[19] 식민지 시기에도 미

문화로 인식하기도 한다(이명희, 「한국 대가족 제도의 미학」, 『젊은이들의 발언』, 조선일보, 1978, 273-276쪽 참조). 안정효의 「미국인 아버지」는 미국에서 태어나 영어를 모국어로 사용하는 딸과, 이 딸과 의사소통이 안될 정도로 영어로 말할 때는 여전히 긴장해야 하는 이민자 아버지 사이의 문화적 갈등을 보여준다. 이 소설의 아버지는 딸의 서랍에서 나온 피임기구나 가부장적 아버지를 철저히 부정하는 딸의 개인의식으로 인해 문화적 충격을 받는다. 이런 식의 문화적 충격은 이미 이민국이 모국이 되어버리는 이민 2세대가 생겨난 후, 이민자들이 겪는 가장 큰 삶의 문제라 할 수 있다.

18) 박시정은 1969년에 문단에 데뷔해서 1976년 문학과 지성사에서 첫 창작집 『날개소리』를 발표하기까지 6년 정도의 기간동안 대부분의 소설을 발표한다. 이 시기 이후에는 양으로도 많지 않으며, 오랜 기간에 걸쳐 뜸하게 발표한다.

19) 1950년대 잡지매체들에는 미국체험과 관련된 기사들이 흔하다. 평범한 사람들 사이에서도 미국은 관심을 끌었기 때문에 독자들을 위한 기사가 많이 기획 될 수밖에 없

국문화는 선교사들을 중심으로 우월한 문화로서 수용되었지만, 미국의 절대적인 원조 하에 살아가던 1950년대 후반에서 1960년대에 미국은 실제적인 일상생활을 지배하는 선진적인 문화로서 선망되었다. 1960년대 미국경험에 관한 담론은 이런 인식을 강화시키는 역할을 한다.

이런 한국 내 미국인식 지형에서 박시정 소설의 미국이민 경험은 전혀 다른 미국의 모습을 담론화하게 된다. 1950년대까지의 산업화를 거치고서 그 그늘진 면이 점차 부각되기 시작하는 1960년대의 미국사회 실상은 이렇게 박시정 소설의 이민자들에 의해 객관적으로 조망되는 것이다. 비록 선망하는 국가의 시민이 되기 위해 자발적으로 선택한 것이지만, 미국사회의 하층민, 이방인으로 살아가는 이민자의 삶은 '미국'에 대해 보다 폭넓게 인식하도록 한다. 미국이민의 경험은 한국사회의 미국인식을 근본적으로 회의하는 계기가 된 것이다.

그러나 이런 미국이민의 서사가 일반적인 것이라 보기는 어렵다. 이 이민서사는 이민 1.5세대인, 막 미국이민생활을 시작한 미국사회 초보자의 미국이민 경험이기 때문이다. 한국과 미국을 다 경험한 이민 초창기 이민자들의 경험으로 구성될 수 있는 이민서사이다.

1960년대만 해도 한국사회는 개인 중심의 생활방식이나 문화가 별로 없던 때이다. 미국사회가 개인의 인권을 중시하는 제도나 조직생활을 바탕으로 한다면, 한국사회는 혈연이나 지연에 의한 서열적 관계를 중심으로 조직되는 경향이 강했다. 게다가 미국은 사회적인 약자를 법이나 제도로서 보호하는 것을 가장 중요하게 여기는가 하면, 인종차별의식에 의해 동양인들에 대한 차별의 구조는 더 심하기도 한 이율배반적인 성격도 지니고 있었다. 문화적, 제도적으로 많은 차이를 지닌 미국사회에서 한국의 문화적 정체성을 조금이라도 갖고있던 초창기 이민

었던 것이다. 특히 미국문화를 선호한 여성독자들을 상대하는 잡지에는 이런 특성이 두드러진다. 그 외에도 미국의 선진문화를 모방하려는 글을 통해서도 미국은 다양한 방식으로 소개되고, 미화되었다. 1955년에 창간된 『여원』에는 1950~60년대 여성문화, 혹은 가정문화의 모델로서 미국문화가 소개된다.

자들은 쉽게 미국사회의 문화를 우월한 것으로 받아들이지 못한다. 특히 미국을 문화적 타자로 여기는 이민 1.5세대들은 미국사회를 부정적으로 인식하기 쉬웠던 것이다.

1980년대만 해도 이런 양상은 좀 다원화된다. 초창기 이민자들이 미국에 정착하면서 2세들이 생겨나고 이 2세들은 그야말로 미국시민권을 갖고 태어나 미국인이라는 자의식을 지닌 또 다른 이민자가 되기 때문이다.[20] 이 세대들의 정체성 형성과정은 한국 국적에서 출발한 이민 초창기 이민자들과는 근본적으로 다르며, 이들의 미국인식이나 고향을 생각하는 방식은 1970년대 이민서사와 다르게 유형화되기 때문이다.

그러나 천편일률적인 미국표상에 기대어 이민을 단행한 초기 이민자들의 미국이민 경험은 그다지 다양하지 않다. 화려하고 풍부한 물자와 정치적 자유로 표상된 미국이 아닌, 그 그늘에서 버려진 채 살아가야 하는 남루한 미국인들의 공간 역시 미국이다. 화려하고 합리적인 미국보다 더 많은, 남루하고 비합리적인 미국을 경험한 문화적 충격을 서사화한 것만으로도 박시정 소설의 미국이민 서사는 미국인식의 지평을 확장했다고 할 것이다.

3. 미국에서 발견된 '고향'

한국사회에서 내면화한 미국표상을 가차없이 부정하게 하는 미국이민의 경험은 이민주체들을 정신적 공황상태로 몰아간다. 풍요롭고 자유로운 나라의 주체가 될 것이라 기대하고 시작한 미국생활은 상업주의에 물든 자본주의 경제와 극도로 개인화된 사회관계, 게다가 인종적 편견까지 가미된 삶으로 판명되었기 때문이다. 흑인보다 더 배척당하

---

20) 안정효의 미국이민 서사는 초창기 미국이민의 다음 세대라 할 수 있는 1980년대 미국이민 경험에 해당한다. 1980년대 말에 발표된 「회귀」, 「미국인 아버지」를 예로 들 수 있다.

기도 하던 동양인, 그 중에서도 중국인도 일본인도 아닌 한국인 이민
자들은 아무 것도 아닌 자로 받아들여지기 십상인 사회였다.

> 물 한가운데 조용히 떠 있던 한 떼의 물오리들이 갑자기 숲의 정적을
> 깨뜨리며 내 쪽으로들 몰려왔다. 오리들은 잔잔한 수면에 부드러운 동그
> 라미를 그으며 미끄러지듯 헤엄쳐 왔다. 그들의 하얀 깃털이 햇빛에 반사
> 되어 눈이 부셨다. 그들은 내가 앉은 발치, 물가에 다다르자 일제히 깃털
> 을 세우고 몸의 물을 털었다. 수많은 오리들의 깃털에서 물방울들이 햇빛
> 을 받아 무지개색으로 빛날 때 나는 다시 눈이 부셨다. 하얀 오리들은 내
> 발 가까이 와서는 목을 조아리며 주둥이를 흙바닥에 비벼댔다. 나는 그 수
> 많은 부리들이 내 발등을 쪼아 만신창이로 만들어 버릴 것 같은 두려움을
> 느꼈다. 그러나 오리들은 내게로 가까이 오면서 목청을 낮추기 시작했다.
> 그들은 이미 내 발 주위에 몰려들어 목젖에서 새어나오는 부드러운 소리
> 를 내고 있었다. 그들은 내게 무엇을 원하는 것일까, 내게서 동양인을 가
> 려낸 것일까.[21]

위 인용문에는 미국유학생으로 와서 일주일도 채 안된 서술자 '나'
의 동양인으로 정체화되는 것에 대한 두려움이 절절히 배어있다. 이
유학생은 무심코 지나칠 수 있는 오리들의 몸짓조차 동양인을 공격하
는 것으로 착각할 만큼 미국사회를 동양인에게 배타적인 인종차별적
사회로 받아들이고 있는 것이다. 그 중에서도 한국인은 중국인도 일본
인도 아닌 자로 서열화 되어 있기도 하다.

실제로 대부분의 미국사람들은 미국 대도시 어디를 가나 도심에 자
리하고 있는 차이나타운과 이차대전 중 미국을 침공한 적이 있는 일본
이 아시아인의 전부라고 생각하는 정도의 아시아에 대한 정보를 갖고
있다. 한국전쟁에 참전한 적이 있는 몇몇 노인들만이 한국전쟁을 통해
서 겨우 한국을 떠올릴 수 있는 정도이다. 그러나 그것도 자신들이 치
른 전쟁의 기억이지 한국인이 아니다. 이 노인들의 의식 속에 한국인

---

21) 박시정, 「아침에 만난 노인」, 앞의 책, 56쪽.

은 존재하지 않는 자, 인식지평 저 건너에 있는 자인 셈이다. 그리고 이 노인들의 한국에 대한 무지는 평균적인 미국인의 모습이다. 따라서 백인 우월의식과 인종주의가 심한 미국사회에서 한국인은 백인이 아닌 자일뿐만 아니라, 중국인이나 일본인 정도의 존재감도 갖고 있지 않은, 즉 아무 것도 아닌 자로 정체화 될 수밖에 없다. 이런 자의식은 이민의 주체인 1세대보다도 부모를 따라와서 성장기를 거쳐야 하는 이민 1.5 세대들에게 더 심하다.

1960년대 후반 이민자들은 이민 1세대인 경우 한국의 담론 지형 속에서 표상된 '미국'을 통해 미국을 인식하고 그에 동일화되기 위한 과정으로 미국생활을 견디지만, 이런 미국표상을 갖고 있지 않은 자식들, 즉 이민생활을 하면서 자아를 형성하는 성장기의 1.5세대 이민자들은 그저 인종차별이 심한 사회의 소수인종, 게다가 중국인도 일본인도 아닌 한국인임을 자각하면서 열등감에 시달린다. 부모들은 한국에서 이미 내면화했던 미국표상에 동일화될 것을 기대하고 미국인이 되기 위해 힘든 이민자 생활을 견디지만, 자식들은 선험적으로 내면화하고 있는 미국표상이 없기 때문에 동양인을 타자로 구분하는 미국사회의 현실을 부정하기만 한다.

> 내 성적이 반에서 일등이라는 것으로 한국인으로서의 자만심을 삼았고 일본인이나 중국인이 아님을 열심히 수정했다.
> 「얘들아, 저 일본애좀 봐 얘들아, 저기저기.」
> 내가 학교에 갈 때 서양애들은 나를 보고 고함치며 서로 바라보기에 열심이었다. 나는 어렴풋한 잠 속에서 그러한 지난 날을 꿈꾸고 있었다.
> 「아버지, 우리 도로 한국으로 가, 우리가 한국에서 살면 뭐가 부러울 것이 있어요? 여기서 이렇게 기를 못 펴고 살아서 뭣해요?」
> 나는 아버지의 방침을 따라 묵묵히 견디다가도 때로 그렇게 말했다.
> 「어릴 동안, 공부할 동안 만 여기 있는 거야, 엄마 아버지가 여기 와서 고생하는 것두 다 너를 위한 것이 아니니?」
> 아버지는 내 등을 두드려 주며 이런 식으로 타일렀다.

「이 기집애야, 나는 한국엔 죽어두 안 간다. 지긋지긋해 그 가난이, 거기서 백날 살아봐라, 우리가 자동차 한 대 가질 줄 아니? 뭣하러 그 구덩일 또 가자는 거니? 넌 몰라서 그래. 너 혼자 가렴.」

어머니는 말하며 내 머리를 주장질하곤 했다.

「당신두 그렇게 말할 건 뭐요? 당신이 한국에 있을 때 내 뭐 그렇게 고생시킨 게 있소? 우리가 여기 있는 것은 생활이 편한 이유 때문이 아니라 애들을 교육시키기 위해서야.」[22]

이 인용문에는 한 가족이라 하더라도 미국이민 생활을 통해 느끼는 바가 얼마나 다른가가 잘 나타나 있다. 아무 것도 아닌자로 느끼는 것은 같을지라도 한국사회의 미국표상을 통해 미국을 인식하는 이민 1세대는 자신들이 아니라면 자식을 통해서라도 미국인이 될 것임을 의심하지 않는다. "생활이 편한 이유" 만이 아니라 자식들의 "교육"을 위해 미국을 선택했기 때문이다. 그러나 학교라는 미국사회의 제도에 편입되어 살아가는 성장기의 이민 1.5세대들은 유색인종이라는 정체성뿐만 아니라 중국인인가 일본인인가라는 식의 어느 나라 동양인인가라는 국적까지 차별의 구조로서 서열화 되어 있는 미국을 꿈의 나라로 인식하기는 어려운 것이다. 이런 미국이민에 대한 전망의 차이는 한국 이민자들의 세대갈등으로 구체화된다. 미국이민 서사에서 가장 많이 다루어지는 세대갈등은 한국에서 내면화한 미국표상과 이민생활에서 경험한 실제 미국의 현실이 세대별로 다른 미국인식을 형성함으로써 생겨난 갈등이라 할 수 있다. 부모세대들은 실제 미국경험 없이 내면화한 미국표상으로 미국인이 됨으로써 잘 살게 될 것이라 생각하지만, 이 미국표상이 없는 이민 1.5세대 자식들은 미국이민자로서의 삶을 부정하려 하기 때문이다. 박시정 소설의 '고향' 표상은 이런 세대갈등 속에서 구성된 이미지이다.

그런데 1960년대 후반 미국이민 경험이 투영된 1970년대 초반 미국

---

22) 박시정, 「한국인형」, 앞의 책, 81-82쪽.

이민 서사, 즉 박시정 소설의 미국이민 서사에서 '고향' 표상은 고향에
두고 온 가족을 그리워하거나 고향에서의 유년경험을 추억하는 방식의
낭만적 회상의 형식을 띠고 있지 않다.[23] 고향을 경험한 미국이민자의
기억이기보다는 미국에서 부정당한 정체성, 즉 '나는 누구인가'를 찾기
위해 상상하는 '고향'이다.

(가)
「찾아헤매는 거야. 찾을 수 없을지도 모르는 것을. 그것은 고향일 수도
어머니일 수도 있는 것이야.」
「고향이란 실현될 수 없는 미지의 곳임으로써만 고향일 수 있지 않을
까? 그러니까 고향이란 하나의 동경이자 아름다운 환상의 쉼터이지.」
「아냐, 난 누이의 그런 문학적 센스엔 무딘 놈이구, 명백한 것은 나는
버려진 놈이라는 사실이야. 가난한 탓으로, 우리 어머닌 가난해서 불구자
가 된 데다가 불구가 됨으로써 자식까지 잃어야 했던 거야. 나는 생생히
기억한다구……」[24]

(나)
아침 잠에서 깨어나 맑은 물로 얼굴을 씻고 따스한 봄볕이 스며드는 봄
의 창밖을 내다보며 대하던 아침상에서의 파래 내음, 그것은 이제 마치 먼

---

23) 이민문학의 고향 표상은 대부분 유년기의 기억이나 고향의 어머니를 그리워하는 서
   사 속에서 구성된다. 미국이민 문학에서도 이런 고향표상은 가장 대표적인 디아스포
   라적 특성으로 꼽힌다. 이는 1965년 직후 이민간 이민 세대의 고향 표상과 1900년대
   부터 시작된 이민자들의 고향 표상이 차이나는 지점이다. 많은 이민소설에서 고향 표
   상은 흔한 서사적 장치이다. 이때 고향은 어릴 적 기억의 공간이다. 따라서 한국적 문
   화가 공통의 정서로 관통하고 있으면서도 개별적인 고향의 기억이 고향 표상의 사소
   한 차이들을 만들고, 이 차이들로 개성화된 성격화가 가능하다(초기 이민자들의 소설
   이나 한국의 아동문학계에서 인기를 끌었던 린다 수 박의『사금파리 한 조각』을 예로
   꼽을 수 있다). 고향은 국적의 이미지이기 이전에 기억과 그리움의 구체적 형상이다.
   이런 구체적 형상이나 체험에 해당하는 디테일이 없다는 점에서 박시정 소설의 고향
   표상은 정체성 구성에 달리 작용한다. 이동하·정효구,『재미 한국문학 연구』, 월인,
   2003; 유선모,『미국 소수민족 문학의 이해, 한국계편』, 신아사, 2001, 참조.
24) 박시정, 「창구」, 앞의 책, 312쪽.

신화의 얘기만큼이나 아득하고 실감이 나지 않았다. 남편은 남편대로 일 어나 쌀튀김이나 옥수수튀김 같은 것에다 우유를 부어, 맛도 모르면서 입 에 넣을 것이고, 진희는 진희대로 토스터에 빵 두어 조각을 구워 아침으로 먹을 것이며, 다미는 그나마 아침을 먹지 않는 것이 습관으로 되었다. 남 편과 자신의 샌드위치를 한 가지 만드는 데도 화장하랴 옷입으랴 출근준 비를 하자면 여간 번거로운 것이 아니다. 저녁은 저녁대로 김치찌개나 김 구이나 밥이 그립지 않은 것이 아니나 피곤도 할뿐더러 먹는 일에 되도록 시간을 절약하기 위해서 오븐 속에 넣어 덥히기만 하면 먹을 수 있는, 이 미 만들어진 음식을 먹곤하니, 싱싱한 재료로 만들어먹는, 음식에 대한 희 망감 같은 것도 잊어버린 지 오래다.

다미는 파래 내음을 좀더 깊이 들이마시기 위해서 차창을 열었다. 무수 한 은실 같은 빗줄기가 파래 내음을 묻혀가지고 다미의 오른쪽 뺨이며 어 깨며를 적셨다.

「냄새가 좋아요.」

「해초 냄새 말인가요?」

H씨도 콧속 깊이 냄새를 맡는 체했다.

「고향을 그립게 하는군요, 저 냄새는.」[25]

(다)

「아, 머리 내음! 누나, 누나 머리 내음이 너무 향긋해!」

내가 근철의 뺨에 밤인사를 할 때 그의 뺨에 흘러내린 나의 머리칼을 코에 갖다대고 근철이 탄성을 질렀다. 나는 갑자기 온몸이 짜릿해지는 흥 분을 느꼈다. 일곱의 사내애, 아직 고사리 같은 손가락을 가진 어린애, 그 의 예민한 감각은 내게 후끈한 이성에의 그리움 같은 것을 느끼게 했다. 그의 후각은, 내가 어렸을 때 할머니를 따라 심산에 들어가서 맡아본 동백 내음처럼 상긋한 감각인지도 모른다고 생각했다.

「나는 할 일이 많다. 불행한 나라의 국민이기에 우리의 불행을 극복하 기까진 정상으로 살기를 포기해야 할는지도 모른다.」[26]

'고향'은 과연 어떻게 표상되는가? 이 세 개의 인용문에는 고향이

---

25) 박시정, 「노을」, 위의 책, 228쪽.
26) 박시정, 「한국인형」, 위의 책, 99쪽.

표상되는 방식이 담겨져 있다. (가)의 재완은 어릴 적 너무 가난해서 미국으로 입양되었지만, 성년이 되면서 미국인임을 부정하고 자신의 정체성을 찾으려 애쓰고 있다. 이 입양아에게 정체성은 고향일 수도 있고 어머니일 수도 있다. 그러나 고향이나 어머니에 대한 기억은 없다. 막연히 자기가 돌아갈 곳으로 상정되어 있을 뿐이다. 구체적인 이미지가 없이 막연하기 때문에 찾기까지 아무 것도 할 수 없다고 말하며, 뜨내기처럼 살아가는 재완의 인생은 절망적일 뿐이다.

유학생 남편을 쫓아 꿈의 나라로 온 (나) 인용문의 다미 역시 유학생 부인의 고달픈 삶의 극단에서 출구처럼 해초 냄새를 떠올린다. 해초 냄새는 아무런 의미없는 미국생활을 상쇄할 유일한 '의미'이며, 고향의 냄새라고 의미부여 된다. 그렇다고 다미가 고향에 가고 싶어 할 만큼 그리운 기억이 있는 것은 아니다. 어머니마저 보고 싶어 하지 않는다. 해초 냄새는 그저 싱싱하고 아름다운 '고향'의 표상일 뿐이다. 인용문 (다)의 동백 내음 역시 이런 고향 표상을 위해 고안된 상상물이라 할 수 있다.

이렇듯 이들은 좋았던 기억이나 그리워하는 사람이 있는 구체적인 개인적 기억 때문에 그 기억이나 공간을 '고향'으로 생각하는 것은 아니다. 대부분 고아였거나 어릴 적 미국으로 이민 온 사람들이기 때문에 지금 살고 있는 이민국 이외의 곳을 구체적인 기억의 공간으로 여기기는 어렵다. 그저 근원적인 삶의 기억으로서의 고향, 감각적 징후로서의 고향을 자신의 본질로서 찾으려 한다. 즉 삶의 문제가 모두 환원되는 기원을 '고향'으로 의미부여하고, 이것을 통해 정체성을 구성하고자 하는 표상적 이미지인 것이다.

이민 1세대들의 미국표상이 미국에 대한 경험보다는 한국에서 내면화한 상상적 이미지에 가까운 것처럼 이민 1.5세대들의 고향 표상 역시 고향에 대한 구체적 기억보다는 미국에서 상상한 '고향'의 이미지에 가깝다. 미국표상의 허구성을 폭로하면서 제시한 정체성으로서 '고향'도 허구적 바탕에서 구성된 상상물이라는 점에서 이민 1세대의 미국표상과 이민 1.5세대의 고향표상은 서로 대립되는 거울상이기도 한 것이다.

4. '고향' 표상의 진폭: 탈식민성과 민족주의 사이

박시정의 미국이민 서사는 이민자들의 경험을 통해 한국사회에 만연된 미국표상을 비판함으로써 한국인의 미국인식을 반성하는 시각을 제공한다. 미국이민의 경험은 이민자들 스스로 아무 것도 아닌 자라는 자의식을 갖게 하며, 이민자들은 자연스럽게 정체성을 찾아 나서게 된다. 박시정 소설의 '고향' 표상은 바로 이 길 찾기의 미적 반영인 셈이다.

그러나 박시정 소설의 '고향'은 기억의 공간은 아니다. 고향의 기억을 갖고 있지 않은 자들이 꿈꾸는 고향인 탓에 추상적인 상상물이거나 감각적 이미지인 경우가 대부분이다. 그렇지만 이 상상이나 감각은 개개인들의 삶의 맥락 속에서 구성되는 표상이기 때문에 개인적 가치가 존중되는 상상물이기도 하다. 어릴 적 자신을 업고 교통사고를 당하면서까지 자신을 지켜내려했던 어머니가 그립고(「창구」), 해초냄새가 물씬 풍기는 파래 반찬 때문에 바닷가 고향이 그립고(「노을」), 막연히 한국말로 의사소통 할 수 있다는 언어적 공감 때문에 친밀감을 느끼면서(「등산」) 고향을 발견한다. 이 각각의 상황은 이민사회에 적응하지 못하고 밀려나는 소외적 현실에서 주체성을 회복하기 위한 그리움의 정서이기도 하다. 따라서 이 '고향' 표상은 사회적 약자들의 주체화 욕망의 발현으로도 해석할 수 있다. 이 때, 고향에 대한 상상과 욕망은 주체화를 향한 연대와 공감으로 승화되기도 한다.

선희는 음울하게 모여 앉아서 찍은 혼혈아들의 사진이 들어있는 기사를 마나에게 보였다. 그들이 사회 속에 따스히 받아들여지지 못하고 생활

터전 밖으로 밀려나 부랑하는 기사였다.

「이 아이들을 생각하면 잠이 안 와. 나도 벌써부터 알고 있었는걸. 그런데 한국 사람들은 왜 우릴 싫어하지?」

「다르게 생긴 때문이겠지…」

「그런데 미국 사람들에겐 그렇지 않잖아? 오히려 굽신대면 굽신댔지.」

「그게 바로 문제란다. 너는 좀 이해하기 어려울지 모르지만 도덕적 편견 때문이기도 하고, 마음이 좁기 때문이기도 해.」

「그런데 난 나를 한국 사람이라고 느끼거든… 그들과 꼭 같은 한국사람으로 말야.」

「그래 니 생각이 맞다. 넌 한국 사람야. 한국에서 태어났고, 한국 습관에 익어 있고, 그리고 무엇보다 한국 엄마를 가졌으니 니가 한국 사람인 것은 분명해. 그러나 한국에는 너를 한국 사람으로 인정해 주지 않는 사람이 더 많단다. 옛날부터 한국 사람들은 생김새가 비슷한 사람들끼리만 살아와서 그들의 조상이 꼭 하나라고 믿고 있거든. 그래서 다르게 생긴 사람들을 보면 남의 식구로 생각이 드는 거야.」

마나는 받아들이기 어려운 상황을 억지로 이해해야 할 때 늘 하는 식으로 손가락을 깨물고 있었다. 이 따위 얘기를 해야 하다니, 선희는 누구에겐지 모르게 분노가 치밀었다.

인간을 구성하는 요소는 세계 모든 인류가 꼭 같다. 좀 다르게 생겼다고 해서 개나 원숭이처럼 다른 요소를 가졌다고는 할 수 없다. 한국 민족은 단군의 자손이라는 신화 속에서 아직 깨어나지 못하고 살고 있지만 현재의 그들은 몽고족, 만주족, 시베리아족, 사이노족 등이 섞여서 이루어진 육신인 것을 인정 못하고 있는 것이다.[27]

　　미국사회에 적응하지 못하고 밀려나는 이민자들의 고통과 외로움을 항상 주위에서 볼 수밖에 없는 정신과 의사 선희는 특히 한국사회에서 냉대받는 혼혈아와 미군부대 주변의 매춘부들에 관심이 많다. 미국사회의 이민자들이 인종적 편견 때문에 차별당하는 것을 알고 있는 선희는 자신이 태어난 나라에서조차 받아들여지지 않는 혼혈아들과 미군 상대 매춘부들의 삶을 가장 최악의 것이라 생각한다. 그리고 미국사회

---

27) 박시정, 「이향인들」, 위의 책, 261-262쪽.

에서 발견할 수 있는 식민주의만이 아니라, 한국인들에게서도 발견할 수 있는 '내부 식민주의'가 이들을 사회적으로 배제하는 원인임을 비판적으로 자각한다.

전후에 경제적으로 안정이 되기 시작한 신흥 중산층들은 1965년 이민법이 바뀌면서 한국사회의 정치적 후진성과 가난한 삶의 조건을 거부하고 선진사회로 가기위해 미국이민에 많은 관심을 나타낸다. 그러나 이에 못지않게 1950년대 미군 주둔으로 인해 생겨난 혼혈아들이나 미군과 가족관계를 맺었던 여성들도 미국이민에 많은 관심을 갖는다. 그리고 이들은 입양의 형식이나 이민의 형식으로 미국으로 가는 이민자들의 다수를 차지한다.[28) 인용문은 1950년대 한국에 주둔했던 미군과 연관된 사람들의 미국생활이 한국인의 미국이민 경험의 중심임을 간파하고 있다.

혈통주의적 전통이 강한 한국사회에서 미국은 강대국이어서 선망되기도 하지만, 서양 사람들에 대한 조선사회의 인식이 작용하여 "양놈"으로 비하되기도 한다. 특히 성적인 순결을 강조하는 문화로 인해 미군과의 혼혈은 사회적으로 가장 천시되기도 했다. 이런 한국사회의 문화풍토에 적응하지 못하는 혼혈아나 미군 상대의 매춘부로 살았던 여성들은 미국이민 길에 오르지만, 한국인의 문화나 정체성을 지닌 까닭에 미국사회에 쉽게 적응하지 못한다. 한국사회에서 적응하지 못했던 것만큼이나 미국사회에서도 적응하지 못하고 고립되고 버려진 채 살아가는 경우가 다반사다.

---

28) 한국인의 미국이민 역사는 1965년을 기점으로 변화하지만, 1945년부터 이 변화가 준비되었다고 할 수 있다. 미군의 주둔이 시작된 해방 이후 한국사회에서 미군과 상대하는 한국인들 중에서 미국으로 가는 이민자들이 생겨나면서 1960년대 미국이민의 기반이 형성되었기 때문이다. 미국이민이 쉽지 않았던 1950년대에 전쟁신부나 혼혈고아 같은 이들은 미국이민의 물꼬를 튼다. 이들은 1965년 미국의 이민법이 바뀌기 전까지 한국에서 미국으로 이민가는 사람들의 78%를 차지했을 정도이다. 이민법이 바뀌면서 이런 내력을 가진 한국인들의 이민은 더 급증할 수밖에 없었을 것이다. 이광규, 앞의 책, 50쪽 참조.

466

 역시 이민자이면서 의사로 살고 있는 주인공 선희는 미국에서 고립되어 살아가는 이들을 구체적으로 도와주려고 방안을 모색한다. 그런 와중에 이들이 고립되는 원인으로서 '민족'에 대해 반성한다. 인용문에서처럼 "세계 인류가 꼭 같다"거나 "단군의 자손이라는 신화 속에서 아직 깨어나지 못 한다"는 표현을 통해 한국인의 자민족 우월주의와 식민주의를 비판하는 것이다. 이는 미국사회 이민자들의 고단한 삶에 드리워진 백인 우월주의와 식민주의를 비판적으로 자각한 '탈식민주의'적 인식이라 할 정도의 성찰이다.

 그러나 박시정 소설의 미국이민 서사는 이 '탈식민주의'적 관점의 미국 식민주의 비판과 그로 인해 타자화된 사회적 약자들의 연대와 공감의 서사로 평가되고 담론화 되지 않는다. 박시정의 소설은 백인 우월주의와 식민주의적 인종정책에 의해 타자화된 이민자들의 고립감과 상실감이 주를 이루지만,29) 한국문단에서는 「한국인형」을 대표작으로 꼽기 때문이다.

 사실, 박시정 작품에 대한 문단의 평가는 별로 많지 않다. 1960년대 여성작가들이 별로 많지도 않았고 문단에서 적극적으로 평가되지 않았듯이, 박시정 소설도 이런 맥락 속에서 별 주목을 받지 못한다.30) 그러나 초기에 집중적으로 발표된 미국이민 소설은 1970년에 창간된 『문학과 지성』에 거듭 재수록 되었다.31) 화제작을 중심으로 재수록하는 게 대부분이었던 『문학과 지성』의 편집방향을 고려할 때, 당시 젊은 문학인들 사이에서 박시정의 소설이 높이 평가되었음을 짐작할 수 있다. 그리고 첫 창작집 『날개소리』는 문학과지성사에서 발간된다. 이런 관심은 창작집 『날개소리』 말미에 수록된 김병익의 해설에 집약되어 있다.

---

29) 「날개소리」, 「물주는 소년」, 「노을」, 「창구」, 「H씨의 망년」, 「이향인들」 등이 이에 해당한다.
30) 이선미, 「1960년대 여성지식인의 '자유'담론과 미국」, 『현대문학의 연구』 29호, 2006. 7, 참조.
31) 창간된 바로 직후에 박시정의 소설은 두 번에 걸쳐, 「날개소리」는 1971년 봄호에, 아침에 만난 노인은 1971년 가을호에 재수록 된다.

　　박시정 소설의 무대는 대부분 풍요와 자유의 나라 미국이며, 등장인물들은 그 미국에서 살고 있는 한국인이다. 그러나 그가 집요하게 묘사하는 이야기들은 그들의 행복하고 평화스러운 삶이 아니라 그렇게 보이는 삶의 밑바닥 혹은 그 변두리에서 무력하고 좌절되어 비참해진 그들의 내면의 모습이다. 따라서 박시정의 이 소설들은 미국과 미국 속의 한국인을 선택된 존재로 바라보아온 우리들의 통념에 충격적이기까지 하다. 풍요와 자유를 찾아, 꿈과 뜻을 찾아, 마치 미국인들의 역사와 전통이 그렇게 이루어진 것처럼, 커다란 기대를 품고 받으며 떠났던 그들이 불행하고 괴로워하다니! 미국에서 여러 방면으로 진출하고 많은 것을 얻어낸 사람들의 소식을 숱해 들어왔는데 설령 그렇게 되지는 못 할망정 가난하고 불편한 우리에 비해 훨씬 좋은 생활을 하고 있을 그들이 그처럼 비참하고 자포자기까지 하다니! 그러나 박시정의 주인공들은 우리의 통념이 얼마나 진실을 빗겨나가고 있으며, 그를 스스로 절망 속에서 어떻게 참담하게 무너져 가고 있는가를 너무나 절박하게 토로하고 있다.32)

　　김병익은 1960년대 후반의 미국이민이 한국사회의 미국을 향한 선망의 심리 속에서 이루어진 것이고, 그렇기 때문에 미국이민자들의 비참하고 자포자기한 생활이 미국이민자의 문제로 그치지 않고, 한국사회의 미국에 대한 통념을 비판적으로 성찰하게 한다는 점을 지적하고 있다. 박시정의 미국이민 서사는 한국사회에 미국에 대한 인식을 재편할 수 있는 계기를 제공한다고 높이 평가한 것이다. 그리고 이것은 1960년대 미국사회의 "고도로 산업화하고 이기주의화된 미국 문화와 사회조직의 부산물로서의 고독"이라고 해석한다. 특히, "미국이라는 거대한 기계 속에 톱니바퀴처럼 짜여진 미국인, 거기서 한국인은 또 하나의 새로운 톱니바퀴로 틈을 얻어내는 것이 아니라 한국인 스스로 〈송두리째 날려 버릴 것 같은〉 그 완강한 거부 ─ 박시정의 인물들은 이렇게 거부당한 사람들"이라고 봄으로써 산업화의 폐해와 더불어 미국사회의 인종적 편견까지도 해부해내는 박시정 소설의 통찰을 긍정적

---

32) 김병익, 앞의 글, 368쪽.

으로 의미부여 한다.

그러나 이런 평가는 박시정의 소설이 미국의 식민주의를 비판하는 것보다는 한국인이 이에 맞서서 민족적 정체성을 회복하는 서사로 해석된다. 미국이민자의 비참하고 자포자기한 삶을 통해 미국의 식민주의를 포착한 박시정의 소설을 의미 있게 평가하면서도, 이를 극복할 방법으로 제시된 식민주의에 의해 타자화된 사회적 약자들의 연대와 공감이라는 주제의식은 거의 주목받지 못한다. 오히려 민족적 전통을 회복하고자 하는 '애국적 주체'의 서사로 해석된다.33) 이후 평단에서도 「한국인형」이 대표작으로 평가됨으로써, 박시정 소설의 미국이민 서사는 미국의 산업화와 식민주의를 비판하는 의미보다는 민족적 전통의 발견으로 민족적 주체성을 회복하는 민족의 서사로 의미부여 된다.34) 이는 박시정 소설의 미국이민 서사가 '고향' 표상을 통해 민족의 의미를 환기한 탓도 있지만, 한국문단이나 지식인 사회의 민족 담론이 크게 역할 했음을 부인하기는 어렵다.

미국의 지원 하에서 유지되던 1950년대의 한국 상황에서 많은 지식인들은 후진적 상황을 타개하기 위해 전통을 부정하기에 급급했고, 전통단절론은 이런 상황을 반영한 이론적 경향이다.35) 그러나 1960년대 4·19를 거치면서 민족적 전통을 찾아내고 재건하는 방식으로 지식사회가 변화한다.36) 민족 전통과 주체성의 회복은 1960년대 가장 중요한 과제가 된다. 사회비판 담론에서나 정부의 대중문화 정책 면에서나 모

---

33) 김병익, 위의 글, 373쪽 참조.

34) 박시정 작품에 대한 연구는 작가선집의 해설로만 찾아볼 수 있다. 10년의 차이를 두고 쓰여진 해설인데도 박시정 소설을 평가하는 기준은 별로 변함이 없다. 김국태 외, 『한국대표단편문학전집: 현대작가편 30』, 정한출판사, 1975, 해설; 『한국단편문학 25』, 금성출판사 해설 참조.

35) 1950년대 전통론은 한수영의 「1950년대 한국 문예비평론 연구」(연세대 박사논문, 1996) 참조, 1960년대 전통론은 김주현 앞의 글 참조.

36) 정용욱, 「5·16 쿠데타 이후 지식인의 분화와 재편」, 노영기 외, 『1960년대 한국의 근대화와 지식인』, 선인, 2004, 참조.

두 민족의 발견과 재구성을 위해 상상적 방식을 총동원한다. 군사정권의 호국영웅을 민족의 주체로 정립하는 민족문화 형성 사업이나 실학적 전통을 복원하여 지식의 주체성을 확립하려는 비판적 지식인들의 일련의 담론화 과정은 보수와 진보라는 반대영역에서 '민족'이 화두였음을 여실히 증명한다.[37]

이런 담론 상황 속에서 박시정의 소설은 미국을 비판하는 서사보다는 미국에 살면서 민족적 전통을 찾고, 주체성을 회복하는 서사로서 자리잡아간다 할 것이다. 「한국인형」은 미국으로 간 이민자들의 '고향' 의식이 '민족'으로 표상된 대표적 사례이며, 이후 평단에서 이 소설이 박시정의 대표작으로 평가됨으로써 미국이민 서사의 '고향' 표상에 내재된 식민주의 비판의 주제의식은 민족주체의 회복이나, 순수혈통주의라는 주제로 엮일 가능성이 커진다.

그렇다면 「한국인형」이 다른 점은 무엇일까? 「이향인들」과 비교해 보면 차이는 좀더 분명해진다.

「한국인형」의 주인공 수영은 유색인종인 동양인인데다가 중국인도 일본인도 아닌 한국인 이민자로서 아무 것도 아닌 자가 되지 않기 위해 미국시민이 되기를 거부하고 한국인임을 유지하고자 애쓴다. 그러나 한국의 가난이 지긋지긋해서 미국으로 이민 온 부모세대는 한국사람들끼리 만나도 영어로 말할 정도로 한국을 부정하며, 미국시민권을 얻은 자식을 자랑스러워한다.[38] 아무리 시민권자가 되어도 한국인으로서의 차별구조를 벗어날 수 없다고 생각하는 수영은 자기정체성도 부정하고 미국인이 되려는 부모세대를 전적으로 부정하는 이민 1.5세대

---

37) 박정희 정부의 호국영웅 발굴을 위한 문화사업과 1960년대 후반 이후 창간된 진보적 문학매체인 『창작과 비평』이나 『문학과 지성』의 실학 전통을 발견하려는 특집 기획은 전혀 다른 이념을 지향하지만, 모두 당대 '민족' 담론의 자장 안에 놓여있기도 하다. 홍석률, 「1960년대 한국 민족주의의 분화」; 노영기 외, 위의 책, 참조.

38) 이런 식의 미국생활 적응과정은 소문처럼 무성했던 미국이민기에서 흔히 찾아볼 수 있다. 한동세, 「미국만 갔다오면 제일이냐」, 『세대』, 1970. 1, 162쪽; 김용태, 『코메리칸의 낮과 밤』, 한진출판사, 1976, 참조.

이다. 이 작품도 박시정 미국이민 소설의 세대갈등이 갈등의 중심축을 이룬다.

그러나 이 소설의 인물은 중국인도 일본인도 아닌 자라는 자의식이 과도한 나머지 백인보다는 유색인종, 유색인종 중에서도 동양인, 동양인 중에서도 일본인인가, 중국인인가, 그 외 동양의 국민인가 등, 서열화된 국가구조로 정체성을 질문하는 미국사회의 식민주의를 부정하기 위해 어쩔 수 없이 스스로 국가의 정체성을 찾는 방식으로 대응한다. 즉 미국사회의 식민주의를 의식하면서 그에 의해 배제된 '타자성'에 주목하기보다 타자가 된 '나'의 국적을 따지고, 그 국가의 정체를 발견하는 방향으로 나아간다. '나는 누구인가'라는 의문을 해결하는 과정에서 '나는 어느 나라 사람인가'라는 질문으로 옮겨간 것이다. 이 과정에서 '고향'은 '민족'으로 치환된다. '고향'의 감각적이고 개별화된 표상은 '민족'으로 획일화되어 표상되는 것이다. 반면, 이 '고향'의 표상적 이미지는 「이향인들」과 확연히 대비된다.

> 「한국사람이라는 사실이 조금도 부끄러운 게 아니라는 말을 한 일이 있는데 근철이는 한국 지도를 보았겠지. 한국의 위치는 큰 나라들이 싸움할 때 싸움터로 좋게 생겼거든. 그래서 늘 싸움터가 돼왔고 그렇기 때문에 가난한 것뿐이야. 한국인들처럼 머리가 뛰어나고 고귀한 품격을 지니고, 착한 천성을 가진 민족은 없을 거야. 근철이나 지영이 학교에서 일등하는 것 두 너희들이 한국인이기 때문이야. 혹시 사람들이 얘기하는 것이 사실이라구 해두 너희들은 긍지를 가져야지. 조상이 준 수려한 두뇌와 천성에 대해 자만심을 가져야 해.」
> 나는 그들이 알아들을 지 어떨지도 모르면서 길게 얘기했다.[39]

미국사회에서 배제되는 한국인들은 고향이 아니라 국적을 질문받기 때문에 감각적으로 표상된 고향의 이미지만으로는 아무 것도 아닌 자라는 상실감을 극복하지는 못한다. 그래서 「이향인들」에서 이민자 선

---

39) 박시정, 「한국인형」, 앞의 책, 98쪽.

회는 버려진 채 살아가는 이민자들을 돕기 위한 평화의 연대조직을 만들려고 한다. 인용문에서 드러나듯이, 이런 사람들이 서로 연대하여 조직화되는 것만이 국적을 중심으로 서열이 매겨지는 식민주의적 의식에 대항할 수 있을 것이라 생각하기 때문이다.

그런데 이 「한국인형」에서는 민족의 전통, 그리고 그 민족의 주체임을 잊지 말라고 다짐한다. "세계인류는 다 똑 같다"라거나 "단군의 자손이라는 신화에서 깨어나야"[40] 한다는 인식은 어디에도 없고, 인용문에서 드러나듯이, "한국인들처럼 고귀한 품격을 지니고, 착한 심성을 가진 민족"은 없다는 자민족 우월주의 입장이 전면화 되어 있다. 그리고 이 작품은 박시정 이민소설의 대표작으로 평가된다. 동시에 「이향인들」의 탈식민적 관점은 「한국인형」의 민족의식에 묻혀버린다.

미국이민 경험을 다룬 박시정 소설의 '고향' 표상은 이렇듯 이민자들의 삶을 통해 탈식민적 관점을 보여주는가 하면, 1960년대 한국사회를 사로잡고 있던 '민족' 담론의 자민족 중심주의로 귀결되기도 한다. 「이향인들」과 「한국인형」은 이런 양극단의 의미로 구별된다. 박시정 소설의 고향 표상은 한국과 미국의 관계를 반영하면서 한국의 담론변화에 민감하게 반응하는 다양한 양상을 지닌다고 할 것이다. 그러나 결국 박시정 소설의 고향표상의 다원적 의미는 한국사회의 담론적 맥락 속에서 「한국인형」이 담고 있는 '민족'적 의미로 단일화 된다. 이는 미국이민 서사조차도 한국문단에서 평가받기 위해서는 1960년대 한국사회에 만연해 있던 민족주의 신화에서 벗어날 수 없다는 한국사회의 '민족' 담론의 영향력을 되새겨볼 만한 대목이다.[41]

---

40) 박시정, 「이향인들」, 위의 책, 262쪽.

41) 1960년대에 걸쳐 창작된 안수길의 역사소설 『북간도』의 창작의도도 1960년대적인 민족주의의 담론 상황을 반영하고 있으며, 이 소설의 서사적 문제는 이런 담론 상황을 반영하는 과정에서 해명될 수 있다. 이선미, 「〈만주체험〉과 〈만주서사〉의 상관성 연구」, 『상허학보』, 2005. 8, 참조.

5. 오해된 히피정신과 오리엔탈리즘에 포착된 '민족'

'나는 어느 나라 사람인가'라는 질문으로 돌아올 수밖에 없는 미국생활에서 고국의 민족 전통에 대해 스스로 의미부여한다고 하더라도, 실제 한국, 특히 미국생활의 기준에서 본 1960년대 한국에 대해 긍정적으로 평가하기 어려운 것이 또 현실이다. 부모세대가 고국을 떠나오면서 절대로 돌아가지 않으려고 다짐했을 정도로 1960년대 후반의 한국은 대안의 정체성이 될 만큼 이상적인 구석이 전혀 없는 상태였다.

전쟁이 끝난지 10년이 겨우 지난 상태의 한국은 산업화가 이루어지지 않았기 때문에 근대적인 설비가 전무하고, 문화적 측면에서 보자면 미개한 상태였다. 1950년대 급격히 증가한 교육제도의 영향으로 인문학 중심으로 교육혜택을 받은 지식계층은 기하급수적으로 해마다 늘어나고 있었지만, 미국 의존의 경제구조와 산업화의 기반이 전혀 조성되지 않았던 탓에 소비문화는 극성을 부리면서도 일자리가 없어 자본축적이 이루어지지 않는 과잉인구와 대량 실업 상태였다.[42] 고급인력은 계속 쏟아져 나오고 있었지만 그들을 수용할 수 있는 사회제도는 갖춰지지 않은 탓에 대중문화를 장악한 미국문화를 선망하며 미국사회를 이상화하는 풍토는 더 강화되었다.[43] 1965년 미국이민의 열풍은 이런 1950년대의 열악한 삶의 조건 속에서 이미 준비되고 있었다 할 것이다.

특히, 산업화, 기계화를 통해 일상생활의 문화가 급격히 변화한 미국사회의 시각에서 보자면 한국의 일상생활은 비위생적이고 야만적으로 보일 수밖에 없는 상태였다. 미국이민을 주저하지 않았던 박시정

---

42) 정용욱, 앞의 글 참조.

43) 1950~60년대 지식사회의 담론이 서구지향적이며, 미국지향적이라는 것은 이 시기에 공부를 했던 많은 학자들의 회고에서 확인할 수 있다. 특히 동양고전이나 한국의 전통문화에 관심을 기울였던 사람들에게는 학문을 통해 정체성을 찾기가 더 어려웠던 시기이기도 하다. 신영복, 『강의: 나의 동양고전 독법』, 돌베개, 2004, 16쪽 참조.

소설의 이민자들은 이런 모국의 현실을 자기도 모르게 부끄러워한다.

> 두 번째는 변소 모습이었다. 그것도 시골의 잿더미 옆에 돌을 받쳐놓고 용변을 보는 모습이었다. 나는 이것은 깊은 시골에서 볼 수 있는 것이고 지금은 이것보다 더 발전된 변소를 사용한다고 대답했다. 그러자 한국에서 이미 이년간 머물렀던 은퇴 평화봉사단원이 콧방귀를 뀌면서 그것도 별다른 게 없다고, 용변을 보면서 속의 내용을 다 들여다 볼 수 있게 되어 있다고 말했다. 훈련생들의 거개가 토하는 시늉을 했다. 갑자기 내 얼굴이 뜨끈하게 달아올랐다. 나는 거의 울상이었을 것이다. 그리고 순간, 도대체 미국인들이 한국에 무슨 필요가 있나 생각했다. …(중략)…
> 그때 눈군가가 쉬이하고 자기네 동료들을 경고하고 계속해 주십시오, 하고 말했다. 그 다음은 고추가 지붕에 널려있는 광경이었다. 나는 갑자기 눈가가 시큰해지는 것을 느꼈다. 그것은 내 고향이었다. 고향의 따스함이었다. 나는 목에 엷은 물막이 생기는 것을 가까스로 삼켜내고 이것으로 김치를 만든다고 자랑스럽게 얘기했다. 다음은 만원 버스에 매달리는 여자 모습이었다. 그 일그러진 상, 나는 그만 쓰디쓰게나마 웃고 말았다. 나는 지금 그들에게 한국의 실상을 비쳐보이고 있는 중이었다. 이것은 힘든 일이다. 내 옷을 벗어보이는 것보다 더 어려운 것 같다. 그들은 때로 한국 문화에, 또는 습관에 충격을 받아 훈련생활을 포기하고 떠나 버린다. 한국적 상황에서 적응할 수 없는 사람은 일찌감치 떠나보내기 위해서 그들이 한국에 가기 전에 한국을 적나라하게 소개하는 중이다. 그러나 나는 싫다.[44]

인용문은 무의식적으로 밀려드는 저개발국 출신자로서의 부끄러움이 잘 드러나 있다. 한국에 파견될 평화봉사단원[45]을 교육하는 자리에서 한국인인 '나'는 자기도 모르게 부끄러움을 느낀다. 결국 미국에서

---

44) 박시정, 「날개소리」, 앞의 책, 16-17쪽.
45) 1950년대 말부터 1960년대에 걸쳐 미국에서 파견된 평화봉사단의 활약은 컸다. 특히 1961년 평화봉사단 파견법이 바뀌어 1960년대에 파견된 인원은 상당했다. 박시정 소설의 배경이 된 1960년대 후반의 미국사회에서 평화봉사단원은 한국과 미국을 잇는 가장 중심적인 역할자 중의 하나였다 할 것이다. 도날드 스턴 맥도날드, 『한미관계 20년사』, 한울아카데미, 2001, 274쪽 참조.

한국인은 바로 이런 고향의 모습과 동일시된 인종일 뿐이지 개인으로 정체화 되지 않기 때문이다. 미국에서 자기자리를 찾지 못하는 이민 1.5세대들은 고국을 부정하고 미국 백인사회에 동화되는 것만을 최상의 가치로 여기는 부모세대를 부정하며 고향을 찾고자 하지만, 미국에서 한국은 가난하고 미개한 나라일 뿐임을 부정하지 못하는 것이다. 게다가 문명화된 문화풍토를 지닌 외국에서 바라본 한국의 제도적 후진성과 문화적 야만성은 더 극명하게 부각되기도 한다.46) 한국인들이 "고귀한 품격"을 가진 '민족'임을 강조하는 것은, 어찌보면 열등감을 만회하려는 허구적 표상일 수 있다. 이때, 1960년대 미국사회의 청년문화에 섞여있던 「한국인형」의 수영은 히피의 '동양주의'나 '공동체적 대안운동'을 통해 해결의 실마리를 찾아낸다.

한국인의 미국이민이 한창이던 1960년대 후반부터 1970년대에 걸쳐 미국은 좀 특별한 역사적 국면 속에 있었다. 소위 '히피문화'라고 일컬어지는 반문화운동이 젊은 대학생들 중심으로 전사회로 번져가고 있었다. 1950년대 산업화의 안정기에 접어든 미국사회는 급격한 빈부 차와 더불어 기성세대의 보수성과 권위주의가 극에 달한다. 게다가 미국의 패권주의는 냉전의식을 이용해 베트남전이라는 폭압적인 전쟁까지도 주도하면서 정치적인 파문의 중심으로 떠올랐다. 미국대학을 중심으로 수많은 젊은이들은 백인 우월주의와 자본주의적 소비문화 등, 미국사회에 만연한 소비중심의 물질만능주의를 비판하면서 자유와 민주주의, 인권, 반전평화 등의 이상을 내걸고 반문화운동을 펼친다. 1960~70년대 미국의 '히피'는 이 운동을 대표하는 주체세력이다. 이들은 산업화와 물질 만능주의, 개인화, 냉전적 군사주의 등에 맞서 공동체적 삶의

---

46) 일본에서 발간된 잡지인 『한양』에는 한국에 만연되어 있는 전염병을 통해 한국이 미개한 나라로 소개되어 있다. 한국 바깥에서 한국은 미개한 문명, 비위생적인 환경, 부족한 편의시설 등으로 인식되고 있으며, 특히 일본이나 미국에서 한국은 한국 사람들 사이에서조차 이런 방식으로 담론화 되어 있다. 전세민, 「병마에 우는 사람들」, 『한양』, 1962. 4, 103-105쪽 참조.

가치와 동양의 신비주의, 자연주의 등을 대안의 가치로서 제시했다. 히
피들의 공동체 생활과 기존의 권위주의에 대한 거부, 반전운동은 미국
사회를 한단계 비약시킨 정신적 혁명으로 역할할 만큼 전사회적인 대
안적 운동이었다.47)

　1960년대 이민자로서 미국사회의 주류질서에 적응하지 못하고 주변
화 되었던 박시정 소설의 이민 1.5세대 젊은이들은 이런 미국의 청년
운동에 고무되어 한국적 관습이나 전통을 우월한 문화로서 이상화할
명분을 찾게 된 것이다.

　　아버지는 나의 어깨를 힘 있게 흔들었다. 어머니는 화를 못 이기며 경
　련하듯 흐느끼고 있었다. 우리나라. 그리고 동양. 이 나라의 젊은이들은
　지금 동양의 가족제도를 그리며 히피라는 이름의 공동생활을 만들어내지
　않는가. 동양은 인간의 영원한 그리움의 고향이다. 그곳은 인간이 처음 인
　생의 여행을 시작한 곳. 거기는 내 나라가 있다. 나는 그 영원을 향해 떠
　날 것이고 그 영원을 위해서 기꺼이 일한 것이다. 마침 아버지의 서재에서
　괘종시계가 자정을 울렸다. 뻐꾸기의 눈이 디룩디룩하는 괘종시계. 그것은
　할머니가 꽃가마 타고 시집올 때 가지고 온 것이고 돌아가신 후엔 아버지
　가 간직해 왔다. 괘종이 일곱 번째를 치기 시작할 때 아버지는 서서히 나
　를 그의 품으로부터 놓아주었다. 그리고는 층계를 내려가기 시작했다. 나
　는 아버지의 발소리를 들으며 오래도록 손을 마주 잡고 서 있었다. 내 손
　바닥에 감촉되는 끈끈한 액체는 나의 힘찬 출항을 박수하듯 진하고 뜨거
　웠다.48)

한국인으로서 자부심을 갖고 살아가고자 하면서도 한국문화를 부끄
러워 할 수밖에 없었던 「한국인형」의 수영은 히피의 공동생활로 들어
가기로 결심을 했다는 친구 수지의 결정을 지켜보면서 고향(고국)의 의
미를 긍정할 명분을 얻는다. '고향'을 발견하기는 했지만 긍정적인 가

---

47) 이중한 편, 『청년문화론』, 현암사, 1973, 참조.
48) 박시정, 「한국인형」, 앞의 책, 106쪽.

치로 의미부여할 수는 없었던 수영은 (미국)친구들이 선택한 히피의 반문화운동을 통해 명분을 찾아낸 것이다. 감각적 징후에 불과한 '고향'에서 '고귀한 품격'을 지닌 '민족'으로 나아간 '고향' 표상은 사회적 가치를 지닌 대안의 삶으로 승화될 명분을 만난 것이다. 미국사회의 젊은이들이 이상적으로 제시하는 동양의 가족공동체, 반문명적 원시의식, 정감어린 공동체적 인간관계 등, 인류의 가장 가치 있는 전통을 지닌 '민족'(고국)은 더 이상 미개한 나라가 아니라, 보존할 가치를 지닌 곳으로 의미부여 됨으로써 민족적 자부심의 근거가 된다.

그러나 히피운동의 동양주의를 민족 발견의 근거로 삼는 것은 논리적 비약이며, 오해일 수밖에 없다. 히피의 이념은 산업화와 합리주의를 원리로 하는 근대 문명사회를 반성적으로 성찰함으로써 제기된 대안의 사회상이기 때문이다. 히피는 고도의 산업화와 자본주의 문명의 개인화 과정의 부산물인 것이다. 더 절대적인 자유를 얻기 위한 운동이지, 개인화도 이루어지지 않은 상태에서 공동체주의를 지향하는 것과는 이념적 기반이 다르다고 할 수 있다.49) 그야말로 근대화를 비판하고 그것을 성찰하기 위한 대안적 운동인 것이다. 개인의 자율성이 무시되는 가부장적인 성문화와 개인의 인권이 억압되는 식민지적 근대화와 가부장적 가족문화와는 정반대에 있는 셈이다. 오히려 이 히피들의 이념 속에 대안으로 제시된 동양주의나 공동체주의는 동양의 가족공동체를 이상으로 한다기보다는 오리엔탈리즘적 시각에서 발견된 '동양주의'에 가까울 수 있다.50) 히피정신을 오해함으로써 발견된 '동양주의'와 그를 통해 의미를 갖게된 민족적 주체의 서사는 근대적 주체화의 과정없이 '근대의 초극'을 추구하는 민족 담론의 논리적 비약과51) 동궤의 것으

---

49) 고영복, 「젊은 세대의 반항정신은 고양될 것인가」, 『세대』, 1970. 1; 오제명 외, 『68. 세계를 바꾼 문화혁명』, 길, 2006, 참조.

50) 동양과 오리엔탈리즘의 관계에 대해서는 에드워드 W. 사이드, 『오리엔탈리즘』, 교보문고, 1991, 참조.

51) 김동리의 세계문학으로서 민족문학의 의미화과정과 비교해 볼 수 있다. 이은주, 「1950년대 문학비평의 세계주의와 미국적 가치 지향의 상관성」, 『상허학보』 18, 2006.

로 볼 수 있다.

그러나 '고향' 표상과 관련된 이런 문제점을 인정한다 하더라도, 박시정 소설의 미국이민 경험은 한국문학의 미국인식을 형성하는데 한 축으로서 역할함을 부정할 수 없다. 미국과 긴밀한 담론적 영향관계를 형성하고 있었던 탓에 미국사회의 타자라는 경험은 한국사회의 담론 지형을 살펴볼 수 있는 하나의 시약이 될 수 있는 것이다. 특히 미국문화를 선망하면서도 실제생활에서는 민족적 전통의 회복이 사회적으로 가장 커다란 의제로 부상했던 1960~70년대에 박시정의 이민소설은 한국사회를 반성하는 역할을 충분히 해내고 있는 것이다.

6. 결론

미국이민이 한창이던 1960년대의 한국은 보수와 진보를 불문하고 '민족'의 전통을 회복하기 위해 고군분투하던 시절이었다. 이 시기에는 미국이민의 열망도 컸지만, 미국적인 것을 선호하는 것을 비판하는 시각이 전면화 되기도 했다.[52] 지식인들 사이에서나 대중문화 면에서나 공적 담론상황에서는 민족적 전통을 강조하던 시대였던 것이다. 그렇지만 또 여전히 미국문화는 구체적인 생활용품이나 문화적 취향으로서 일상생활을 장악하던 시대이기도 했다. 따라서 내밀한 일상생활에서는 미국물건을 선호하고 미국문화를 즐기면서도 공적으로는 미국문화의 상업성이나 저질성을 비판하고 미국화를 지향하는 사람들을 사대주의자로 혐오하는 이중적인 태도가 만연해 있었다. 1950년대나 1960년대나 내밀한 욕망의 영역에서 미국은 가장 인기 있는 문화적 코드였지만,

---

10, 참조.

52) 1960년대는 '한국적 민주주의'라는 정책이념으로 인해 공식 담론 상에서 외제물건을 추방하는 캠페인이 벌어질 정도로 미국문화를 비롯한 외래문화 수용자들을 홀대시했다.

1960년대의 공적 담론 상에서 미국문화는 별로 환영받지 못한 것이다.

　미국 자본주의의 어두운 면을 부각시키고 미국사회의 고질적인 문제인 인종문제를 부각시킨 박시정의 미국이민 서사는 이런 한국사회의 분열적인 욕망과 담론상황 하에서 발표되고 소통되었다. 박시정 소설의 '고향' 표상은 이 복잡한 양상이 반영된 이미지이다. '고향'은 성장기 이전에 미국으로 이민을 갔기 때문에 고향에 대한 구체적 기억이 없는 세대, 그러면서도 주체적으로 선택한 이민이 아니기 때문에 미국이민 생활에 적응하지 못하는 것을 참을 수 없어 하는 세대, 바로 부모를 쫓아 이민 길에 오른 초창기 이민 1.5세대들의 미국이민 경험을 반영하는 표상인 것이다.

　박시정 소설에서 '고향'은 구체적인 기억이나 경험의 공간이 아닌, 감각적 징후나 상상물로서 표상되기도 하지만, 민족의 신화와 전통으로 추상화되어 표상되기도 한다. 개별적 삶의 맥락에서 구성된 감각적 징후나 상상물로서의 고향 표상은 미국사회의 식민주의를 부정하고자 하는 사회적 약자들의 탈식민적 연대의식으로 승화되기도 하지만, 한국 민족의 신화와 전통으로 추상화될 때는 한국 내 민족 담론의 자민족 중심주의로 퇴화되기도 한다. 박시정 소설의 고향 표상은 미국이민에 대한 사실적인 경험세계를 구축함으로써 미국사회의 식민주의와 한국인들의 맹목적인 미국 선망의 의식을 비판적으로 조망하는가 하면, 역으로 한국민족의 신화와 전통을 강조함으로써 자민족 중심주의와 같은 민족주의 이데올로기를 강화하기도 한다. 그러나 이 문학적 진폭은 모국의 담론상황 하에서 재맥락화됨으로써 미국이민 서사의 인식적 지평을 축소하기도 한다. 「한국인형」의 민족인식과 한국문단의 평가는 이것의 한 반영이다.

　이렇듯 박시정 소설에 드러나는 1960년대 후반 한국인의 미국이민 경험은 한국사회의 분열적 징후를 서사적으로 반영함으로써 전후 한국사회에 스며있는 미국담론의 복잡한 양상을 처음으로 보여준 사례라 할 것이다. 앞에서 말한 바 있듯이 미국이민 경험은 '미국'이라는 지역의 문제를 넘어서 한국사회를 반영한다. 박시정 소설의 미국이민 서사는 미국이민의 욕망과 경험을 한국사회 안에서 조망하고 있다. LA폭동을 계기로 본격화된 미국인식에 대한 성찰적 태도는 한국문학에서는 이미 1965년 이후 이민 초창기부터 지속적으로 제기되고 있었던 것이다.

주제어 : 고향표상, 민족담론, 1960년대 미국이민, 1970년대, 박시정, 미국선망, 히피, 탈식민성

◆ 참고문헌

고영복, 「젊은 세대의 반항정신은 고양될 것인가」, 『세대』, 1970. 1.

김병익, 「한계적 상황과 고뇌」, 『날개소리』, 문학과지성사, 1976.

김신정, 「다문화성과 한국계 미국문학의 의미망」, 『현대문학의 연구』 25, 2005. 3.

김용태, 『코메리칸의 낮과 밤』, 한진출판사, 1976.

김주현, 「1960년대 소설의 전통 인식 연구」, 중앙대 박사논문, 2006.

도날드 스턴 맥도날드, 『한미관계 20년사』, 한울아카데미, 2001.

서경식, 『디아스포라 기행』, 돌베개, 2006.

송은영, 「대중문화 현상으로서의 최인호 소설」, 『상허학보』 15, 2005. 8.

에드워드 W. 사이드, 『오리엔탈리즘』, 교보문고, 1991.

오제명 외, 『68. 세계를 바꾼 문화혁명』, 길, 2006.

유선모, 『미국 소수민족 문학의 이해, 한국계편』, 신아사, 2001.

윤인진, 『코리안 디아스포라』, 고려대 출판부, 2004.

윤정헌, 「미국이민소재 소설에 나타난 '탈향민 뿌리찾기'—안정효의 세작품 「회귀」, 「미국인 아버지」, 「황야」를 중심으로」, 『한민족어문학』, 1996. 12.

이광규, 『재미한국인』, 일조각, 1989.

이길용, 『미국이민사』, 대한교과서주식회사, 1992.

이동하·정효구, 『재미 한국문학 연구』, 월인, 2003.

이선미, 「〈만주체험〉과 〈만주서사〉의 상관성 연구」, 『상허학보』, 2005. 8.

———, 「1960년대 여성지식인의 '자유'담론과 미국」, 『현대문학의 연구』 29호, 2006. 7.

이은주, 「1950년대 문학비평의 세계주의와 미국적 가치 지향의 상관성」, 『상허학보』 18, 2006. 10.

이중한 편, 『청년문화론』, 현암사, 1973.

일레인 김, 「미국 속의 미국: 한 한국계 미국인이 본 미국의 내면」, 당대비평, 2001. 봄.

장상희·조정문·윤영희, 「미국흑인 거주지역의 한국인과 한흑갈등에 관한 연구」, 『한국사회학』, 한국사회학회, 1998.

장영우, 「해방 후 재미동포소설 연구」, 『상허학보』 18집, 2006. 10.

장태환, 「미국의 소수민족정책과 한인사회」, 『역사비평』, 1997. 겨울.

정용욱, 노영기 외, 「5·16 쿠데타 이후 지식인의 분화와 재편」, 『1960년대 한국의 근대화와 지식인』, 선인, 2004.

최   협, 「재미한인사회의 인권문제」, 전남대학교 5·18연구소, 『민주주의와 인권』
    3권 1호, 2003. 4.

한동세, 「미국만 갔다오면 제일이냐」, 『세대』, 1970. 1.

한수영, 「1950년대 한국 문예비평론 연구」, 연세대 박사논문, 1996.

함석헌, 「달라지는 세계의 한길 위에서」, 『씨올의 소리』, 1972. 5.

홍석률, 노영기 외, 「1960년대 한국 민족주의의 분화」, 『1960년대 한국의 근대화
    와 지식인』, 선인, 2004.

황태연, 「내부 식민지와 저항적 지역주의」, 『한독사회과학논총』 제7호, 1997.

482

◆ 국문초록

　1965년 미국 이민법이 바뀌면서 미국이민이 급증한다. 1950년대 미국을 선망
하던 사회 분위기는 이 시기 미국이민을 출세의 코스처럼 인식하게 한다. 이로써
미국이민은 식민지 시기의 이산의 형식과는 다른 이민의 형식을 띠게 된다. 1970
년대 초반에 발표된 박시정의 미국이민 소설은 미국으로 간 이민자들이 실제 미
국을 어떻게 경험하는가가 잘 드러나 있다. 이민자의 삶은 어디에서나 고단하기
마련이고, 한국사회의 성공신화 속에서 이민을 단행한 사람들은 이 성공신화로
인해 더 정착하기 힘들어하기도 한다. 박시정의 이민소설은 이런과정을 적나라하
게 보여준다. 이민자들의 그늘진 삶을 통해 비로소 미국이 총체적으로 소개된 셈
이다. 그리고 박시정의 미국이민 서사는 미국을 선망하기만 하던 1960년대 한국
사회의 미국인식을 성찰하는 계기로 역할할 수 있게 한다. 산업화와 개인주의가
가져온 1960년대 미국사회의 부정적인 면을 소개함으로써 미국을 일면적으로만
받아들이는 한국사회의 인식적 편향을 반성하는 계기가 되는 것이다.
　그러나 박시정의 소설은 1960년대 민족 담론의 자장 안에서 창작되고 소통되
는 과정에서 미국을 비판함으로써 '민족'을 상상하는 민족담론으로 수렴된다. '고
향'의 의미는 민족 담론의 영향 속에서 민족적 전통으로 귀결되는 미적 표상이다.
게다가 1960년대 미국사회를 비판한 청년문화 운동인 히피의 공동체주의를 한국
적 가치를 발견할 수 있는 이념적 기반으로 수용하기도 한다. 박시정 소설의 미
국이민 서사는 한국사회의 미국인식에 내재된 식민주의를 스스로 비판할 토대가
되기도 하지만, 동시에 이런 성찰을 '민족'의 회복으로 모아냄으로써 오히려 보수
화하게 된다. 게다가 국내 문단의 민족담론의 영향력으로 이런 면모가 더 부추겨
지기도 한다. 박시정 소설의 미국이민 서사의 고향 표상은 이런 일련의 과정이
담긴 미적 장치라 할 수 있다.

◆ SUMMARY

Representation of Home and Nationalism, imagined in the American Immigrant Narrative

Lee, Sun-Mi

An immigrant law changed in the 1965. Then many Koreans emigrated to America. Because most Koreans were envious of America, Koreans regarded emigration to America as being succesful. In Park-Shijeon's Novels written in the 1970s, Korean Immigrants are showing the whole surface of America. Especially, the back state unkown in the Korea. This is the new idea about American society.

But a course of these novels were written, appreciated, and criticized in Korea, these novels were astrict to nationalism. This trend was represented in Home-Image.

Park-Shijeon's Novels include post-colonialism which were critical to American colonialism policy. But a course of these were interchanged in the Korean literary circle, these novels were fixed up natoinalism narrative. Consequently, Park-Shijeon's Novels were fixed up reducing one side.

Keyword : representation of Home, nationalism, emigrant to America, in the 1970s, Park-Shijeon, post-colonialism, industrialisation, Hippie commune

－이 논문은 2006년 3월 30일에 접수되어, 소정의 심사를 거쳐 2007년 5월 31일에 최종적으로 게재가 확정되었음.

한국 근대문학 재생산 제도의 구조

2007년 6월 25일 인쇄
2007년 6월 30일 발행

지은이   상 허 학 회
펴낸이   박 현 숙
찍은곳   신화인쇄공사

110-320 서울시 종로구 낙원동 58-1 종로오피스텔 606호
TEL : 02-764-3018, 764-3019   FAX : 02-764-3011
E-mail : kpsm80@hanmail.net

펴낸곳 도서출판 **깊 은 샘**

등록번호/제2-69. 등록년월일/1980년 2월 6일

ISBN   89-7416-179-6

※ 잘못된 책은 교환해 드립니다.

값 23,000원